知識工場
Knowledge is everything！

知識工場
Knowledge is everything！

全球華人指定英語學習用書

這樣學最快!! — 100%無痛學習

Integrating four English abilities efficiently within 15 minutes only

15分鐘

全效整合英語力

- 善用瑣碎時間的獨家片段式整合瞬記術
- 唯一針對沒時間者量身訂作的瞬學寶典

15分鐘全效飆升 單字 ＋ 片語 ＋ 文法 ＋ 會話 四強力！

你的競爭力來自於如何利用瑣碎時間！
善用80/20法則，用最省時的方式撐起黃金槓桿！

補教界第一英文名師
張耀飛/著

使用說明
善用本書，改變你的學習方法，
英文要好真的一點也不難！

1 Chapter 1 單字篇　Chapter 2 片語篇　Chapter 3 文法

2 MP3 ◀ 001

1. 突破四強力
廣納單字、片語、文法、會話
重要篇章，一口氣搞定英文！

2. MP3 隨時聽
清楚標示 MP3 播放音軌，隨
走隨聽，英語聽力大躍進。

3. 善用零碎時間
本書內容皆按照 1.5.9 分鐘系
統化編排，高效學習最省時。

4. 靈活記憶
同步記憶同義字、反義字，活
學活用，詞彙替換不呆板。

5. 兩種發音
「KK 音標」與「字母拼音」清楚
標示，立即強化拼讀能力。

6. 菁英幫小提醒
關鍵用法、重要概念適時提
醒，輕鬆學習，英語菁英就是
你。

7. 群組單字
彙整相似群組字彙，背一得十，大腦單字量比你
想像得還多更多。

【0001】
ability [ə`bɪlətɪ]

3 1分鐘速記法　　1 分鐘檢定 ☺☹
ability [a・bi・li・ty] 名 能力（英高）

3 5分鐘學習術　　5 分鐘檢定 ☺☹
A person of his ability will have no difficulty
finding a job. 以他的能力，找工作絕非難事。
4 ★同義字 skill　★反義字 incapacity

3 9分鐘完整功　　9 分鐘檢定 ☺☹
able 形 可以、可能、會
enable 動 賦予、使能夠
disability 名 無能、無力、殘疾
disable 動 使失去能力、使傷殘
inability 名 無力、無能
unable 形 不能、不會
　🎓 菁英幫小提醒：字首「dis」、「in」、「un」都
　　有「否定」之意。

【0002】
absorb [əb`sɔrb] **5**

5 1分鐘速記法　　1 分鐘檢定 ☺☹
absorb [ab・sorb] 動 吸收、理解（英中）

5分鐘學習術　　5 分鐘檢定 ☺☹
She was absorbed in the novel, not knowing
what was going on outside. 她全神貫注地讀著
那本小說，渾然不知外面發生什麼事。
6 🎓 菁英幫小提醒：相關片語 indulge in 表示「沉溺
　　於……」。
★同義字 assimilate

9分鐘完整功　　9 分鐘檢定 ☺☹
absorbable 形 能被吸收的

⑧

🟤5分鐘學習術　　　　　　5分鐘檢定 ☺☹

【近似詞】📖 rise；stand up 起立
【相關用語】go to bed 上床
【例句】You had better get up now, or you will be late for school. 你最好現在就起床，否則上學就要遲到了。

🟤9分鐘完整功　　　　　　9分鐘檢定 ☺☹

此片語是指「從坐臥的狀態站起來的動作」，通常作「起身、坐起、起立」的意思解。「起床」另可用 get out of bed 來表示，字義更為鮮明。相似片語：get oneself up「穿著特別種類的衣服」。

⑨ 【小試身手】As a commuter, she has to _____ very early every day.
(A) stand up　(B) give up　(C) go to bed　(D) get

UNIT **29**　🎧 **MP3 ◀) 207**

感官動詞

⑩ "see" a movie 及 "watch" a movie 應如何

🟤**1分鐘速記法** **⑪**

see 是單純地看、不由自主地看、沒有特別的用意
watch 是專注地看、較長時間地看、有自主意願地

🟤**1分鐘速記法**

⑫ (1) Fasten your seatbelt when you are sit
當你坐在汽車的前座時，要繫上安全帶。
(2) Wear a helmet when riding a motorcy
騎摩托車要戴安全帽。
(3) When riding on a bus, priority seats
ing with young children.
搭乘公車時，座位要禮讓給較年長或是帶著小

🟤**5分鐘學習術**

⑬ Passenger A: Excuse me, how long is it u
Passenger B: I am not sure, but it does a

---

⑭ 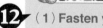 **字彙金庫（有關大眾運輸的詞彙）**

driver → 駕駛員
passenger → 乘客
fare → 費用
subway station → 地鐵站
airport → 飛機場
bus station → 巴士站

---

8. 相關用語

多元式記憶法，相關單字通通存進大腦裡，學習精確不漏網。

9. 小試身手

由於片語容易背得零散，搭配自我測驗，保證學習盲點無所遁形！

10. 專業解惑

以學習者最常提出的疑問為編寫基礎，文法解說靈活不死板。

11. 一學就會

清楚明確為文法觀念下定義，一分鐘即刻茅塞頓開，再也不混淆。

12. 關鍵句子

確實記憶所有主題的重點三句，突然開口說英文也不怕！

13. 實用對話

情境式對話超逼真，為你打造最道地的英語環境。

14. 字彙金庫

列舉與主題相關的單字，根據自身需求，直接套用最快速。

善用「零碎時間」，就能學好英文！

「我很想學英文，可是我真的找不出時間！」每次聽到學生，或是周遭朋友這樣說，我都盡可能地鼓勵他們：「不要放棄，時間是自己找出來的，你要多利用零碎時間啊！」但是看到他們仍舊一臉愁容，我開始思考，發現市面上並沒有一本真正針對「零碎時間」而系統化編寫的英文書，有些書打著「適合瑣碎時間閱讀」的招牌，但是翻開內文，依然是長篇大論、毫無章法，難怪學習者在零碎時間中，也不知道要從哪裡讀起，等到找出個頭緒之後，往往又有別的事要忙了。

有鑑於此，我根據現代人的生活模式編寫這本**《這樣學最快！15分鐘全效整合英語力》**，這本書是真正以「零碎時間」為編寫主軸，全書架構就是由**「1分鐘速記法、5分鐘學習術、9分鐘完整功」**所構成，再套用在單字篇、片語篇、文法篇、會話篇中，如此縝密而周全的四合一學習內容，保證能輕鬆打造英語四強力！

時間的制定也是我觀察許久得來的結果。根據統計，現代人最常花時間在等車上，不管是公車或捷運，通勤時間總是容易在不知不覺中浪費掉；其次，就是等電梯，現今到處高樓林立，許多學生或上班族，總免不了搭電梯，另外還有像下課10分鐘、上廁所、開會空檔……等，因此我設計了**「1分鐘速記法」**，若你讀完後，發現還有時間，你還可以學更多，趕緊繼續閱讀**「5分鐘學習術」**，直到**「9分鐘完整功」**讀完，你就能循序漸進地達到一個完整且確實的成效。

除了這個獨特的設計概念之外，這本書還有以下的功能：

1. 單字篇的1000個單字，是統計各類考試的單字出現機率而選取的，也就是說，不論你是要準備哪一類考試，都一定要會這1000個單字。另外，

以群組字彙擴編，不僅讓你好記、好學，也在無形中背了上萬個單字，輕鬆達到加乘效果。

2. 片語也是學英文不可忽略的部分，本書所收錄的 600 則片語，是最常見、常用的，片語用得巧，你的英文能力自然能更加道地。而因為片語是由數個單字結合而成的，學習者很容易背得零零落落，卻誤以為已經記熟，針對這個通病，我設計了**「小試身手」**測驗題，背完後測試一下，你會發現自我學習盲點。

3. 文法篇總共 40 個單元，與一般坊間的文法書最大不同在於，我並非死板地教授文法，而是站在學習者的立場，提出疑問，再從解答問題中引導出文法觀念，用這個方法學習，你會發現文法其實也是很有親和力的，它一點都不難懂。

4. 會話篇的 40 個單元，都是採取生活周遭的題材，舉凡自我介紹、養寵物、租房子、生病就醫、逛街購物……等，皆有收錄，就連台灣特色文化，介紹夜市小吃的題材也有，內容包羅萬象，活潑有趣。

5. 本書所錄製的 MP3 相當完整，四個篇章皆納入其中，隨時隨地你都能跟著專業的外籍老師反覆聽讀，徹底善用所有的零碎時間！

6. **「菁英幫小提醒」**是個獨特的設計，它會不定期的出現，適時補充你一定要知道的觀念或是常見的英文用法，讓學習更多元豐富。

　　在這個講求速度的時代，學習英文，你要用更有效率的方式，然而在「快」之中，對「品質」的要求也不能忽略，如果僅僅一味求「快」，而將單字、片語、文法觀念拆解得七零八落，對學習者是完全沒有助益的。本書不僅有快速記憶的 1 分鐘，也有完整練功的 9 分鐘，相信能真正給予實質上的幫助，讓學習者在零碎時間中就能不知不覺地學好英文，加油！

作者 謹識

Chapter ①

第一強 **單字篇** 由 1000 個必背必考的單字作延伸，
搭配造句及相關字彙群組，
加乘學習，無形中讓你背會上萬個單字！

目錄 CONTENTS

Chapter ❷

第二強 片語篇

匯集 600 個實用常見的片語，
在 1 分鐘內立即速記，
循序漸進徹底理解片語用法，打造道地英語力。

Chapter **3**

第三強 文法篇　40個不可不知的文法觀念，
以坊間學子的疑問爲出發點，
清楚明確地解答學習者的困惑，保證一學就會！

Chapter **4**

第四強 **會話篇** 收錄 40 個生活會話，
以關鍵句及對話模式編寫，再附上詳盡解說，
用英文流利交談一點也不難！

目錄 CONTENTS

Chapter **1**

第一強

單字篇

由1000個必背必考的單字作延伸，
搭配造句及相關字彙群組，
加乘學習，無形中讓你背會上萬個單字！

159 分鐘，
突破英語四強力

MP3 001

---

ability [ə`bɪlətɪ]　　【0001】

1分鐘速記法　1分鐘檢定☺☹

ability [a・bi・li・ty] 名 能力（英高）

5分鐘學習術　5分鐘檢定☺☹

A person of his ability will have no difficulty finding a job. 以他的能力，找工作絕非難事。
★同義字 skill　★反義字 incapacity 無能 無力 不充分

9分鐘完整功　9分鐘檢定☺☹

able 形 可以、可能、會
enable 動 賦予、使能夠
disability 名 無能、無力、殘疾
disable 動 使失去能力、使傷殘
inability 名 無力、無能
unable 形 不能、不會
　　菁英幫小提醒：字首「dis」、「in」、「un」都有「否定」之意。

---

absorb [əb`sɔrb]　　【0002】

1分鐘速記法　1分鐘檢定☺☹

absorb [ab・sorb] 動 吸收、理解（英中）

5分鐘學習術　5分鐘檢定☺☹

She was absorbed in the novel, not knowing what was going on outside. 她全神貫注地讀著那本小說，渾然不知外面發生什麼事。
　　菁英幫小提醒：相關片語 indulge in 表示「沉溺於……」。[ɪnˈdəldʒ]

★同義字 assimilate 消化吸收

9分鐘完整功　9分鐘檢定☺☹

absorbable 形 能被吸收的
absorption 名 吸收、吸收過程；專心
absorbed 形 全神貫注的
absorbedly 副 全神貫注地
absorbency 名 吸收能力；專注
absorbent 形 能吸收（光、水）的
absorber 名 吸收器
absorptive 形 有吸收性的、吸引的

---

abstract [`æbstrækt]　　【0003】

1分鐘速記法　1分鐘檢定☺☹

abstract [ab・stract] 形 抽象的（英中）

5分鐘學習術　5分鐘檢定☺☹

The research shows that pre-school children are capable of thinking in abstract terms. 研究顯示，學齡前兒童具有抽象思維的能力。
★反義字 specific

9分鐘完整功　9分鐘檢定☺☹

abstractly 副 抽象地
abstraction 名 抽象
abstractive 形 抽象的
abstractionist 名 抽象派藝術家
abstractionism 名 抽象派

---

abuse [ə`bjus]　　【0004】

1分鐘速記法　1分鐘檢定☺☹

abuse [a・buse] 名 濫用（英中）

5分鐘學習術　5分鐘檢定☺☹

Tom was arrested on charges of corruption and abuse of power. 湯姆因被指控犯有貪污罪和濫用職權罪而被捕。
★同義字 misuse

9分鐘完整功　9分鐘檢定☺☹

abusive 形 濫用的
abusage 名 錯誤用語
abusively 副 濫用地
abuser 名 濫用者
use 動 使用
reuse 動 重複利用
　　菁英幫小提醒：be used to + Ving，表示「習慣於」。

---

academy [ə`kædəmɪ]　　【0005】

1分鐘速記法　1分鐘檢定☺☹

academy [a・ca・de・my] 名 學院（英中）

5分鐘學習術　5分鐘檢定☺☹

When there's moral leadership from the White House and the academy, people tend to adopt. 人們傾向於採用來自白宮和學術界的道德標準。

9分鐘完整功　9分鐘檢定☺☹

academia 名 學術界
academic 形 學術的、學院的

academical 形 學術的、學院的
academically 副 學術上、理論上
academician 名 學者、院士
academicism 名 學院派

🎓 菁英幫小提醒：scholar 也可以表示「學者」之意。

【0006】

accelerate [æk`sɛlə,ret]

1分鐘速記法　　　　1分鐘檢定 ☺☹

accelerate [ac・ce・le・rate] 動 加速（英高）

🎓 菁英幫小提醒：同義片語 speed up 也表示「加速」。

5分鐘學習術　　　　5分鐘檢定 ☺☹

The driver slowed down for the bend then accelerated away. 司機在轉彎處放慢速度，然後加速駛去。
★同義字 hasten

9分鐘完整功　　　　9分鐘檢定 ☺☹

accelerant 名 促進劑
accelerated 形 加快的
acceleration 名 加速
accelerative 形 加速的
accelerator 名 加速裝置

【0007】

accept [ək`sɛpt]

1分鐘速記法　　　　1分鐘檢定 ☺☹

accept [ac・cept] 動 接受（英中）

5分鐘學習術　　　　5分鐘檢定 ☺☹

I admit that the accident must be attributed to me. Please accept my sincere apologies. 我承認那場意外必須歸咎於我，請接受我真誠的道歉。
★同義字 adopt　　★反義字 refuse

9分鐘完整功　　　　9分鐘檢定 ☺☹

acceptable 形 可接受的
acceptance 名 接受；贊同
acceptant 形 容易接受的
acceptability 名 可受性、可容許性
acceptation 名 承認；贊同；歡迎
unacceptable 形 不能接受的、不受歡迎的

【0008】

access [`æksɛs]

1分鐘速記法　　　　1分鐘檢定 ☺☹

access [ac・cess] 名 接近、使用權（英中）

5分鐘學習術　　　　5分鐘檢定 ☺☹

For the sake of security, only high officials have access to the Minister. 基於安全考量，只有高級官員才能見到部長。
★同義字 approach

9分鐘完整功　　　　9分鐘檢定 ☺☹

accessory 名 附件、裝飾品
accessible 形 可接近的、可得的
accessibility 名 易接近、可親
accessibly 副 易接近地、易受影響地
accession 名 就職、登基、（權力等的）獲得
accessional 形 附加的

🎓 菁英幫小提醒：ornament 也可表示「裝飾品」。

【0009】

accord [ə`kɔrd]

1分鐘速記法　　　　1分鐘檢定 ☺☹

accord [ac・cord] 動 符合、與……一致（英中）

5分鐘學習術　　　　5分鐘檢定 ☺☹

Your account of the incident accords with mine. 你對這個事件的描述與我的一致。
★同義字 conform

9分鐘完整功　　　　9分鐘檢定 ☺☹

accordance 名 一致；授予、給予
accordingly 副 相應地；於是
according 形 相符的、相應的
accordant 形 一致的、調和的
accordable 形 可一致的
disaccord 動 不一致、相爭

🎓 菁英幫小提醒：同義字 consistent 一致的

【0010】

accumulate [ə`kjumjə,let]

1分鐘速記法　　　　1分鐘檢定 ☺☹

accumulate [ac・cu・mu・late] 動 累積（英中）

5分鐘學習術　　　　5分鐘檢定 ☺☹

We should realize the importance of accumulating information. 我們應該意識到累積資訊的重要性。
★同義字 amass

MP3 002

9分鐘完整功　　　　　　　　9分鐘檢定☺☹

accumulation 名 堆積
accumulative 形 累積的
accumulator 名 累積者
cumulate 動 堆積
cumulation 名 堆積、累積
cumulative 形 累計的
cumulatively 副 累計地

【0011】

accurate [ˋækjərɪt]

1分鐘速記法　　　　　　　　1分鐘檢定☺☹

accurate [ac・cu・rate] 形 精準的（英中）

5分鐘學習術　　　　　　　　5分鐘檢定☺☹

We must acquire an accurate understanding of social progress in contemporary China. 我們一定要準確地把握當代中國社會前進的脈動。
★同義字precise　　★反義字rough

9分鐘完整功　　　　　　　　9分鐘檢定☺☹

accurately 副 精準地
accuracy 名 準確
inaccurate 形 不準的
inaccurately 副 不精準地
inaccuracy 名 不精準
　　菁英幫小提醒：相關單字approximate，形容詞，表示「粗略的、大概的」之意。

【0012】

acquaint [əˋkwent]

1分鐘速記法　　　　　　　　1分鐘檢定☺☹

acquaint [ac・quaint] 動 使認識（英中）

5分鐘學習術　　　　　　　　5分鐘檢定☺☹

Ms. Green has been living in town for only one year, yet she seems to get acquainted with everyone who comes to the store. 格林女士在城裡住了僅僅一年，然而她似乎認識每一個來店裡的顧客。
　　菁英幫小提醒：get acquainted with sb.意指「認識某人」。

9分鐘完整功　　　　　　　　9分鐘檢定☺☹

acquaintance 名 認識、認識的人
acquainted 形 認識的
acquaintanceship 名 認識、了解
unacquaintance 名 不認識
unacquainted 形 不認識的

【0013】

acquire [əˋkwaɪr]

1分鐘速記法　　　　　　　　1分鐘檢定☺☹

acquire [ac・quire] 動 取得（英中）

5分鐘學習術　　　　　　　　5分鐘檢定☺☹

Some people go back for their education to acquire another degree or diploma to impress the society. 有些人回到學校去接受教育，是想再取得一個學位或一張文憑，以增強自己在社會上的地位。
★同義字obtain

9分鐘完整功　　　　　　　　9分鐘檢定☺☹

acquired 形 習得的
acquirement 名 取得
acquisition 名 取得
acquisitive 形 可獲得的
acquisitively 副 可獲得地
acquisitiveness 名 求取事物的慾望

【0014】

act [ækt]

1分鐘速記法　　　　　　　　1分鐘檢定☺☹

act [act] 動 行動；表演（英初）
　　菁英幫小提醒：這個字也可當名詞，解釋為「行為、行動」時，用法與action相同。

5分鐘學習術　　　　　　　　5分鐘檢定☺☹

Once every member approves the plan, we should act immediately. 一旦每位成員都認可這個計畫，我們就該立即行動。
★同義字move

9分鐘完整功　　　　　　　　9分鐘檢定☺☹

action 名 行為、行動、活動、作用
activate 動 使……活潑、使……活動
active 形 有活動能力的、靈敏的、積極的、主動的
activity 名 活動性、能動性；[複數]活動
actor 名 演員、行動者
interaction 名 相互作用
reaction 名 反應、反動
enact 動 制定（法律）、頒布（法案）
　　菁英幫小提醒：在表示活躍或積極的狀態時，此字為不可數名詞；若表示具體活動時，為可數名詞。

【0015】

adapt [əˋdæpt]

1分鐘速記法　1分鐘檢定☺☹

adapt [a · dapt] 動 適應（英高）

🎓 菁英幫小提醒：片語 out of tune with，表示「與……格格不入」。

5分鐘學習術　5分鐘檢定☺☹

Among the freshmen, he adapted himself to the new system fastest. 在新人當中，他最快適應新制度。
★同義字 accommodate　★反義字 unfit

9分鐘完整功　9分鐘檢定☺☹

adaptable 形 適應力強的、適合的
adaptability 名 適應性
adaptation 名 適應、適合
adaptive 形 適合的、適應的
adapter 名 適應者
unadaptable 形 不能適應的
unadapted 形 不適合的

【0016】
add [æd]

1分鐘速記法　1分鐘檢定☺☹

add [add] 動 增加（英初）

5分鐘學習術　5分鐘檢定☺☹

The noise of the crowd added to the excitement of the race. 人群的嘈雜聲為賽事增加了活躍氣氛。
★同義字 increase　★反義字 subtract

9分鐘完整功　9分鐘檢定☺☹

addition 名 增加、增加物、加法
additional 形 附加的、追加的、另外的
additionally 副 附加地、另外地
additive 形 添加的、附加的
superadd 動 加上、添上、外加
superaddition 名 加上、外加；添加物

【0017】
address [əˋdrɛs]

1分鐘速記法　1分鐘檢定☺☹

address [ad · dress] 名 地址（英初）

5分鐘學習術　5分鐘檢定☺☹

Please tell me your address, and then I can send you the birthday present. 請告訴我你家的地址，這樣我才能把生日禮物寄給你。

9分鐘完整功　9分鐘檢定☺☹

addresser 名 寄信者
addressor 名 寄件人
addressee 名 收件人
addressable 形 可尋址的
readdress 動 更改地址
unaddressed 形 無地址的

【0018】
✓adequate [ˋædəkwɪt]

1分鐘速記法　1分鐘檢定☺☹

adequate [a · de · quate] 形 適當的（英高）

5分鐘學習術　5分鐘檢定☺☹

She sought for an adequate solution to the problem. 她尋找解決這個問題適當的辦法。
★同義字 appropriate　★反義字 inappropriate

9分鐘完整功　9分鐘檢定☺☹

adequately 副 適當地
adequacy 名 適當
inadequate 形 不適當的
inadequately 副 不適當地
inadequacy 名 不適當

【0019】
adjust [əˋdʒʌst]

1分鐘速記法　1分鐘檢定☺☹

adjust [ad · just] 動 調整（英中）

5分鐘學習術　5分鐘檢定☺☹

We must adjust the relationship between investment and consumption to raise the proportion of consumption in GDP gradually. 我們應調整投資和消費關係，逐步提高消費在國民生產總值中的比重。
★同義字 modify

9分鐘完整功　9分鐘檢定☺☹

adjustability 名 適應性
adjustable 形 可調節的
adjusted 形 已適應的
adjuster 名 調節器；調解人
adjustment 名 調整；校正
readjust 動 重新校正
readjustment 名 重新適應

【0020】
administration [əd͵mɪnəˋstreʃən]

A B C D E F G H I J K L M N O P Q R S T U V W X Y Z

MP3 003

1分鐘速記法　　　1分鐘檢定 ☺☹

administration [ad・mi・ni・stra・tion] 名 管理、支配（英中）

5分鐘學習術　　　5分鐘檢定 ☺☹

They work in the Sales Administration Department. 他們在銷售管理部門工作。
★同義字 management

9分鐘完整功　　　9分鐘檢定 ☺☹

administer 動 管理、經營
administrate 動 管理、支配
administrant 形 行政的
administrable 形 可管理的
administrative 形 管理的、行政的
administratively 副 管理地、行政地
administrator 名 管理人
administratorship 名 管理職

【0021】

admission [əd`mɪʃən]

1分鐘速記法　　　1分鐘檢定 ☺☹

admission [ad・mis・sion] 名 許可、承認（英中）

5分鐘學習術　　　5分鐘檢定 ☺☹

They tried to get into the club but were refused admission. 他們試圖進入俱樂部，但遭到了拒絕。
★同義字 allowance

9分鐘完整功　　　9分鐘檢定 ☺☹

admit 動 承認
admittable 形 能許可的
admittance 名 入場許可
admitted 形 公認的
admittedly 副 公認地
admissive 形 許可的、容許的
admissible 形 有資格的
admissibility 名 進入的資格

🎓菁英幫小提醒：相關用語 license，意為「許可證」。

【0022】

admire [əd`maɪr]

1分鐘速記法　　　1分鐘檢定 ☺☹

admire [ad・mire] 動 讚賞（英高）

5分鐘學習術　　　5分鐘檢定 ☺☹

Everyone admired the way of his treatment with the problem. 大家都讚賞他處理這個問題的方式。
★同義字 appreciate　　★反義字 despise 輕視

9分鐘完整功　　　9分鐘檢定 ☺☹

admirable 形 值得讚揚的、令人欽佩的；極好的
admirably 副 可讚美地；極好地
admiral 名 海軍上將、艦隊司令
admiration 名 欽佩、羨慕、引起讚美的人或物
admirer 名 讚賞者、欽佩者、愛慕者
admiring 形 讚美的、愛慕的

【0023】

✓adopt [ə`dɑpt]

1分鐘速記法　　　1分鐘檢定 ☺☹

adopt [a・dopt] 動 領養（英高）

5分鐘學習術　　　5分鐘檢定 ☺☹

They couldn't have children so they adopted. 他們不能生育，所以就領養孩子。
★同義字 foster

9分鐘完整功　　　9分鐘檢定 ☺☹

adoptable 形 可收養的
adoptability 名 可收養
adopted 形 被收養的
adoptee 名 被收養者
adopter 名 收養人
adoption 名 收養

【0024】

adore [ə`dor]

1分鐘速記法　　　1分鐘檢定 ☺☹

adore [a・dore] 動 敬愛（英高）

5分鐘學習術　　　5分鐘檢定 ☺☹

People adore Obama not only for his identity, but for his great ambition of American's future. 人們敬愛歐巴馬不只因為他的身分，還因為他對美國未來懷抱的偉大願景。
★同義字 admire

9分鐘完整功　　　9分鐘檢定 ☺☹

adorable 形 值得崇拜的
adorably 副 值得崇拜地
adoration 名 崇拜
adorer 名 崇拜者
adoring 形 崇拜的
adoringly 副 崇拜地

A
B
C
D
E
F
G
H
I
J
K
L
M
N
O
P
Q
R
S
T
U
V
W
X
Y
Z

🎓菁英幫小提醒：片語 put sb. on a pedestal，表示「崇拜某人」。

【0025】

adventure [əd`vɛntʃɚ]

1分鐘速記法　1 分鐘檢定 ☺☹

adventure [ad · ven · ture] 名 冒險（英中）

🎓菁英幫小提醒：相關用語 odyssey，意為「長途飄泊」。

5分鐘學習術　5 分鐘檢定 ☺☹

Her traveling adventure in Africa was exciting. 她在非洲旅行時的冒險經歷非常刺激。

9分鐘完整功　9 分鐘檢定 ☺☹

adventureful 形 富冒險性的
adventurer 名 冒險者
adventuresome 形 具冒險性的
adventurist 名 冒險主義者
adventuristic 形 冒險主義的
adventurism 名 冒險主義

【0026】

advise [əd`vaɪz]

1分鐘速記法　1 分鐘檢定 ☺☹

advise [ad · vise] 動 勸告（英高）

5分鐘學習術　5 分鐘檢定 ☺☹

The newspaper article advised against eating too much meat. 報紙的那篇文章建議不要吃太多肉。
★同義字 warn

9分鐘完整功　9 分鐘檢定 ☺☹

advice 名 勸告、忠告
advisement 名 意見、提供勸告或意見
advisor 名 勸告者、顧問
advisory 形 勸告的、忠告的、顧問的、諮詢的
misadvise 動 給錯誤的勸告
unadvisable 形 不接受勸告的
unadvised 形 未曾接受勸告的
ill-advised 形 欠考慮的、輕率的

【0027】

aesthetic [ɛs`θɛtɪk]

1分鐘速記法　1 分鐘檢定 ☺☹

aesthetic [aes · the · tic] 形 美的（英高）

5分鐘學習術　5 分鐘檢定 ☺☹

The building is aesthetic, but not very practical. 這座建築物相當美觀，但不是很實用。
★同義字 artistic

9分鐘完整功　9 分鐘檢定 ☺☹

aesthetically 副 審美地
aesthetician 名 美學家
aestheticism 名 唯美主義
aesthetics 名 美學
aesthete 名 審美家

【0028】

affect [ə`fɛkt]　effect 影响

效果、作用

1分鐘速記法　1 分鐘檢定 ☺☹

affect [af · fect] 動 使感動（英高）

5分鐘學習術　5 分鐘檢定 ☺☹

I was deeply affected by the touching movie, "1895". 那部感人的電影「一八九五」，讓我深受感動。
★同義字 move

9分鐘完整功　9 分鐘檢定 ☺☹

affected 形 受到感動的
affection 名 愛慕、感情
affectionate 形 深情的
affectionately 副 深情款款地
affectionateness 名 柔情
affectional 形 感情的

【0029】

affirm [ə`fɝm]

1分鐘速記法　1 分鐘檢定 ☺☹

affirm [af · firm] 動 斷定（英高）

5分鐘學習術　5 分鐘檢定 ☺☹

The president affirmed that he would reduce the unemployment rate to three percent. 總統斷言他將使失業率下降到百分之三。
★同義字 assert

9分鐘完整功　9 分鐘檢定 ☺☹

affirmable 形 可斷言的
affirmably 副 可斷言地
affirmation 名 斷言
affirmative 形 肯定的
affirmatively 副 肯定地

MP3 004

【0030】

after [`æftɚ]

🔔 1分鐘速記法　1分鐘檢定 ☺☹
after [af‧ter] 介 在……之後（英初）

🔔 5分鐘學習術　5分鐘檢定 ☺☹
After slapping his daughter on the face, the father felt very regretful. 在賞了女兒一個耳光之後，父親感到十分懊悔。
★反義字 before

🔔 9分鐘完整功　9分鐘檢定 ☺☹
after 形 之後的
aftercare 名 病後或產後調養
afternoon 名 下午
aftereffect 名 後果、藥的副作用
afterimage 名 殘像、餘像
afterlife 名 來世、晚年
aftershock 名 餘震
　🎓 菁英幫小提醒：in the afternoon（在下午），介系詞為 in，若是表具體的某一天下午，就用「on+ 日期 +afternoon」。

【0031】

aggregate [`æɡrɪ͵ɡet]

🔔 1分鐘速記法　1分鐘檢定 ☺☹
aggregate [ag‧gre‧gate] 動 聚集（英高）

🔔 5分鐘學習術　5分鐘檢定 ☺☹
The villagers were aggregated on the square for the annual community assembly. 村民們因一年一度的社區大會，聚集到廣場上。
★同義字 assemble

🔔 9分鐘完整功　9分鐘檢定 ☺☹
aggregation 名 集合
aggregately 副 聚集地
aggregative 形 集合性的
disaggregate 動 使崩解
disaggregation 名 崩解、潰散

【0032】

aggressive [ə`ɡrɛsɪv]

🔔 1分鐘速記法　1分鐘檢定 ☺☹
aggressive [ag‧gres‧sive] 形 有攻擊性的（英中）

🔔 5分鐘學習術　5分鐘檢定 ☺☹
People say salesmen are always like eagles, since they are very aggressive when seeing the targets. 人們常說銷售員就像老鷹，因為看到目標時總充滿了攻擊性。
★同義字 offensive

🔔 9分鐘完整功　9分鐘檢定 ☺☹
aggress 動 侵略、攻擊
aggression 名 侵略
aggressive 形 侵犯的、侵略的
aggressively 副 侵略地、侵犯地
aggressiveness 名 侵犯
aggressor 名 侵略者
　🎓 菁英幫小提醒：invade 也可表示「侵略」之意。

【0033】

agitate [`ædʒə͵tet]

🔔 1分鐘速記法　1分鐘檢定 ☺☹
agitate [a‧gi‧tate] 動 使鼓動（英高）

🔔 5分鐘學習術　5分鐘檢定 ☺☹
His fiery speech agitated the crowd, and they applauded him for five minutes. 他熱情洋溢的演講鼓動了群眾，讓他們鼓掌長達五分鐘。
★同義字 excite
　🎓 菁英幫小提醒：bestir 也有「激勵、鼓舞」的意思。

🔔 9分鐘完整功　9分鐘檢定 ☺☹
agitated 形 激動的
agitatedly 副 激動地
agitation 名 激動
agitative 形 煽動的
agitator 名 煽動者

【0034】

agree [ə`ɡri]

🔔 1分鐘速記法　1分鐘檢定 ☺☹
agree [a‧gree] 動 同意（英初）
　🎓 菁英幫小提醒：agree 常見用法：agree to V（同意去做某事）/agree to N（同意某事）/agree with sb.（同意某人是對的）

🔔 5分鐘學習術　5分鐘檢定 ☺☹
This bill does not agree with your original estimate. 這張帳單與你當初的估計不符。
★同義字 consent　　★反義字 disapprove

A B C D E F G H I J K L M N O P Q R S T U V W X Y Z

9分鐘完整功 　9分鐘檢定 ☺☹

agreeable 形 同意的、一致的；令人愉快的
agreeably 副 同意地、一致地；令人愉快地
•agreement 名 同意、一致；協議、協定
agreed 形 議定的、意見一致的
disagree 動 不同意、爭執
disagreement 名 不同意、爭執
pre-agreement 名 事前合意

🎓 菁英幫小提醒：片語 see eye to eye with sb. 可
　表示「與某人意見一致」。

【0035】

air [ɛr]

1分鐘速記法　　　　1分鐘檢定 ☺☹

air [air] 名 空氣（英初）

5分鐘學習術　　　　5分鐘檢定 ☺☹

The air was full of butterflies, including
many rare species. 天空中飛舞著許許多多的蝴
蝶，還包括許多罕見的品種。
★同義字 atmosphere

9分鐘完整功　　　　9分鐘檢定 ☺☹

airy 形 空氣的、通風的
airless 形 缺乏空氣的
•aircraft 名 飛機
airport 名 機場
airline 名 航空公司
airmail 名 航空郵件
airtight 形 密封的
airsick 形 暈機的

🎓 菁英幫小提醒：「搭飛機」的動詞要用 take。

【0036】

alarming [əˋlɑrmɪŋ]

1分鐘速記法　　　　1分鐘檢定 ☺☹

alarming [a · lar · ming] 形 令人憂心的（英中）

5分鐘學習術　　　　5分鐘檢定 ☺☹

The rainforests are disappearing at an
alarming rate. 雨林正以驚人的速度消失。
★同義字 threatening

9分鐘完整功　　　　9分鐘檢定 ☺☹

alarm 動 使恐懼 (n)鬧鐘,警鼓聲。
alarmable 形 易受驚嚇的
alarmed 形 受驚的
alarmedly 副 驚恐地

alarmingly 副 驚人地
alarmist 名 危言聳聽的人

【0037】

alive [əˋlaɪv]

1分鐘速記法　　　　1分鐘檢定 ☺☹

alive [a · live] 形 活的（英初）

5分鐘學習術　　　　5分鐘檢定 ☺☹

In the evening, the town really comes alive.
到了晚上，城裡真的變得生氣勃勃。
★反義字 dead

9分鐘完整功　　　　9分鐘檢定 ☺☹

live 動 活著　　　　　　　hood 頭巾,風帽
living 形 活著的
livable 形 適於居住的
•lively 形 活潑的、精力充沛的
livelihood 名 生活、生計
relive 動 再經歷、再復活
unlively 形 缺乏生氣的

🎓 菁英幫小提醒：同義字 energetic

【0038】

allow [əˋlaʊ]

1分鐘速記法　　　　1分鐘檢定 ☺☹

allow [al · low] 動 允許（英中）

🎓 菁英幫小提醒：allow sb. to do sth.，表示「允
　許某人做某事」。

裁併&收購 M & A mergers and acquisitions

5分鐘學習術　　　　5分鐘檢定 ☺☹

Supporters of the new super systems argue
that these mergers will allow for substantial
cost reductions and better coordinated serv-
ice. 支持超級鐵路集團的人宣稱，公司合併有利於
大幅度降低成本、也有利於提供更好的相互協調服
務。　　　　　　　　　　　　　　　實質上的
★同義字 permit　　★反義字 forbid 有所需的

9分鐘完整功　　　　9分鐘檢定 ☺☹

allowance 名 允許、被允許的東西；津貼、零用錢
allowable 形 可允許的
allowably 副 可允許地
•disallow 動 拒絕
disallowance 名 禁止
unallowable 形 不能允許的

🎓 菁英幫小提醒：同義片語 draw the line

MP3 ◉ 005

amuse [ə`mjuz]　【0039】

1分鐘速記法　　1分鐘檢定 ☺☹
amuse [a・muse] 動 使……娛樂（英中）

5分鐘學習術　　5分鐘檢定 ☺☹
The audience was amused by the comedian (kə'midiən) every now and then. 觀眾不時被那喜劇演員逗笑了。
★同義字 entertain

9分鐘完整功　　9分鐘檢定 ☺☹
amusing 形 有趣的
amusingly 副 有趣地
amusement 名 樂趣
amusive 形 有趣的、愉快的
amused 形 被逗樂的
amusedly 副 愉快地、開心地
　🎓 菁英幫小提醒：動詞的過去式與動名詞可作為形容詞使用，過去分詞通常用來表示人的內心感受，動名詞則多用來修飾事物。

analyze [`ænˌlaɪz]　【0040】

1分鐘速記法　　1分鐘檢定 ☺☹
analyze [a・na・lyze] 動 分析（英高）

5分鐘學習術　　5分鐘檢定 ☺☹
The water samples are now being analyzed in a laboratory. 這些水的樣品目前正在實驗室中分析。
★同義字 assay

9分鐘完整功　　9分鐘檢定 ☺☹
analysis 名 分解、分析
analyses 名 分解、分析
analyst 名 分解者、分析者
analyzer 名 分析者、分解者
analytic 形 解析的、善於分析的
analytically 副 分析地、分解地
analytics 名 解析學
psychoanalysis 名 精神分析
　🎓 菁英幫小提醒：此為 analysis 的複數型態。

anticipate [ænˈtɪsəˌpet]　【0041】

1分鐘速記法　　1分鐘檢定 ☺☹
anticipate [an・ti・ci・pate] 動 預期（英中）

5分鐘學習術　　5分鐘檢定 ☺☹
A good general can anticipate what the enemy will do. 一個善戰的將領能夠預知敵軍的動向。
★同義字 foresee

9分鐘完整功　　9分鐘檢定 ☺☹
anticipation 名 預期、期望
anticipant 形 預期的
anticipative 形 預期的、先佔的
anticipator 名 期望者
anticipatory 形 預期的、預先的
　🎓 菁英幫小提醒：片語 see the writing on the wall，意為「預見壞事發生」。

any [`ɛnɪ]　【0042】

1分鐘速記法　　1分鐘檢定 ☺☹
any [any] 形 任何的（英初）
　🎓 菁英幫小提醒：any 常用於否定句或疑問句。

5分鐘學習術　　5分鐘檢定 ☺☹
The unemployed man gave up his original ambition, searching for any sort of job. 這位失業男子放棄了原先的願景，尋找各種類型的工作。

9分鐘完整功　　9分鐘檢定 ☺☹
anybody 代 任何人
anyhow 副 無論如何
anymore 副 再也不
anyone 代 任何人
anything 代 任何事
anytime 副 任何時候
anyway 副 無論如何
anywhere 副 任何地方

apology [ə`pɑlədʒɪ]　【0043】

1分鐘速記法　　1分鐘檢定 ☺☹
apology [a・po・lo・gy] 名 道歉（英高）

5分鐘學習術　　5分鐘檢定 ☺☹
Arrogant as he, he will not make an apology even he does something wrong. 傲慢如他，即使做錯事也不會道歉。
★反義字 forgive

9分鐘完整功　9分鐘檢定☺☹

apology 名 道歉、賠罪
apologetic 形 道歉的、認錯的；辯護的
apologetically 副 道歉地、認錯地
apologia 名 書面的辯護
apologist 名 辯護士
apologue 名 寓言、教訓

【0044】
appearance [əˋpɪrəns]

1分鐘速記法　1分鐘檢定☺☹

appearance [ap・pear・ance] 名 外表、顯露
（英中）

5分鐘學習術　5分鐘檢定☺☹

Don't judge by appearance, since appearance can be misleading. 勿以貌取人，外貌會騙人。
★同義字 semblance

9分鐘完整功　9分鐘檢定☺☹

appear 動 出現、顯露
disappear 動 消失
disappearance 名 消失
reappear 動 再出現
reappearance 名 再現
　🎓菁英幫小提醒：appear in/on，表示「參加……的演出」。

【0045】
apply [əˋplaɪ]

1分鐘速記法　1分鐘檢定☺☹

apply [ap・ply] 動 應用（英初）

5分鐘學習術　5分鐘檢定☺☹

You can apply the theory to the experiment to examine whether it is right or not. 你可以把理論應用到實驗當中，檢測它是否正確。

9分鐘完整功　9分鐘檢定☺☹

appliance 名 器具、用具
applicable 形 可應用的、合適的
applicability 名 可適用性、應用性
application 名 應用
applicative 形 適用的
applicator 名 塗抹器
applicatory 形 適用的
　🎓菁英幫小提醒：同義字 feasible

【0046】
appoint [əˋpɔɪnt]

1分鐘速記法　1分鐘檢定☺☹

appoint [ap・po・int] 動 指派、任命（英中）

5分鐘學習術　5分鐘檢定☺☹

We should appoint people on their merits instead of by favoritism. 我們應當任人惟賢，而不應任人惟親。
★同義字 assign

9分鐘完整功　9分鐘檢定☺☹

appointed 形 委派的；約定的
appointee 名 被指派者
appointer 名 任命者
appointive 形 委任的、任命的；有任命權的
appointment 名 指派、任命；約會

【0047】
appreciation [əˏpriʃɪˋeʃən]

1分鐘速記法　1分鐘檢定☺☹

appreciation [ap・pre・ci・a・tion] 名 感謝
（英高）

5分鐘學習術　5分鐘檢定☺☹

We bought him a present to show our appreciation for all the work he had done. 我們買了一份禮物送給他，對他的幫忙表示感謝。
★同義字 gratitude

9分鐘完整功　9分鐘檢定☺☹

appreciate 動 欣賞
appreciable 形 可評價；可察覺的
appreciatory 形 有鑑賞力的；感謝的
appreciator 名 欣賞者、鑑賞者
appreciative 形 有欣賞力的、有眼力的、欣賞的
inappreciation 名 不欣賞、不正確評價
inappreciative 形 不欣賞的、不正確評價的
unappreciated 形 未得到欣賞的、未受賞識的

【0048】
apprehension [ˏæprɪˋhɛnʃən]

1分鐘速記法　1分鐘檢定☺☹

apprehension [ap・pre・hen・sion] 名 領悟
（英高）

5分鐘學習術　5分鐘檢定☺☹

Derek is quick of apprehension. 德里克有敏銳

MP3 006

的理解能力。

9分鐘完整功　　9分鐘檢定☺☹

apprehend 動 理解
apprehensible 形 可理解的
apprehensive 形 善於理解的
apprehensively 副 善於領會地
apprehensibility 名 理解力

approach [ə`protʃ]　【0049】

1分鐘速記法　　1分鐘檢定☺☹

approach [ap．proach] 動 接近（英中）

5分鐘學習術　　5分鐘檢定☺☹

The thief approached the office carefully, for fear of being detected. 小偷謹慎地接近辦公室，唯恐被人發現。
★同義字access

9分鐘完整功　　9分鐘檢定☺☹

approachable 形 可接近的
approachability 名 可接近性
unapproachable 形 無法接近的；冷漠的
unapproached 形 無與倫比的、難以企及的
reapproach 動 再接近

appropriate [ə`proprɪ͵et]　【0050】

1分鐘速記法　　1分鐘檢定☺☹

appropriate [ap．pro．pri．ate] 形 適當的（英高）

5分鐘學習術　　5分鐘檢定☺☹

The matter will be dealt with by the appropriate authorities. 會有適當的官員來處理那件事。
★同義字proper　　★反義字improper

9分鐘完整功　　9分鐘檢定☺☹

appropriately 副 適當地
appropriateness 名 適合
inappropriate 形 不適當的
inappropriately 副 不適當地
inappropriateness 名 不適合

approve [ə`pruv]　【0051】

1分鐘速記法　　1分鐘檢定☺☹

approve [ap．prove] 動 同意（英高）

🎓菁英幫小提醒：同義片語 go along with 表「同

意；遵守」之意。

5分鐘學習術　　5分鐘檢定☺☹

Since their marriage was not approved by their parents, they eloped in the end. 因為他們的婚姻不受雙親認可，他們最終便私奔了。
★同義字agree　　★反義字object

9分鐘完整功　　9分鐘檢定☺☹

approvable 形 可認可的
approval 名 批准、認可、贊成、同意
approving 形 贊成的、嘉許的
approvingly 副 讚許地
disapprove 動 不贊成、不同意
disapproval 名 反對、不准

architecture [`ɑrkə͵tɛktʃə]　【0052】

1分鐘速記法　　1分鐘檢定☺☹

architecture [ar．chi．tec．ture] 名 建築（英中）

5分鐘學習術　　5分鐘檢定☺☹

They're beautiful examples of traditional architecture. 這些是傳統建築的絕妙範例。
★同義字construction

9分鐘完整功　　9分鐘檢定☺☹

architectural 形 建築學的
architecturally 副 建築上地
architectonic 形 建築術的、體系的
architectonics 名 建築學
architect 名 建築師

argue [`ɑrgju]　【0053】

1分鐘速記法　　1分鐘檢定☺☹

argue [ar．gue] 動 爭論（英中）

5分鐘學習術　　5分鐘檢定☺☹

The women groups and religious groups argue about the legalization of sex work. 婦女團體和宗教團體爭論性工作合法化的問題。
★同義字dispute

9分鐘完整功　　9分鐘檢定☺☹

arguable 形 可辯論的、有疑義的
arguably 副 雄辯地
arguer 名 爭論者
argument 名 爭論、論點

unarguably 副 無可辯駁地
unargued 形 未加辯論的
🎓 菁英幫小提醒：同義字 controversial

【0054】

armed [ɑrmd]

1分鐘速記法   1分鐘檢定 ☺☹

armed [armed] 形 武裝的（英中）

5分鐘學習術   5分鐘檢定 ☺☹

Security guards are not armed, so they will be put into hazard when facing the robbers. 警衛並沒有武裝配備，所以遇到強盜時將置身危險。

9分鐘完整功   9分鐘檢定 ☺☹

armament 名 軍事力量
army 名 軍隊
disarm 動 卸除武裝
disarmament 名 裁軍、解除武裝
rearm 動 再武裝、加強武裝
rearmament 名 重新武裝
unarm 動 解除武裝
unarmed 形 缺乏武裝的

【0055】

arrange [əˋrendʒ]

1分鐘速記法   1分鐘檢定 ☺☹

arrange [ar．ran．ge] 動 安排（英中）
🎓 菁英幫小提醒：同義片語有 cut out

5分鐘學習術   5分鐘檢定 ☺☹

Peggy asked for a leave this afternoon to arrange the academic conference. 佩姬今天下午請假去安排學術會議。
★同義字 organize   ★反義字 disturb

9分鐘完整功   9分鐘檢定 ☺☹

arrangement 名 安排
disarrange 動 使混亂、擾亂
disarrangement 名 混亂、紊亂
prearrange 動 預先安排
rearrange 動 重新安排
rearrangement 名 重新安排

【0056】

assemble [əˋsɛmbl]

1分鐘速記法   1分鐘檢定 ☺☹

assemble [as．sem．ble] 動 集合（英中）

5分鐘學習術   5分鐘檢定 ☺☹

Thousands of people assembled in a stadium for the concert of Chen, Chi-Chen. 成千上萬人在聚集在體育場內看陳綺貞的演唱會。
★同義字 congregate

9分鐘完整功   9分鐘檢定 ☺☹

assembler 名 裝配器、組裝工人
assembly 名 集會
reassemble 動 再集合
disassemble 動 拆開
disassembly 名 拆開

【0057】

assert [əˋsɜt]

1分鐘速記法   1分鐘檢定 ☺☹

assert [as．sert] 動 斷言、聲稱（英高）

5分鐘學習術   5分鐘檢定 ☺☹

He assertes that he is the heir to the field, so does his brother. 他聲稱他是這塊地的繼承人，他的哥哥亦然。
★同義字 declare

9分鐘完整功   9分鐘檢定 ☺☹

assertion 名 斷言、言明、堅持
asserted 形 聲稱的
assertive 形 斷言的、獨斷的
assertiveness 名 自信、魄力
assertively 副 武斷地、自信地
assertor 名 斷言者、堅持者

【0058】

assign [əˋsaɪn]

1分鐘速記法   1分鐘檢定 ☺☹

assign [as．sign] 動 指派（英高）

5分鐘學習術   5分鐘檢定 ☺☹

We have assigned 20% of our budget to the project. 我們已把預算款項的百分之二十分配給這項工程。
★同義字 appoint

9分鐘完整功   9分鐘檢定 ☺☹

assignment 名 指派的任務
assignable 形 可指派的
assigner 名 指派人
reassign 動 再分配
unassigned 形 未被指派的

A B C D E F G H I J K L M N O P Q R S T U V W X Y Z

MP3 007

associate [əˈsoʃɪˌet]　【0059】

1分鐘速記法　1分鐘檢定 ☺☹

associate [as‧so‧ci‧ate] 動 聯合（英高）

5分鐘學習術　5分鐘檢定 ☺☹

We associate Egypt with Nile, where is the origination of Egyptian culture. 我們想到埃及就聯想到尼羅河，埃及文化的發源地。
★同義字combine

9分鐘完整功　9分鐘檢定 ☺☹

associated 形 聯合的
association 名 協會、聯盟
associational 形 協會的、社團的
associative 形 聯合的、組合的
disassociate 動 分離
disassociation 名 分離

assume [əˈsjum]　【0060】

1分鐘速記法　1分鐘檢定 ☺☹

assume [as‧sume] 動 認為；假定、假裝（英中）

5分鐘學習術　5分鐘檢定 ☺☹

Never assume, for it makes an ass out of you and me. 永遠不要主觀臆斷，因為那會使你我成為笨蛋。
★同義字suppose

9分鐘完整功　9分鐘檢定 ☺☹

assumable 形 可假定的
assumably 副 大概
assumed 形 假冒的、假定的
assumedly 副 多半、大概
assumption 名 假定、設想
assumptive 形 假定的；傲慢的
assuming 形 僭越的、傲慢的、自大的
assumingly 副 傲慢地、自負地

attend [əˈtɛnd]　【0061】

1分鐘速記法　1分鐘檢定 ☺☹

attend [at‧tend] 動 注意（英初）
🎓菁英幫小提醒：keep one's ear to the ground 表示「專注傾聽」之意。

5分鐘學習術　5分鐘檢定 ☺☹

She didn't attend to the lecture but focusing on every action of her lover. 她並未注意演講的內容，而是專注於情人的一舉一動。
★反義字ignore

9分鐘完整功　9分鐘檢定 ☺☹

attention 名 注意力、專心；照顧
attentive 形 注意的、留意的；體貼的
attentively 副 周到地
attentiveness 名 注意、專注、關注
inattentive 形 不注意的
inattentively 副 不注意地
inattention 名 不注意

attract [əˈtrækt]　【0062】

1分鐘速記法　1分鐘檢定 ☺☹

attract [at‧tract] 動 引起……注意、引誘（英高）

5分鐘學習術　5分鐘檢定 ☺☹

I waved to attract the waiter's attention, but he seemed too busy to notice me. 我揮手希望能引起服務員的注意，但他看起來忙得沒空注意我。
★同義字allure　　★反義字distract

9分鐘完整功　9分鐘檢定 ☺☹

attractive 形 有吸引力的、引人注目的
attraction 名 吸引力
attractively 副 奪目地
attractable 形 可被吸引的
attractant 名 給昆蟲等的引誘劑
attractor 名 引人注目的人
unattractive 形 無吸引力的
🎓菁英幫小提醒：同義字 affinity，指「（異性間的）吸引力」。

authority [əˈθɔrətɪ]　【0063】

1分鐘速記法　1分鐘檢定 ☺☹

authority [au‧tho‧ri‧ty] 名 權力（英高）

5分鐘學習術　5分鐘檢定 ☺☹

Children often begin to question their parent's authority at a very early age. 兒童往往在小小年紀就開始質疑父母的權威。
★同義字power

9分鐘完整功 　　　9分鐘檢定☺☹

authoritative 形 權威的、官方的
authoritatively 副 權威地
authorize 動 授權
authorization 名 授權
authorized 形 已授權的
authoritarian 形 獨裁主義的
authoritarianism 名 獨裁主義

🎓 菁英幫小提醒：相關用語 dictator，意為「獨裁者」。

【0064】
awe [ɔ]

1分鐘速記法 　　　1分鐘檢定☺☹

awe [awe] 名 敬畏（英高）

5分鐘學習術 　　　5分鐘檢定☺☹

As a young boy, he was very in awe of his uncle, who has a very solemn face. 小時候，他十分敬畏他面色嚴肅的叔叔。salam

★同義字 dread　　★反義字 contempt

9分鐘完整功 　　　9分鐘檢定☺☹

awful 形 可怕的、嚇人的（a fəl）
awfully 副 惡劣地；極度地
awfulness 名 威嚴
awed 形 充滿敬畏的、驚嘆的
awesome 形 令人敬畏的（ɑsəm）
awesomely 副 敬畏地、驚嘆地、了不得

【0065】
back [bæk]

1分鐘速記法 　　　1分鐘檢定☺☹

back [back] 名 背部（英初）

🎓 菁英幫小提醒：「支持某人」，英文可以說 back sb. up。

5分鐘學習術 　　　5分鐘檢定☺☹

naught(零, 無)
naughty
The naughy girl patted his back from the right side, and shifted to the left side immediately. 這個頑皮的女孩從右邊拍他的背，然後迅速移到左邊。

9分鐘完整功 　　　9分鐘檢定☺☹

backbiter 名 背後說人壞話的人
backbone 名 脊柱
backdoor 形 後門的、祕密的、不正當的
backup 名 支援、備用物

backward 形 向後的、落後的
backer 名 支援者、贊助人
background 名 背景
backyard 名 後院

【0066】
ball [bɔl]

1分鐘速記法 　　　1分鐘檢定☺☹

ball [ball] 名 球（英初）

🎓 菁英幫小提醒：此字亦可指「舞會」。

5分鐘學習術 　　　5分鐘檢定☺☹　rɪpəl

The ball rippled the surface of the lake when it was cast to it. 這顆球被投到湖裡，讓湖面起了漣漪。

★同義字 globe

9分鐘完整功 　　　9分鐘檢定☺☹

baseball 名 棒球
basketball 名 籃球
eyeball 名 眼球
football 名 橄欖球
handball 名 手球
snowball 名 雪球
volleyball 名 排球

【0067】
bath [bæθ]

1分鐘速記法 　　　1分鐘檢定☺☹

bath [bath] 名 洗澡（英初）

🎓 菁英幫小提醒：「洗澡」可以說 take a shower 或 take a bath。

5分鐘學習術 　　　5分鐘檢定☺☹

She had nearly got out of the bath and put on her clothes when the telephone rang. 她剛洗好澡穿上衣服，電話鈴聲就響了。

9分鐘完整功 　　　9分鐘檢定☺☹

bathe 動 洗澡
bathed 形 沐浴的
bather 名 沐浴者
bathhouse 名 澡堂
bathing 名 沐浴、洗澡
bathrobe 名 浴衣
bathroom 名 浴室
bathtub 名 浴缸

A B C D E F G H I J K L M N O P Q R S T U V W X Y Z

025

MP3 ◄)) 008

beautiful [`bjutəfəl] 　　[0068]

1分鐘速記法　1分鐘檢定 ☺☹

beautiful [beau · ti · ful] 形 美麗的（英初）

5分鐘學習術　5分鐘檢定 ☺☹

The west lake is famous for its beautiful scenery. 西湖以風景優美著稱。
★同義字pretty　　★反義字ugly

9分鐘完整功　9分鐘檢定 ☺☹

beautifully 副 美麗地
beauty 名 美麗、美人
beautify 動 美化
beautification 名 美化
beautician 名 美容師
unbeautiful 形 不美的

behave [bɪ`hev] 　　[0069]

1分鐘速記法　1分鐘檢定 ☺☹

behave [be · have] 動 行為舉止（英中）

5分鐘學習術　5分鐘檢定 ☺☹

Morals should be in a high standard; conducting oneself in society should be in an upright manner; behaving oneself should be in a courteous way. 品德，應該高尚些；處世，應該坦率些；舉止，應該禮貌些。
　🎓 菁英幫小提醒：相關片語 suave manner，指「溫文儒雅的舉止」。
★同義字manner

9分鐘完整功　9分鐘檢定 ☺☹

behavior 名 舉止
behavioral 形 行為的
behaviorism 名 行為主義
behaviorist 名 行為主義者
behavioristic 形 行動主義的
misbehave 動 行為不檢

believe [bɪ`liv] 　　[0070]

1分鐘速記法　1分鐘檢定 ☺☹

believe [be · lieve] 動 相信（英初）

5分鐘學習術　5分鐘檢定 ☺☹

I know you don't believe me but please hear me out. 我知道你不相信我，但請聽我把話說完。
★同義字trust　　★反義字doubt

9分鐘完整功　9分鐘檢定 ☺☹

belief 名 相信、信心
believable 形 可信賴的
believer 名 信徒
misbelief 名 誤信、信仰邪說
unbelief 名 不信、懷疑
unbelievable 形 難以相信的
unbelieving 形 不相信的
　🎓 菁英幫小提醒：片語 take sth with a grain of salt，意為「半信半疑」。

benefit [`bɛnəfɪt] 　　[0071]

1分鐘速記法　1分鐘檢定 ☺☹

benefit [be · ne · fit] 名 利益（英中）

5分鐘學習術　5分鐘檢定 ☺☹

Equality and mutual benefit is one of China's five principles of peaceful co-existence in foreign policy. 平等互利是中國外交和平共處的五項原則之一。
★同義字advantage

9分鐘完整功　9分鐘檢定 ☺☹

beneficial 形 有益的
beneficially 副 有益地
beneficent 形 慈善的
benefactor 名 捐助人
beneficiary 名 受益人
beneficence 名 善行
benefic 形 有益的

birth [bɝθ] 　　[0072]

1分鐘速記法　1分鐘檢定 ☺☹

birth [birth] 名 誕生、分娩（英初）

5分鐘學習術　5分鐘檢定 ☺☹

The exact date of his birth is not known. 他出生的確切日期無人知道。
★同義字beginning　　★反義字death

9分鐘完整功　9分鐘檢定 ☺☹

birthday 名 誕生日
birthmark 名 胎記
birthplace 名 發源地

birthrate 名 出生率
childbirth 名 分娩
rebirth 名 再生、復活
stillbirth 名 死胎

black [blæk] 【0073】

1分鐘速記法　　1分鐘檢定☺☹

black [black] 形 黑色的（英初）
> 菁英幫小提醒：口語常說的「黑名單」，英文就是 black list。

5分鐘學習術　　5分鐘檢定☺☹

Her black hair shows up against the white dress. 在白色禮服的襯托下，她的黑髮顯得很顯目。
★同義字 dark　　★反義字 white

9分鐘完整功　　9分鐘檢定☺☹

blacken 動 變黑
blacking 名 黑色塗料
blackish 形 呈黑色的
blackness 名 黑暗
blackout 名 停電
blackboard 名 黑板
blackmail 名 勒索

blame [blem] 【0074】

1分鐘速記法　　1分鐘檢定☺☹

blame [blame] 動 責備（英初）
> 菁英幫小提醒：同義片語 rag on sb.，意為「責罵某人」。

5分鐘學習術　　5分鐘檢定☺☹

A bad workman always blames his tools, rather than blames himself. 笨工匠總是怪工具差而不怪自己。
★同義字 scold

9分鐘完整功　　9分鐘檢定☺☹

blameable 形 該責備的
blameful 形 應受責備的
blameless 形 無過失的
blamelessly 副 無可責備地
blameworthy 形 應受責備的

blind [blaɪnd] 【0075】

1分鐘速記法　　1分鐘檢定☺☹

blind [blind] 形 瞎的（英初）
> 菁英幫小提醒：中文中的「相親」，英文是 blind date（盲目約會）。

5分鐘學習術　　5分鐘檢定☺☹

The failure of the surgery made her blind for good. 手術失敗讓她永遠地失明了。
★同義字 sightless

9分鐘完整功　　9分鐘檢定☺☹

blinders 名 眼罩
blindfold 動 蒙住眼睛
blinding 形 令人眩目的
blindingly 副 盲目地、糊塗地
blindly 副 盲目地
blindness 名 盲目

block [blɑk] 【0076】

1分鐘速記法　　1分鐘檢定☺☹

block [block] 動 堵住（英初）

5分鐘學習術　　5分鐘檢定☺☹

Many roads are completely blocked by snow, which lead to severe traffic jam. 許多道路完全被雪堵住了，造成嚴重的交通阻塞。
★同義字 obstruct

9分鐘完整功　　9分鐘檢定☺☹

blocker 名 障礙物
blocked 形 封鎖的
blockish 形 遲鈍的
blockade 名 道路封鎖
blockbuster 名 大轟動、鉅片
> 菁英幫小提醒：同義字 sensation「轟動」。

blood [blʌd] 【0077】

1分鐘速記法　　1分鐘檢定☺☹

blood [blood] 名 血（英初）
> 菁英幫小提醒：inject young blood 意指「注入新血」。

5分鐘學習術　　5分鐘檢定☺☹

Your blood pressure is only a little high, but you still need a diet. 你的血壓只是稍高，但你仍然必須節食。

MP3 ◀● 009

9分鐘完整功　9 分鐘檢定☺☹

bloody 形 血腥的
bloodily 副 血腥地
bloodbath 名 大屠殺
bloodguilt 名 殺人罪
bloodless 形 無血色的、蒼白的
bloodline 名 血統
bloodshed 名 流血
bloodsucker 名 吸血鬼、榨取金錢的人

【0078】

body [ˋbadɪ]

1分鐘速記法　1 分鐘檢定☺☹

body [bo · dy] 名 身體（英初）
🎓 菁英幫小提醒：「生理時鐘」的英文，是 body clock。

5分鐘學習術　5 分鐘檢定☺☹

You can imprison my body but not my mind.
你可以禁錮我的身體，卻束縛不了我的心靈。
★反義字 spirit

9分鐘完整功　9 分鐘檢定☺☹

bodily 形 肉體的
bodiless 形 無形的
bodybuilder 名 健美運動者
bodyguard 名 保鏢
unbodied 形 無形體的
underbody 名 底部、腹部
embody 動 具體化
homebody 名 以家庭為中心的人

【0079】

book [buk]

1分鐘速記法　1 分鐘檢定☺☹

book [book] 名 書籍（英初）

5分鐘學習術　5 分鐘檢定☺☹

She has written several books on the sub-ject of juvenile delinquents. 她已經寫了幾部有關少年罪犯的書了。

9分鐘完整功　9 分鐘檢定☺☹

bookcase 名 書架
bookstore 名 書店
notebook 名 筆記本
bookman 名 學者、文人
bookmark 名 書籤

bookworm 名 書呆子
bankbook 名 銀行存摺
textbook 名 教科書

【0080】

boy [bɔɪ]

1分鐘速記法　1 分鐘檢定☺☹

boy [boy] 名 男孩（英初）

5分鐘學習術　5 分鐘檢定☺☹

The newspaper boy has delivered the Sunday paper. 報童送來星期日的報紙。
★反義字 girl

9分鐘完整功　9 分鐘檢定☺☹

boyfriend 名 男朋友
boyish 形 男孩的
boyishly 副 男孩子氣地
boyo 名 （口語）男子、少年、傢伙
boychik 名 （口語）小伙子
boyhood 名 少年時代

【0081】

brain [bren]

1分鐘速記法　1 分鐘檢定☺☹

brain [brain] 名 腦（英初）

5分鐘學習術　5 分鐘檢定☺☹

She was the brains of the organization. But for her, it will not work anymore. 她是這個組織的智囊，少了她，組織就無法運轉。

9分鐘完整功　9 分鐘檢定☺☹

brainchild 名 個人的創見
braininess 名 機智
brainless 形 愚笨的
brainpower 名 腦力
brainstorm 名 集思廣益、腦力激盪
brainteaser 名 難題
brainwash 動 洗腦

【0082】

break [brek]

1分鐘速記法　1 分鐘檢定☺☹

break [break] 動 打破（英初）
🎓 菁英幫小提醒：動詞不規則變化為 break，broke，broken。

😀5分鐘學習術　5分鐘檢定☺☹

If you break that vase you'll have to pay for it. 假如你打碎那花瓶，你就得賠償。
★同義字 crack

😀9分鐘完整功　9分鐘檢定☺☹

breakable 形 會破的
breakage 名 破損
breakaway 名 分離
breakdown 名 損壞、垮台
breaker 名 破壞者
breaking 名 破壞
breakthrough 名 突破
breakup 名 中斷、分裂

【0083】

brutal [`brutl]

😀1分鐘速記法　1分鐘檢定☺☹

brutal [bru・tal] 形 殘忍的（英中）

😀5分鐘學習術　5分鐘檢定☺☹

With brutal honesty, she told him she did not love him. 她冷酷地直接告訴他，她不愛他。
★同義字 savage

🎓菁英幫小提醒：ferocious 亦有「兇猛的；殘忍的」之意。

😀9分鐘完整功　9分鐘檢定☺☹

brutalize 動 殘忍地對待
brutalization 名 獸性、殘酷
brutally 副 殘忍地
brutalness 名 殘忍、蠻橫
brutality 名 殘忍、野蠻

【0084】

build [bɪld]

😀1分鐘速記法　1分鐘檢定☺☹

build [build] 動 建造（英初）

😀5分鐘學習術　5分鐘檢定☺☹

His ambition is to build his own house. 他的雄心是建造一棟屬於自己的房子。
★同義字 establish

😀9分鐘完整功　9分鐘檢定☺☹

building 名 建築物
builder 名 建築工
overbuild 動 建築過多

rebuild 動 重建
unbuild 動 拆毀
upbuild 動 建立

【0085】

bureaucracy [bjʊ`rɑkrəsɪ]

😀1分鐘速記法　1分鐘檢定☺☹

bureaucracy [bu・reau・cra・cy] 名 官僚（英高）

😀5分鐘學習術　5分鐘檢定☺☹

Getting a visa involves a lot of unnecessary bureaucracy. 由於官僚作風，申請簽證要辦理很多不必要的手續。

😀9分鐘完整功　9分鐘檢定☺☹

bureaucrat 名 官僚
bureaucratese 名 官僚語言
bureaucratic 形 官僚政治的
bureaucratically 副 官僚作風地
bureaucratize 動 官僚化
bureaucratization 名 官僚化

【0086】

bury [`bɛrɪ]

😀1分鐘速記法　1分鐘檢定☺☹

bury [bu・ry] 動 埋葬（英高）

😀5分鐘學習術　5分鐘檢定☺☹

She wants to be buried in the village grave-yard. 她死後希望葬在村子教堂旁的墓地裡。

😀9分鐘完整功　9分鐘檢定☺☹

burial 名 埋葬
buried 形 埋葬的
burier 名 埋葬的人或物
unbury 動 從墓中挖出
unburied 形 未埋葬的

【0087】

calculate [`kælkjə،let]

😀1分鐘速記法　1分鐘檢定☺☹

calculate [cal・cu・late] 動 計算（英初）

😀5分鐘學習術　5分鐘檢定☺☹

The sales manager calculated the number of cars that must be sold each year. 銷售經理估計了每年必須賣出的汽車數量。
★同義字 count

A B C D E F G H I J K L M N O P Q R S T U V W X Y Z

MP3 ◀))010

🎧9分鐘完整功　9分鐘檢定☺☹

calculating 形 計算的
calculated 形 經計算而得的
calculation 名 計算
calculator 名 計算者
calculable 形 可計算的

【0088】

capital [`kæpətḷ]

🎧1分鐘速記法　1分鐘檢定☺☹

capital [ca·pi·tal] 名 資本（英初）

🎧5分鐘學習術　5分鐘檢定☺☹

With several rich sponsors, the capital of the corporation is considerable. 因為有許多富有的贊助商，這間工廠的資本相當可觀。

🎧9分鐘完整功　9分鐘檢定☺☹

capitalize 動 估價、供給資本
capitalization 名 資本化
capitalizable 形 可當資本的
capitalism 名 資本主義
capitalist 名 資本主義者

【0089】

care [kɛr]

🎧1分鐘速記法　1分鐘檢定☺☹

care [care] 動 關心、照顧（英初）

🎧5分鐘學習術　5分鐘檢定☺☹

The only thing he seems to care about is money. Relationship means nothing to him.
他似乎只關心錢，對人際關係視若無物。
★同義字 concern　★反義字 disregard

🎧9分鐘完整功　9分鐘檢定☺☹

careful 形 小心的、仔細的
carefully 副 謹慎地
careless 形 粗心的
carelessly 副 疏忽地、粗心地
carefree 形 無憂無慮的
carefulness 名 細心、謹慎
caretaker 名 看管人

【0090】

cast [kæst]

🎧1分鐘速記法　1分鐘檢定☺☹

cast [cast] 動 投、擲（英高）

🎓菁英幫小提醒：動詞不規則變化為 cast，cast，cast。

🎧5分鐘學習術　5分鐘檢定☺☹

Those naughty boys cast stones into the river. 那些調皮的男孩朝河裡丟擲石頭。
★同義字 throw

🎧9分鐘完整功　9分鐘檢定☺☹

broadcast 名 廣播、播音
broadcaster 名 廣播員
castaway 名 船難者、被棄者
caster 名 投擲的人
forecast 動 預測
newscast 名 新聞廣播
rebroadcast 動 重播、轉播
outcast 名 被拋棄的人

【0091】

catch [kætʃ]

🎧1分鐘速記法　1分鐘檢定☺☹

catch [catch] 動 抓住、捕獲（英初）

🎓菁英幫小提醒：catch on，意為「流行」。

🎧5分鐘學習術　5分鐘檢定☺☹

The policeman caught the thief who was stealing. 員警逮住了正在偷東西的小偷。
★同義字 seize　★反義字 release

🎧9分鐘完整功　9分鐘檢定☺☹

catcher 名 捕捉者、棒球的捕手
catching 形 具傳染性的；有魅力的
catchphrase 名 標語、警句
catchword 名 標語、口號
catchy 形 引人注意的、動聽易記的
eye-catcher 名 引人注目的人、美人

【0092】

category [`kætəˌgorɪ]

🎧1分鐘速記法　1分鐘檢定☺☹

category [ca·te·go·ry] 名 種類（英高）

🎧5分鐘學習術　5分鐘檢定☺☹

These books are divided into categories according to subject. 這些書按科分類。

🎧9分鐘完整功　9分鐘檢定☺☹

categoric 形 明確的
categorical 形 屬於某類型的

categorically 副 明確地
categorize 動 分類
categorization 名 分類

【0093】
cause [kɔz]

1分鐘速記法　1分鐘檢定 ☺☹

cause [cause] 名 原因（英中）

5分鐘學習術　5分鐘檢定 ☺☹

There was discussion about the fire and its likely cause. 這是個對那場火災及其可能起因進行的討論。
★同義字reason　★反義字result

9分鐘完整功　9分鐘檢定 ☺☹

because 連 因為
causal 形 原因的、具因果關係的
causable 形 可被引起的
causality 名 因果關係、原因
causation 名 引起、因果關係
causative 形 成為原因的
causeless 形 無原因的、無理由的

【0094】
center [ˈsɛntɚ]

1分鐘速記法　1分鐘檢定 ☺☹

center [cen · ter] 名 中心（英初）

5分鐘學習術　5分鐘檢定 ☺☹

Being the commercial center of the city, it always seems bustle and hustle. 作為城市的商業中心，它總是熙來攘往。
★同義字middle　★反義字margin

9分鐘完整功　9分鐘檢定 ☺☹

central 形 中間的
centrally 副 中心地
centralize 動 集中
centralization 名 集中
self-centered 形 自我中心的
decentralize 動 分權、去中心化
decentralization 名 分權、去中心化

【0095】
ceremonious [ˌsɛrəˈmonjəs]

1分鐘速記法　1分鐘檢定 ☺☹

ceremonious [ce · re · mo · nious] 形 禮節的（英高）

5分鐘學習術　5分鐘檢定 ☺☹

Their ceremonious greetings did not seem heartfelt. 他們禮節性的歡迎看起來並不是出於真心的。
★同義字courteous　★反義字rude

9分鐘完整功　9分鐘檢定 ☺☹

ceremony 名 典禮、儀式
ceremonially 副 禮儀上、儀式上
ceremonial 形 儀式上的、正式的、禮貌的
ceremoniously 副 重儀式地、隆重地
ceremonialism 名 拘泥禮節、講究禮節
ceremonialist 名 禮儀家

【0096】
certain [ˈsɝtən]

1分鐘速記法　1分鐘檢定 ☺☹

certain [cer · tain] 形 確定的（英初）

5分鐘學習術　5分鐘檢定 ☺☹

Nothing is as certain as the unexpected. 天有不測風雲，人有旦夕禍福。
★同義字sure

9分鐘完整功　9分鐘檢定 ☺☹

certainly 副 確實地
certainty 名 確實
uncertain 形 不確定的
uncertainly 副 不確定地
uncertainty 名 不確定

【0097】
change [tʃendʒ]

1分鐘速記法　1分鐘檢定 ☺☹

change [change] 動 改變（英初）
　　　菁英幫小提醒：相關片語quantum leap，意為「突然改變」。

5分鐘學習術　5分鐘檢定 ☺☹

When the traffic lights changed from red to green, the children ran excitedly across the road. 交通號誌燈從紅色變成綠色時，孩子們興奮地穿越道路。

9分鐘完整功　9分鐘檢定 ☺☹

changeable 形 易變的
changeably 副 多變地
changeability 名 易變性

A B C D E F G H I J K L M N O P Q R S T U V W X Y Z

MP3 ◀ 011

changeless 形 不變的
changed 形 改變的
interchange 動 互換
unchanged 形 不變的

宅屋

【0098】

character [ˋkærɪktə]

1分鐘速記法　1分鐘檢定 ☺☹

character [cha‧rac‧ter] 名 特質、人格（英中）

5分鐘學習術　5分鐘檢定 ☺☹

The furniture in Tom's apartment was pretentious and without character. 湯姆公寓房間裡的傢俱講究排場，但卻沒有特色。
★同義字 feature

pretentious 自負‧矯飾的‧俗氣不凡的

9分鐘完整功　9分鐘檢定 ☺☹

characteristic 名 特性、特徵
characterize 動 具有……特徵
characterization 名 特徵的顯示、性格的描寫
characteristically 副 典型地、有代表性地
uncharacteristic 形 不典型的、不尋常的
uncharacteristically 副 不尋常地

【0099】

cheer [tʃɪr]

1分鐘速記法　1分鐘檢定 ☺☹

cheer [cheer] 動 歡呼（英初）

5分鐘學習術　5分鐘檢定 ☺☹

The audience cheered the movie star as she walked on stage. 電影明星走上舞臺時，觀眾向她歡呼。
★同義字 hail 歡呼‧打招呼‧一陣‧雹 [hel]

9分鐘完整功　9分鐘檢定 ☺☹

cheerer 名 歡呼者
cheerful 形 愉快的
cheerfully 副 歡樂地
cheerfulness 名 歡樂、愉快
cheerily 副 興高采烈地
cheering 名 歡呼、喝采
cheerleader 名 啦啦隊長
🎓 菁英幫小提醒：同義字 jubilant
(dʒubələnt) 喜氣洋洋、令人喜悅的

【0100】

child [tʃaɪld]

1分鐘速記法　1分鐘檢定 ☺☹

child [child] 名 小孩（英初）

9分鐘完整功　9分鐘檢定 ☺☹

君主‧王者 *(世永)*
The eldest child of an emperor can inherit the throne, but girls are not included. 君王最年長的孩子可以繼承王位，但女孩並不包括在內。
★同義字 kid

9分鐘完整功　9分鐘檢定 ☺☹

childbirth 名 分娩
childcare 名 兒童照顧
childhood 名 童年
childish 形 幼稚的
childlike 形 天真的
children 名 孩童
🎓 菁英幫小提醒：為 child 的複數型態。

【0101】

civil [ˋsɪvl]

1分鐘速記法　1分鐘檢定 ☺☹

civil [ci‧vil] 形 公民的（英中）

5分鐘學習術　5分鐘檢定 ☺☹

We have civil rights and duties in our own country. 在我們的國家中，我們都擁有公民的權利與義務。

9分鐘完整功　9分鐘檢定 ☺☹

civilian 名 平民、百姓
civilization 名 文明
civilize 動 教化、開化
civilized 形 文明的
civilizable 形 可教化的
civility 名 禮貌、有禮的言行

【0102】

classical [ˋklæsɪkl]

1分鐘速記法　1分鐘檢定 ☺☹

classical [clas‧si‧cal] 形 古典的（英高）

5分鐘學習術　5分鐘檢定 ☺☹

I prefer classical music to pop for it makes me feel peaceful. 我愛聽古典音樂，不愛聽流行音樂，因為它使我感到平靜。
★反義字 modern

9分鐘完整功　9分鐘檢定 ☺☹

classicalism 名 古典主義
classicality 名 卓越、文雅
classically 副 古典主義地、正統地

classicist 图 古典主義者、古典派作家或學者
classicize 勔 使具有古典風格
classics 图 古典文學

classify [`klæsə,faɪ］ 【0103】

1分鐘速記法　　1分鐘檢定 ☺☹

classify [clas・si・fy] 勔 分類（英中）

5分鐘學習術　　5分鐘檢定 ☺☹

People who work in libraries spend a lot of time classifying books. 在圖書館工作的人花大量的時間為書籍分類。
★同義字 categorize

9分鐘完整功　　9分鐘檢定 ☺☹

classifiable 圐 可分類的
classification 图 分類
classificatory 圐 類別的
classified 圐 分類的
classifieds 图 分類廣告
unclassified 圐 尚未分類的

clean [klin] 【0104】

1分鐘速記法　　1分鐘檢定 ☺☹

clean [clean] 圐 乾淨的（英初）

5分鐘學習術　　5分鐘檢定 ☺☹

Neat freaks always keep their living space and appearences clean and tidy. 有潔癖的人總是把生活空間和外表打理得整齊乾淨。
★同義字 clear　　★反義字 dirty
🎓 菁英幫小提醒：neat freak，意為「有潔癖的人」。

9分鐘完整功　　9分鐘檢定 ☺☹

cleaner 图 清潔工、吸塵器
cleaners 图 乾洗店
cleaning 图 打掃
cleanliness 图 潔淨
cleanse 勔 使清潔
unclean 圐 不清潔的
houseclean 勔 大掃除
clean-handed 圐 清廉的

clear [klɪr] 【0105】

1分鐘速記法　　1分鐘檢定 ☺☹

clear [clear] 圐 乾淨的（英初）

5分鐘學習術　　5分鐘檢定 ☺☹

In serious polluted cities, clear sky is seldom seen. 在污染嚴重的城市，晴朗的天空很少看見。
★同義字 transparent

9分鐘完整功　　9分鐘檢定 ☺☹

clearance 图 清除、清掃
clearing 图 清掃
clearly 勔 明亮地
clearness 图 明亮
unclear 圐 不清楚的
clear-eyed 圐 具洞察力的
clear-headed 圐 敏銳的、明事理的
clear-sighted 圐 有遠見的、有眼光的

climate [`klaɪmɪt] 【0106】

1分鐘速記法　　1分鐘檢定 ☺☹

climate [cli・mate] 图 氣候（英中）

5分鐘學習術　　5分鐘檢定 ☺☹

He could not put up with the terrible UK climate and felt unaccommodated. 他忍受不了糟糕的英國氣候而感到水土不服。
🎓 菁英幫小提醒：climate 為長期的平均氣候，weather 為短期的天氣狀態。

9分鐘完整功　　9分鐘檢定 ☺☹

climatic 圐 氣候的
climatically 勔 氣候上
acclimatize 勔 適應水土
acclimation 图 順應環境
climatology 图 氣候學
climatologist 图 氣候學家

cloth [klɔθ] 【0107】

1分鐘速記法　　1分鐘檢定 ☺☹

cloth [cloth] 图 布料、衣料（英初）

5分鐘學習術　　5分鐘檢定 ☺☹

She bought the purple cloth to make some new dresses. 她買了紫色的布料來製作新洋裝。
★同義字 fabric

C

MP3 012

9分鐘完整功　9分鐘檢定 ☺☹

clothe 動 穿衣
clothes 名 衣服
clothing 名 衣服；覆蓋物
clotheshorse 名 曬衣架
clothespress 名 衣櫥
underclothes 名 內衣、襯衣
clothesline 名 曬衣繩

【0108】

close [kloz]

1分鐘速記法　1分鐘檢定 ☺☹

close [close] 動 關閉（英初）

5分鐘學習術　5分鐘檢定 ☺☹

The firm has decided to close its London branch. 公司已決定將倫敦分店停業。
★反義字 open

9分鐘完整功　9分鐘檢定 ☺☹

closer 名 關閉者
closure 名 關閉
closing 形 結尾的、關閉的
disclose 動 揭發
enclose 動 包圍
unclose 動 揭露
unclosed 形 未結束的

【0109】

cloud [klaʊd]

1分鐘速記法　1分鐘檢定 ☺☹

cloud [cloud] 名 雲（英初）

5分鐘學習術　5分鐘檢定 ☺☹

The sky is covered with dark clouds; we could see there comes rainstorms. 天空烏雲密布，我們看得出暴風雨要來了。

9分鐘完整功　9分鐘檢定 ☺☹

cloudy 形 多雲的
clouded 形 烏雲密布的
cloudily 副 多雲地
cloudless 形 無雲的、晴朗的
cloudiness 名 多雲、陰沉
unclouded 形 無雲的、晴朗的
encloud 動 多雲遮蔽
overcloud 動 使陰暗

【0110】

collaborate [kə`læbə,ret]

1分鐘速記法　1分鐘檢定 ☺☹

collaborate [col·la·bo·rate] 動 合作（英中）

5分鐘學習術　5分鐘檢定 ☺☹

He collaborated on a biography with his friend, since they had very close experiences and relationship. 他和朋友合作寫一本傳記，因為他們有著非常相近的際遇和人際關係。
★同義字 cooperate

9分鐘完整功　9分鐘檢定 ☺☹

collaboration 名 合作
collaborative 形 合作的
collaboratively 副 合作地
collaborator 名 合作者
collaboratory 形 經由合作產生的
collaborationist 名 協助者
collaborationism 名 通敵賣國

【0111】

collect [kə`lɛkt]

1分鐘速記法　1分鐘檢定 ☺☹

collect [col·lect] 動 收集（英中）

5分鐘學習術　5分鐘檢定 ☺☹

The old professor displayed he collected the stamps to his friends and students. 老教授向友人和學生展示他的集郵成果。
★同義字 assemble　　★反義字 distribute

9分鐘完整功　9分鐘檢定 ☺☹

collection 名 收藏品
collectable 形 可收集的
collective 形 集合的、集體的
collectivism 名 集體主義
collector 名 收藏家
recollect 動 回憶、想起
recollection 名 回憶、追憶、記憶力

【0112】

colony [`kɑlənɪ]

1分鐘速記法　1分鐘檢定 ☺☹

colony [co·lo·ny] 名 殖民地（英高）

5分鐘學習術　5分鐘檢定 ☺☹

The Latin America was mostly the colony of Spain. 拉丁美洲過去大多是西班牙的殖民地。

9分鐘完整功　9分鐘檢定 ☺☹

anti-colonial 形 反殖民主義的
colonial 形 殖民地的
colonialism 名 殖民主義
colonialist 名 殖民主義者
colonist 名 拓殖者、殖民地居民
colonize 動 開拓殖民地

🎓 菁英幫小提醒：相關用語 imperialism，意指「帝國主義」。

---

color [ˋkʌlə]　【0113】

1分鐘速記法　1分鐘檢定 ☺☹

color [co‧lor] 名 顏色（英初）

🎓 菁英幫小提醒：pass with flying colors 意為「高分通過」。

5分鐘學習術　5分鐘檢定 ☺☹

The color of her new-dyed hair is chestnut, which is very brilliant. 她新染的髮色是栗色，看起來非常明豔。
★同義字 hue

9分鐘完整功　9分鐘檢定 ☺☹

colorable 形 可著色的
colorful 形 多色的
colorless 形 無色的、蒼白的
colorize 動 著色
coloration 名 著色
decolor 動 漂白
recolor 動 重新著色
uncolored 形 未著色的、原色的

---

combine [kəmˋbaɪn]　【0114】

1分鐘速記法　1分鐘檢定 ☺☹

combine [com‧bine] 動 合併（英高）

5分鐘學習術　5分鐘檢定 ☺☹

The two organizations combined to form one company. 兩個機構合併為一家新公司。
★同義字 unite　　★反義字 divide

9分鐘完整功　9分鐘檢定 ☺☹

combination 名 結合、聯盟
combinative 形 結合的
combined 形 聯合的
uncombined 形 未結合的、分離的

---

recombine 動 重組
recombination 名 重組

---

come [kʌm]　【0115】

1分鐘速記法　1分鐘檢定 ☺☹

come [come] 動 來（英初）

🎓 菁英幫小提醒：動詞不規則變化為 come，came，come。

5分鐘學習術　5分鐘檢定 ☺☹

Without vehicle and dress, Cinderella could not come to the party. 因為沒有交通工具和洋裝，辛度瑞拉無法參加宴會。
★反義字 go

9分鐘完整功　9分鐘檢定 ☺☹

comeback 名 恢復
comedown 名 喪失、落魄
comer 名 來者
newcomer 名 新手、新移民
forthcoming 形 即將來到的
income 名 收入
outcome 名 結果
upcoming 形 即將來臨的

---

comfort [ˋkʌmfət]　【0116】

1分鐘速記法　1分鐘檢定 ☺☹

comfort [com‧fort] 名 舒適、安慰（英初）

5分鐘學習術　5分鐘檢定 ☺☹

My husband was a great comfort to me when our son was ill. 兒子生病時，丈夫給了我極大的安慰。
★同義字 relief　　★反義字 distress

9分鐘完整功　9分鐘檢定 ☺☹

comfortable 形 舒適的
comfortably 副 舒適地
comforter 名 安慰者
comforting 形 安慰的、鼓舞的
discomfort 名 不舒服、不安
uncomfortable 形 不舒服的、不自在的

---

commend [kəˋmɛnd]　【0117】

1分鐘速記法　1分鐘檢定 ☺☹

commend [com‧mend] 動 稱讚（英高）

MP3 ◀ 013

5分鐘學習術　5分鐘檢定☺☹

Dean was commended for his excellent work. 迪安工作表現出色，受到嘉許。
★同義字 praise

> 🎓 菁英幫小提醒：同義字 compliment 既可當動詞，也可當名詞表示「讚美的話」。

9分鐘完整功　9分鐘檢定☺☹

commendable 🔟 值得讚美的
commendably 🔟 值得讚賞地
commendation 🔟 稱讚、推薦
commendatory 🔟 讚賞的、推薦的
recommend 🔟 推薦
recommendable 🔟 可推薦的
recommendation 🔟 推薦

【0118】
commerce [`kɑmɝs]

1分鐘速記法　1分鐘檢定☺☹

commerce [com · merce] 🔟 商業（英中）

5分鐘學習術　5分鐘檢定☺☹

Our country has grown rich because of its commerce with other nations. 因為與其他國家進行貿易，我們國家已變得富裕起來。
★同義字 business

9分鐘完整功　9分鐘檢定☺☹

commercial 🔟 商業的
commercially 🔟 商業上
commercialism 🔟 商業精神
commercialist 🔟 重商主義者
commercialize 🔟 商業化、商品化
uncommercial 🔟 非商業的

【0119】
communicate [kə`mjunə͵ket]

1分鐘速記法　1分鐘檢定☺☹

communicate [com · mu · ni · cate] 🔟 溝通（英中）

5分鐘學習術　5分鐘檢定☺☹

Since then, they lost their ability to communicate with an audience. 自那以後，他們再也無法引起觀眾的共鳴。

9分鐘完整功　9分鐘檢定☺☹

communicable 🔟 可傳達的；會傳染的

---

communicant 🔟 報音信者
communication 🔟 傳播、溝通、信息
communicative 🔟 社交的、交際的
communicator 🔟 傳播者、發報機
communicatory 🔟 有關通信的

【0120】
companion [kəm`pænjən]

1分鐘速記法　1分鐘檢定☺☹

companion [com · pa · ni · on] 🔟 同伴（英高）

5分鐘學習術　5分鐘檢定☺☹

He waved desperately to his companion, saying that he decided to give up. 他絕望地向他的夥伴揮了揮手，說他決定放棄了。
★同義字 partner

> 🎓 菁英幫小提醒：comrade 也可指「夥伴、同事」。

9分鐘完整功　9分鐘檢定☺☹

companionable 🔟 好相處的、友善的
companionably 🔟 友善地
companionate 🔟 友愛的、和諧的
companionship 🔟 友誼、交誼
uncompanionable 🔟 不好交際的、難相處的
accompany 🔟 陪伴
accompaniment 🔟 伴隨者、伴隨物

【0121】
compare [kəm`pɛr]

1分鐘速記法　1分鐘檢定☺☹

compare [com · pare] 🔟 比較（英中）

> 🎓 菁英幫小提醒：相關片語 keep up with the Joneses，表示「和他人（在物資上）比闊」之意。

5分鐘學習術　5分鐘檢定☺☹

It is interesting to compare their situation and ours. 把他們的狀況與我們的相比很有意思。
★同義字 contrast

9分鐘完整功　9分鐘檢定☺☹

comparison 🔟 比較、對照
comparable 🔟 可比較的
comparative 🔟 比較的、相對而言的
comparatively 🔟 比較地
compared 🔟 比較的、對照的
incomparable 🔟 無法比較的
incomparably 🔟 不能比較地

compatible [kəm`pætəbḷ] 【0122】

1分鐘速記法 1分鐘檢定☺☹

compatible [com · pa · ti · ble] 形 相容的（英高）

5分鐘學習術 5分鐘檢定☺☹

The battery is not compatible with the digital camera, so we have to buy a new one. 這個電池與數位相機不相容，所以我們得買一個新的。

9分鐘完整功 9分鐘檢定☺☹

compatibility 名 適合、協調性
compatibly 副 兼容地、協調地
incompatible 形 不相容的
incompatibly 副 不相容地
incompatibility 名 不一致、不相容

compensation [ˌkɑmpən`seʃən] 【0123】

1分鐘速記法 1分鐘檢定☺☹

compensation [com · pen · sa · tion] 名 補償（英高）

5分鐘學習術 5分鐘檢定☺☹

I got 5,000 dollars compensation for my injuries. 我受了傷，得到五千美元的賠償。
★同義字 amends

9分鐘完整功 9分鐘檢定☺☹

compensate 動 賠償
compensatory 形 賠償的、補償的
compensative 形 償還的、補充的
compensator 名 賠償者、補償物
compensatory 形 賠償的、補償的
compensable 形 可補償的、有權要求補償的
compensability 名 可補償性

compete [kəm`pit] 【0124】

1分鐘速記法 1分鐘檢定☺☹

compete [com · pete] 動 競爭、比賽（英中）

5分鐘學習術 5分鐘檢定☺☹

The two TV broadcasting companies in Hong Kong have always been competing with each other for higher audience rating. 香港的兩家電視廣播公司長期以來為爭取更高的收視率而互相競爭。

★同義字 rival　★反義字 collaborate

9分鐘完整功 9分鐘檢定☺☹

competition 名 競爭、比賽
competitive 形 競爭的
competitor 名 競爭者、敵手
competing 形 只能選其中之一的
uncompetitive 形 無競爭力的

complain [kəm`plen] 【0125】

1分鐘速記法 1分鐘檢定☺☹

complain [com · plain] 動 抱怨（英初）
　菁英幫小提醒：同義字 whinge，為英式用語。

5分鐘學習術 5分鐘檢定☺☹

Our neighbor said that if we made any more noise he would complain to the police. 我們鄰居說，我們如果再吵鬧，他就要向警方投訴。
★同義字 grumble

9分鐘完整功 9分鐘檢定☺☹

complainer 名 發牢騷的人
complainant 名 抱怨者、申訴人
complaint 名 抱怨、怨言
complainingly 副 發牢騷地
uncomplaining 形 無怨尤的
uncomplainingly 副 無怨地、順從地

complete [kəm`plit] 【0126】

1分鐘速記法 1分鐘檢定☺☹

complete [com · plete] 動 完成（英中）

5分鐘學習術 5分鐘檢定☺☹

The project should be completed within a year. 這項工程必須在一年之內完成。
★同義字 finish
　菁英幫小提醒：和 complete 一樣，屬及物動詞，可直接接受詞。

9分鐘完整功 9分鐘檢定☺☹

completed 形 完整的
completely 副 完整地
completion 名 完成、結束
completive 形 完成的
uncompleted 形 未完成的
incomplete 形 未完成的

MP3 014

incompletion 图 不完整、未完成
incompletely 副 不完全地

【0127】
compose [kəm`poz]

1分鐘速記法　1分鐘檢定 ☺☹

compose [com・pose] 動 組成（英中）

5分鐘學習術　5分鐘檢定 ☺☹

Water is a compound composed of hydrogen and oxygen. 水是由氫和氧組成的化合物。
★同義字 form

9分鐘完整功　9分鐘檢定 ☺☹

composer 图 作曲者
composing 图 組成、排字
composition 图 組成、樂曲、作文
decompose 動 分解
decomposition 图 分解作用
decomposable 形 可分解的
indecomposable 形 不可分解的
recompose 動 改組

【0128】
comprehension [ˌkɑmprɪ`hɛnʃən]

1分鐘速記法　1分鐘檢定 ☺☹

comprehension [com・pre・hen・sion] 图 理解力（英高）

5分鐘學習術　5分鐘檢定 ☺☹

The horror of war is beyond comprehension unless you experience it in person. 戰爭之恐怖難以理解，除非你親身體驗。
★同義字 understanding

9分鐘完整功　9分鐘檢定 ☺☹

comprehend 動 理解
comprehensive 形 有充分理解力的
comprehensible 形 可理解的
comprehensibly 副 可理解地
comprehensively 副 一切地、廣泛地
comprehensiveness 图 綜合性

【0129】
compress [kəm`prɛs]

1分鐘速記法　1分鐘檢定 ☺☹

compress [com・press] 動 壓縮（英中）

5分鐘學習術　5分鐘檢定 ☺☹

The main arguments were compressed into one chapter. 主要的論證被壓縮進了一個章節。
★反義字 swell

9分鐘完整功　9分鐘檢定 ☺☹

compressed 形 壓縮的
compressible 形 可壓縮的
compressibility 图 壓縮性
compressive 形 有壓縮力的
compressor 图 壓縮物、壓縮機
decompress 動 減壓
decompression 图 減壓

【0130】
conceive [kən`siv]

1分鐘速記法　1分鐘檢定 ☺☹

conceive [con・ceive] 動 想出（英高）

5分鐘學習術　5分鐘檢定 ☺☹

He conceived the idea for the novel during his journey through India. 他在印度的旅途中，有了寫這部小說的念頭。
★同義字 think

9分鐘完整功　9分鐘檢定 ☺☹

conceiver 图 構想者
conceivable 形 可想像的
conceivably 副 可理解地
inconceivable 形 不可想像的
inconceivably 副 難以想像地
inconceivability 图 不可思議

【0131】
concentrate [`kɑnsɛnˌtret]

1分鐘速記法　1分鐘檢定 ☺☹

concentrate [con・cen・trate] 動 專心（英中）

5分鐘學習術　5分鐘檢定 ☺☹

Human mind is great, for so long as it concentrates on some cause, it will produce surprising achievements. 人的思想是了不起的，只要專注於某一項事業，就會做出使自己感到吃驚的成績來。
★同義字 focus

9分鐘完整功　9分鐘檢定 ☺☹

concentration 图 集中

concentrated 形 集中的
concentrative 形 集中的
concentrator 名 專心者
reconcentrate 動 再集中
reconcentration 名 再集中

concept [`kɑnsɛpt] 【0132】

1分鐘速記法　1分鐘檢定 ☺☹

concept [con · cept] 名 概念（英高）

5分鐘學習術　5分鐘檢定 ☺☹

Our program lecturer tried hard to explain the concept of loop in Visual Basic Language. 我們的課程講師努力解釋 VB 程式語言裡的迴圈概念。
★同義字 idea

9分鐘完整功　9分鐘檢定 ☺☹

conception 名 概念、觀念、構想
conceptive 形 有想像力的、構想的
conceptual 形 概念上的
conceptually 副 概念上地
conceptualize 動 概念化
conceptualization 名 概念化

concern [kən`sɝn] 【0133】

1分鐘速記法　1分鐘檢定 ☺☹

concern [con · cern] 動 擔心（英高）

5分鐘學習術　5分鐘檢定 ☺☹

You needn't concern yourself for the hotel booking. The travel agency will take care of it. 你不必為預定酒店房間的事操心，旅行社會幫你安排的。
★同義字 worry

9分鐘完整功　9分鐘檢定 ☺☹

concerned 形 擔心的、不安的
concernedly 副 擔心地、不安地
concernment 名 憂慮、掛念
self-concern 名 自私自利
unconcern 名 冷漠
unconcerned 形 漫不在乎的

conclude [kən`klud] 【0134】

1分鐘速記法　1分鐘檢定 ☺☹

conclude [con · clude] 動 做結論（英中）

5分鐘學習術　5分鐘檢定 ☺☹

In the end of the dissertation, she concluded that the prosperity of digital publishing is prospective. 在論文的結尾，她的結論是數位出版前景看漲。

9分鐘完整功　9分鐘檢定 ☺☹

conclusion 名 結論
concluding 形 最後的
conclusive 形 決定性的、最後的
conclusively 副 決定性地、最後地
inconclusive 形 非決定性的、不確定的
inconclusively 副 非決定性地

condition [kən`dɪʃən] 【0135】

1分鐘速記法　1分鐘檢定 ☺☹

condition [con · di · tion] 名 情況（英中）

5分鐘學習術　5分鐘檢定 ☺☹

The committee declared those ships were not in good conditions to make long voyages. 委員會宣布由於那些船狀況不好，不適於遠程航行。
★同義字 situation

9分鐘完整功　9分鐘檢定 ☺☹

conditional 形 附有條件的
conditionality 名 條件性、條件限制
conditionally 副 附有條件地
conditioner 名 調節器
conditioned 形 在某種條件下的
ill-conditioned 形 情況很糟糕的
precondition 名 前提
unconditional 形 無條件的

conduct [kən`dʌkt] 【0136】

1分鐘速記法　1分鐘檢定 ☺☹

conduct [con · duct] 動 傳導（英中）

5分鐘學習術　5分鐘檢定 ☺☹

Most metals can conduct electricity, so can graphite. 大多數的金屬都能導電，石墨也可以。

C

MP3 ◀)) 015

😊9分鐘完整功　　　9分鐘檢定☺☹

conductible 形 能傳導的
conductor 名 導體
conductibility 名 導電性
conduction 名 傳導、輸送
conductive 形 有傳導力的
semiconductor 名 半導體
nonconductor 名 絕緣體

【0137】
confident [ˋkɑnfədənt]

😊1分鐘速記法　　　1分鐘檢定☺☹

confident [con‧fi‧dent] 形 有信心的（英中）
　　🎓 菁英幫小提醒：反義字為 self-abased，意為「自卑的」。

😊5分鐘學習術　　　5分鐘檢定☺☹

By your composed attitude in the interview, I am confident that you will get the job. 憑你在面試中從容的態度，我有信心你可以得到那份工作。
★同義字 certain

😊9分鐘完整功　　　9分鐘檢定☺☹

confidant 名 知己、密友
confidence 名 自信
confidential 形 極受信任的
confidently 副 有信心地
nonconfidence 名 不信任

【0138】
confirm [kənˋfɝm]

😊1分鐘速記法　　　1分鐘檢定☺☹

confirm [con‧firm] 動 證實（英中）
　　🎓 菁英幫小提醒：corroborate 亦為「證實」之意。

😊5分鐘學習術　　　5分鐘檢定☺☹

Recent court decisions have confirmed the rights of all children. 近來，法律肯定了有關兒童的權利。
★同義字 prove　　★反義字 deny

😊9分鐘完整功　　　9分鐘檢定☺☹

confirmation 名 確認、批准
confirmative 形 確定的
confirmatory 形 確證的
confirmable 形 可確定的

confirmed 形 堅定的、被證實的
confirmedly 副 堅定地、根深蒂固地

【0139】
conform [kənˋfɔrm]

😊1分鐘速記法　　　1分鐘檢定☺☹

conform [con‧form] 動 使一致（英中）

😊5分鐘學習術　　　5分鐘檢定☺☹

On the first day when a pupil enters school, he is asked to conform to the school rules. 從進校的第一天起，學校就要求學生遵守校規。
★同義字 comply

😊9分鐘完整功　　　9分鐘檢定☺☹

conformable 形 一致的
conformably 副 一致地
conformability 名 一致
conformation 名 一致、符合
unconformity 名 不一致、不順從
unconformable 形 不一致的、不順從的

【0140】
confuse [kənˋfjuz]

😊1分鐘速記法　　　1分鐘檢定☺☹

confuse [con‧fuse] 動 使困惑（英中）

😊5分鐘學習術　　　5分鐘檢定☺☹

They confused me by asking so many questions. 他們提了一大堆問題，把我都弄糊塗了。
★同義字 bewilder　　★反義字 clarify

😊9分鐘完整功　　　9分鐘檢定☺☹

confusing 形 令人困惑的
confusion 名 混亂、困惑
confusingly 副 迷惑不解地
confused 形 困惑的
confusedly 副 困惑地、混亂地

【0141】
connect [kəˋnɛkt]

😊1分鐘速記法　　　1分鐘檢定☺☹

connect [con‧nect] 動 連接（英中）

😊5分鐘學習術　　　5分鐘檢定☺☹

The towns are connected by train and bus services. 這些城鎮由火車和公共汽車連接起來。
★同義字 link

9分鐘完整功　　　　9分鐘檢定☺☹

connected 形 連接的
connecter 名 連接者、連接物
connection 名 連接
connective 形 連接的
disconnect 動 分離、切斷
disconnection 名 分離、切斷
interconnect 動 互相連接
unconnected 形 不連接的

conquer [ˌkɑŋkə]　　【0142】

1分鐘速記法　　　　1分鐘檢定☺☹

conquer [con・quer] 征服（英中）

5分鐘學習術　　　　5分鐘檢定☺☹

Some countries may be defeated but can never be conquered. 有的國家可能被打敗，但決不能被征服。
★同義字 overcome

9分鐘完整功　　　　9分鐘檢定☺☹

all-conquering 形 攻無不克的
conqueror 名 征服者
conquerable 名 可征服的
conquest 名 佔領地
reconquer 動 再征服
unconquerable 形 無法征服的

conscious [ˋkɑnʃəs]　　【0143】

1分鐘速記法　　　　1分鐘檢定☺☹

conscious [con・scious] 形 神智清醒的（英高）

5分鐘學習術　　　　5分鐘檢定☺☹

The injured driver was still conscious when the ambulance arrived. 救護車到的時候，受傷的司機依然神智清醒。
★同義字 aware　　★反義字 unaware

9分鐘完整功　　　　9分鐘檢定☺☹

consciously 副 有意識地
consciousness 名 意識、知覺
unconscious 形 無意識的
unconsciously 副 無意識地
unconsciousness 名 無意識

consequence [ˋkɑnsə,kwɛns]　　【0144】

1分鐘速記法　　　　1分鐘檢定☺☹

consequence [con・se・quence] 名 結果（英中）

5分鐘學習術　　　　5分鐘檢定☺☹

If my strategy is not feasible, I am quite willing to accept the consequences. 如果我的戰略不可行的話，我完全願意承擔後果。
★同義字 result

9分鐘完整功　　　　9分鐘檢定☺☹

consequential 形 隨之發生的
consequentially 副 因而、必然地
consequent 形 隨之發生的、邏輯上一致的
consequently 副 因此、必然地
inconsequence 名 不合理、矛盾
inconsequent 形 不合理的

conservation [ˌkɑnsəˋveʃən]　　【0145】

1分鐘速記法　　　　1分鐘檢定☺☹

conservation [con・ser・va・tion] 名 保護（英高）

5分鐘學習術　　　　5分鐘檢定☺☹

Conservation groups are protesting against the plan to build a road through the forest. 自然保護組織反對興建道路穿越森林的計畫。
★同義字 preservation

9分鐘完整功　　　　9分鐘檢定☺☹

conserve 動 保存、保護、節省
conservative 形 保守的
conservatively 副 保存地、謹慎地
conservationist 名 天然資源保護者
conservator 名 保護者、管理員
conservatory 形 保存性的

consider [kənˋsɪdə]　　【0146】

1分鐘速記法　　　　1分鐘檢定☺☹

consider [con・si・der] 動 認為、考慮（英中）

5分鐘學習術　　　　5分鐘檢定☺☹

The company is being actively considered as a potential partner. 這家公司正被積極考慮為可能的合作夥伴。
★同義字 regard

MP3 016

9分鐘完整功　　　9分鐘檢定 ☺☹

consideration 名 考慮
considerate 形 體貼的、周到的
considerately 副 體貼地
considerable 形 相當多的；值得考慮的
considerably 副 相當、非常
considered 形 經過考慮的；受人尊重的
considering 介 就……而論、考慮到……

【0147】

consist [kən`sɪst]

1分鐘速記法　　　1分鐘檢定 ☺☹

consist [con・sist] 動 組成（英中）

5分鐘學習術　　　5分鐘檢定 ☺☹

The basic theory of the traditional Chinese medical science consists in the balance of the Chinese Yin and Yang. 傳統中醫的理論在於人體陰陽的平衡。
★同義字 comprise

9分鐘完整功　　　9分鐘檢定 ☺☹

consistent 形 一致的
consistently 副 一致地、一貫地
consistency 名 一致、協調
inconsistent 形 不一致的
inconsistently 副 不一致地
inconsistency 名 矛盾、不協調

【0148】

constant [`kɑnstənt]

1分鐘速記法　　　1分鐘檢定 ☺☹

constant [con・stant] 形 不變的（英中）

5分鐘學習術　　　5分鐘檢定 ☺☹

Babies need constant attention for they cry every now and then. 嬰兒需要長時間的照顧，因為他們不時會哭。
★同義字 invariable

9分鐘完整功　　　9分鐘檢定 ☺☹

constancy 名 恆久不變
constantly 副 恆常地
inconstant 形 易變的
inconstantly 副 易變地
inconstancy 名 易變、無常

【0149】

constitute [`kɑnstə,tjut]

1分鐘速記法　　　1分鐘檢定 ☺☹

constitute [cons・ti・tute] 動 構成、制定（英中）

5分鐘學習術　　　5分鐘檢定 ☺☹

The committee had been improperly constituted, and therefore had no legal power. 該委員會的建立不合規定，因而沒有合法的權力。
★同義字 organize

9分鐘完整功　　　9分鐘檢定 ☺☹

constitution 名 構造、組成
constitutional 形 本質上的
constitutionally 副 體質上；構造上
constitutionality 名 合法性
constituent 形 構成的、組成的
constitutive 形 本質的、構成的

【0150】

construct [kən`strʌkt]

1分鐘速記法　　　1分鐘檢定 ☺☹

construct [con・struct] 動 建造（英高）

5分鐘學習術　　　5分鐘檢定 ☺☹

Early houses were constructed out of mud and sticks. 早期的房屋是用泥土和樹枝建造的。
★同義字 build　★反義字 destroy

9分鐘完整功　　　9分鐘檢定 ☺☹

constructive 形 建設性的；結構上的
construction 名 建造；建築物
constructively 副 建設性地
constructor 名 建造者
reconstruct 動 重建
reconstruction 名 重建、再建
destructive 形 破壞的、毀滅性的
destruction 名 破壞、毀滅

【0151】

consultant [kən`sʌltənt]

1分鐘速記法　　　1分鐘檢定 ☺☹

consultant [con・sul・tant] 名 顧問（英高）

5分鐘學習術　　　5分鐘檢定 ☺☹

Of all the consultants, only Mr. Wang gave us some proposals in point. 所有的顧問當中，只有王先生向我們提了一些中肯的建議。
★同義字 adviser

9分鐘完整功　　　9分鐘檢定☺☹

consult 　動 請教
consultation 　名 諮詢
consultancy 　名 諮詢公司
consultative 　形 諮詢的
consulting 　形 諮詢的

---

consume [kən`sjum] 【0152】

1分鐘速記法　　　1分鐘檢定☺☹

consume [con · sume] 動 消耗、花費（英中）

5分鐘學習術　　　5分鐘檢定☺☹

In the mid-seventies, Americans consumed about seventeen million barrels of oil daily. 在七十年代中期美國人每天耗油約達一千七百萬桶。
★同義字 expend

9分鐘完整功　　　9分鐘檢定☺☹

consumable 　形 消耗性的、能用盡的
inconsumable 　形 無法消耗的
consumption 　名 消耗、花費
consumptive 　形 消費的、消耗性的
consumer 　名 消費者
　🎓 菁英幫小提醒：相關片語 consumer voucher，意為「消費券」。

---

contaminate [kən`tæmə,net] 【0153】

1分鐘速記法　　　1分鐘檢定☺☹

contaminate [con · ta · mi · nate] 動 汙染（英高）

5分鐘學習術　　　5分鐘檢定☺☹

The town's drinking water was contaminated with poisonous chemicals. 這城市的飲用水被有毒化學物質污染。
★同義字 pollute

9分鐘完整功　　　9分鐘檢定☺☹

contaminant 　名 汙染物
contaminated 　形 受汙染的
contamination 　名 汙染
contaminative 　形 汙損的
uncontaminated 　形 未受汙染的

---

contemplate [`kɑntɛm,plet] 【0154】

1分鐘速記法　　　1分鐘檢定☺☹

contemplate [con · tem · plate] 動 深思（英高）

5分鐘學習術　　　5分鐘檢定☺☹

Before her illness she had never contemplated retiring. 她生病之前從沒有考慮過退休。
★同義字 ponder

9分鐘完整功　　　9分鐘檢定☺☹

contemplable 　形 可考慮的
contemplation 　名 沉思、冥想
contemplative 　形 深思的
contemplator 　名 沉思者
uncontemplated 　形 未經思考的
　🎓 菁英幫小提醒：同義片語 off the top of one's head

C

---

contempt [kən`tɛmpt] 【0155】

1分鐘速記法　　　1分鐘檢定☺☹

contempt [con · tempt] 名 輕視（英中）
　🎓 菁英幫小提醒：同義片語 look down on

5分鐘學習術　　　5分鐘檢定☺☹

This push technology has earned the contempt of many web users. 這種推銷手段已受到了很多網路用戶的蔑視。
★同義字 scorn

9分鐘完整功　　　9分鐘檢定☺☹

contemptible 　形 可鄙的
contemptibly 　副 卑鄙地
contemptuous 　形 瞧不起的
contemptuously 　副 輕蔑地
contemptibility 　名 卑劣

---

content [kən`tɛnt] 【0156】

1分鐘速記法　　　1分鐘檢定☺☹

content [con · tent] 形 滿足的（英中）

5分鐘學習術　　　5分鐘檢定☺☹

Not content with stealing my boyfriend, she has turned all my friends against me. 她奪走了我的男朋友還不滿足，又挑起我所有的朋友和我作對。
★同義字 satisfied

MP3 017

9分鐘完整功　9分鐘檢定 ☺☹

contented 形 滿足的
contentedly 副 滿足地
contentment 名 滿足
discontent 名 不滿意
discontented 形 不滿意的
self-content 形 自滿

continue [kən`tɪnju] 【0157】

1分鐘速記法　1分鐘檢定 ☺☹

continue [con．ti．nue] 動 繼續（英中）

🎓 菁英幫小提醒：continue doing sth.表示「繼續做某事」。

5分鐘學習術　5分鐘檢定 ☺☹

The exhibition of Andy Warhol continues until 29th of March. 安迪沃荷的展覽持續到三月二十九日。
★同義字 last　★反義字 cease

9分鐘完整功　9分鐘檢定 ☺☹

continual 形 重複的、連續的、頻繁的
continually 副 不斷地
continuation 名 間斷後的延續
continuity 名 連續性、持續性
continuous 形 連續不斷的
continuously 副 連續地
continuance 名 繼續、持續

contradiction [ˌkɑntrə`dɪkʃən] 【0158】

1分鐘速記法　1分鐘檢定 ☺☹

contradiction [con．tra．dic．tion] 名 矛盾（英高）

5分鐘學習術　5分鐘檢定 ☺☹

There were a number of contradictions in what he told the police. 他對警方說的話有若干矛盾之處。

9分鐘完整功　9分鐘檢定 ☺☹

contradict 動 矛盾、牴觸
contradictive 形 矛盾的
contradictory 形 矛盾的、對立的
contradictorily 副 矛盾地
self-contradiction 名 自相矛盾

control [kən`trol] 【0159】

1分鐘速記法　1分鐘檢定 ☺☹

control [con．trol] 動 控制（英初）

5分鐘學習術　5分鐘檢定 ☺☹

Thinking of his loving grandma, Tony could not control his tears. 想到深愛的祖母，湯尼的眼淚就無法遏止。
★同義字 master

9分鐘完整功　9分鐘檢定 ☺☹

controllable 形 能控制的
controlled 形 被控制的
controller 名 管理人
controllership 名 管理職
uncontrollable 形 無法管理的
uncontrollably 副 無法控制地
uncontrolled 形 不受控制的

controversial [ˌkɑntrə`vɝʃəl] 【0160】

1分鐘速記法　1分鐘檢定 ☺☹

controversial [con．tro．ver．sial] 形 引起爭論的（英高）

5分鐘學習術　5分鐘檢定 ☺☹

Not wanting to make my controversial views known yet, I preferred to follow the crowd for a while. 我還不想公開我那些會引起爭論的觀點，寧可暫且擱置。
★同義字 debatable

9分鐘完整功　9分鐘檢定 ☺☹

controvert 動 反駁、駁斥
controvertible 形 可爭論的、可質疑的
controversialist 名 爭論者
controversially 副 引發爭議地
controversy 名 辯論、爭議
uncontroversial 形 沒有爭議的

convenient [kən`vinjənt] 【0161】

1分鐘速記法　1分鐘檢定 ☺☹

convenient [con．ve．ni．ent] 形 方便的（英初）

5分鐘學習術 　5分鐘檢定☺☹

Traveling alone is convenient for me to do the observation of nature. 一個人旅行對於自然觀察比較方便。
★同義字 easy 　★反義字 unhandy

9分鐘完整功 　9分鐘檢定☺☹

convenience 图 方便、便利
conveniently 剾 方便地、便利地
inconvenient 圈 方便的
inconveniently 剾 不便地
inconvenience 图 不方便

【0162】
convention [kən`vɛnʃən]

1分鐘速記法 　1分鐘檢定☺☹

convention [con · ven · tion] 图 慣例（英高）

5分鐘學習術 　5分鐘檢定☺☹

A speech by the bride's father is one of the conventions of a wedding. 由新娘的父親致詞是婚禮的習俗之一。
★同義字 custom

9分鐘完整功 　9分鐘檢定☺☹

conventional 圈 傳統的
conventionally 剾 依照慣例
conventionalize 勔 使習俗化
conventionalist 图 遵從習俗者、墨守成規者
conventionalism 图 舊例、俗套
unconventional 圈 非常規的
unconventionality 图 異乎尋常

🎓 菁英幫小提醒：conventional wisdom = common sense，表示「常識」之意。

【0163】
convey [kən`ve]

1分鐘速記法 　1分鐘檢定☺☹

convey [con · vey] 勔 傳達（英中）

5分鐘學習術 　5分鐘檢定☺☹

This train conveys over three hundred passengers every day. 這列火車每天運送三百多名旅客。
★同義字 carry

9分鐘完整功 　9分鐘檢定☺☹

conveyable 圈 可搬運的

conveyance 图 運輸
conveyancer 图 運輸業者
conveyer 图 傳送者
reconvey 勔 運回原地
reconveyance 图 運回原地

C

【0164】
convince [kən`vɪns]

1分鐘速記法 　1分鐘檢定☺☹

convince [con · vince] 勔 使相信（英中）

5分鐘學習術 　5分鐘檢定☺☹

How can I convince you of her honesty? 我該怎樣才能說服你相信她很誠實呢？
★同義字 persuade

9分鐘完整功 　9分鐘檢定☺☹

convinced 圈 確信的
convincible 圈 可說服的
convincing 圈 有說服力的
convincingly 剾 有說服力地
unconvinced 圈 未被說服的
unconvincing 圈 難以置信的
unconvincingly 剾 令人起疑地

【0165】
cook [kʊk]

1分鐘速記法 　1分鐘檢定☺☹

cook [cook] 勔 作菜（英初）

5分鐘學習術 　5分鐘檢定☺☹

It is obviously the first time for her to cook. Many dishes are scorched. 這顯然是她第一次煮菜，很多菜餚都燒焦了。

9分鐘完整功 　9分鐘檢定☺☹

cooker 图 炊具
cookery 图 烹調技術
cooked 圈 煮熟的
cookout 图 野炊
cookroom 图 廚房
cookstove 图 烹煮爐
cookware 图 廚房用具
uncooked 圈 生的

【0166】
cooperate [ko`ɑpə,ret]

1分鐘速記法 　1分鐘檢定☺☹

cooperate [co · o · pe · rate] 勔 合作（英中）

MP3 018

5分鐘學習術　5分鐘檢定 ☺☹

After negotiation, the two groups agreed to cooperate with each other. 經過協商之後，這兩組同意互相合作。
★同義字 collaborate　★反義字 compete

9分鐘完整功　9分鐘檢定 ☺☹

cooperation 名 合作
cooperative 形 合作的
cooperator 名 合作者
cooperatively 副 合作地、配合地
noncooperation 名 不合作
uncooperative 形 不合作的

[0167]
coordinate [ko`ɔrdṇɪt]

1分鐘速記法　1分鐘檢定 ☺☹

coordinate [co・or・di・nate] 形 同等重要的（英中）

5分鐘學習術　5分鐘檢定 ☺☹

The army, navy and air force are coordinate branches of the armed services. 陸、海、空軍是平行的三個軍種。
★同義字 equivalent

9分鐘完整功　9分鐘檢定 ☺☹

coordination 名 同等、對等
coordinative 形 同等的
coordinator 名 同等的人或物
incoordinate 形 不同等的
incoordinately 副 不同等地、不調合地
incoordination 名 不同等

[0168]
correct [kə`rɛkt]

1分鐘速記法　1分鐘檢定 ☺☹

correct [cor・rect] 形 正確的（英初）
🎓 菁英幫小提醒：此字也可當動詞，意為「校正、糾正」。

5分鐘學習術　5分鐘檢定 ☺☹

Your answer is correct. 你的答案是正確的。
★同義字 true　★反義字 false

9分鐘完整功　9分鐘檢定 ☺☹

correctly 副 正確地
correction 名 糾正、校正

correctional 形 修正的
incorrect 形 錯誤的
incorrectly 副 錯誤地
uncorrected 形 未改正的

[0169]
corruption [kə`rʌpʃən]

1分鐘速記法　1分鐘檢定 ☺☹

corruption [cor・rup・tion] 名 貪汙（英高）

5分鐘學習術　5分鐘檢定 ☺☹

There were accusations of corruption among senior police officers. 有人指控高級警官當中有舞弊的情況。
★同義字 graft

9分鐘完整功　9分鐘檢定 ☺☹

corruptibility 名 腐敗性
corruptible 形 易腐敗的、易墮落的
corruptibly 副 易腐敗地
corruptionist 名 貪汙者
corruptive 形 敗壞的、貪瀆的
corruptly 副 腐敗地

[0170]
count [kaunt]

1分鐘速記法　1分鐘檢定 ☺☹

count [count] 動 計算（英初）

5分鐘學習術　5分鐘檢定 ☺☹

He counted the heap of stock books for three times, but the number was different each time. 他數了那疊庫存書三遍，但是每次的數字都不一樣。
★同義字 calculate

9分鐘完整功　9分鐘檢定 ☺☹

countable 形 可數的
counter 名 計算者、計算器
countless 形 無數的
discount 名 折扣
miscount 動 算錯、數錯
recount 動 重新計算
uncountable 形 不可數的
uncounted 形 未數過的

[0171]
counter [`kauntɚ]

1分鐘速記法　　　　　1分鐘檢定☺☹

counter [coun · ter] 圖 相反地（英中）

5分鐘學習術　　　　　5分鐘檢定☺☹

Never marry a person who acts counter to his promise. 不要嫁給言行不一的人。
★同義字 against

9分鐘完整功　　　　　9分鐘檢定☺☹

counteract 圖 對抗
counterattack 圖 反擊
counterclockwise 圈 圖 逆時針的（地）
counterculture 图 對立文化
counterbalance 圖 使平衡、抵銷
countermarch 圖 往反方向行進
counterforce 图 反作用力
counterpart 图 互相對應的人或物

【0172】
courage [ˌkɜɪdʒ]

1分鐘速記法　　　　　1分鐘檢定☺☹

courage [cour · age] 图 勇氣（英中）

5分鐘學習術　　　　　5分鐘檢定☺☹

Even if he confronted vicious power, he showed great courage and determination. 即使面對惡勢力，他仍表現得十分勇敢和果斷。
★同義字 bravery　　★反義字 timidity

9分鐘完整功　　　　　9分鐘檢定☺☹

courageous 圈 勇敢的、無畏的
courageously 圖 勇敢地
discourage 圖 使失去勇氣、使沮喪
discouragement 图 洩氣、沮喪
discouraging 圈 令人洩氣的
encourage 圖 鼓舞
encouragement 图 鼓勵
encouraging 圈 振奮人心的

【0173】
cover [ˋkʌvɚ]

1分鐘速記法　　　　　1分鐘檢定☺☹

cover [co · ver] 圖 覆蓋（英初）

　　🎓 菁英幫小提醒：近似字 belie，通常指情緒上的掩飾。

5分鐘學習術　　　　　5分鐘檢定☺☹

She covered the table with a cloth for fear of

dust. 她用一塊布把桌子罩起來，用以防塵
★同義字 cap

9分鐘完整功　　　　　9分鐘檢定☺☹

coverage 图 覆蓋
covered 圈 隱蔽的
coverer 图 包裝者、掩護者
uncover 圖 揭開
uncovered 圈 無掩蔽的
discover 圖 發現
discovery 图 發現

【0174】
craft [kræft]

1分鐘速記法　　　　　1分鐘檢定☺☹

craft [craft] 图 技藝、工藝（英中）

5分鐘學習術　　　　　5分鐘檢定☺☹

His interest had focused almost exclusively on fully mastering the skills of his craft. 他的興趣幾乎全部都掌握在他的手藝技巧上。
★同義字 handicraft

9分鐘完整功　　　　　9分鐘檢定☺☹

craftsman 图 工匠
handicraft 图 手工藝
kingcraft 图 治國之道
needlecraft 图 縫紉
pencraft 图 寫作技巧
stagecraft 图 演出技巧
warcraft 图 作戰技巧
witchcraft 图 巫術

【0175】
create [krɪˋet]

1分鐘速記法　　　　　1分鐘檢定☺☹

create [cre · ate] 圖 創造（英中）

5分鐘學習術　　　　　5分鐘檢定☺☹

The main purpose of business is to create wealth. 企業的主要宗旨是創造財富。
★同義字 invent

9分鐘完整功　　　　　9分鐘檢定☺☹

creation 图 創造；萬物
creative 圈 有創造力的
creativity 图 創造力
creator 图 創造者
creature 图 生物

MP3 019

miscreated 畸型的、殘缺的
recreate 使得到休養
recreation 消遣、娛樂

---

credit [`krɛdɪt] 【0176】

1分鐘速記法　1 分鐘檢定☺☹

credit [cre．dit] 信用（英中）

5分鐘學習術　5 分鐘檢定☺☹

Having been heavily indebted for such a long time, he became a credit bankrupt. 長期債臺高築的結果，讓他成了一個信用破產的人。

9分鐘完整功　9 分鐘檢定☺☹

credibility 可信度
creditable 值得稱讚的
credible 可信的、可靠的
creditably 可信地
creditor 貸方、債權人
incredible 難以置信的
discredit 喪失信用、懷疑
discreditable 有損信譽的

---

criminal [`krɪmənl] 【0177】

1分鐘速記法　1 分鐘檢定☺☹

criminal [cri．mi．nal] 罪犯（英中）
🎓菁英幫小提醒：suspect 意為「嫌犯」，已經法官判罪的為罪犯，尚在偵查階段者為嫌犯。

5分鐘學習術　5 分鐘檢定☺☹

I feel intensely angry that many sex criminals are jailed for such a short time! 對於許多性犯罪者只受短期拘禁，我感到非常憤怒。
★同義字 prisoner

9分鐘完整功　9 分鐘檢定☺☹

criminally 犯罪地
criminalize 判定違法
criminality 犯罪
criminaloid 有犯罪傾向的人
criminalistics 刑事學

---

critical [`krɪtɪkl] 【0178】

1分鐘速記法　1 分鐘檢定☺☹

critical [cri．ti．cal] 關鍵性的（英高）

5分鐘學習術　5 分鐘檢定☺☹

The talks between the two leaders have reached a critical stage. 兩位領導人的會談已到了關鍵階段。
★同義字 crucial　　★反義字 negligible

9分鐘完整功　9 分鐘檢定☺☹

criticism 批評
criticize 批評
critic 評論家
critically 批判性地；嚴重地
uncritical 無批判力的
uncritically 不加評判地
hypercritic 吹毛求疵的批評者

---

crossing [`krɔsɪŋ] 【0179】

1分鐘速記法　1 分鐘檢定☺☹

crossing [cros．sing] 穿越處、交叉口（英中）

5分鐘學習術　5 分鐘檢定☺☹

The child was killed when a car failed to stop at the crossing. 汽車在人行道未能停車，結果把小孩撞死了。
★同義字 crossroad

9分鐘完整功　9 分鐘檢定☺☹

crosscheck 反覆核對
crosscut 橫切、橫穿
crosswalk 人行橫道
cross-legged 兩腿交叉的、盤腿而坐的
cross-question 盤問
cross-examine 盤問
cross-reference 互相參照

---

crush [krʌʃ] 【0180】

1分鐘速記法　1 分鐘檢定☺☹

crush [crush] 弄碎、壓碎（英中）

5分鐘學習術　5 分鐘檢定☺☹

The car was completely crushed under the truck. 小轎車被卡車壓得完全變形了。
★同義字 squash

9分鐘完整功　9 分鐘檢定☺☹

crushable 可壓碎的
crusher 壓碎的東西

crushing 形 支離破碎的
crushmark 名 （玻璃）碰撞造成的裂痕
crushproof 形 防碎的
uncrushable 形 壓不碎的

cultivate [ˋkʌltə͵vet] 　【0181】

1分鐘速記法　　　1分鐘檢定 ☺☹

cultivate [cul‧ti‧vate] 動 栽培（英中）

5分鐘學習術　　　5分鐘檢定 ☺☹

He always tries to cultivate people who are useful to him professionally. 他總是設法栽培在專業上對自己有幫助的人。

9分鐘完整功　　　9分鐘檢定 ☺☹

cultivatable 形 可栽培的
cultivated 形 栽培的、耕種的
cultivation 名 耕作、栽培
cultivator 名 耕種者
uncultivated 形 未經耕種的

cultural [ˋkʌltʃərəl] 　【0182】

1分鐘速記法　　　1分鐘檢定 ☺☹

cultural [cul‧tu‧ral] 形 文化的、教養的（英中）

5分鐘學習術　　　5分鐘檢定 ☺☹

The orchestra is very important for the cultural life of the city. 管弦樂隊對這座城市的文化生活非常重要。
★同義字 civilized

9分鐘完整功　　　9分鐘檢定 ☺☹

culture 名 文化
cultured 形 有教養的、有文化的
culturally 副 文化上地
culturist 名 培養者
unculture 名 無文化
uncultured 形 未受教育的
self-culture 名 自修
multiculturalism 名 多元文化論

cut [kʌt] 　【0183】

1分鐘速記法　　　1分鐘檢定 ☺☹

cut [cut] 動 剪（英初）
🎓 菁英幫小提醒：動詞不規則變化為cut，cut，cut。

5分鐘學習術　　　5分鐘檢定 ☺☹

The broken glass cut his finger, and it kept bleeding over a span. 玻璃割破了他的手指，血持續流了好一段時間。
★同義字 sever

9分鐘完整功　　　9分鐘檢定 ☺☹

cutoff 名 剪斷、切斷
cutter 名 切割器
cutthroat 名 殺手
haircut 名 理髮
shortcut 名 捷徑
uncut 形 未切割的、未刪剪的
woodcut 名 木刻
🎓 菁英幫小提醒：同義字 beeline

dark [dɑrk] 　【0184】

1分鐘速記法　　　1分鐘檢定 ☺☹

dark [dark] 形 黑的（英初）

5分鐘學習術　　　5分鐘檢定 ☺☹

The boy kissed the sleeping girl on the sly in the dark. 那個男孩趁著黑暗偷偷地親了女孩一下。
★同義字 black　　★反義字 bright

9分鐘完整功　　　9分鐘檢定 ☺☹

darken 動 變黑、變暗
darkly 副 黑暗地
darkened 形 變黑的
darkish 形 微暗的、淺黑的
darkness 名 黑暗
darkroom 名 暗房

date [det] 　【0185】

1分鐘速記法　　　1分鐘檢定 ☺☹

date [date] 名 日期（英初）

5分鐘學習術　　　5分鐘檢定 ☺☹

We have set the date for the wedding according to the Chinese eight characters of our birth. 我們已經依據生辰八字確定了婚期。

9分鐘完整功　　　9分鐘檢定 ☺☹

dateable 形 可確定時代的
datebook 名 記事簿
dated 形 有年代的、老舊的

C
D

MP3 ◀) 020

dateless 形 年代不詳的
outdated 形 過時的
update 動 更新
up-to-date 形 最新的

【0186】

day　[de]

👥1分鐘速記法　　　　　1分鐘檢定 ☺☹

day [day] 名 白天（英初）

👥5分鐘學習術　　　　　5分鐘檢定 ☺☹

In order to earn more money, Linda works in the day and writes in the night. 為了賺更多的錢，琳達白天工作，晚上寫作。
★反義字 night

👥9分鐘完整功　　　　　9分鐘檢定 ☺☹

daydream 名 白日夢
daybreak 名 破曉
daylight 名 日光
daytime 名 白天
day-care 形 日間托育的
daystar 名 晨星

【0187】

dead　[dɛd]

👥1分鐘速記法　　　　　1分鐘檢定 ☺☹

dead [dead] 形 死的（英初）

👥5分鐘學習術　　　　　5分鐘檢定 ☺☹

Yang-Min Shan is a dead volcano, so the probability of eruption is quite low. 陽明山是座死火山，所以它噴發的機率很低。
★同義字 deceased　　★反義字 alive

👥9分鐘完整功　　　　　9分鐘檢定 ☺☹

die 動 死亡
deadline 名 截止日期
deadly 形 致命的
death 名 死亡
deathless 形 不死的、永恆的
deathful 形 致命的
deathlike 形 死了似的
dying 形 垂死的

🎓 菁英幫小提醒：若因內部因素而死亡，如疾病，則後接介系詞 of；若為外部因素，如車禍，後接介系詞 from。

【0188】

deceive　[dɪ`siv]

👥1分鐘速記法　　　　　1分鐘檢定 ☺☹

deceive [de · ceive] 動 欺騙（英高）

👥5分鐘學習術　　　　　5分鐘檢定 ☺☹

He deceived his mother into believing that he had earned the money, not stolen it. 他欺騙母親，使她相信他的錢是賺來的，不是偷來的。
★同義字 lie

👥9分鐘完整功　　　　　9分鐘檢定 ☺☹

deception 名 欺騙
deceptive 形 虛偽的、迷惑的
deceiver 名 詐欺者
deceivable 形 易受騙的
deceptively 副 欺詐地
deceptiveness 名 欺騙、欺詐

🎓 菁英幫小提醒：相關用語 fraud gang/fraud ring，表示「詐騙集團」。

【0189】

decide　[dɪ`saɪd]

👥1分鐘速記法　　　　　1分鐘檢定 ☺☹

decide [de · cide] 動 決定（英初）

👥5分鐘學習術　　　　　5分鐘檢定 ☺☹

Mr. Sung decided to publish the posthumous work "Little Reunion" of Ei-Leen Chang. 宋先生決定出版張愛玲的遺作「小團圓」。
★同義字 determine　　★反義字 hesitate

👥9分鐘完整功　　　　　9分鐘檢定 ☺☹

decision 名 決定
decisive 形 決定性的
decisively 副 決定性地
decider 名 裁決者
decided 形 已決定的
decidedly 副 明確地
undecided 形 懸而未決的
indecision 名 猶豫不決

【0190】

decline　[dɪ`klaɪn]

👥1分鐘速記法　　　　　1分鐘檢定 ☺☹

decline [de · cline] 動 下跌（英高）

👥5分鐘學習術　　　　　5分鐘檢定 ☺☹

The standard of education has declined in

this country. 這個國家的教育水準下降了。
★同義字 descend　　★反義字 raise

9分鐘完整功　9分鐘檢定☺☹

declination 名 下跌、下降
declining 形 衰微的
declinature 名 拒絕
incline 動 傾斜；有……傾向
inclination 名 傾向、趨勢

decorate [`dɛkə,ret]　【0191】

1分鐘速記法　1分鐘檢定☺☹

decorate [de．co．rate] 動 裝飾（英中）

🎓 菁英幫小提醒：decorate A with B，表示「用 B 裝飾A」。

5分鐘學習術　5分鐘檢定☺☹

They decorated the bridal chamber with flowers and balloons. 他們用花和氣球裝飾了新房。
★同義字 adorn

9分鐘完整功　9分鐘檢定☺☹

decoration 名 裝飾
decorative 形 裝飾性的
decorator 名 裝飾者
redecorate 動 重新裝飾
redecoration 名 重新裝飾
undecorated 形 未裝飾的

decrease [dɪ`kris]　【0192】

1分鐘速記法　1分鐘檢定☺☹

decrease [de．crease] 動 減少（英中）

5分鐘學習術　5分鐘檢定☺☹

During the recession, car sales are decreasing by degrees. 在景氣衰退期間，汽車銷售量逐漸下降。
★同義字 diminish　　★反義字 add

9分鐘完整功　9分鐘檢定☺☹

decreasing 形 減少的、下降的
decreasingly 副 漸減地
increase 動 增加
increasing 形 增加的、上升的
increasingly 副 漸增地

deduction [dɪ`dʌkʃən]　【0193】

1分鐘速記法　1分鐘檢定☺☹

deduction [de．duc．tion] 名 推斷（英高）

5分鐘學習術　5分鐘檢定☺☹　D

It was a brilliant piece of deduction by the detective. 那偵探真聰明，能夠推斷出這個結論。
★同義字 inference

9分鐘完整功　9分鐘檢定☺☹

deduce 動 演繹、推論
deducible 形 可推論的
deductive 形 推論的
induce 動 歸納
induction 名 歸納法
🎓 菁英幫小提醒：同義字 extrapolate

defend [dɪ`fɛnd]　【0194】

1分鐘速記法　1分鐘檢定☺☹

defend [de．fend] 動 防禦（英高）

5分鐘學習術　5分鐘檢定☺☹

The magazine's disclosure of defense secrets caused great attention. 該雜誌對防禦內幕的透露引起了極大的關注。
★同義字 protect　　★反義字 attack

9分鐘完整功　9分鐘檢定☺☹

defense 名 防禦
defensible 形 可防禦的
defensive 形 防禦的
defenseless 形 無防護措施的
offend 動 冒犯、觸怒
offensive 形 冒犯的、進攻的
offense 名 進攻、冒犯
offender 名 進攻者

define [dɪ`faɪn]　【0195】

1分鐘速記法　1分鐘檢定☺☹

define [de．fine] 動 定義（英中）

5分鐘學習術　5分鐘檢定☺☹

We may define a square as a rectangle with four equal sides. 我們可以把正方形定義為四邊相等的矩形。

MP3 ◄) 021

9分鐘完整功　9分鐘檢定 ☺☹

definition 名 定義
definable 形 可定義的
redefine 動 重新定義
redefinition 名 重新定義
undefined 形 未定義的

---

deliberate [dɪˋlɪbərɪt] 【0196】

1分鐘速記法　1分鐘檢定 ☺☹

deliberate [de‧li‧be‧rate] 形 故意的（英高）

🎓 菁英幫小提醒：同義片語 on purpose

5分鐘學習術　5分鐘檢定 ☺☹

Brian always makes deliberate encounters with Julie in order to impress her. 布萊恩常常故意營造和茉莉相遇的機會，好讓她留下印象。
★同義字 intended　★反義字 incautious

9分鐘完整功　9分鐘檢定 ☺☹

deliberately 副 故意地
deliberation 名 深思
deliberative 形 慎重的
deliberatively 副 審慎地
indeliberate 形 不小心的

---

deliver [dɪˋlɪvɚ] 【0197】

1分鐘速記法　1分鐘檢定 ☺☹

deliver [de‧li‧ver] 動 遞送（英初）

5分鐘學習術　5分鐘檢定 ☺☹

Will you deliver, or do I have to come to the shop to collect the goods? 是由你們送貨，還是我必須到店裡取貨呢？
★同義字 send　★反義字 receive

9分鐘完整功　9分鐘檢定 ☺☹

delivery 名 遞送；交貨
deliverable 形 可以傳送的
deliverance 名 釋放、解救
deliverer 名 遞送者、交付者
deliveryman 名 送貨人
redeliver 動 再投遞、再交付
undeliverable 形 無法投遞的
undelivered 形 未送達的

🎓 菁英幫小提醒：「快遞」，英式用法為 express delivery；美式用法為 special delivery。

---

democracy [dɪˋmɑkrəsɪ] 【0198】

1分鐘速記法　1分鐘檢定 ☺☹

democracy [de‧mo‧cra‧cy] 名 民主（英高）

5分鐘學習術　5分鐘檢定 ☺☹

There is a need for more democracy in the company. The boss is too arbitrary. 這家公司需要多一點民主，老闆太過專斷了。
★反義字 despotism

9分鐘完整功　9分鐘檢定 ☺☹

democrat 名 民主主義者
democratic 形 民主的
democratism 名 民主主義
democratize 動 民主化
democratization 名 民主化
ultra-democracy 名 極端民主化
undemocratic 形 民主的

---

demand [dɪˋmænd] 【0199】

1分鐘速記法　1分鐘檢定 ☺☹

demand [de‧mand] 動 請求、要求（英中）

🎓 菁英幫小提醒：此字也可當名詞。

5分鐘學習術　5分鐘檢定 ☺☹

The UN has demanded that all troops be withdrawn. 聯合國已要求撤出所有部隊。
★同義字 request　★反義字 provide

9分鐘完整功　9分鐘檢定 ☺☹

demanding 形 苛責的、使人吃力的
demander 名 要求者
demandable 形 可要求的
demandant 名 法律上的原告
undemanding 形 要求不高的、不嚴苛的

---

deny [dɪˋnaɪ] 【0200】

1分鐘速記法　1分鐘檢定 ☺☹

deny [de‧ny] 動 否定（英高）

5分鐘學習術　5分鐘檢定 ☺☹

The boy denied stealing the bicycle, but he was the most possible suspect. 男孩否認他偷了自行車，但他是最有可能的嫌疑人。
★同義字 refute

🕘9分鐘完整功　　　　　9分鐘檢定☺☹

denial 名 否定
deniable 形 可否定的
denier 名 否定者
undeniable 形 不容否認的
undeniably 副 不容置疑地

---

depend　[dɪˋpɛnd]　　【0201】

🕐1分鐘速記法　　　　　1分鐘檢定☺☹

depend [de · pend] 動 依賴（英中）

🕔5分鐘學習術　　　　　5分鐘檢定☺☹

Charles Montesquier said: "Success often depends upon knowing how long it will take to succeed." 孟德斯鳩說：「成功常常取決於知道需要多久才能成功。」
★同義字 rely

🕘9分鐘完整功　　　　　9分鐘檢定☺☹

dependable 形 可靠的
dependent 形 依賴的
dependence 名 依靠、信任
independent 形 獨立的、自主的
independently 副 自主地
independence 名 獨立、自立
interdependence 名 相互依賴

---

depress　[dɪˋprɛs]　　【0202】

🕐1分鐘速記法　　　　　1分鐘檢定☺☹

depress [de · press] 動 使沮喪（英中）

🕔5分鐘學習術　　　　　5分鐘檢定☺☹

Losing contact with my loving person really depressed me. 與心愛的人失聯讓我非常沮喪。
★同義字 deject　　★反義字 inspire

🕘9分鐘完整功　　　　　9分鐘檢定☺☹

depressive 形 令人沮喪的
depressingly 副 壓抑地、沉悶地
depression 名 沮喪；經濟蕭條
depressant 名 鎮靜劑
depressed 形 消沉的、抑鬱的
depressible 形 可壓抑的
　　🎓 菁英幫小提醒：同義字 tranquilizer

---

descend　[dɪˋsɛnd]　　【0203】

🕐1分鐘速記法　　　　　1分鐘檢定☺☹

descend [de · scend] 動 下降（英高）

🕔5分鐘學習術　　　　　5分鐘檢定☺☹

The plane started to descend and a few minutes later we landed. 飛機開始下降，幾分鐘後我們就登陸了。
★同義字 decline　　★反義字 rise

🕘9分鐘完整功　　　　　9分鐘檢定☺☹

descendant 名 後代
descent 名 下降、下坡
descendible 形 可遺傳的
ascend 動 上升
ascendant 形 上升的、優勢的
ascendancy 名 優勢、優越
　　🎓 菁英幫小提醒：同義字 offspring

---

describe　[dɪˋskraɪb]　　【0204】

🕐1分鐘速記法　　　　　1分鐘檢定☺☹

describe [des · cribe] 動 描述（英高）

🕔5分鐘學習術　　　　　5分鐘檢定☺☹

Can you describe the bag you lost? 你可不可以描述一下你所遺失的手提袋？
★同義字 portray

🕘9分鐘完整功　　　　　9分鐘檢定☺☹

describable 形 可描寫的
description 名 描寫
descriptive 形 描寫的、記敘的
descriptively 副 敘述地
undescribable 形 難以描述的
　　🎓 菁英幫小提醒：beyond description，意為「難以言喻」。

---

desire　[dɪˋzaɪr]　　【0205】

🕐1分鐘速記法　　　　　1分鐘檢定☺☹

desire [de · sire] 名 慾望（英高）

🕔5分鐘學習術　　　　　5分鐘檢定☺☹

The candidate for legislator shows great desire for power since his school days. 這位立法委員候選人，從學生時代就展現對權力的極高

D

MP3 022

慾望。
★同義字 yearning　　★反義字 hatred

9分鐘完整功　　9分鐘檢定 ☺☹

desirable 形 合意的
desirably 副 嚮往地
desirability 名 值得嚮往的事物
desirous 形 渴望的
undesirable 形 不受歡迎的
undesirability 名 不合意、不理想

detect [dɪ`tɛkt]　　【0206】

1分鐘速記法　　1分鐘檢定 ☺☹

detect [de · tect] 動 查出、偵測到（英中）

5分鐘學習術　　5分鐘檢定 ☺☹

He detected a note of sarcasm in her words, but he didn't want to fuss about it. 他發覺她話中帶刺，但他並不想過分計較。
★同義字 perceive

9分鐘完整功　　9分鐘檢定 ☺☹

detective 名 偵探
detector 名 探測器
detection 名 發現、發覺
detectable 形 可察覺的、可看穿的
undetectable 形 察覺不到的
undetected 形 未被發現的
　　菁英幫小提醒：「推理小說」的說法是 detective novel。

determine [dɪ`tɜmɪn]　　【0207】

1分鐘速記法　　1分鐘檢定 ☺☹

determine [de · ter · mine] 動 決定（英中）

5分鐘學習術　　5分鐘檢定 ☺☹

An inquiry was set up to determine the cause of the accident. 為確定事故發生的原因已展開調查。
★同義字 decide

9分鐘完整功　　9分鐘檢定 ☺☹

determinable 形 可決定的
determinant 形 決定的
determinative 形 決定的
determined 形 果斷的、毅然決然的
undetermined 形 尚未確定的

develop [dɪ`vɛləp]　　【0208】

1分鐘速記法　　1分鐘檢定 ☺☹

develop [de · ve · lop] 動 發展（英初）

5分鐘學習術　　5分鐘檢定 ☺☹

We should develop good neighborly relationship with surrounding countries. 我們應該和周邊國家發展睦鄰友好關係。
★同義字 grow

9分鐘完整功　　9分鐘檢定 ☺☹

development 名 發展
developer 名 開發者
developing 形 開發中的
developmental 形 發展的、開發的
overdevelop 動 過度發達
overdevelopment 名 過度發展
underdeveloped 形 低度發展的
undeveloped 形 未開發的

devil [`dɛvl̩]　　【0209】

1分鐘速記法　　1分鐘檢定 ☺☹

devil [de · vil] 名 惡魔（英中）

5分鐘學習術　　5分鐘檢定 ☺☹

The head of the human-trafficking group is truly a devil. 人蛇集團的首腦實在是個惡魔。
★同義字 demon

9分鐘完整功　　9分鐘檢定 ☺☹

bedevil 動 使著魔
bedevilment 名 著魔
daredevil 名 膽大妄為的人
devilish 形 魔鬼的
devilishly 副 魔鬼似地
devilishness 名 可怕、異常
devil-may-care 形 不顧一切的
devilry 名 惡行

devote [dɪ`vot]　　【0210】

1分鐘速記法　　1分鐘檢定 ☺☹

devote [de · vote] 動 使致力於（英高）

5分鐘學習術　　5分鐘檢定 ☺☹

She gave up work to devote herself full-time to her music. 她放棄了工作，專心做音樂。

★同義字 dedicate

9分鐘完整功　9分鐘檢定 ☺☹

devotion 名 奉獻
devoted 形 奉獻的、摯愛的
devotedly 副 摯愛地
devotee 名 虔誠者、狂熱者
devotional 形 虔誠的、忠誠的
devotionally 副 虔誠地

diagnose [`daɪəgnoz]
【0211】

1分鐘速記法　1分鐘檢定 ☺☹

diagnose [diag · nose] 動 診斷（英高）

5分鐘學習術　5分鐘檢定 ☺☹

His illness was diagnosed as oral cavity cancer, which was a bolt from the sky for his family. 他的病被診斷為口腔癌，對他的家人來說宛如晴天霹靂。

9分鐘完整功　9分鐘檢定 ☺☹

diagnosis 名 診斷
diagnostic 形 診斷的、特徵的
diagnostician 名 診斷者
diagnostics 名 診斷法
undiagnosable 形 無法診斷的
undiagnosed 形 尚未診斷的

difference [`dɪfərəns]
【0212】

1分鐘速記法　1分鐘檢定 ☺☹

difference [dif · fe · rence] 名 不同、差異（英初）

5分鐘學習術　5分鐘檢定 ☺☹

The two sides agreed on increasing understanding and narrowing differences through dialogues. 雙方贊成透過對話增進瞭解、縮小分歧。
★同義字 imparity　★反義字 similarity

9分鐘完整功　9分鐘檢定 ☺☹

differ 動 不同、相異
different 形 不同的
differently 副 不同地
differentia 名 差異
differential 形 差別的、與眾不同的
differentiate 動 使有差異；區別、區分
differentiation 名 區別、變異

diffusion [dɪ`fjuʒən]
【0213】

1分鐘速記法　1分鐘檢定 ☺☹

diffusion [dif · fu · sion] 名 擴散（英高）
　🎓 菁英幫小提醒：近似字 exude，通常指氣味的滲出、散發。

5分鐘學習術　5分鐘檢定 ☺☹

The invention of the printing press announced the diffusion of knowledge. 印刷術的發明預言著知識的傳播。
★同義字 spread

9分鐘完整功　9分鐘檢定 ☺☹

diffuse 動 傳播
diffused 形 散布的
diffusely 副 擴散地
diffuseness 名 瀰漫、擴散
diffusible 形 可擴散的
diffusive 形 散布的、普及的
diffusibility 名 散播力

dignify [`dɪgnə,faɪ]
【0214】

1分鐘速記法　1分鐘檢定 ☺☹

dignify [dig · ni · fy] 動 抬高……的身價（英高）
　🎓 菁英幫小提醒：自己抬高自己的身價可用 put on airs「擺架子」。

5分鐘學習術　5分鐘檢定 ☺☹

They dignified cowardice by calling it prudence. 他們把懦弱美其名為謹慎。
★同義字 ennoble　★反義字 depreciate

9分鐘完整功　9分鐘檢定 ☺☹

dignitary 名 達官顯貴
dignity 名 尊嚴
dignified 形 有尊嚴的、尊貴的
undignified 形 沒有威嚴的
indignity 名 輕蔑

direct [də`rɛkt]
【0215】

1分鐘速記法　1分鐘檢定 ☺☹

direct [di · rect] 動 針對（英初）

5分鐘學習術　5分鐘檢定 ☺☹

Although he was making a public speech, I

D

MP3 ◀ 023

thought his remarks were directed to me. 雖然他做的是公開演講，但我覺得他的話在針對我。
★同義字 aim

🎧9分鐘完整功　　9分鐘檢定☺☹

direct 形 直接的
directly 副 直接地
direction 名 方向
directionless 形 沒有目標的、沒有方向的
directive 形 指引的、方向性的
director 名 指導者；處長、局長；導演
misdirection 名 指導錯誤
indirect 形 間接的；曲折的

【0216】
disappoint [ˌdɪsəˈpɔɪnt]

🎧1分鐘速記法　　1分鐘檢定☺☹

disappoint [dis‧ap‧po‧int] 動 使失望（英高）

🎧5分鐘學習術　　5分鐘檢定☺☹

I'm sorry to disappoint you but I'm afraid you haven't won the prize. 我很抱歉讓你失望，但你恐怕沒有得獎。
★同義字 depress　　★反義字 encourage

🎧9分鐘完整功　　9分鐘檢定☺☹

disappointment 名 失望
disappointed 形 失望的、沮喪的
disappointedly 副 失望地
disappointing 形 令人失望的
disappointingly 副 掃興地、失望地
　　🎓菁英幫小提醒：近似字 despair，意為「絕望」。

【0217】
discipline [ˈdɪsəplɪn]

🎧1分鐘速記法　　1分鐘檢定☺☹

discipline [dis‧ci‧pline] 名 紀律（英高）

🎧5分鐘學習術　　5分鐘檢定☺☹

A good teacher must be able to maintain discipline in the classroom. 好的老師必須能維持課堂的紀律。

🎧9分鐘完整功　　9分鐘檢定☺☹

disciple 名 追隨者
disciplinary 形 紀律上的
disciplinable 形 可懲罰的、可訓練的
disciplinarian 名 執行紀律的人
disciplinal 形 教訓的、紀律的

disciplined 形 受過訓練的、遵守紀律的

【0218】
discover [dɪsˈkʌvə]

🎧1分鐘速記法　　1分鐘檢定☺☹

discover [dis‧co‧ver] 動 發現（英中）

🎧5分鐘學習術　　5分鐘檢定☺☹

Cook is credited with discovering Hawaii. 人們把發現夏威夷的功勞歸於庫克。
★同義字 detect

🎧9分鐘完整功　　9分鐘檢定☺☹

discovery 名 發現
discoverable 形 發現的、顯露的
discoverer 名 發現者
undiscovered 形 未被發現的
cover 動 遮蓋、覆蓋
uncover 動 揭露、覆蓋
recover 動 重獲、恢復
recovery 名 重獲、復元

【0219】
discriminate [dɪˈskrɪməˌnet]

🎧1分鐘速記法　　1分鐘檢定☺☹

discriminate [dis‧cri‧mi‧nate] 動 辨別（英高）

🎧5分鐘學習術　　5分鐘檢定☺☹

I cannot discriminate the two species of beetles. 我無法分類這兩個品種的甲蟲。
★同義字 distinguish

🎧9分鐘完整功　　9分鐘檢定☺☹

discrimination 名 辨別
discriminable 形 可辨別的
discriminability 名 可辨識性
discriminative 形 有辨別力的
discriminatively 副 特殊地、有區別地
discriminator 名 鑑別者

【0220】
disease [dɪˈziz]

🎧1分鐘速記法　　1分鐘檢定☺☹

disease [dis‧ease] 名 疾病（英中）

🎧5分鐘學習術　　5分鐘檢定☺☹

He came down with an unknown disease, and he suffered from diarrhoea. 他染上了一種不知名的怪病，受盡腹瀉的折磨。

★同義字 illness

> 🎓 菁英幫小提醒：diarrhoea「腹瀉」的相關字有 constipation「便祕」。

9分鐘完整功　　　　　　　9分鐘檢定 ☺☹

diseased 形 有病的
diseaseful 形 有病的、有害的
ease 名 舒適
easy 形 安逸的
unease 名 不舒服
uneasy 形 不舒服的、心神不寧的

---

disorder [dɪsˋɔrdɚ]　【0221】

1分鐘速記法　　　　　　　1分鐘檢定 ☺☹

disorder [dis · or · der] 名 混亂（英高）

> 🎓 菁英幫小提醒：同義片語 a real eyesore 指「一團亂」、礙眼的東西」。

5分鐘學習術　　　　　　　5分鐘檢定 ☺☹

After the mask ball, the whole lobby was in complete disorder. 化妝舞會過後，整座大廳一片狼籍。
★同義字 mess　　　★反義字 neatness

9分鐘完整功　　　　　　　9分鐘檢定 ☺☹

disorderly 副 混亂地
disordered 形 混亂的
order 名 井然有序
orderly 形 有條理的
ordered 形 有條理的

---

dispose [dɪˋspoz]　【0222】

1分鐘速記法　　　　　　　1分鐘檢定 ☺☹

dispose [dis · pose] 動 配置、處理（英中）

5分鐘學習術　　　　　　　5分鐘檢定 ☺☹

He was forced to dispose of his art treasure. 他被迫把自己的藝術珍藏處理掉了。
★同義字 marshal

9分鐘完整功　　　　　　　9分鐘檢定 ☺☹

disposal 名 配置；清理、處理
disposed 形 打算；有……的傾向
disposer 名 處理者；碎渣機
disposable 形 用完即丟的、免洗的
disposability 名 用後即可丟棄、免洗
disposition 名 性情；意向、傾向；配置、處理

---

dispute [dɪˋspjut]　【0223】

1分鐘速記法　　　　　　　1分鐘檢定 ☺☹

dispute [dis · pute] 名 爭論（英高）

5分鐘學習術　　　　　　　5分鐘檢定 ☺☹

There was some dispute between John and his boss about whose fault it was. 究竟是誰的過錯，約翰和他的上司有所爭論。
★同義字 argument

D

9分鐘完整功　　　　　　　9分鐘檢定 ☺☹

disputable 形 可爭論的
disputant 名 爭論者
disputation 名 爭論、辯論
disputatious 形 愛爭論的
disputative 形 愛爭論的
disputer 名 爭論者
indisputable 形 無可爭論的
undisputed 形 毫無疑問的

---

distinct [dɪˋstɪŋkt]　【0224】

1分鐘速記法　　　　　　　1分鐘檢定 ☺☹

distinct [dis · tinct] 形 不同的（英高）

5分鐘學習術　　　　　　　5分鐘檢定 ☺☹

This region, as distinct from other parts of the country, relies heavily on tourism. 這一地區與該國的其他地方明顯不同，十分依賴旅遊業。
★同義字 different　　　★反義字 same

9分鐘完整功　　　　　　　9分鐘檢定 ☺☹

distinction 名 區別
distinctive 形 特殊的
distinctively 副 特別地
distinctly 副 清楚地
distinctness 名 不同
indistinct 形 不清楚的、難以辨認的
indistinctly 副 不清楚地、難以辨識地

---

distinguish [dɪˋstɪŋgwɪʃ]　【0225】

1分鐘速記法　　　　　　　1分鐘檢定 ☺☹

distinguish [dis · tin · guish] 動 分辨、識別（英中）

MP3 024

5分鐘學習術　5分鐘檢定☺☹

Many people who are colorblind cannot distinguish different colors. 許多色盲的人無法分辨紅色和綠色。
★同義字 discriminate

9分鐘完整功　9分鐘檢定☺☹

distinguished 卓越的
distinguishing 有區別的
distinguishable 可被區別的
undistinguished 不著名的
undistinguishable 難以區別的
indistinguishableness 無差別

distort [dɪs`tɔrt]　【0226】

1分鐘速記法　1分鐘檢定☺☹

distort [dis‧tort] 使扭曲（英高）

5分鐘學習術　5分鐘檢定☺☹

The eloquent woman is adept at distorting the facts. 那個善於強辯的女人最擅於扭曲事實。
★同義字 twist

9分鐘完整功　9分鐘檢定☺☹

distorted 扭曲的
distortedly 扭曲地
distortion 扭曲、變形、失真
distortive 曲解的
undistorted 未失真的

distract [dɪ`strækt]　【0227】

1分鐘速記法　1分鐘檢定☺☹

distract [dis‧tract] 使分心（英高）

5分鐘學習術　5分鐘檢定☺☹

You're distracting me from my work. 你使我無法專心工作。
★同義字 divert　★反義字 concentrate

9分鐘完整功　9分鐘檢定☺☹

distracted 分心的
distractedly 心煩意亂地
distractible 容易分心的
distracting 使人分心的
distractingly 令人分心地
distractive 分散注意力的

distribute [dɪ`strɪbjut]　【0228】

1分鐘速記法　1分鐘檢定☺☹

distribute [dis‧tri‧bute] 分配（英中）

5分鐘學習術　5分鐘檢定☺☹

These plants and creatures are widely distributed in China. 這些植物和生物在中國分布廣泛。
★同義字 spread　★反義字 gather

9分鐘完整功　9分鐘檢定☺☹

distribution 分配、配給物
distributive 分配的、普及的
distributable 可分配的
distributary 河流的支流
distributor 分配者
redistribute 重新分配
redistribution 重新分配

diverse [daɪ`vɝs]　【0229】

1分鐘速記法　1分鐘檢定☺☹

diverse [di‧verse] 各式各樣的（英中）

5分鐘學習術　5分鐘檢定☺☹

The program deals with subjects as diverse as pop music and ancient Greek drama. 這節目包括流行音樂、古希臘戲劇在內的各種題材。
★同義字 miscellaneous

9分鐘完整功　9分鐘檢定☺☹

diversity 多樣性
diversely 多樣地
diversify 使多樣化
diversification 多樣化
diversified 多變化的

divide [də`vaɪd]　【0230】

1分鐘速記法　1分鐘檢定☺☹

divide [di‧vide] 分開（英初）

5分鐘學習術　5分鐘檢定☺☹

This proposal is divided into four parts, including research motivation, literature review, and so on. 這個提案分成四部分，包括研究動機和文獻回顧等。

★同義字 separate

9分鐘完整功　　　　　9分鐘檢定☺☹

division 图 分開
divided 圈 分開的
divider 图 劃分者
divisive 圈 分裂的
individual 图 個人、個體
redivide 動 重新劃分
subdivide 動 再度細分
undivided 圈 未分開的

🎓 菁英幫小提醒：同義字 compartment，可指「分開」，也可指「小隔間」。

【0231】

do [du]

1分鐘速記法　　　　　1分鐘檢定☺☹

do [do] 動 做（英初）
🎓 菁英幫小提醒：動詞不規則變化為 do，did，done。

5分鐘學習術　　　　　5分鐘檢定☺☹

Ramona does a lot of jobs in the house, but her sister doesn't. 雷蒙娜在家裡做很多事，可是她妹妹卻不做。

9分鐘完整功　　　　　9分鐘檢定☺☹

do-nothing 图 無所事事的人
evildoer 图 做壞事的人
evildoing 图 惡行、壞事
misdoing 图 壞事
overdo 動 做得過分
underdo 動 不盡全力去做
undo 動 取消、還原
well-doer 图 善心人士

【0232】

dominate [`dɑmə‚net]

1分鐘速記法　　　　　1分鐘檢定☺☹

dominate [do‧mi‧nate] 動 支配（英中）

5分鐘學習術　　　　　5分鐘檢定☺☹

Speculation about his playing in the doubles completely dominated international news coverage of the event. 關於他是否參加雙打比賽的種種推測，充斥了報導這一賽事的國際新聞版面。
★同義字 overrule

9分鐘完整功　　　　　9分鐘檢定☺☹

domination 图 支配
dominative 圈 統治的
dominant 圈 佔優勢的、支配的
dominance 图 優勢、支配
dominator 图 統治者、支配者
predominate 動 佔主導地位
predominant 圈 佔優勢的、突出的

D

【0233】

donate [`donet]

1分鐘速記法　　　　　1分鐘檢定☺☹

donate [do‧nate] 動 捐贈（英中）

5分鐘學習術　　　　　5分鐘檢定☺☹

This computer was donated to us by a local firm. 這台電腦是當地一家公司捐贈給我們的。
★同義字 contribute

9分鐘完整功　　　　　9分鐘檢定☺☹

donation 图 捐贈、捐贈物
donative 圈 捐贈的
donator 图 捐贈者
donor 图 捐贈者
donatory 图 受贈者

🎓 菁英幫小提醒：相關用語 sponsor，意為「贊助者」。

【0234】

door [dor]

1分鐘速記法　　　　　1分鐘檢定☺☹

door [door] 图 門（英初）

5分鐘學習術　　　　　5分鐘檢定☺☹

An open door may tempt a saint. 門戶不關緊，聖賢起賊心。
★同義字 gate

9分鐘完整功　　　　　9分鐘檢定☺☹

doorman 图 看門者
doorplate 图 門牌
doorbell 图 門鈴
doorway 图 門前的出入口
backdoor 圈 祕密的、不正當的
indoor 圈 室內的
open-door 圈 公開的
outdoor 圈 室外的

 MP3 025

double [`dʌbl]
【0235】

1分鐘速記法
1分鐘檢定 ☺☹

double [dou · ble] 图 兩倍（英高）

5分鐘學習術
5分鐘檢定 ☺☹

His income is the double of mine, but my workload is much more than his. 他的收入是我的兩倍，但我的工作量卻比他多很多。

9分鐘完整功
9分鐘檢定 ☺☹

double-dealing 形 口是心非的
double-edged 形 雙刃的
double-faced 形 雙面的、偽善的
double-minded 形 口是心非的
double-quick 形 急速的
double-talk 图 含糊其詞

doubt [daʊt]
【0236】

1分鐘速記法
1分鐘檢定 ☺☹

doubt [doubt] 图 懷疑（英高）

5分鐘學習術
5分鐘檢定 ☺☹

I doubt the reason she asks for a leave. She has got a headache twice within three days. 我對她的請假事由存疑。她在三天內頭痛了兩次。
★同義字 suspect　　★反義字 believe

9分鐘完整功
9分鐘檢定 ☺☹

doubtful 形 令人懷疑的
doubtless 形 無疑的
doubter 图 持懷疑態度的人
doubtfully 副 懷疑地
doubtfulness 图 懷疑
doubting 形 懷疑的
undoubting 形 信任的
undoubtedly 副 肯定地

downwards [`daʊnwɚdz]
【0237】

1分鐘速記法
1分鐘檢定 ☺☹

downwards [down · wards] 副 向下地（英中）

5分鐘學習術
5分鐘檢定 ☺☹

The garden sloped gently downwards to the river. 花園向河邊呈緩坡傾斜。
★同義字 downward　　★反義字 upwards

9分鐘完整功
9分鐘檢定 ☺☹

downcast 形 萎靡不振的
downfall 图 墜落、下降
downhearted 形 消沉的、沮喪的
downhill 副 下坡
downstairs 形 樓下的
breakdown 图 故障、損壞
shutdown 图 關閉

drama [`drɑmə]
【0238】

1分鐘速記法
1分鐘檢定 ☺☹

drama [dra · ma] 图 戲劇（英中）

5分鐘學習術
5分鐘檢定 ☺☹

His life was full of drama. 他的生活富有戲劇性。
★同義字 play

9分鐘完整功
9分鐘檢定 ☺☹

dramatic 形 戲劇性的
dramatically 副 戲劇性地
dramatization 图 戲劇化
dramatize 動 戲劇化、改編成戲劇
dramatist 图 劇作家
dramatics 图 表演藝術

dream [drim]
【0239】

1分鐘速記法
1分鐘檢定 ☺☹

dream [dream] 图 夢（英初）
🎓 菁英幫小提醒：指「惡夢」時可用 nightmare。

5分鐘學習術
5分鐘檢定 ☺☹

I had a weird dream last night. I became a policeman and fought the robbers. 昨晚我做了個奇怪的夢，我變成一名警察並與搶匪搏鬥。

9分鐘完整功
9分鐘檢定 ☺☹

dreamful 形 多夢的
dreamer 图 做夢者
dreamland 图 夢境
dreamlike 形 如夢似幻的
dreamless 形 無夢的
dreamy 形 夢般的
undreamed 形 夢想不到的

dress [drɛs]

【0240】

1分鐘速記法　　1分鐘檢定☺☹

dress [dress] 名 衣服（英初）

5分鐘學習術　　5分鐘檢定☺☹

He was in special dress for the ceremony. 他穿了身特別的衣服來參加典禮。
★同義字clothes

9分鐘完整功　　9分鐘檢定☺☹

undress 動 脫下
dressed 形 穿好衣服的、打扮完成的
dresser 名 梳妝臺
dressing 名 衣著、打扮
dressmaker 名 裁縫師
dressy 形 講究衣著的
undressed 形 裸體的、未著衣的
　🎓 菁英幫小提醒：同義字tailor

ear [ɪr]

【0241】

1分鐘速記法　　1分鐘檢定☺☹

ear [ear] 名 耳朵（英初）

5分鐘學習術　　5分鐘檢定☺☹

The boy always shouts in the old lady's ear, because she is a little deaf. 男孩總對著老太太的耳朵大聲叫喊，因為她重聽。
　🎓 菁英幫小提醒：片語 turn a deaf ear to，意為「充耳不聞」。

9分鐘完整功　　9分鐘檢定☺☹

earache 名 耳痛
eardrop 名 耳飾
eardrum 名 鼓膜
earless 形 無耳的、聽覺不佳的
earphone 名 耳機、聽筒
earring 名 耳環、耳飾
quick-eared 形 聽覺敏銳的
sharp-eared 形 聽覺敏銳的

earth [ɝθ]

【0242】

1分鐘速記法　　1分鐘檢定☺☹

earth [earth] 名 地球（英初）

5分鐘學習術　　5分鐘檢定☺☹

Blue whales are the hugest animals on the earth. 藍鯨是地球上最巨大的動物。
★同義字globe

9分鐘完整功　　9分鐘檢定☺☹

earthy 形 土氣的、粗俗的
earthly 形 地上的；世俗的、塵世的
earthborn 形 凡人的、塵世的
earthquake 名 地震
earthen 形 土製的
unearthly 形 非塵世的、超自然的
earthworm 名 蚯蚓
down-to-earth 形 腳踏實地的
　🎓 菁英幫小提醒：同義字tacky，意為「俗不可耐的」。

east [ist]

【0243】

1分鐘速記法　　1分鐘檢定☺☹

east [east] 名 東方（英初）

5分鐘學習術　　5分鐘檢定☺☹

The room faces east, so we get the morning sun. 這個房間朝東，所以早晨的太陽照到我們房間裡來。
★反義字west

9分鐘完整功　　9分鐘檢定☺☹

eastwards 副 向東地
eastern 形 東部的
easternmost 形 最東的
northeast 名 東北
southeast 名 東南

easy [`izɪ]

【0244】

1分鐘速記法　　1分鐘檢定☺☹

easy [ea‧sy] 形 簡單的、容易的（英初）

5分鐘學習術　　5分鐘檢定☺☹

It is not easy to clean up my room because I own over a thousand books. 打掃我的房間不是件容易的事，因為我有一千多冊書。
★同義字simple　　★反義字difficult

9分鐘完整功　　9分鐘檢定☺☹

ease 名 容易

D
E

MP3 ◀) 026

easeful 形 輕鬆的
easily 副 簡單地
easement 名 緩和
easiness 名 容易、舒適
easygoing 形 隨和的
disease 名 疾病
diseased 形 生病的

菁英幫小提醒：相關用語 a piece of cake，表示「輕而易舉的事」。

【0245】

economic [ˌikəˈnɑmɪk]

1分鐘速記法　1分鐘檢定 ☺☹

economic [e‧co‧no‧mic] 形 經濟的（英中）

5分鐘學習術　5分鐘檢定 ☺☹

They bought an old house for economic reasons. 出於經濟上的原因他們買了一間舊房子。
★同義字 thrifty　★反義字 luxurious

9分鐘完整功　9分鐘檢定 ☺☹

economy 名 經濟
economically 副 經濟地
economics 名 經濟學
economism 名 經濟主義
economist 名 經濟學家
uneconomical 形 不經濟的、浪費的
uneconomically 副 浪費地

【0246】

edit [ˈɛdɪt]

1分鐘速記法　1分鐘檢定 ☺☹

edit [e‧dit] 動 編輯（英初）

5分鐘學習術　5分鐘檢定 ☺☹

She helps her uncle to edit the newspaper in the free periods between courses. 她利用空堂時間幫叔叔編輯報紙。

9分鐘完整功　9分鐘檢定 ☺☹

edition 名 版本
editor 名 編輯
editorial 名 社論
editorialist 名 社論撰文者
editorialize 動 發表社論
editorship 名 編輯職位、編輯工作

【0247】

educate [ˈɛdʒəˌket]

1分鐘速記法　1分鐘檢定 ☺☹

educate [e‧du‧cate] 動 教育、教導（英中）

5分鐘學習術　5分鐘檢定 ☺☹

Some teachers teach, but fail to educate their students. 有些老師只會教書而不會育人。
★同義字 instruct

9分鐘完整功　9分鐘檢定 ☺☹

educated 形 受過教育的
education 名 教育
educational 形 教育的
educationist 名 教育者、教育學家
educator 名 教育工作者
coeducation 名 男女合校
reeducate 動 再教育
self-educated 形 自學的

【0248】

effect [ɪˈfɛkt]

1分鐘速記法　1分鐘檢定 ☺☹

effect [ef‧fect] 名 影響（英中）

5分鐘學習術　5分鐘檢定 ☺☹

Modern farming methods can have an adverse effect on the environment. 現代農業耕作方法可能對環境造成負面影響。
★同義字 impact

9分鐘完整功　9分鐘檢定 ☺☹

effective 形 有效的
effectively 副 有效地
effectiveness 名 效能
efficiency 名 效率
efficient 形 有效率的
effectuate 動 使奏效、實現
ineffective 形 無效的
inefficient 形 無效率的

【0249】

ego [ˈigo]

1分鐘速記法　1分鐘檢定 ☺☹

ego [ego] 名 自我（英中）

5分鐘學習術　5分鐘檢定 ☺☹

The greatest of them are the least ego-pushing. 他們中間最偉大的人物最不竭力地表現自己。

E

9分鐘完整功　　　　9分鐘檢定☺☹

egocentric 形 自我中心的
egocentricity 名 自我中心
egoism 名 本位主義
egoistic 形 本位主義的
egoistically 副 自私地、本位主義地

【0250】
elastic　[ɪˋlæstɪk]

1分鐘速記法　　　　1分鐘檢定☺☹

elastic [e‧las‧tic] 形 有彈性的（英高）

5分鐘學習術　　　　5分鐘檢定☺☹

Our rules are quite elastic. 我們的規劃很有彈性。
★同義字 flexible

9分鐘完整功　　　　9分鐘檢定☺☹

elastically 副 有彈性地
elasticity 名 彈性、彈力
elasticize 動 賦予彈性
inelastic 形 無彈性的
inelasticity 名 無彈性

【0251】
elect　[ɪˋlɛkt]

1分鐘速記法　　　　1分鐘檢定☺☹

elect [e‧lect] 動 選舉（英初）

5分鐘學習術　　　　5分鐘檢定☺☹

We elected our monitor by a show of hands.
我們舉手選出了班長。

9分鐘完整功　　　　9分鐘檢定☺☹

election 名 選舉
electioneer 動 進行競選活動
electioneering 名 競選活動
elective 形 選舉的
elector 名 選舉者
electorate 名 全體選民
by-election 名 補缺選舉

【0252】
electric　[ɪˋlɛktrɪk]

1分鐘速記法　　　　1分鐘檢定☺☹

electric [e‧lec‧tric] 形 電的（英中）

5分鐘學習術　　　　5分鐘檢定☺☹

His exciting speech had an electric effect upon all the listeners. 他那激動人心的演說讓全體聽眾感到極為振奮。

9分鐘完整功　　　　9分鐘檢定☺☹

electrical 形 與電有關的
electrician 名 電工、電氣技師
electricity 名 電力、電流
electrify 動 使充電、使觸電
electronic 形 電子的
electronics 名 電子學

【0253】
embarrass　[ɪmˋbærəs]

1分鐘速記法　　　　1分鐘檢定☺☹

embarrass [em‧bar‧rass] 動 使尷尬（英中）

5分鐘學習術　　　　5分鐘檢定☺☹

Her questions about my private life embarrassed me. 她詢問我的私生活使我感到很尷尬。
★同義字 disconcert

9分鐘完整功　　　　9分鐘檢定☺☹

embarrassment 名 尷尬
embarrassing 形 令人尷尬的
embarrassed 形 困窘的
embarrassingly 副 令人尷尬地
disembarrass 動 解放、使放心
disembarrassment 名 解脫、解放
　🎓 菁英幫小提醒：同義字 abashed

【0254】
emigrate　[ˋɛməˏgret]

1分鐘速記法　　　　1分鐘檢定☺☹

emigrate [e‧mi‧grate] 動 移出（英中）

5分鐘學習術　　　　5分鐘檢定☺☹

We emigrated from Canada to Australia last year. 去年我們從加拿大移居澳大利亞。
★同義字 migrate　　★反義字 immigrate

9分鐘完整功　　　　9分鐘檢定☺☹

emigrant 名 （遷出的）移民
emigration 名 移居
immigrate 動 移入
immigrant 名 （遷入的）移民、僑民
immigration 名 移民

MP3 ◀️ 027

migrate 🔟 遷移、移居
migration 🔟 遷移

emotion [ɪˋmoʃən] 【0255】

👤 1分鐘速記法　　　　1分鐘檢定 ☺☹

emotion [e · mo · tion] 🔟 感情（英初）

👥 5分鐘學習術　　　　5分鐘檢定 ☺☹

Don't allow yourself to be ruled by emotion, or you will regret in the future. 不要感情用事，不然將來會後悔。
★同義字 affection

👥 9分鐘完整功　　　　9分鐘檢定 ☺☹

emotional 🔟 感情上的
emotionally 🔟 感情上地、激動地
emotionalist 🔟 易動感情的人
emotionality 🔟 富有感情，激動
emotionalize 🔟 使動情
emotionless 🔟 無情的、冷漠的
unemotional 🔟 缺乏感情的

emphasis [ˋɛmfəsɪs] 【0256】

👤 1分鐘速記法　　　　1分鐘檢定 ☺☹

emphasis [em · pha · sis] 🔟 強調（英中）

👥 5分鐘學習術　　　　5分鐘檢定 ☺☹

Some schools lay special emphasis on language study. 有些學校特別重視語言學習。
★同義字 stress　　★反義字 ignorance

👥 9分鐘完整功　　　　9分鐘檢定 ☺☹

emphasize 🔟 強調
emphases 🔟 強調
emphatic 🔟 強調的
emphatically 🔟 強調地
unemphatic 🔟 不強調的
🎓 菁英幫小提醒：此為 emphasis 的複數型態。

employ [ɪmˋplɔɪ] 【0257】

👤 1分鐘速記法　　　　1分鐘檢定 ☺☹

employ [em · ploy] 🔟 雇用（英中）

👥 5分鐘學習術　　　　5分鐘檢定 ☺☹

The manager only employed applicants who graduated from information engineering department. 這名經理只雇用資工系畢業的應徵者。
★反義字 dismiss
🎓 菁英幫小提醒：還可用 can、sack、fire 等字。

👥 9分鐘完整功　　　　9分鐘檢定 ☺☹

employment 🔟 雇用
employee 🔟 員工
employer 🔟 雇主
employable 🔟 適合雇用的
unemployed 🔟 失業的
unemployment 🔟 失業

enchant [ɪnˋtʃænt] 【0258】

👤 1分鐘速記法　　　　1分鐘檢定 ☺☹

enchant [en · chant] 🔟 使著迷（英高）

👥 5分鐘學習術　　　　5分鐘檢定 ☺☹

She was enchanted with the tulips you sent her on Valentine's Day. 她非常喜歡你情人節時送的鬱金香。
★同義字 fascinate

👥 9分鐘完整功　　　　9分鐘檢定 ☺☹

enchanted 🔟 入迷的
enchanter 🔟 迷人者
enchanting 🔟 迷人的
enchantingly 🔟 迷人地
enchantment 🔟 魅力

end [ɛnd] 【0259】

👤 1分鐘速記法　　　　1分鐘檢定 ☺☹

end [end] 🔟 結束（英初）

👥 5分鐘學習術　　　　5分鐘檢定 ☺☹

A man has choice to begin love, but not to end it. 一個人在開始戀愛時有所選擇，在愛情結束時無可奈何。
★同義字 finish　　★反義字 begin

👥 9分鐘完整功　　　　9分鐘檢定 ☺☹

endless 🔟 無窮的
endlessly 🔟 無窮地
endmost 🔟 最末端的
ending 🔟 結尾、結局
unended 🔟 未結束的

open-ended 形 開放式的
weekend 名 週末
year-end 名 年終

【0260】

endure [ɪn`djʊr]

1分鐘速記法　1分鐘檢定 ☺☹

endure [en・dure] 動 忍耐（英中）
　🎓 菁英幫小提醒：同義片語 put up with sb./sth.。

5分鐘學習術　5分鐘檢定 ☺☹

The art of life is to know how to enjoy a little and to endure much. 生活的藝術在於知道怎樣少享受而多忍受。
★同義字 bear
　🎓 菁英幫小提醒：「忍受做某事」的用法是 bear doing sth.。

9分鐘完整功　9分鐘檢定 ☺☹

endurable 形 可忍受的
endurably 副 可忍受地
endurant 形 可忍耐的
enduring 形 持久的
enduringly 副 持久地
unendurable 形 難以忍受的
unenduring 形 不持久的

【0261】

energy [`ɛnɚdʒɪ]

1分鐘速記法　1分鐘檢定 ☺☹

energy [e・ner・gy] 名 活力（英初）

5分鐘學習術　5分鐘檢定 ☺☹

Have an aim in life, or your energies will all be wasted. 人生應該有目標，否則你的精力將會白白浪費掉。
★同義字 vigor

9分鐘完整功　9分鐘檢定 ☺☹

energetic 形 精力旺盛的
energetical 形 精力旺盛的
energetically 副 具有活力地
energize 動 使富有活力
energetics 名 能量學

【0262】

enforce [ɪn`fors]

1分鐘速記法　1分鐘檢定 ☺☹

enforce [en・force] 動 實施（英中）

🎓 菁英幫小提醒：同義片語 put into practice

5分鐘學習術　5分鐘檢定 ☺☹

It's the job of the police to enforce the law. 員警的工作就是執法。

9分鐘完整功　9分鐘檢定 ☺☹

enforceable 形 可實施的
enforced 形 實施的、執行的
enforcement 名 實施、執行
unenforceable 形 無法執行的
unenforced 形 尚未實施的

【0263】

engage [ɪn`gedʒ]

1分鐘速記法　1分鐘檢定 ☺☹

engage [en・gage] 動 約定（英中）

5分鐘學習術　5分鐘檢定 ☺☹

My daughter is engaged to a nice young doctor. 我的女兒和一位不錯的年輕醫生訂了婚。
★同義字 appoint

9分鐘完整功　9分鐘檢定 ☺☹

engagement 名 訂婚、約會
engaged 形 已訂婚的
disengage 動 解約、解除
disengaged 形 解約的
disengagement 名 解約
unengaged 形 未定約的

【0264】

enjoy [ɪn`dʒɔɪ]

1分鐘速記法　1分鐘檢定 ☺☹

enjoy [en・joy] 動 享受（英初）

5分鐘學習術　5分鐘檢定 ☺☹

All the employers of Google enjoy free restaurant, gymnasium, and beauty salon. Google 的所有員工皆可享用免費餐廳、健身房和美容院。
★同義字 relish　　★反義字 suffer

9分鐘完整功　9分鐘檢定 ☺☹

enjoyable 形 喜悅的
enjoyably 副 快樂地
enjoyment 名 樂趣、享受
unenjoyable 形 不愉快的
unenjoyed 形 未被享用的

A B C D E F G H I J K L M N O P Q R S T U V W X Y Z

MP3 028

entertain [ˌɛntɚˋten] 【0265】

1分鐘速記法 1分鐘檢定 ☺☹

entertain [en · ter · tain] 勔 娛樂（英中）

5分鐘學習術 5分鐘檢定 ☺☹

Families in frontier settlements used to entertain strangers to improve their hard life. 邊疆地區的家庭常常通過款待陌生的旅客，來為自己的艱苦生活增加樂趣。
★同義字 amuse

9分鐘完整功 9分鐘檢定 ☺☹

entertainment 名 娛樂
entertaining 形 使人愉快的
entertainingly 副 使人愉快地
entertainer 名 款待者
unentertaining 形 無趣的

enthusiastic [ɪnˌθjuzɪˋæstɪk] 【0266】

1分鐘速記法 1分鐘檢定 ☺☹

enthusiastic [en · thu · si · as · tic] 形 熱心的（英高）

5分鐘學習術 5分鐘檢定 ☺☹

She received an enthusiastic ovation from the audience. 她獲得觀眾熱烈的歡迎。
★同義字 passionate　★反義字 indifferent

9分鐘完整功 9分鐘檢定 ☺☹

enthusiastically 副 熱心地
enthusiasm 名 熱心
enthusiast 名 熱衷者
enthuse 勔 使充滿熱情
unenthusiastic 形 冷淡的

envy [ˋɛnvɪ] 【0267】

1分鐘速記法 1分鐘檢定 ☺☹

envy [en · vy] 名 羨慕；嫉妒（英中）
🎓 菁英幫小提醒：相關片語 be green with envy，意指「眼紅」。

5分鐘學習術 5分鐘檢定 ☺☹

She implicated her colleague out of envy, in an attempt to damage her reputation. 她出於嫉妒把同事拖下水，以求損害她的形象。

9分鐘完整功 9分鐘檢定 ☺☹

envious 形 羨慕的、妒忌的
enviously 副 羨慕地、妒忌地
enviable 形 值得欣羨的
enviably 副 值得欣羨地
unenvious 形 不妒忌的

equal [ˋikwəl] 【0268】

1分鐘速記法 1分鐘檢定 ☺☹

equal [e · qual] 形 相等的（英初）

5分鐘學習術 5分鐘檢定 ☺☹

I support the idea that equal pay for equal work between males and females. 我支持男女同工同酬。
★同義字 equivalent

9分鐘完整功 9分鐘檢定 ☺☹

equality 名 相等、均等
equally 副 同樣地
equalize 勔 使相等
equalitarian 名 平等主義者
equalitarianism 名 平等主義
coequality 名 相互平等
inequality 名 不平等
unequal 形 不平等

essence [ˋɛsn̩s] 【0269】

1分鐘速記法 1分鐘檢定 ☺☹

essence [es · sence] 名 本質（英中）

5分鐘學習術 5分鐘檢定 ☺☹

The essence of his religious teaching is love for all men. 他所宣揚的宗教教義要旨是愛天下人。
★同義字 substance

9分鐘完整功 9分鐘檢定 ☺☹

essential 形 本質的、基本的
essentiality 名 要素、本質
essentially 副 實質上、本來
essentialize 勔 精煉
unessential 形 非本質的

establish [əˋstæblɪʃ] 【0270】

👥**1分鐘速記法**　　1分鐘檢定☺☹

establish [es・tab・lish] 動 建造（英中）

👥**5分鐘學習術**　　5分鐘檢定☺☹

The hospital superintendent decided to establish a department of psychiatry. 院長決定成立精神科。
★同義字build

👥**9分鐘完整功**　　9分鐘檢定☺☹

established 形 已確立的
establishment 名 創立
disestablish 動 廢除
disestablishment 名 廢除
reestablish 動 重建
unestablished 形 未建立的

【0271】

estimate [ˋɛstəˌmet]

👥**1分鐘速記法**　　1分鐘檢定☺☹

estimate [es・ti・mate] 動 估計（英中）

👥**5分鐘學習術**　　5分鐘檢定☺☹

In the year 2010, the National Cancer Institute estimates that the figure will be 75 percent. 國家癌症研究院估計到二〇一〇年這個數字將達到百分之七十五。
★同義字evaluate

👥**9分鐘完整功**　　9分鐘檢定☺☹

estimation 名 估計
estimable 形 可估計的
estimative 形 有估計能力的
estimator 名 估計者
inestimable 形 無價的
overestimate 動 高估
underestimate 動 低估

【0272】

ethic [ˋɛθɪk]

👥**1分鐘速記法**　　1分鐘檢定☺☹

ethic [e・thic] 名 道德規範（英高）

👥**5分鐘學習術**　　5分鐘檢定☺☹

Our professional ethic enjoins us to stay uncommitted and report the facts. 我們的職業道德要求我們要保持中立，報導事實真相。
★同義字virtue

👥**9分鐘完整功**　　9分鐘檢定☺☹

ethical 形 道德的
ethically 副 道德上
ethicize 動 使合乎道德
ethics 名 倫理學
unethical 形 不道德的
unethically 副 不合乎倫理地

【0273】

evidence [ˋɛvədəns]

👥**1分鐘速記法**　　1分鐘檢定☺☹

evidence [e・vi・dence] 名 證據（英中）

👥**5分鐘學習術**　　5分鐘檢定☺☹

The judge ruled that the evidence was inadmissible on the grounds that it was irrelevant to the issues at hand. 法官判斷證據不能接受，因為它與本案無關。

👥**9分鐘完整功**　　9分鐘檢定☺☹

evident 形 明顯的
evidently 副 顯而易見地
evidential 形 證據的
evidentiary 形 證據的、與證據相關的
self-evident 形 不證自明的

【0274】

exaggerate [ɪgˋzædʒəˌret]

👥**1分鐘速記法**　　1分鐘檢定☺☹

exaggerate [ex・ag・ger・ate] 動 誇大（英高）

👥**5分鐘學習術**　　5分鐘檢定☺☹

Don't exaggerate. I was only two minutes late, not twenty. 別誇大。我只遲到了兩分鐘，不是二十分鐘。
★同義字overstate

👥**9分鐘完整功**　　9分鐘檢定☺☹

exaggeration 名 誇大
exaggerative 形 誇大的
exaggerated 形 誇張的
exaggeratedly 副 誇張地
exaggerator 名 言過其實的人

【0275】

examination [ɪgˌzæməˋneʃən]

👥**1分鐘速記法**　　1分鐘檢定☺☹

examination [exa・mi・na・tion] 名 考試（英中）

A
B
C
D
E
F
G
H
I
J
K
L
M
N
O
P
Q
R
S
T
U
V
W
X
Y
Z

MP3 ◀ 029

5分鐘學習術　5分鐘檢定 ☺☹

Applicants are selected for jobs on the results of a competitive examination. 競聘者按遴選考試結果擇優錄用。

★同義字 test

9分鐘完整功　9分鐘檢定 ☺☹

examine 動 檢查、調查
examinee 名 應試者
examiner 名 主考官
examinable 形 可檢查的
examinational 形 考試的
self-examination 名 自我檢查、自省

【0276】

except [ɪkˋsɛpt]

1分鐘速記法　1分鐘檢定 ☺☹

except [ex · cept] 介 除了（英中）

5分鐘學習術　5分鐘檢定 ☺☹

Except for the eldest daughter, all of the members of former president's family are sued. 除了長女之外，前總統的家庭成員全都遭到起訴。

9分鐘完整功　9分鐘檢定 ☺☹

exception 名 例外
exceptional 形 例外的
exceptionally 副 例外地
excepting 介 除……之外
unexceptional 形 非例外的、平常的
unexceptionally 副 非例外地

【0277】

excite [ɪkˋsaɪt]

1分鐘速記法　1分鐘檢定 ☺☹

excite [ex · cite] 動 使興奮（英初）

5分鐘學習術　5分鐘檢定 ☺☹

The news that Jack was awarded the top prize really excited us. 傑克得到首獎的消息著實振奮了我們。

★同義字 impassion　★反義字 discourage

9分鐘完整功　9分鐘檢定 ☺☹

excitement 名 興奮
exciting 形 令人興奮的
excited 形 興奮的

excitedly 副 興奮地
excitable 形 易激動的、易興奮的

菁英幫小提醒：相關片語 get the bug 在口語中意為「變得很興奮」。

【0278】

exclude [ɪkˋsklud]

1分鐘速記法　1分鐘檢定 ☺☹

exclude [ex · clude] 動 除外（英中）

5分鐘學習術　5分鐘檢定 ☺☹

The vacancy for a secretary excludes all male applicants. 這個祕書的職缺排除所有男性應徵者。

★同義字 reject　★反義字 involve

9分鐘完整功　9分鐘檢定 ☺☹

exclusive 形 獨占的
exclusively 副 獨占性地
exclusion 名 排除在外
include 動 包括
inclusive 形 包括的
inclusion 名 包含

【0279】

exhaust [ɪgˋzɔst]

1分鐘速記法　1分鐘檢定 ☺☹

exhaust [ex · haust] 動 使筋疲力盡（英中）

5分鐘學習術　5分鐘檢定 ☺☹

Some web addicts often exhaust themselves by surfing the Internet for days on end. 一些網路迷戀者經常持續幾天上網，把自己搞得筋疲力盡。

★同義字 tire

菁英幫小提醒：on end 意為「連續地」。

9分鐘完整功　9分鐘檢定 ☺☹

exhausted 形 枯竭的
exhaustible 形 可消耗掉的
exhaustibility 名 可耗盡性
exhaustion 名 耗盡
exhausting 形 讓人精疲力竭的
exhaustive 形 詳盡的、徹底的

【0280】

exhibit [ɪgˋzɪbɪt]

1分鐘速記法　1分鐘檢定☺☹

exhibit [ex · hi · bit] 動 展示（英中）

5分鐘學習術　5分鐘檢定☺☹

They want to explain why we possess certain characteristics and exhibit certain behaviors. 他們想要說明，為什麼我們具有某些性格特徵和表現出某些行為。
★同義字 display

9分鐘完整功　9分鐘檢定☺☹

exhibition 名 展覽會
exhibiter 名 展出者
exhibitioner 名 展出者
exhibitionist 名 愛好表現的人
exhibitive 形 展示的
exhibitively 副 展示地、陳列地

【0281】
expand [ɪk`spænd]

1分鐘速記法　1分鐘檢定☺☹

expand [ex · pand] 動 擴大（英高）

5分鐘學習術　5分鐘檢定☺☹

We hope to expand our business to Japan and Korea this year. 今年我們想擴充業務到日本與韓國。
★同義字 enlarge

9分鐘完整功　9分鐘檢定☺☹

expansion 名 擴大
expansible 形 可延展的
expansibility 名 延展性
expansive 形 遼闊的
expansively 副 廣闊地
expansionary 形 擴張性的

【0282】
expect [ɪk`spɛkt]

1分鐘速記法　1分鐘檢定☺☹

expect [ex · pect] 動 期待（英中）
　🎓 菁英幫小提醒：同義片語 look forward to + Ving

5分鐘學習術　5分鐘檢定☺☹

We are expecting a rise in food prices this month. 我們預計這個月的食物價格會上漲。
★同義字 anticipate

9分鐘完整功　9分鐘檢定☺☹

expectation 名 期待
expectable 形 可期待的
expectably 副 如預期中地
expectancy 名 預期
expectative 形 期望的
expectantly 副 期待地；期望地
unexpected 形 意外的
unexpectedly 副 意外地

【0283】
expensive [ɪk`spɛnsɪv]

1分鐘速記法　1分鐘檢定☺☹

expensive [ex · pen · sive] 形 昂貴的（英初）

5分鐘學習術　5分鐘檢定☺☹

The couple usually dined out in expensive reaturants. 這對夫婦經常到昂貴的餐廳用餐。
★同義字 costly　　★反義字 cheap

9分鐘完整功　9分鐘檢定☺☹

expend 動 消費、花費
expendable 形 可消費的
expenditure 名 花費、支出
expense 名 消費、支出
expensively 副 昂貴地
inexpensive 形 便宜的

【0284】
experience [ɪk`spɪrɪəns]

1分鐘速記法　1分鐘檢定☺☹

experience [ex · pe · ri · ence] 名 經驗（英初）

5分鐘學習術　5分鐘檢定☺☹

Experience teaches lessons and inspires wisdoms. 經驗給人教訓，經驗給人智慧。

9分鐘完整功　9分鐘檢定☺☹

experienced 形 有經驗的
experiential 形 來自經驗的
experientialism 名 經驗主義
experientialist 名 經驗主義者
inexperience 名 缺乏經驗
inexperienced 形 不熟練的
　🎓 菁英幫小提醒：同義字 sophisticated

【0285】
experiment [ɪk`spɛrəmənt]

A B C D E F G H I J K L M N O P Q R S T U V W X Y Z

MP3 ◄)) 030

1分鐘速記法　　　1分鐘檢定 ☺☹

experiment [ex・pe・ri・ment] 名 實驗（英中）

5分鐘學習術　　　5分鐘檢定 ☺☹

Many people do not like the idea of experiments on animals. 許多人不贊成在動物身上實驗。

9分鐘完整功　　　9分鐘檢定 ☺☹

experimental 形 實驗性的
experimentally 副 實驗性地
experimentalist 名 實驗主義者
experimentation 名 實驗
experimenter 名 實驗者

【0286】

explode [ɪkˋsplod]

1分鐘速記法　　　1分鐘檢定 ☺☹

explode [ex・plode] 動 爆炸（英中）

5分鐘學習術　　　5分鐘檢定 ☺☹

The army exploded the bomb at a safe distance from the houses. 士兵在遠離民居的地方把炸彈引爆。
★同義字 burst

9分鐘完整功　　　9分鐘檢定 ☺☹

exploded 形 爆炸的
exploder 名 引爆者；爆炸物
explosion 名 爆炸
explosive 形 爆發性的
explosively 副 爆炸性地

【0287】

exploit [ɪkˋsplɔɪt]

1分鐘速記法　　　1分鐘檢定 ☺☹

exploit [ex・ploit] 動 開發（英高）

5分鐘學習術　　　5分鐘檢定 ☺☹

This region has been exploited for oil for fifty years. 這個地區的石油已經開採了五十年。

9分鐘完整功　　　9分鐘檢定 ☺☹

exploiture 名 開發
exploitable 形 可開發的
exploitation 名 開發、利用
exploiter 名 開採者
exploitative 形 開發的、利用的

【0288】

explore [ɪkˋsplor]

1分鐘速記法　　　1分鐘檢定 ☺☹

explore [ex・plore] 動 探索（英高）

5分鐘學習術　　　5分鐘檢定 ☺☹

They went on an expedition to explore the River Amazon. 他們遠赴亞馬遜河探勘。
★同義字 investigate

9分鐘完整功　　　9分鐘檢定 ☺☹

explorer 名 探勘者
exploratory 形 探勘的
explorative 形 探險的
exploration 名 探測、探險
exploringly 副 探索地

【0289】

expose [ɪkˋspoz]

1分鐘速記法　　　1分鐘檢定 ☺☹

expose [ex・pose] 動 暴露（英高）

5分鐘學習術　　　5分鐘檢定 ☺☹

She didn't want to expose her true feelings to her family. 她不想在家人面前顯露自己的真實感受。
★同義字 reveal　★反義字 conceal

9分鐘完整功　　　9分鐘檢定 ☺☹

exposure 名 暴露
exposed 形 暴露的
exposition 名 展覽會
overexpose 動 過度曝光
underexpose 動 曝光不足
unexposed 形 未公開的

【0290】

express [ɪkˋsprɛs]

1分鐘速記法　　　1分鐘檢定 ☺☹

express [ex・press] 動 表達（英中）

5分鐘學習術　　　5分鐘檢定 ☺☹

Teachers have expressed concern about the emphasis on tests. 老師們對太著重考查成績的現象表示擔憂。
★同義字 describe

9分鐘完整功　　　　9分鐘檢定 ☺☹

expression 名 表達；表情
expressible 形 可表示的
expressional 形 表情的、表現的
expressive 形 富有表情的
expressively 副 善於表達地、富含表情地
unexpressive 形 缺乏表情的

extend [ɪk`stɛnd]　　　【0291】

1分鐘速記法　　　　1分鐘檢定 ☺☹

extend [ex · tend] 動 延伸（英中）

5分鐘學習術　　　　5分鐘檢定 ☺☹

Can't you extend your visit for a few days?
你們訪問的時間不能延長幾天嗎？
★同義字 stretch

9分鐘完整功　　　　9分鐘檢定 ☺☹

extension 名 延伸
extendable 形 可延展的
extensive 形 廣泛的
extensively 副 廣泛地
unextended 形 未延展的

external [ɪk`stɜnəl]　　　【0292】

1分鐘速記法　　　　1分鐘檢定 ☺☹

external [ex · ter · nal] 形 外部的（英高）

5分鐘學習術　　　　5分鐘檢定 ☺☹

The ointment is for external use only, such as mosquito bites and scrapes. 此軟膏只供外用，例如蚊子咬和擦傷。
★同義字 exterior

9分鐘完整功　　　　9分鐘檢定 ☺☹

externalize 動 具體化、形象化
externalization 名 具體化
externally 副 外在地
externality 名 外在性、客觀性
internal 形 內在的
internalize 動 內化

extinguish [ɪk`stɪŋgwɪʃ]　　　【0293】

1分鐘速記法　　　　1分鐘檢定 ☺☹

extinguish [ex · tin · guish] 動 熄滅（英中）

菁英幫小提醒：同義片語 put out

5分鐘學習術　　　　5分鐘檢定 ☺☹

Smoking is forbidden. Please extinguish your cigarette. 禁止吸煙，請把您的煙熄滅。
★同義字 quench

9分鐘完整功　　　　9分鐘檢定 ☺☹

extinguishable 形 可熄滅的
extinguisher 名 滅火器
extinguishment 名 熄滅、滅絕
unextinguishable 形 無法撲滅的
unextinguished 形 未熄的、未滅的

eye [aɪ]　　　【0294】

1分鐘速記法　　　　1分鐘檢定 ☺☹

eye [eye] 名 眼睛（英初）

菁英幫小提醒：片語 in the blink of an eye，意為「轉瞬之間」。

5分鐘學習術　　　　5分鐘檢定 ☺☹

Mary has a quick eye for mistakes. That's why she gets promoted in such a short period. 瑪麗一眼就能看出錯誤，這就是她能短期升遷的原因。

9分鐘完整功　　　　9分鐘檢定 ☺☹

eyeable 形 可見的、悅目的
eyelash 名 睫毛
eyebrow 名 眉毛
eyedrop 名 眼淚
eyeglasses 名 眼鏡
eyesight 名 視力
eyewash 名 眼藥水
eyewink 名 一眨眼的工夫

face [fes]　　　【0295】

1分鐘速記法　　　　1分鐘檢定 ☺☹

face [face] 名 臉（英初）

5分鐘學習術　　　　5分鐘檢定 ☺☹

Everybody likes to touch and pinch baby's chubby face. 每個人都喜歡摸摸捏捏小嬰兒的圓潤臉頰。

菁英幫小提醒：chubby 也可用同義字 pudgy 代換。

A B C D E F G H I J K L M N O P Q R S T U V W X Y Z

MP3 031

9分鐘完整功　　　9分鐘檢定 ☺☹

facial 形 表面的
faceless 形 不露臉的
barefaced 形 厚顏無恥的
deface 動 毀壞外觀
open-faced 形 正直坦率的
reface 動 整修外觀或門面
resurface 動 重新露面
surface 名 表面、外觀

【0296】

fair [fɛr]

1分鐘速記法　　　1分鐘檢定 ☺☹

fair [fair] 形 公平的（英初）

5分鐘學習術　　　5分鐘檢定 ☺☹

It is not fair to pay the coordinate employees differently. 同工不同酬是不公平的現象。
★同義字 just　　★反義字 unjust

9分鐘完整功　　　9分鐘檢定 ☺☹

fairly 副 公平地
fairness 名 公平
unfair 形 不公平的
unfairly 副 不公平地
unfairness 名 不公正

【0297】

faith [feθ]

1分鐘速記法　　　1分鐘檢定 ☺☹

faith [faith] 名 信念（英初）

5分鐘學習術　　　5分鐘檢定 ☺☹

Christians have strong faith in God and consider God as the Creator. 基督徒堅信上帝，並認為上帝是萬物之源。
★同義字 belief　　★反義字 doubt

9分鐘完整功　　　9分鐘檢定 ☺☹

faithful 形 忠實的、忠誠的
faithfully 副 忠實地、忠誠地
faithfulness 名 忠實、誠意
faithless 形 不誠實的、不可靠的
faithlessly 副 不誠實地
faithlessness 名 不誠實
unfaithful 形 不誠實
unfaithfully 副 不忠實地

【0298】

fall [fɔl]

1分鐘速記法　　　1分鐘檢定 ☺☹

fall [fall] 動 落下（英初）
　菁英幫小提醒：動詞不規則變化為 fall, fell, fallen。

5分鐘學習術　　　5分鐘檢定 ☺☹

Newton was hit by a falling apple and discovered gravity. 牛頓被掉落的蘋果擊中而發現了地心引力。
★同義字 drop

9分鐘完整功　　　9分鐘檢定 ☺☹

faller 名 失敗的人
befall 動 降臨、發生
crestfallen 形 氣餒的
downfall 名 下降
footfall 名 腳步、腳步聲
landfall 名 著陸
nightfall 名 黃昏
waterfall 名 瀑布
　菁英幫小提醒：同義字 loser

【0299】

false [fɔls]

1分鐘速記法　　　1分鐘檢定 ☺☹

false [false] 形 假的（英初）

5分鐘學習術　　　5分鐘檢定 ☺☹

The councilor disclosed the false statistics of government budget. 這位議員揭露政府預算中的偽造數據。
★同義字 untrue　　★反義字 true

9分鐘完整功　　　9分鐘檢定 ☺☹

falsehood 名 做作、虛假
falsely 副 不真實地
falsify 動 偽造
falsification 名 偽造、竄改
falsifier 名 偽造者、撒謊者
falseness 名 虛假
false-hearted 形 虛情假意的
　菁英幫小提醒：相關用字 hypocrite，意為「偽君子」。

【0300】

fame [fem]

1分鐘速記法 　　　　　1分鐘檢定 ☺☹

fame [fame] 名 名聲（英中）

5分鐘學習術 　　　　　5分鐘檢定 ☺☹

He does what he is considered to do and cares very litte for fame. 他為所當為，輕乎名利。

🎓 菁英幫小提醒：fish for fame，意指「沽名釣譽」。

★同義字 reputation

9分鐘完整功 　　　　　9分鐘檢定 ☺☹

famed 形 著名的
famous 形 有名的
infamous 形 不名譽的
defamation 名 毀謗
defame 動 毀謗
defamatory 形 毀謗的
world-famous 形 舉世聞名的

【0301】

familiar [fə`mɪljə]

1分鐘速記法 　　　　　1分鐘檢定 ☺☹

familiar [fa．mi．liar] 形 熟悉的（英中）

5分鐘學習術 　　　　　5分鐘檢定 ☺☹

The children are too familiar with their teacher. 這些小學生對老師過於放肆。

★同義字 intimate 　　★反義字 strange

9分鐘完整功 　　　　　9分鐘檢定 ☺☹

familiarity 名 熟悉
familiarly 副 親近地
familiarize 動 使熟悉、使親近
familiarization 名 熟悉
unfamiliar 形 不熟悉的
unfamiliarity 名 不熟悉

【0302】

fantasy [`fæntəsɪ]

1分鐘速記法 　　　　　1分鐘檢定 ☺☹

fantasy [fan．ta．sy] 名 幻想（英中）

5分鐘學習術 　　　　　5分鐘檢定 ☺☹

Children sometimes can't distinguish between fantasy and reality. 小孩有時不能區分理想與現實。

★同義字 imagination 　　★反義字 reality

9分鐘完整功 　　　　　9分鐘檢定 ☺☹

fantastic 形 極好的；想像中的
fantasia 名 幻想曲
fantast 名 幻想家
fantasize 動 想像、幻化
fantastically 副 想像中地
fantasticality 名 空想

【0303】

far [fɑr]

1分鐘速記法 　　　　　1分鐘檢定 ☺☹

far [far] 形 遙遠的（英初）

5分鐘學習術 　　　　　5分鐘檢定 ☺☹

His present achievement is a far cry from his poor life twenty years ago. 他當前的成就與二十年前的貧困不可同日而語。

★同義字 distant 　　★反義字 near

9分鐘完整功 　　　　　9分鐘檢定 ☺☹

faraway 形 遙遠的
far-famed 形 名聞遐邇的
farseeing 形 有先見之明的
farsighted 形 有遠見的
far-off 形 遙遠的
far-reaching 形 深遠的、廣泛的

【0304】

fascinate [`fæsṇˌet]

1分鐘速記法 　　　　　1分鐘檢定 ☺☹

fascinate [fas．ci．nate] 動 使著迷（英高）

5分鐘學習術 　　　　　5分鐘檢定 ☺☹

Chinese culture has always fascinated me, expecially the martial arts. 中國文化向來使我著迷，尤以武術為最。

★同義字 allure

9分鐘完整功 　　　　　9分鐘檢定 ☺☹

fascination 名 有魅力的東西
fascinating 形 極好的
fascinated 形 著迷的
fascinatedly 副 著迷地
fascinatingly 副 迷人地
fascinator 名 迷人的人或物

【0305】

fashion [`fæʃən]

A B C D E F G H I J K L M N O P Q R S T U V W X Y Z

MP3 032

1分鐘速記法　1分鐘檢定☺☹

fashion [fa‧shion] 名 流行（英初）

5分鐘學習術　5分鐘檢定☺☹

Filial piety is a moral that is never out of fashion. 孝道是永遠不會過時的美德。
★同義字 vogue

9分鐘完整功　9分鐘檢定☺☹

fashionable 形 流行的
fashionably 副 流行地
new-fashioned 形 時髦的
old-fashioned 形 過時的
refashion 動 賦予新形式、重新設計
unfashionable 形 不流行的
ultrafashionable 形 流行尖端的

【0306】

fate [fet]

1分鐘速記法　1分鐘檢定☺☹

fate [fate] 名 命運（英中）

5分鐘學習術　5分鐘檢定☺☹

The fate of the three men is unknown. 這三個人的命運乃是未知數。
★同義字 destiny

9分鐘完整功　9分鐘檢定☺☹

fatal 形 致命的
fatally 副 致命地、不幸地
fatalism 名 宿命論
fatalist 名 宿命論者
fatalistic 形 宿命論的
fatality 名 意外災禍、致命性

【0307】

favor [ˋfevɚ]

1分鐘速記法　1分鐘檢定☺☹

favor [fa‧vor] 名 恩惠、贊同（英初）

5分鐘學習術　5分鐘檢定☺☹

They will look with favor on your proposal.
他們將會贊同你的建議。
★同義字 benefit

9分鐘完整功　9分鐘檢定☺☹

favorable 形 有利的；贊同的
favorably 副 有利地

favorite 形 最喜愛的
favorableness 名 有利
favorer 名 愛護者
favored 形 被寵愛的

【0308】

fear [fɪr]

1分鐘速記法　1分鐘檢定☺☹

fear [fear] 動 害怕（英初）
　　🎓 菁英幫小提醒：此字也可當名詞，例如片語 for fear of，意為「為免……」。

5分鐘學習術　5分鐘檢定☺☹

I fear that you'll be late if you don't go now.
如果你現在不走的話，我擔心你會遲到。
★同義字 dread

9分鐘完整功　9分鐘檢定☺☹

fearful 形 可怕的、嚇人的
fearfully 副 可怕地
fearfulness 名 害怕、擔心
fearless 形 無畏的
fearlessly 副 無畏地
fearlessness 名 無畏、勇敢
fearsome 形 可怕的

【0309】

federal [ˋfɛdərəl]

1分鐘速記法　1分鐘檢定☺☹

federal [fe‧de‧ral] 形 聯邦的（英中）
　　🎓 菁英幫小提醒：unitary system 意為「單一制」，federal system 意為「聯邦制」。

5分鐘學習術　5分鐘檢定☺☹

The business plan was made by the federal government. 這個商業計畫是聯邦政府制定的。

9分鐘完整功　9分鐘檢定☺☹

federalize 動 使成聯邦
federalist 名 聯邦主義者
federalization 名 同盟、聯邦、聯邦化
federalism 名 聯邦制
federally 副 聯盟地

【0310】

fellow [ˋfɛlo]

1分鐘速記法　1分鐘檢定☺☹

fellow [fel‧low] 名 夥伴（英中）

🔔5分鐘學習術　　　5分鐘檢定 ☺☹

She has a very good reputation among her fellows. 她在同事中的口碑甚佳。
★同義字 comrade

🔔9分鐘完整功　　　9分鐘檢定 ☺☹

fellowship 名 友誼
fellowman 名 同胞
fellowless 形 沒有夥伴的
fellowlike 形 情同手足的
fellowship 名 夥伴關係、交情

---

female [`fimel] 【0311】

🔔1分鐘速記法　　　1分鐘檢定 ☺☹

female [fe‧male] 形 女性的（英中）

🔔5分鐘學習術　　　5分鐘檢定 ☺☹

Sewing is considered a female occupation in the past. 縫紉在過去被認為是女性的職業。
★反義字 male

🔔9分鐘完整功　　　9分鐘檢定 ☺☹

feminine 形 女性的、有女性特質的
femininity 名 女性氣質
femininely 副 女人似地
feminism 名 女性主義
feminist 名 主張男女平等的人
feminize 動 使之女性化

---

feudal [`fjudl̩] 【0312】

🔔1分鐘速記法　　　1分鐘檢定 ☺☹

feudal [feu‧dal] 形 封建制度的（英高）

🔔5分鐘學習術　　　5分鐘檢定 ☺☹

The way some landlords treat their tenants today still seems feudal. 今天有些地主仍以近乎封建的方式對待佃戶。

🔔9分鐘完整功　　　9分鐘檢定 ☺☹

feudalize 動 實行封建制度
feudally 副 以封建方式
feudality 名 封建制
feudalist 名 封建主義者
feudalism 名 封建制度

---

field [fild] 【0313】

🔔1分鐘速記法　　　1分鐘檢定 ☺☹

field [field] 名 原野、場地（英中）

🔔5分鐘學習術　　　5分鐘檢定 ☺☹

Field study stands for all kinds of on-the-spot investigations. 「田野研究」代表所有實地調查的方式。
★同義字 land

🔔9分鐘完整功　　　9分鐘檢定 ☺☹

afield 副 在野外
airfield 名 飛機場
battlefield 名 戰場
coalfield 名 煤田
grainfield 名 穀場
minefield 名 地雷區
snowfield 名 雪原

---

fill [fɪl] 【0314】

🔔1分鐘速記法　　　1分鐘檢定 ☺☹

fill [fill] 動 裝滿（英中）

🔔5分鐘學習術　　　5分鐘檢定 ☺☹

The grasping customer wanted to fill the paper cup as much as possible, but it turned out overflowing. 貪心的顧客想把紙杯裝得越滿越好，結果卻溢出來了。
★同義字 stuff

🔔9分鐘完整功　　　9分鐘檢定 ☺☹

filler 名 裝填物
fill-in 名 補充物
backfill 動 回填
overfill 動 溢滿
refill 動 重新裝滿
unfilled 形 未填充的

---

finance [faɪˋnæns] 【0315】

🔔1分鐘速記法　　　1分鐘檢定 ☺☹

finance [fi‧nance] 名 財務（英中）

🔔5分鐘學習術　　　5分鐘檢定 ☺☹

It is said the bookstore faces great crisis in finance. 據說這家書店面臨嚴重的財務危機。

A B C D E F G H I J K L M N O P Q R S T U V W X Y Z

MP3 ◀)) 033

9分鐘完整功　9分鐘檢定 ☺☹

finances 名 財源
financial 形 財務的、金融的
financially 副 財政上、金融上
financing 名 籌措資金
financier 名 金融業者、財務官

[0316]

finger [`fɪŋgɚ]

1分鐘速記法　1分鐘檢定 ☺☹

finger [fin‧ger] 名 手指（英初）

5分鐘學習術　5分鐘檢定 ☺☹

Those who play piano for years mostly have slim fingers. 那些彈了幾年鋼琴的人大多擁有纖長的手指。
★反義字 toe

9分鐘完整功　9分鐘檢定 ☺☹

fingernail 名 指甲
fingerprint 名 指紋
fingerless 形 無指的
fingerpost 名 指路牌
fingertip 名 指尖
forefinger 名 食指

🎓 菁英幫小提醒：thumb「拇指」，index finger「食指」，middle finger「中指」，ring finger「無名指」，little finger「小指」。

[0317]

fish [fɪʃ]

1分鐘速記法　1分鐘檢定 ☺☹

fish [fish] 名 魚（英初）

5分鐘學習術　5分鐘檢定 ☺☹

She put fish and meat on the grill, and brushed some barbecue sauce. 她把魚和肉放上烤肉架，並刷上一些烤肉醬。

9分鐘完整功　9分鐘檢定 ☺☹

fishable 形 可釣魚的
fishbowl 名 玻璃魚缸
fisherman 名 漁夫
fishhook 名 魚鉤
fishing 名 釣魚
fishmonger 名 魚販
fishnet 名 漁網
fishy 形 魚的

[0318]

fit [fɪt]

1分鐘速記法　1分鐘檢定 ☺☹

fit [fit] 形 適合的（英初）

5分鐘學習術　5分鐘檢定 ☺☹

The T-shirt with vertical strips doesn't fit you well. 這件直條紋的T恤並不是很適合你。
★同義字 suitable　★反義字 unsuitable

9分鐘完整功　9分鐘檢定 ☺☹

fitness 名 適合
fitting 形 適合的、恰當的
fittingly 副 適合地、相稱地
misfit 名 不合適
unfit 形 不合適
unfittingly 副 不適合地

[0319]

fix [fɪks]

1分鐘速記法　1分鐘檢定 ☺☹

fix [fix] 動 固定（英中）

5分鐘學習術　5分鐘檢定 ☺☹

He fixed the penmanship written by his teacher on the wall with four thumbtacks. 他用四個圖釘把師父的墨跡掛在牆上。
★同義字 fasten

9分鐘完整功　9分鐘檢定 ☺☹

fixed 形 固定的
fixative 形 固定的
fixing 名 固定
fixer 名 固定器
fixity 名 固定性、穩定性
fixture 名 固定裝置或配件

[0320]

flame [flem]

1分鐘速記法　1分鐘檢定 ☺☹

flame [flame] 名 火焰（英中）

🎓 菁英幫小提醒：片語 add fuel to the flames，意為「火上加油」。

5分鐘學習術　5分鐘檢定 ☺☹

The flames engulfed the whole factory and caused great damage to the owner. 火焰吞沒了整座工廠，對廠長造成了極大的損失。

★同義字 blaze

9分鐘完整功　9分鐘檢定 ☺☹

flamethrower 名 噴火器
flaming 形 燃燒的、火焰的
flamy 形 火焰般的
nonflammable 形 不燃燒的
inflame 動 使燃燒
inflammable 形 易燃的、可燃的
inflammation 名 點火、燃燒

flesh [flɛʃ]　【0321】

1分鐘速記法　1分鐘檢定 ☺☹

flesh [flesh] 名 肉（英中）

5分鐘學習術　5分鐘檢定 ☺☹

Tigers are flesh-eating animals, while cows are not. 虎是食肉動物，而牛則不是。
★同義字 meat

菁英幫小提醒：flesh 多指人獸身上的肌肉，但 meat 通常僅指食用肉。

9分鐘完整功　9分鐘檢定 ☺☹

fleshy 形 肉的、多肉的
fleshiness 名 肥胖
fleshless 形 瘦弱的
fleshly 形 肉體的、肥胖的
unfleshly 形 非肉體的
flesh-eating 形 食肉性的

菁英幫小提醒：同義字 chubby

flexible [ˋflɛksəbl]　【0322】

1分鐘速記法　1分鐘檢定 ☺☹

flexible [fle·xi·ble] 形 有彈性的（英高）

5分鐘學習術　5分鐘檢定 ☺☹

Possessing general knowledge and double specialties makes you more flexible in changing jobs. 擁有普遍知識與雙項專長，可使你更靈活地轉換工作。
★同義字 elastic

9分鐘完整功　9分鐘檢定 ☺☹

flexibility 名 柔軟、具有彈性
flexibly 副 柔軟地、靈活地
flexile 形 柔軟的、易彎的

flex 動 彎曲
inflexible 形 硬的、不可彎的
inflexibly 副 不屈地、剛硬地
inflexibility 名 缺乏彈性

float [flot]　【0323】

1分鐘速記法　1分鐘檢定 ☺☹

float [float] 動 飄浮（英中）

5分鐘學習術　5分鐘檢定 ☺☹

The smell of new bread floated up from the kitchen. 廚房裡飄出新鮮麵包的香味。
★同義字 drift

9分鐘完整功　9分鐘檢定 ☺☹

floatable 形 可漂浮的
flotage 名 漂浮、浮力、漂浮物
flotation 名 漂浮
floater 名 漂浮者、漂浮物
floating 形 漂浮的
afloat 形 漂浮著的、在水上的
refloat 動 再浮起

flow [flo]　【0324】

1分鐘速記法　1分鐘檢定 ☺☹

flow [flow] 動 流動（英中）

5分鐘學習術　5分鐘檢定 ☺☹

The Yangtze River flows into East China Sea, Yellow River flowing into Bohai Sea. 長江流入東海，黃河流入渤海。
★同義字 stream

9分鐘完整功　9分鐘檢定 ☺☹

flowage 名 流動、泛濫
flowing 形 流動的、流暢的
airflow 名 氣流
inflow 名 流入
interflow 動 交流
overflow 動 泛濫
overflowing 形 滿溢的、充沛的

flower [ˋflauɚ]　【0325】

1分鐘速記法　1分鐘檢定 ☺☹

flower [flow·er] 名 花（英初）

MP3 034

5分鐘學習術　5分鐘檢定 ☺☹

The price of flowers rises when the Valentine's Day is around the corner. 情人節將近時，花的價格便上漲。

9分鐘完整功　9分鐘檢定 ☺☹

flowered 形 有花的
flowerage 名 花的總稱
flowerless 形 無花的
flowerpot 名 花盆
flowery 形 似花的、多花的
deflower 動 摘花

【0326】

foot [fut]

1分鐘速記法　1分鐘檢定 ☺☹

foot [foot] 名 腳（英初）

5分鐘學習術　5分鐘檢定 ☺☹

People usually get to their feet for the national anthem. 演奏國歌時人們通常站起來。
★反義字 hand

9分鐘完整功　9分鐘檢定 ☺☹

football 名 橄欖球
footbath 名 洗腳、腳盆
footfall 名 腳步
foothold 名 立足點
footless 形 無足的；缺乏基礎的
footprint 名 腳印
footstep 名 腳步
barefoot 形 赤腳的

【0327】

force [fors]

1分鐘速記法　1分鐘檢定 ☺☹

force [force] 動 強迫（英初）

5分鐘學習術　5分鐘檢定 ☺☹

The policeman forced the criminals to give up their arms. 員警迫使罪犯放下武器。
★同義字 compel

9分鐘完整功　9分鐘檢定 ☺☹

forcible 形 強制的
forced 形 強迫的
forcefully 副 強而有力地
forcefulness 名 堅強、有力

unforced 形 自然的、未受強迫的
forceless 形 無力的、軟弱的
　🎓 菁英幫小提醒：同義字 compulsory

【0328】

forest [`fɔrɪst]

1分鐘速記法　1分鐘檢定 ☺☹

forest [fo‧rest] 名 森林（英初）

5分鐘學習術　5分鐘檢定 ☺☹

Thousands of old trees were lost in the forest fire. 成千上萬棵老樹在森林大火中被燒毀。
★同義字 wood

9分鐘完整功　9分鐘檢定 ☺☹

forestation 名 造林
forester 名 森林管理者、林中生物
forestry 名 林業
afforest 動 造林
deforest 動 採伐森林
disforest 動 採伐森林
reforest 動 重新造林

【0329】

forget [fəˋgɛt]

1分鐘速記法　1分鐘檢定 ☺☹

forget [for‧get] 動 忘記（英初）
　🎓 菁英幫小提醒：動詞不規則變化為 forget，forgot，forgotten。

5分鐘學習術　5分鐘檢定 ☺☹

I've forgot to turn in the paper by the deadline. 我忘記在截止日前繳交報告。
★反義字 remember
　🎓 菁英幫小提醒：forget+V 表示「忘了去做某事」，forget+Ving 表示「忘了做過某事」。

9分鐘完整功　9分鐘檢定 ☺☹

forgetful 形 健忘的
forgetfully 副 健忘地
forgetfulness 名 健忘
forgettable 形 易被忘記的
forgetter 名 健忘者
unforgettable 形 難忘的
　🎓 菁英幫小提醒：同義字 haunting

【0330】

forgive [fəˋgɪv]

1分鐘速記法 1分鐘檢定 ☺☹

forgive [for · give] 動 原諒（英中）

> 菁英幫小提醒：動詞不規則變化為 forgive，for-gave，forgiven。

5分鐘學習術 5分鐘檢定 ☺☹

I'd never forgive myself if she heard the truth from someone else. 如果她從別人那裡聽到了真相，我永遠不會原諒自己。
★同義字 pardon

9分鐘完整功 9分鐘檢定 ☺☹

forgivable 形 可原諒的
forgiveness 名 寬恕
forgiving 形 寬容的
forgivingly 副 寬容地
unforgivable 形 不可原諒的
unforgivably 副 不可原諒地

【0331】
form [fɔrm]

1分鐘速記法 1分鐘檢定 ☺☹

form [form] 動 形成（英初）

5分鐘學習術 5分鐘檢定 ☺☹

According to the encyclopedia, these tracks are formed by rabbits. 根據百科全書，這些腳印是兔子留下的。
★同義字 shape

9分鐘完整功 9分鐘檢定 ☺☹

formal 形 正式的
formally 副 正式地
formation 名 形成、組成
formative 形 形成的
conform 動 使一致、符合
deform 動 損壞、變形
reform 動 改革
transform 動 改變
uniform 名 制服

【0332】
formulate [ˋfɔrmjə͵let]

1分鐘速記法 1分鐘檢定 ☺☹

formulate [for · mu · late] 動 規劃（英高）

5分鐘學習術 5分鐘檢定 ☺☹

Following this session, we shall formulate a

series of laws. 這次會議以後，要接著制定一系列的法律。
★同義字 plan

9分鐘完整功 9分鐘檢定 ☺☹

formulation 名 規劃、構想
formula 名 慣例、常規、準則
formulaic 形 公式的、俗套的
formularize 動 以公式表示
formulary 形 公式的、規定的
reformulate 動 再次公式化

> 菁英幫小提醒：formula 在美式用法中也可指嬰兒奶粉。

【0333】
fortunate [ˋfɔrtʃənɪt]

1分鐘速記法 1分鐘檢定 ☺☹

fortunate [for · tu · nate] 形 幸運的（英中）

5分鐘學習術 5分鐘檢定 ☺☹

The Lins are very fortunate to survive the wreck. 林家非常幸運地從船難中逃生。

> 菁英幫小提醒：相關用語 air crash，意指「空難」。

★同義字 lucky ★反義字 unlucky

9分鐘完整功 9分鐘檢定 ☺☹

fortunately 副 幸運地
fortune 名 運氣
fortuneless 形 不幸的
unfortunate 形 倒霉的
unfortunately 副 不幸地
fortuneteller 名 算命者
misfortune 名 不幸
unfortunate 形 不幸的

【0334】
found [faʊnd]

1分鐘速記法 1分鐘檢定 ☺☹

found [found] 動 創立（英中）

5分鐘學習術 5分鐘檢定 ☺☹

The town was founded by English settlers in 1790. 這座城鎮是英國移民於一七九〇年建立的。
★同義字 establish

9分鐘完整功 9分鐘檢定 ☺☹

foundation 名 建立；基金會

A
B
C
D
E
F
G
H
I
J
K
L
M
N
O
P
Q
R
S
T
U
V
W
X
Y
Z

MP3 ◀) 035

founder 名 建立者、創立者
founded 形 有基礎的
unfounded 形 無根據的、未建立的
ill-founded 形 無根據的
well-founded 形 基礎穩固的、有根據的

【0335】

free [fri]

1分鐘速記法　1分鐘檢定 ☺☹

free [free] 形 自由的（英初）

5分鐘學習術　5分鐘檢定 ☺☹

The old lady leads a free and easy sort of life and never troubles much about anything. 老太太過著一種自由自在、隨心所欲的生活，從不為任何事情操心。
★同義字 unrestrained

9分鐘完整功　9分鐘檢定 ☺☹

freedom 名 自由
freely 副 自由地
freehearted 形 坦白的、慷慨的
freewill 形 自願的
carefree 形 無憂無慮的
free-spoken 形 直言不諱的
freeway 名 高速公路
　　菁英幫小提醒：英式用語為 motorway。

【0336】

fresh [frɛʃ]

1分鐘速記法　1分鐘檢定 ☺☹

fresh [fresh] 形 新鮮的（英初）

5分鐘學習術　5分鐘檢定 ☺☹

These vegetables are fresh. I picked them this morning. 這些蔬菜很新鮮，我今天早上摘的。
★同義字 new　★反義字 stale

9分鐘完整功　9分鐘檢定 ☺☹

freshness 名 新鮮
freshen 動 使新鮮、使精神飽滿
freshly 副 精神飽滿地、新鮮地
freshman 名 新鮮人、新手
refresh 動 重新振作
refreshment 名 恢復精力

【0337】

frequency [`frikwənsɪ]

1分鐘速記法　1分鐘檢定 ☺☹

frequency [fre · quen · cy] 名 頻率（英高）

5分鐘學習術　5分鐘檢定 ☺☹

Fatal accidents have decreased in frequency in recent years. 近幾年死亡事故發生的頻率已經下降。

9分鐘完整功　9分鐘檢定 ☺☹

frequent 形 頻繁的、時常的
frequently 副 頻繁地
frequentation 名 時常來往
frequenter 名 常客
infrequent 形 罕見的
infrequently 副 少見地

【0338】

friend [frɛnd]

1分鐘速記法　1分鐘檢定 ☺☹

friend [friend] 名 朋友（英初）
　　菁英幫小提醒：「和某人交朋友」的英文說法是 make friends with sb.。

5分鐘學習術　5分鐘檢定 ☺☹

We are only inviting close friends and relatives to the wedding. 我們只邀請近親好友參加婚禮。
★同義字 acquaintance　★反義字 enemy

9分鐘完整功　9分鐘檢定 ☺☹

friendly 形 友善的
friendship 名 友誼
befriend 動 交朋友
boyfriend 名 男朋友
girlfriend 名 女朋友
unfriendly 形 不友好的

【0339】

fright [fraɪt]

1分鐘速記法　1分鐘檢定 ☺☹

fright [fright] 名 驚嚇（英中）

5分鐘學習術　5分鐘檢定 ☺☹

You gave me a fright by jumping out at me like that. 你這樣站起來撲向我，把我嚇了一跳。
★同義字 scare

9分鐘完整功　　9分鐘檢定 ☺☹

frighten 動 使驚嚇
frightened 形 受驚的
frightening 形 嚇人的
frighteningly 副 令人恐懼的
frightful 形 可怕的
frightfully 副 可怕地

【0340】

frontier [frʌnˋtɪr]

1分鐘速記法　　1分鐘檢定 ☺☹

frontier [fron‧tier] 名 邊境（英中）

5分鐘學習術　　5分鐘檢定 ☺☹

The frontier ranges from the northern hills to the southern coast. 邊界從北部山地一直延伸到南部海岸。
★同義字 border

9分鐘完整功　　9分鐘檢定 ☺☹

front 名 前面
frontage 名 前方、正面
frontal 形 前面的、正面的
front-line 名 前線
front-page 形 （新聞）頭條的、頭版的
front-runner 名 領先的人
frontward 副 朝前地

【0341】

frost [frɑst]

1分鐘速記法　　1分鐘檢定 ☺☹

frost [frost] 名 霜（英中）

5分鐘學習術　　5分鐘檢定 ☺☹

It will be a clear night with some ground frost. 今天是個晴朗的夜晚，部分地面有霜凍。

9分鐘完整功　　9分鐘檢定 ☺☹

frostbite 名 凍傷
frostbitten 形 凍傷的
frosted 形 被霜覆蓋的、被凍傷的
frostily 副 冷若冰霜地
frostiness 名 結霜；冷淡
frosting 名 結霜

【0342】

fruit [frut]

1分鐘速記法　　1分鐘檢定 ☺☹

fruit [fruit] 名 水果（英初）

5分鐘學習術　　5分鐘檢定 ☺☹

Banana is my favorite fruit for it has no juice. 香蕉是我最喜歡的水果，因為它沒有汁液。

9分鐘完整功　　9分鐘檢定 ☺☹

fruitful 形 有收穫的
fruitarian 名 只吃水果的人
fruited 形 結有果實的
fruiter 名 果農、果樹
fruitless 形 不結果的；無效的
unfruitful 形 不結果的；無效的

【0343】

fulfill [fʊlˋfɪl]

1分鐘速記法　　1分鐘檢定 ☺☹

fulfill [ful‧fill] 動 實現（英中）
🎓菁英幫小提醒：同義片語 follow through

5分鐘學習術　　5分鐘檢定 ☺☹

The company should be able to fulfill our requirements. 這公司應能滿足我們的需求。
★同義字 realize

9分鐘完整功　　9分鐘檢定 ☺☹

fulfillment 名 實現
fulfilled 形 滿足的
fulfilling 形 能實現抱負的
unfulfillable 形 無法實現的
unfulfilled 形 未實現的、未滿足的

【0344】

function [ˋfʌŋkʃən]

1分鐘速記法　　1分鐘檢定 ☺☹

function [func‧tion] 名 功能（英中）

5分鐘學習術　　5分鐘檢定 ☺☹

The newly unveiled machine, Kindle 2, has more functions than the previous generation. 新公開的機臺Kindle 2，比前一代擁有更多的功能。

9分鐘完整功　　9分鐘檢定 ☺☹

functional 形 功能的
functionally 副 功能上地
functionalism 名 功能主義
functionalist 名 功能主義者
functionality 名 官能、機能
dysfunction 名 官能障礙

A
B
C
D
E
F
G
H
I
J
K
L
M
N
O
P
Q
R
S
T
U
V
W
X
Y
Z

MP3 036

general [ˋdʒɛnərəl] 【0345】

1分鐘速記法 1分鐘檢定 ☺☹

general [ge‧ne‧ral] 刑 一般的（英初）

5分鐘學習術 5分鐘檢定 ☺☹

In general, those who come from rich backgrounds have more opportunities to enter good schools. 一般而言，出身富裕的人擁有更多機會進入好學校。
★同義字 common　　★反義字 special

9分鐘完整功 9分鐘檢定 ☺☹

generalist 名 多才多藝的人、通才
generality 名 普遍性、一般原則
generalization 名 普遍化
generalize 動 一般化
generally 副 一般地、普遍地
generalized 刑 廣義的
　　🎓 菁英幫小提醒：相關用語 versatile，形容詞「多才多藝的」。

generate [ˋdʒɛnəˏret] 【0346】

1分鐘速記法 1分鐘檢定 ☺☹

generate [ge‧ne‧rate] 動 產生（英高）

5分鐘學習術 5分鐘檢定 ☺☹

This hatred was generated by racial prejudice. 這種仇恨是由種族偏見引起的。
★同義字 produce

9分鐘完整功 9分鐘檢定 ☺☹

generation 名 產生
generative 刑 富生產力的
generator 名 產生器
ingenerate 刑 天生的
degenerate 動 退化
degeneration 名 衰退
regenerate 動 再生
regeneration 名 革新

generous [ˋdʒɛnərəs] 【0347】

1分鐘速記法 1分鐘檢定 ☺☹

generous [ge‧ne‧rous] 刑 慷慨的（英高）

5分鐘學習術 5分鐘檢定 ☺☹

It was very generous of your parents to lend us all that money. 你父母借給我們那筆錢，實在非常慷慨。
★反義字 stingy

9分鐘完整功 9分鐘檢定 ☺☹

generosity 名 寬宏大量
generously 副 大方地
ungenerous 刑 吝嗇地
ungenerously 副 吝嗇地
ungenerosity 名 吝嗇、小氣

gentle [ˋdʒɛntḷ] 【0348】

1分鐘速記法 1分鐘檢定 ☺☹

gentle [gen‧tle] 刑 溫柔的、有教養的（英中）

5分鐘學習術 5分鐘檢定 ☺☹

He taught the child with gentle and patient attitude. 他以溫柔與耐心的態度教導小孩。
★同義字 tender

9分鐘完整功 9分鐘檢定 ☺☹

gentlefolk 名 上流人士
gentleman 名 紳士、男士
gentlemanlike 刑 紳士般的
gentlewoman 名 淑女
gentleness 名 和善
gently 副 溫柔地、和緩地
　　🎓 菁英幫小提醒：相關用語 upper class，意為「上層階級」。

give [gɪv] 【0349】

1分鐘速記法 1分鐘檢定 ☺☹

give [give] 動 給（英初）
　　🎓 菁英幫小提醒：動詞不規則變化為 give, gave, given。

5分鐘學習術 5分鐘檢定 ☺☹

The birthday present he gave you was just the one I gave him. 他給你的生日禮物正是我送他的那個。
★同義字 offer　　★反義字 receive

9分鐘完整功 9分鐘檢定 ☺☹

give-and-take 名 妥協、意見交換

giveaway 名 洩露
giver 名 給予者
giving 名 禮物
lawgiver 名 立法者
life-giving 形 提神的
self-given 形 自給的

【0350】

glass [glæs]

🕐1分鐘速記法　　1分鐘檢定☺☹

glass [glass] 名 玻璃（英中）

🕐5分鐘學習術　　5分鐘檢定☺☹

The little child broke the glass by accident, and was injured on the arm. 這個小孩不小心打破了玻璃，把手臂弄傷了。

🕐9分鐘完整功　　9分鐘檢定☺☹

glasses 名 眼鏡
glasshouse 名 暖房
glassless 形 未裝玻璃的
glassmaking 名 玻璃製造工藝
glassman 名 賣玻璃製品的人、製造玻璃的人
glassy 形 玻璃般的、明淨的
glassware 名 玻璃製品
sunglasses 名 太陽眼鏡
weatherglass 名 晴雨計

【0351】

glory [ˋglorɪ]

🕐1分鐘速記法　　1分鐘檢定☺☹

glory [glo · ry] 名 光榮（英中）

🕐5分鐘學習術　　5分鐘檢定☺☹

The glory that goes with wealth is fleeting and fragile; virtue is a possession glorious and eternal. 與財富相連的光榮是短暫脆弱的，美德才是永恆光榮的財富。
★同義字 honor　　★反義字 shame

🕐9分鐘完整功　　9分鐘檢定☺☹

glorious 形 光榮的、輝煌的
gloriously 副 輝煌地
glorify 動 美化、讚美
glorification 名 讚美
inglorious 形 不光采的
ingloriously 副 不名譽地

【0352】

go [go]

🕐1分鐘速記法　　1分鐘檢定☺☹

go [go] 動 去（英初）
　　🎓菁英幫小提醒：動詞不規則變化為 go, went, gone。

🕐5分鐘學習術　　5分鐘檢定☺☹

We went to France for our holiday. 我們去法國渡假。
★反義字 come

🕐9分鐘完整功　　9分鐘檢定☺☹

go-between 名 媒介者、中間人
go-slow 動 怠工
come-and-go 動 來來往往
forego 動 走在……之前
foregoer 名 祖先
ongoing 形 進行中的
outgoing 形 外出的；直率的
touch-and-go 形 危險的、不確定的

【0353】

govern [ˋgʌvɚn]

🕐1分鐘速記法　　1分鐘檢定☺☹

govern [go · vern] 動 統治、治理（英初）

🕐5分鐘學習術　　5分鐘檢定☺☹

He that would govern others, first should be the master of himself. 要管好別人，先管好自己。
★同義字 regulate

🕐9分鐘完整功　　9分鐘檢定☺☹

government 名 政府
governable 形 可支配的
governance 名 統治、管理、支配
ungovernable 形 無法控制的
ungovernableness 名 難以控制
misgovern 動 治理不善
misgovernment 名 惡政
governor 名 統治者

【0354】

grace [gres]

🕐1分鐘速記法　　1分鐘檢定☺☹

grace [grace] 名 優雅（英中）

MP3 ◄)) 037

5分鐘學習術　5分鐘檢定 ☺☹

She moves with the natural grace of a balle-rina. 她的動作具有芭蕾舞演員自然優雅的風姿。
★同義字 elegance　　★反義字 rudeness

9分鐘完整功　9分鐘檢定 ☺☹

graceful 形 優雅地
gracefully 副 優雅地
graceless 形 粗野的、難看的
disgrace 名 恥辱
disgraceful 形 可恥的
disgracefully 副 不光采地

【0355】
gradual [ˋɡrædʒʊəl]

1分鐘速記法　1分鐘檢定 ☺☹

gradual [gra‧dual] 形 逐步的（英中）

5分鐘學習術　5分鐘檢定 ☺☹

The change was so gradual that we hardly noticed it. 這種變化很慢，幾乎難以察覺。

9分鐘完整功　9分鐘檢定 ☺☹

gradully 副 漸漸地
grade 名 等級
graduate 動 分等級；畢業
graduation 名 畢業
degrade 動 降級
upgrade 動 升級
high-grade 形 品質優良的
low-grade 形 品質低劣的
　　菁英幫小提醒：同義片語 step by step 漸進地

【0356】
grammar [ˋɡræmə]

1分鐘速記法　1分鐘檢定 ☺☹

grammar [gram‧mer] 名 文法（英中）

5分鐘學習術　5分鐘檢定 ☺☹

He has great difficulty in grammar. He can-not differentiate the different types of a verb. 他的文法很糟，他不知道如何分辨動詞的不同型式。

9分鐘完整功　9分鐘檢定 ☺☹

grammatical 形 文法上的
grammatically 副 文法上地
grammaticize 動 使合乎文法

grammarian 名 文法家
ungrammatical 形 不符文法的
ungrammatically 副 文法不通地

【0357】
grateful [ˋɡretfəl]

1分鐘速記法　1分鐘檢定 ☺☹

grateful [gra‧te‧ful] 形 感激的（英中）

5分鐘學習術　5分鐘檢定 ☺☹

I am extremely grateful to all the teachers for their help. 我非常感謝所有老師的幫助。
★同義字 appreciative

9分鐘完整功　9分鐘檢定 ☺☹

gratefully 副 感激地
gratitude 名 感激、感恩
ungrateful 形 不感激的
ungratefully 副 忘恩負義地
ungratefulness 名 忘恩負義
ingratitude 名 忘恩負義

【0358】
grave [ɡrev]

1分鐘速記法　1分鐘檢定 ☺☹

grave [grave] 名 墳墓（英高）

5分鐘學習術　5分鐘檢定 ☺☹

The two brothers visited their grandmother's grave. 那兩兄弟去探望祖母的墳墓。
★同義字 tomb

9分鐘完整功　9分鐘檢定 ☺☹

gravestone 名 墓碑
graveyard 名 墳場
gravedigger 名 挖墓者
graveclothes 名 壽衣
engrave 動 雕刻、銘記
engraver 名 雕刻師

【0359】
green [ɡrin]

1分鐘速記法　1分鐘檢定 ☺☹

green [green] 形 綠色的（英初）

5分鐘學習術　5分鐘檢定 ☺☹

The country is very green in the spring. 春天裡田野一片翠綠。

9分鐘完整功　　　9分鐘檢定 ☺☹

greeny 形 呈綠色的
greenery 名 綠色植物
greenish 形 淺綠的、微綠的
greenbelt 名 綠化地帶
greenhouse 名 溫室、暖房
evergreen 形 常綠的

【0360】

grief [grif]

1分鐘速記法　　　1分鐘檢定 ☺☹

grief [grief] 名 悲傷（英高）

5分鐘學習術　　　5分鐘檢定 ☺☹

The poor woman was buried in grief after her son died. 這個可憐的婦人在兒子死後一直沉浸在悲痛之中。
★同義字 sorrow

9分鐘完整功　　　9分鐘檢定 ☺☹

grieve 動 使悲傷
grieved 形 悲痛的
grievous 形 令人悲傷的
grievously 副 痛苦地、悲傷地
grievance 名 不平、埋怨

【0361】

ground [graʊnd]

1分鐘速記法　　　1分鐘檢定 ☺☹

ground [ground] 名 地面（英初）
　　🎓 菁英幫小提醒：片語 on the ground of，意為「因為、基於」。

5分鐘學習術　　　5分鐘檢定 ☺☹

Little Kevin toddled around the yard and then fell on the ground. 小凱文在庭院裡蹣跚學步，然後跌倒在地。
★同義字 floor

9分鐘完整功　　　9分鐘檢定 ☺☹

groundless 形 無根據的
groundwater 名 地下水
aboveground 副 還活著的
background 名 背景、家世
foreground 名 前景
playground 名 操場、遊戲場
underground 形 地下的；祕密的

【0362】

grow [gro]

1分鐘速記法　　　1分鐘檢定 ☺☹

grow [grow] 動 成長（英初）
　　🎓 菁英幫小提醒：動詞不規則變化為 grow, grew, grown。

5分鐘學習術　　　5分鐘檢定 ☺☹

As we grow older, we become more indifferent to the surroundings. 隨著我們的成長，我們就變得對周遭的一切越來越冷漠。
★同義字 mature

9分鐘完整功　　　9分鐘檢定 ☺☹

growth 名 成長、發育
grower 形 撫養者、栽培者
grown 形 成熟的
grown-up 名 成年人
outgrow 動 長得過大
undergrown 形 發育不良的

【0363】

guard [gɑrd]

1分鐘速記法　　　1分鐘檢定 ☺☹

guard [guard] 動 保衛（英中）

5分鐘學習術　　　5分鐘檢定 ☺☹

A helmet guards your head against injuries. 頭盔可以保護你的頭部免受傷害。
★同義字 protect

9分鐘完整功　　　9分鐘檢定 ☺☹

guardian 名 保護者、管理員、監護人
guardianship 名 監護、保護
guardable 形 可守護的
guarded 形 受到監視的、受到看守的；謹慎的
guardedly 副 守護著地；謹慎地
guarder 名 守衛
unguarded 形 沒有防備的；輕率的

【0364】

guide [gaɪd]

1分鐘速記法　　　1分鐘檢定 ☺☹

guide [guide] 動 引導（英初）

5分鐘學習術　　　5分鐘檢定 ☺☹

He flashed a torch to guide me in the tunnel. 他用火炬的亮光在隧道裡為我引路。

MP3 038

★同義字 direct

9分鐘完整功　9分鐘檢定☺☹

guidance 名 引導
guidable 形 可引導的
guideless 形 無嚮導的
misguide 動 誤導
misguided 形 受到誤導的
guideboard 名 路牌
guidebook 名 旅行指南

【0365】

gun [gʌn]

1分鐘速記法　1分鐘檢定☺☹

gun [gun] 名 槍（英初）

5分鐘學習術　5分鐘檢定☺☹

With a gun in his hand, the bandit ransacked the bank swiftly. 因為手裡有槍，歹徒迅速地洗劫了銀行。
★同義字 pistol

9分鐘完整功　9分鐘檢定☺☹

gunboat 名 砲艦
gunfight 名 槍戰
gunfire 名 炮火
gunman 名 持槍者
gunpoint 名 槍口
gunrunner 名 軍火走私販
gunshot 名 射擊

【0366】

habit [ˋhæbɪt]

1分鐘速記法　1分鐘檢定☺☹

habit [ha·bit] 名 習慣（英初）

5分鐘學習術　5分鐘檢定☺☹

Teresa has a habit of drinking a cup of espresso every morning. 泰瑞莎每天早晨習慣喝一杯義式濃縮咖啡。
★同義字 custom

9分鐘完整功　9分鐘檢定☺☹

habitable 形 適合居住的
habitat 名 棲息地
habitation 名 住所
habitual 形 慣常的、習慣的
habituate 動 使習慣
habitually 副 習慣性地

【0367】

hair [hɛr]

1分鐘速記法　1分鐘檢定☺☹

hair [hair] 名 頭髮（英初）

5分鐘學習術　5分鐘檢定☺☹

After graduating from high school, Mandy had her hair dyed and permed. 高中畢業後，曼蒂就染了並燙了頭髮。
★同義字 lock

9分鐘完整功　9分鐘檢定☺☹

haircut 名 理髮
hairy 形 毛茸茸的
hairdresser 名 理髮師
hairless 形 無髮的
unhair 動 拔除毛髮
hairstyle 名 髮型
hairdo 名 髮型

【0368】

hand [hænd]

1分鐘速記法　1分鐘檢定☺☹

hand [hand] 名 手（英初）
　菁英幫小提醒：「手牽手」的英文說法是 hand in hand，注意介系詞要用 in。

5分鐘學習術　5分鐘檢定☺☹

The president shook hands with the foreign minister of a friendly country with passion. 總統熱情地和友邦的外交部長握手。

9分鐘完整功　9分鐘檢定☺☹

handful 名 一把
handy 形 便利的、靈巧的
handbook 名 手冊
handwriting 名 筆跡
handicraft 名 手工藝
handout 名 施捨物；傳單、講義
secondhand 形 二手的
underhand 形 祕密的、不正當的
　菁英幫小提醒：同義字 manual

【0369】

hard [hɑrd]

1分鐘速記法　1分鐘檢定☺☹

hard [hard] 形 困難的（英初）

5分鐘學習術　5分鐘檢定 ☺☹

Director Yang Li-Chou conquered the hard mission to make a documentary film in Arctic. 導演楊力州克服了在北極拍片的艱難任務。
★同義字 difficult　★反義字 easy

9分鐘完整功　9分鐘檢定 ☺☹

hardy 形 堅強的、吃苦耐勞的
hardship 名 艱難
harden 動 使變硬、加強
hardener 名 硬化劑
hardware 名 硬體
hardworking 形 勤勉的
hardfisted 形 自私的
hardihood 名 剛毅

【0370】

harm [hɑrm]

1分鐘速記法　1分鐘檢定 ☺☹

harm [harm] 名 損害（英初）

5分鐘學習術　5分鐘檢定 ☺☹

Nicotine, an ingredient of cigarettes, will do harm to human body. 香菸中的成分之一尼古丁對人體有害。
★同義字 damage

9分鐘完整功　9分鐘檢定 ☺☹

harmful 形 有害的
harmfully 副 有害地
harmless 形 無害的
harmlessly 副 無害地
harmlessness 名 無害
unharmed 形 無恙的
unharmful 形 無害的

【0371】

harmony [ˋhɑrmənɪ]

1分鐘速記法　1分鐘檢定 ☺☹

harmony [har‧mo‧ny] 名 和諧（英高）

5分鐘學習術　5分鐘檢定 ☺☹

We need to live more in harmony with our environment. 我們要跟環境相處得更和諧。
★同義字 concordance　★反義字 discord

9分鐘完整功　9分鐘檢定 ☺☹

harmonious 形 和諧的、友好的

harmoniously 副 和諧地
harmonize 動 使協調
harmonization 名 和諧、和睦；悅耳
harmonic 形 和諧的、悅耳的
disharmony 名 不調和、不一致
disharmonious 形 不協調的
disharmonize 動 使不協調

【0372】

hasty [ˋhestɪ]

1分鐘速記法　1分鐘檢定 ☺☹

hasty [has‧ty] 形 匆忙的（英中）

5分鐘學習術　5分鐘檢定 ☺☹

We should always keep in mind that hasty decisions often lead to bitter regrets. 我們應該始終牢記在心，草率的決定經常會導致痛苦的遺憾。
★同義字 swift

9分鐘完整功　9分鐘檢定 ☺☹

haste 名 急忙
hastily 副 匆忙地
hasten 動 催促、加速
hastiness 名 匆忙
unhasty 形 從容的
overhasty 形 操之過急的

🎓 菁英幫小提醒：More haste, less speed. 意為「欲速則不達」。

【0373】

hate [het]

1分鐘速記法　1分鐘檢定 ☺☹

hate [hate] 動 討厭（英初）

5分鐘學習術　5分鐘檢定 ☺☹

We promote rational communication and hate violence. 我們提倡理性溝通而憎惡暴力。
★同義字 dislike　★反義字 like

9分鐘完整功　9分鐘檢定 ☺☹

hatred 名 憎厭
hatable 形 可厭的
hateful 形 可恨的
hatefully 副 可惡地
hateless 形 不怨恨的
hatemonger 名 煽動仇恨者
hater 名 懷恨者

A B C D E F G **H** I J K L M N O P Q R S T U V W X Y Z

MP3 039

head [hɛd]　【0374】

1分鐘速記法　1分鐘檢定☺☹

head [head] 名 頭（英初）

5分鐘學習術　5分鐘檢定☺☹

He caressed his younger sister's head, being very reluctant to leave her. 他撫摸著妹妹的頭，非常捨不得離開她。

9分鐘完整功　9分鐘檢定☺☹

headache 名 頭痛
headless 形 無人領導的；無腦的
headline 名 頭條
headmost 形 最先的
ahead 副 在前、向前
behead 動 斬首
headquarter 名 總部
forehead 名 前額

health [hɛlθ]　【0375】

1分鐘速記法　1分鐘檢定☺☹

health [health] 名 健康（英初）

5分鐘學習術　5分鐘檢定☺☹

Health is more important to most people than money. 對大多數人來說健康比金錢更重要。

　🎓 菁英幫小提醒：片語 in condition，表示「身體健康」。

9分鐘完整功　9分鐘檢定☺☹

healthful 形 有益健康的
healthy 形 健康的
healthfully 副 健康地
unhealthful 形 有害健康的
unhealthy 形 不健康的
unhealthily 副 有害身心地
unhealthiness 名 不健康、有病

hear [hɪr]　【0376】

1分鐘速記法　1分鐘檢定☺☹

hear [hear] 動 聽到（英初）

　🎓 菁英幫小提醒：動詞不規則變化為 hear, heard, heard。

5分鐘學習術　5分鐘檢定☺☹

We must hear opinions contrary to ours to improve our plans. 我們必須聽取反對的意見，以改進我們的計畫。

9分鐘完整功　9分鐘檢定☺☹

hearing 名 聽力
hearable 形 聽得見的
hearer 名 聽者
hearsay 名 傳聞
mishear 動 聽錯
overhear 動 無意中聽到、偷聽
unheard 形 沒聽到的

heart [hɑrt]　【0377】

1分鐘速記法　1分鐘檢定☺☹

heart [heart] 名 心（英初）

　🎓 菁英幫小提醒：「心臟病」的說法是 heart attack。

5分鐘學習術　5分鐘檢定☺☹

I loved my sister; I had not the heart to deny her anything. 我愛我的妹妹，所以不忍心拒絕她的任何要求。

9分鐘完整功　9分鐘檢定☺☹

heartache 名 心痛
heartbeat 名 心跳
heartbreaking 形 令人心碎的
hearten 動 激勵、鼓舞
hearty 形 熱忱的、衷心的
dishearten 動 使失去信心
downhearted 形 消沉的
ironhearted 形 鐵石心腸的
openhearted 形 直率的、和善的

heat [hit]　【0378】

1分鐘速記法　1分鐘檢定☺☹

heat [heat] 名 熱（英初）

5分鐘學習術　5分鐘檢定☺☹

What is the heat of the water in the swimming pool? 游泳池的水冷熱如何？
★反義字 coldness

A B C D E F G **H** I J K L M N O P Q R S T U V W X Y Z

🧑‍🤝‍🧑 **9分鐘完整功**　　　9分鐘檢定 ☺☹

heater 名 加熱器、暖氣
heating 名 加熱
heatproof 形 耐熱的
heatstroke 名 中暑
overheat 動 過熱
preheat 動 預熱
reheat 動 重新加熱

【0379】

help [hɛlp]

🧑‍🤝‍🧑 **1分鐘速記法**　　　1分鐘檢定 ☺☹

help [help] 動 幫助（英初）

🎓 菁英幫小提醒：can't help+Ving 表示「忍不住」的意思，例如 she can't help crying.（她忍不住哭泣）。

🧑‍🤝‍🧑 **5分鐘學習術**　　　5分鐘檢定 ☺☹

She helped him choose some new clothes.
她幫他選了一些新衣服。
★同義字 aid

🧑‍🤝‍🧑 **9分鐘完整功**　　　9分鐘檢定 ☺☹

helpful 形 有用的
helpless 形 無助的
helper 名 助手
helplessly 副 無助地
unhelpful 形 無用的
unhelpfully 副 無用地
self-help 名 自助

🎓 菁英幫小提醒：片語 go a long way，意指「大有幫助」。

【0380】

height [haɪt]

🧑‍🤝‍🧑 **1分鐘速記法**　　　1分鐘檢定 ☺☹

height [height] 名 高度（英中）

🧑‍🤝‍🧑 **5分鐘學習術**　　　5分鐘檢定 ☺☹

The height of Yushan is 3952 meters, but it will change due to the crust movement. 玉山的高度是三千九百五十二公尺，但它會隨地殼運動而變化。
★同義字 elevation

🧑‍🤝‍🧑 **9分鐘完整功**　　　9分鐘檢定 ☺☹

high 形 高的
highly 副 高地、非常地

heighten 動 增高
highborn 形 出身名門的
highroad 名 公路、大路
highway 名 公路、幹道
highland 名 高地

🎓 菁英幫小提醒：be born with a silver spoon in one's mouth，意為「含著金湯匙出生」。

【0381】

hesitate [ˋhɛzəˌtet]

🧑‍🤝‍🧑 **1分鐘速記法**　　　1分鐘檢定 ☺☹

hesitate [he‧si‧tate] 動 猶豫（英中）

🎓 菁英幫小提醒：相關片語 Think before you leap. 意為「三思而後行」。

🧑‍🤝‍🧑 **5分鐘學習術**　　　5分鐘檢定 ☺☹

Unlike his indecisive brother, he does not hesitate to determine anything. 和他優柔寡斷的哥哥不同，他決定任何事時皆毫不遲疑。
★同義字 waver

🧑‍🤝‍🧑 **9分鐘完整功**　　　9分鐘檢定 ☺☹

hesitation 名 猶豫
hesitant 形 猶豫的
hesitantly 副 猶豫不決地
hesitative 形 支支吾吾的
hesitatingly 副 支支吾吾地
hesitance 名 遲疑

【0382】

high [haɪ]

🧑‍🤝‍🧑 **1分鐘速記法**　　　1分鐘檢定 ☺☹

high [high] 形 高的（英初）

🧑‍🤝‍🧑 **5分鐘學習術**　　　5分鐘檢定 ☺☹

It's a very high office building with all essential modern facilities. 這是一棟很高的辦公大樓，現代設施一應俱全。
★同義字 tall　　★反義字 low

🧑‍🤝‍🧑 **9分鐘完整功**　　　9分鐘檢定 ☺☹

highly 副 非常、高度地
highland 名 高地
highborn 形 出身高貴的
highroad 名 公路、大路
highway 名 公路、幹道
high-speed 形 高速的
high-priced 形 高價的
sky-high 形 極高的、如天般高的

MP3 ◀) 040

【0383】

historian [hɪs`torɪən]

🕐1分鐘速記法　　1分鐘檢定☺☹

historian [his‧to‧ri‧an] 名 歷史家（英中）

🕐5分鐘學習術　　5分鐘檢定☺☹

Evans is a historian rather than a writer. 與其說埃文斯是個作家，不如說是個歷史家。

🕐9分鐘完整功　　9分鐘檢定☺☹

history 名 歷史
historic 形 歷史上重要的、歷史上著名的
historical 形 歷史的
historically 副 歷史上地
historicity 名 歷史性
historied 形 記載於歷史的
historiographer 名 史官
historiography 名 史料

【0384】

hold [hold]

🕐1分鐘速記法　　1分鐘檢定☺☹

hold [hold] 動 舉行（英初）

🎓菁英幫小提醒：動詞不規則變化為hold, held, held。

🕐5分鐘學習術　　5分鐘檢定☺☹

The meeting will be held at the Town Hall, and auditing is permitted. 這次會議將在市政廳舉行，並且准許旁聽。

🕐9分鐘完整功　　9分鐘檢定☺☹

holdall 名 手提包、手提箱
holder 名 持有者；支架
holding 名 佔有物、所有物
foodhold 名 立足點
uphold 動 舉起、維持
stronghold 名 堡壘、要塞

【0385】

homeland [`hom͵lænd]

🕐1分鐘速記法　　1分鐘檢定☺☹

homeland [home‧land] 名 祖國；家鄉（英中）

🕐5分鐘學習術　　5分鐘檢定☺☹

Many refugees have been forced to flee their homeland. 很多難民被迫逃離了祖國。

🕐9分鐘完整功　　9分鐘檢定☺☹

home 名 家、本國
homesick 形 思鄉的
homely 形 家常的
homeless 形 無家可歸的
homelike 形 舒適的、如家似的
homemade 形 本國製的
hometown 名 家鄉
homework 名 家庭作業

【0386】

honest [`ɑnɪst]

🕐1分鐘速記法　　1分鐘檢定☺☹

honest [ho‧nest] 形 誠實的（英初）

🕐5分鐘學習術　　5分鐘檢定☺☹

To be an honest person does not mean to give up privacy. 成為一個誠實的人，並不意味著要放棄隱私。
★同義字 truthful

🕐9分鐘完整功　　9分鐘檢定☺☹

honesty 名 誠實、正直
honestly 副 誠實地、公正地
dishonest 形 不誠實的、不正直的
dishonesty 名 不誠實、不正直
dishonestly 副 不誠實地

【0387】

honorable [`ɑnərəbl]

🕐1分鐘速記法　　1分鐘檢定☺☹

honorable [ho‧no‧ra‧ble] 形 光榮的（英中）

🕐5分鐘學習術　　5分鐘檢定☺☹

Not until was he covered by a jouralist, all of his honorable histories were exposed. 直到他被一位記者採訪，他所有的光榮經歷才曝光。
★同義字 reputable　　★反義字 shameful

🕐9分鐘完整功　　9分鐘檢定☺☹

honor 名 榮耀
honorably 副 可敬地、光榮地
honorarium 名 報酬、謝禮
honorary 形 名譽的
honoree 名 受勳人
honorific 形 尊敬的；敬語的
dishonor 名 不名譽
dishonorable 形 可鄙的

hope [hop]　【0388】

1分鐘速記法　1分鐘檢定☺☹

hope [hope] 名 希望（英初）

5分鐘學習術　5分鐘檢定☺☹

My sincere hope is to maintain the beauty of nature for our descendants. 我最真誠的希望就是把自然之美延續給我們的子孫。
★同義字 expectation　★反義字 despair

9分鐘完整功　9分鐘檢定☺☹

hopeful 形 充滿希望的
hopefully 副 懷抱希望地、但願
hopeless 形 絕望的
hopelessly 副 絕望地
hoper 名 希望者
unhopeful 形 無希望的
hopelessness 名 無望

horror [ˋhɔrɚ]　【0389】

1分鐘速記法　1分鐘檢定☺☹

horror [hor · ror] 名 恐怖（英中）

5分鐘學習術　5分鐘檢定☺☹

With a look of horror, he asked if the doctor thought he had cancer. 他驚恐失色地問醫生是否認定他患了癌症。
★同義字 fright

9分鐘完整功　9分鐘檢定☺☹

horrible 形 可怕的
horrify 動 使驚嚇、使恐懼
horribly 副 嚇人地
horrifying 形 駭人的
horrific 形 可怕的
horrifically 副 極其可怕地

house [haʊs]　【0390】

1分鐘速記法　1分鐘檢定☺☹

house [house] 名 房子（英初）
🎓 菁英幫小提醒：這個字可當動詞使用，表示「住宿」之意。

5分鐘學習術　5分鐘檢定☺☹

The newlyweds bought a new house, which was located in the suburbs. 這對新婚夫婦買的新房子座落於郊區。
★同義字 building

9分鐘完整功　9分鐘檢定☺☹

housing 名 住房建築
household 形 家庭的
housekeeper 名 管家
houseclean 動 打掃
houseless 形 無家的
housemate 名 住在同一家園的人
housewife 名 家庭主婦
housework 名 家務

human [ˋhjumən]　【0391】

1分鐘速記法　1分鐘檢定☺☹

human [hu · man] 名 人類（英中）

5分鐘學習術　5分鐘檢定☺☹

Contact with other people is a basic human need. 和他人接觸是人類的基本需要。

9分鐘完整功　9分鐘檢定☺☹

humanitarian 名 人道主義者
humanity 名 人性
humankind 名 人類
humanize 動 教化、使具有人性
humanization 名 人性化、教化
inhuman 形 無人性的、野蠻的
superhuman 形 超人的

humid [ˋhjumɪd]　【0392】

1分鐘速記法　1分鐘檢定☺☹

humid [hu · mid] 形 潮濕的（英中）

5分鐘學習術　5分鐘檢定☺☹

Living on this island is hot and humid in the summer. 夏天住在這島上，既炎熱又潮濕。
★同義字 damp　★反義字 dry

9分鐘完整功　9分鐘檢定☺☹

humidify 動 使濕潤
humidifier 名 潤濕器
humidity 名 濕度
humidification 名 濕化
humidor 名 保濕器、保濕室
humidistat 名 濕度調節器

A B C D E F G **H** I J K L M N O P Q R S T U V W X Y Z

MP3 ◀)) 041

【0393】
humor [`hjumə]

1分鐘速記法　1分鐘檢定 ☺☹

humor [hu · mor] 名 幽默（英中）
> 🎓 菁英幫小提醒：sense of humor 意為「幽默感」。

5分鐘學習術　5分鐘檢定 ☺☹

Humor is the most attractive characteristic of his personality. 幽默是他性格當中最吸引人的特質。

9分鐘完整功　9分鐘檢定 ☺☹

humorous 形 幽默的
humorously 副 幽默地
humorist 名 幽默演員、幽默作家
humorless 形 沒有幽默感的、嚴肅地
humorlessness 名 缺乏幽默感、嚴肅

【0394】
hurt [hɜt]

1分鐘速記法　1分鐘檢定 ☺☹

hurt [hurt] 名 受傷（英初）
> 🎓 菁英幫小提醒：動詞不規則變化為 hurt, hurt, hurt。

5分鐘學習術　5分鐘檢定 ☺☹

To be blamed in public was a great hurt to her dignity. 當眾被責罵對她的自尊是很大的傷害。
★同義字 harm

9分鐘完整功　9分鐘檢定 ☺☹

hurter 名 損害人的事物
hurtful 形 有害的
hurtfully 副 有害地
hurtless 形 無害的
unhurt 形 沒有受傷的
unhurtful 形 無害的
> 🎓 菁英幫小提醒：safe and sound，意為「安然無恙」。

【0395】
ice [aɪs]

1分鐘速記法　1分鐘檢定 ☺☹

ice [ice] 名 冰（英初）

5分鐘學習術　5分鐘檢定 ☺☹

It is better for women to have beverages without ice. 女性最好喝不含冰塊的飲料。

9分鐘完整功　9分鐘檢定 ☺☹

icy 形 結冰的
iceberg 名 冰山
icebox 名 冰箱
icebreaker 名 破冰船、打破僵局的人或物
iced 形 結冰的
icehouse 名 冰庫
iceland 名 冰島
iceman 名 賣冰的人

【0396】
ideal [aɪ`diəl]

1分鐘速記法　1分鐘檢定 ☺☹

ideal [i · deal] 形 理想的（英初）

5分鐘學習術　5分鐘檢定 ☺☹

Her ideal lover must be smart, considerate, and mature. 她的理想情人必須要聰明、體貼和成熟。
★同義字 perfect

9分鐘完整功　9分鐘檢定 ☺☹

ideally 副 理想地
idealism 名 理想主義
idealist 名 理想主義者
idealistic 形 理想主義的、空想的
idealistically 副 理想上地、不切實際地
idealize 動 理想化
idealization 名 理想化
ideality 名 理想

【0397】
identity [aɪ`dɛntətɪ]

1分鐘速記法　1分鐘檢定 ☺☹

identity [i · den · ti · ty] 名 身分（英中）

5分鐘學習術　5分鐘檢定 ☺☹

The ridiculous law that foreign spouses have to provide financial proof to get their identity cards has been cancelled. 外籍配偶必須提出財力證明以取得身分證的荒謬法律，已經遭到取消。

9分鐘完整功　9分鐘檢定 ☺☹

identify 動 確認、識別
identification 名 身分、識別；身分證
identifiable 形 可辨識的

identifier 名 鑑定人、識別器
unidentified 形 未辨識的、身分不明的
unidentifiable 形 無法辨識的

【0398】

image [ˋɪmɪdʒ]

1分鐘速記法　1分鐘檢定☺☹

image [i‧mage] 名 影像（英初）

5分鐘學習術　5分鐘檢定☺☹

According to the Bible, man was made in the image of God. 根據《聖經》，人是按照上帝的模樣創造的。
★同義字 picture

9分鐘完整功　9分鐘檢定☺☹

imagine 動 想像
imagination 名 想像力、創造力
imagery 名 畫像、塑像的總稱
imaginary 形 虛構的、想像中的
imaginable 動 可想像的
imaginative 形 有想像力的
imaginatively 副 想像上地

【0399】

imitate [ˋɪmə,tet]

1分鐘速記法　1分鐘檢定☺☹

imitate [i‧mi‧tate] 動 模仿（英高）

5分鐘學習術　5分鐘檢定☺☹

Small children learn by imitating their parents. 小孩子的學習方法就是模仿父母。
★同義字 impersonate

9分鐘完整功　9分鐘檢定☺☹

imitation 名 模仿
imitational 形 模仿的
imitative 形 模仿的
imitator 名 模仿者
imitable 形 可模仿的
imitability 名 可模仿性

【0400】

impatient [ɪmˋpeʃənt]

1分鐘速記法　1分鐘檢定☺☹

impatient [im‧pa‧tient] 形 不耐煩的（英中）

5分鐘學習術　5分鐘檢定☺☹

I'd been waiting for twenty minutes and I was getting impatient. 我等了二十分鐘，有點不耐煩了。

9分鐘完整功　9分鐘檢定☺☹

impatience 名 不耐煩
impatiently 副 急躁地
patience 名 耐心
patient 形 有耐心的
patiently 副 耐心地

菁英幫小提醒：這個字當名詞用時，意為「病患」。

【0401】

impolite [,ɪmpəˋlaɪt]

1分鐘速記法　1分鐘檢定☺☹

impolite [im‧po‧lite] 形 不禮貌的（英中）

5分鐘學習術　5分鐘檢定☺☹

Some people think it is impolite to ask others' age. 有些人認為詢問別人的年齡是不禮貌的。
★同義字 rude　★反義字 courteous

9分鐘完整功　9分鐘檢定☺☹

impolitely 副 無禮地
impoliteness 名 無禮、粗魯
polite 形 禮貌的
politely 副 有禮地
politeness 名 有禮、客氣

【0402】

import [ɪmˋport]

1分鐘速記法　1分鐘檢定☺☹

import [im‧port] 動 進口、輸入（英中）

5分鐘學習術　5分鐘檢定☺☹

Most countries have to import oil from abroad. 大多數的國家必須由國外進口石油。
★反義字 output

9分鐘完整功　9分鐘檢定☺☹

importer 名 進口商
importation 名 進口
importable 形 可輸入的
export 動 出口
exporter 名 出口商

A B C D E F G H I J K L M N O P Q R S T U V W X Y Z

MP3 ◀ 042

exportation 名 出口
exportable 形 可輸出的

【0403】
importance [ɪm`pɔrtŋs]

1分鐘速記法　1分鐘檢定☺☹

importance [im · por · tance] 名 重要性（英初）

5分鐘學習術　5分鐘檢定☺☹

Little people often think themselves of greatest importance. 渺小的人常常以為自己最重要。
★同義字 significance

9分鐘完整功　9分鐘檢定☺☹

important 形 重要的
importantly 副 重要地
unimportance 名 不重要
unimportant 形 不重要的、無價值的
self-important 形 妄自尊大的
　　　┗ 菁英幫小提醒：相關用語 patronize，動詞，意為「自視甚高」。

【0404】
impossible [ɪm`pɑsəbl̩]

1分鐘速記法　1分鐘檢定☺☹

impossible [im · pos · si · ble] 形 不可能的（英初）
　　┗ 菁英幫小提醒：同義片語 out of the question

5分鐘學習術　5分鐘檢定☺☹

It was impossible to fault the old actor's performance. 要在這位老演員的表演中挑出毛病是不可能的。
★反義字 likey

9分鐘完整功　9分鐘檢定☺☹

impossibly 副 不可能地
impossibility 名 不可能性；不可能辦到的事
possibility 名 可能性；有可能的事
possible 形 可能的
possibly 副 也許、可能

【0405】
impress [ɪm`prɛs]

1分鐘速記法　1分鐘檢定☺☹

impress [im · press] 動 使印象深刻（英中）

5分鐘學習術　5分鐘檢定☺☹

We were most impressed with your efficiency. 你的工作效率很高，我們極為欽佩。

9分鐘完整功　9分鐘檢定☺☹

impressive 形 令人印象深刻的
impressively 副 令人印象深刻地
impression 名 印象
impressible 形 易感動的
impressional 形 印象的、易受影響的
impressionism 名 印象主義、印象派
impressionist 名 印象派作家

【0406】
improve [ɪm`pruv]

1分鐘速記法　1分鐘檢定☺☹

improve [im · prove] 動 改善（英中）

5分鐘學習術　5分鐘檢定☺☹

She came down with measles last week but kept improving. 她上禮拜患了麻疹，但持續在改善當中。
★同義字 advance　　★反義字 worsen

9分鐘完整功　9分鐘檢定☺☹

improvement 名 改善
improvable 形 可改良的
improvably 副 可改良地
improvability 名 可以改進
improver 名 改進者
improved 形 改進後的

【0407】
impulse [`ɪmpʌls]

1分鐘速記法　1分鐘檢定☺☹

impulse [im · pulse] 名 衝動（英高）

5分鐘學習術　5分鐘檢定☺☹

She felt a terrible impulse to rush out of the house and never come back. 突然間她心裡有個衝動，恨不得衝出屋去，再也不回來。
★同義字 impetuosity

9分鐘完整功　9分鐘檢定☺☹

impulsion 名 動力、驅力
impulsive 形 易衝動的
implusing 形 令人衝動的
impulsively 副 衝動地
impulsiveness 名 衝動

incline [ɪnˋklaɪn]　【0408】

1分鐘速記法　1分鐘檢定 ☺☹

incline [in・cline] 動 有……傾向（英中）

5分鐘學習術　5分鐘檢定 ☺☹

I incline to the view that we should take no action at this stage. 我傾向於認為我們在這個階段不應採取行動。
★同義字 tend

9分鐘完整功　9分鐘檢定 ☺☹

inclinable 形 傾向的、可傾斜的
inclination 名 趨勢、傾向
inclined 形 傾向的
disincline 動 使不欲
disinclination 名 厭惡
disinclined 形 不願的

indicate [ˋɪndə͵ket]　【0409】

1分鐘速記法　1分鐘檢定 ☺☹

indicate [in・di・cate] 動 指示（英中）

5分鐘學習術　5分鐘檢定 ☺☹

The President's attitude toward the proposals had been indicated in his New Year's address. 總統對那些建議的態度已在他的新年獻詞中表明。
★同義字 show

9分鐘完整功　9分鐘檢定 ☺☹

indication 名 指示、跡象
indicator 名 指標
indicative 形 指示的、象徵的
indicatory 形 指示的
indicant 名 指標物

indigestion [͵ɪndəˋdʒɛstʃən]　【0410】

1分鐘速記法　1分鐘檢定 ☺☹

indigestion [in・di・ges・tion] 名 消化不良（英中）

5分鐘學習術　5分鐘檢定 ☺☹

He suffers from indigestion, so the doctor advices him to eat fluid food. 他受消化不良之苦，所以醫師建議他吃流質食物。

9分鐘完整功　9分鐘檢定 ☺☹

indigestive 形 消化不良的
indigestible 形 難以消化的
indigestibility 名 難以消化
digestion 名 消化
digestive 形 消化的
digestible 形 易消化的
digestibility 名 可消化性
　🎓 菁英幫小提醒：相關用語 constipation，名詞，意指「便祕」。

indispensable [͵ɪndɪsˋpɛnsəb!]　【0411】

1分鐘速記法　1分鐘檢定 ☺☹

indispensable [in・dis・pen・sa・ble] 形 不可或缺的（英中）

5分鐘學習術　5分鐘檢定 ☺☹

It is well known that knowledge is the indispensable condition for expansion of mind. 眾所周知，知識是開闊思路不可缺少的條件。
★同義字 necessary　　★反義字 unnecessary

9分鐘完整功　9分鐘檢定 ☺☹

indispensably 副 不可或缺地
indispensability 名 必要、不可或缺
dispensable 形 非必要的
dispensability 名 可免去
dispense 動 免除

individual [͵ɪndəˋvɪdʒuəl]　【0412】

1分鐘速記法　1分鐘檢定 ☺☹

individual [in・di・vi・dual] 名 個人（英中）

5分鐘學習術　5分鐘檢定 ☺☹

Success at Manchester United is about a good footballing team not individuals. 曼聯的成功是一個好的球隊的成功，而不能歸功於個人。

9分鐘完整功　9分鐘檢定 ☺☹

individualize 動 個人化、個性化
individually 副 個別地
individuality 名 個人特徵
individualist 名 個人主義者
individualistic 形 個人主義的
individualism 名 個人主義

A B C D E F G H I J K L M N O P Q R S T U V W X Y Z

MP3 043

【0413】

industry [ˈɪndəstrɪ]

1分鐘速記法　1分鐘檢定 ☺☹

industry [in‧dus‧try] 名 工業（英中）

5分鐘學習術　5分鐘檢定 ☺☹

Pittsburgh was renowned for its steel industry. However, the prosperity is on the wane now. 匹茲堡曾以鋼鐵工業聞名，然而這種榮景目前正漸漸衰退。

9分鐘完整功　9分鐘檢定 ☺☹

industrial 形 工業的
industrialize 動 工業化
industrialization 名 工業化
industrialist 名 工業家、企業家
industrious 形 努力工作的
industriously 副 勤奮地

【0414】

infect [ɪnˈfɛkt]

1分鐘速記法　1分鐘檢定 ☺☹

infect [in‧fect] 動 感染（英中）

🎓 菁英幫小提醒：片語 come down with+ 病名，表示「染上……疾病」。

5分鐘學習術　5分鐘檢定 ☺☹

The laboratory animals had been infected with the bacteria. 實驗室的動物已受到這種細菌的感染。

9分鐘完整功　9分鐘檢定 ☺☹

infection 名 感染
infectious 形 傳染性的
infectiously 副 傳染地
infector 名 傳播者
infective 形 傳染的
disinfect 動 消毒
disinfection 名 消毒

【0415】

inflation [ɪnˈfleʃən]

1分鐘速記法　1分鐘檢定 ☺☹

inflation [in‧fla‧tion] 名 通貨膨脹（英中）

5分鐘學習術　5分鐘檢定 ☺☹

In the past two months, inflation has been running at an annual rate of about 4 percent.

前兩個月通貨膨脹的速度已達到年增長率的百分之四左右。

9分鐘完整功　9分鐘檢定 ☺☹

inflationary 形 通貨膨脹的
inflationist 名 支持通貨膨脹者
inflationism 名 通貨膨脹政策
deflation 名 通貨緊縮
deflationary 形 通貨緊縮的

【0416】

inform [ɪnˈfɔrm]

1分鐘速記法　1分鐘檢定 ☺☹

inform [in‧form] 動 通知（英中）

5分鐘學習術　5分鐘檢定 ☺☹

He informed the police that some money was missing. 他向員警報案說有些錢不見了。
★同義字 notify

9分鐘完整功　9分鐘檢定 ☺☹

information 名 資訊
informative 形 知識性的
informant 名 情報提供者、告密者
informer 名 告密者
informate 動 為……提供訊息
informed 形 消息靈通的、有知識的
misform 動 誤報
uninformed 形 未受通知的；不學無術的

【0417】

initiate [ɪˈnɪʃɪˌet]

1分鐘速記法　1分鐘檢定 ☺☹

initiate [i‧ni‧ti‧ate] 動 開始（英中）

5分鐘學習術　5分鐘檢定 ☺☹

At the age of fourteen, Harry was initiated into the art of golf by his father. 哈利十四歲時，他父親便向他傳授高爾夫球的技巧了。
★同義字 start

9分鐘完整功　9分鐘檢定 ☺☹

initially 副 一開始
initial 形 最初的
initiation 名 開始
initiative 形 開始的、創新的
initiator 名 創始者
initiatory 形 最初的

injure [ˋɪndʒɚ]

🔊1分鐘速記法　　　　1分鐘檢定☺☹

injure [in．jure] 動 傷害（英中）

🔊5分鐘學習術　　　　5分鐘檢定☺☹

One of the players injured his knee and had to be carried away. 有一名球員傷了膝蓋，不得不被抬了出去。
★同義字 hurt

🔊9分鐘完整功　　　　9分鐘檢定☺☹

injury 名 傷害
injurious 形 有害的
injuriously 副 有害地
uninjured 形 未受損害的
uninjurious 形 無害的

inquisitive [ɪnˋkwɪzətɪv]

🔊1分鐘速記法　　　　1分鐘檢定☺☹

inquisitive [in．qui．si．tive] 形 好問的（英高）

🔊5分鐘學習術　　　　5分鐘檢定☺☹

You need an inquisitive mind to be a scientist. 有鑽研好問的心才能成為科學家。
★同義字 curious

🔊9分鐘完整功　　　　9分鐘檢定☺☹

inquisitively 副 好問地
inquisitiveness 名 好問
inquisite 動 審問
inquisition 名 調查、審訊
inquisitor 名 審問者

insane [ɪnˋsen]

🔊1分鐘速記法　　　　1分鐘檢定☺☹

insane [in．sane] 形 發瘋的（英中）
🎓 菁英幫小提醒：相關片語 go bananas，意為「發瘋」。

🔊5分鐘學習術　　　　5分鐘檢定☺☹

The prisoners were slowly going insane. 囚犯們正慢慢地變得精神錯亂起來。
★同義字 crazy

🔊9分鐘完整功　　　　9分鐘檢定☺☹

insanely 副 瘋狂地
insaneness 名 瘋狂
insanity 名 瘋狂、精神錯亂
sane 形 頭腦清楚的
sanity 名 頭腦清楚、精神健全

insecure [ˌɪnsɪˋkjʊr]

🔊1分鐘速記法　　　　1分鐘檢定☺☹

insecure [in．se．cure] 形 不安全的（英初）

🔊5分鐘學習術　　　　5分鐘檢定☺☹

A shortage of military police made the air base insecure. 缺乏武警使得空軍基地不安全。
★同義字 dangerous　　★反義字 safe

🔊9分鐘完整功　　　　9分鐘檢定☺☹

insecurely 副 不可靠地、不安地
insecurity 名 危險、不安全
insecureness 名 不安全、無保障
securely 副 安全地、有把握地
security 名 安全、安全感
secure 形 安全的
　🎓 菁英幫小提醒：同義字 hazard 危險、危險源

inspect [ɪnˋspɛkt]

🔊1分鐘速記法　　　　1分鐘檢定☺☹

inspect [in．spect] 動 檢查（英中）

🔊5分鐘學習術　　　　5分鐘檢定☺☹

The notes proved to be forgeries by inspecting. 經由檢查，那些鈔票證明是偽造的。
★同義字 examine

🔊9分鐘完整功　　　　9分鐘檢定☺☹

inspector 名 檢查員
inspection 名 檢查
inspective 形 檢查的、注意的
inspectoral 形 檢查員的
inspectorship 名 稽查員職務
reinspect 動 再度考察

inspire [ɪnˋspaɪr]

🔊1分鐘速記法　　　　1分鐘檢定☺☹

inspire [in．spire] 動 激勵、鼓舞（英中）

MP3 ◄》044

5分鐘學習術　　5分鐘檢定☺☹

The Lake District scenery inspired Words-worth to write his greatest poetry. 英格蘭湖區的美景給了華茲華斯靈感，從而創作出他最偉大的詩篇。
★同義字 encourage

9分鐘完整功　　9分鐘檢定☺☹

inspiring 形 激勵人心的
inspired 形 有靈感的
inspiringly 副 鼓舞地
inspiration 名 靈感
inspirational 形 鼓勵人心的

【0424】
institutional [ˌɪnstə`tjuʃən!]

1分鐘速記法　　1分鐘檢定☺☹

institutional [ins·ti·tu·tion·al] 形 公共團體的（英高）

5分鐘學習術　　5分鐘檢定☺☹

The old lady is in need of institutional care. 這位老太太需要有關機構的照料。

9分鐘完整功　　9分鐘檢定☺☹

institute 動 創立、制定
institute 名 學會、協會；研究所
institution 名 制度；公共團體
institutionalize 動 制度化
institutionalization 名 制度化
institutionary 形 學會的

【0425】
instruct [ɪn`strʌkt]

1分鐘速記法　　1分鐘檢定☺☹

instruct [in·struct] 動 教導（英高）

5分鐘學習術　　5分鐘檢定☺☹

Children must be instructed in road safety before they are allowed to ride a bike on the road. 必須先教導兒童道路安全知識，才可以讓他們在路上騎自行車。
★同義字 teach

9分鐘完整功　　9分鐘檢定☺☹

instructive 形 教育的
instructively 副 教育地
instruction 名 指示

instructor 名 教練
instructed 形 得到指示的、受過教育的
instructional 形 教育的、指示的

【0426】
insure [ɪn`ʃʊr]

1分鐘速記法　　1分鐘檢定☺☹

insure [in·sure] 動 為……投保（英中）

5分鐘學習術　　5分鐘檢定☺☹

He had insured himself against long-term illness. 他為自己投保了長期病險。

9分鐘完整功　　9分鐘檢定☺☹

insurable 形 可保險的
insurant 名 被保險人
insurance 名 保險業、保險契約
insured 形 已投保的
insurer 名 保險業者

【0427】
intellect [`ɪntḷ͵ɛkt]

1分鐘速記法　　1分鐘檢定☺☹

intellect [in·tel·lect] 名 智力、理解力（英初）

5分鐘學習術　　5分鐘檢定☺☹

His opinion is that the intellect of modern man isn't superior. 他認為現代人的智力並不高超。
★同義字 intelligence

9分鐘完整功　　9分鐘檢定☺☹

intellection 名 思考、理解
intellective 形 智力的
intellectual 形 智力的
intellectually 副 智力上
intellectuality 名 理智、知識份子
intellectualize 動 訴諸理智

【0428】
intelligent [ɪn`tɛlədʒənt]

1分鐘速記法　　1分鐘檢定☺☹

intelligent [in·tel·li·gent] 形 聰明的（英初）

5分鐘學習術　　5分鐘檢定☺☹

The undergraduate made a very intelligent comment on the pornography industry. 那位大學生對色情產業作了很有見地的評論。

★同義字 smart ★反義字 stupid

9分鐘完整功 9分鐘檢定☺☹

intelligence 名 智慧
intelligently 副 聰明地
intelligencer 名 情報員
intelligentsia 名 知識份子的總稱
intelligibility 名 可理解性；明瞭
intelligible 形 可明白的、易理解的

【0429】
intensify [ɪnˋtɛnsəˌfaɪ]

1分鐘速記法 1分鐘檢定☺☹

intensify [in·ten·si·fy] 動 加強（英高）

5分鐘學習術 5分鐘檢定☺☹

The government has intensified its anti-smoking campaign. 政府加強了反吸煙運動。
★同義字 reinforce ★反義字 weaken

9分鐘完整功 9分鐘檢定☺☹

intense 形 劇烈的
intensity 名 強度
intensive 形 密集的
intensely 副 強烈地、極度地
intension 名 增強、加劇

【0430】
interest [ˋɪntərɪst]

1分鐘速記法 1分鐘檢定☺☹

interest [in·te·rest] 名 興趣（英初）

5分鐘學習術 5分鐘檢定☺☹

I have lost my interest in English. 我對英文已不感興趣。
★同義字 zest

9分鐘完整功 9分鐘檢定☺☹

interesting 形 有趣的
interested 形 有興趣的
interestedly 副 關心地、感興趣地
interestingly 副 引起興趣地
disinterest 名 無興趣、不關心
uninterested 形 不感興趣的
uninteresting 形 無趣的

【0431】
interpret [ɪnˋtɝprɪt]

1分鐘速記法 1分鐘檢定☺☹

interpret [in·ter·pret] 動 翻譯（英中）

5分鐘學習術 5分鐘檢定☺☹

He interpreted the silence as contempt and stepped down the platform with upset. 他把這沉默解釋為輕蔑的表示，不悅地走下講臺。
★同義字 translate

9分鐘完整功 9分鐘檢定☺☹

interpreter 名 口譯員
interpretation 名 翻譯
interpretable 形 可解釋的、可譯的
interpretative 形 解釋的
interpretive 形 解釋的
misinterpret 動 誤譯
reinterpret 動 重譯

【0432】
interrupt [ˌɪntəˋrʌpt]

1分鐘速記法 1分鐘檢定☺☹

interrupt [in·ter·rupt] 動 打斷（英中）

5分鐘學習術 5分鐘檢定☺☹

He often interrupts others with silly questions. 他經常用愚蠢的問題打斷別人的談話。
★同義字 intrude

9分鐘完整功 9分鐘檢定☺☹

interruption 名 打斷
interruptive 形 打斷的
interrupted 形 中斷的
interruptedly 副 中斷地
interrupter 名 打岔的人
interruptible 形 可打斷的

【0433】
intervene [ˌɪntəˋvin]

1分鐘速記法 1分鐘檢定☺☹

intervene [in·ter·vene] 動 干預、介入（英高）

5分鐘學習術 5分鐘檢定☺☹

She would have died if the neighbors hadn't intervened. 要不是鄰居出面調停，她早就沒命了。
★同義字 interfere

9分鐘完整功 9分鐘檢定☺☹

intervention 名 干預

A B C D E F G H I J K L M N O P Q R S T U V W X Y Z

MP3 045

intervener 名 介入者
intervening 形 干涉的；介於中間的
interventionist 名 干預者
nonintervention 名 不干涉
noninventionist 名 不干涉的人

【0434】

intimidate [ɪn`tɪmə,det]

1分鐘速記法　1分鐘檢定 ☺☹

intimidate [in‧ti‧mi‧date] 動 威脅（英高）

5分鐘學習術　5分鐘檢定 ☺☹

The president announced that she refused to be intimidated by their threat of force. 總統宣布她拒絕屈從於他們的武力要脅。
★同義字 threaten

9分鐘完整功　9分鐘檢定 ☺☹

intimidation 名 恫嚇
intimidated 形 遭受威脅的
intimidating 形 令人生畏的
intimidator 名 恐嚇者
intimidatory 形 威脅的

【0435】

intuition [,ɪntju`ɪʃən]

1分鐘速記法　1分鐘檢定 ☺☹

intuition [in‧tu‧i‧tion] 名 直覺（英高）

5分鐘學習術　5分鐘檢定 ☺☹

She knew, by intuition, about his illness, although he never mentioned it. 雖然他沒有說，可是她憑直覺知道他患了病。
★同義字 instinct

9分鐘完整功　9分鐘檢定 ☺☹

intuitional 形 直覺的
intuitionism 名 直覺論
intuitionist 名 直覺論者
intuitive 形 直覺的、有直覺力的
intuitively 副 直覺地

【0436】

invent [ɪn`vɛnt]

1分鐘速記法　1分鐘檢定 ☺☹

invent [in‧vent] 動 發明、創造（英初）

5分鐘學習術　5分鐘檢定 ☺☹

He invented a new type of stethoscope, which is more sensitive to any sound. 他發明了一種新型聽診器，對於各種聲響更為敏感。
★同義字 contrive

9分鐘完整功　9分鐘檢定 ☺☹

invention 名 發明
inventor 名 發明家
inventive 形 發明的、創造的
inventively 副 有創造力地
inventible 形 可發明的

【0437】

investigate [ɪn`vɛstə,get]

1分鐘速記法　1分鐘檢定 ☺☹

investigate [in‧ves‧ti‧gate] 動 調查（英中）

5分鐘學習術　5分鐘檢定 ☺☹

The FBI has been called in to investigate the corruption among congressmen. 聯邦調查局奉命調查國會議員的貪污事件。
★同義字 examine

9分鐘完整功　9分鐘檢定 ☺☹

investigation 名 調查
investigator 名 調查員
investigative 形 調查的
investigable 形 可調查的
investigatory 形 調查的、研究的

【0438】

invisible [ɪn`vɪzəbl]

1分鐘速記法　1分鐘檢定 ☺☹

invisible [in‧vi‧si‧ble] 形 看不見的（英中）

5分鐘學習術　5分鐘檢定 ☺☹

We don't know whether unknown civilizations occur on the distant stars that are invisible to the naked eye. 我們不知道在肉眼看不到的遙遠星球上，是否存在未知的文明。
★同義字 indiscernible　★反義字 eyeable

9分鐘完整功　9分鐘檢定 ☺☹

invisibly 副 無形地
invisibility 名 無形
visible 形 可見的
visibly 副 明顯地、顯見地
visibility 名 明顯性、能見度

invite [ɪn`vaɪt] 【0439】

1分鐘速記法　　1分鐘檢定☺☹

invite [in · vite] 動 邀請（英初）

5分鐘學習術　　5分鐘檢定☺☹

He invited several of his friends to the Cloud Gate dance show. 他邀請了幾個朋友去看雲門舞集的表演。

9分鐘完整功　　9分鐘檢定☺☹

invitation 名 邀請
inviting 形 吸引人的
invitee 名 受邀者
inviter 名 邀請者
uninvited 形 未受邀的
uninviting 形 無吸引力的

irritate [`ɪrə,tet] 【0440】

1分鐘速記法　　1分鐘檢定☺☹

irritate [ir · ri · tate] 動 煩躁（英高）

5分鐘學習術　　5分鐘檢定☺☹

It really irritates me the way he keeps repeating himself. 他不斷重複說過的話，我聽得都煩躁起來了。
★同義字grate

9分鐘完整功　　9分鐘檢定☺☹

irritable 形 煩躁的
irritably 副 易怒地
irritation 名 惱怒
irritative 形 使發怒的
irritability 名 易怒
irritant 形 刺激的

issue [`ɪʃjʊ] 【0441】

1分鐘速記法　　1分鐘檢定☺☹

issue [is · sue] 動 發行（英初）
　🎓菁英幫小提醒：同義片語come out出版、發行

5分鐘學習術　　5分鐘檢定☺☹

They have issued a lot of new books on international affairs. 他們已經出版了很多論述國際問題的新書。
★同義字publish

9分鐘完整功　　9分鐘檢定☺☹

issuable 形 可發行的
issuance 名 發行、發佈
issuer 名 發行者
reissue 動 重新發行
overissue 動 濫發

job [dʒɑb] 【0442】

1分鐘速記法　　1分鐘檢定☺☹

job [job] 名 工作（英初）

5分鐘學習術　　5分鐘檢定☺☹

With various abilities, I have no difficulty transferring to a new job. 懷抱多技在身，我要轉職到新工作並不成問題。
★同義字work

9分鐘完整功　　9分鐘檢定☺☹

jobholder 名 有工作的人；公務員
job-hopper 名 常換工作的人
job-hopping 名 跳槽
job-hunter 名 求職者
jobless 形 失業的
off-the-job 形 下班後的；失業的
on-the-job 形 上班時的；在職的

journal [`dʒɝnl] 【0443】

1分鐘速記法　　1分鐘檢定☺☹

journal [jour · nal] 名 期刊（英高）

5分鐘學習術　　5分鐘檢定☺☹

He subscribed to a historical journal this year, longing for more knowledge about Chinese culture. 今年他訂了一份歷史期刊，渴望對中國文化有更多認識。
★同義字periodical

9分鐘完整功　　9分鐘檢定☺☹

journalism 名 新聞業
journalist 名 新聞記者
journalese 名 新聞用語
journalistic 形 報章雜誌的
journalize 動 從事新聞業
　🎓菁英幫小提醒：press，名詞，意指「新聞界、通訊社」。

A B C D E F G H I J K L M N O P Q R S T U V W X Y Z

101

MP3 🔊 046

joy [dʒɔɪ]　【0444】

1分鐘速記法　1分鐘檢定☺☹

joy [joy] 名 喜悅（英初）

5分鐘學習術　5分鐘檢定☺☹

To her parents' joy, she won the first prize for her virgin story. 使她父母高興的是，她的處女作得了一等獎。
★同義字 pleasure

9分鐘完整功　9分鐘檢定☺☹

joyful 形 高興的
joyfully 副 高興地
joyless 形 不悅的
joyous 形 高興的
enjoy 動 享受
killjoy 名 掃興者
overjoy 動 狂喜

judge [dʒʌdʒ]　【0445】

1分鐘速記法　1分鐘檢定☺☹

judge [judge] 動 判斷（英初）

5分鐘學習術　5分鐘檢定☺☹

Don't judge a person by the clothes he wears, or you will confine yourself to prejudice. 不要以衣著取人，不然將使自己受限於偏見。
★同義字 determine

9分鐘完整功　9分鐘檢定☺☹

judgement 名 判斷
forejudge 動 推斷
ill-judged 形 判斷失當的
misjudge 動 誤判
prejudge 動 預先判斷
well-judged 形 判斷正確的

justice [ˋdʒʌstɪs]　【0446】

1分鐘速記法　1分鐘檢定☺☹

justice [jus‧tice] 名 正義、公平（英初）

5分鐘學習術　5分鐘檢定☺☹

The justice of these remarks was clear to everyone. 人人都明白這些話是公正的。
★同義字 fairness　★反義字 unfairness

9分鐘完整功　9分鐘檢定☺☹

just 形 正義的、公平的
justly 副 公正地
justifiable 形 可證明為正當的
justification 名 證明為正當
justify 動 證明是正當的
justness 名 正義、正直
injustice 名 不公平
unjust 形 不公平的

keep [kip]　【0447】

1分鐘速記法　1分鐘檢定☺☹

keep [keep] 動 保持（英初）
　🎓 菁英幫小提醒：動詞不規則變化為 keep, kept, kept。

5分鐘學習術　5分鐘檢定☺☹

During the riot, the police struggled to keep order. 暴動期間，警方奮力維持秩序。
★同義字 maintain

9分鐘完整功　9分鐘檢定☺☹

keeper 名 看守人
doorkeeper 名 看門人
gatekeeper 名 看門人
housekeeper 名 管家
shopkeeper 名 店主
timekeeper 名 計時員
bookkeeper 名 書記員

kind [kaɪnd]　【0448】

1分鐘速記法　1分鐘檢定☺☹

kind [kind] 形 親切的（英初）

5分鐘學習術　5分鐘檢定☺☹

The kind girl adopted the discarded cats and fed them generously. 這個親切的女孩收養了三隻棄貓，並且慷慨地餵食牠們。
★同義字 friendly

9分鐘完整功　9分鐘檢定☺☹

kindhearted 形 仁慈的
kindly 副 親切地
kindness 形 親切
kindless 形 無情的
unkind 形 不仁慈的

unkindly 副 不仁慈地
unkindness 名 不仁慈

know [no]

【0449】

🕐1分鐘速記法　　　1分鐘檢定 ☺☹

know [know] 動 知道（英初）

　🎓 菁英幫小提醒：動詞不規則變化為know, knew, known。

🕐5分鐘學習術　　　5分鐘檢定 ☺☹

As far as I know, the ozone hole this year is larger than before. 就我所知，今年的臭氧層破洞比過去更大。
★同義字 understand

🕐9分鐘完整功　　　9分鐘檢定 ☺☹

knowability 名 可知性
knowledgeable 形 有知識的
knowledge 名 知識
known 形 知名的
unknowable 形 不可知的
unknown 形 未知的
well-known 形 眾所周知的
know-how 名 專門知識、技能、訣竅

　🎓 菁英幫小提醒：相關用語 agnosticism，名詞，意指「不可知論」。

labor [`lebɚ]

【0450】

🕐1分鐘速記法　　　1分鐘檢定 ☺☹

labor [la · bor] 名 勞動（英中）

🕐5分鐘學習術　　　5分鐘檢定 ☺☹

The workers earn their living by toilsome labor. 工人們藉著辛苦的勞動維持生計。

🕐9分鐘完整功　　　9分鐘檢定 ☺☹

laborer 名 勞工
labored 形 吃力的
laboring 形 勞動的
laborious 形 費力的、勤奮的
laboriously 副 費力地、艱苦地

lament [lə`mɛnt]

【0451】

🕐1分鐘速記法　　　1分鐘檢定 ☺☹

lament [la · ment] 動 悲痛（英高）

🕐5分鐘學習術　　　5分鐘檢定 ☺☹

He deeply lamented the death of his wife, refusing every advice for him to remarry. 他對妻子的去世深感悲痛，拒絕所有要他再婚的建議。
★同義字 mourn

🕐9分鐘完整功　　　9分鐘檢定 ☺☹

lamentable 形 可悲的
lamentably 副 可悲地
lamentation 名 悲嘆
lamented 形 被哀悼的
unlamented 形 無人哀悼的

land [lænd]

【0452】

🕐1分鐘速記法　　　1分鐘檢定 ☺☹

land [land] 名 陸地、土地（英初）

🕐5分鐘學習術　　　5分鐘檢定 ☺☹

He is the richest landlord in the town, who owns 300 acres of land. 他是鎮上最富有的地主，擁有三百英畝土地。
★同義字 field

🕐9分鐘完整功　　　9分鐘檢定 ☺☹

landholder 名 土地所有人
landmark 名 地標
landlord 名 地主、房東
landscape 名 風景
homeland 名 祖國
mainland 名 大陸
marshland 名 沼澤地
wonderland 名 仙境、奇境

large [lɑrdʒ]

【0453】

🕐1分鐘速記法　　　1分鐘檢定 ☺☹

large [large] 形 大的（英初）

🕐5分鐘學習術　　　5分鐘檢定 ☺☹

The large installation art in front of the city hall attracted a number of people. 市政府前的這座大型裝置藝術吸引了許多人潮。
★同義字 vast　　★反義字 small

🕐9分鐘完整功　　　9分鐘檢定 ☺☹

largely 副 大量地
largeness 名 巨大

A B C D E F G H I J K L M N O P Q R S T U V W X Y Z

MP3 ◀ 047

largish 形 頗大的
enlarge 動 擴大
enlargement 名 擴大
largehearted 形 氣度恢宏的

【0454】

laugh [læf]

1分鐘速記法　　　　1分鐘檢定☺☹

laugh [laugh] 動 笑（英初）

🎓 菁英幫小提醒：解釋作「笑、嘲笑」時，為不及物動詞，後接介系詞 at。

5分鐘學習術　　　　5分鐘檢定☺☹

He is not laughed at that laughs at himself first. 先自嘲的人，不會見笑於人。
★同義字 smile

9分鐘完整功　　　　9分鐘檢定☺☹

laughter 名 笑聲
laughable 形 可笑的、有趣地
laughably 副 可笑地、有趣地
laughingstock 名 笑柄
horselaugh 名 縱聲大笑

【0455】

law [lɔ]

1分鐘速記法　　　　1分鐘檢定☺☹

law [law] 名 法律（英初）

5分鐘學習術　　　　5分鐘檢定☺☹

California law says that they must be taught from September to the middle of June. 加利福尼亞州的法律規定他們的上課時間是從九月到第二年的六月中旬。
★同義字 legislation

9分鐘完整功　　　　9分鐘檢定☺☹

lawful 形 合法的
lawfully 副 合法地
lawless 形 非法的、違法的
lawmaker 名 立法者
lawmaking 名 立法
lawyer 名 律師
unlawful 形 非法的
unlawfully 副 非法地
　　🎓 菁英幫小提醒：同義字 attorney

【0456】

lead [lid]

1分鐘速記法　　　　1分鐘檢定☺☹

lead [lead] 動 領導（英初）

🎓 菁英幫小提醒：動詞不規則變化為 lead, led, led。

5分鐘學習術　　　　5分鐘檢定☺☹

Leading the association for ten years, he decided to retire next month. 領導了這個協會十年之後，他決定在下個月退休。
★同義字 head

9分鐘完整功　　　　9分鐘檢定☺☹

leader 名 領導者
leading 形 領導的、主要的
leaderless 形 群龍無首的
leadership 名 領導
mislead 動 誤導
lead-in 名 導入、開場
cheerleader 名 啦啦隊長

【0457】

learn [lɜn]

1分鐘速記法　　　　1分鐘檢定☺☹

learn [learn] 動 學習（英初）

5分鐘學習術　　　　5分鐘檢定☺☹

Watching movies is a great way to language learning. 看電影是學習語言的極佳途徑。
★同義字 study

9分鐘完整功　　　　9分鐘檢定☺☹

learned 形 有學問的
learning 名 學習、學問
learner 名 學習者
learnable 形 可學會的
unlearn 動 忘卻、捨棄知識
unlearned 形 未受教育的、無知的

【0458】

legal [ˈligl]

1分鐘速記法　　　　1分鐘檢定☺☹

legal [le‧gal] 形 合法的（英中）

5分鐘學習術　　　　5分鐘檢定☺☹

The alcohol level of the driver was more than three times over the legal limit. 那位駕駛者的酒測值超過了法定上限的三倍。
★同義字 lawful　　★反義字 unlawful

9分鐘完整功 　　9分鐘檢定 ☺☹

legally 副 合法地
legalize 動 合法化
legality 名 合法性
legalization 名 合法化
illegal 形 不合法的
illegally 副 非法地
illegalize 動 非法化

【0459】

legislate [`lɛdʒɪsˏlet]

1分鐘速記法 　　1分鐘檢定 ☺☹

legislate [le‧gis‧late] 動 立法（英高）

5分鐘學習術 　　5分鐘檢定 ☺☹

It's impossible to legislate for every contingency. 為每一偶發事件都立法是不可能的。

9分鐘完整功 　　9分鐘檢定 ☺☹

legislation 名 立法
legislator 名 立法委員
legislature 名 立法機關
legislative 形 立法的
legislatively 副 以立法方式
legislatorial 形 立法者的、立法機構的

【0460】

legitimate [lɪ`dʒɪtəmɪt]

1分鐘速記法 　　1分鐘檢定 ☺☹

legitimate [le‧gi‧ti‧mate] 形 合法的（英高）

5分鐘學習術 　　5分鐘檢定 ☺☹

Could he earn so much from legitimate business activities? 他要是做正當生意，哪能賺得了這麼多錢？
★同義字 legal 　　★反義字 illegal

9分鐘完整功 　　9分鐘檢定 ☺☹

legitimately 副 合法地
legitimation 名 合法化
legitimatize 動 合法化
illegitimate 形 非法的
illegitimacy 名 非法

【0461】

length [lɛnθ]

1分鐘速記法 　　1分鐘檢定 ☺☹

length [length] 名 長度（英中）

5分鐘學習術 　　5分鐘檢定 ☺☹

This room is twice the length of the kitchen. 這間屋子的長度是廚房的兩倍。
★反義字 width

9分鐘完整功 　　9分鐘檢定 ☺☹

long 形 長的
elongate 動 拉長、伸長
lengthen 動 延伸
lengthy 形 過長的
lengthily 副 冗長地
longitude 名 經度
　　菁英幫小提醒：latitude 表示「緯度」。

【0462】

liberty [`lɪbətɪ]

1分鐘速記法 　　1分鐘檢定 ☺☹

liberty [li‧ber‧ty] 名 自由（英高）

5分鐘學習術 　　5分鐘檢定 ☺☹

We must defend our civil liberties at all costs. 不管付出任何代價，我們都要捍衛公民自由。
★同義字 freedom

9分鐘完整功 　　9分鐘檢定 ☺☹

liberal 形 心胸開闊的、開明的
liberally 副 大方地、慷慨地
liberalism 名 自由主義
liberate 動 解放
liberation 名 解放運動
liberator 名 解放者

【0463】

life [laɪf]

1分鐘速記法 　　1分鐘檢定 ☺☹

life [life] 名 生活、生命（英初）

5分鐘學習術 　　5分鐘檢定 ☺☹

The miserable life in the slum was an unforgettable experience for me. 貧民窟中痛苦的生活是我非常難忘的經歷。

9分鐘完整功 　　9分鐘檢定 ☺☹

lifeless 形 無生命的、死的
lifelike 形 逼真的
lifelong 形 畢生的、終身的
lifeguard 名 救生員

A B C D E F G H I J K L M N O P Q R S T U V W X Y Z

MP3 048

lifetime 名 一生、終身
lifework 名 畢生的志業
lifestyle 名 生活方式

【0464】

light [laɪt]

1分鐘速記法　1分鐘檢定 ☺☹

light [light] 名 燈、亮光（英初）

🎓 菁英幫小提醒：「光害」的英文說法是 light pollution。

5分鐘學習術　5分鐘檢定 ☺☹

Zeal without knowledge is fire without light. 有熱情無知識，猶如有火焰無光芒。
★同義字 brightness

9分鐘完整功　9分鐘檢定 ☺☹

lighten 動 照亮
lighter 名 打火機
lighthouse 名 燈塔
lightless 形 暗的
enlighten 動 啟發
daylight 名 白晝、日光
flashlight 名 手電筒
candlelight 名 燭光

【0465】

limit [ˋlɪmɪt]

1分鐘速記法　1分鐘檢定 ☺☹

limit [li‧mit] 名 限制（英中）

5分鐘學習術　5分鐘檢定 ☺☹

They were travelling at a speed that was double the legal limit. 他們正以兩倍於法定限速的速度行駛。
★同義字 restriction

9分鐘完整功　9分鐘檢定 ☺☹

limitation 名 限制
limited 形 限制的
limitary 形 有界限的、有限制的
limitative 形 限制的
limiter 名 限制者
unlimited 形 無限制的
unlimitedly 副 不受限制地

【0466】

line [laɪn]

1分鐘速記法　1分鐘檢定 ☺☹

line [line] 名 線（英中）

🎓 菁英幫小提醒：片語 on the line，意指「處於危險之中」。

5分鐘學習術　5分鐘檢定 ☺☹

I draw a line under the sentences to mark its significance. 我在句子底下劃線以標註出它的重要性。

9分鐘完整功　9分鐘檢定 ☺☹

linear 形 直線的
lineation 名 輪廓、畫線
liner 名 畫線工具
clothesline 名 曬衣繩
headline 名 報紙頭條
outline 動 畫出輪廓
underline 動 畫底線
streamline 形 流線型的

【0467】

listen [ˋlɪsn̩]

1分鐘速記法　1分鐘檢定 ☺☹

listen [lis‧ten] 動 聽（英初）

5分鐘學習術　5分鐘檢定 ☺☹

We were listening to the Prime Minister's speech. 我們正在收音機旁聽首相的廣播演說。
★同義字 hear

🎓 菁英幫小提醒：listen 通常是指「主動地、有目的地聽」，hear 則為「無目的地聽」。

9分鐘完整功　9分鐘檢定 ☺☹

listener 名 聽眾
listenable 形 值得聽的
listenability 名 值得一聽
listenership 名 廣播節目的收聽率
relisten 動 再聽
unlistening 形 未注意聽的

【0468】

literacy [ˋlɪtərəsɪ]

1分鐘速記法　1分鐘檢定 ☺☹

literacy [li‧te‧ra‧cy] 名 識字、讀寫能力（英中）

5分鐘學習術　5分鐘檢定 ☺☹

We are planning to make a national survey

of economic literacy. 我們計畫做一個經濟基本情況的全國性普查。

👥9分鐘完整功　　9分鐘檢定☺☹

literal 形 逐字的
literally 副 照字面地
literate 形 識字的
literary 形 文言的
literature 名 文學
literalize 動 照字面解釋
illiteracy 名 不識字、文盲
illiterate 形 文盲的

live [lɪv]　　【0469】

👥1分鐘速記法　　1分鐘檢定☺☹

live [live] 動 居住（英初）

> 🎓菁英幫小提醒：「靠……生活」、「以……為主食」，英文說法是 live on。

👥5分鐘學習術　　5分鐘檢定☺☹

Living in the dormitory is a challenge to get along with others all day long. 住宿是一種整天都要和他人相處的挑戰。
★同義字 reside

👥9分鐘完整功　　9分鐘檢定☺☹

liver 名 居住者
livable 形 適於居住的
lively 形 活躍的、充滿生氣的
alive 形 活著的
outlive 動 比……活得久
relive 動 再生；再經歷
livelihood 名 生計

load [lod]　　【0470】

👥1分鐘速記法　　1分鐘檢定☺☹

load [load] 動 裝載（英中）

👥5分鐘學習術　　5分鐘檢定☺☹

The workers loaded the ship with foreign merchandise. 工人們將外國商品裝載上船。

👥9分鐘完整功　　9分鐘檢定☺☹

loader 名 裝載者、運貨機
loading 名 裝載的貨物
unload 動 卸下
reload 動 重新填裝

download 動 下載
upload 動 上傳

locate [loˋket]　　【0471】

👥1分鐘速記法　　1分鐘檢定☺☹

locate [lo‧cate] 動 位於（英中）

👥5分鐘學習術　　5分鐘檢定☺☹

The railway station is located in the south of the city. 火車站位於該城南部。
★同義字 set

👥9分鐘完整功　　9分鐘檢定☺☹

location 名 位置
locator 名 表示位置的指標
located 形 座落於
locational 形 位置上的
relocate 動 更換位置
relocation 名 改變位置

lock [lɑk]　　【0472】

👥1分鐘速記法　　1分鐘檢定☺☹

lock [lock] 動 鎖（英中）

👥5分鐘學習術　　5分鐘檢定☺☹

She locked her passport and money in the safe. 她把自己的護照和錢鎖在保險櫃裡。

👥9分鐘完整功　　9分鐘檢定☺☹

locker 名 置物櫃
lockable 形 可上鎖
lockbox 名 附鎖的盒子
lockup 名 上鎖
lockless 形 無鎖的
lockout 名 停工
locksmith 名 鎖匠
unlock 動 開啟

logic [ˋlɑdʒɪk]　　【0473】

👥1分鐘速記法　　1分鐘檢定☺☹

logic [lo‧gic] 名 邏輯（英初）

👥5分鐘學習術　　5分鐘檢定☺☹

Your friend doesn't seem to be governed by logic. 你那位朋友好像沒有邏輯性。

A B C D E F G H I J K L M N O P Q R S T U V W X Y Z

MP3 049

9分鐘完整功　9分鐘檢定 ☺☹

logical 形 邏輯性的
logically 副 有邏輯地
logician 名 邏輯學家
logicality 名 邏輯性
logicalness 名 合邏輯、合理
illogic 名 不合邏輯
illogical 形 不合邏輯的
illogically 副 不合邏輯地

【0474】

long [lɔŋ]

1分鐘速記法　1分鐘檢定 ☺☹

long [long] 形 長的（英初）

　🎓 菁英幫小提醒：long face，表示「不悅的臉色」。

5分鐘學習術　5分鐘檢定 ☺☹

She wore her hair braided in long pigtails. 她把她的頭髮結成長辮。
★同義字 lengthy　　★反義字 short

9分鐘完整功　9分鐘檢定 ☺☹

length 名 長度
longish 形 稍長的
longevity 名 長壽
long-term 形 長期的
long-tongued 形 長舌的、多嘴的
elongate 動 延長
lifelong 形 終生的
prolong 動 拉長、延長

【0475】

look [lʊk]

1分鐘速記法　1分鐘檢定 ☺☹

look [look] 動 看（英初）

5分鐘學習術　5分鐘檢定 ☺☹

Why does that stranger keep looking at me? 那個陌生人為何一直盯著我看？
★同義字 see
　🎓 菁英幫小提醒：see 是「無目的地看」，強調看的結果；look 則是「有目的地注視」。

9分鐘完整功　9分鐘檢定 ☺☹

looker 名 觀看者
looker-on 名 旁觀者
lookout 名 警戒、監視

good-looking 形 好看的
outlook 名 展望、前景
overlook 動 俯瞰

【0476】

loose [lus]

1分鐘速記法　1分鐘檢定 ☺☹

loose [loose] 形 鬆散的（英中）

5分鐘學習術　5分鐘檢定 ☺☹

Wearing loose garments makes her look very unenergetic. 穿著寬鬆的衣服讓她看起來很沒精神。
★反義字 tense

9分鐘完整功　9分鐘檢定 ☺☹

loosely 副 鬆懈地
loosen 動 鬆開
looseness 名 鬆散
unloosen 動 釋放
loose-leaf 形 活頁式的
　🎓 菁英幫小提醒：片語 loosen up，為「變得寬鬆」之意。

【0477】

loud [laʊd]

1分鐘速記法　1分鐘檢定 ☺☹

loud [loud] 形 大聲的（英初）

5分鐘學習術　5分鐘檢定 ☺☹

The teacher's voice is very loud, so we can all hear it. 老師的聲音很大，我們都聽得見。
★反義字 quiet

9分鐘完整功　9分鐘檢定 ☺☹

loudly 副 大聲地
aloud 副 大聲地
louden 動 提高聲音
loudness 名 音量
loudspeaker 名 揚聲器、擴音器
loudmouth 名 講話大聲的人

【0478】

love [lʌv]

1分鐘速記法　1分鐘檢定 ☺☹

love [love] 名 愛（英初）

5分鐘學習術 5分鐘檢定 ☺☹

He who has no children does not know what love is. 沒有孩子的人不知道什麼叫愛。
★反義字 hatred

9分鐘完整功 9分鐘檢定 ☺☹

lovable 形 可愛的、討喜的
lovely 形 可愛的
lover 名 愛人
loving 形 愛的
loveless 形 無愛的、得不到愛的
love-sick 形 相思病的
beloved 形 親愛的
unlovely 形 不可愛的

low [lo]
【0479】

1分鐘速記法 1分鐘檢定 ☺☹

low [low] 形 低的（英初）

5分鐘學習術 5分鐘檢定 ☺☹

She doesn't like low dresses, but she likes low shoes. 她不喜歡低領露胸衣，但她喜歡短筒鞋。
★反義字 high

9分鐘完整功 9分鐘檢定 ☺☹

lower 動 降低
lowborn 形 出身寒微的
lowbred 形 未受良好教育的
lowbrow 形 修養淺薄的
lowish 形 頗低的
lowly 副 低下地、卑微地
lowness 名 低下、卑微
below 介 在……之下

loyal [ˋlɔɪəl]
【0480】

1分鐘速記法 1分鐘檢定 ☺☹

loyal [lo·yal] 形 忠實的（英中）

5分鐘學習術 5分鐘檢定 ☺☹

She has always remained loyal to her political principles. 她總是信守自己的政治原則。
★同義字 faithful　　★反義字 traitorous

9分鐘完整功 9分鐘檢定 ☺☹

loyalty 名 忠實

loyalism 名 效忠、忠誠
loyalist 名 忠臣
loyally 副 忠心地
disloyalist 名 不忠者
disloyally 副 不忠地
disloyalty 名 不忠誠

lubricant [ˋlubrɪkənt]
【0481】

1分鐘速記法 1分鐘檢定 ☺☹

lubricant [lu·bri·cant] 名 潤滑油（英高）

5分鐘學習術 5分鐘檢定 ☺☹

The sort of lubricant which we use depends largely on the running speed of the bearing. 我們使用哪種潤滑劑，主要取決於軸承的轉速如何。

9分鐘完整功 9分鐘檢定 ☺☹

lubricity 名 潤滑性
lubricate 動 上潤滑油
lubrication 名 潤滑
lubricative 形 潤滑的
lubricator 名 潤滑劑

luck [lʌk]
【0482】

1分鐘速記法 1分鐘檢定 ☺☹

luck [luck] 名 幸運（英初）

5分鐘學習術 5分鐘檢定 ☺☹

Mom gave me a charm, hoping it would bring me good luck. 媽媽給我一個護身符，希望它能為我帶來好運。
★同義字 fortune

9分鐘完整功 9分鐘檢定 ☺☹

lucky 形 幸運的
luckiness 名 幸運
luckily 副 幸運地、幸好
luckless 形 不幸的
unlucky 形 不幸的
unluckily 副 倒霉地

magnificent [mægˋnɪfəsənt]
【0483】

1分鐘速記法 1分鐘檢定 ☺☹

magnificent [mag·ni·fi·cent] 形 宏偉的（英高）

MP3 ◆) 050

5分鐘學習術　5分鐘檢定 ☺☹

The magnificent castle was overwhelmed by artillery in the end. 這座宏偉的城堡最終被大砲摧毀了。
★同義字 splendid

9分鐘完整功　9分鐘檢定 ☺☹

magnify 動 放大
magnitude 名 重大
magnific 形 壯麗的
magnificently 副 壯觀地
magnification 名 放大

【0484】

make [mek]

1分鐘速記法　1分鐘檢定 ☺☹

make [make] 動 製作（英初）
　🎓 菁英幫小提醒：動詞不規則變化為make, made, made。

5分鐘學習術　5分鐘檢定 ☺☹

The decision made her very popular with the staff. 這項決定使她在員工中很受歡迎。

9分鐘完整功　9分鐘檢定 ☺☹

maker 名 製造者
making 名 製造；原料；利潤
homemaker 名 主婦
lawmaker 名 立法者
epoch-making 形 劃時代的、重大的
man-made 形 人造的、人工的
unmake 動 毀壞、廢除

【0485】

man [mæn]

1分鐘速記法　1分鐘檢定 ☺☹

man [man] 名 人類（英初）

5分鐘學習術　5分鐘檢定 ☺☹

A drowning man will catch a straw. 在溺斃邊緣的人，連一株稻草也想要去抓。
★同義字 human

9分鐘完整功　9分鐘檢定 ☺☹

manhood 名 成年期
mankind 名 人類
freshman 名 新手；大學一年級新生
fireman 名 消防人員

countryman 名 同胞、同鄉；鄉下人
policeman 名 警察
yes-man 名 唯唯諾諾的人
manpower 名 勞動力、人力資源

【0486】

manager [`mænɪdʒɚ]

1分鐘速記法　1分鐘檢定 ☺☹

manager [ma‧na‧ger] 名 經理（英初）

5分鐘學習術　5分鐘檢定 ☺☹

The manager with ulterior motive only employed young and pretty girls to be his assistants. 這位居心叵測的經理只聘請年輕漂亮的女孩當他的助理。

9分鐘完整功　9分鐘檢定 ☺☹

manage 動 管理、經營
manageable 形 易管理的
management 名 管理、經營
managerial 形 經理的、管理上的
mismanage 動 錯誤管理
unmanageable 形 難以管理的

【0487】

margin [`mɑrdʒɪn]

1分鐘速記法　1分鐘檢定 ☺☹

margin [mar‧gin] 名 邊緣（英中）

5分鐘學習術　5分鐘檢定 ☺☹

I wrote notes in the margins of the textbook. 我在教科書的空白邊處抄寫筆記。
★同義字 border

9分鐘完整功　9分鐘檢定 ☺☹

marginal 形 邊緣的
marginally 副 邊緣地、少量地
marginalize 動 邊緣化
marginalization 名 邊緣化
marginate 動 在邊緣留白

【0488】

mark [mɑrk]

1分鐘速記法　1分鐘檢定 ☺☹

mark [mark] 名 記號（英初）

5分鐘學習術　5分鐘檢定 ☺☹

The sex scandal left a mark on his fine

image. 這件桃色醜聞為他的良好形象留下污點。
★同義字 sign

9分鐘完整功　　　　　9分鐘檢定 ☺☹

marked 形 有記號的
markedly 副 顯著地
marking 名 做記號
birthmark 名 胎記
bookmark 名 書籤
landmark 名 地標、里程碑
postmark 名 郵戳
trademark 名 商標

【0489】

marry [ˋmærɪ]

1分鐘速記法　　　　　1分鐘檢定 ☺☹

marry [mar・ry] 動 結婚（英初）
　　🎓 菁英幫小提醒：同義片語 tie the knot

5分鐘學習術　　　　　5分鐘檢定 ☺☹

The wise never marry, and when they marry they become otherwise. 聰明人都是未婚的，結婚的人很難再聰明起來。
★反義字 divorce

9分鐘完整功　　　　　9分鐘檢定 ☺☹

marriage 名 婚姻
married 形 已婚的
unmarried 形 未婚的
marriageable 形 可結婚的、適婚的
mismarriage 名 不相配的婚姻
remarry 動 再婚

【0490】

master [ˋmæstɚ]

1分鐘速記法　　　　　1分鐘檢定 ☺☹

master [mas・ter] 名 主人（英初）
　　🎓 菁英幫小提醒：此字也可指「專家」，例如 a jack of all trades and master of none，意指「百藝不精的人」。

5分鐘學習術　　　　　5分鐘檢定 ☺☹

The housekeeper and his master are as intimate as brothers. 這名管家和他的雇主情同兄弟。
★同義字 ruler

9分鐘完整功　　　　　9分鐘檢定 ☺☹

drillmaster 名 教練、教官
paymaster 名 出納員
postmaster 名 郵政局長
schoolmaster 名 校長
taskmaster 名 工頭
shipmaster 名 船長
masterpiece 名 傑作

【0491】

match [mætʃ]

1分鐘速記法　　　　　1分鐘檢定 ☺☹

match [match] 動 相配（英初）

5分鐘學習術　　　　　5分鐘檢定 ☺☹

Your shining earrings match the brilliant gown so much! 妳那閃耀的耳環和鮮豔的禮服多麼相襯呀！

9分鐘完整功　　　　　9分鐘檢定 ☺☹

matched 形 相配的、合適的
matching 形 相配的、一致的
matchless 形 無與倫比的
unmatchable 形 難以企及的、無法配對的
unmatched 形 不相配的

【0492】

mate [met]

1分鐘速記法　　　　　1分鐘檢定 ☺☹

mate [mate] 名 伴侶、同伴（英初）

5分鐘學習術　　　　　5分鐘檢定 ☺☹

Can I wait for my office mate in your room? 我能在你房裡等我的工作夥伴嗎？

9分鐘完整功　　　　　9分鐘檢定 ☺☹

classmate 名 同班同學
comate 名 夥伴、同伴
housemate 名 住在同一屋子中的人
messmate 名 （軍隊中的）同膳夥伴
playmate 名 遊戲夥伴
roommate 名 室友
schoolmate 名 同校同學
workmate 名 同事

【0493】

material [məˋtɪrɪəl]

MP3 051

1分鐘速記法 1分鐘檢定 ☺☹

material [ma・te・rial] 形 物質的（英中）

5分鐘學習術 5分鐘檢定 ☺☹

A truly rich man enjoys not only material comforts, but also spiritual content. 一個真正富有的人，不只享受物質上的舒適，也享受精神上的滿足。
★反義字 spiritual

9分鐘完整功 9分鐘檢定 ☺☹

materialism 名 唯物主義
materialist 名 唯物主義者
materialistic 形 唯物主義的
materialize 動 具體化
materialization 名 具體化
materially 副 物質上、實質上

【0494】

mature [mə`tjʊr]

1分鐘速記法 1分鐘檢定 ☺☹

mature [ma・ture] 形 成熟的（英中）

5分鐘學習術 5分鐘檢定 ☺☹

The way she broke up with ex-boyfriend was peaceful and mature. 她和前男友分手的方式和平且成熟。
★同義字 ripe

9分鐘完整功 9分鐘檢定 ☺☹

maturity 名 成熟
maturate 動 成熟
maturative 形 使之成熟的
maturely 副 成熟地
immature 形 不成熟的
immaturity 名 不成熟、未成年
premature 名 早產兒

【0495】

maximum [`mæksəməm]

1分鐘速記法 1分鐘檢定 ☺☹

maximum [ma・xi・mum] 形 最大量的、最大限度的（英中）

5分鐘學習術 5分鐘檢定 ☺☹

For maximum effect, do the exercises every day. 每天鍛鍊以取得最佳效果。
★反義字 minimum

9分鐘完整功 9分鐘檢定 ☺☹

maximal 形 最大的
maximally 副 最大地、最高地
maximize 動 使達到最大
maximization 名 最大化
maxima 名 最大量
　└─ 菁英幫小提醒：此為maximum的複數型。

【0496】

mean [min]

1分鐘速記法 1分鐘檢定 ☺☹

mean [mean] 動 表示……的意思（英中）
　菁英幫小提醒：動詞不規則變化為 mean, meant, meant。

5分鐘學習術 5分鐘檢定 ☺☹

Showing others the middle finger means giving offense. 向他人比中指是挑釁的表示。
★同義字 indicate

9分鐘完整功 9分鐘檢定 ☺☹

meaning 名 意義
meaningful 形 有意義的
meaningfully 副 有意義地
meaningfulness 名 有意義
meaningless 形 無意義的
unmeaningful 形 無意義的

【0497】

measure [`mɛʒɚ]

1分鐘速記法 1分鐘檢定 ☺☹

measure [mea・sure] 動 測量（英中）
　菁英幫小提醒：measures up 意為「配得上、符合標準」。

5分鐘學習術 5分鐘檢定 ☺☹

The lady measured his size and gave him a suit to try on. 這位小姐測量了他的尺寸後，給他一件西裝試穿。
★同義字 gauge

9分鐘完整功 9分鐘檢定 ☺☹

measurable 形 可測量的
measurably 副 可測量地
measured 形 經過測量的
measureless 形 極大的、難以測量的
measurement 名 測量、測定

mechanic [məˋkænɪk]　【0498】

1分鐘速記法　1分鐘檢定☺☹

mechanic [me‧cha‧nic] 名 技工、修理工（英中）

5分鐘學習術　5分鐘檢定☺☹

There is no mechanic who hasn't had this problem. 沒有一個修理工不碰到這樣的問題。
★同義字 machinist

9分鐘完整功　9分鐘檢定☺☹

mechanical 形 機械的
mechanically 副 機械方面地
mechanician 名 機械技師
mechanics 名 機械學
mechanism 名 機械裝置；技巧

medical [ˋmɛdɪkḷ]　【0499】

1分鐘速記法　1分鐘檢定☺☹

medical [me‧di‧cal] 形 醫學的（英初）

5分鐘學習術　5分鐘檢定☺☹

As a medical engineer master, he is proficient in physical therapy. 作為一名醫學工程碩士，他專精於物理治療。

9分鐘完整功　9分鐘檢定☺☹

medicate 動 用藥治療
medication 名 藥物治療
medically 副 醫學上地
medicine 名 藥
medicable 形 可治療的
medic 名 醫學院學生、軍醫
medicative 形 加入藥物的

meditation [ˏmɛdəˋteʃən]　【0500】

1分鐘速記法　1分鐘檢定☺☹

meditation [me‧di‧ta‧tion] 名 沉思、冥想（英中）

5分鐘學習術　5分鐘檢定☺☹

The event made all the players fall into meditation. 這個事件使所有的隊員陷入深思。
★同義字 contemplation

9分鐘完整功　9分鐘檢定☺☹

meditate 動 沉思
meditative 形 沉思的、冥想的
meditatively 副 沉思地、默想地
meditator 名 沉思者、冥想者
unmeditated 形 未經思考的

melody [ˋmɛlədɪ]　【0501】

1分鐘速記法　1分鐘檢定☺☹

melody [me‧lo‧dy] 名 旋律（英中）

5分鐘學習術　5分鐘檢定☺☹

On the concert, he played some melodies he composed on his own. 在音樂會上，他彈奏了幾首自創曲。
★同義字 tune

9分鐘完整功　9分鐘檢定☺☹

melodize 動 譜曲
melodic 形 旋律優美的
melodics 名 旋律學
melodious 形 優美動聽的
melodiously 副 動聽地、悅耳地
melodist 名 作曲家

memory [ˋmɛmərɪ]　【0502】

1分鐘速記法　1分鐘檢定☺☹

memory [me‧mo‧ry] 名 記憶（英中）

5分鐘學習術　5分鐘檢定☺☹

The sweet memory with him turned out to be suffering experience after we broke up. 和他一起的甜美回憶，在分手後都成了痛苦的經歷。
★同義字 recollection

9分鐘完整功　9分鐘檢定☺☹

memorize 動 記憶
memorable 形 難忘的
memorably 副 難忘地
memorial 名 紀念物、紀念碑
memorization 名 熟記
unmemorable 形 不易記的
memorandum 名 備忘錄

mercy [ˋmɝsɪ]　【0503】

A B C D E F G H I J K L **M** N O P Q R S T U V W X Y Z

MP3 052

1分鐘速記法　　　1分鐘檢定 ☺☹

mercy [mer · cy] 名 慈悲（英中）

5分鐘學習術　　　5分鐘檢定 ☺☹

The commander showed mercy to the prisoners, patiently listening to his explanation.
司令官對囚犯十分慈悲，耐心地聆聽他的解釋。
★同義字 benevolence

9分鐘完整功　　　9分鐘檢定 ☺☹

merciful 形 仁慈的
mercifully 副 仁慈地
merciless 形 無情的
mercilessly 副 無情地
unmerciful 形 殘酷的
unmercifully 副 殘酷地

【0504】

method [`mɛθəd]

1分鐘速記法　　　1分鐘檢定 ☺☹

method [me · thod] 名 秩序（英初）

5分鐘學習術　　　5分鐘檢定 ☺☹

The team works with method and efficiency.
這個小隊工作既有條理又有效率。
★同義字 order

9分鐘完整功　　　9分鐘檢定 ☺☹

methodic 形 有秩序的
methodical 形 有條理的
methodically 副 秩序井然地
methodize 動 使有條理
methodology 名 方法論
methodological 形 方法論的
methodologist 名 方法論者
　　菁英幫小提醒：同義字 orderly

【0505】

military [`mɪlə͵tɛrɪ]

1分鐘速記法　　　1分鐘檢定 ☺☹

military [mi · li · ta · ry] 形 軍事的（英高）

5分鐘學習術　　　5分鐘檢定 ☺☹

All men in that country have to do two years'
military service. 那個國家的所有男子都要服兩年
兵役。
★同義字 martial
　　菁英幫小提醒：martial art 意為「武術」，或稱

Chinese Kung Fu「中國功夫」。

9分鐘完整功　　　9分鐘檢定 ☺☹

militarize 動 軍事化
militarization 名 軍事化
militarist 名 軍國主義者
militarism 名 軍國主義
antimilitarism 名 反軍國主義
demilitarize 動 去軍事化
unmilitary 形 非軍事的

【0506】

mind [maɪnd]

1分鐘速記法　　　1分鐘檢定 ☺☹

mind [mind] 名 心（英初）

5分鐘學習術　　　5分鐘檢定 ☺☹

Although he looks homely at first sight, you
will like him gradually for his sincere mind.
雖然他第一眼看起來容貌不佳，但你會因他誠懇的
心而漸漸喜歡上他。
★同義字 heart

9分鐘完整功　　　9分鐘檢定 ☺☹

mindful 形 注意的、留心的
broad-minded 形 心胸寬大的
double-minded 形 三心二意的
high-minded 形 高尚的
low-minded 形 卑鄙的
open-minded 形 心胸開闊的
strong-minded 形 意志堅強的
remind 動 使想起
　　菁英幫小提醒：片語 conjure up「想起」。

【0507】

mineral [`mɪnərəl]

1分鐘速記法　　　1分鐘檢定 ☺☹

mineral [mi · ne · ral] 形 礦物的（英中）

5分鐘學習術　　　5分鐘檢定 ☺☹

There are abundant mineral resources in
Central Mountain. 中央山脈有豐富的礦藏。

9分鐘完整功　　　9分鐘檢定 ☺☹

mineralize 動 礦化
mineralized 形 礦藏豐富的
mineralizer 名 挖礦人
mineralogist 名 礦物學家
mineralogy 名 礦物學

mineralogical 形 礦物學的

【0508】

minimal [ˋmɪnəməl]

🕐**1分鐘速記法**　　　　1 分鐘檢定☺☹

minimal [mi．ni．mal] 形 極小的（英中）

🕐**5分鐘學習術**　　　　5 分鐘檢定☺☹

The work was carried out at minimal cost. 這項工作是以最少的開銷完成的。
★反義字 maximal

🕐**9分鐘完整功**　　　　9 分鐘檢定☺☹

minimize 動 使減到最小
minimum 名 最小量、最低限度
miniature 名 縮小物
minimally 副 最低限度地
minimization 名 減到最小
mini 名 袖珍型的東西

【0509】

mistake [mɪˋstek]

🕐**1分鐘速記法**　　　　1 分鐘檢定☺☹

mistake [mis．take] 名 錯誤（英初）

🕐**5分鐘學習術**　　　　5 分鐘檢定☺☹

He who never makes mistakes makes nothing. 從來不犯錯誤的人，必然一事無成。
★同義字 fault

🕐**9分鐘完整功**　　　　9 分鐘檢定☺☹

mistaken 形 被誤解的
mistakenly 副 被誤解地
mistakable 形 易出錯的
unmistakable 形 清楚的、不易弄錯的
unmistakably 副 明白地、不易出錯地

【0510】

misunderstand [ˋmɪsʌndɚˋstænd]

🕐**1分鐘速記法**　　　　1 分鐘檢定☺☹

misunderstand [mis．un．der．stand] 動 誤會（英中）

🎓菁英幫小提醒：動詞不規則變化為 misunderstand, misunderstood, misunderstood

🕐**5分鐘學習術**　　　　5 分鐘檢定☺☹

I completely misunderstood her intentions, so I had to apologize to her. 我完全誤會了她的

意圖，所以必須向她道歉。
★同義字 misapprehend

🕐**9分鐘完整功**　　　　9 分鐘檢定☺☹

misunderstanding 名 誤解
misunderstood 形 遭到誤解的
understand 動 瞭解
understandable 形 可理解的
understandably 副 可理解地
understanding 名 瞭解、領悟

【0511】

mobile [ˋmobɪl]

🕐**1分鐘速記法**　　　　1 分鐘檢定☺☹

mobile [mo．bile] 形 可移動的（英中）

🕐**5分鐘學習術**　　　　5 分鐘檢定☺☹

Software, consultancy and mobile telephones use far less oil than steel or car production. 與鋼鐵和汽車生產相比，軟體業、諮詢業以及行動電話產業需要的石油少得多。
★同義字 movable

🕐**9分鐘完整功**　　　　9 分鐘檢定☺☹

mobilize 動 動員
mobility 名 流動性
mobilization 名 動員
immobile 形 固定的、無法移動
immobility 名 固定、不動
immobilize 動 使無法移動

【0512】

modern [ˋmɑdɚn]

🕐**1分鐘速記法**　　　　1 分鐘檢定☺☹

modern [mo．dern] 形 現代的（英初）

🕐**5分鐘學習術**　　　　5 分鐘檢定☺☹

In this part of the city, you can see ancient and modern buildings next to each other. 在城市的這一部分，你可以看到古代和現代建築相映成趣。
★同義字 neoteric　　★反義字 traditional

🕐**9分鐘完整功**　　　　9 分鐘檢定☺☹

modernize 動 現代化
modernization 名 現代化
modernism 名 現代主義
modernist 名 現代主義作家
modernistic 形 現代主義的

A B C D E F G H I J K L **M** N O P Q R S T U V W X Y Z

115

MP3 053

modernity 名 現代性
ultramodern 形 超現代的

[0513]

modest [`madɪst]

1分鐘速記法　　1分鐘檢定 ☺☹

modest [mo・dest] 形 謙虛的（英中）

5分鐘學習術　　5分鐘檢定 ☺☹

She got the top mark in the exam but she was too modest to tell anyone. 她在考試獲得最高分，但她太謙虛，沒有告訴任何人。
★同義字 humble　　★反義字 arrogant

9分鐘完整功　　9分鐘檢定 ☺☹

modesty 名 謙虛
modestly 副 謙虛地
immodest 形 傲慢的
immodestly 副 傲慢地、自大地
immodesty 名 傲慢

[0514]

modify [`madə,faɪ]

1分鐘速記法　　1分鐘檢定 ☺☹

modify [mo・di・fy] 動 修改（英中）

5分鐘學習術　　5分鐘檢定 ☺☹

Due to the approach of front, we have to modify our plan a little bit. 因為鋒面來襲，我們得對我們的計畫稍加修改。
★同義字 alter

9分鐘完整功　　9分鐘檢定 ☺☹

modifier 名 修改者
modificatory 形 修正的
modification 名 修改的
modifiable 形 可更改的
modifiability 名 可修正性
unmodifiable 形 不可修改的

[0515]

moist [mɔɪst]

1分鐘速記法　　1分鐘檢定 ☺☹

moist [moist] 形 潮濕的（英中）

5分鐘學習術　　5分鐘檢定 ☺☹

Water the plants regularly to keep the soil moist. 定時澆灌植物以保持土壤濕潤。

★同義字 humid　　★反義字 dry

9分鐘完整功　　9分鐘檢定 ☺☹

moisture 名 濕氣、水分
moisturize 動 使濕潤
moisturizer 名 滋潤用品
moisten 動 使濕潤
moisty 形 潮濕地

[0516]

monarch [`manək]

1分鐘速記法　　1分鐘檢定 ☺☹

monarch [mo・narch] 名 君主（英高）

5分鐘學習術　　5分鐘檢定 ☺☹

The oppressed people attempted to overthrow the dissolute monarch. 受到壓迫的人民企圖推翻荒淫的國王。
★同義字 emperor
　　🎓 菁英幫小提醒：相關用語 empress，意指「皇后」。

9分鐘完整功　　9分鐘檢定 ☺☹

monarchal 形 君主的
monarchic 形 君主的
monarchist 名 君主主義者
monarchistic 形 君主政體的
monarchize 動 君主統治

[0517]

monopoly [mə`napḷɪ]

1分鐘速記法　　1分鐘檢定 ☺☹

monopoly [mo・no・po・ly] 名 獨佔（英高）
　　🎓 菁英幫小提醒：oligopoly 意為「寡佔」，指少數製造商對市場之控制。

5分鐘學習術　　5分鐘檢定 ☺☹

The company has a monopoly on broadcasting international football. 公司享有獨家轉播國際足球賽的權利。

9分鐘完整功　　9分鐘檢定 ☺☹

monopolist 名 獨佔者
monopolize 動 壟斷、獨佔
monopolization 名 壟斷、獨佔
monopolizer 名 獨佔者
monopolistic 形 壟斷的、獨佔的
monopolism 名 獨佔主義

moon [mun]

【0518】

1分鐘速記法　1分鐘檢定 ☺☹

moon [moon] 名 月亮（英初）

5分鐘學習術　5分鐘檢定 ☺☹

The moon is a moon still, whether it shines or not. 不管皎潔不皎潔，月亮總是月亮。
★反義字 sun

9分鐘完整功　9分鐘檢定 ☺☹

mooned 形 月亮般的
moonish 形 月亮似的、多變的
moonless 形 無月光的
moonlight 名 月光
moonlit 形 月光照耀的
moonrise 名 月出
moonset 名 月落
honeymoon 名 蜜月

moral [ˋmɔrəl]

【0519】

1分鐘速記法　1分鐘檢定 ☺☹

moral [mo‧ral] 形 道德的（英中）

5分鐘學習術　5分鐘檢定 ☺☹

No company likes to be told it is contributing to the moral decline of a nation. 沒有一家公司願意被指責為國家的道德淪喪推波助瀾。
★同義字 ethical

9分鐘完整功　9分鐘檢定 ☺☹

morality 名 道德
morally 副 道德上
moralist 名 道德家
demoralize 動 毀敗道德
immoral 形 不道德的
immorality 名 不道德

mortal [ˋmɔrtl̩]

【0520】

1分鐘速記法　1分鐘檢定 ☺☹

mortal [mor‧tal] 形 致命的（英中）

5分鐘學習術　5分鐘檢定 ☺☹

Only when you give up all hope can the cancer be mortal to you. 只有當你放棄所有希望時，癌症才會真正地使你致命。

★同義字 fatal

9分鐘完整功　9分鐘檢定 ☺☹

mortality 名 致命性
mortally 副 致命地
immortal 形 不朽的
immortality 名 不死、不滅
immortalize 動 使成為永恆
immortally 副 無盡地、不死地

motive [ˋmotɪv]

【0521】

1分鐘速記法　1分鐘檢定 ☺☹

motive [mo‧tive] 名 動機（英中）
🎓 菁英幫小提醒：ulterior motive 意為「不懷好意」。

5分鐘學習術　5分鐘檢定 ☺☹

None of them seemed to have a motive for the murder. 看起來他們都沒有犯案動機。

9分鐘完整功　9分鐘檢定 ☺☹

motivate 動 激勵
motivation 名 動機
motivational 形 誘發的
motivator 名 動力
motiveless 形 無動機的
motivity 名 動力

move [muv]

【0522】

1分鐘速記法　1分鐘檢定 ☺☹

move [move] 動 移動（英初）

5分鐘學習術　5分鐘檢定 ☺☹

Don't move the dishes on the dinner table. It's for treats. 別動飯桌上的菜餚，那是要請客用的。
★同義字 shift

9分鐘完整功　9分鐘檢定 ☺☹

movable 形 可移動的
movement 名 運動、活動、移動
mover 名 移動者、搬運工
immovable 形 不可移動的
removable 形 可移動的
remove 動 移動、遷移、移除
unmoved 形 無動於衷的

MP3 054

mountain [`mauntṇ]　【0523】

1分鐘速記法　1分鐘檢定 ☺☹
mountain [moun‧tain] 名 山（英初）

5分鐘學習術　5分鐘檢定 ☺☹
The members of mountain-climbing club planned to conquer Yushan this summer vacation. 登山社的成員計畫這個暑假征服玉山。

9分鐘完整功　9分鐘檢定 ☺☹
mountain-climbing 名 登山
mountainous 形 多山的
mountaineer 名 山地人、登山者
mountainside 名 山腰
mountaintop 名 山頂

mourn [morn]　【0524】

1分鐘速記法　1分鐘檢定 ☺☹
mourn [mourn] 動 哀痛（英高）

5分鐘學習術　5分鐘檢定 ☺☹
In the television screen, I saw a mother knelt beside the corpse and mourned for her child. 在電視畫面中，我看到一個母親跪在屍體旁為孩子哀悼。
★同義字 lament

9分鐘完整功　9分鐘檢定 ☺☹
mourner 名 哀悼者
mournful 形 哀痛的
mournfully 副 悲哀地
mourning 名 悲傷
unmourned 形 無人哀悼的

mouth [mauθ]　【0525】

1分鐘速記法　1分鐘檢定 ☺☹
mouth [mouth] 名 嘴巴（英初）

5分鐘學習術　5分鐘檢定 ☺☹
Frank put his foot in his mouth by mentioning her failure in the last race. 法蘭克說錯了話，提及她上次比賽的失敗。
🎓 菁英幫小提醒：put one's foot in one's mouth，表示「說錯話」。

9分鐘完整功　9分鐘檢定 ☺☹
mouther 名 說大話的人
mouthful 名 一口的量
mouthwash 名 廢話
mouthy 形 說大話的
closemouthed 形 沉默的
hand-to-mouth 形 勉強餬口的
honey-mouthed 形 甜言蜜語的

municipal [mju`nɪsəpḷ]　【0526】

1分鐘速記法　1分鐘檢定 ☺☹
municipal [mu‧ni‧ci‧pal] 形 市立的（英高）

5分鐘學習術　5分鐘檢定 ☺☹
She has worked in a municipal library as a librarian for five years. 她在市立圖書館當館員五年了。
🎓 菁英幫小提醒：相關用語 national，意為「國立的」。

9分鐘完整功　9分鐘檢定 ☺☹
municipalize 動 置於市轄之下
municipalism 名 自治制
municipalist 名 自治主義者
municipality 名 市政當局
municipally 副 市政上

musical [`mjuzɪkḷ]　【0527】

1分鐘速記法　1分鐘檢定 ☺☹
musical [mu‧si‧cal] 形 音樂的（英中）
🎓 菁英幫小提醒：此字也可當名詞，為「歌劇」之意。

5分鐘學習術　5分鐘檢定 ☺☹
Diana plays piano very well, but she knows little musical theories. 黛安娜鋼琴彈得很好，但她對樂理只略知一二。

9分鐘完整功　9分鐘檢定 ☺☹
music 名 音樂
musically 副 悅耳地、動聽地
musician 名 音樂家
musicologist 名 音樂學家
musicology 名 音樂學
unmusical 形 不悅耳的

myth [mɪθ] 【0528】

1分鐘速記法 1分鐘檢定 ☺☹

myth [myth] 名 神話（英中）

5分鐘學習術 5分鐘檢定 ☺☹

When you are dealing with myths, it is hard to be either proper, or scientific. 當你面臨神話般的吸引力時，你就很難讓它與合理或是科學共存。
★同義字 fable

9分鐘完整功 9分鐘檢定 ☺☹

mythic 形 神話的
mythical 形 神話的
mythicize 動 神話化
mythmaker 名 神話製造者
mythmaking 名 編造神話
mythology 名 神話（總稱）

name [nem] 【0529】

1分鐘速記法 1分鐘檢定 ☺☹

name [name] 名 名字（英初）

5分鐘學習術 5分鐘檢定 ☺☹

The teacher knows all the pupils by their first name. 教師知道全部學生的名字。

9分鐘完整功 9分鐘檢定 ☺☹

name-calling 名 謾罵、中傷
misname 動 誤稱
rename 動 重新命名
surname 名 姓
nickname 名 綽號
big-name 形 知名的
byname 名 別名
namely 副 也就是說

nation [`neʃən] 【0530】

1分鐘速記法 1分鐘檢定 ☺☹

nation [na‧tion] 名 國家（英初）

5分鐘學習術 5分鐘檢定 ☺☹

In 1790 the new nation had fewer than four million people. 一七九〇年時這個新建立的國家人口不到四百萬。
★同義字 country

9分鐘完整功 9分鐘檢定 ☺☹

national 形 國家的
nationally 副 全國性地
nationalist 名 民族主義者
nationality 名 國籍；民族
nationwide 形 全國性的
nationalize 動 國有化
international 形 國際的
multi-national 形 多國的
transnational 形 跨國的

nature [`netʃɚ] 【0531】

1分鐘速記法 1分鐘檢定 ☺☹

nature [na‧ture] 名 自然（英初）

5分鐘學習術 5分鐘檢定 ☺☹

Replace driving by walking as far as you can, and the beauty of nature will last for good. 儘可能以走路取代開車，就能讓自然之美永續存在。

9分鐘完整功 9分鐘檢定 ☺☹

natural 形 自然的
naturally 副 自然地
naturalist 名 自然主義者、自然主義作家
naturalism 名 自然主義
disnature 動 使不自然
unnatural 形 不自然的、勉強的
supernatural 形 超自然的

navigate [`nævə‚get] 【0532】

1分鐘速記法 1分鐘檢定 ☺☹

navigate [na‧vi‧gate] 動 駕駛（英高）

5分鐘學習術 5分鐘檢定 ☺☹

Directed by the compass, he navigated the ship to a safe port. 藉著指南針的指引，他將船駛進一個安全的港口。
★同義字 steer

9分鐘完整功 9分鐘檢定 ☺☹

navigable 形 可駕駛的
navigability 名 適航性
navigation 名 航行、駕駛
navigational 形 航行的、駕駛的
navigator 名 駕駛者

A B C D E F G H I J K L **M** **N** O P Q R S T U V W X Y Z

MP3 ◀》055

necessary [ˋnɛsəˏsɛrɪ]　【0533】

1分鐘速記法　1分鐘檢定☺☹

necessary [ne‧ces‧sa‧ry] 形 必要的（英中）

5分鐘學習術　5分鐘檢定☺☹

I firmly object that nuclear weapons are necessary evils for war balance. 我堅決反對核武器是制衡戰爭的必要之惡。
★同義字 essential　★反義字 dispensable

9分鐘完整功　9分鐘檢定☺☹

necessarily 副 必要地
necessitate 動 使成為必要
necessity 名 必要性
unnecessary 形 不必要的
unnecessarily 副 不必要地

neighbor [ˋnebɚ]　【0534】

1分鐘速記法　1分鐘檢定☺☹

neighbor [neigh‧bor] 名 鄰居（英初）

5分鐘學習術　5分鐘檢定☺☹

My next-door neighbor lives in the house next to mine. 我的隔壁鄰居住在緊鄰我家的房子裡。

9分鐘完整功　9分鐘檢定☺☹

neighborhood 名 鄰近地區
neighboring 形 鄰近的
neighborly 形 親切的、和睦的
neighborless 形 無鄰的
unneighbored 形 無鄰的、孤立的
unneighborly 形 不友好的

negotiate [nɪˋgoʃɪˏet]　【0535】

1分鐘速記法　1分鐘檢定☺☹

negotiate [ne‧go‧ti‧ate] 動 談判（英中）

5分鐘學習術　5分鐘檢定☺☹

The government will not negotiate with terrorists. 政府不會和恐怖分子談判。
★同義字 confer

9分鐘完整功　9分鐘檢定☺☹

negotiable 形 可協商的

negotiant 名 磋商者
negotiation 名 談判、協商
negotiator 名 交涉者、談判者
negotiability 名 可協商性

neutral [ˋnjutrəl]　【0536】

1分鐘速記法　1分鐘檢定☺☹

neutral [neu‧tral] 形 中立的（英中）

5分鐘學習術　5分鐘檢定☺☹

Switzerland remained neutral during the World War II. 瑞士在二次大戰中保持中立。
★同義字 impartial　★反義字 partial

9分鐘完整功　9分鐘檢定☺☹

neutralism 名 中立主義
neutralist 名 中立主義者
neutralistic 形 中立主義的
neutrality 名 中立
neutralize 動 使中立
neutralization 名 中立化
neutrally 副 中立地

new [ˋnju]　【0537】

1分鐘速記法　1分鐘檢定☺☹

new [new] 形 新的（英初）

5分鐘學習術　5分鐘檢定☺☹

My grandmother is too thrifty to buy a new shirt. She would rather mend the old one. 我的祖母非常節儉而不願買新襯衫。她寧願縫補舊的那一件。
★同義字 up-to-date　★反義字 old

9分鐘完整功　9分鐘檢定☺☹

newcomer 名 新來者
newborn 形 新生的
newfound 形 新發現的
newly 副 最近
renew 動 更新
renewal 名 更新、復活
newlywed 名 新婚者

news [njuz]　【0538】

1分鐘速記法　1分鐘檢定☺☹

news [news] 名 新聞（英初）

🎓 菁英幫小提醒：相關用語 scoop，在美式口語中意為「獨家新聞」。

5分鐘學習術 5分鐘檢定 ☺☹

According to lastest news, Obama plans to boost small business lending. 根據最新的新聞報導，歐巴馬計畫提高小型企業的借貸額度。

9分鐘完整功 9分鐘檢定 ☺☹

newspaper 名 報紙
newscast 名 新聞廣播
newsless 形 沒有新聞的
newsmaker 名 新聞人物
newspaperman 名 新聞記者
newsstand 名 報攤、報刊櫃
newsweekly 名 新聞週刊
newsworthy 形 值得報導的

【0539】
night [naɪt]

1分鐘速記法 1分鐘檢定 ☺☹

night [night] 名 夜晚（英初）

5分鐘學習術 5分鐘檢定 ☺☹

He went to pub to drink, dance and pick up girls every night. That's why he is so notorious. 他每晚都去酒吧喝酒跳舞和把妹。那就是他聲名狼籍的由來。
★同義字 dark　★反義字 day

9分鐘完整功 9分鐘檢定 ☺☹

nightclub 名 夜總會
nightclothes 名 睡衣
nightfall 名 黃昏
nightscape 名 夜景
nightmare 名 惡夢
midnight 名 午夜
overnight 副 一夜之間
tonight 名 今夜

【0540】
nominate [ˋnɑməˌnet]

1分鐘速記法 1分鐘檢定 ☺☹

nominate [no‧mi‧nate] 動 提名、指派（英高）

5分鐘學習術 5分鐘檢定 ☺☹

You may nominate a representative to speak for you. 你可以派一位代表代你發言。
★同義字 appoint

9分鐘完整功 9分鐘檢定 ☺☹

nomination 名 提名
nominee 名 被提名者
nominal 形 名目上的
nominally 副 名義上
nominator 名 任命者、提名者
innominate 形 無名的、匿名的

【0541】
normal [ˋnɔrml]

1分鐘速記法 1分鐘檢定 ☺☹

normal [nor‧mal] 形 正常的（英中）

5分鐘學習術 5分鐘檢定 ☺☹

It's normal to feel tired after such a long trip. 這樣長途旅行之後感到疲勞是正常的。
🎓 菁英幫小提醒：長途跋涉可用 trudge 來表示。
★同義字 regular

9分鐘完整功 9分鐘檢定 ☺☹

abnormality 名 反常、異常、反常的事物
normalcy 名 常態、正常
normality 名 常態、正常
normalize 動 使常態化、正常化
normalization 名 正常化
normally 副 正常地
subnormal 形 低於正常的
supernormal 形 超乎常態的

【0542】
north [nɔrθ]

1分鐘速記法 1分鐘檢定 ☺☹

north [north] 名 北方（英初）

5分鐘學習術 5分鐘檢定 ☺☹

There are many cave dwellings in the north of Shaan-Xi. 陝北地區有許多窯洞景觀。
★反義字 south

9分鐘完整功 9分鐘檢定 ☺☹

northern 形 北方的
northernmost 形 最北的
northerner 名 北方人
northwards 副 向北地
northing 名 北向航行
northeast 名 東北
northwest 名 西北

A B C D E F G H I J K L M **N** O P Q R S T U V W X Y Z

MP3 ◀◎ 056

note [not]

【0543】

1分鐘速記法　1分鐘檢定☺☹

note [note] 名 注意（英中）

5分鐘學習術　5分鐘檢定☺☹

The argument of that foreign student is definitely worthy of note. 那位外國學生提及的論點相當值得注意。
★同義字 notice　★反義字 ignorance

9分鐘完整功　9分鐘檢定☺☹

notable 形 值得注意的
noteworthy 形 值得注意的
notice 名 注意
unnoticed 形 被忽視的
noticeable 形 顯著的
notify 動 通知
annotate 動 註解
footnote 名 註腳

number [`nʌmbɚ]

【0544】

1分鐘速記法　1分鐘檢定☺☹

number [num‧ber] 名 數字、號碼（英初）
🎓 菁英幫小提醒：片語 a number of 表示「很多」之意，修飾可數名詞。

5分鐘學習術　5分鐘檢定☺☹

The number of patients in the hospital rises on the weekends. 這間醫院週末期間病患的人數增加。
★同義字 figure

9分鐘完整功　9分鐘檢定☺☹

numerical 形 數字的
numerous 形 非常多的
numerable 形 可計算的
numerously 副 無數地
numerically 副 數字上而言
innumerable 形 無數的
innumerably 副 無數地

nutrition [nju`trɪʃən]

【0545】

1分鐘速記法　1分鐘檢定☺☹

nutrition [nu‧tri‧tion] 名 營養（英高）

5分鐘學習術　5分鐘檢定☺☹

Good nutrition is essential for children's growth. 營養充足對兒童的成長非常重要。
★同義字 nourishment
🎓 菁英幫小提醒：中文常用的補品如四物湯等，則可用 tonic 表示。

9分鐘完整功　9分鐘檢定☺☹

nutritional 形 營養的、滋養的
nutritionally 副 滋養地
nutritionist 名 營養學家
nutritious 形 有營養的
nutritive 名 營養品
innutrition 名 營養不良

obey [ə`be]

【0546】

1分鐘速記法　1分鐘檢定☺☹

obey [o‧bey] 動 服從（英初）
🎓 菁英幫小提醒：dance after sb.'s whistle，意為「百依百順」。

5分鐘學習術　5分鐘檢定☺☹

I don't think being an employee has to obey every command the boss issues. 我並不認為作為員工，就要服從老闆下的每個命令。
★同義字 follow　★反義字 resist

9分鐘完整功　9分鐘檢定☺☹

obedient 形 服從的
obediently 副 服從地
obedience 名 服從
disobey 動 違抗
disobedient 形 不服從的
disobediently 副 不服從地

obsession [əb`sɛʃən]

【0547】

1分鐘速記法　1分鐘檢定☺☹

obsession [ob‧ses‧sion] 名 著迷、固執（英高）

5分鐘學習術　5分鐘檢定☺☹

Joe has an unhealthy obsession with death. 喬有一種不健康的執著，總是想著死。
★同義字 enchantment

9分鐘完整功　　9分鐘檢定☺☹

obsessed 形 著迷的
obsessive 形 使人著迷的
obsessively 副 使人著迷的
obsess 動 使著迷
obsessional 形 著迷的

🎓 菁英幫小提醒：under one's spell，意為「臣服於某人的魅力」。

【0548】

observation [ˌɑbzɜˈveʃən]

1分鐘速記法　　1分鐘檢定☺☹

observation [ob．ser．va．tion] 名 觀察（英中）

5分鐘學習術　　5分鐘檢定☺☹

Observations were made of the children at the beginning and at the end of pre-school and first grade. 這個觀察是針對孩子們在學齡前和小學一年級開始和結束時的情況所做成。

9分鐘完整功　　9分鐘檢定☺☹

observant 形 善於觀察的
observatory 名 天文臺、氣象臺
observe 動 觀察、遵守
observer 名 觀察者、目擊者
inobservance 名 忽視
inobservant 形 忽視的
unobserved 形 未被觀察到的

【0549】

obstruct [əbˈstrʌkt]

1分鐘速記法　　1分鐘檢定☺☹

obstruct [ob．struct] 動 阻礙（英中）

5分鐘學習術　　5分鐘檢定☺☹

The crash obstructed the road for several hours. 撞車事故把道路阻塞了幾個小時。
★同義字 hinder

9分鐘完整功　　9分鐘檢定☺☹

obstruction 名 阻礙、阻塞
obstructive 形 阻礙的
obstructively 副 阻礙地
obstructor 名 障礙物
obstructionist 名 阻撓者
unobstructed 形 暢通無阻的

【0550】

occupation [ˌɑkjəˈpeʃən]

1分鐘速記法　　1分鐘檢定☺☹

occupation [oc．cu．pa．tion] 名 職業（英高）

5分鐘學習術　　5分鐘檢定☺☹

When it comes to my occupation, I am a director of documentary film, a social activist, and a shop owner. 關於我的職業，我既是紀錄片導演，也是社會運動者，還是一名店長。
★同義字 vocation

9分鐘完整功　　9分鐘檢定☺☹

occupational 形 職業的
occupy 動 佔據
occupancy 名 佔用、居住
occupant 名 佔用者
occupier 名 佔領者、佔用者
deoccupy 動 解除佔領
preoccupy 動 使全神貫注；搶先佔有
reoccupy 動 再佔、收復
unoccupied 形 未被佔用的

【0551】

ocean [ˈoʃən]

1分鐘速記法　　1分鐘檢定☺☹

ocean [o．cean] 名 海洋（英初）

5分鐘學習術　　5分鐘檢定☺☹

Ben collected several rare shells from the deep ocean. 班收集了一些稀有的深海貝殼。
★同義字 sea

9分鐘完整功　　9分鐘檢定☺☹

oceanic 形 海洋的
oceanarium 名 海洋水族館
oceangoing 形 遠洋航行的
oceanography 名 海洋學
oceanology 名 海洋學
oceanographer 名 海洋學家
transoceanic 形 越洋的

【0552】

odd [ɑd]

1分鐘速記法　　1分鐘檢定☺☹

odd [odd] 形 古怪的（英中）

🎓 菁英幫小提醒：此字也可當「單數的」；「偶數的」則為 even。

MP3 ◀) 057

5分鐘學習術　　5分鐘檢定☺☹

Ross was viewed as an odd man since he always sang loudly when riding a bike. 羅斯常被認為是個怪人，因為他騎腳踏車時總是唱歌唱得很大聲。
★同義字weird　　★反義字common

9分鐘完整功　　9分鐘檢定☺☹

oddly 副 古怪地
oddness 名 古怪
oddish 形 有點怪異的
oddity 名 古怪；怪事
oddment 名 奇特的事物

【0553】

off [ɔf]

1分鐘速記法　　1分鐘檢定☺☹

off [off] 介 脫離（英初）

5分鐘學習術　　5分鐘檢定☺☹

The delay of the meeting resulted from the managers always went off the subjects. 這場會議的延遲是因為經理們總是一直離題。
🎓菁英幫小提醒：「離題」可用sidetrack這個動詞。

★反義字on

9分鐘完整功　　9分鐘檢定☺☹

offshore 形 離岸的、近海的
castoff 形 被放棄的
cutoff 名 切斷
far-off 形 遙遠的
hands-off 形 不干涉的
takeoff 名 起飛
shutoff 名 停止、中斷

【0554】

office [ˋɔfɪs]

1分鐘速記法　　1分鐘檢定☺☹

office [of‧fice] 名 辦公室（英初）

5分鐘學習術　　5分鐘檢定☺☹

I heard about your new job through the office grapevine. 我是透過辦公室的小道消息才聽說你找到了新工作。
★同義字workplace

9分鐘完整功　　9分鐘檢定☺☹

officer 名 官員
officeholder 名 官員
official 名 官員、公務員、行政人員
officially 副 正式地
officialdom 名 官場；官員的總稱
officialism 名 官僚作風
unofficial 形 非正式的、非官方的
🎓菁英幫小提醒：C.E.O（企業總裁）即是 Chief Executive Officer。

【0555】

old [old]

1分鐘速記法　　1分鐘檢定☺☹

old [old] 形 老的（英初）

5分鐘學習術　　5分鐘檢定☺☹

I'm an old hand at this game, so you can't trick me. 這遊戲我是老手，你騙不了我。
★同義字elderly　　★反義字young

9分鐘完整功　　9分鐘檢定☺☹

olden 動 變老
old-fashioned 形 過時的
oldish 形 上了年紀的
oldster 名 上了年紀的人
old-time 形 舊時的
old-timer 名 守舊者
age-old 形 古老的

【0556】

open [ˋopən]

1分鐘速記法　　1分鐘檢定☺☹

open [o‧pen] 動 打開（英初）

5分鐘學習術　　5分鐘檢定☺☹

Once she opened the door of the taxi, it struck her that she had no money. 當她一打開計程車車門，才突然想起她沒有帶錢。
★同義字unfold　　★反義字close

9分鐘完整功　　9分鐘檢定☺☹

opening 名 空缺
openly 副 公開地
openable 形 能開的
opener 名 開啟者、開啟的工具
open-eared 形 傾聽的
open-ended 形 無盡頭的

openhanded 形 慷慨的
open-minded 形 坦率的
　　🎓 菁英幫小提醒：同義字 vacancy

【0557】

operate [ˋɑpəˏret]

🕐1分鐘速記法　　1分鐘檢定☺☹

operate [o．pe．rate] 動 操作（英中）

🕔5分鐘學習術　　5分鐘檢定☺☹

Solar panels can only operate in sunlight. 太陽能電池板只能在日光下起作用。
★同義字 manipulate

🕘9分鐘完整功　　9分鐘檢定☺☹

•operation 名 操作
operational 形 操作上的
operator 名 接線生
operative 形 操作的、工作的
cooperate 動 合作
cooperation 名 合作
cooperator 名 合作夥伴
uncooperative 形 不合作的
　　🎓 菁英幫小提醒：in operation，意為「實施中」。

【0558】

oppose [əˋpoz]

🕐1分鐘速記法　　1分鐘檢定☺☹

oppose [op．pose] 動 反對（英中）

🕔5分鐘學習術　　5分鐘檢定☺☹

This party would bitterly oppose the reintroduction of the death penalty. 本黨會強烈反對恢復死刑。
★同義字 object　　★反義字 agree

🕘9分鐘完整功　　9分鐘檢定☺☹

opposite 形 相反的
opposition 名 反對
opposable 形 可對抗的
opposeless 形 難以反駁的
opposer 名 反對者
opposing 形 相對的、相反的

【0559】

oppress [əˋprɛs]

🕐1分鐘速記法　　1分鐘檢定☺☹

oppress [op．press] 動 壓迫（英高）

🕔5分鐘學習術　　5分鐘檢定☺☹

The king oppressed his people with terrible taxes and punishments. 國王以苛捐雜稅和嚴刑來壓迫人民。
★同義字 repress

🕘9分鐘完整功　　9分鐘檢定☺☹

oppressive 形 壓制的、暴虐的
oppressed 形 受壓迫的
oppression 名 壓迫
oppressively 副 壓迫地、沉重地
oppressor 名 壓制者

【0560】

optimism [ˋɑptəmɪzəm]

🕐1分鐘速記法　　1分鐘檢定☺☹

optimism [op．ti．mi．sm] 名 樂觀主義（英中）

🕔5分鐘學習術　　5分鐘檢定☺☹

The CEO of the international enterprise showed great optimism toward the development of electronic books. 這家跨國企業的執行長對電子書的發展表示高度樂觀。
★反義字 pessimism

🕘9分鐘完整功　　9分鐘檢定☺☹

optimistic 形 樂觀的、有自信的
optimistically 副 樂觀地
optimist 名 樂觀主義者
optimize 動 保持樂觀
optimization 名 最佳化

【0561】

organization [ˏɔrgənəˋzeʃən]

🕐1分鐘速記法　　1分鐘檢定☺☹

organization [or．ga．ni．za．tion] 名 組織、團體（英初）

🕔5分鐘學習術　　5分鐘檢定☺☹

Most Non-profit organizations handle the rights and welfare affairs of minorities. 大多數非營利組織都在處理弱勢族群的權益和福利事務。
★同義字 institution

🕘9分鐘完整功　　9分鐘檢定☺☹

organize 動 組織
organizable 形 可組織的

A B C D E F G H I J K L M N O P Q R S T U V W X Y Z

125

MP3 ◀ 058

organizational 形 組織的
organized 形 有組織的、有系統的
organizer 名 組織者
reorganization 名 改組
unorganized 形 無組織的
disorganize 動 擾亂

【0562】

oriental [ˌɔrɪˋɛntl̩]

1分鐘速記法 1分鐘檢定 ☺☹

oriental [o・ri・en・tal] 形 東方的（英中）

5分鐘學習術 5分鐘檢定 ☺☹

Although occidentals have clear outlines of facial features, I still prefer oriental looks. 雖然西方人的五官有深邃的輪廓，但我還是喜歡東方人的長相。
★反義字 occidental

9分鐘完整功 9分鐘檢定 ☺☹

orient 名 東方
orientalism 名 東方風格
orientalist 名 東方學家
orientalize 動 東方化
orientate 動 朝東
disorient 動 失去方向

【0563】

origin [ˋɔrədʒɪn]

1分鐘速記法 1分鐘檢定 ☺☹

origin [o・ri・gin] 名 起源（英初）

5分鐘學習術 5分鐘檢定 ☺☹

His humble origin brought about his girl-friend parents' disapprovement of their mar-riage. 他的出身寒微，導致他女友的父母反對他們的婚姻。
★同義字 root

9分鐘完整功 9分鐘檢定 ☺☹

original 形 原本的
originally 副 原本
originality 名 創意、創造力
originate 動 起源、來自
origination 名 開始、起源
originator 名 創作者、發起人

【0564】

out [aut]

1分鐘速記法 1分鐘檢定 ☺☹

out [out] 副 向外、在外（英初）

5分鐘學習術 5分鐘檢定 ☺☹

A big rock stuck out of the water, forming a spectacular on the lake. 一大塊岩石突出水面，形成了湖上的奇景。
★反義字 in

9分鐘完整功 9分鐘檢定 ☺☹

outdoor 形 戶外的
outside 副 在外面
outline 名 輪廓；大綱
outstanding 形 出眾的
outcome 名 結果
outbreak 名 爆發
output 名 生產、輸出
outfit 名 裝備、全套服裝

【0565】

over [ˋovɚ]

1分鐘速記法 1分鐘檢定 ☺☹

over [over] 介 在……之上（英初）

5分鐘學習術 5分鐘檢定 ☺☹

The trained horse jumped over the blocks with ease. 訓練有素的馬輕易地躍過障礙物。
★反義字 under

9分鐘完整功 9分鐘檢定 ☺☹

overseas 副 國外
overpass 名 天橋
overall 形 總共的、全部的
overcare 名 杞人憂天
overthrow 動 推翻
overlook 動 俯視
overtake 動 趕上
overwork 動 工作過度

🎓菁英幫小提醒：同義字 abroad

【0566】

pack [pæk]

1分鐘速記法 1分鐘檢定 ☺☹

pack [pack] 動 包裝（英初）

5分鐘學習術 5分鐘檢定 ☺☹

We will leave tomorrow but I haven't begun to pack yet. 我們明天動身，但我還沒有開始收拾

行李呢。
★同義字 package

9分鐘完整功 9分鐘檢定 ☺☹

package 名 包裹
packer 名 包裝工人
packing 名 包裝、打包
packhouse 名 倉庫
prepackage 動 預先包裝
repackage 動 重新包裝
subpackage 動 分裝
unpack 動 拆開、打開

【0567】

pain [pen]

1分鐘速記法 1分鐘檢定 ☺☹

pain [pain] 名 痛苦（英初）

5分鐘學習術 5分鐘檢定 ☺☹

His bad behavior caused his parents a great deal of pain. 他的不良行為使他的父母感到非常痛苦。
★同義字 suffering

9分鐘完整功 9分鐘檢定 ☺☹

painful 形 疼痛的
painfully 副 疼痛地
painkiller 名 止痛藥
painless 形 不痛的
painlessly 副 無痛地
unpainful 形 不痛的
painstaking 形 苦幹的、費力的
🎓 菁英幫小提醒：近似字 excruciating，但此字的痛苦程度更大。

【0568】

paper [ˋpepɚ]

1分鐘速記法 1分鐘檢定 ☺☹

paper [paper] 名 紙（英初）
🎓 菁英幫小提醒：paper over，意為「掩蓋」。

5分鐘學習術 5分鐘檢定 ☺☹

Reuse your single-sided paper to copy unimportant documents. 將你的單面紙張拿來重複利用，影印不重要的文件。

9分鐘完整功 9分鐘檢定 ☺☹

paper-cut 動 剪紙
paperhanger 名 裱糊工人

paperhanging 名 裱糊
papermaker 名 造紙工
papery 形 像紙一般的
endpaper 名 襯頁（書籍卷首和卷尾的空白頁）
newspaper 名 報紙
notepaper 名 便條紙

【0569】

paralyze [ˋpærəˌlaɪz]

1分鐘速記法 1分鐘檢定 ☺☹

paralyze [pa．ra．lyze] 動 使癱瘓（英高）
🎓 菁英幫小提醒：相關用語 numb，形容詞，指「麻木的」。

5分鐘學習術 5分鐘檢定 ☺☹

After the severe car accident, Miriam is paralyzed from the waist down. 經過那場嚴重的車禍，米莉亞姆下半身癱瘓。

9分鐘完整功 9分鐘檢定 ☺☹

paralyzation 名 癱瘓
paralytic 形 痲痺的、癱瘓的
paralysis 名 痲痺、癱瘓
paralysed 形 動彈不得的
paralympics 名 傷殘奧運

【0570】

part [pɑrt]

1分鐘速記法 1分鐘檢定 ☺☹

part [part] 名 部分（英初）

5分鐘學習術 5分鐘檢定 ☺☹

The part appointed to Rita is in apparently different style with Judy's. 指派給瑞塔的那個部分，和茱蒂的部分風格大相逕庭。
★同義字 portion　★反義字 whole

9分鐘完整功 9分鐘檢定 ☺☹

partial 形 部分的
partially 副 部分地
partly 副 部分地
partage 名 部分
parted 形 分開的
part-time 形 兼差的
🎓 菁英幫小提醒：反義字 full-time。

【0571】

participate [pɑrˋtɪsəˌpet]

MP3 059

1分鐘速記法 　　1分鐘檢定☺☹

participate [par‧ti‧ci‧pate] 動 參加（英中）
　　🎓 菁英幫小提醒：take part in 「參加」，但參加考試必須用 sit for an exam。

5分鐘學習術 　　5分鐘檢定☺☹

No professionals may participate in the amateur tennis tournament. 職業選手不得參加業餘網球賽。
★同義字 partake

9分鐘完整功 　　9分鐘檢定☺☹

participant 名 參加者
participation 名 參加
participable 形 可參與的
participative 形 參加的、分擔的
participator 名 參加者、分擔者
participance 名 參與、共享

【0572】
particular [pəˋtɪkjələ]

1分鐘速記法 　　1分鐘檢定☺☹

particular [par‧ti‧cu‧lar] 形 獨特的（英中）
　　🎓 菁英幫小提醒：同義字 unique，「獨一無二的」。

5分鐘學習術 　　5分鐘檢定☺☹

There is one particular patient I'd like you to see. 我想讓你見一個特別的病人。
★同義字 special 　　★反義字 common

9分鐘完整功 　　9分鐘檢定☺☹

particularly 副 特別地
particularity 名 特質
particularize 動 詳述
particularization 名 分列、詳述
particularism 名 各邦自主論
particularist 名 各邦自主主義

【0573】
party [ˋpɑrtɪ]

1分鐘速記法 　　1分鐘檢定☺☹

party [par‧ty] 名 黨派（英初）
　　🎓 菁英幫小提醒：此字另有「派對、聚會」之意。

5分鐘學習術 　　5分鐘檢定☺☹

The two teachers from different parties are quarreling on the issue. 這兩位不同黨派背景的老師，正為這個議題爭執不休。

9分鐘完整功 　　9分鐘檢定☺☹

partisan 名 黨人
intraparty 形 黨內的
multipartism 名 多黨制
multiparty 形 多黨的
nonpartisan 形 超黨派的、不受任何黨派控制的
　　🎓 菁英幫小提醒：相關用語 ruling party 表示「執政黨」，opposing party 則指「在野黨」。

【0574】
pass [pæs]

1分鐘速記法 　　1分鐘檢定☺☹

pass [pass] 動 經過（英初）

5分鐘學習術 　　5分鐘檢定☺☹

The wooden bridge is not strong enough to allow the passage of lorries. 這座木橋不夠堅固，載重貨車不能通行。

9分鐘完整功 　　9分鐘檢定☺☹

passage 名 通道
passable 形 可通行的
passageway 名 走廊
passerby 名 經過者
passport 名 護照
password 名 口令、暗語
bypass 動 繞過
surpass 動 越過
underpass 名 地道

【0575】
passive [ˋpæsɪv]

1分鐘速記法 　　1分鐘檢定☺☹

passive [pas‧sive] 形 被動的（英中）

5分鐘學習術 　　5分鐘檢定☺☹

Modern girls are no longer passive in love. They court what they want. 現代女孩在愛情中不再處於被動，她們追求自己想要的。
★反義字 active

9分鐘完整功 　　9分鐘檢定☺☹

passively 副 被動地
passiveness 名 被動
passivism 名 消極主義
impassive 形 無感情的
impassively 副 無感情地

path [pæθ]

【0576】

1分鐘速記法　　　　　　1分鐘檢定 ☺☹

path [path] 图 小徑（英初）

5分鐘學習術　　　　　　5分鐘檢定 ☺☹

They walked along the gruesome path through the woods. 他們沿著陰森的小路穿過森林。
★同義字 track　　★反義字 avenue

9分鐘完整功　　　　　　9分鐘檢定 ☺☹

pathbreaker 图 開拓者
pathfinder 图 探路者
pathfinding 图 探路、先導
pathless 形 無路的、人跡罕至的
pathway 图 小路、小徑
footpath 图 人行道

patriot [ˋpetrɪət]

【0577】

1分鐘速記法　　　　　　1分鐘檢定 ☺☹

patriot [pa‧tri‧ot] 图 愛國者（英高）

5分鐘學習術　　　　　　5分鐘檢定 ☺☹

Extreme patriots can sometimes discriminate against foreigners. 極端愛國者有時會產生排外行為。

9分鐘完整功　　　　　　9分鐘檢定 ☺☹

patriotic 形 愛國的
patriotics 图 愛國活動
patriotism 图 愛國精神
compatriot 图 國人、同胞
patrioteer 图 虛偽的愛國者
unpatriotic 形 不愛國的
　　🎓 菁英幫小提醒：相似用語 allegiance，意指「(對國家、事業的) 忠誠、擁戴」。

pawn [pɔn]

【0578】

1分鐘速記法　　　　　　1分鐘檢定 ☺☹

pawn [pawn] 图 典當（英高）

5分鐘學習術　　　　　　5分鐘檢定 ☺☹

The painter had to pawn his watch to pay for a meal. 這位畫家不得不把手錶當掉買飯吃。
　　🎓 菁英幫小提醒：相關用語 pledge，名詞，指

「典當品、抵押品」。

9分鐘完整功　　　　　　9分鐘檢定 ☺☹

pawnshop 图 當舖
pawnee 图 收當人
pawner 图 交當人
pawnage 图 典當
pawnbroker 图 當舖老闆

pay [pe]

【0579】

1分鐘速記法　　　　　　1分鐘檢定 ☺☹

pay [pay] 動 支付（英初）
　　🎓 菁英幫小提醒：動詞不規則變化為 pay, paid, paid。

5分鐘學習術　　　　　　5分鐘檢定 ☺☹

Those who enjoy privilege can pay nothing for the delicacies in the restaurant. 那些享有特權的人可以免費享用餐廳的佳餚。
★同義字 spend

9分鐘完整功　　　　　　9分鐘檢定 ☺☹

payment 图 付款、付錢
payday 图 發薪日
payable 形 可支付的
payout 图 花費、支出
overpay 動 付得過多
unpaid 形 未付的
unpayable 形 無法支付的
well-paid 形 報酬優厚的

peace [pis]

【0580】

1分鐘速記法　　　　　　1分鐘檢定 ☺☹

peace [peace] 图 和平（英初）

5分鐘學習術　　　　　　5分鐘檢定 ☺☹

Peace and development will still be the main themes in the 21st century. 二十一世紀和平與發展仍將是主題。
★反義字 war

9分鐘完整功　　　　　　9分鐘檢定 ☺☹

peaceful 形 和平的
peacefully 副 和平地
peacebreaker 图 破壞和平的人
peace-loving 形 愛好和平的
peaceless 形 和平的

P

MP3 ◀ 060

peacetime 图 和平時期

penetrate [`pɛnə,tret]　【0581】

1分鐘速記法　1分鐘檢定☺☹
penetrate [pe．ne．trate] 图 刺入（英高）

5分鐘學習術　5分鐘檢定☺☹
The knife penetrated ten centimeters into his chest. 刀子刺入他的胸膛達十公分深。
★同義字 puncture

9分鐘完整功　9分鐘檢定☺☹
penetration 图 穿刺
penetrative 图 敏鋭的
penetrable 图 可穿透的；能洞察的
penetrator 图 滲透物
penetrating 图 具穿透力的
penetrability 图 可穿透性、可滲透性

people [`pipl]　【0582】

1分鐘速記法　1分鐘檢定☺☹
people [peo．ple] 图 人們（英初）
🎓 菁英幫小提醒：單數為 person（人）。

5分鐘學習術　5分鐘檢定☺☹
Bystander effect is a phenomenon that people are less likely to offer help when other people are present. 「旁觀者效應」是指當其他人在場時，人們會較不願伸出援手的現象。

9分鐘完整功　9分鐘檢定☺☹
dispeople 图 消滅或減少人口
overpeopled 图 人口過密的
repeople 图 使人民重新住入
townspeople 图 鎮民
tradespeople 图 商人
unpeople 图 使減少人口
workpeople 图 工人

perceive [pə`siv]　【0583】

1分鐘速記法　1分鐘檢定☺☹
perceive [per．ceive] 图 察覺（英高）

5分鐘學習術　5分鐘檢定☺☹
Scientists failed to perceive how dangerous

the level of pollution had become. 科學家沒有察覺到污染物的濃度已有多危險。
★同義字 detect

9分鐘完整功　9分鐘檢定☺☹
perception 图 知覺
perceivable 图 可感知的
perceivably 图 可察知地
unperceivable 图 無法察知的
unperceived 图 未被發覺的
percept 图 認知

perfect [`pɝfɪkt]　【0584】

1分鐘速記法　1分鐘檢定☺☹
perfect [per．fect] 图 完美的（英中）

5分鐘學習術　5分鐘檢定☺☹
The perfect prose lives up to its top prize. 這篇完美的散文得到首獎是實至名歸。
★同義字 excellent　　★反義字 defective

9分鐘完整功　9分鐘檢定☺☹
perfection 图 完美
perfectible 图 可改善的
perfectly 图 完美地
perfective 图 導完美的
imperfect 图 不完美的
imperfectible 图 無法完善的

permanent [`pɝmənənt]　【0585】

1分鐘速記法　1分鐘檢定☺☹
permanent [per．ma．nent] 图 永久的（英中）

5分鐘學習術　5分鐘檢定☺☹
There is no permanent friend or enemy, and there is only permanent interest. 沒有永遠的朋友或敵人，只有永遠的利益。
★同義字 immortal　　★反義字 mortal

9分鐘完整功　9分鐘檢定☺☹
permanently 图 永久地
permanency 图 永久、不變
permanence 图 永恆
impermanent 图 暫時的
impermanence 图 暫時性
🎓 菁英幫小提醒：同義片語 for good 永遠

permit [pə`mɪt]
【0586】

1分鐘速記法　1分鐘檢定 ☺☹

permit [per·mit] 允許（英中）

5分鐘學習術　5分鐘檢定 ☺☹

Without an identity card, anyone will not be permitted to enter the gate. 沒有身分證，任何人都不被允許進入閘門。
★同義字 allow

9分鐘完整功　9分鐘檢定 ☺☹

permission 图 允許
permissive 圈 許可的
permissively 剾 許可地
permissiveness 图 放任
permissible 圈 可允許的
impermissible 圈 不許可的
impermissibly 剾 不許可地

person [`pɝsn̩]
【0587】

1分鐘速記法　1分鐘檢定 ☺☹

person [per·son] 图 個人（英初）
🎓 菁英幫小提醒：常用的 VIP，即是 Very Important Person「重要人物」之意。

5分鐘學習術　5分鐘檢定 ☺☹

Time's 2009 person of the year is Will Wright, a computer games designer. 時代雜誌二〇〇九年的封面人物是威爾萊特，一名電腦遊戲設計師。

9分鐘完整功　9分鐘檢定 ☺☹

personal 圈 個人的
personality 图 個性、人格
personalize 圈 擬人化
personate 圈 扮演某人
personnel 图 全體人員
depersonalize 圈 去個人化
impersonal 圈 非個人的
interpersonal 圈 人與人之間的
🎓 菁英幫小提醒：personnel department 意為「人事部」。

persuade [pə`swed]
【0588】

1分鐘速記法　1分鐘檢定 ☺☹

persuade [per·suade] 图 說服（英中）

5分鐘學習術　5分鐘檢定 ☺☹

I persuaded Vicky that marriage is not indispensable in our lives. 我說服薇琪婚姻並非是我們生活中不可或缺的一環。
★同義字 convince

9分鐘完整功　9分鐘檢定 ☺☹

persuasive 圈 有說服力的
persuasion 图 說服力
persuader 图 說服者
persuasible 圈 可說服的
persuasively 剾 令人信服地
unpersuasive 圈 無說服力的
🎓 菁英幫小提醒：同義字 eloquent

phenomenon [fə`namə,nan]
【0589】

1分鐘速記法　1分鐘檢定 ☺☹

phenomenon [phe·no·me·non] 图 現象（英高）

5分鐘學習術　5分鐘檢定 ☺☹

International terrorism is not just a recent phenomenon. 國際恐怖主義並不是近年才有的現象。

9分鐘完整功　9分鐘檢定 ☺☹

phenomena 图 現象
phenomenal 圈 現象的
phenomenally 剾 現象地
phenomenology 图 現象學
phenomenalism 图 現象論
🎓 菁英幫小提醒：此為 phenomenon 的複數型態

philosophy [fə`lasəfɪ]
【0590】

1分鐘速記法　1分鐘檢定 ☺☹

philosophy [phi·lo·so·phy] 图 哲學（英中）

5分鐘學習術　5分鐘檢定 ☺☹

Kitcher is a philosopher, and this may account, in part, for the clarity and effectiveness of his arguments. 凱徹爾是位哲學家，這也許部分解釋了他的論證為何如此清晰且有效。

P

MP3 061

9分鐘完整功　9分鐘檢定☺☹

philosophize 動 以哲理闡述
philosopher 名 哲學家
philosophic 形 哲學的
philosophically 副 哲學上地
philosophaster 名 對哲學不甚瞭解者

【0591】

photo [ˋfoto]

1分鐘速記法　1分鐘檢定☺☹

photo [pho‧to] 名 照片（英初）

5分鐘學習術　5分鐘檢定☺☹

When his wife showed the photo of his mistress, he became speechless. 當他的妻子亮出情婦的照片，他便啞口無言。
★同義字 picture

9分鐘完整功　9分鐘檢定☺☹

photograph 名 照片
photographer 名 攝影師
photographic 形 攝影的
photography 名 攝影、攝影術
photodrama 名 舞台劇

【0592】

pity [ˋpɪtɪ]

1分鐘速記法　1分鐘檢定☺☹

pity [pi‧ty] 名 同情（英初）
🎓菁英幫小提醒：同義字 sympathy

5分鐘學習術　5分鐘檢定☺☹

It was a pity that the weather was so bad on the weekend. 週末天氣這樣惡劣，真是遺憾。
★同義字 compassion

9分鐘完整功　9分鐘檢定☺☹

pitiable 形 可憐的
pitiful 形 惹人憐憫的
pitiless 形 無情的
self-pity 名 自憐
unpitied 形 無人同情的

【0593】

place [ples]

1分鐘速記法　1分鐘檢定☺☹

place [place] 名 地方（英初）

5分鐘學習術　5分鐘檢定☺☹

This is the place where the accident happened. The truck collided with the sedan and then burned. 這就是事故發生的地點。卡車和轎車相撞然後起火燃燒。

9分鐘完整功　9分鐘檢定☺☹

placeless 形 沒有固定位置的
placement 名 放置、安排
displace 動 轉移、撤換
misplace 動 誤放
replace 動 取代
unplaced 形 未受安置的
showplace 名 展出地
resting-place 名 休息處、墳墓

【0594】

plan [plæn]

1分鐘速記法　1分鐘檢定☺☹

plan [plan] 動 計畫（英初）

5分鐘學習術　5分鐘檢定☺☹

They are planning a new campaign against corruption. 他們正在策劃一次新的反貪腐運動。
★同義字 propose

9分鐘完整功　9分鐘檢定☺☹

planner 名 計畫者
planless 形 無計畫的
planned 形 有計畫的
planning 名 計畫的制定、規劃或設計
unplanned 形 未經計畫的
preplan 動 預先計畫

【0595】

plane [plen]

1分鐘速記法　1分鐘檢定☺☹

plane [plane] 名 飛機（英初）

5分鐘學習術　5分鐘檢定☺☹

The pilot, Sullenberger, landed the plane in the Hudson River successfully and saved 150 passengers. 機長蘇倫伯格成功降落在哈德遜河，保住了一百五十名乘客的性命。
★同義字 airplane

9分鐘完整功　9分鐘檢定☺☹

deplane 動 下飛機

emplane 動 乘飛機
floatplane 名 飛行艇
lightplane 名 輕型飛機
mailplane 名 郵政飛機
sailplane 名 滑翔機
warplane 名 戰鬥機

plant [plænt] 【0596】

1分鐘速記法　　　1分鐘檢定 ☺☹

plant [plant] 動 種植（英中）

5分鐘學習術　　　5分鐘檢定 ☺☹

The farmer planted five kinds of fruits in the field. 這名農夫在這塊地上種了五種水果。

9分鐘完整功　　　9分鐘檢定 ☺☹

plantation 名 大農場、種植園
plantable 形 可種植的
planter 名 種植者
planting 名 種植
replant 動 再植
replantation 名 再植
transplant 動 移植
transplantation 名 移植

play [ple] 【0597】

1分鐘速記法　　　1分鐘檢定 ☺☹

play [play] 動 玩（英初）

🎓 菁英幫小提醒：play 後面接各種球類運動，一律不加定冠詞 the，例如 play baseball。

5分鐘學習術　　　5分鐘檢定 ☺☹

I lectured the naughty children who played on the lawn and tramped the plants. 我向那些在草坪上玩耍、踐踏植物的頑皮孩子們訓話。

9分鐘完整功　　　9分鐘檢定 ☺☹

player 名 選手
playground 名 運動場、操場
playmate 名 玩伴
playday 名 假日、休息日
playful 形 愛玩耍的
playsome 形 愛玩耍的、頑皮的
plaything 名 玩具

please [pliz] 【0598】

1分鐘速記法　　　1分鐘檢定 ☺☹

please [please] 動 取悅（英初）

5分鐘學習術　　　5分鐘檢定 ☺☹

The comedy pleased the children very much.
孩子們看這部喜劇看得非常高興。
★同義字 delight

9分鐘完整功　　　9分鐘檢定 ☺☹

pleasure 名 快樂
pleased 形 愉快的、滿意的
pleasant 形 令人愉快的
pleasurable 形 令人愉快的
displease 動 使人不悅
displeasure 名 不悅
unpleasant 形 使人不愉快的

poem [`poɪm] 【0599】

1分鐘速記法　　　1分鐘檢定 ☺☹

poem [poem] 名 詩（英中）

5分鐘學習術　　　5分鐘檢定 ☺☹

Patriotic poet Lu-You wrote many poems about war. 愛國詩人陸游寫了許多關於戰爭的詩篇。
★同義字 verse

🎓 菁英幫小提醒：prose「散文」，novel「長篇小說」，essay「隨筆、小品文」。

P

9分鐘完整功　　　9分鐘檢定 ☺☹

poet 名 詩人
poetess 名 女詩人
poetic 形 詩的
poetry 名 詩歌、韻文
poetaster 名 打油詩人
poetically 副 詩歌方面地

point [pɔɪnt] 【0600】

1分鐘速記法　　　1分鐘檢定 ☺☹

point [po‧int] 名 要點（英初）

5分鐘學習術　　　5分鐘檢定 ☺☹

The best student is not the smartest, but the one who can grasp the points effectively. 最優秀的學生並非最聰明的學生，而是能最有效率抓到要點的學生。

MP3 ◀》062

★同義字 gist

9分鐘完整功　　　　9分鐘檢定 ☺☹

- pointed 🔞 尖銳的
- pointer 🔞 指示者
- pointy 🔞 尖銳的
- gunpoint 🔞 槍口
- pinpoint 🔞 針尖；瑣事
- standpoint 🔞 立場、觀點
- viewpoint 🔞 觀點

🎓 菁英幫小提醒：同義字 sharp

---

political [pə`lɪtɪkl]　【0601】

1分鐘速記法　　　　1分鐘檢定 ☺☹

political [po．li．ti．cal] 🔞 政治的（英中）

5分鐘學習術　　　　5分鐘檢定 ☺☹

Many well-known political prisoners were jailed in the Ching-Mei Human Rights Memorial Park. 許多知名的政治犯都曾被監禁在景美人權園區。

9分鐘完整功　　　　9分鐘檢定 ☺☹

- politician 🔞 政治家
- politics 🔞 政治、政治活動
- politicalize 🔞 政治化
- politically 🔞 政治上
- apolitical 🔞 不關心政治的
- nonpolitical 🔞 非關政治的
- unpolitical 🔞 無政治意涵的

---

pollute [pə`lut]　【0602】

1分鐘速記法　　　　1分鐘檢定 ☺☹

pollute [pol．lute] 🔞 汙染（英初）

5分鐘學習術　　　　5分鐘檢定 ☺☹

Our store never sells books which pollute the mind. 我們書店從不出售污染心靈的書籍。
★同義字 contaminate

9分鐘完整功　　　　9分鐘檢定 ☺☹

- pollutant 🔞 汙染物
- polluted 🔞 受汙染的
- polluter 🔞 汙染者、汙染源
- pollution 🔞 汙染
- unpolluted 🔞 未受汙染的、清潔的

---

popular [`pɑpjələ]　【0603】

1分鐘速記法　　　　1分鐘檢定 ☺☹

popular [po．pu．lar] 🔞 受歡迎的（英初）

5分鐘學習術　　　　5分鐘檢定 ☺☹

Eager fans mobbed the popular singer. 熱切的歌迷們團團圍住這位流行歌手。
★同義字 welcome　　★反義字 unwelcome

9分鐘完整功　　　　9分鐘檢定 ☺☹

- popularity 🔞 普及、流行
- popularize 🔞 推廣
- popularization 🔞 普及化
- popularizer 🔞 推廣者
- unpopular 🔞 不流行的
- unpopularity 🔞 不受歡迎

---

population [ˌpɑpjə`leʃən]　【0604】

1分鐘速記法　　　　1分鐘檢定 ☺☹

population [po．pu．la．tion] 🔞 人口（英初）

5分鐘學習術　　　　5分鐘檢定 ☺☹

What's the population of the country? 這個國家有多少人口？

9分鐘完整功　　　　9分鐘檢定 ☺☹

- populate 🔞 居住於
- depopulation 🔞 人口減少
- overpopulation 🔞 人口過剩
- underpopulated 🔞 人口稀少的
- underpopulation 🔞 人口稀少

---

position [pə`zɪʃən]　【0605】

1分鐘速記法　　　　1分鐘檢定 ☺☹

position [po．si．tion] 🔞 位置（英中）

5分鐘學習術　　　　5分鐘檢定 ☺☹

Where would be the best position for the lights? 這些燈要裝在什麼位置最好？
★同義字 place

9分鐘完整功　　　　9分鐘檢定 ☺☹

- positional 🔞 位置的
- reposition 🔞 改變位置
- contraposition 🔞 對位

interposition 图 介入
malposition 图 位置不正

possess [pəˋzɛs]　【0606】

1分鐘速記法　1分鐘檢定 ☺☹

possess [pos‧sess] 颐 擁有（英中）

5分鐘學習術　5分鐘檢定 ☺☹

I possessed my temper despite the insult. 雖然受到侮辱我還是按捺住怒氣。
★同義字 have

9分鐘完整功　9分鐘檢定 ☺☹

possession 图 擁有
possessive 圈 佔有的
possessor 图 佔有者
dispossess 颐 剝奪
dispossession 图 奪取
self-possessed 圈 沉著的
self-possession 图 沉著、冷靜
　　🎓 菁英幫小提醒：as cool as cucumber 意指「沈著、冷靜」。

power [ˋpaʊɚ]　【0607】

1分鐘速記法　1分鐘檢定 ☺☹

power [power] 图 力量（英初）

5分鐘學習術　5分鐘檢定 ☺☹

The aim is to give people more power over their own lives. 這個目的是為了給人們更多支配自己生活的權力。
★同義字 strength
　　🎓 菁英幫小提醒：power 指生理或心理各種外顯或潛在的力量，strength 則指內部固有的力量。

9分鐘完整功　9分鐘檢定 ☺☹

powerful 圈 有力的
powerless 圈 無力量的、軟弱的
brainpower 图 智能
empower 颐 使有權力
overpower 颐 壓服、制服
willpower 图 意志力

practice [ˋpæktɪs]　【0608】

1分鐘速記法　1分鐘檢定 ☺☹

practice [prac‧tice] 颐 練習（英初）

5分鐘學習術　5分鐘檢定 ☺☹

The young girl practices the violin every day. 這小女孩每天練習拉小提琴。
★同義字 train

9分鐘完整功　9分鐘檢定 ☺☹

practical 圈 實際的
practically 圊 實際上
practicable 圈 可實行的
practicability 图 可行性
practician 图 實踐者
impractical 圈 不現實的
impracticality 图 不切實際
malpractice 图 不法行為

praise [prez]　【0609】

1分鐘速記法　1分鐘檢定 ☺☹

praise [praise] 颐 稱讚（英初）

5分鐘學習術　5分鐘檢定 ☺☹

All relatives praised the boy for his bravery and cleverness. 所有親戚都稱讚這位男孩的果敢聰明。
★同義字 compliment

9分鐘完整功　9分鐘檢定 ☺☹

praiseworthy 圈 值得褒揚的
praiseworthily 圊 值得讚揚地
praiseworthiness 图 值得讚揚
dispraise 颐 貶損
overpraise 颐 過獎、過譽
self-praise 图 自我吹噓

preach [pritʃ]　【0610】

1分鐘速記法　1分鐘檢定 ☺☹

preach [preach] 颐 說教（英中）

5分鐘學習術　5分鐘檢定 ☺☹

She preached economy as the best mean of solving the crises. 她大力鼓吹節約是解決危機的關鍵。
★同義字 sermonize

P

MP3 ◀ 063

9分鐘完整功　9分鐘檢定 ☺☹

preacher 图 傳教士
preachify 動 說教
preaching 图 講道
preachment 图 講道
preachy 形 愛講道理的

precedent [ˈprɛsədənt]　【0611】

1分鐘速記法　1分鐘檢定 ☺☹

precedent [pre‧ce‧dent] 图 先例、慣例（英中）

5分鐘學習術　5分鐘檢定 ☺☹

The prince was not allowed to break with precedent and marry a divorced woman. 王子未能獲准打破先例娶離婚的女子為妻。

9分鐘完整功　9分鐘檢定 ☺☹

precedency 图 領先
precedence 图 領先
precedented 形 有先例可循的
precedential 形 優先的
unprecedented 形 前所未有的

precise [prɪˈsaɪs]　【0612】

1分鐘速記法　1分鐘檢定 ☺☹

precise [pre‧cise] 形 精確的（英中）

5分鐘學習術　5分鐘檢定 ☺☹

Can you give a more precise definition of the word? 你能給這個詞下個更確切的定義嗎？
★同義字 accurate　　★反義字 indefinite

9分鐘完整功　9分鐘檢定 ☺☹

precisely 副 精確地
preciseness 图 精確
unprecise 形 不明確的
precision 图 精確性、精密度

prescribe [prɪˈskraɪb]　【0613】

1分鐘速記法　1分鐘檢定 ☺☹

prescribe [pre‧scribe] 動 開藥方（英高）

5分鐘學習術　5分鐘檢定 ☺☹

Can you prescribe something for my cough please, doctor? 醫生，請你給我開一些咳嗽藥，

可以嗎？

9分鐘完整功　9分鐘檢定 ☺☹

prescription 图 藥方
prescribed 形 規定的
prescriptive 形 規定的
prescript 图 命令、規定
prescriptible 形 可規定的；出自規定的
unprescribed 形 未正式規定的

predict [prɪˈdɪkt]　【0614】

1分鐘速記法　1分鐘檢定 ☺☹

predict [pre‧dict] 動 預測（英中）

5分鐘學習術　5分鐘檢定 ☺☹

It will benefit all human beings if predicting earthquakes is feasible. 如果地震預測可行的話，將會造福全人類。
★同義字 foretell

9分鐘完整功　9分鐘檢定 ☺☹

prediction 图 預測
predictable 形 可預言的
predictably 副 可預見地
predictability 图 可預測性
predictive 形 預兆的
predictor 图 預言者
unpredictable 形 不可預測的

preferable [ˈprɛfərəbl̩]　【0615】

1分鐘速記法　1分鐘檢定 ☺☹

preferable [pre‧fe‧ra‧ble] 形 更好的（英中）

5分鐘學習術　5分鐘檢定 ☺☹

Possessing double specialties is preferable than only one. 擁有雙項專長比只有一項來得更好。
★同義字 favored

9分鐘完整功　9分鐘檢定 ☺☹

prefer 動 偏愛
preferably 副 最好、更好地
preference 图 偏愛
preferential 形 優先的
preferentially 副 優先地、優惠地
preference 图 偏好

🎓 菁英幫小提醒：prefer A to B 表示「比起 B，

較偏愛 A」。

prepare [prɪ`pɛr] 【0616】

1分鐘速記法　　　1分鐘檢定☺☹

prepare [pre‧pare] 🔊 準備（英中）

5分鐘學習術　　　5分鐘檢定☺☹

The whole editorial staff is pareparing for the audio book. 整個編輯部都投入有聲書的準備工作。
★同義字 arrange

9分鐘完整功　　　9分鐘檢定☺☹

preparation 🔊 準備
preparative 🔊 準備的、預備的
preparatory 🔊 籌備的
prepared 🔊 準備好的
preparedly 🔊 準備好地
preparedness 🔊 做好準備
unprepared 🔊 尚未準備的

presentation [ˌprizɛn`teʃən] 【0617】

1分鐘速記法　　　1分鐘檢定☺☹

presentation [pre‧sen‧ta‧tion] 🔊 表演、呈現（英中）

5分鐘學習術　　　5分鐘檢定☺☹

The presentation of prizes began after the speeches. 講話結束後就開始頒獎了。
★同義字 performance

9分鐘完整功　　　9分鐘檢定☺☹

present 🔊 出席的、在場的
presently 🔊 目前、不久
presentable 🔊 可呈現的、可發表的
presentability 🔊 可提出、可呈現
presence 🔊 出席、出場
presentational 🔊 表演的
unpresentable 🔊 不登大雅之堂的

preserve [prɪ`zɜv] 【0618】

1分鐘速記法　　　1分鐘檢定☺☹

preserve [pre‧serve] 🔊 保存（英高）
🎓 菁英幫小提醒：這個動詞又有「醃製」的意思。

5分鐘學習術　　　5分鐘檢定☺☹

I think these interesting old customs should be preserved. 我認為這些有趣的舊習俗應該保存下去。
★同義字 conserve

9分鐘完整功　　　9分鐘檢定☺☹

preserver 🔊 保護者
preservative 🔊 保護的、保存的
preservable 🔊 可保存的
preservation 🔊 保護、保存
preservationist 🔊 保護主義者

presidency [`prɛzədənsɪ] 【0619】

1分鐘速記法　　　1分鐘檢定☺☹

presidency [pre‧si‧den‧cy] 🔊 總統的職位；公司總裁（英中）

5分鐘學習術　　　5分鐘檢定☺☹

He was a White House official during the Bush presidency. 他是布希任總統時的白宮官員。

9分鐘完整功　　　9分鐘檢定☺☹

presidential 🔊 總統的；校長的
president 🔊 總統；總裁
preside 🔊 主持、管轄
presidence 🔊 管理
presider 🔊 主席

P

pressure [`prɛʃɚ] 【0620】

1分鐘速記法　　　1分鐘檢定☺☹

pressure [pres‧sure] 🔊 壓力（英初）

5分鐘學習術　　　5分鐘檢定☺☹

Do not put much pressure on the handle, it may break. 不要在把手上壓太用力，它會壞的。
★同義字 stress
🎓 菁英幫小提醒：stress 這個字也有「重音」的意思。

9分鐘完整功　　　9分鐘檢定☺☹

press 🔊 壓
compress 🔊 壓縮
decompress 🔊 減壓
depress 🔊 使消沉

137

MP3 ◀❱ 064

depression 圐 消沉、降低
impress 圐 給……極深的印象
oppress 圐 壓迫
suppress 圐 鎮壓、抑制

presume [prɪˋzum] 【0621】

1分鐘速記法　　1分鐘檢定☺☹
presume [pre．sume] 圐 假定（英高）

5分鐘學習術　　5分鐘檢定☺☹
We presume the shipment has been stolen and report to the police. 我們假設裝運的貨物已被竊並且報警。
★同義字 assume

9分鐘完整功　　9分鐘檢定☺☹
presumption 圐 推測
presumable 圐 可推測的
presumably 圐 據推測地
presumedly 圐 根據推測
presumptive 圐 根據推斷的
presuming 圐 冒昧的
presumptuous 圐 冒昧的、專橫的

pretense [prɪˋtɛns] 【0622】

1分鐘速記法　　1分鐘檢定☺☹
pretense [pre．tense] 圐 偽裝（英高）
　　　菁英幫小提醒：英式拼法為 pretence

5分鐘學習術　　5分鐘檢定☺☹
Even if you keep up the pretense, the truth will come to the light someday. 即使你繼續偽裝，有一天總會東窗事發。
★同義字 disguise

9分鐘完整功　　9分鐘檢定☺☹
pretend 圐 假裝
pretended 圐 假裝的
pretender 圐 偽裝者
pretension 圐 虛榮、做作
pretentious 圐 矯飾的、做作的
pretentiousness 圐 做作

prevent [prɪˋvɛnt] 【0623】

1分鐘速記法　　1分鐘檢定☺☹
prevent [pre．vent] 圐 預防、阻止（英中）

5分鐘學習術　　5分鐘檢定☺☹
He is prevented by law from holding a licence. 按法律規定他不得持有執照。
　　　菁英幫小提醒：「吊銷（執照）」可用 invalidate 這個動詞。
★同義字 prohibit　　★反義字 allow

9分鐘完整功　　9分鐘檢定☺☹
prevention 圐 預防
preventive 圐 預防的
preventable 圐 可預防的
preventer 圐 防止者
preventability 圐 可預防性

price [praɪs] 【0624】

1分鐘速記法　　1分鐘檢定☺☹
price [price] 圐 價格（英初）

5分鐘學習術　　5分鐘檢定☺☹
The price of the eggs rises up to forty dollars per catty. 蛋價飆漲到一斤四十元。

9分鐘完整功　　9分鐘檢定☺☹
priced 圐 定價的
priceless 圐 無價的、貴重的
overprice 圐 估價過高
underprice 圐 估價過低
unpriced 圐 未標價的

print [prɪnt] 【0625】

1分鐘速記法　　1分鐘檢定☺☹
print [print] 圐 印刷（英初）

5分鐘學習術　　5分鐘檢定☺☹
The book was printed exquisitely, including its quality of paper and printing ink. 這本書印刷得非常精緻，包括它的紙質還有油墨。

9分鐘完整功　　9分鐘檢定☺☹
printer 圐 印表機
printable 圐 可印刷的；適於出版的
printing 圐 印刷、印刷業
blueprint 圐 藍圖
fingerprint 圐 手印
footprint 圐 足跡
misprint 圐 錯印
unprintable 圐 不宜付印的

prison [`prɪzn̩] 【0626】

1分鐘速記法　　1分鐘檢定 ☺☹

prison [pri‧son] 图 監獄（英中）

5分鐘學習術　　5分鐘檢定 ☺☹

The Austrian prisons are very luxurious and arouse popular indignation. 奧地利的監獄太過豪華，以致引起眾怒。
★同義字 jail

9分鐘完整功　　9分鐘檢定 ☺☹

prisoner 图 囚犯
imprison 動 監禁
imprisonment 图 監禁
in-prison 形 獄中的
imprisonable 形 可判刑的

probability [͵prɑbə`bɪlətɪ] 【0627】

1分鐘速記法　　1分鐘檢定 ☺☹

probability [pro‧ba‧bi‧li‧ty] 图 可能（英中）

5分鐘學習術　　5分鐘檢定 ☺☹

From a bag containing 3 red balls and 7 white balls, the probability of a red ball's being drawn first is 3/10. 從裝著三個紅球和七個白球的袋裡，先取到紅球的機率為十分之三。

9分鐘完整功　　9分鐘檢定 ☺☹

probable 形 可能發生的
probably 副 或許、可能
probabilistic 形 或然性的、可能的
probabilism 图 或然論
improbable 形 不大可能的
improbably 副 不大可能地
improbability 图 不大可能、不大可能發生的事

🎓 菁英幫小提醒：probably 在句中的位置有三：
1.可放句首 2.置於動詞前面 3.助動詞或 be 動詞後面。

produce [prə`djus] 【0628】

1分鐘速記法　　1分鐘檢定 ☺☹

produce [pro‧duce] 動 生產（英中）

5分鐘學習術　　5分鐘檢定 ☺☹

He who produces the most products doesn't ensure their quality. 生產最多產品的人並無法保證它們的品質。
★同義字 create

9分鐘完整功　　9分鐘檢定 ☺☹

producer 图 生產者
product 图 產品
production 图 生產
productive 形 多產的、有收穫的
productivity 图 生產力
nonproductive 形 不能生產的、非生產性的
overproduce 動 生產過剩
reproduce 動 再生產、繁殖

profession [prə`fɛʃən] 【0629】

1分鐘速記法　　1分鐘檢定 ☺☹

profession [pro‧fes‧sion] 图 職業（英中）

5分鐘學習術　　5分鐘檢定 ☺☹

Lots of graduates are confused what to make their professions. 許多大學畢業生都困惑著要以什麼為業。
★同義字 vocation

9分鐘完整功　　9分鐘檢定 ☺☹

professional 形 職業的、專業的
professor 图 教授
professionalize 動 專業化
professionally 副 職業地、專業地
professionless 形 無業的
unprofessional 形 非職業性的、非專業的

P

profit [`prɑfɪt] 【0630】

1分鐘速記法　　1分鐘檢定 ☺☹

profit [pro‧fit] 動 有益於（英中）

5分鐘學習術　　5分鐘檢定 ☺☹

We hope our criticisms and suggestions will profit you. 我們希望我們的批評和建議將對你有所裨益。
★同義字 benefit

9分鐘完整功　　9分鐘檢定 ☺☹

profitable 形 有利可圖的
profitless 形 無利可圖的
profiteer 图 投機商
superprofit 图 超額利潤

MP3 ◀) 065

unprofitable 圖 無利益的

progress [prə`grɛs] 【0631】

🎧1分鐘速記法　1分鐘檢定☺☹
progress [pro‧gress] 圖 進步（英中）

🎧5分鐘學習術　5分鐘檢定☺☹
The course allows students to progress at their own speed. 本課程允許學生按各自的速度學習。
★同義字 advance

🎧9分鐘完整功　9分鐘檢定☺☹
progressive 圖 進步的
progressional 圖 前進的
progressist 图 進步主義者、進步黨人
progressively 圖 進步地
progressiveness 图 進步、先進

prohibit [prə`hɪbɪt] 【0632】

🎧1分鐘速記法　1分鐘檢定☺☹
prohibit [pro‧hi‧bit] 圖 禁止（英中）

🎧5分鐘學習術　5分鐘檢定☺☹
He threw himself in front of the door and prohibited us from leaving. 他擋在門前不讓我們離開。
★同義字 forbid

🎧9分鐘完整功　9分鐘檢定☺☹
prohibition 图 禁止
prohibitive 圖 禁止的
prohibitively 圖 禁止地
prohibiter 图 禁止者
unprohibited 圖 未受禁止的

promise [`prɑmɪs] 【0633】

🎧1分鐘速記法　1分鐘檢定☺☹
promise [pro‧mise] 圖 保證（英中）

🎧5分鐘學習術　5分鐘檢定☺☹
The college principal promised to look into the matter. 學院院長承諾研究這個問題。
★同義字 pledge

🎧9分鐘完整功　9分鐘檢定☺☹
promising 圖 有前途的、有望的
promiser 图 許諾者
promisingly 圖 充滿希望地
promised 圖 得到保證的
unpromising 圖 沒希望的、沒出息的

🎓菁英幫小提醒：promised land 即為「應許之地」，即舊約全書中上帝賜予以色列人的迦南地區。

pronounce [prə`naʊns] 【0634】

🎧1分鐘速記法　1分鐘檢定☺☹
pronounce [pro‧nounce] 圖 發音（英初）

🎧5分鐘學習術　5分鐘檢定☺☹
My Korean teacher, Ms. Yan, pronounces very clearly and accurately. 我的韓語老師顏小姐，發音非常地清晰精準。

🎧9分鐘完整功　9分鐘檢定☺☹
pronounciation 图 發音
pronounced 圖 發音的；顯著的
pronouncement 图 宣言、公告
pronouncing 圖 發音的
unpronounceable 圖 不能發音的
mispronounce 圖 發錯音

propaganda [ˌprɑpə`gændə] 【0635】

🎧1分鐘速記法　1分鐘檢定☺☹
propaganda [pro‧pa‧gan‧da] 图 宣傳（英高）

🎧5分鐘學習術　5分鐘檢定☺☹
The textbooks become the tools of political propaganda by the government. 教科書淪為統治者進行政治宣傳的工具。
★同義字 advertisement

🎧9分鐘完整功　9分鐘檢定☺☹
propagandist 图 宣傳者
propagandistic 圖 宣傳的
propagandism 图 宣傳
propagandize 圖 進行宣傳
propagate 圖 傳播、蔓延

proportion [prə`porʃən] 【0636】

1分鐘速記法　　　　1分鐘檢定☺☹

proportion [pro · por · tion] 名 比例（英中）

5分鐘學習術　　　　5分鐘檢定☺☹

The amount of money you get will be in proportion to the work you do. 你得到的錢將按照你完成的工作而定。
★同義字 ratio

9分鐘完整功　　　　9分鐘檢定☺☹

proportioned 形 成比例的
proportional 形 比例的
proportionally 副 成比例地
proportionate 形 成比例的、均衡的、相襯的
proportionately 副 相襯地
disproportion 名 不均衡
disproportionate 形 不均衡的

propose [prə`poz]　　　【0637】

1分鐘速記法　　　　1分鐘檢定☺☹

propose [pro · pose] 動 提議（英中）
🎓 菁英幫小提醒：此字另有「求婚」的意思。

5分鐘學習術　　　　5分鐘檢定☺☹

The committee proposed that new legislation should be drafted. 委員會建議著手起草新法規。

9分鐘完整功　　　　9分鐘檢定☺☹

proposal 名 提案
proposition 名 提議
propositional 形 建議的、提議的
proposed 形 被提議的
proposer 名 申請者、提案人
unproposed 形 未建議的

protect [prə`tɛkt]　　　【0638】

1分鐘速記法　　　　1分鐘檢定☺☹

protect [pro · tect] 動 保護（英中）

5分鐘學習術　　　　5分鐘檢定☺☹

Troops have been sent to protect aiding workers against attack. 已經派出部隊保護援助工作人員免遭襲擊。
★同義字 guard

9分鐘完整功　　　　9分鐘檢定☺☹

protection 名 保護
protective 形 保護的
protectionism 名 保護主義
protectionist 名 保護主義者
protector 名 保護者
overprotect 動 過分保護
unprotected 形 未設防的

province [`prɑvɪns]　　　【0639】

1分鐘速記法　　　　1分鐘檢定☺☹

province [pro · vince] 名 省（英中）

5分鐘學習術　　　　5分鐘檢定☺☹

The show will tour the provinces after it closes in London. 在倫敦的演出結束後，這個表演將到全國各地巡迴演出。
🎓 菁英幫小提醒：county「郡、縣」，state「州」，city「市」，town「鎮」。

9分鐘完整功　　　　9分鐘檢定☺☹

provincial 形 省的
provincially 副 在外省、在外地
provinciality 名 地方特色
provincialize 動 地方化
provincialism 名 地方風格

psychiatry [saɪ`kaɪətrɪ]　　　【0640】

1分鐘速記法　　　　1分鐘檢定☺☹

psychiatry [psy · chia · try] 名 精神病學（英中）

5分鐘學習術　　　　5分鐘檢定☺☹

He decided to devote himself to the study of psychiatry. 他決定投身到精神病學的研究中。

9分鐘完整功　　　　9分鐘檢定☺☹

psychiatrist 名 精神學家；精神科醫生
psychiatric 形 精神病學的
psychic 形 精神的、心靈的
psychical 形 精神的
psychically 副 精神上、心靈上

psychology [saɪ`kɑlədʒɪ]　　　【0641】

1分鐘速記法　　　　1分鐘檢定☺☹

psychology [psy · cho · lo · gy] 名 心理學（英中）

141

MP3 066

5分鐘學習術　5分鐘檢定☺☹

Psychology teaches that you do get what you want if you know what you want and want the right things. 心理學告訴我們只要你知道自己想要什麼，並且這種願望是合適的，你就能得到你想要的東西。

9分鐘完整功　9分鐘檢定☺☹

psychologist 图 心理學家
psychological 圈 心理的
psychologically 副 心理上地
psychologize 勔 作心理學推論
psycho 图 精神病患

【0642】

public [ˋpʌblɪk]

1分鐘速記法　1分鐘檢定☺☹

public [pub · lic] 圈 公開的（英中）

5分鐘學習術　5分鐘檢定☺☹

He later made a public apology for his comments. 後來他對自己的言論作了公開道歉。
★同義字 open　　★反義字 private

9分鐘完整功　9分鐘檢定☺☹

publicly 副 公開地
publicity 图 出名、宣傳
publication 图 出版品
publicist 图 宣傳人員
publicize 勔 宣傳、公佈
public-minded 圈 有公共精神的、熱心公益的

【0643】

publish [ˋpʌblɪʃ]

1分鐘速記法　1分鐘檢定☺☹

publish [pub · lish] 勔 出版（英初）

5分鐘學習術　5分鐘檢定☺☹

The magazine published an emprise novel written by a high school student. 這家雜誌刊登了一個由中學生寫的武俠小說。
★同義字 issue

9分鐘完整功　9分鐘檢定☺☹

publisher 图 出版商
publishable 圈 可出版的、可發佈的
publishing 圈 出版的、出版業的
unpublished 圈 未出版的、未發佈的
unpublishable 圈 不能出版的

【0644】

punish [ˋpʌnɪʃ]

1分鐘速記法　1分鐘檢定☺☹

punish [pu · nish] 勔 處罰（英初）

5分鐘學習術　5分鐘檢定☺☹

Motorists should be punished severely for dangerous driving. 汽車司機如危險駕駛應受到嚴厲處罰。
★同義字 discipline

9分鐘完整功　9分鐘檢定☺☹

punishment 图 懲罰
punishable 圈 該罰的
punisher 图 處罰者
unpunishable 圈 不應懲罰的
unpunished 圈 未受罰

【0645】

purchase [ˋpɝtʃəs]

1分鐘速記法　1分鐘檢定☺☹

purchase [pur · chase] 勔 購買（英中）

5分鐘學習術　5分鐘檢定☺☹

You'll have the opportunity to purchase shares in our company. 你們有機會購買本公司的股票。
★同義字 buy　　★反義字 sell

9分鐘完整功　9分鐘檢定☺☹

purchasable 圈 可收買的
purchaser 图 消費者、買主
purchasing 图 購買
unpurchasable 圈 無法購得的
repurchase 勔 再買、買回

【0646】

pure [pjʊr]

1分鐘速記法　1分鐘檢定☺☹

pure [pure] 圈 純潔的、純粹的（英初）

5分鐘學習術　5分鐘檢定☺☹

It was pure luck that he was home when we called. 非常幸運，我們打電話時他在家。
★同義字 unsoiled

9分鐘完整功　9分鐘檢定☺☹

purely 副 完全地、純粹地

purity 🔲 純潔
purify 🔲 使純淨
purifier 🔲 使潔淨的人或物
purification 🔲 淨化
impure 🔲 不純的
impurity 🔲 不純

【0647】
purpose [ˋpɝpəs]
1分鐘速記法　　　1分鐘檢定☺☹
purpose [pur．pose] 🔲 目的（英中）

5分鐘學習術　　　5分鐘檢定☺☹
Our campaign's main purpose is to raise money. 我們這次活動的主要目的就是募款。
★同義字 intention

9分鐘完整功　　　9分鐘檢定☺☹
purposeful 🔲 有目的的
purposefully 🔲 有目的地
purposeless 🔲 無目的的
purposely 🔲 故意地
purposive 🔲 有目的的、有決心的

【0648】
qualify [ˋkwɑləˏfaɪ]
1分鐘速記法　　　1分鐘檢定☺☹
qualify [qua．li．fy] 🔲 使合格（英中）

5分鐘學習術　　　5分鐘檢定☺☹
He does not qualify as a teacher of English for his pronunciation is terrible. 他當英文教師不夠資格，因為他的發音糟透了。

9分鐘完整功　　　9分鐘檢定☺☹
qualification 🔲 資格、條件
qualified 🔲 合格的、適當的
qualificative 🔲 限制的
qualificatory 🔲 限制的
qualifier 🔲 合格者
qualifiable 🔲 可限制的
unqualified 🔲 不合格的
disqualify 🔲 取消資格

【0649】
quarter [ˋkwɔrtɚ]
1分鐘速記法　　　1分鐘檢定☺☹
quarter [quar．ter] 🔲 四分之一（英高）

5分鐘學習術　　　5分鐘檢定☺☹
Tom surreptitiously ate a quarter of his sister's cake. 湯姆偷偷地把他妹妹的蛋糕吃掉四分之一。
> 菁英幫小提醒：四分之一也可說成one fourth，三分之一為one third，以此類推。

9分鐘完整功　　　9分鐘檢定☺☹
quarterly 🔲 每季地
quartered 🔲 四等分的
quarterback 🔲 （足球賽）四分衛
quartern 🔲 四分之一
quarterfinal 🔲 複賽

【0650】
question [ˋkwɛstʃən]
1分鐘速記法　　　1分鐘檢定☺☹
question [ques．tion] 🔲 問題（英初）

5分鐘學習術　　　5分鐘檢定☺☹
The most well-known lines of Hamlet are: "To be or not to be, that is the question." 哈姆雷特最知名的臺詞是：「生還是死，這是個問題。」
★同義字 problem
> 菁英幫小提醒：problem通常指較為棘手的疑難，question則指一般的疑問。

9分鐘完整功　　　9分鐘檢定☺☹
questionable 🔲 有疑問的
questionably 🔲 有問題地
questionary 🔲 詢問的
questioner 🔲 詢問者
questionless 🔲 沒有疑問的
questionnaire 🔲 問卷
self-questioning 🔲 反省
unquestioned 🔲 未受懷疑的

P
Q

【0651】
quick [kwɪk]
1分鐘速記法　　　1分鐘檢定☺☹
quick [quick] 🔲 快速的（英初）

5分鐘學習術　　　5分鐘檢定☺☹
What you need to do is just to give your suit a quick brush. 你只需要把你的西裝很快地刷一刷就行了。
★同義字 fast　　★反義字 slow

143

MP3 067

9分鐘完整功　　9分鐘檢定 ☺☹

quickly 快速地
quicken 加快
quickening 加快的
quickness 迅速
quick-eyed 目光敏銳的
quick-witted 機智的
quick-freeze 急凍

【0652】
quiet [`kwaɪət]

1分鐘速記法　　1分鐘檢定 ☺☹

quiet [quiet] 安靜的（英初）

5分鐘學習術　　5分鐘檢定 ☺☹

Be quiet! The little baby is sleeping. Don't wake it up. 安靜！別把睡覺中的寶寶吵醒了。
★同義字 silent　　★反義字 noisy

9分鐘完整功　　9分鐘檢定 ☺☹

quietly 安靜地
quieten 使安靜
quietness 靜止
quietude 平靜、寂靜
disquiet 使不安
disquietude 不安、焦慮
inquiet 不安靜的
unquiet 不安寧的；焦急的

【0653】
quote [kwot]

1分鐘速記法　　1分鐘檢定 ☺☹

quote [quote] 引用（英中）

5分鐘學習術　　5分鐘檢定 ☺☹

The author frequently quoted Shakespeare.
這位作家經常引用莎士比亞的話。
★同義字 cite

🎓 菁英幫小提醒：相關用語 excerpt，意為「摘錄」。

9分鐘完整功　　9分鐘檢定 ☺☹

quotation 引言
quotable 可引用的
quoter 引用者
quotative 引用的
quoteworthy 值得引用的
misquotation 引用錯誤
misquote 錯誤引用

【0654】
race [res]

1分鐘速記法　　1分鐘檢定 ☺☹

race [race] 種族（英初）

5分鐘學習術　　5分鐘檢定 ☺☹

There are various races on the mainland China. 中國大陸有許多各式各樣的種族。
★同義字 tribe

9分鐘完整功　　9分鐘檢定 ☺☹

racial 種族的
racism 種族主義、種族歧視
racist 種族主義者
antiracist 反種族主義者
antiracism 反種族歧視
interracial 不同種族之間的
multiracial 多種族的

【0655】
radical [`rædɪkḷ]

1分鐘速記法　　1分鐘檢定 ☺☹

radical [ra · di · cal] 根本的、基進的（英中）

5分鐘學習術　　5分鐘檢定 ☺☹

These developments have effected a radical change in social life. 這些發展使社會生活發生了根本變化。

9分鐘完整功　　9分鐘檢定 ☺☹

radicalize 使激化
radicalization 基進化
radically 徹底地、基進地
radicalism 基進主義
radicalness 基進

【0656】
rain [ren]

1分鐘速記法　　1分鐘檢定 ☺☹

rain [rain] 雨（英初）

5分鐘學習術　　5分鐘檢定 ☺☹

As soon as I went under the roof of the building, the rain began to fall. 當我一躲到建築物的屋頂下，雨就立刻開始下。

🎓 菁英幫小提醒：和降雨相關的字彙有：pour「傾盆大雨」，drizzle「毛毛雨」。

9分鐘完整功　9分鐘檢定☺☹

rainbow 名 彩虹
raincoat 名 雨衣
rainy 形 下雨的、多雨的
raindrop 名 雨點
rainfall 名 降雨量
rainless 形 缺雨的
rainstorm 名 暴雨

【0657】

raise　[rez]

1分鐘速記法　1分鐘檢定☺☹

raise [raise] 動 舉起（英中）

5分鐘學習術　5分鐘檢定☺☹

The girl with cerebral palsy raised the toy very hard. 患有腦性麻痺的女孩非常困難地舉起玩具。
★同義字 lift

9分鐘完整功　9分鐘檢定☺☹

raised 形 高起的
raiser 名 舉起者、提高者
fire-raising 名 縱火罪
hair-raising 形 令人恐懼的
upraise 動 舉起、提高

【0658】

random　[ˋrændəm]

1分鐘速記法　1分鐘檢定☺☹

random [ran‧dom] 形 任意、隨機（英中）

5分鐘學習術　5分鐘檢定☺☹

The competitors were chosen at random from the audience. 那些參賽者是從觀眾中隨便選出的。
★同義字 haphazard

9分鐘完整功　9分鐘檢定☺☹

randomly 副 任意地、隨機地
randomness 名 隨機、任意
randomize 動 使隨機排列
randomization 名 隨機化、不規則分佈
randomizer 名 隨機產生器

【0659】

rational　[ˋræʃənl]

1分鐘速記法　1分鐘檢定☺☹

rational [ra‧tion‧al] 形 理性的（英高）

5分鐘學習術　5分鐘檢定☺☹

Man is a rational animal. 人是有理性的動物。
★同義字 logical

9分鐘完整功　9分鐘檢定☺☹

rationally 副 理性地
rationalize 動 合理化
rationalization 名 合理化
rationality 名 合理性
rationalist 名 理性主義者
rationalism 名 理性主義
rationalistic 形 理性主義的

【0660】

reach　[ritʃ]

1分鐘速記法　1分鐘檢定☺☹

reach [reach] 動 到達（英初）

5分鐘學習術　5分鐘檢定☺☹

Not until he reached Taipei are we allowed to leave. 在他還沒回到台北之前，我們都不許離開。
★同義字 arrive

🎓 菁英幫小提醒：arrive in 與 arrive at 都是「到達」的意思，以地點大小作區別，in+大地點、at+小地方。

9分鐘完整功　9分鐘檢定☺☹

earreach 名 聽覺所及的範圍
eyereach 名 視野
far-reaching 形 深遠的
reachable 形 可達到的
unreachable 形 無法達到的
outreach 名 超出範圍
overreach 動 伸得過遠

R

【0661】

react　[rɪˋækt]

1分鐘速記法　1分鐘檢定☺☹

react [re‧act] 動 反應（英中）

5分鐘學習術　5分鐘檢定☺☹

Since the activity of Magnesium is big, it reacts to oxygen very acutely. 因為鎂的活性大，對氧的反應相當劇烈。
★同義字 respond

MP3 068

9分鐘完整功　9分鐘檢定☺☹

reaction 图 反應
reactant 图 反應物
reactionary 图 反動的
reactionist 图 反動主義者
reactive 图 反應性的
reactively 圖 反動地、反應性地
reactivate 圖 使恢復活動
reactor 图 反應者

read [rid] 【0662】

1分鐘速記法　1分鐘檢定☺☹

read [read] 圖 讀（英初）

🎓 菁英幫小提醒：動詞不規則變化為read, read, read。

5分鐘學習術　5分鐘檢定☺☹

As she read the Sandalwood Punishment by Mo Yan, she was deeply attracted to the change of aspects. 當她讀著莫言的《檀香刑》時，她被視角的變換深深吸引。

9分鐘完整功　9分鐘檢定☺☹

reader 图 讀者
reading 图 讀物
readable 图 易讀的
misread 圖 讀錯
newsreader 图 新聞播報員
reread 圖 重閱
unread 圖 未經閱讀的
well-read 圖 博學的

🎓 菁英幫小提醒：同義字learned

real [ˋriəl] 【0663】

1分鐘速記法　1分鐘檢定☺☹

real [real] 圖 真實的（英初）

5分鐘學習術　5分鐘檢定☺☹

The script was based on the real life of the screenwriter. 這個劇本是依編劇的真實生活寫成的。
★同義字actual　★反義字unreal

9分鐘完整功　9分鐘檢定☺☹

reality 图 真實、現實
really 圖 真正地

realize 圖 理解；實現
realization 图 實現
realism 图 現實主義
realist 图 現實主義者
unrealistic 圖 不真實的

reason [ˋrizn̩] 【0664】

1分鐘速記法　1分鐘檢定☺☹

reason [rea · son] 图 理由（英初）

5分鐘學習術　5分鐘檢定☺☹

The reason that she did it is still a mystery. 她為什麼做那件事仍是一個謎。
★同義字cause

9分鐘完整功　9分鐘檢定☺☹

reasonable 圖 合理的
reasonably 圖 合理地
reasonableness 图 合理
reasoning 图 推理
reasonless 圖 不合理的
unreason 图 不合理
unreasonable 圖 不講理的、不合理的
unreasonably 圖 不合理地

reassure [ˌriəˋʃʊr] 【0665】

1分鐘速記法　1分鐘檢定☺☹

reassure [re · assure] 圖 使安心（英高）

5分鐘學習術　5分鐘檢定☺☹

The captain's confidence during the storm reassured the passengers. 在風暴中船長的信念使旅客們恢復了信心。
★同義字relieve

9分鐘完整功　9分鐘檢定☺☹

reassurance 图 使安心、再保證
reassured 圖 安心的
reassuring 圖 讓人安心的
reassuringly 圖 安慰人地
assure 圖 保證、確保

rebel [rɪˋbɛl] 【0666】

1分鐘速記法　1分鐘檢定☺☹

rebel [re · bel] 圖 反抗（英高）

5分鐘學習術　　　　　　5分鐘檢定☺☹

The students rebelled against their government. 學生們起來反抗他們的政府。
★同義字 revolt

9分鐘完整功　　　　　　9分鐘檢定☺☹

rebellion 图 反叛
rebeldom 图 造反者的總稱
rebellious 图 造反的
rebelliously 图 造反地
rebelliousness 图 造反、不法

receive　[rɪ`siv]　【0667】

1分鐘速記法　　　　　　1分鐘檢定☺☹

receive [re · ceive] 图 接收（英中）

5分鐘學習術　　　　　　5分鐘檢定☺☹

He received an award for bravery from the police service. 他以其勇敢行為受到警務部門的嘉獎。
★同義字 accept　　★反義字 give

9分鐘完整功　　　　　　9分鐘檢定☺☹

received 图 已接受的、已肯認的
receiver 图 聽筒；接受者
recipient 图 收受人、接受者
reception 图 接受
receipt 图 收據
receivable 图 可接受的、可承認的
receptive 图 善於接受的
receptionist 图 接待員

recite　[ri`saɪt]　【0668】

1分鐘速記法　　　　　　1分鐘檢定☺☹

recite [re · cite] 图 背誦（英中）

5分鐘學習術　　　　　　5分鐘檢定☺☹

She can recite the names of all the capital cities of Europe. 她可以背出歐洲所有首都的名字。
★同義字 rehearse
🎓 菁英幫小提醒：此字也可指「彩排」。

9分鐘完整功　　　　　　9分鐘檢定☺☹

reciter 图 背誦者
recital 图 背誦、朗誦

recitable 图 可吟誦的
recitation 图 背誦、吟誦
recitative 图 背誦的、敘述的

recognize　[`rɛkəɡˌnaɪz]　【0669】

1分鐘速記法　　　　　　1分鐘檢定☺☹

recognize [re · cog · nize] 图 認得（英高）

5分鐘學習術　　　　　　5分鐘檢定☺☹

I recognized Peter although I hadn't seen him for 10 years. 雖然我有十年沒看到彼得了，但我認出了他。
★同義字 know

9分鐘完整功　　　　　　9分鐘檢定☺☹

recognition 图 認得
recognizable 图 可識別的
recognizably 图 可識別地
unrecognizable 图 無法識別的
unrecognized 图 未被識別的、未被認出的

recommend　[ˌrɛkə`mɛnd]　【0670】

1分鐘速記法　　　　　　1分鐘檢定☺☹

recommend [re · com · mend] 图 推薦（英中）
🎓 菁英幫小提醒：推薦函的英文應為 reference letter。

5分鐘學習術　　　　　　5分鐘檢定☺☹

This hotel has nothing to recommend to tourists except cheapness. 這家旅館除了便宜之外，對旅遊者來說沒有什麼可取之處。
★同義字 commend

R

9分鐘完整功　　　　　　9分鐘檢定☺☹

recommendation 图 推薦
recommendable 图 值得推薦的
recommendatory 图 推薦的
commend 图 稱讚
commendable 图 值得讚賞的
commendation 图 表揚、稱賞

reconcile　[`rɛkənsaɪl]　【0671】

1分鐘速記法　　　　　　1分鐘檢定☺☹

reconcile [re · con · cile] 图 調停（英高）

MP3 ◆》069

5分鐘學習術　5分鐘檢定☺☹

I can't reconcile those two opinions. They are widely divergent. 我無法調停那兩種主張，它們簡直是天差地別。
★同義字 harmonize

9分鐘完整功　9分鐘檢定☺☹

reconcilable 圈 可和解的
reconcilement 图 和解
reconciliation 图 和解
reconciliatory 圈 和解的、調停的
unreconciled 圈 未和解的

record [`rɛkəd]　【0672】

1分鐘速記法　1分鐘檢定☺☹

record [re · cord] 图 紀錄（英初）

5分鐘學習術　5分鐘檢定☺☹

The doctor keeps a record of all the serious illnesses in the village. 這個醫生保存了這個村莊所有嚴重疾病的記錄。

9分鐘完整功　9分鐘檢定☺☹

recorder 图 答錄機；紀錄者
recording 图 錄音
recordable 圈 可紀錄的
recordation 图 記載
recordist 图 錄音員
record-breaking 圈 破紀錄的

reduce [rɪ`djus]　【0673】

1分鐘速記法　1分鐘檢定☺☹

reduce [re · duce] 圈 減少（英中）

5分鐘學習術　5分鐘檢定☺☹

Costs have been reduced by 20% over the past year. 過去一年，各項費用已經減少了百分之二十。
★同義字 lessen　　★反義字 increase

9分鐘完整功　9分鐘檢定☺☹

reduced 圈 減低的
reducible 圈 可減少的、可降低的
reducing 圈 減低、減少
reduction 图 減少
reductive 圈 減少的

reductionist 圈 簡化的
reductionism 图 簡化論

reflect [rɪ`flɛkt]　【0674】

1分鐘速記法　1分鐘檢定☺☹

reflect [re · flect] 反射（英中）

5分鐘學習術　5分鐘檢定☺☹

The calm lake reflected the trees on the shore. 平靜的湖面映現出岸邊的樹木。
★同義字 mirror

9分鐘完整功　9分鐘檢定☺☹

reflection 图 反射
reflecting 圈 反射的
reflectional 圈 反射的
reflective 圈 反射的、反照的
reflectively 圖 反映地
reflector 图 反射物

reform [ˌrɪ`fɔrm]　【0675】

1分鐘速記法　1分鐘檢定☺☹

reform [re · form] 圈 改革（英中）

5分鐘學習術　5分鐘檢定☺☹

People should try to reform criminals rather than punish them. 人們應試圖去改革犯罪而不是去懲罰他們。
★同義字 innovate

9分鐘完整功　9分鐘檢定☺☹

reformative 圈 改革的
reformable 圈 可改革的
reformation 图 改革、革新
reformatory 图 感化院
reformer 图 革新者
reformist 图 改良主義者
reformism 图 改良主義

refresh [rɪ`frɛʃ]　【0676】

1分鐘速記法　1分鐘檢定☺☹

refresh [re · fresh] 圈 提神（英中）

5分鐘學習術　5分鐘檢定☺☹

For fear of catnap, she ate mints to refresh

文法篇 　單字篇

herself. 為了怕打瞌睡，她吃薄荷糖來提神。
★同義字 energize

9分鐘完整功　　9分鐘檢定☺☹

refreshment 图 提神物
refresher 图 可提神的事物
refreshing 圈 提神的、清涼的
refreshingly 副 清爽地、有神地
fresh 圈 精力充沛的

---

regard [rɪˋgɑrd]　【0677】

1分鐘速記法　　1分鐘檢定☺☹

regard [re‧gard] 動 認為（英中）

5分鐘學習術　　5分鐘檢定☺☹

By the outstanding performance on the National Day, the interpreter was very highly regarded. 因為在國慶日上的出色表現，這位口譯官得到高度評價。
★同義字 consider

9分鐘完整功　　9分鐘檢定☺☹

regarding 介 關於……
regardless 圈 不關心的
regards 图 問候
regardful 圈 留心的、關心的
disregard 動 不顧
self-regard 图 注重自己的利益
unregarded 圈 不受重的

---

register [ˋrɛdʒɪstɚ]　【0678】

1分鐘速記法　　1分鐘檢定☺☹

register [re‧gi‧ster] 動 登記（英中）

5分鐘學習術　　5分鐘檢定☺☹

You'd better register this parcel to avoid risking a loss. 這個包裹你還是掛號郵寄比較好，可以避免遺失的風險。
★同義字 enroll

9分鐘完整功　　9分鐘檢定☺☹

registered 圈 已註冊的
registrable 圈 可登記的、可註冊的
registrant 图 登記者、註冊者
registrar 图 管理註冊事宜的人
registration 图 註冊
deregister 動 撤銷登記

enregister 動 登記

---

regular [ˋrɛgjələ]　【0679】

1分鐘速記法　　1分鐘檢定☺☹

regular [re‧gu‧lar] 圈 規則的（英初）

5分鐘學習術　　5分鐘檢定☺☹

Everything seemed quite regular when the fire broke out. 起火的時候，一切似乎都很正常。
★同義字 usual

9分鐘完整功　　9分鐘檢定☺☹

regularly 副 定期地
regularity 图 規則性、規律性
regularize 動 規則化
regularization 图 規則化
irregular 圈 不規則的
irregularity 图 無規律

---

regulate [ˋrɛgjəˌlet]　【0680】

1分鐘速記法　　1分鐘檢定☺☹

regulate [re‧gu‧late] 動 管制（英中）

5分鐘學習術　　5分鐘檢定☺☹

The activities of stock exchanges are regulated by law. 股票交易所的活動受到法律的制約。
★同義字 control

9分鐘完整功　　9分鐘檢定☺☹

regulation 图 管理、規定
regulative 圈 管制的、規定的
regulator 图 管理者
regulatory 圈 管理的、控制的
unregulated 圈 無紀律的
deregulate 動 解除管制

R

---

relate [rɪˋlet]　【0681】

1分鐘速記法　　1分鐘檢定☺☹

relate [re‧late] 動 與……有關（英初）

5分鐘學習術　　5分鐘檢定☺☹

Public affairs relate to every one of us, but few people have concern about them. 公共事務和我們每個人切身相關，但很少人會去關心它。
★同義字 correlate

MP3 ◀ 070

9分鐘完整功　　9分鐘檢定☺☹

relation 📖 關係
relative 📖 相對的
relatively 📖 相對地
related 📖 相關的
relational 📖 有關係的；親屬的
relationship 📖 關係
correlation 📖 相互關係
irrelative 📖 無關的

---

relax [rɪ`læks]　【0682】

1分鐘速記法　　1分鐘檢定☺☹

relax [re·lax] 📖 放鬆（英初）

5分鐘學習術　　5分鐘檢定☺☹

He lagged far behind his classmates because he had relaxed his efforts. 他鬆懈了努力，因此成績遠遠落後於班上其他同學。
★同義字 rest

9分鐘完整功　　9分鐘檢定☺☹

relaxing 📖 令人鬆懈的
relaxant 📖 緩和劑
relaxation 📖 鬆弛、放鬆
relaxative 📖 緩和的
relaxed 📖 放鬆的

---

reliable [rɪ`laɪəb]]　【0683】

1分鐘速記法　　1分鐘檢定☺☹

reliable [re·lia·ble] 📖 可靠的（英中）

5分鐘學習術　　5分鐘檢定☺☹

I'm reliant on him because he is reliable. 我之所以依靠他，是因為他很可靠。
★同義字 trustworthy

9分鐘完整功　　9分鐘檢定☺☹

rely 📖 依靠
reliability 📖 可靠、可靠度
reliably 📖 可靠地
reliance 📖 信賴、信任
unreliable 📖 靠不住的
unreliability 📖 不可靠

---

relief [rɪ`lif]　【0684】

1分鐘速記法　　1分鐘檢定☺☹

relief [re·lief] 📖 輕鬆（英中）

5分鐘學習術　　5分鐘檢定☺☹

The doctor's immediate aim is the relief of pain. 醫生第一步要做到的是解除痛苦。
★同義字 ease

9分鐘完整功　　9分鐘檢定☺☹

relieve 📖 緩和、減輕
relievable 📖 可減輕的
relieved 📖 放心的、寬慰的
reliever 📖 解除痛苦的人
unrelieved 📖 未減輕的

---

religion [rɪ`lɪdʒən]　【0685】

1分鐘速記法　　1分鐘檢定☺☹

religion [re·li·gion] 📖 宗教（英初）

5分鐘學習術　　5分鐘檢定☺☹

Almost every country has some form of religion. 幾乎每個國家都有某種宗教信仰形式。

9分鐘完整功　　9分鐘檢定☺☹

religious 📖 虔誠的
religiously 📖 虔誠地
religionary 📖 宗教的
religionist 📖 信教者
religionism 📖 信教
religiosity 📖 篤信宗教
unreligious 📖 無信仰的

🎓 菁英幫小提醒：相似用詞 superstitious，意為「迷信的」，較具負面意涵。

---

remedy [`rɛmədɪ]　【0686】

1分鐘速記法　　1分鐘檢定☺☹

remedy [re·me·dy] 📖 治療（英中）

5分鐘學習術　　5分鐘檢定☺☹

We will cure this dirty old disease. The remedy is the experience. 我們一定會戰勝這骯髒的疾病，解藥就是你經歷它的過程。
★同義字 cure

9分鐘完整功　　9分鐘檢定☺☹

remediable 📖 可治療的

remediably 圓 可治療地
remedial 圓 治療的
remedially 圓 治療地
remediless 圓 難以治療的

---

remember [rɪ`mɛmbə]　【0687】

🕐1分鐘速記法　1分鐘檢定☺☹

remember [re‧mem‧ber] 圓 記得（英初）

> 🎓 菁英幫小提醒：remember to+V，表示「記得
> 要去做某事」、remember+Ving，表示「記得
> 做過某事」。

🕔5分鐘學習術　5分鐘檢定☺☹

I remember suddenly that I had an appointment at 3 o'clock, but It's already 5 o'clock now. 我突然想起我三點有個約會，但現在已經五點了。
★反義字 forget

🕘9分鐘完整功　9分鐘檢定☺☹

rememberer 圓 記住者
rememberable 圓 可記住的
remembrance 圓 回憶、記憶
remembrancer 圓 紀念品
disremember 圓 忘記
misremember 圓 記錯
well-remembered 圓 牢記的

---

repeat [rɪ`pit]　【0688】

🕐1分鐘速記法　1分鐘檢定☺☹

repeat [re‧peat] 圓 重複（英初）

🕔5分鐘學習術　5分鐘檢定☺☹

I repeat that we can't undertake the task. 我再次表示我們不能承擔這項任務。

🕘9分鐘完整功　9分鐘檢定☺☹

repeated 圓 反覆的
repeatedly 圓 反覆地
repeater 圓 重複說或做的人
repetition 圓 反覆、重複
repetitious 圓 重複的

---

report [rɪ`port]　【0689】

🕐1分鐘速記法　1分鐘檢定☺☹

report [re‧port] 圓 報導（英初）

🕔5分鐘學習術　5分鐘檢定☺☹

It is reported that twenty men were killed in the clash. 據報導，在這次衝突中有二十人被打死。
★同義字 cover

🕘9分鐘完整功　9分鐘檢定☺☹

reporter 圓 記者
reportable 圓 值得報告的
reportage 圓 報導文學
reportedly 圓 根據報導
reportorial 圓 報告般的、報導般的
underreport 圓 少報（收入）等

---

represent [͵rɛprɪ`zɛnt]　【0690】

🕐1分鐘速記法　1分鐘檢定☺☹

represent [re‧pre‧sent] 圓 代表（英中）

> 🎓 菁英幫小提醒：be on behalf of 也可表示「代
> 表」。

🕔5分鐘學習術　5分鐘檢定☺☹

Professor Lin represents Department of Politics in the academic conference. 林教授在校務會議中代表政治學系。

🕘9分鐘完整功　9分鐘檢定☺☹

representative 圓 代表人
representation 圓 代表、代理
representable 圓 可被代表的
representability 圓 可代表性
representational 圓 代表的

---

repress [rɪ`prɛs]　【0691】

🕐1分鐘速記法　1分鐘檢定☺☹

repress [re‧press] 圓 抑制（英高）

🕔5分鐘學習術　5分鐘檢定☺☹

All protests are brutally repressed by the government as illegal. 所有的抗議活動都遭到當局的野蠻鎮壓，並被宣布為非法。
★同義字 suppress

🕘9分鐘完整功　9分鐘檢定☺☹

repressed 圓 受制的
repressible 圓 可抑制的
repression 圓 抑制、壓制

R

MP3 071

repressive 壓制的
repressively 壓抑地
repressiveness 壓制

【0692】

reproach [rɪ`protʃ]

1分鐘速記法　　　　　1分鐘檢定☺☹

reproach [re · proach] 責備（英高）

5分鐘學習術　　　　　5分鐘檢定☺☹

Sue reproached her husband for having forgotten their wedding anniversary. 蘇責怪丈夫忘了他們的結婚週年紀念日。

🎓 菁英幫小提醒：paper wedding 紙婚（一周年），silver wedding「銀婚」（二十五周年），golden wedding「金婚」（五十周年），diamond wedding「鑽石婚」（六十到七十周年）。

★同義字 blame

9分鐘完整功　　　　　9分鐘檢定☺☹

reproachable 該責備的
reproacher 責難者
reproachful 責備的
reproachfully 責備地
reproachingly 責難地
reproachless 無可非難的

【0693】

reputation [ˌrɛpjə`teʃən]

1分鐘速記法　　　　　1分鐘檢定☺☹

reputation [re · pu · ta · tion] 名聲（英高）

5分鐘學習術　　　　　5分鐘檢定☺☹

His repeated failures did his reputation a lot of harm. 他屢次失敗使他的聲譽受到很大損害。
★同義字 fame

9分鐘完整功　　　　　9分鐘檢定☺☹

repute 把……認為
reputable 聲譽好的
reputably 廣受好評地
reputed 出名的
reputedly 據說
disreputable 名聲差的
disrepute 壞名聲
🎓 菁英幫小提醒：同義字 notorious

【0694】

research [rɪ`sɝtʃ]

1分鐘速記法　　　　　1分鐘檢定☺☹

research [re · search] 研究（英初）

5分鐘學習術　　　　　5分鐘檢定☺☹

I want to research the interaction mechanism in the Red-Envelope Club. 我想要研究紅包場裡的互動機制。
★同義字 investigate

9分鐘完整功　　　　　9分鐘檢定☺☹

researcher 研究人員
researchable 可研究的
researchful 研究的
search 搜尋
searchable 可被搜索的
searcher 搜查者

【0695】

reserve [rɪ`zɝv]

1分鐘速記法　　　　　1分鐘檢定☺☹

reserve [re · serve] 保留（英高）

5分鐘學習術　　　　　5分鐘檢定☺☹

He still reserved his opinion on some points. 在一些問題上，他仍然保留自己的意見。
★同義字 preserve

9分鐘完整功　　　　　9分鐘檢定☺☹

reserved 預定的、保留的
reservedly 有所保留地
reservation 保護區
reservoir 儲藏庫
unreserve 毫無保留、坦白
unreserved 無保留的
unreservedly 無所保留地、直率地

【0696】

reside [rɪ`zaɪd]

1分鐘速記法　　　　　1分鐘檢定☺☹

reside [re · side] 居住（英中）

5分鐘學習術　　　　　5分鐘檢定☺☹

He returned to Britain in 1939, having resided abroad for many years. 他在國外居住多年以後，於一九三九年回到了英國。
★同義字 dwell

9分鐘完整功　9分鐘檢定☺☹

residency 图 住處
residence 图 居住；住宅
resident 图 居民
residential 圈 居住的、住宅的
residentiary 圈 有住宅的

---

resist [rɪˋzɪst]　【0697】

1分鐘速記法　1分鐘檢定☺☹

resist [re‧sist] 動 抵抗（英中）

5分鐘學習術　5分鐘檢定☺☹

Although a teenager, Fred could resist being told what to do and what not to do. 儘管弗雷德才十幾歲，但他已可以做到不聽從別人的擺布了。
★同義字 counteract

9分鐘完整功　9分鐘檢定☺☹

resistance 图 抵抗、抵抗力
resistant 圈 抵抗的
resister 图 抵抗者
resistible 圈 可抵抗的
resistive 圈 有抵抗力的
resistless 圈 無法抵抗的
irresistible 圈 不可抵抗的
irresistibly 圖 難以抗拒地

---

resolve [rɪˋzɑlv]　【0698】

1分鐘速記法　1分鐘檢定☺☹

resolve [re‧solve] 動 解決（英中）

5分鐘學習術　5分鐘檢定☺☹

In order to resolve the mission, you need to collect three kinds of gems. 要解決這項任務，你必須蒐集三樣寶物。
★同義字 solve

9分鐘完整功　9分鐘檢定☺☹

resolvable 圈 可解決的
resolvability 图 可解決性
resolved 圈 下定決心的
resolvedly 圖 斷然地
resolvent 圈 分解的
unresolved 圈 未解決的
resolute 圈 堅決的
resolution 图 決心

---

resource [rɪˋsors]　【0699】

1分鐘速記法　1分鐘檢定☺☹

resource [re‧source] 图 資源（英初）

5分鐘學習術　5分鐘檢定☺☹

The exploitation of natural resources was hampered by the lack of technicians. 自然資源的開發因缺少技術人員而受阻。
★同義字 wealth

9分鐘完整功　9分鐘檢定☺☹

resourced 圈 富有的
resourceful 圈 資源豐富的
resourcefully 圖 機智地
resourcefulness 图 足智多謀
resourceless 圈 不機智的；無資源的

---

respectful [rɪˋspɛktfəl]　【0700】

1分鐘速記法　1分鐘檢定☺☹

respectful [res‧pect‧ful] 圈 尊重的（英中）

5分鐘學習術　5分鐘檢定☺☹

The onlookers stood at a respectful distance. 旁觀者們站在一定的距離之外，以示尊敬。
★同義字 regardful

9分鐘完整功　9分鐘檢定☺☹

respect 動 尊重
respectable 圈 值得尊敬的
respectably 圖 可敬地
respectability 图 受到尊重
respecter 图 尊敬……的人
disrespect 图 不尊敬
disrespectful 圈 無禮的
self-respect 图 自尊

---

respond [rɪˋspɑnd]　【0701】

1分鐘速記法　1分鐘檢定☺☹

respond [res‧pond] 動 回答（英初）

5分鐘學習術　5分鐘檢定☺☹

"Is anyone there?" She knocked the door and asked, but no one responded to her. 「有人在嗎？」她敲門詢問道，但沒有人回答她。
★同義字 reply

R

MP3 ◀)) 072

9分鐘完整功　　9分鐘檢定☺☹

response 图 回答
respondence 图 回答、反應
respondent 图 應答者
responsive 图 回應的
responsively 圖 響應地
responsiveness 图 應答
unresponsive 圖 無反應的

---

responsible　[rɪ`spɑnsəb!]　【0702】

1分鐘速記法　　1分鐘檢定☺☹

responsible [res‧pon‧si‧ble] 圖 負責的
（英初）

5分鐘學習術　　5分鐘檢定☺☹

The bus driver is responsible for the passen-
ger's safety. 公車司機應對乘客的安全負責。
★同義字 accountable

9分鐘完整功　　9分鐘檢定☺☹

responsibly 圖 負責地
responsibility 图 責任
irresponsible 圖 不負責任的
irresponsibly 圖 不負責任地
irresponsibility 图 無責任感

---

rest　[rɛst]　【0703】

1分鐘速記法　　1分鐘檢定☺☹

rest [rest] 图 休息（英初）

🎓 菁英幫小提醒：restroom，意指「休息室」或
「廁所」。

5分鐘學習術　　5分鐘檢定☺☹

Let's take a rest. We have been cycling for
several miles. 讓我們休息一下，我們已經騎腳踏
車好幾英里了。
★同義字 relaxation

9分鐘完整功　　9分鐘檢定☺☹

restful 圖 平靜的
restfully 圖 平靜地
resting-place 图 休息處；墳墓
restless 圖 坐立不安的
restlessly 圖 得不到休息地
backrest 图 靠背
footrest 图 擱腳板
unrest 图 不安、動亂

---

restrict　[rɪ`strɪkt]　【0704】

1分鐘速記法　　1分鐘檢定☺☹

restrict [res‧trict] 圖 限制（英中）

5分鐘學習術　　5分鐘檢定☺☹

I try to restrict my smoking to five cigarettes
a day. 我試圖限制自己每天只抽五支煙。
★同義字 limit

9分鐘完整功　　9分鐘檢定☺☹

restricted 圖 受限的
restriction 图 限制
restrictive 圖 約束性的
restrictedly 圖 受限地
derestrict 圖 取消限制
nonrestrictive 圖 非限制性的
unrestricted 圖 不受限制的

---

retire　[rɪ`taɪr]　【0705】

1分鐘速記法　　1分鐘檢定☺☹

retire [re‧tire] 圖 退休（英中）

5分鐘學習術　　5分鐘檢定☺☹

When they reach a certain age, army officers
retire from active service. 軍官們到一定年齡時
就得退役。

9分鐘完整功　　9分鐘檢定☺☹

retirement 图 退休
retired 圖 退隱的
retiredness 图 退隱
retiree 图 退休人員
retiring 圖 退休的、退職的

---

reveal　[rɪ`vil]　【0706】

1分鐘速記法　　1分鐘檢定☺☹

reveal [re‧veal] 圖 顯示（英中）

5分鐘學習術　　5分鐘檢定☺☹

The eyes of the suspect revealed obvious
guiltiness. 嫌犯的眼神顯露出明顯的心虛。
★同義字 disclose　　★反義字 conceal

9分鐘完整功　　9分鐘檢定☺☹

revealing 圖 啟發性的

revelation 图 揭露
revealable 圈 可揭露的、可展示的
revealer 图 展示者
revealing 圈 啟發的；暴露的
revealingly 圖 啟發地；暴露地

---

review　[rɪ`vju]　【0707】

1分鐘速記法　1分鐘檢定☺☹

review [re‧view] 圗 複習（英初）

5分鐘學習術　5分鐘檢定☺☹

We'll review the situation of market at the end of the month. 我們將於月底回顧市場形勢。
★同義字 revise

🎓 菁英幫小提醒：此字為英式用法。

9分鐘完整功　9分鐘檢定☺☹

reviewable 圈 可回顧的、可檢查的
reviewal 图 複查、複習
reviewer 图 評論家、校閱者
preview 圗 預習
view 圗 觀看、查看
viewer 图 觀看者、參觀者

---

revise　[rɪ`vaɪz]　【0708】

1分鐘速記法　1分鐘檢定☺☹

revise [re‧vise] 圗 校訂（英初）

5分鐘學習術　5分鐘檢定☺☹

Lucy revised her partner's composition and made a comment. 露西校正了她夥伴的作文，並且撰寫了評論。
★同義字 correct

9分鐘完整功　9分鐘檢定☺☹

revisal 图 修訂
reviser 图 修訂員、校對者
revision 图 修訂、修正
revisory 圈 修訂的、校對的
revisionary 圈 修訂的、修正的
revisionism 图 修正主義
revisionist 图 修正主義者

---

revive　[rɪ`vaɪv]　【0709】

1分鐘速記法　1分鐘檢定☺☹

revive [re‧vive] 圗 復活（英高）

5分鐘學習術　5分鐘檢定☺☹

After seventy minutes' CPR, the student who had no breath and heart beat revived miraculously. 經過七十分鐘的心肺復甦急救，這位沒呼吸也沒心跳的學生出人意料地復活了。

9分鐘完整功　9分鐘檢定☺☹

revival 图 復活
revivable 圈 可復活的
reviver 图 刺激物、興奮劑
revivify 圗 復活、振奮
revivification 图 復活
reviviscent 圈 復活的
revivalism 图 復興運動
revivalist 图 復興運動提倡者

---

revolution　[ˌrɛvə`luʃən]　【0710】

1分鐘速記法　1分鐘檢定☺☹

revolution [re‧vo‧lu‧tion] 图 革命（英高）

5分鐘學習術　5分鐘檢定☺☹

The army officers led a revolution against the king. 軍官們領導了一次反國王的革命。
★同義字 revolt

9分鐘完整功　9分鐘檢定☺☹

revolutionary 圈 革命的
revolutionist 图 革命者
revolutionize 圗 革命化、改革
revolutionization 图 革命化
counterrevolution 图 反革命
counterrevolutionist 图 反革命分子

---

rich　[rɪtʃ]　【0711】

1分鐘速記法　1分鐘檢定☺☹

rich [rich] 圈 富裕的（英初）

5分鐘學習術　5分鐘檢定☺☹

Reared by his rich father, he traveled around the world when he was only eleven. 在富有父親的撫養之下，他才十一歲就遊遍世界。
★同義字 wealthy

R

MP3 ◀》073

9分鐘完整功　　9分鐘檢定☺☹

riches 名 財富
richen 動 使富有
richly 副 豐富地
richness 名 富裕
enrich 動 使富裕
enrichment 名 豐富
new-rich 名 暴發戶
　🎓 菁英幫小提醒：同義字 parvenu

---

right [raɪt]　【0712】

1分鐘速記法　　1分鐘檢定☺☹

right [right] 形 正確的（英初）

5分鐘學習術　　5分鐘檢定☺☹

In the Milgram Experiment, if the student does not give the right answer, he will be punished with an electric shock. 在米爾格倫實驗中，沒有回答正確答案的學生，就會遭到電擊懲罰。
★同義字 correct　　★反義字 false

9分鐘完整功　　9分鐘檢定☺☹

righteous 形 正當的
rightful 形 公正的、正義的
rightly 副 正確地、正當地
rightness 名 正直、公正
alright 副 沒問題地
aright 副 正確地
unrighteous 形 不正直的
upright 形 筆直的

---

ripe [raɪp]　【0713】

1分鐘速記法　　1分鐘檢定☺☹

ripe [ripe] 形 成熟的（英中）

5分鐘學習術　　5分鐘檢定☺☹

The farmers pick the tomatoes before they get too ripe. 農人們在番茄還沒熟透的時候就摘下來。
★同義字 mature　　★反義字 immature

9分鐘完整功　　9分鐘檢定☺☹

ripely 副 成熟地
ripen 動 使成熟
ripeness 名 成熟

---

unripe 形 未成熟的
unripened 形 未成熟的

---

rise [raɪz]　【0714】

1分鐘速記法　　1分鐘檢定☺☹

rise [rise] 動 上升（英中）
　🎓 菁英幫小提醒：動詞不規則變化為 rise，rose，risen。

5分鐘學習術　　5分鐘檢定☺☹

As price keeps rising, the industry is feeling the effects of it. 這一行業已經感覺到了最近漲價的影響。
★同義字 ascend

9分鐘完整功　　9分鐘檢定☺☹

risen 形 升起的
riser 名 起義者
rising 形 上升的、增長的
high-rise 名 多層高樓
low-rise 名 矮建築物
moonrise 名 月出
sunrise 名 日出
uprising 名 升起、起床

---

rite [raɪt]　【0715】

1分鐘速記法　　1分鐘檢定☺☹

rite [rite] 名 儀式（英高）
　🎓 菁英幫小提醒：rite of passage，意為「人生大事及慶祝儀式」。

5分鐘學習術　　5分鐘檢定☺☹

A secret rite in the cults of ancient Greek or Roman deities is typically involving frenzied singing, dancing, drinking, and sexual activity. 祕密祭神儀式是古希臘或羅馬時代宗教團體中的一種神秘儀式，典型地表現為狂亂的歌唱、跳舞、飲酒和性行為。
★同義字 ceremony

9分鐘完整功　　9分鐘檢定☺☹

ritual 名 儀式的活動
ritually 副 依照儀式地
ritualist 名 精通儀式的人
ritualistic 形 儀式的、慣常的
ritualize 動 儀式化
ritualism 名 儀式研究

river [`rɪvɚ]

【0716】

1分鐘速記法　　1分鐘檢定☺☹

river [ri‧ver] 图 河流（英初）

5分鐘學習術　　5分鐘檢定☺☹

The longest river in Africa is the Nile, while the longest in North America is Mississippi River. 非洲最長的河流是尼羅河，北美洲最長的則是密士失必河。

9分鐘完整功　　9分鐘檢定☺☹

riverain 图 河流的、河邊的
riverbed 图 河床
riverboat 图 江河行駛的船隻
riverine 图 河流的、靠近河邊的
riverside 图 河岸
riverwards 副 向著河地
upriver 图 在上游的

road [rod]

【0717】

1分鐘速記法　　1分鐘檢定☺☹

road [road] 图 道路（英初）

5分鐘學習術　　5分鐘檢定☺☹

The road to success initiates from setting goals to achieving goals. 成功之路由確立目標開始，直到達成目標。
★同義字 path

9分鐘完整功　　9分鐘檢定☺☹

roadblock 图 路障
roadbook 图 旅行指南
roadcraft 图 駕駛技術
roadhouse 图 小旅館、客棧
roadside 图 路邊
byroad 图 小路、僻徑
crossroad 图 十字路口
railroad 图 鐵路

romance [ro`mæns]

【0718】

1分鐘速記法　　1分鐘檢定☺☹

romance [ro‧mance] 图 傳奇小說、愛情際遇（英中）

5分鐘學習術　　5分鐘檢定☺☹

The two famous writers had a whirlwind romance. 這兩位知名作家之間曾有過一段短暫的風流韻事。
★同義字 affair

9分鐘完整功　　9分鐘檢定☺☹

romancer 图 傳奇小說作家
romantic 图 浪漫的
romancist 图 傳奇小說作家
romantically 副 浪漫地
romanticize 图 浪漫化、傳奇化
romanticism 图 浪漫主義運動

roof [ruf]

【0719】

1分鐘速記法　　1分鐘檢定☺☹

roof [roof] 图 屋頂（英中）

5分鐘學習術　　5分鐘檢定☺☹

The corner of the classroom was damp where the roof had leaked. 教室漏雨的一角是濕的。

9分鐘完整功　　9分鐘檢定☺☹

rooftop 图 屋頂
roofer 图 蓋屋頂的人
roofing 图 建造屋頂
roofless 图 無屋頂的
rooflet 图 小屋頂

room [rum]

【0720】

R

1分鐘速記法　　1分鐘檢定☺☹

room [room] 图 房間（英初）

5分鐘學習術　　5分鐘檢定☺☹

My mother is so hospitable that she always provides rooms for backpackers for free. 我的母親非常好客，總是免費提供房間給自助旅行者住。
★同義字 chamber

9分鐘完整功　　9分鐘檢定☺☹

roommate 图 室友
roomful 图 滿屋子、滿房間
roomy 图 寬敞的、廣闊的
bathroom 图 浴室

MP3 🔊 074

bedroom 🔲 臥室
classroom 🔲 教室
guardroom 🔲 警衛室
washroom 🔲 盥洗室

root [rut]　　　　　　　　　　【0721】

🎧1分鐘速記法　　　1分鐘檢定☺☹

root [root] 🔲 根（英初）

🎧5分鐘學習術　　　5分鐘檢定☺☹

Since the betel palms have shallow roots, they are always attributed to be the cause of mudslide. 因為檳榔樹的根淺，它們總被認為是造成土石流的元兇。

🎧9分鐘完整功　　　9分鐘檢定☺☹

rootage 🔲 根源
rooted 🔲 生根的、根深蒂固的
rootedly 🔲 生根地
rootless 🔲 無根的
rootlet 🔲 小根、細根
rooty 🔲 多根的、似根的
disroot 🔲 根除
outroot 🔲 根除、根絕

round [raʊnd]　　　　　　　【0722】

🎧1分鐘速記法　　　1分鐘檢定☺☹

round [round] 🔲 圓形的（英初）

🎧5分鐘學習術　　　5分鐘檢定☺☹

The Taiwan band MayDay is on their round of performance. 臺灣樂團五月天正在巡迴表演當中。
★同義字 circular

🎧9分鐘完整功　　　9分鐘檢定☺☹

round-backed 🔲 駝背的
rounded 🔲 圓形的、完整的、全面的
roundish 🔲 略圓的
roundly 🔲 圓圓地、全面地
all-round 🔲 全面的、綜合性的
around 🔲 周圍、附近
surround 🔲 包圍、圍繞
year-round 🔲 一年到頭的

rule [rul]　　　　　　　　　　【0723】

🎧1分鐘速記法　　　1分鐘檢定☺☹

rule [rule] 🔲 規則（英初）

🎧5分鐘學習術　　　5分鐘檢定☺☹

The rules of Majiang are varied from region to region. 麻將的規則隨著地區而有所不同。
★同義字 regulation　　★反義字 exception

🎧9分鐘完整功　　　9分鐘檢定☺☹

ruler 🔲 統治者
ruling 🔲 統治的
ruleless 🔲 無約束的
rulership 🔲 統治地位、統治權
misrule 🔲 施行暴政
overrule 🔲 反駁；統治
self-rule 🔲 自治

run [rʌn]　　　　　　　　　　【0724】

🎧1分鐘速記法　　　1分鐘檢定☺☹

run [run] 🔲 跑（英初）

🎓 菁英幫小提醒：動詞不規則變化為 run, ran, run。

🎧5分鐘學習術　　　5分鐘檢定☺☹

I ran after the bus for a while, but it still did not stop. 我追了公車一陣子，但它仍然沒有停下。
★同義字 race

🎧9分鐘完整功　　　9分鐘檢定☺☹

runner 🔲 跑者
runaway 🔲 逃跑、逃亡
first-run 🔲 首次放映的
forerunner 🔲 先驅者
gunrunner 🔲 軍火走私販
outrun 🔲 比……跑得快
rerun 🔲 重新開動、影片再度上映
state-run 🔲 國營的

safe [sef]　　　　　　　　　　【0725】

🎧1分鐘速記法　　　1分鐘檢定☺☹

safe [safe] 🔲 安全的（英初）

🎧5分鐘學習術　　　5分鐘檢定☺☹

A safe statesman is better than a clever one. 一個可靠的政治家比一個聰明的政治家更好。
★同義字 secure　　★反義字 dangerous

9分鐘完整功　　9分鐘檢定☺☹

safety ☒ 安全、保險
safely ☒ 安全地
safeguard ☒ 保護
safekeeping ☒ 妥善保護
safety-check ☒ 安全檢查
safe-conduct ☒ 通行許可
unsafe ☒ 不安全的、危險的

---

sail [sel]　　【0726】

1分鐘速記法　　1分鐘檢定☺☹

sail [sail] ☒ 航行（英初）

5分鐘學習術　　5分鐘檢定☺☹

She sailed the boat without any help. 她在沒有任何幫助的情況下駕船航行。
★同義字 cruise

9分鐘完整功　　9分鐘檢定☺☹

sailer ☒ 船、帆船
sailing ☒ 航行、航海術
sailor ☒ 水手
sailorly ☒ 水手的、水手般的
outsail ☒ 航行得比……更快
resail ☒ 回航
sailplane ☒ 滑翔機

---

sale [sel]　　【0727】

1分鐘速記法　　1分鐘檢定☺☹

sale [sale] ☒ 出售、拍賣（英初）

5分鐘學習術　　5分鐘檢定☺☹

The law forbids the sales of alcohol to people under 18. 法律禁止向十八歲以下的人出售含有酒精的飲料。
★反義字 purchase

9分鐘完整功　　9分鐘檢定☺☹

saleable ☒ 可出售的
salesman ☒ 售貨員
salesmanship ☒ 售貨術、推銷術
salesperson ☒ 售貨員
salesroom ☒ 拍賣場
resale ☒ 轉賣
unsalable ☒ 賣不掉的
wholesale ☒ 批發

---

salt [sɔlt]　　【0728】

1分鐘速記法　　1分鐘檢定☺☹

salt [salt] ☒ 鹽（英初）

5分鐘學習術　　5分鐘檢定☺☹

People with renal diseases have to eat salt-free food. 患有腎臟疾病的人只能吃不含鹽的食物。

9分鐘完整功　　9分鐘檢定☺☹

salted ☒ 鹽漬的
salter ☒ 製鹽人、賣鹽人
saltern ☒ 製鹽場
saltiness ☒ 鹹性
saltish ☒ 微鹹的
saltness ☒ 含鹽度
salty ☒ 含鹽的、鹹的
desalt ☒ 去除鹽分

---

sanitation [ˌsænəˋteʃən]　　【0729】

1分鐘速記法　　1分鐘檢定☺☹

sanitation [sa‧ni‧ta‧tion] ☒ 環境衛生（英高）

5分鐘學習術　　5分鐘檢定☺☹

The leaders checked and praised the unit for its sanitation work. 領導人檢查並表揚了這個單位的環境衛生工作。

9分鐘完整功　　9分鐘檢定☺☹

sanitary ☒ 衛生的
sanitarily ☒ 衛生上地
sanitarium ☒ 療養院
sanitate ☒ 使符合衛生
sanitarian ☒ 公共衛生專家

---

satisfy [ˋsætɪsˌfaɪ]　　【0730】

1分鐘速記法　　1分鐘檢定☺☹

satisfy [sa‧tis‧fy] ☒ 使滿意（英初）

5分鐘學習術　　5分鐘檢定☺☹

The team's performance didn't satisfy the coach. 該隊的表現令教練很不滿意。
★同義字 please

S

159

MP3 ◀ 075

9分鐘完整功　9分鐘檢定☺☹

satisfaction 名 滿足、滿意
satisfactory 形 滿意的
satisfactorily 副 令人滿意地
satisfying 形 令人滿足的
dissatisfy 動 使不滿
dissatisfied 形 不滿的
dissatisfaction 名 不滿、不平
unsatisfied 形 不滿足的

save [sev] 【0731】

1分鐘速記法　1分鐘檢定☺☹

save [save] 動 節省（英初）

5分鐘學習術　5分鐘檢定☺☹

She saved her strength for the end of the race. 她保存體力好在賽跑的最後關頭進行衝刺。
★同義字 store　　★反義字 waste

9分鐘完整功　9分鐘檢定☺☹

saving 名 存款
savable 形 可節省的
saver 名 節省的人
face-saving 形 保全面子的
laborsaving 形 節省勞力的、減輕勞動的
timesaver 名 節省時間的事物
timesaving 形 省時的

say [se] 【0732】

1分鐘速記法　1分鐘檢定☺☹

say [say] 動 說（英初）

🎓 菁英幫小提醒：動詞不規則變化為 say, said, said

5分鐘學習術　5分鐘檢定☺☹

Say all you know and say it without reserve.
知無不言，言無不盡。
★同義字 state

9分鐘完整功　9分鐘檢定☺☹

sayable 形 可說的
sayer 名 說話者
saying 名 言語
say-so 名 隨口說出的話
hearsay 名 道聽塗說
unsaid 形 未說出的
unsay 動 取消、收回

scare [skɛr] 【0733】

1分鐘速記法　1分鐘檢定☺☹

scare [scare] 動 使害怕、使驚恐（英初）

5分鐘學習術　5分鐘檢定☺☹

The dog barked very loudly to scare the thief away. 狗兒大聲吠叫把小偷嚇走了。
★同義字 frighten

9分鐘完整功　9分鐘檢定☺☹

scared 形 害怕的
scary 形 可怕的
scarecrow 名 稻草人
scarehead 名 聳動的標題
scaremonger 名 散布駭人消息引發恐慌的人
scarer 名 嚇人的事物

scatter [`skætɚ] 【0734】

1分鐘速記法　1分鐘檢定☺☹

scatter [scat‧ter] 動 撒（英高）

5分鐘學習術　5分鐘檢定☺☹

The farmer scattered the corn in the yard for the hens. 農民把穀子撒在院子裡餵雞。
★同義字 spread

9分鐘完整功　9分鐘檢定☺☹

scatteration 名 分散
scattered 形 散亂的
scattering 名 分散
scattershot 形 沒有目的的
scattergood 名 揮霍的人

scene [sin] 【0735】

1分鐘速記法　1分鐘檢定☺☹

scene [scene] 名 風景（英初）

5分鐘學習術　5分鐘檢定☺☹

From the guesthouse, we can view the whole beautiful scene in Jiou-Fen. 從這間民宿，我們可以看見九份所有美麗的景色。
★同義字 view

9分鐘完整功　9分鐘檢定☺☹

scenery 名 風景、景色

scenic 形 風景的
scenically 副 以自然景色而言；風景優美地
scenograph 名 透視圖
scenography 名 透視畫法
sceneshifter 名 更換布景的人

【0736】

school [skul]

🐣1分鐘速記法　　　　1分鐘檢定☺☹

school [school] 名 學校（英初）

🐣5分鐘學習術　　　　5分鐘檢定☺☹

If you confront bullying in the school, turn to your teacher or parents. Never swallow the leek. 如果你面臨校園霸凌，向師長或家長求助。絕不要忍氣吞聲。
★同義字 institute

🐣9分鐘完整功　　　　9分鐘檢定☺☹

scholar 名 學者
scholastic 形 學校的、學術的
schoolbook 名 教科書
schooling 名 正規教育
schoolmate 名 同學
interschool 形 學校之間的
preschool 形 學齡前的
unscholarly 形 沒有學問的

【0737】

science [`saɪəns]

🐣1分鐘速記法　　　　1分鐘檢定☺☹

science [sci‧ence] 名 科學（英初）

🐣5分鐘學習術　　　　5分鐘檢定☺☹

The chief sciences are chemistry, physics and biology. 主要的自然科學是化學、物理和生物。

🐣9分鐘完整功　　　　9分鐘檢定☺☹

scientific 形 科學的
scientist 名 科學家
scientifically 副 科學地
sciential 形 科學的
scientism 名 科學方法

【0738】

score [skor]

🐣1分鐘速記法　　　　1分鐘檢定☺☹

score [score] 名 得分（英初）

🐣5分鐘學習術　　　　5分鐘檢定☺☹

He hit a strike in the bowling game, and got a high score. 他的保齡球擊出全倒，得到了高分。
★同義字 point

🐣9分鐘完整功　　　　9分鐘檢定☺☹

scoreboard 名 記分板
scorebook 名 得分簿
scorecard 名 記分卡
scorekeeper 名 記分員
scoreless 形 無得分的
scorer 名 得分者

【0739】

screen [skrin]

🐣1分鐘速記法　　　　1分鐘檢定☺☹

screen [screen] 名 螢幕（英初）

🐣5分鐘學習術　　　　5分鐘檢定☺☹

On the television screen, we see the announcer holding up a cereal box with the name WAKE-UPS in big letters. 在電視螢幕上，我們看到主持人手裡拿著一盒麥片，盒子上用大寫字母寫著「清醒」。

🐣9分鐘完整功　　　　9分鐘檢定☺☹

screenland 名 電影界
screenplay 名 電影劇本
screenwriter 名 電影編劇
telescreen 名 電視螢幕
unscreened 形 未用簾幕遮住的
wide-screen 形 寬銀幕的
windscreen 名 擋風玻璃

【0740】

script [skrɪpt]

🐣1分鐘速記法　　　　1分鐘檢定☺☹

script [script] 名 原稿（英中）

🐣5分鐘學習術　　　　5分鐘檢定☺☹

You can't have good acting without a decent script. 沒有像樣的劇本就不可能有好的演出。
★同義字 manuscript

🐣9分鐘完整功　　　　9分鐘檢定☺☹

scripted 形 寫好稿子的、比照稿子的
scriptwriter 名 編劇
scriptorium 名 繕寫室

A B C D E F G H I J K L M N O P Q R S T U V W X Y Z

MP3 ◀» 076

manuscript 名 手稿
transcript 名 謄本、副本

【0741】

sculpture [`skʌlptʃɚ]

1分鐘速記法　　　1分鐘檢定☺☹

sculpture [sculp・ture] 名 雕刻（英高）

5分鐘學習術　　　5分鐘檢定☺☹

This sculpture commemorates the victims of the concentration camps. 這一座雕塑是用來紀念那些集中營裡的受害者。
★同義字carving

9分鐘完整功　　　9分鐘檢定☺☹

sculptural 形 雕刻的、雕刻似的
sculptured 形 雕刻的
sculpturesque 形 像雕刻似的
unsculptured 形 沒有雕刻的
sculptor 名 雕刻家

【0742】

sea [si]

1分鐘速記法　　　1分鐘檢定☺☹

sea [sea] 名 海（英初）

5分鐘學習術　　　5分鐘檢定☺☹

The residents in the village always fish by the sea in the morning. 這個村落的居民早上總在海邊釣魚。
★同義字ocean

9分鐘完整功　　　9分鐘檢定☺☹

seabird 名 海鳥
seafood 名 海鮮
seaman 名 水手
seaquake 名 海嘯
seascape 名 海景
seasickness 名 暈船
seawall 名 防波堤
undersea 形 海底的
　🎓菁英幫小提醒：國際新聞中較常用 tsunami 來表示「海嘯」。

【0743】

search [sɝtʃ]

1分鐘速記法　　　1分鐘檢定☺☹

search [search] 動 搜尋（英初）

5分鐘學習術　　　5分鐘檢定☺☹

He searched through his pockets for a cigarette, but there was only an empty box. 他摸遍口袋想找支煙，卻只找到一個空煙盒。
★同義字seek
　🎓菁英幫小提醒：通訊軟體先驅ICQ，即是取 I seek you的字音。

9分鐘完整功　　　9分鐘檢定☺☹

searchable 形 可被搜查的
searcher 名 搜索者
searching 形 搜索的
searchingly 副 搜索地、探究地
unsearchable 形 無法尋找的

【0744】

second [`sɛkənd]

1分鐘速記法　　　1分鐘檢定☺☹

second [se・cond] 形 第二的（英初）

5分鐘學習術　　　5分鐘檢定☺☹

Andy got second prize in the cooking competition. 安迪在這次烹飪比賽中獲得第二名。

9分鐘完整功　　　9分鐘檢定☺☹

secondary 形 次要的
secondhand 形 二手的
secondly 副 其次
second-best 形 第二好的
second-class 形 二等的
second-in-command 名 副指揮員

【0745】

section [`sɛkʃən]

1分鐘速記法　　　1分鐘檢定☺☹

section [sec・tion] 名 部分（英初）

5分鐘學習術　　　5分鐘檢定☺☹

The plane's tail section was found in a cornfield. 飛機的尾部是在一片玉米田裡找到的。
★同義字part

9分鐘完整功　　　9分鐘檢定☺☹

sectional 形 部分的
sectionally 副 部分性地
sectionalize 動 劃分成區塊
sectionalism 名 地方主義
dissection 名 切開、解剖

sector 名 部門
> 🎓 菁英幫小提醒：「公司部門」也可說 department。

seduce [sɪ`djus] 【0746】

1分鐘速記法　　　1分鐘檢定☺☹

seduce [se‧duce] 動 引誘（英中）

5分鐘學習術　　　5分鐘檢定☺☹

The promise of huge profits seduced him into parting with his money. 高額利潤的承諾誘使他掏錢。
★同義字 tempt

9分鐘完整功　　　9分鐘檢定☺☹

seducer 名 誘惑者
seducible 形 易受誘惑的
seduction 名 誘惑
seductive 形 誘惑的
seductively 副 誘惑地
seductiveness 名 富有魅力

see [si] 【0747】

1分鐘速記法　　　1分鐘檢定☺☹

see [see] 動 看（英初）
> 🎓 菁英幫小提醒：動詞不規則變化為 see, saw, seen。

5分鐘學習術　　　5分鐘檢定☺☹

You can see the Houses of Parliament from here. 從這兒，你可以看到國會大廈。
★同義字 look

9分鐘完整功　　　9分鐘檢定☺☹

seeable 形 可見的
seeing 名 觀看
see-through 形 透明的
farseeing 形 深謀遠慮的
foresee 動 預見
oversee 動 俯瞰
sight-seeing 形 觀光的
unseen 形 未被看見的
> 🎓 菁英幫小提醒：同義字 transparent。

seed [sid] 【0748】

1分鐘速記法　　　1分鐘檢定☺☹

seed [seed] 名 種子（英初）

5分鐘學習術　　　5分鐘檢定☺☹

She planted the seeds of virtue in her children when they were young. 孩子們小的時候，她就在他們心田裡播下了道德的種子。

9分鐘完整功　　　9分鐘檢定☺☹

seeded 形 結籽的、播種的
seeder 名 播種機
seedless 形 無籽的
seedling 名 幼苗、樹苗
seedtime 名 播種期
seedy 形 多籽的
seedbed 名 苗床；溫床

seek [sik] 【0749】

1分鐘速記法　　　1分鐘檢定☺☹

seek [seek] 動 尋求（英初）
> 🎓 菁英幫小提醒：動詞不規則變化為 seek, sought, sought。

5分鐘學習術　　　5分鐘檢定☺☹

He offers one million dollars to seek the witness of the car accident. 他懸賞百萬尋求車禍目擊者。
★同義字 hunt

9分鐘完整功　　　9分鐘檢定☺☹

seeker 名 探索者
hide-and-seek 名 捉迷藏
pleasure-seeker 名 追求享樂者
pleasure-seeking 名 享樂主義
self-seeker 名 追求私利的人
self-seeking 形 追求私利的

select [sə`lɛkt] 【0750】

1分鐘速記法　　　1分鐘檢定☺☹

select [se‧lect] 動 挑選（英初）

5分鐘學習術　　　5分鐘檢定☺☹

She selected a diamond from the collection. 她從收藏品中挑選了一枚鑽石。
★同義字 choose

MP3 ◀)) 077

9分鐘完整功　9分鐘檢定 ☺☹

selected 形 被挑選出來的、精選的
selection 名 選擇、挑選
selective 形 選擇的
selectivity 名 選擇、挑選
selector 名 挑選者

【0751】

sell [sɛl]

1分鐘速記法　1分鐘檢定 ☺☹

sell [sell] 動 賣（英初）
　　菁英幫小提醒：動詞不規則變化為 sell, sold,
　　sold。

5分鐘學習術　5分鐘檢定 ☺☹

It's not the low prices but their quality which
sells our goods. 我們的貨物能賣出，不是由於價
廉，而是由於質好。
★同義字 market　　★反義字 purchase

9分鐘完整功　9分鐘檢定 ☺☹

seller 名 商人
selling 形 出售的
sellout 名 售完
outsell 動 暢銷
oversell 動 售出過多
resell 動 轉賣
best-selling 形 暢銷的
hardsell 形 強行推銷的

【0752】

send [sɛnd]

1分鐘速記法　1分鐘檢定 ☺☹

send [send] 動 寄送（英初）
　　菁英幫小提醒：動詞不規則變化為 send, sent,
　　sent。

5分鐘學習術　5分鐘檢定 ☺☹

Please fill out the application form and send
it to the personnel department. 請填好申請表
並送往人事部。
★同義字 mail　　★反義字 receive

9分鐘完整功　9分鐘檢定 ☺☹

sender 名 發送者、發送器
send-off 名 送行
sendup 名 戲謔性的模仿
godsend 名 天賜之物

heaven-sent 形 天賜的
missend 動 寄錯

【0753】

sense [sɛns]

1分鐘速記法　1分鐘檢定 ☺☹

sense [sense] 名 感覺（英初）

5分鐘學習術　5分鐘檢定 ☺☹

Lacking sense of direction, I need a map at
hand all the time. 因為缺乏方向感，我需要隨身
帶著一張地圖。

9分鐘完整功　9分鐘檢定 ☺☹

sensible 形 明理的
sensitive 形 敏感的
sensitivity 名 敏感性
sensation 名 感覺、知覺
sensational 形 轟動的
sensationalize 動 引起轟動
insensitive 形 遲鈍的
unsensible 形 無感的

【0754】

sentiment [ˈsɛntəmənt]

1分鐘速記法　1分鐘檢定 ☺☹

sentiment [sen・ti・ment] 名 感情（英中）

5分鐘學習術　5分鐘檢定 ☺☹

I don't like this novel. There's too much sen-
timent in it. 這本小說太傷感，我不喜歡。
★同義字 emotion

9分鐘完整功　9分鐘檢定 ☺☹

sentimental 形 感情的
sentimentally 副 多情地
sentimentality 名 多愁善感
sentimentalist 名 多愁善感的人
sentimentalism 名 感情主義
sentimentalize 動 感傷

【0755】

separate [ˈsɛprɪt]

1分鐘速記法　1分鐘檢定 ☺☹

separate [se・pa・rate] 形 分開的（英中）

5分鐘學習術　5分鐘檢定 ☺☹

Raw meat must be kept separate from

cooked meat. 生肉和熟肉必須分開存放。
★同義字 divided

9分鐘完整功　9分鐘檢定☺☹

separately 副 分開地
separation 名 分開
separable 形 可分離的
separably 副 可分開地
separability 名 可分離性
separatist 名 分離主義者

【0756】

serve [sɜv]

1分鐘速記法　1分鐘檢定☺☹

serve [serve] 動 服務（英初）

5分鐘學習術　5分鐘檢定☺☹

A single pipeline serves all the houses with water. 一條導管供水給所有的房子。
★同義字 supply

9分鐘完整功　9分鐘檢定☺☹

service 名 服務
server 名 侍者
servant 名 僕人
serviceable 形 有用的
serviceably 副 有用地
unserviceable 形 無用的

🎓 菁英幫小提醒：waiter 表示「男服務生」，waitress 則為「女服務生」。

【0757】

setup [ˋsɛt͵ʌp]

1分鐘速記法　1分鐘檢定☺☹

setup [set‧up] 名 結構、設備（英中）

5分鐘學習術　5分鐘檢定☺☹

I've only been here a couple of weeks and I don't really know the setup. 我剛來幾個星期，對這裡的組織情況不大瞭解。

9分鐘完整功　9分鐘檢定☺☹

setback 名 妨礙、挫折
setting 名 安置
setdown 名 譴責
setoff 動 動身
setout 名 開始、動身
setter 名 安裝者

【0758】

sex [sɛks]

1分鐘速記法　1分鐘檢定☺☹

sex [sex] 名 性；性別（英初）

5分鐘學習術　5分鐘檢定☺☹

The numbers of both sexes in the committee are equal. 委員會裡男女委員數量相當。
★同義字 gender

🎓 菁英幫小提醒：sex 一般指生理上的性別，gender 則指社會上的性別角色而言。

9分鐘完整功　9分鐘檢定☺☹

sexual 形 性的
sexually 副 性別上地
sexuality 名 性行為
sexiness 名 性感
sexless 形 無性的
sexology 名 性學
sexualize 動 性別化
sexy 形 性感的

【0759】

shade [ʃed]

1分鐘速記法　1分鐘檢定☺☹

shade [shade] 名 陰影（英中）

5分鐘學習術　5分鐘檢定☺☹

We sat down in the shade of the wall to avoid sunlight. 我們在牆的背陰處坐下避暑。
★同義字 shadow

9分鐘完整功　9分鐘檢定☺☹

shadelss 形 無蔽蔭的
shading 名 遮蔽
shady 形 成蔭的
sunshade 名 遮陽傘、遮陽帽
unshaded 形 無遮蔽的

【0760】

shake [ʃek]

1分鐘速記法　1分鐘檢定☺☹

shake [shake] 動 搖動（英中）

🎓 菁英幫小提醒：動詞不規則變化為 shake，shook，shaken。

5分鐘學習術　5分鐘檢定☺☹

The whole house shakes when a train goes

A B C D E F G H I J K L M N O P Q R S T U V W X Y Z

MP3 ◀ 078

past. 火車駛過時，整座房子都搖動起來。
★同義字 shudder

9分鐘完整功　9分鐘檢定 ☺☹

shakable 形 可動搖的
shaky 形 搖晃的
earthshaking 形 翻天覆地的
handshake 名 握手
unshakable 形 不可動搖的
worldshaking 形 驚天動地的

【0761】
shame [ʃem]

1分鐘速記法　1分鐘檢定 ☺☹

shame [shame] 名 羞恥（英中）

5分鐘學習術　5分鐘檢定 ☺☹

When the satyr was caught red-handed on the spot, his face burned with shame. 當這位色狼被當場逮住，他的臉因羞愧而發燙。
★同義字 embarrassment　★反義字 honor

9分鐘完整功　9分鐘檢定 ☺☹

shameful 形 可恥的
shamefully 副 可恥地
shameless 形 無恥的
shamelessly 副 無恥地
shamefaced 形 害羞的、靦腆的

【0762】
shape [ʃep]

1分鐘速記法　1分鐘檢定 ☺☹

shape [shape] 名 形狀（英初）

5分鐘學習術　5分鐘檢定 ☺☹

A huge shape loomed up through the fog. 一個巨大的影像在霧中隱約出現。
★同義字 figure

9分鐘完整功　9分鐘檢定 ☺☹

shapeable 形 可成形的
shapeless 形 無固定形狀的
shapely 形 形狀美觀的
shaper 名 造型者
misshape 動 使成奇怪形狀
reshape 動 重新塑形
unshapely 形 畸形的
fan-shaped 形 扇形的

【0763】
shatter [ˈʃætɚ]

1分鐘速記法　1分鐘檢定 ☺☹

shatter [shat・ter] 動 粉碎（英高）

5分鐘學習術　5分鐘檢定 ☺☹

After the violent earthquake, the glass was shattered to pieces. 劇烈的地震過後，玻璃被砸得粉碎。
★同義字 smash

9分鐘完整功　9分鐘檢定 ☺☹

shattery 形 易碎的
shattered 形 疲勞的
shattering 形 令人震驚的；毀滅性的
shatteringly 副 毀滅性地
shatterproof 形 防碎的

【0764】
sharp [ʃɑrp]

1分鐘速記法　1分鐘檢定 ☺☹

sharp [sharp] 形 尖銳的（英中）

5分鐘學習術　5分鐘檢定 ☺☹

Be careful to peel the apple with this sharp knife, or you will get injured. 用這把尖刀削蘋果要小心，不然你會受傷。
★反義字 flat

🎓 菁英幫小提醒：這個字當名詞時，在英式用法裡，有「公寓」之意。

9分鐘完整功　9分鐘檢定 ☺☹

sharply 副 尖銳地、激烈地
sharpen 動 磨尖
sharpener 名 磨刀匠、磨具
sharpness 名 尖銳
sharp-sighted 形 眼尖的
sharp-witted 形 機敏的

【0765】
shine [ʃaɪn]

1分鐘速記法　1分鐘檢定 ☺☹

shine [shine] 動 發光（英初）

5分鐘學習術　5分鐘檢定 ☺☹

Her face shone with excitement when she received a love letter from the boy. 當她受到男孩的情書時，臉上煥發著興奮的光芒。

★同義字 glow

9分鐘完整功 9分鐘檢定 ☺☹

shiner 名 發光體、出眾的人
shininess 名 發亮、閃耀
shiny 形 發亮的
moonshine 名 月光
outshine 動 比……更亮
shoeshine 名 鞋油
sunshine 名 日光

ship [ʃɪp] 【0766】

1分鐘速記法 1分鐘檢定 ☺☹

ship [ship] 名 船（英初）

5分鐘學習術 5分鐘檢定 ☺☹

We went from DanShui to Bali by ship, and it didn't cost much. 我們搭船從淡水到八里，而且票價並不貴。
★同義字 boat

9分鐘完整功 9分鐘檢定 ☺☹

shipment 名 船貨
shipbuilder 名 造船工人
shipman 名 水手
shippable 形 可裝運的
shipping 名 航運
reship 動 重新裝運
transship 動 換船
unship 動 從船上卸貨、使旅客下船

shock [ʃɑk] 【0767】

1分鐘速記法 1分鐘檢定 ☺☹

shock [shock] 動 震驚（英初）

5分鐘學習術 5分鐘檢定 ☺☹

When the anchor died of heart attack, all the audiences were shocked. 當這名主播死於心臟麻痺，所有的觀眾都非常震驚。
★同義字 appall

9分鐘完整功 9分鐘檢定 ☺☹

shocked 形 震驚的
shocker 名 令人驚嚇的事物
shockable 形 令人震驚的
shocking 形 令人震驚的
shockingly 副 令人驚愕地

shoe [ʃu] 【0768】

1分鐘速記法 1分鐘檢定 ☺☹

shoe [shoe] 名 鞋子（英初）

5分鐘學習術 5分鐘檢定 ☺☹

Which kind of shoes do you like? The high heels, the boots, or the sports sneakers? 你喜歡哪種鞋子呢？高跟鞋、靴子或是運動鞋？

9分鐘完整功 9分鐘檢定 ☺☹

shoemaker 名 鞋匠
shoeblack 名 擦皮鞋的人
shoelace 名 鞋帶
shoeless 形 不穿鞋的、無鞋的
shoeshine 名 鞋油；擦皮鞋
overshoe 名 套鞋

shop [ʃɑp] 【0769】

1分鐘速記法 1分鐘檢定 ☺☹

shop [shop] 名 商店（英初）

5分鐘學習術 5分鐘檢定 ☺☹

A pickpocket lurked in a packed coffee shop, waiting for his target. 一名扒手潛進擁擠的咖啡店，等待下手目標出現。
★同義字 store

9分鐘完整功 9分鐘檢定 ☺☹

shophours 名 營業時間
shopkeeper 名 店主人
shopper 名 顧客
shopping 名 買東西
shopworn 形 陳列許久的
bookshop 名 書店
workshop 名 工作坊
window-shop 動 逛街

shore [ʃor] 【0770】

1分鐘速記法 1分鐘檢定 ☺☹

shore [shore] 名 海岸（英中）

5分鐘學習術 5分鐘檢定 ☺☹

The ship was anchored off shore, and the captain just disembarked from it. 船停泊在離岸不遠的地方，船長才剛剛下船上岸。

A B C D E F G H I J K L M N O P Q R S T U V W X Y Z

MP3 ◀ 079

★同義字 coast

9分鐘完整功　　　　9分鐘檢定 ☺☹

shoreless 形 無邊際的
shoreline 名 海岸線
shorewards 副 向著海岸
alongshore 副 沿岸
offshore 形 離岸的
onshore 形 在岸上的
seashore 名 海岸
inshore 形 近岸的

【0771】

short [ʃɔrt]

1分鐘速記法　　　　1分鐘檢定 ☺☹

short [short] 形 短的（英初）

5分鐘學習術　　　　5分鐘檢定 ☺☹

The show girl wore a very short miniskirt and attracted much attention. 展場女孩穿著非常短的迷你裙，吸引了許多目光。
★反義字 long

9分鐘完整功　　　　9分鐘檢定 ☺☹

shorten 動 縮短
shortage 名 短區
shortly 副 不久
shorts 名 短褲
shortening 名 縮短
shortcoming 名 缺點
shortcut 名 捷徑
shorthand 名 速記
　　菁英幫小提醒：make/take a bee line，意為「抄近路」。

【0772】

show [ʃo]

1分鐘速記法　　　　1分鐘檢定 ☺☹

show [show] 名 表演（英初）

5分鐘學習術　　　　5分鐘檢定 ☺☹

The guitarist made her virgin show in the live house. 這名吉他手在現場表演空間做了首次表演。
　　菁英幫小提醒：debut，名詞，意指「初次登臺」。
★同義字 exhibition

9分鐘完整功　　　　9分鐘檢定 ☺☹

showman 名 演出者
show-me 形 需要證明的、懷疑的
showplace 名 展場
showroom 名 展覽室
showstopper 名 因特別精彩而被掌聲打斷的表演
showy 形 炫耀的
foreshow 動 預告

【0773】

sick [sɪk]

1分鐘速記法　　　　1分鐘檢定 ☺☹

sick [sick] 形 生病的（英初）

5分鐘學習術　　　　5分鐘檢定 ☺☹

When she got up, she felt a little sick and took some medicine. 她起來時感到有點不舒服，於是吃了些藥。
★同義字 ill

9分鐘完整功　　　　9分鐘檢定 ☺☹

sickness 名 生病
sickbed 名 病床
sicken 動 使生病
airsick 形 暈機的
brainsick 形 瘋狂的
carsick 形 暈車的
homesick 形 思鄉的
love-sick 形 犯相思病的

【0774】

side [saɪd]

1分鐘速記法　　　　1分鐘檢定 ☺☹

side [side] 名 邊（英初）

5分鐘學習術　　　　5分鐘檢定 ☺☹

Try to consider things from the other side, and then you can be in others' shoes. 試著從另一個角度來考慮事情，你就能設身處地為他人著想。
★同義字 edge

9分鐘完整功　　　　9分鐘檢定 ☺☹

sidewalk 名 人行道
sideway 名 小路
aside 副 在旁邊
beside 介 在旁邊
inside 名 內部

outside 名 外部
one-sided 形 單方面的
upside 名 上部

sight [saɪt] 【0775】

1分鐘速記法 1分鐘檢定 ☺☹

sight [sight] 名 視力（英初）

5分鐘學習術 5分鐘檢定 ☺☹

In the sight examination, the optometrist asked me where the breach of the "C" faces. 檢查視力時，驗光師問我C的缺口朝向哪裡。
★同義字 vision

9分鐘完整功 9分鐘檢定 ☺☹

sightseeing 名 觀光
sightless 形 目盲的
eyesight 名 視力
farsighted 形 遠視的；有遠見的
foresight 名 先見
insight 名 洞悉
nearsighted 形 近視的
shortsighted 形 短視近利的

sign [saɪn] 【0776】

1分鐘速記法 1分鐘檢定 ☺☹

sign [sign] 名 符號（英初）

5分鐘學習術 5分鐘檢定 ☺☹

Silence is not always a sign of wisdom, but babbling is ever a folly. 沉默並不一定是智慧的表現，但嘮叨永遠是一種愚蠢的行為。
★同義字 symbol

9分鐘完整功 9分鐘檢定 ☺☹

signal 名 信號
signaler 名 信號裝置、通信兵
signet 名 圖章
signifier 名 表示者
signify 動 表示
signpost 名 路標
signwriter 名 寫招牌的人

significance [sɪgˋnɪfəkəns] 【0777】

1分鐘速記法 1分鐘檢定 ☺☹

significance [sig‧ni‧fi‧cance] 名 意義（英中）

5分鐘學習術 5分鐘檢定 ☺☹

The proposals they put forward at the meeting were of little significance. 他們在會議上提出的建議無足輕重。
★同義字 importance

9分鐘完整功 9分鐘檢定 ☺☹

significant 形 重要的
significantly 副 意義深長的
significative 形 有意義的
significatory 形 有意義的
insignificant 形 無足輕重的
insignificance 名 不重要

silk [sɪlk] 【0778】

1分鐘速記法 1分鐘檢定 ☺☹

silk [silk] 名 絲（英中）

5分鐘學習術 5分鐘檢定 ☺☹

The actress, who starred the commercial of shower cream, has the skin as smooth as silk. 主演沐浴乳廣告的女演員，皮膚像絲綢一樣光滑。

9分鐘完整功 9分鐘檢定 ☺☹

silken 形 絲綢的
silkily 副 絲綢般地
silkiness 名 綢緞般柔軟
silklike 形 如絲的
silkman 名 絲綢商
silkworm 名 蠶

silver [ˋsɪlvə] 【0779】

1分鐘速記法 1分鐘檢定 ☺☹

silver [sil‧ver] 形 銀製的（英初）

5分鐘學習術 5分鐘檢定 ☺☹

Using toothpaste to rub your silver ornaments can make them brighter. 用牙膏塗抹銀製飾品可以使它們變得更亮。

9分鐘完整功 9分鐘檢定 ☺☹

silver-haired 形 髮色如銀的
silvering 名 鍍銀
silverly 副 像銀般地
silvery 形 含銀的、銀製的；銀鈴般的

MP3 080

silverware 名 銀製品
silversmith 名 銀匠
quicksilver 名 水銀

【0780】

similar [`sɪmələ]

1分鐘速記法　1分鐘檢定 ☺☹

similar [si．mi．lar] 形 相似的（英中）

5分鐘學習術　5分鐘檢定 ☺☹

My teaching style is similar to that of most other teachers. 我的教學風格和多數教師相似。
★同義字 alike

9分鐘完整功　9分鐘檢定 ☺☹

similarly 副 同樣地
similarity 名 相似性
dissimilar 形 不同的
dissimilarly 副 不同地
dissimilarity 名 相異

【0781】

simple [`sɪmpl]

1分鐘速記法　1分鐘檢定 ☺☹

simple [sim．ple] 形 簡單的（英初）

5分鐘學習術　5分鐘檢定 ☺☹

Writing a check is quite a simple procedure for him. 對他來說開張支票是個十分簡單的手續。
★同義字 easy　★反義字 difficult

9分鐘完整功　9分鐘檢定 ☺☹

simplicity 名 簡單、簡明
simplify 動 簡化
simplehearted 形 率直的
simpleminded 形 純樸的、天真的
simplification 名 簡化
simply 副 只不過
oversimplify 動 過分簡化

【0782】

sincere [sɪn`sɪr]

1分鐘速記法　1分鐘檢定 ☺☹

sincere [sin．cere] 形 真誠的（英中）

5分鐘學習術　5分鐘檢定 ☺☹

Her sincere apology really softened her irate father. 她真誠的道歉著實軟化了盛怒中的父親。

★同義字 honest　★反義字 dishonest

9分鐘完整功　9分鐘檢定 ☺☹

sincerely 副 真誠地
sincereness 名 真心、誠心
sincerity 名 真誠
insincere 形 不誠實的
insincerely 副 不誠實地
insincerity 名 不誠實

【0783】

sink [sɪŋk]

1分鐘速記法　1分鐘檢定 ☺☹

sink [sink] 動 下沉（英中）

菁英幫小提醒：動詞不規則變化為 sink，sank，sunk。

5分鐘學習術　5分鐘檢定 ☺☹

Since the specific gravity of iron is more than water, it will sink. 因為鐵的比重比水大，所以它會下沉。
★反義字 float

9分鐘完整功　9分鐘檢定 ☺☹

sinkhole 名 排水口
sinkage 名 下沉
sinker 名 下沉的人或物
sinking 名 下沉、低降
unsinkable 形 不會下沉的

【0784】

skill [`skɪl]

1分鐘速記法　1分鐘檢定 ☺☹

skill [skill] 名 技巧（英初）

5分鐘學習術　5分鐘檢定 ☺☹

Although her painting skill is not well-versed, her works still reveal her potential. 雖然她的繪畫技巧並不純熟，但她的作品仍然顯露出她的潛力。
★同義字 ability

9分鐘完整功　9分鐘檢定 ☺☹

skillful 形 熟練的
skilled 形 有技巧的
skillfully 副 熟練地
unskillful 形 笨拙的
unskilled 形 不熟練的
semiskilled 形 半熟練的

skin [skɪn]

【0785】

🕐1分鐘速記法　　　1分鐘檢定☺☹

skin [skɪn] 名 皮膚（英初）

🕐5分鐘學習術　　　5分鐘檢定☺☹

He boasts that he masters Nietzsche philosophy, but his knowledge is only skin-deep.
他誇耀他精通尼采哲學，但他懂的其實只是皮毛。
★同義字 derma

🕐9分鐘完整功　　　9分鐘檢定☺☹

skinny 形 皮包骨的、消瘦的
skin-deep 形 膚淺的
skinny-dip 名 裸泳
skinhead 名 禿頭
skinless 形 無皮的
skintight 名 緊身衣
dark-skinned 形 黑皮膚的
gooseskin 名 雞皮疙瘩

🎓菁英幫小提醒：slender 用來形容健美苗條，而 skinny 則形容不健康地消瘦。

sky [skaɪ]

【0786】

🕐1分鐘速記法　　　1分鐘檢定☺☹

sky [sky] 名 天空（英初）

🕐5分鐘學習術　　　5分鐘檢定☺☹

The fireworks of Taipei 101 lighten the night sky. 台北一〇一的煙火照亮了整個夜空。

🕐9分鐘完整功　　　9分鐘檢定☺☹

sky-high 形 極高的
skylight 名 天窗
skybridge 名 天橋
skyrocket 名 高空火箭
skyline 名 地平線
skyscape 名 天空景色
skyscraper 名 摩天大樓
ensky 動 使聳入天際

slave [slev]

【0787】

🕐1分鐘速記法　　　1分鐘檢定☺☹

slave [slave] 名 奴隸（英中）

🕐5分鐘學習術　　　5分鐘檢定☺☹

Harriet Beecher Stowe published the book "Uncle Tom's Cabin" to portray the miserable life of American black slaves. 比徹・斯托夫人出版《湯姆叔叔的小屋》描繪美國黑奴的悲慘生活。
★同義字 serf　　★反義字 master

🕐9分鐘完整功　　　9分鐘檢定☺☹

slavery 名 奴隸制度
slaveholder 名 奴隸主
slaver 名 奴隸販子
slavish 形 奴隸的、卑微的
enslave 動 使……成為奴隸
proslavery 形 支持奴隸制度的
antislavery 形 反奴隸制度的

sleep [slip]

【0788】

🕐1分鐘速記法　　　1分鐘檢定☺☹

sleep [sleep] 動 睡覺（英初）

🎓菁英幫小提醒：動詞不規則變化為 sleep, slept, slept。

🕐5分鐘學習術　　　5分鐘檢定☺☹

The man sleeping in the train station was waked up by the patrols. 在車站睡覺的男人被巡邏隊叫醒。
★同義字 nap

🎓菁英幫小提醒：nap 是指短時間的小睡，sleep 是指長時間的熟睡。

🕐9分鐘完整功　　　9分鐘檢定☺☹

sleeper 名 睡眠者
sleepless 形 失眠的
sleepwalking 名 夢遊
sleepwear 名 睡衣睡褲
sleepy 形 愛睏的
asleep 形 熟睡中
oversleep 動 睡過頭
dogsleep 名 經常驚醒的睡眠

slip [slɪp]

【0789】

🕐1分鐘速記法　　　1分鐘檢定☺☹

slip [slip] 動 滑倒（英中）

A B C D E F G H I J K L M N O P Q R S T U V W X Y Z

MP3 ◄)) 081

5分鐘學習術　　　　5 分鐘檢定 ☺☹

Keep an eye on the elders in your home. Don't let them slip in the bathroom. 注意你家裡的長者，別讓他們在浴室裡滑倒了。

9分鐘完整功　　　　9 分鐘檢定 ☺☹

slipper 名 拖鞋
slippery 形 滑的
slippage 名 滑動
slippy 形 滑的
slipcover 名 封套
slipknot 名 活結
slipway 名 下水滑道

【0790】
slow [slo]

1分鐘速記法　　　　1 分鐘檢定 ☺☹

slow [slow] 形 慢的（英初）

5分鐘學習術　　　　5 分鐘檢定 ☺☹

Einstein was said to be a rather slow learner in his boyhood. 據說愛因斯坦小時候學習遲緩。
★同義字 tardy　　★反義字 fast

9分鐘完整功　　　　9 分鐘檢定 ☺☹

slowly 副 緩慢地
slowness 名 緩慢
slowdown 名 減速；怠工
slowcoach 名 行動緩慢的人
slow-witted 形 遲鈍的

【0791】
smoke [smok]

1分鐘速記法　　　　1 分鐘檢定 ☺☹

smoke [smoke] 動 抽煙（英初）

5分鐘學習術　　　　5 分鐘檢定 ☺☹

The new Tobacco Control Act prohibits smoking in a workplace shared by three people and above. 新制煙害防治法禁止在三人以上的工作空間抽煙。

9分鐘完整功　　　　9 分鐘檢定 ☺☹

smokeable 形 可抽的
smoke-bomb 名 煙霧彈
smokeless 形 無煙的
smokeproof 形 防煙的
smoky 形 多煙的、如煙的

nonsmoker 名 不抽煙的人

🎓 菁英幫小提醒：相關用語：cigarette「香煙」，butt「煙蒂」，lighter「打火機」。

【0792】
smooth [smuð]

1分鐘速記法　　　　1 分鐘檢定 ☺☹

smooth [smooth] 形 平滑的（英中）

5分鐘學習術　　　　5 分鐘檢定 ☺☹

Over the years, the tone steps have become smooth. 日久天長，石階已經磨得光溜溜的。
★同義字 glossy　　★反義字 rough

9分鐘完整功　　　　9 分鐘檢定 ☺☹

smoothly 副 平滑地
smoothen 動 使平滑
smoothness 名 平滑
smoothy 名 口齒伶俐的人
smooth-faced 形 沒有鬍鬚的；平易近人的
smooth-spoken 形 口齒伶俐的

【0793】
snap [snæp]

1分鐘速記法　　　　1 分鐘檢定 ☺☹

snap [snap] 動 快照拍攝（英中）

5分鐘學習術　　　　5 分鐘檢定 ☺☹

The teacher snapped children playing in the garden. 老師為在花園裡玩的孩子們拍照。

9分鐘完整功　　　　9 分鐘檢定 ☺☹

snappish 形 易怒的、暴躁的
snappy 形 有活力的、精神好的
snappily 副 有活力地、明快地
snapshot 名 快照
snapback 名 突然恢復

【0794】
social [ˈsoʃəl]

1分鐘速記法　　　　1 分鐘檢定 ☺☹

social [so‧cial] 形 社會的（英初）

5分鐘學習術　　　　5 分鐘檢定 ☺☹

Social studies are the study of how men live in societies. 社會科學課程是在探討人們怎樣在社會中生活。
★同義字 societal

9分鐘完整功 9分鐘檢定 ☺☹

- society 名 社會
- sociality 名 社交性
- socialize 動 社會化
- socialist 名 社會主義者
- socialism 名 社會主義
- dissocial 形 對社會不友善的
- unsocial 形 不愛交際的
- socialite 名 社交名人

🎓 菁英幫小提醒：這個字也能當「社團」的意思，等同於 club。

【0795】

soft [sɔft]

1分鐘速記法 1分鐘檢定 ☺☹

soft [soft] 形 柔軟的（英初）

5分鐘學習術 5分鐘檢定 ☺☹

The soft voice of Joanna appealed a great number of fans. 喬安娜輕柔的嗓音吸引了一大票歌迷。
★同義字 pliable　　★反義字 hard

9分鐘完整功 9分鐘檢定 ☺☹

- soften 動 軟化
- softly 副 柔和地
- softback 名 平裝書
- softener 名 柔軟精
- softhead 名 傻瓜
- software 名 軟體
- softish 形 柔軟的、柔和的

🎓 菁英幫小提醒：精裝書為 hardback。

【0796】

solemn [ˈsɑləm]

1分鐘速記法 1分鐘檢定 ☺☹

solemn [so・lemn] 形 嚴肅的（英中）

5分鐘學習術 5分鐘檢定 ☺☹

When Eric mentioned the contest, our faces grew solemn. 當艾瑞克一提到比賽，我們的臉色就嚴肅起來。
★同義字 serious

9分鐘完整功 9分鐘檢定 ☺☹

- solemnly 副 嚴肅地
- solemnity 名 莊嚴、正經
- solemnization 名 隆重慶祝

- solemnize 動 隆重慶祝
- solemnness 名 莊嚴、正經

【0797】

solid [ˈsɑlɪd]

1分鐘速記法 1分鐘檢定 ☺☹

solid [so・lid] 形 堅固的（英中）

5分鐘學習術 5分鐘檢定 ☺☹

It was so cold that the stream had frozen solid. 天氣很冷，小河凍得結結實實的。
★同義字 rigid　　★反義字 fragile

9分鐘完整功 9分鐘檢定 ☺☹

- solidly 副 堅固地
- solidarity 名 團結
- solidification 名 團結；凝固
- solidify 動 使團結；使凝固
- solidness 名 堅硬

【0798】

solitary [ˈsɑləˌtɛrɪ]

1分鐘速記法 1分鐘檢定 ☺☹

solitary [so・li・ta・ry] 形 孤獨的（英中）

5分鐘學習術 5分鐘檢定 ☺☹

He kept to himself and led a completely solitary life. 他不與人來往，過著全然的獨居生活。
★同義字 lonely

9分鐘完整功 9分鐘檢定 ☺☹

- solitude 名 孤獨
- solitarily 副 寂寞地
- solitariness 名 單獨
- solitaire 名 隱居者
- solitudinarian 名 隱士

【0799】

solve [sɑlv]

1分鐘速記法 1分鐘檢定 ☺☹

solve [solve] 動 解決（英初）

5分鐘學習術 5分鐘檢定 ☺☹

Andrew J. Wiles solved the puzzle by proving Fermat's Last Theorem. 安德魯・懷爾斯證明了費馬最後定理，解決了一大難題。

A B C D E F G H I J K L M N O P Q R S T U V W X Y Z

173

MP3 082

9分鐘完整功　9分鐘檢定☺☹

solution 名 解決
solvable 形 可解決的
solvability 名 可以解決
solver 名 解決者
dissolve 動 分解、溶解
resolve 動 解決、解答

【0800】

some [sʌm]

1分鐘速記法　1分鐘檢定☺☹

some [some] 形 一些（英初）

5分鐘學習術　5分鐘檢定☺☹

As a sweet tooth, he added some sugar to his cappuccino. 嗜好甜食的他，他加了一些糖到他的卡布奇諾裡。
★同義字several

9分鐘完整功　9分鐘檢定☺☹

somebody 名 有名氣的人
someday 副 某天
somehow 副 以某種方法、不知怎麼地
someone 代 某人
something 代 某物
sometime 副 在將來某個時候
sometimes 副 有時候
somewhat 副 有一點

🎓 菁英幫小提醒：無名小卒是nobody。

【0801】

sound [saʊnd]

1分鐘速記法　1分鐘檢定☺☹

sound [sound] 名 聲音（英初）

5分鐘學習術　5分鐘檢定☺☹

His father gave him a sound beating for making troubles. 他父親因他搗蛋而狠狠打了他一頓。
★同義字voice
🎓 菁英幫小提醒：voice通常指人類發出的聲音。

9分鐘完整功　9分鐘檢定☺☹

sounder 名 發出聲音的人
sounding 形 發出聲音的
soundless 形 無聲的
soundproof 形 隔音的
high-sounding 形 高調的、誇張的

resound 動 發出回音
unsounded 形 未說出的

【0802】

south [saʊθ]

1分鐘速記法　1分鐘檢定☺☹

south [south] 名 南方（英初）

5分鐘學習術　5分鐘檢定☺☹

South African Parliament approves gay and lesbian marriage. 南非議會承認同志婚姻。
★反義字north

9分鐘完整功　9分鐘檢定☺☹

southern 形 南方的
southerner 名 南方人
southernmost 形 最南的
southwards 副 朝南地
southeast 名 東南
southwest 名 西南

【0803】

space [spes]

1分鐘速記法　1分鐘檢定☺☹

space [space] 名 空間（英中）

5分鐘學習術　5分鐘檢定☺☹

We must make good use of the available space. 我們必須充分利用現有空間。
★同義字room

9分鐘完整功　9分鐘檢定☺☹

spacial 形 空間的、宇宙的
spacious 形 寬敞的、廣大的
spaceman 名 太空人
spacecraft 名 太空船
airspace 名 空間、領空
interspace 名 間隙

【0804】

spark [spɑrk]

1分鐘速記法　1分鐘檢定☺☹

spark [spark] 名 火花（英高）

5分鐘學習術　5分鐘檢定☺☹

A little spark is enough to cause a forest fire. Therefore, be careful when barbecuing outdoors. 星星之火，足以燎原。所以，在戶外烤肉要小心為上。

★同義字 gleam

9分鐘完整功　9分鐘檢定 ☺☹

sparkle 動 閃耀
sparkler 名 發光的東西
sparkless 形 無光的、無火花的
sparkling 形 閃閃發光的
sparklet 名 發光的小物

speak [spik] 【0805】

1分鐘速記法　1分鐘檢定 ☺☹

speak [speak] 動 說話（英初）
 菁英幫小提醒：動詞不規則變化為 speak, spoke, spoken

5分鐘學習術　5分鐘檢定 ☺☹

Although Ellen spoke English very fluently, he still failed in the speech contest. 雖然艾倫的英文說得非常流利，他仍然輸了演講比賽。
★同義字 talk

9分鐘完整功　9分鐘檢定 ☺☹

speaker 名 說話者
speakable 形 可說出口的、可以交談的
speaking 名 說話、演講
spokesman 名 發言人
loud-speaker 名 擴音器
outspoken 形 直言不諱的
short-spoken 形 說話簡短的
unspoken 形 未說出的

special [`spɛʃəl] 【0806】

1分鐘速記法　1分鐘檢定 ☺☹

special [spe‧cial] 形 特別的（英初）

5分鐘學習術　5分鐘檢定 ☺☹

He never drinks except on special occasions. 除非在特殊場合，他從不喝酒。
★同義字 particular　★反義字 common

9分鐘完整功　9分鐘檢定 ☺☹

specialist 名 專家
specially 副 特別地
specialize 動 專攻
speciality 名 特質、專長
specialization 名 專門化
unspecialized 形 非專門化的

specific [spɪ`sɪfɪk] 【0807】

1分鐘速記法　1分鐘檢定 ☺☹

specific [spe‧ci‧fic] 形 特定的、明確的（英中）

5分鐘學習術　5分鐘檢定 ☺☹

The trouble with Bill was that he never had a specific goal in life. 比爾的問題是他從未有過明確的人生目標。
★反義字 abstract
🎓 菁英幫小提醒：此字除了當形容詞「抽象的」，也可作為名詞，表示「摘要」。

9分鐘完整功　9分鐘檢定 ☺☹

specifically 副 明確地
specify 動 明確說明
specifiable 形 可指明的
specificity 名 具體性、明確性
specification 名 詳述
specifics 名 細節

spend [spɛnd] 【0808】

1分鐘速記法　1分鐘檢定 ☺☹

spend [spend] 動 花費（英初）
🎓 菁英幫小提醒：動詞不規則變化為 spend, spent, spent

5分鐘學習術　5分鐘檢定 ☺☹

It would be good for you to spend a day in the sun. 花一天的時間曬曬太陽對你是有好處的。

9分鐘完整功　9分鐘檢定 ☺☹

spendable 形 可花費的
spender 名 揮霍者
spending 名 開銷
spendthrift 名 揮霍無度的人
overspend 動 超支、過度花費

spirit [`spɪrɪt] 【0809】

1分鐘速記法　1分鐘檢定 ☺☹

spirit [spi‧rit] 名 精神（英中）

5分鐘學習術　5分鐘檢定 ☺☹

My spirits sank at the prospect of starting all over again. 想到一切都得從頭再來，我的情緒變

MP3 083

得低落。
★同義字 soul　★反義字 body

9分鐘完整功　9分鐘檢定☺☹

spiritual 形 精神上的
spiritually 副 精神地
spiritless 形 無生命的
spirited 形 生氣蓬勃的
spiritedness 名 有精神、有朝氣
spiritualize 動 使精神化
dispirit 動 使氣餒
inspirit 動 鼓舞

【0810】

spoil [spɔɪl]

1分鐘速記法　1分鐘檢定☺☹

spoil [spoil] 動 破壞（英高）

🎓 菁英幫小提醒：諺語 Spare the rod, spoil the child. 意為「不打不成器」。

5分鐘學習術　5分鐘檢定☺☹

Our holidays were spoilt by bad weather. 我們假日的樂趣被惡劣天氣所破壞。
★同義字 damage

9分鐘完整功　9分鐘檢定☺☹

spoilable 形 可損壞的
spoilage 名 損壞
spoiled 形 被寵壞的
spoiler 名 破壞者
unspoiled 形 未受損的

【0811】

sport [sport]

1分鐘速記法　1分鐘檢定☺☹

sport [sport] 名 運動（英初）

5分鐘學習術　5分鐘檢定☺☹

Although aerobatics is a dangerous sport, Frank thinks it is adventureful and worth trying. 雖然特技飛行是危險的運動，福蘭克認為它極富冒險性並值得一試。
★同義字 exercise

9分鐘完整功　9分鐘檢定☺☹

sportsman 名 運動家
sportful 形 開玩笑的
sporting 形 運動的、體育的
sportingly 副 運動方面地

sportive 形 運動的；開玩笑的
sportively 副 鬧著玩地
sports 形 運動的
sporty 形 運動的；輕便的

【0812】

spot [spɑt]

1分鐘速記法　1分鐘檢定☺☹

spot [spot] 名 地點（英中）

5分鐘學習術　5分鐘檢定☺☹

The news item about the fire is followed by a detailed report made on the spot. 有關這場火災的新聞隨後有詳細的現場報導。
★同義字 position

9分鐘完整功　9分鐘檢定☺☹

spotless 形 沒有汙點的
spotlight 名 聚光燈
spotlit 形 用聚光燈照明的
spotted 形 有汙點的
unspotted 形 無瑕的

【0813】

stable [ˈstebl]

1分鐘速記法　1分鐘檢定☺☹

stable [sta‧ble] 形 穩定的（英中）

5分鐘學習術　5分鐘檢定☺☹

This ladder doesn't seem very stable, but father steps on it to repair the light. 這架梯子好像不太穩，但爸爸還是踩上去修燈。
★同義字 steady

9分鐘完整功　9分鐘檢定☺☹

stability 名 穩定
stabilize 動 使穩定
stabilizer 名 穩定裝置、平衡器
stabilization 名 安定
unstable 形 不穩定的

【0814】

stain [sten]

1分鐘速記法　1分鐘檢定☺☹

stain [stain] 動 玷汙（英高）

5分鐘學習術　5分鐘檢定☺☹

The coffee stained his shirt brown by a care-

less waiter. 因為服務生的不小心，咖啡把他的襯衫染上了棕色。
★同義字 soil

9分鐘完整功　9分鐘檢定☺☹

stainable 形 可染色的
stained 形 被弄髒的
stainer 名 著色工人
stainless 形 無瑕的
unstained 形 未玷汙的；無缺點的

【0815】

stand [stænd]

1分鐘速記法　1分鐘檢定☺☹

stand [stand] 動 站（英初）

　🎓 菁英幫小提醒：動詞不規則變化為 stand, stood, stood

5分鐘學習術　5分鐘檢定☺☹

The nervous girl stood in front of the train, not knowing whether to take. 慌亂的女孩站在火車前，不曉得要不要搭。

9分鐘完整功　9分鐘檢定☺☹

standout 名 傑出的人物
standpoint 名 立足點
standstill 名 停頓
bystander 名 旁觀者
handstand 名 倒立
outstanding 形 卓越的
upstanding 形 正直的
withstand 動 抵擋

【0816】

star [stɑr]

1分鐘速記法　1分鐘檢定☺☹

star [star] 名 星星（英初）

5分鐘學習術　5分鐘檢定☺☹

The brilliant stars in the sky remind me of some Greek myths. 天空明亮的星星讓我想起一些希臘的神話故事。

9分鐘完整功　9分鐘檢定☺☹

stardom 名 明星的地位
starless 形 沒有星星的
starlight 名 星光
starlit 形 星光照耀的
daystar 名 晨星

polestar 名 北極星
superstar 名 超級巨星

【0817】

state [stet]

1分鐘速記法　1分鐘檢定☺☹

state [state] 名 國家（英中）

5分鐘學習術　5分鐘檢定☺☹

We objected to the regulation that all the farmland here belongs to state. 我們反對法案規定，把這裡的農田歸屬國有。
★同義字 country

9分鐘完整功　9分鐘檢定☺☹

statecraft 名 治國才能
statehood 名 國家定位
stateless 形 沒有國家的
statelet 名 獨立小國
state-run 形 國營的
statesman 名 政治家

【0818】

steady [ˋstɛdɪ]

1分鐘速記法　1分鐘檢定☺☹

steady [stea‧dy] 形 穩定的（英中）

5分鐘學習術　5分鐘檢定☺☹

The patient suffered from Parkinson's disease did not have a steady hand with the razor. 這名患有帕金森氏症的病人，手拿不穩剃刀。
★同義字 constant　★反義字 unstable

9分鐘完整功　9分鐘檢定☺☹

steadily 副 穩定地
steadiness 名 穩定
steadfast 形 堅定的
steadfastly 副 不變地
steadfastness 名 堅定、穩固
unsteady 形 不平穩的
unsteadily 副 不穩地

【0819】

steel [stil]

1分鐘速記法　1分鐘檢定☺☹

steel [steel] 名 鋼鐵（英高）

MP3 ◀ 084

🔊5分鐘學習術　5分鐘檢定 ☺☹

This cup is made of stainless steel, so it's not as fragile as a glass. 這個杯子是不銹鋼做的，所以不像玻璃杯那麼易碎。

🔊9分鐘完整功　9分鐘檢定 ☺☹

steellike 形 鋼鐵般的
steelmaking 形 煉鋼
steelworker 名 煉鋼廠
steely 形 鋼製的
unsteel 動 使失去鋼性；使心軟

【0820】

step [stɛp]

🔊1分鐘速記法　1分鐘檢定 ☺☹

step [step] 名 腳步（英中）

🔊5分鐘學習術　5分鐘檢定 ☺☹

On hearing steps outside, we held our breath and hid behind the door. 我們一聽見外面有腳步聲，就屏住呼吸躲到門後。
★同義字 pace

🔊9分鐘完整功　9分鐘檢定 ☺☹

step-by-step 副 逐漸地
stepping-stone 名 墊腳石
footstep 名 腳步
goose-step 名 正步
misstep 名 失足
outstep 動 超過
overstep 動 逾越
　　🎓 菁英幫小提醒：stumbling stone 意為「絆腳石」。

【0821】

stiff [stɪf]

🔊1分鐘速記法　1分鐘檢定 ☺☹

stiff [stiff] 形 僵硬的（英中）

🔊5分鐘學習術　5分鐘檢定 ☺☹

The computer nerd played online game night and day, and finally got a stiff neck. 那個電腦迷日以繼夜地玩線上遊戲，脖子終於變得僵硬。
★同義字 rigid　★反義字 soft

🔊9分鐘完整功　9分鐘檢定 ☺☹

stiffen 動 使僵硬
stiffly 副 堅硬地

stiffener 名 加固物
stiffening 名 加固物
stiffness 名 僵硬

【0822】

stone [ston]

🔊1分鐘速記法　1分鐘檢定 ☺☹

stone [stone] 名 石頭（英初）

🔊5分鐘學習術　5分鐘檢定 ☺☹

The students pushed a big stone from Losheng Sanitarium to the Presidential Palace. 學生們從樂生療養院出發，把一塊大石推到總統府。
★同義字 rock

🔊9分鐘完整功　9分鐘檢定 ☺☹

stone-breaker 名 碎石機
stoneware 名 石製品
stoney 形 石質的；冷酷的
cornerstone 名 基石、基礎
gravestone 名 墓碑
milestone 名 里程碑
stepping-stone 名 墊腳石、達到目的的手段

【0823】

stop [stɑp]

🔊1分鐘速記法　1分鐘檢定 ☺☹

stop [stop] 動 停止（英初）
　　🎓 菁英幫小提醒：stop + Ving，表示「停下正在做的事」，stop + to V，「表示停下來而去做某事」，使用時不要搞混了。

🔊5分鐘學習術　5分鐘檢定 ☺☹

They stopped dead in their tracks when they saw the bull charging towards them. 他們看到公牛向他們衝來時猛地站住了。
★同義字 halt　★反義字 continue

🔊9分鐘完整功　9分鐘檢定 ☺☹

stoppage 名 中止
stopper 名 中止者、阻塞物
stopwatch 名 碼錶
estop 動 阻止
estoppage 名 阻止
nonstop 形 不停的、直達的
unstop 動 除去障礙

store [stor]　【0824】

👥1分鐘速記法　　1分鐘檢定☺☹

store [store] 勔 儲存（英初）

👥5分鐘學習術　　5分鐘檢定☺☹

You are storing up trouble for yourself by not admitting the truth. 你沒有承認事實是在替你自己製造麻煩。

★同義字stock

> 🎓 菁英幫小提醒：out of stock意為「沒有庫存」。

👥9分鐘完整功　　9分鐘檢定☺☹

storage 名 貯藏
storekeeper 名 倉庫管理員
storefront 名 店面
storehouse 名 倉庫
storeroom 名 儲藏室

storm [stɔrm]　【0825】

👥1分鐘速記法　　1分鐘檢定☺☹

storm [storm] 名 暴風雨（英初）

👥5分鐘學習術　　5分鐘檢定☺☹

We ought to face the world and brave the storm to strengthen our minds. 我們應該經風雨，見世面來鍛鍊我們的心智。

★同義字tempest

👥9分鐘完整功　　9分鐘檢定☺☹

storm-beaten 形 風吹雨打的、飽經風霜的
stormer 名 發怒者
stormproof 形 防風暴的
stormy 形 狂暴的、激烈的
brainstorm 名 集思廣益、腦力激盪
hailstorm 名 雹暴
snowstorm 名 暴風雪
sandstorm 名 沙塵暴

story [ˋstorɪ]　【0826】

👥1分鐘速記法　　1分鐘檢定☺☹

story [sto‧ry] 名 故事（英初）

👥5分鐘學習術　　5分鐘檢定☺☹

My grandma sat under the tree, spinning some stories to please my nephew. 我的祖母坐在樹下，編故事取悅我的外甥。

> 🎓 菁英幫小提醒：niece 為「外甥女」之意。

★同義字tale

👥9分鐘完整功　　9分鐘檢定☺☹

storyteller 名 説故事的人
storytelling 名 説故事
storybook 名 故事書
storyline 名 故事線、故事情節

strategy [ˋstrætədʒɪ]　【0827】

👥1分鐘速記法　　1分鐘檢定☺☹

strategy [stra‧te‧gy] 名 策略（英高）

👥5分鐘學習術　　5分鐘檢定☺☹

The strategy was designed to wear down the enemy's resistance. 這一策略旨在逐步削弱敵人的抵抗力。

★同義字ruse

👥9分鐘完整功　　9分鐘檢定☺☹

strategic 形 戰略的
strategical 形 戰略的
strategically 副 戰略上地
strategics 名 兵法、軍事學
strategist 名 軍事家

stream [strim]　【0828】

👥1分鐘速記法　　1分鐘檢定☺☹

stream [stream] 名 溪流（英高）

👥5分鐘學習術　　5分鐘檢定☺☹

Confucius stood by the stream and said: "The past is just like this! It flows day and night." 子在川上曰：「逝者如斯夫，不捨晝夜。」

★同義字brook

👥9分鐘完整功　　9分鐘檢定☺☹

streamlet 名 小溪
streamline 名 流線型
streamy 形 多溪流的
airstream 名 氣流
bloodstream 名 血流
mainstream 名 主流

street [strit]　【0829】

MP3 085

1分鐘速記法　　1分鐘檢定 ☺☹

street [street] 名 街（英初）

5分鐘學習術　　5分鐘檢定 ☺☹

Leaves bestrewed the street, and formed an autumn atmosphere. 滿街落葉，形成一股秋天的氛圍。
★同義字 road

> 🎓 菁英幫小提醒：相關用語 lane，意為「巷弄」。

9分鐘完整功　　9分鐘檢定 ☺☹

streetcar 名 市內有軌電車
streetscape 名 街景
streetwalker 名 娼妓、性工作者
streetworker 名 社區工作者
streetwise 形 體察民間疾苦的

【0830】

strong [strɔŋ]

1分鐘速記法　　1分鐘檢定 ☺☹

strong [strong] 形 強壯的（英初）

5分鐘學習術　　5分鐘檢定 ☺☹

I need someone strong to help me move this bookcase. 我需要個力氣大的人來幫我搬這個書櫃。
★同義字 powerful　　★反義字 weak

9分鐘完整功　　9分鐘檢定 ☺☹

strongly 副 強壯地；堅定地
strength 名 力氣
strengthen 動 加強
stronghold 名 要塞、堡壘
strongman 名 強人
strong-willed 形 意志堅強的

【0831】

structrue [`strʌktʃɚ]

1分鐘速記法　　1分鐘檢定 ☺☹

structrue [struc · ture] 名 構造（英中）

5分鐘學習術　　5分鐘檢定 ☺☹

The Greeks assumed that the structure of language had some connection with the process of thought. 希臘人認為語言結構與思維過程之間存在著某種聯繫。
★同義字 configuration

9分鐘完整功　　9分鐘檢定 ☺☹

structural 形 結構的
structurally 副 結構上
structuralist 名 構造論者
structuralism 名 構造主義
unstructured 形 無結構的、鬆散的
infrastructure 名 基礎結構
restructure 動 重新組織

【0832】

study [`stʌdɪ]

1分鐘速記法　　1分鐘檢定 ☺☹

study [study] 動 學習（英初）

5分鐘學習術　　5分鐘檢定 ☺☹

In order to apply for the scholarship, I study very very hard. 為了申請獎學金，我非常非常認真唸書。
★同義字 learn

9分鐘完整功　　9分鐘檢定 ☺☹

studied 形 有學問的
studious 形 勤學的
studiously 副 勤學地、用功地
overstudy 動 過度用功
restudy 動 重新學習
self-study 名 自學
unstudied 形 未學習的

【0833】

stuff [stʌf]

1分鐘速記法　　1分鐘檢定 ☺☹

stuff [stuff] 動 填滿（英中）

5分鐘學習術　　5分鐘檢定 ☺☹

All the drawers were stuffed full of letters and papers. 所有抽屜裡都放滿了信函和文件。
★同義字 fill

9分鐘完整功　　9分鐘檢定 ☺☹

stuffer 名 裝填工人
stuffiness 名 不通風、窒悶
stuffing 名 填塞物
stuffy 形 沉悶的、窒息的
unstuffed 形 不擠的、開通的

【0834】

style [staɪl]

1分鐘速記法 1分鐘檢定☺☹

style [style] 名 型式（英初）

5分鐘學習術 5分鐘檢定☺☹

Li Ao has an apparently personal style. His words are biting and scarcastic. 李敖有著鮮明的個人風格，他的文字辛辣而尖刻。
★同義字 type

9分鐘完整功 9分鐘檢定☺☹

stylish 形 時髦的
stylishly 副 時髦地
stylize 動 使符合特定形式
stylist 名 時尚設計師
styling 名 款式

【0835】

submit [səb`mɪt]

1分鐘速記法 1分鐘檢定☺☹

submit [sub‧mit] 動 提交（英中）

5分鐘學習術 5分鐘檢定☺☹

I hope you can submit your term papers before the deadline. 我希望你們能在最後期限之前交上你們的學期論文。
★同義字 deliver

9分鐘完整功 9分鐘檢定☺☹

submission 名 提交
submissive 形 服從的
submissively 副 服從地
submissiveness 名 服從
unsubmissive 形 不服從的

【0836】

substance [`sʌbstəns]

1分鐘速記法 1分鐘檢定☺☹

substance [sub‧stance] 名 物質（英中）

5分鐘學習術 5分鐘檢定☺☹

Ice and snow are different forms of the same substance, water. 冰和雪都是水這種物質的不同形式。
★同義字 material

9分鐘完整功 9分鐘檢定☺☹

substantial 形 堅實的、真實的
substantially 副 本質上

substantialist 名 本體論者
substantiality 名 實體
substantiate 動 使實體化
substantive 形 實在的
substantiator 名 證人

【0837】

succeed [sək`sid]

1分鐘速記法 1分鐘檢定☺☹

succeed [suc‧ceed] 動 成功（英初）

5分鐘學習術 5分鐘檢定☺☹

To succeed, you need to have a forsight and think from others' aspects. 想要成功，你就必須要能先知先覺，並且換位思考。
★同義字 thrive ★反義字 fail

9分鐘完整功 9分鐘檢定☺☹

success 名 成功
successful 形 成功的
successfully 副 成功地
unsuccess 名 失敗
unsuccessful 形 失敗的
unsuccessfully 副 失敗地

【0838】

succession [sək`sɛʃən]

1分鐘速記法 1分鐘檢定☺☹

succession [suc‧ces‧sion] 名 連續（英中）

5分鐘學習術 5分鐘檢定☺☹

He's been hit by a succession of injuries since he joined the team. 自入隊以來他一再受傷。
★同義字 sequence

9分鐘完整功 9分鐘檢定☺☹

successive 形 連續的
successively 副 連續地
successor 名 繼承者
successional 形 連續的
successor 名 繼承人

【0839】

suffer [`sʌfə]

1分鐘速記法 1分鐘檢定☺☹

suffer [suf‧fer] 動 受苦（英中）

MP3 086

5分鐘學習術　5分鐘檢定☺☹

Ross suffered from the shock that his wife turned out to be a lesbian. 羅斯的老婆是個女同志，讓他飽受震撼。
★同義字undergo

9分鐘完整功　9分鐘檢定☺☹

sufferable 形 可容忍的
sufferance 名 忍受
sufferer 名 受害者
suffering 名 苦惱、令人痛苦的事
insufferable 形 難以忍受的
insufferably 副 難以忍受地

【0840】
sufficient [sə`fɪʃənt]

1分鐘速記法　1分鐘檢定☺☹

sufficient [suf・fi・cient] 形 充足的（英中）

5分鐘學習術　5分鐘檢定☺☹

Life is the art of dreaming sufficient conclusions from insufficient premises. 生活就是這樣的一種藝術，即從不充足的前提下引申出充足的結論。
★同義字ample

9分鐘完整功　9分鐘檢定☺☹

sufficiently 副 不充足地
sufficiency 名 充足
insufficient 形 不充足的
insufficiently 副 不充分地
insufficiency 名 不充分

【0841】
suffocate [`sʌfə,ket]

1分鐘速記法　1分鐘檢定☺☹

suffocate [suf・fo・cate] 動 窒息（英高）

5分鐘學習術　5分鐘檢定☺☹

The fireman was suffocated by the fumes. 那個消防隊員因濃煙而窒息死了。
★同義字smother

9分鐘完整功　9分鐘檢定☺☹

suffocating 形 令人窒息的
suffocatingly 副 令人窒息地
suffocation 名 窒息
suffocative 形 令人窒息的

【0842】
suggest [sə`dʒɛst]

1分鐘速記法　1分鐘檢定☺☹

suggest [sug・gest] 動 建議（英中）

5分鐘學習術　5分鐘檢定☺☹

The alliance suggests that the president end the death penalty. 該聯盟建議總統廢除死刑。

9分鐘完整功　9分鐘檢定☺☹

suggestion 名 建議
suggestive 形 示意的
suggestively 副 示意地、暗示地
suggestible 形 可建議的
suggestibility 名 可暗示性

【0843】
suitable [`sotəbl]

1分鐘速記法　1分鐘檢定☺☹

suitable [sui・ta・ble] 形 適合的（英中）

5分鐘學習術　5分鐘檢定☺☹

After I become heavier, the shirt is no longer suitable for me. 在我變胖之後，就再也穿不下這件襯衫了。
★同義字fit　★反義字unfit

9分鐘完整功　9分鐘檢定☺☹

suit 動 適合
suitably 副 適當地
suitability 名 適合、適當
suited 形 合適的
unsuitable 形 不合適的
unsuitably 副 不合適地

【0844】
sum [sʌm]

1分鐘速記法　1分鐘檢定☺☹

sum [sum] 名 總數、合計（英中）

5分鐘學習術　5分鐘檢定☺☹

If you have a drunk-driving, you will be fined the sum of 200 dollars. 如果你酒醉駕車，將被罰款兩百元美金。
★同義字total

9分鐘完整功　9分鐘檢定☺☹

sumless 形 無數的

summation 名 總和
summarize 動 總結
summarization 名 總結
summarily 副 總括地、概要地
summary 名 摘要

【0845】

sun [sʌn]

🔊1分鐘速記法　　　　　　1分鐘檢定☺☹

sun [sun] 名 太陽（英初）

🔊5分鐘學習術　　　　　　5分鐘檢定☺☹

The sun rises at six o'clock in the winter, but it will be earlier in the summer. 太陽冬天時在六點升起，但在夏天時會提早。

🔊9分鐘完整功　　　　　　9分鐘檢定☺☹

sunlight 名 日光
sunshine 名 陽光
sunset 名 日落
sunrise 名 日出
sunbath 名 日光浴
sunburn 動 曬黑、曬傷
sunglasses 名 墨鏡
sunny 形 晴朗的

【0846】

super [`supɚ]

🔊1分鐘速記法　　　　　　1分鐘檢定☺☹

super [super] 形 超級的（英初）

🔊5分鐘學習術　　　　　　5分鐘檢定☺☹

The price is reasonable because the quality is super. 因為品質極好，這個價錢是合情合理的。

🔊9分鐘完整功　　　　　　9分鐘檢定☺☹

superable 形 可超越的
superabound 動 過多
superadd 動 添加
supermarket 名 超級市場
supereminent 形 非常卓越的
superman 名 超人
supernatural 形 超自然的
superrealism 名 超現實主義

【0847】

superficial [`supɚˋfɪʃəl]

🔊1分鐘速記法　　　　　　1分鐘檢定☺☹

superficial [su‧per‧fi‧cial] 形 表面的（英中）

🔊5分鐘學習術　　　　　　5分鐘檢定☺☹

The casual friendliness of many Americans should be interpreted neither as superficial nor as artificial. 很多美國人隨意的友善表示並不應該理解成膚淺或做作的舉動。
★同義字 surface　　★反義字 radical

🔊9分鐘完整功　　　　　　9分鐘檢定☺☹

superficialist 名 思想膚淺的人
superficiality 名 表面的事物
superficialize 動 膚淺行事
superficially 副 膚淺地
superficialness 名 膚淺

【0848】

support [səˋport]

🔊1分鐘速記法　　　　　　1分鐘檢定☺☹

support [sup‧port] 動 支持（英中）

🔊5分鐘學習術　　　　　　5分鐘檢定☺☹

The government supported the unions in their demand for a minimum wage. 政府支援這些工會組織提出的確定最低工資的要求。
★同義字 uphold

🔊9分鐘完整功　　　　　　9分鐘檢定☺☹

supporter 名 擁護者
supportive 形 支援的
supportable 形 可支持的
supportably 副 可支持地
supportability 名 可支持度
unsupported 形 不受支持的

【0849】

suppose [səˋpoz]

🔊1分鐘速記法　　　　　　1分鐘檢定☺☹

suppose [sup‧pose] 動 認為（英中）

🔊5分鐘學習術　　　　　　5分鐘檢定☺☹

I suppose the news he said was just a cover-up. 我認為他之前說的那個消息只是障眼法罷了。
★同義字 consider

🔊9分鐘完整功　　　　　　9分鐘檢定☺☹

supposedly 副 也許
supposing 形 假如
supposable 形 想像得到的
supposition 名 想像、假定

MP3 087

suppositional 形 想像的、假定的
supposititious 形 假定的
presuppose 動 推測

【0850】

suppress [sə`prɛs]

1分鐘速記法　1分鐘檢定☺☹
suppress [sup．press] 動 壓抑（英中）

5分鐘學習術　5分鐘檢定☺☹
All these movements were suppressed by the government. 所有這些動員都遭到政府鎮壓。
★同義字 repress

9分鐘完整功　9分鐘檢定☺☹
suppressor 名 壓制者
suppressive 形 壓抑的
suppression 名 壓制
suppressible 形 可壓制的
suppresser 名 鎮壓者
suppressed 形 受到壓制的
suppressant 名 抑制藥

【0851】

surprise [sə`praɪz]

1分鐘速記法　1分鐘檢定☺☹
surprise [sur．prise] 動 使驚訝（英初）

5分鐘學習術　5分鐘檢定☺☹
He surprised me by confessing his sins. He denied everything five minute ago. 他坦白認罪使我吃驚，他五分鐘前還一概否認。
★同義字 astonish

9分鐘完整功　9分鐘檢定☺☹
surprised 形 感到驚奇的
surprising 形 令人驚訝的
surprisingly 副 驚人地
surprisal 名 驚訝
unsurprised 形 不訝異的
unsurprising 形 不讓人意外的

【0852】

survey [sə`ve]

1分鐘速記法　1分鐘檢定☺☹
survey [sur．vey] 動 調查（英中）

5分鐘學習術　5分鐘檢定☺☹
The Prime Minister surveyed the current world situation in his speech. 首相在講話中全面評述了當前世界形勢。
★同義字 examine

9分鐘完整功　9分鐘檢定☺☹
surveyal 名 觀察
surveying 名 調查、測量
surveyor 名 調查員
surveillant 名 監視者
surveillance 名 監視、看守

【0853】

survive [sə`vaɪv]

1分鐘速記法　1分鐘檢定☺☹
survive [sur．vive] 動 生還（英中）

5分鐘學習術　5分鐘檢定☺☹
Few people in the town survived the earthquake. 在地震中，鎮上沒有幾個人倖存下來。
★同義字 outlive

9分鐘完整功　9分鐘檢定☺☹
survival 名 倖存
survivor 名 生還者
survivorship 名 生存
survivability 名 存活能力
survivalist 名 生還者

【0854】

suspect [sə`spɛkt]

1分鐘速記法　1分鐘檢定☺☹
suspect [sus．pect] 動 懷疑（英中）

5分鐘學習術　5分鐘檢定☺☹
Suspecting nothing, he walked right into the trap. 他毫無覺察，逕直走入陷阱。
★同義字 doubt　★反義字 believe

9分鐘完整功　9分鐘檢定☺☹
suspecter 名 懷疑者
suspected 形 有嫌疑的
suspicion 名 懷疑
suspicious 形 可疑的、疑心的
suspiciously 副 猜疑地
unsuspected 形 不受懷疑的
unsuspectingly 副 信任地

suspension [sə`spɛnʃən] 【0855】

1分鐘速記法　　1分鐘檢定 ☺☹

suspension [sus · pen · sion] 名 暫停（英高）

5分鐘學習術　　5分鐘檢定 ☺☹

I think her suspension from the team is a very harsh punishment. 我認為她被暫停參加團隊比賽是很嚴厲的處罰。
★同義字 pause　　★反義字 continuation

9分鐘完整功　　9分鐘檢定 ☺☹

suspense 名 暫止
suspend 動 停止
suspensible 形 可停止的
suspensive 形 暫停的
suspensively 副 暫停地

sustain [sə`sten] 【0856】

1分鐘速記法　　1分鐘檢定 ☺☹

sustain [sus · tain] 動 保持（英中）

5分鐘學習術　　5分鐘檢定 ☺☹

High oil prices, if sustained, will reduce growth and lift inflation. 石油價格如果居高不下，將減緩經濟增長並加劇通貨膨脹。
★同義字 maintain　　★反義字 halt

9分鐘完整功　　9分鐘檢定 ☺☹

sustainable 形 可維持的
sustained 形 持久的
sustainer 名 支持者
sustaining 形 支撐的、持久的
sustainability 名 持續性
unsustainable 形 無法支撐的

sweet [swit] 【0857】

1分鐘速記法　　1分鐘檢定 ☺☹

sweet [sweet] 形 甜的（英中）

5分鐘學習術　　5分鐘檢定 ☺☹

This wine is too sweet for me. It tastes more like juice. 這種葡萄酒對我來說太甜了，它嚐起來更像果汁。
★同義字 sugary

9分鐘完整功　　9分鐘檢定 ☺☹

sweeten 動 使變甜
sweetly 副 甜蜜地、舒適地
sweetener 名 糖精
sweetening 名 變甜
sweetie 名 寶貝
sweetish 形 有點甜的
sweetness 名 甜美、芳香

sword [sord] 【0858】

1分鐘速記法　　1分鐘檢定 ☺☹

sword [sword] 名 劍（英中）

5分鐘學習術　　5分鐘檢定 ☺☹

The man bearing a sword jumped down from the roof, staring at the kidnapper. 那個佩劍的男人從屋頂上一躍而下，瞪視著這個綁匪。

9分鐘完整功　　9分鐘檢定 ☺☹

swordman 名 劍客
swordplay 名 劍術
swordless 形 無刀無劍的
swordlike 形 似刀劍的
swordproof 形 刀槍不入的

syllable [`sɪləbḷ] 【0859】

1分鐘速記法　　1分鐘檢定 ☺☹

syllable [syl · la · ble] 名 音節（英中）

5分鐘學習術　　5分鐘檢定 ☺☹

"Potato" is stressed on the second syllable, rather than the first one. 「potato」這個詞的重音在第二個音節上，而不是第一個。

🎓 菁英幫小提醒：stress 也可當名詞，表示「重音」。

9分鐘完整功　　9分鐘檢定 ☺☹

syllabic 形 音節的
syllabically 副 自成音節地、依照音節地
syllabicate 動 讀出各音節
syllabication 名 區分音節
syllabize 動 區分音節
syllabify 動 區分音節

symbol [`sɪmbḷ] 【0860】

MP3 088

1分鐘速記法　　1分鐘檢定 ☺☹

symbol [sym · bol] 名 符號（英中）

5分鐘學習術　　5分鐘檢定 ☺☹

The wedding ring is probably the oldest and most widespread symbol of marriage. 結婚戒指也許是最古老、最普遍的婚姻象徵。
★同義字 sign

9分鐘完整功　　9分鐘檢定 ☺☹

symbolic 形 象徵性的
symbolize 動 象徵
symbolically 副 象徵性地
symbolism 名 象徵主義
symbolist 名 象徵主義者
symbolization 名 象徵表現

symmetry [ˋsɪmɪtrɪ]　【0861】

1分鐘速記法　　1分鐘檢定 ☺☹

symmetry [sym · me · try] 名 對稱性（英高）

5分鐘學習術　　5分鐘檢定 ☺☹

I feel the delicate symmetry of a leaf by its veins. 我從葉脈感受到一片樹葉完美的對稱性。

9分鐘完整功　　9分鐘檢定 ☺☹

asymmetry 名 不對稱
symmetrical 形 對稱的
symmetrically 副 對稱地、勻稱地
symmetrize 動 使對稱
symmetrization 名 平衡、對稱
unsymmetrical 形 非對稱的
unsymmetry 名 不勻稱

sympathetic [ˌsɪmpəˋθɛtɪk]　【0862】

1分鐘速記法　　1分鐘檢定 ☺☹

sympathetic [sym · pa · the · tic] 形 同情的（英高）

5分鐘學習術　　5分鐘檢定 ☺☹

When I told her why I was worried, she was very sympathetic. 當我告訴她我著急的原因時，她很同情。
★同義字 compassionate

9分鐘完整功　　9分鐘檢定 ☺☹

sympathize 動 憐憫、同情
sympathy 名 同情心
sympathetically 副 憐憫地
sympathizer 名 同情者
unsympathetic 形 不同情的
unsympathetically 副 無同情心地

system [ˋsɪstəm]　【0863】

1分鐘速記法　　1分鐘檢定 ☺☹

system [sys · tem] 名 系統（英初）

5分鐘學習術　　5分鐘檢定 ☺☹

We have a large system of railways from the capital to every town. 我們有一個龐大的鐵路系統連結首都到各個市鎮。
★同義字 scheme

9分鐘完整功　　9分鐘檢定 ☺☹

systematic 形 有系統的
systematically 副 有系統地
systematist 名 制定系統的人
systematize 動 系統化
systemless 形 無系統的
subsystem 名 分支系統、子系統
unsystematic 形 無系統的

take [tek]　【0864】

1分鐘速記法　　1分鐘檢定 ☺☹

take [take] 動 拿（英初）
🎓菁英幫小提醒：動詞不規則變化為 take, took, taken。

5分鐘學習術　　5分鐘檢定 ☺☹

My mother took a sweater out of the drawer, asking me to put it on. 我媽媽從抽屜中拿出一件毛衣要我穿上。
🎓菁英幫小提醒：「脫下」的片語是 take off。
★同義字 hold

9分鐘完整功　　9分鐘檢定 ☺☹

takeoff 名 起飛
takeover 名 接收
intake 名 吸入、收納
mistake 動 弄錯
undertake 動 承擔

uptake 動 舉起、拿起
painstaking 形 刻苦的
breathtaking 形 驚險的

【0865】

talk [tɔk]

🔊 1分鐘速記法　　　1分鐘檢定 ☺☹
talk [talk] 動 說話（英初）

🔊 5分鐘學習術　　　5分鐘檢定 ☺☹
The blonde talking to the salesman was my friend from Poland. 那個正在和推銷員說話的金髮女孩，是我來自波蘭的朋友。
★同義字 speak

🔊 9分鐘完整功　　　9分鐘檢定 ☺☹
talkative 形 健談的
talkable 形 可談論的
talker 名 談話者
outtalk 動 口才方面勝過⋯⋯
overtalk 動 過分多言
shoptalk 名 行話、職業用語
talky 形 愛講話的

【0866】

tame [tem]

🔊 1分鐘速記法　　　1分鐘檢定 ☺☹
tame [tame] 形 溫馴的（英中）

🔊 5分鐘學習術　　　5分鐘檢定 ☺☹
You don't have to be afraid of these tame horses. 你不需要害怕這些溫馴的馬兒們。
★同義字 domesticated

🔊 9分鐘完整功　　　9分鐘檢定 ☺☹
tamer 名 馴養師
tameable 形 可馴養的
tameless 形 未馴服的
tamely 副 溫馴地
tameness 名 溫順
untamed 形 未被馴服的

【0867】

taste [test]

🔊 1分鐘速記法　　　1分鐘檢定 ☺☹
taste [taste] 動 品嘗（英初）

🔊 5分鐘學習術　　　5分鐘檢定 ☺☹
The wax apple tastes very sweet. Would you want one? 這個蓮霧嘗起來非常甜，你要來一個嗎？
★同義字 savor

🔊 9分鐘完整功　　　9分鐘檢定 ☺☹
tasty 形 美味的
tastable 形 可嘗的、有滋味的
tasteful 形 有鑒賞力的
tasteless 形 無味的
taster 名 嘗味道的人
aftertaste 名 餘味、餘韻
distaste 名 不喜歡
distasteful 形 不合口味的

【0868】

tax [tæks]

🔊 1分鐘速記法　　　1分鐘檢定 ☺☹
tax [tax] 名 稅（英初）

🔊 5分鐘學習術　　　5分鐘檢定 ☺☹
It is not fair that rich people always pay fewer taxes than the poor. 富人付的稅總是比窮人還少很不公平。
★同義字 duty

🔊 9分鐘完整功　　　9分鐘檢定 ☺☹
taxable 形 可徵稅的
taxation 名 徵稅、納稅
taxman 名 稅務官
taxpayer 名 納稅人
overtax 動 收稅過重
supertax 名 附加稅
untaxed 形 免稅的

【0869】

teacher [`titʃɚ]

🔊 1分鐘速記法　　　1分鐘檢定 ☺☹
teacher [tea‧cher] 名 教師（英初）

🔊 5分鐘學習術　　　5分鐘檢定 ☺☹
His teacher taught him Taijiquan since he was six years old. 他的老師從六歲開始教他太極拳。
★同義字 instructor　　★反義字 student

A B C D E F G H I J K L M N O P Q R S T U V W X Y Z

187

MP3 089

9分鐘完整功　9分鐘檢定☺☹

teach 動 教
teaching 名 教導、教訓
teachable 形 可教導的
self-taught 形 自學的
untaught 形 未受教育的
unteachable 形 不可教的

【0870】

tear [tɪr]

1分鐘速記法　1分鐘檢定☺☹

tear [tear] 名 眼淚（英初）

5分鐘學習術　5分鐘檢定☺☹

I was moved to tears when I knew what he had done for me. 聽了他為我做的一切，我感動落淚。

9分鐘完整功　9分鐘檢定☺☹

teardrop 名 眼淚
tearful 形 流淚的、含淚的
tearfully 副 流淚地
tearing 形 猛烈的
tearjerker 名 賺人熱淚的戲劇
tearless 形 無淚的

【0871】

technical [`tɛknɪkl̩]

1分鐘速記法　1分鐘檢定☺☹

technical [tech‧ni‧cal] 形 技術上的（英中）

5分鐘學習術　5分鐘檢定☺☹

We offer free technical support for those buying our software. 我們向購買我們軟體的顧客免費提供技術支援。

9分鐘完整功　9分鐘檢定☺☹

technician 名 技術人員
technically 副 技術上地
technicality 名 技術性
technique 名 技巧、方法
technic 名 技巧、手法

【0872】

teenage [`tin‚edʒ]

1分鐘速記法　1分鐘檢定☺☹

teenage [teen‧age] 形 十幾歲的（英初）

🎓 菁英幫小提醒：另一種表示歲數的方法，例如 in

one's forties 指「在某人四十幾歲期間」，四十幾歲可代換成 twenties、thirties 等等。

5分鐘學習術　5分鐘檢定☺☹

Most teenage students are apt to be influenced by their peers. 大多數的青少年容易受到同儕影響。

9分鐘完整功　9分鐘檢定☺☹

teenager 名 青少年
teenaged 形 十幾歲的
teen 形 十幾歲的
teens 名 十幾歲
teensploitation 名 對青少年興趣的利用

【0873】

telephone [`tɛlə‚fon]

1分鐘速記法　1分鐘檢定☺☹

telephone [te‧le‧phone] 名 電話（英初）

5分鐘學習術　5分鐘檢定☺☹

Due to the popularity of cell phones, public telephones become fewer than before. 因為手機的普及，公用電話變得比之前更少了。
★同義字 phone

9分鐘完整功　9分鐘檢定☺☹

television 名 電視
telescope 名 望遠鏡
telecommunication 名 電信
telegraph 名 電報
telegram 名 電報
telefilm 名 電視影片
telemeter 名 遙測器
telepathy 名 心靈感應

【0874】

tell [tɛl]

1分鐘速記法　1分鐘檢定☺☹

tell [tell] 動 告訴（英初）
🎓 菁英幫小提醒：動詞不規則變化為 tell，told，told。

5分鐘學習術　5分鐘檢定☺☹

Can you tell me a way to prevent milk from turning sour in hot weather? 你可以告訴我使牛奶在炎熱的天氣裡不變酸的方法嗎？
★同義字 inform

9分鐘完整功　9分鐘檢定☺☹

teller 名 講話者
foretell 動 預言
fortuneteller 名 算命師
outtell 動 說出
retell 動 重述
untold 形 未說過的
storyteller 名 講故事的人

【0875】
temporarily [ˋtɛmpəˏrɛrəlɪ]

1分鐘速記法　1分鐘檢定☺☹

temporarily [tem．po．ra．ri．ly] 副 暫時地
（英中）

5分鐘學習術　5分鐘檢定☺☹

The daily flight to Dallas has been temporarily suspended. 每天飛往達拉斯的航班暫時停飛。
★同義字 provisionally

9分鐘完整功　9分鐘檢定☺☹

temporary 形 暫時的
temporal 形 暫存的
temporality 名 暫時性
temporalize 動 放在時間關係中
temporariness 名 臨時性、暫時性

【0876】
tempt [tɛmpt]

1分鐘速記法　1分鐘檢定☺☹

tempt [tempt] 動 引誘（英中）

5分鐘學習術　5分鐘檢定☺☹

Money and beauty tempted him to commit crime. 金錢和美色誘使他走上了犯罪一途。
★同義字 lure

9分鐘完整功　9分鐘檢定☺☹

tempting 形 誘人的
temptable 形 易被誘惑的
temptability 名 可誘惑性
temptation 名 誘惑
temptingly 副 誘惑地
tempter 名 誘惑者

【0877】
tend [tɛnd]

1分鐘速記法　1分鐘檢定☺☹

tend [tend] 動 傾向於（英中）

5分鐘學習術　5分鐘檢定☺☹

So many young people tend to overemphasize physical attributes. 許多年輕人都過分重視外表。
★同義字 incline

9分鐘完整功　9分鐘檢定☺☹

tendency 名 傾向
tendence 名 趨向
tendentious 形 傾向性的；有偏見的
tendentiously 副 有偏見地
tendentiousness 名 有偏見

【0878】
terminal [ˋtɝmənḷ]

1分鐘速記法　1分鐘檢定☺☹

terminal [ter．mi．nal] 名 終點站（英中）

5分鐘學習術　5分鐘檢定☺☹

I left my water bottle on the bus. I was informed to take it at the bus terminal. 我把水瓶忘在公車上，被告知要去終點站取回。
★同義字 terminus

🎓 菁英幫小提醒：此字為英式用法。

9分鐘完整功　9分鐘檢定☺☹

terminable 形 有期限的
terminability 名 有限期性
terminally 副 定期地、晚期地
terminate 動 終止
termination 名 結束
terminative 形 終止的
terminator 名 終止物、終止者

【0879】
terrible [ˋtɛrəbḷ]

1分鐘速記法　1分鐘檢定☺☹

terrible [ter．ri．ble] 形 可怕的（英初）

5分鐘學習術　5分鐘檢定☺☹

She told us a terrible experience that she was traced by a strange guy last night. 她告訴我們一個恐怖的經歷，她昨晚被陌生人士跟蹤。
★同義字 horrible

A B C D E F G H I J K L M N O P Q R S T U V W X Y Z

MP3 ◀》090

9分鐘完整功　9分鐘檢定☺☹

terribly 副 可怕地
terror 名 恐怖
terrorism 名 恐怖主義
terrorist 名 恐怖主義者
terrify 動 使害怕
terrific 形 極度的、非常好的

【0880】

territory [`tɛrə,torɪ]

1分鐘速記法　1分鐘檢定☺☹

territory [ter‧ri‧to‧ry] 名 領土（英高）

5分鐘學習術　5分鐘檢定☺☹

An ultimatum has been issued to him to withdraw his troops from our territory. 向他提出的最後通牒是要求他把部隊撤出我國領土。
★同義字 domain

9分鐘完整功　9分鐘檢定☺☹

territorial 形 領土的
territorially 副 領土地
territoriality 名 領土權
territorialize 動 使成為領土
territorialism 名 教權地方化制度

【0881】

test [tɛst]

1分鐘速記法　1分鐘檢定☺☹

test [test] 名 測驗（英初）

5分鐘學習術　5分鐘檢定☺☹

In the TOEIC test, every listening question is only read once. 在多益測驗當中，每個聽力考題只會唸一次。
★同義字 quiz

9分鐘完整功　9分鐘檢定☺☹

testing 形 試驗的、棘手的
testable 形 可試驗的
testify 動 作證
testifier 名 作證者
pretest 名 預先測驗
tester 名 試驗員
testee 名 受試者

【0882】

thank [θæŋk]

1分鐘速記法　1分鐘檢定☺☹

thank [thank] 動 感謝（英初）

5分鐘學習術　5分鐘檢定☺☹

The family thanked the firefighters for saving their baby. 這家人感激打火英雄救了他們的嬰兒。
★同義字 appreciate

9分鐘完整功　9分鐘檢定☺☹

thankful 形 感激的
thankfully 副 感激地
thankfulness 名 謝意
thankless 形 不感謝的
thanksgiver 名 道謝者
unthankful 形 不感激的

【0883】

theatrical [θɪ`ætrɪkl]

1分鐘速記法　1分鐘檢定☺☹

theatrical [the‧a‧tri‧cal] 形 戲劇的（英中）

5分鐘學習術　5分鐘檢定☺☹

Theatrical performances were presented during these festivals. 在節慶期間演出了許多戲曲節目。
★同義字 dramatic

9分鐘完整功　9分鐘檢定☺☹

theater 名 戲劇；戲院
theatrically 副 戲劇化地
theatricality 名 戲劇性
theatricalize 動 戲劇化
theatrics 名 戲劇效果、表演藝術

【0884】

theft [θɛft]

1分鐘速記法　1分鐘檢定☺☹

theft [theft] 名 偷竊（英初）

5分鐘學習術　5分鐘檢定☺☹

When she discovered the theft of her bag, she went to the police. 當她發現錢包被偷時，她報了警。
★同義字 pilferage

9分鐘完整功　9分鐘檢定☺☹

thieve 動 偷竊

thievery 名 偷竊、偷竊事件
thief 名 賊
thievish 形 鬼鬼祟祟的
thievishly 副 鬼鬼祟祟地
thieving 形 偷竊的、當賊的

【0885】

theologian [ˌθiəˈlodʒɛn]

1分鐘速記法　　1分鐘檢定 ☺☹

theologian [theo‧lo‧gian] 名 神學家（英高）

5分鐘學習術　　5分鐘檢定 ☺☹

A sparrow fluttering about the church is an antagonist which the most profound theologian in Europe is wholly unable to overcome. 在教堂附近飛來飛去的麻雀，是歐洲學識最深的神學家完全無法克服的敵手。

9分鐘完整功　　9分鐘檢定 ☺☹

theological 形 神學的
theology 名 神學
theologically 副 神學上地
theologist 名 神學家
theologize 動 使神學化
theologue 名 神學生、神學專家
　🎓 菁英幫小提醒：同義字 divinity

【0886】

theory [ˈθiərɪ]

1分鐘速記法　　1分鐘檢定 ☺☹

theory [the‧o‧ry] 名 理論（英中）
　🎓 菁英幫小提醒：相關用語：hypothesis「假說」，theorem「定理」，doctrine「學說、原理」。

5分鐘學習術　　5分鐘檢定 ☺☹

Your plan is good in theory, but I doubt if it'll work in practice. 你的計畫在理論上是不錯的，但我看實行起來未必能行。

9分鐘完整功　　9分鐘檢定 ☺☹

theoretical 形 理論的
theoretically 副 理論上地
theoretician 名 理論家
theorist 名 理論家
theorize 動 推論、理論化
theorization 名 理論化

【0887】

therapeutic [ˌθɛrəˈpjutɪk]

1分鐘速記法　　1分鐘檢定 ☺☹

therapeutic [the‧ra‧peu‧tic] 形 有療效的（英高）

5分鐘學習術　　5分鐘檢定 ☺☹

Writing for some people can be therapeutic and may help put problems in perspective. 對於一些人來說寫作可達到治療作用，有助於正確看待問題。

9分鐘完整功　　9分鐘檢定 ☺☹

therapy 名 治療
therapeutical 形 治療的
therapeutically 副 治療地、有療效地
therapeutics 名 治療學
therapeutist 名 治療學家
therapist 名 治療學家

【0888】

thick [θɪk]

1分鐘速記法　　1分鐘檢定 ☺☹

thick [thick] 形 厚的（英中）

5分鐘學習術　　5分鐘檢定 ☺☹

One-third of books on the best-selling rank are thick detective novels. 暢銷書榜上三分之一的書是厚重的偵探小說。
★反義字 thin

9分鐘完整功　　9分鐘檢定 ☺☹

thickness 名 厚度
thicken 動 使變厚
thickening 名 增厚、增濃
thickish 形 很厚的
thickly 副 厚地、濃密地

【0889】

thing [θɪŋ]

1分鐘速記法　　1分鐘檢定 ☺☹

thing [thing] 名 事情（英初）

5分鐘學習術　　5分鐘檢定 ☺☹

She put down the things she wanted to tell you on the note. 她把她想告訴你的事情寫在這張紙條上。
★同義字 matter

A B C D E F G H I J K L M N O P Q R S T U V W X Y Z

191

MP3 091

9分鐘完整功　9分鐘檢定 ☺☹

anything ⑭ 任何事
everything ⑭ 每件事
nothing ⑭ 沒有東西
know-nothing ⑧ 無知的人
something ⑭ 某物
underthings ⑧ 女子內衣褲

【0890】

think [θɪŋk]

1分鐘速記法　1分鐘檢定 ☺☹

think [think] ⑩ 想（英初）
🎓 菁英幫小提醒：動詞不規則變化為 think，
thought，thought。

5分鐘學習術　5分鐘檢定 ☺☹

I have to think more before making a decision. 我得先思考一下，然後才好作決定。
★同義字 consider

9分鐘完整功　9分鐘檢定 ☺☹

thinkable ⑱ 可考慮的
thinker ⑧ 思想家
thinking ⑱ 思想的、好思考的
bethink ⑩ 想到
rethink ⑩ 重新考慮
outthink ⑩ 在思想上超越……
unthink ⑩ 不思考

【0891】

thorough [`θɝo]

1分鐘速記法　1分鐘檢定 ☺☹

thorough [tho・rough] ⑱ 徹底的（英中）

5分鐘學習術　5分鐘檢定 ☺☹

To arrest the suspect, the police carried out a thorough investigation. 為了逮捕嫌犯，警方展開了全面的調查。
★同義字 complete　★反義字 rough

9分鐘完整功　9分鐘檢定 ☺☹

thoroughly ⑩ 徹底地
thoroughness ⑧ 徹底、完全
thoroughbred ⑱ 有教養的、受過嚴格訓練的
thoroughgoing ⑱ 徹底的
thoroughpaced ⑱ 受過完善訓練的

thought [θɔt]

【0892】

1分鐘速記法　1分鐘檢定 ☺☹

thought [thought] ⑧ 思想（英初）

5分鐘學習術　5分鐘檢定 ☺☹

Please write and let me have your thoughts on the matter. 請寫信讓我知道你對此事的看法。
★同義字 thinking

9分鐘完整功　9分鐘檢定 ☺☹

thoughtful ⑱ 沉思的
thoughtfully ⑩ 深思熟慮地；體貼地
thoughtfulness ⑧ 深思熟慮
thoughtless ⑱ 粗心的
thoughtlessly ⑩ 草率地
thoughtlessness ⑧ 輕率、粗心
unthought ⑱ 沒想到的

thrift [θrɪft]

【0893】

1分鐘速記法　1分鐘檢定 ☺☹

thrift [thrift] ⑧ 節儉（英高）

5分鐘學習術　5分鐘檢定 ☺☹

Thrift is the basis of richness, so we have to tighten our belts. 節約是富裕的基礎，所以我們必須縮衣節食。
★同義字 frugality　★反義字 luxury

9分鐘完整功　9分鐘檢定 ☺☹

thrifty ⑱ 節儉的
thriftily ⑩ 節儉地
thriftless ⑱ 奢侈的
thriftlessly ⑩ 揮霍地
unthrift ⑧ 浪費、奢侈
unthrifty ⑱ 不節省的

throw [θro]

【0894】

1分鐘速記法　1分鐘檢定 ☺☹

throw [throw] ⑩ 丟（英初）
🎓 菁英幫小提醒：動詞不規則變化為 throw，
threw，thrown。

5分鐘學習術　5分鐘檢定 ☺☹

The family members of the dead threw eggs to the clinic. 死者家屬向診所丟擲雞蛋。

★同義字 toss

9分鐘完整功　　　　　9分鐘檢定☺☹

throwaway 名 宣傳手冊
throwback 名 倒退
thrower 名 投擲者
overthrow 動 推翻
downthrow 名 投下
outthrow 動 扔出、拋出
upthrow 動 向上拋擲

---

thunder [ˋθʌndɚ]　　　　【0895】

1分鐘速記法　　　　　1分鐘檢定☺☹

thunder [thun · der] 雷聲（英中）

5分鐘學習術　　　　　5分鐘檢定☺☹

The infant was shocked to tears by a sudden thunder. 小嬰兒被突如其來的雷聲嚇到落淚。
★同義字 thunderclap

9分鐘完整功　　　　　9分鐘檢定☺☹

thunderer 名 發出雷鳴或吼叫的人或物
thundering 形 雷鳴般的
thunderous 形 雷鳴般的、轟響的
thunderously 副 雷鳴般地、轟響地
thundershower 名 雷陣雨
thunderstorm 名 雷雨
thunderstruck 形 嚇壞的

---

tighten [ˋtaɪtṇ]　　　　【0896】

1分鐘速記法　　　　　1分鐘檢定☺☹

tighten [tigh · ten] 動 變緊（英中）

🎓 菁英幫小提醒：tighten one's belt 意為「縮衣節食、節儉度日」。

5分鐘學習術　　　　　5分鐘檢定☺☹

The rope holding the boat suddenly tightened and broke. 繫船的繩子突然繃斷了。
★反義字 loosen

9分鐘完整功　　　　　9分鐘檢定☺☹

tight 形 緊的
tightly 副 緊緊地
tightfisted 形 吝嗇的
tight-lipped 形 守口如瓶的
airtight 形 密封的
skintight 形 緊身的

---

watertight 形 防水的
windtight 形 不透風的

---

time [taɪm]　　　　【0897】

1分鐘速記法　　　　　1分鐘檢定☺☹

time [time] 時間（英初）

5分鐘學習術　　　　　5分鐘檢定☺☹

Time stopped me from finishing all the multiple-choice questions. 我想把單選題全部做完，但時間不夠了。
★同義字 hour

🎓 菁英幫小提醒：複選題為 multiple-response question。

9分鐘完整功　　　　　9分鐘檢定☺☹

timetable 名 時刻表
timeless 形 永恆的
timely 形 及時的
anytime 副 任何時候
lifetime 名 壽命、終生
mistime 動 估錯時間
overtime 名 超時、加班
sometime 副 某個時候

---

tire [taɪr]　　　　【0898】

1分鐘速記法　　　　　1分鐘檢定☺☹

tire [tire] 動 使疲倦（英初）

5分鐘學習術　　　　　5分鐘檢定☺☹

The bride was very tired and fell asleep quickly after the wedding banquet. 婚宴過後新娘非常疲倦，很快就睡著了。
★同義字 fatigue

9分鐘完整功　　　　　9分鐘檢定☺☹

tired 形 疲勞的
tiredness 名 疲勞
tireless 形 不疲倦的
tirelessly 副 不知疲倦地
tiresome 形 令人厭倦的
tiresomely 副 令人厭倦地

---

tolerable [ˋtɑlərəbl]　　　　【0899】

1分鐘速記法　　　　　1分鐘檢定☺☹

tolerable [to · le · ra · ble] 形 可容忍的（英高）

T

MP3 ◄)) 092

5分鐘學習術　5分鐘檢定☺☹

The heat was tolerable at night but suffocating during the day. 這種炎熱的天氣在夜晚尚能忍受，但白天就令人感到呼吸困難。
★同義字 bearable

9分鐘完整功　9分鐘檢定☺☹

tolerate 動 忍受
tolerably 副 可容忍地
tolerance 名 耐力
tolerant 形 容忍的
tolerantly 副 寬容地
toleration 名 寬大
intolerant 形 無法忍受的

【0900】
tongue [tʌŋ]

1分鐘速記法　1分鐘檢定☺☹

tongue [tongue] 名 舌頭（英中）

5分鐘學習術　5分鐘檢定☺☹

He clicked his tongue to attract their attention. 他用舌頭發出嘖嘖聲以吸引他們的注意。

9分鐘完整功　9分鐘檢定☺☹

tongueless 形 緘默的
tonguester 名 健談的人
tongue-tied 形 緘默的、結巴的
double-tongued 形 言詞矛盾的
tongue-lash 動 嚴厲責備
honey-tongued 形 甜言蜜語的
long-tongued 形 長舌的
sharp-tongued 形 話中帶刺的

【0901】
tooth [tuθ]

1分鐘速記法　1分鐘檢定☺☹

tooth [tooth] 名 牙齒（英初）
　　🎓菁英幫小提醒：複數為 teeth。

5分鐘學習術　5分鐘檢定☺☹

Check if you have residues left on your teeth after dinner. 飯後要檢查有沒有菜渣留在牙齒上。
★同義字 fang

9分鐘完整功　9分鐘檢定☺☹

toothed 形 有齒的
toothless 形 無齒的

---

toothache 名 牙痛
toothbrush 名 牙刷
toothpick 名 牙籤
toothpaste 名 牙膏
toothsome 形 美味的

【0902】
top [tɑp]

1分鐘速記法　1分鐘檢定☺☹

top [top] 名 頂端（英初）

5分鐘學習術　5分鐘檢定☺☹

On the top of the mountain lies a Buddhist temple, where four monks live. 在這座山頂上有一間佛寺，住著四個僧侶。
★同義字 peak　　★反義字 bottom

9分鐘完整功　9分鐘檢定☺☹

topless 形 上空的、無頂的
atop 副 在頂上
flattop 名 平頂建築
hilltop 名 山頂
housetop 名 屋頂
mountaintop 名 山頂
overtop 動 超出
topmost 形 最高的

【0903】
total [`totḷ]

1分鐘速記法　1分鐘檢定☺☹

total [to · tal] 形 完全的、總計的（英初）

5分鐘學習術　5分鐘檢定☺☹

The total population in the world is approximately 6.5 billion. 全世界的總人口大約為六十五億。
★同義字 whole

9分鐘完整功　9分鐘檢定☺☹

totally 副 完全地
totality 名 全部、總計
totalize 動 計算總數
totalizer 名 （總額）計算器
totalitarian 名 極權主義者
totalitarianism 名 極權主義

【0904】
touch [tʌtʃ]

1分鐘速記法　　　　　1分鐘檢定 ☺☹

touch [touch] 動 觸摸（英初）

🎓 菁英幫小提醒：keep in touch 意為「保持聯絡」。

5分鐘學習術　　　　　5分鐘檢定 ☺☹

Although the bus was crowded, I was certain that the man touched my thigh on purpose. 雖然公車很擁擠，但我很確定這男人是刻意碰觸我的大腿。

🎓 菁英幫小提醒：shank 為「小腿」。
★同義字 contact

9分鐘完整功　　　　　9分鐘檢定 ☺☹

touchable 形 可觸摸的
touched 形 感動的
toucher 名 觸碰的人
touching 形 感人的
touchingly 副 感人地
touchily 副 難以取悅地
touchiness 名 敏感、棘手
untouched 形 原封不動的

tough [tʌf]　　　　　【0905】

1分鐘速記法　　　　　1分鐘檢定 ☺☹

tough [tough] 形 艱難的、強韌的（英中）

5分鐘學習術　　　　　5分鐘檢定 ☺☹

It was a tough decision for me to choose whom to live with. I love both of my parents. 要我決定和誰共住是很艱難的抉擇。雙親倆我都很愛。

★同義字 hardy　　★反義字 easy

9分鐘完整功　　　　　9分鐘檢定 ☺☹

toughen 動 使堅韌
toughly 副 堅韌地
toughie 名 難題
toughish 形 稍微堅韌的
toughness 名 堅韌

tour [tʊr]　　　　　【0906】

1分鐘速記法　　　　　1分鐘檢定 ☺☹

tour [tour] 名 旅行（英初）

5分鐘學習術　　　　　5分鐘檢定 ☺☹

Mr. Adams made a tour around East Asia last year. 亞當斯先生去年去東亞旅行了一次。
★同義字 journey

9分鐘完整功　　　　　9分鐘檢定 ☺☹

tourism 名 觀光業
tourist 名 觀光客
touring 形 遊客的
touristic 形 觀光客的
touristy 形 觀光客的
detour 動 繞道

toxic [`tɑksɪk]　　　　　【0907】

1分鐘速記法　　　　　1分鐘檢定 ☺☹

toxic [tox·ic] 形 有毒的（英中）

5分鐘學習術　　　　　5分鐘檢定 ☺☹

When spilled into the sea, oil can be toxic to marine plants and animals. 石油溢入海洋就有可能危害海生動植物。
★同義字 poisonous

9分鐘完整功　　　　　9分鐘檢定 ☺☹

toxication 名 中毒
toxicant 形 有毒的
toxicity 名 毒性
toxicogenic 形 產毒的
toxicology 形 毒理學

town [taʊn]　　　　　【0908】

1分鐘速記法　　　　　1分鐘檢定 ☺☹

town [town] 名 城鎮（英初）

5分鐘學習術　　　　　5分鐘檢定 ☺☹

When the alarm rang, all villagers hid themselves in the town center. 當警鈴響起時，村民都躲進城鎮中心裡。
★同義字 burgh

9分鐘完整功　　　　　9分鐘檢定 ☺☹

townlet 名 小市鎮
townsman 名 鎮民
downtown 名 城市商業區
hometown 名 家鄉
midtown 名 商業區和住宅區的中間地帶
uptown 名 非商業區、住宅區

T

MP3 093

trace [tres] 【0909】

1分鐘速記法　1分鐘檢定☺☹

trace [trace] 動 追蹤（英中）

5分鐘學習術　5分鐘檢定☺☹

The practice of giving eggs at Easter can be traced back to festivals in ancient China. 復活節送蛋的習俗可以追溯到中國古代的節慶。
★同義字 track

9分鐘完整功　9分鐘檢定☺☹

tracer 名 追蹤者
traceless 形 無蹤的
traceable 形 可追蹤的
traceableness 名 可追溯
traceability 名 可追溯性
untraceable 形 難以追蹤的
untraced 形 無蹤跡的

trade [tred] 【0910】

1分鐘速記法　1分鐘檢定☺☹

trade [trade] 名 貿易（英初）

5分鐘學習術　5分鐘檢定☺☹

The trade surplus of Taiwan is mainly from Mainland China. 台灣的貿易順差主要來自中國大陸。
　🎓 菁英幫小提醒：trade deficit 則為「貿易逆差」之意。
★同義字 commerce

9分鐘完整功　9分鐘檢定☺☹

trader 名 商人
tradeoff 名 交易
trademark 名 商標
tradesman 名 零售商
tradespeople 名 零售商人
trade-in 名 折價物

tradition [trəˋdɪʃən] 【0911】

1分鐘速記法　1分鐘檢定☺☹

tradition [tra · di · tion] 名 傳統（英中）

5分鐘學習術　5分鐘檢定☺☹

My parents did their best to keep up the fam-ily tradition. 我的父母為了保持家庭的傳統竭盡全力。
★同義字 custom

9分鐘完整功　9分鐘檢定☺☹

traditional 形 傳統的
traditionally 副 傳統上地
traditionalism 名 傳統主義
traditionalist 名 傳統主義者
traditionless 形 無傳統的

tragedy [ˋtrædʒədɪ] 【0912】

1分鐘速記法　1分鐘檢定☺☹

tragedy [tra · ge · dy] 名 悲劇（英中）

5分鐘學習術　5分鐘檢定☺☹

It's a tragedy that the gifted poet, Li Ho, died so young. 才華橫溢的詩人李賀英年早逝，真是一大悲劇。
★反義字 comedy

9分鐘完整功　9分鐘檢定☺☹

tragic 形 悲劇的
tragical 形 悲劇的
tragically 副 悲劇性地
tragedian 名 悲劇演員
tragedienne 名 悲劇女演員
tragicomedy 名 兼具悲與喜的戲劇

train [tren] 【0913】

1分鐘速記法　1分鐘檢定☺☹

train [train] 名 火車（英初）

5分鐘學習術　5分鐘檢定☺☹

We went to the Lantern Festival in Yi-Lan by train. 我們搭火車去參加宜蘭燈會。
　🎓 菁英幫小提醒：相關用語 streetcar，意為「電車」。

9分鐘完整功　9分鐘檢定☺☹

trainload 名 列車載重量
trainman 名 列車乘務員
trainsick 形 暈（火）車的
detrain 動 下火車
entrain 動 上火車

tranquil [`træŋkwɪl] 【0914】

1分鐘速記法　　　　　1分鐘檢定 ☺☹

tranquil [tran．quil] 彤 平靜的（英高）

5分鐘學習術　　　　　5分鐘檢定 ☺☹

He looked at the man with a tranquil eye, as if he was not his rival in love. 他以平靜的眼神看著那個男人，彷彿他不是情敵一般。
★同義字 calm

9分鐘完整功　　　　　9分鐘檢定 ☺☹

tranquility 名 平靜
tranquilize 動 使平靜
tranquilizer 名 鎮靜劑
tranquilization 名 鎮靜
tranquilly 副 安靜地

transcend [træn`sɛnd] 【0915】

1分鐘速記法　　　　　1分鐘檢定 ☺☹

transcend [trans．cend] 動 超越（英中）

5分鐘學習術　　　　　5分鐘檢定 ☺☹

His latest symphony transcends anything he has ever written before. 他最近的一首交響曲勝過他過去的所有作品。
★同義字 surpass

9分鐘完整功　　　　　9分鐘檢定 ☺☹

transcendence 名 超越
transcendent 彤 超越的
transcendental 彤 卓越的；超自然的
transcendentalism 名 先驗論
transcendentalist 名 先驗論者

transfer [træns`fɝ] 【0916】

1分鐘速記法　　　　　1分鐘檢定 ☺☹

transfer [trans．fer] 動 轉移（英中）

5分鐘學習術　　　　　5分鐘檢定 ☺☹

My brother has transferred from the army to the navy. 我哥哥從陸軍調到海軍。
★同義字 shift

9分鐘完整功　　　　　9分鐘檢定 ☺☹

transference 名 轉移

transferable 彤 可轉移的
transferability 名 可移動性
transferential 彤 轉讓的
transferrer 名 遷移者、轉運者

transform [træns`fɔrm] 【0917】

1分鐘速記法　　　　　1分鐘檢定 ☺☹

transform [trans．form] 動 轉變（英中）

5分鐘學習術　　　　　5分鐘檢定 ☺☹

This place, originally a small town, has been transformed into a modern city. 這個地方原先是個小鎮，現在已經變成一座現代化的城市。
★同義字 change

9分鐘完整功　　　　　9分鐘檢定 ☺☹

transformable 彤 可變形的
transformation 名 變形
transformative 彤 變形的
transformer 名 改革者
transformism 名 變種論
transformist 名 變種論者

translate [træns`let] 【0918】

1分鐘速記法　　　　　1分鐘檢定 ☺☹

translate [trans．late] 動 翻譯（英初）

5分鐘學習術　　　　　5分鐘檢定 ☺☹

Robert translated the book from French into English. 羅伯特把這本書由法語譯為英語。
★同義字 interpret

9分鐘完整功　　　　　9分鐘檢定 ☺☹

translation 名 翻譯
translator 名 翻譯者
translatress 名 女翻譯者
translative 彤 翻譯的
translatable 彤 可譯的
untranslated 彤 未翻譯的

transmission [træns`mɪʃən] 【0919】

1分鐘速記法　　　　　1分鐘檢定 ☺☹

transmission [trans．mis．sion] 名 傳播（英高）

T

MP3 ◀ 094

5分鐘**學習術**　　　　　5分鐘檢定 ☺☹

We now interrupt our normal transmissions to bring you a special news flash. 我們現在中斷正常節目，播送一則特別新聞。
★同義字 communication

9分鐘**完整功**　　　　　9分鐘檢定 ☺☹

transmit 🔲 傳達
transmitter ❷ 傳達者
transmissive 🔢 能傳導的
transmissible 🔢 能傳送的
transmittal ❷ 媒介

---

treat　[trit]　　　　　　【0920】

1分鐘**速記法**　　　　　1分鐘檢定 ☺☹

treat [treat] 🔲 對待（英中）

5分鐘**學習術**　　　　　5分鐘檢定 ☺☹

Treat your keyboard with care and it should last for years. 小心使用你的鍵盤，這樣就可以使用很多年。
★同義字 handle

9分鐘**完整功**　　　　　9分鐘檢定 ☺☹

treatment ❷ 處理
treatable 🔢 能處理的
ill-treat 🔲 虐待
maltreat 🔲 虐待
mistreat 🔲 虐待

---

trend　[trɛnd]　　　　　　【0921】

1分鐘**速記法**　　　　　1分鐘檢定 ☺☹

trend [trend] ❷ 趨勢（英中）

5分鐘**學習術**　　　　　5分鐘檢定 ☺☹

She always follows the latest trends in fashion. 她總是追求最新的流行款式。
★同義字 tendency

9分鐘**完整功**　　　　　9分鐘檢定 ☺☹

trendy 🔢 流行的
trendily 🔲 時髦地
trendiness ❷ 追求時髦
trendless 🔢 無趨勢的
trendsetter ❷ 引領風潮的人

---

trick　[trɪk]　　　　　　【0922】

1分鐘**速記法**　　　　　1分鐘檢定 ☺☹

trick [trick] ❷ 詭計（英中）

5分鐘**學習術**　　　　　5分鐘檢定 ☺☹

The tricks of the fraud ring were taking advantage of people's greediness. 詐騙集團的詭計就是利用人們的貪念。
★同義字 artifice

9分鐘**完整功**　　　　　9分鐘檢定 ☺☹

tricky 🔢 狡猾的
trickish 🔢 狡猾的
trickery ❷ 奸計
tricker ❷ 惡作劇的人
trickily 🔲 狡猾地

---

trivial　[`trɪvɪəl]　　　　　【0923】

1分鐘**速記法**　　　　　1分鐘檢定 ☺☹

trivial [tri‧vial] 🔢 瑣碎的（英中）

5分鐘**學習術**　　　　　5分鐘檢定 ☺☹

The vocabulary and grammatical differences between British and American English are so trivial and few as hardly to be noticed. 英國英語和美國英語在辭彙和語法方面的差別非常小，很難注意到。
★同義字 slight

9分鐘**完整功**　　　　　9分鐘檢定 ☺☹

trivia ❷ 瑣事
triviality ❷ 瑣碎的事物
trivially 🔲 瑣碎地
trivialize 🔲 使瑣碎
trivialization ❷ 瑣碎化

---

trouble　[`trʌbl̩]　　　　　【0924】

1分鐘**速記法**　　　　　1分鐘檢定 ☺☹

trouble [trou‧ble] ❷ 麻煩（英初）

5分鐘**學習術**　　　　　5分鐘檢定 ☺☹

To have an appointment with her is a trouble. She always has tight schedule. 和她約會是個麻煩，因為她的時間表總是很緊湊。

9分鐘完整功　　　9分鐘檢定☺☹

troublesome 形 麻煩的
troublesomely 副 麻煩地
troubled 形 不安的、憂慮的
troublemaker 名 惹麻煩的人
trouble-shooter 名 解決難題的人
untroubled 形 無憂無慮的

---

true　[tru]　　　【0925】

1分鐘速記法　　　1分鐘檢定☺☹

true　[true] 形 真實的（英初）

5分鐘學習術　　　5分鐘檢定☺☹

Is it true that the box office of Cape No.7 was
the highest of Taiwan movies? 「海角七號」是
台灣電影票房最高是真的嗎？
★同義字correct　　★反義字false

9分鐘完整功　　　9分鐘檢定☺☹

truehearted 形 忠誠的
truelove 名 忠實的愛人
truth 名 真理
truly 副 真實地
truthful 形 真實的、誠實的
truthfully 副 真實地、誠實地
truthless 形 不誠實的
untrue 形 不真實的、不正確的

---

trust　[trʌst]　　　【0926】

1分鐘速記法　　　1分鐘檢定☺☹

trust　[trust] 動 信任（英初）

5分鐘學習術　　　5分鐘檢定☺☹

Love blinded her reason and made her trust
such a playboy. 愛蒙蔽了她的理智，讓她信任這
樣一個花心男子。
★同義字believe　　★反義字doubt

9分鐘完整功　　　9分鐘檢定☺☹

trustful 形 深信不疑的
trustily 副 可信賴地
trusting 形 信任他人的
trustworthy 形 可靠的
trusty 形 值得信賴的
distrust 動 不信任、懷疑
distrustful 形 不信任的
mistrust 動 懷疑

---

try　[traɪ]　　　【0927】

1分鐘速記法　　　1分鐘檢定☺☹

try　[try] 動 嘗試（英初）

5分鐘學習術　　　5分鐘檢定☺☹

Don't give up so easily. Try again. 不要輕言放
棄，再試一次。
　🎓 菁英幫小提醒：片語give up若接 Ving，表示
　　　「戒掉某種行為、放棄」之意。
★同義字attempt

9分鐘完整功　　　9分鐘檢定☺☹

trial 名 嘗試
trier 名 試驗者
tryout 名 試用
retry 動 重試
untried 形 未經試驗的
well-tried 形 經過多次磨鍊的

---

tune　[tjun]　　　【0928】

1分鐘速記法　　　1分鐘檢定☺☹

tune　[tune] 名 曲調（英中）

5分鐘學習術　　　5分鐘檢定☺☹

In the performance, the piano and the violin
are not in tune. 在這場演奏中，鋼琴與小提琴調
子不和諧。
★同義字melody

9分鐘完整功　　　9分鐘檢定☺☹

tuneable 形 可合調的
tuneful 形 音調悅耳的
tunefully 副 音調優美地
tunefulness 名 音調優美
tuneless 形 不和諧的
tunelessly 副 不悅耳地
tunelessness 名 不悅耳

---

turn　[tɜn]　　　【0929】

1分鐘速記法　　　1分鐘檢定☺☹

turn　[turn] 動 轉動（英初）

5分鐘學習術　　　5分鐘檢定☺☹

The employee turned back on her company
by leaking the confidential information to its

T

199

MP3 095

enemy. 這名員工藉洩漏公司機密給競爭對手來背叛公司。
★同義字 rotate

9分鐘完整功　9分鐘檢定 ☺☹

turner 图 旋轉器
turnover 图 翻轉
downturn 图 下降、衰退
overturn 動 打翻
return 動 歸還、返回
unturned 圈 未翻轉的
upturn 動 朝上

type [taɪp]　【0930】

1分鐘速記法　1分鐘檢定 ☺☹

type [type] 图 類型（英初）

5分鐘學習術　5分鐘檢定 ☺☹

There have been several incidents of this type in recent weeks. 最近幾週發生了數起這類事件。
★同義字 kind

9分鐘完整功　9分鐘檢定 ☺☹

typical 圈 典型的
typically 副 典型地
typify 動 成為典型
typification 图 典型
untypical 圈 非典型的
untypically 副 非典型地

tyrant [ˈtaɪrənt]　【0931】

1分鐘速記法　1分鐘檢定 ☺☹

tyrant [ty・rant] 图 暴君（英中）

5分鐘學習術　5分鐘檢定 ☺☹

The country was ruled by a succession of tyrants. 這個國家接連遭受暴君的統治。

9分鐘完整功　9分鐘檢定 ☺☹

tyrannic 圈 暴虐的
tyrannical 圈 專制的
tyrannically 副 暴虐地
tyrannicide 图 謀弒暴君
tyrannize 動 施行暴政

unconscious [ʌnˈkɑnʃəs]　【0932】

1分鐘速記法　1分鐘檢定 ☺☹

unconscious [un・con・scious] 圈 無意識的（英中）

5分鐘學習術　5分鐘檢定 ☺☹

Angela was unconscious of boss's presence, so she kept speaking ill of others. 安琪拉不知道老闆在場，還繼續說其他人的壞話。
★同義字 insensible　★反義字 sensible

9分鐘完整功　9分鐘檢定 ☺☹

unconsciously 副 無意識地
unconsciousness 图 無意識
conscious 圈 有意識的
consciously 副 有意識地
consciousness 图 意識

ugly [ˈʌglɪ]　【0933】

1分鐘速記法　1分鐘檢定 ☺☹

ugly [ug・ly] 圈 醜的（英初）

5分鐘學習術　5分鐘檢定 ☺☹

Now he has put an ugly stone head over the gate. 現在他把一個醜陋的石雕頭像掛在大門上。
★同義字 hideous　★反義字 beautiful

9分鐘完整功　9分鐘檢定 ☺☹

ugliness 图 醜陋
uglily 副 醜陋地
uglify 動 醜化
uglification 图 醜化
uglifier 图 醜化者、破壞美觀者

under [ˈʌndə]　【0934】

1分鐘速記法　1分鐘檢定 ☺☹

under [un・der] 介 在……之下（英初）

5分鐘學習術　5分鐘檢定 ☺☹

Those who didn't have an umbrella stood under the roof and waited for the stop of rain. 那些沒帶傘的人站在屋簷下等雨停。
★同義字 below　★反義字 above

9分鐘完整功　　9分鐘檢定 ☺☹

underbuy 以低價買進
underclass 下層階級
underclothed 衣著單薄的
underdo 不盡全力去做
underline 畫底線
underground 地面下的
underlie 構成基礎

---

understand [ˌʌndəˈstænd]　【0935】

1分鐘速記法　　1分鐘檢定 ☺☹

understand [un・der・stand] 瞭解（英初）

🎓 菁英幫小提醒：動詞不規則變化為 understand, understood, understood。

5分鐘學習術　　5分鐘檢定 ☺☹

Hoping not to hurt him, she took every euphemistic measure to let him understand her refusal. 為了不傷害他，她嘗試所有委婉的方法讓他明白她的拒絕。
★同義字 know

9分鐘完整功　　9分鐘檢定 ☺☹

understandable 可理解的
understandably 可理解地
understandability 可理解性
understanding 了解、領會
understandingly 領悟地

---

unite [juˈnaɪt]　【0936】

1分鐘速記法　　1分鐘檢定 ☺☹

unite [u・nite] 結合（英初）

5分鐘學習術　　5分鐘檢定 ☺☹

The treat of war united the various political groups in the country. 戰爭的威脅使這個國家的各個政黨聯合起來。
★同義字 combine　★反義字 separate

9分鐘完整功　　9分鐘檢定 ☺☹

united 統一的
unitive 團結的
unity 團結
disunite 分裂、分離
disunity 不統一、不團結
reunite 再結合

universe [junəˌvɝs]　【0937】

1分鐘速記法　　1分鐘檢定 ☺☹

universe [u・ni・verse] 宇宙（英中）

5分鐘學習術　　5分鐘檢定 ☺☹

Before the heliocentric theory by Copernicus, people thought the earth was the center of the universe. 在哥白尼提出日心說之前，人們認為地球是宇宙的中心。
★同義字 space

9分鐘完整功　　9分鐘檢定 ☺☹

universal 全世界的
universally 全世界地、普遍地
universality 普遍性
universalism 普遍性
universalize 普遍化

urine [ˈjʊrɪn]　【0938】

1分鐘速記法　　1分鐘檢定 ☺☹

urine [u・rine] 尿（英高）

5分鐘學習術　　5分鐘檢定 ☺☹

The urine left by the margin of the toilet turned out to be the key evidence. 殘留在馬桶邊緣的尿液成了關鍵證據。
🎓 菁英幫小提醒：pee 是 urine 較粗俗的說法。

9分鐘完整功　　9分鐘檢定 ☺☹

urinal 尿壺
urinalysis 驗尿
urinary 尿液的
urinate 排尿
urination 排尿
urinative 利尿的

---

use [juz]　【0939】

1分鐘速記法　　1分鐘檢定 ☺☹

use [use] 使用（英初）

5分鐘學習術　　5分鐘檢定 ☺☹

For the least errors, the accountant uses a computer to do its accounts. 為了達到最少的錯誤，會計師用電腦來記帳。

U

MP3 ◄) 096

9分鐘完整功　9分鐘檢定 ☺☹

usage 名 使用方法
useful 形 有用的
usefulness 名 有用
useless 形 無用的
user 名 使用者
abuse 動 濫用
disuse 動 廢棄
misuse 動 濫用

【0940】

utility [ju`tɪlətɪ]

1分鐘速記法　1分鐘檢定 ☺☹

utility [u‧ti‧li‧ty] 名 效用（英高）

5分鐘學習術　5分鐘檢定 ☺☹

The store deals in objects of domestic utility at a lower price. 那家商店以較低價出售家庭用品。
★同義字 usefulness

9分鐘完整功　9分鐘檢定 ☺☹

utilitarian 形 功利主義的
utilitarianism 名 功利主義
utilize 動 利用
utilization 名 利用、使用
inutility 名 無益、無用

【0941】

vaccine [`væksin]

1分鐘速記法　1分鐘檢定 ☺☹

vaccine [vac‧cine] 名 疫苗（英高）

5分鐘學習術　5分鐘檢定 ☺☹

People who are waiting for the vaccine injection form a long line outside the clinic. 等待疫苗注射的人在診所外形成了一個長長的隊伍。
★同義字 bacterin

9分鐘完整功　9分鐘檢定 ☺☹

vaccinal 形 疫苗的
vaccinate 動 接種疫苗
vaccination 名 接種疫苗
vaccinationist 名 贊成接種疫苗的人
vaccinator 名 接種員

【0942】

valid [`vælɪd]

1分鐘速記法　1分鐘檢定 ☺☹

valid [va‧lid] 形 有效的（英高）

5分鐘學習術　5分鐘檢定 ☺☹

The coupon is valid for only one month, so you have to use it as soon as possible. 這張折價券只在一個月內有效，所以你必須儘快把它用掉。
★同義字 effective　　★反義字 useless

9分鐘完整功　9分鐘檢定 ☺☹

validity 名 正確
validly 副 正確地、有效地
validate 動 使生效
invalid 形 無效的
invalidate 動 使無效
invalidly 副 無效地

【0943】

value [`vælju]

1分鐘速記法　1分鐘檢定 ☺☹

value [va‧lue] 名 價值（英初）

5分鐘學習術　5分鐘檢定 ☺☹

The value of the useful reference book is beyond its price. 這本實用工具書的價值超過了它的售價。
★同義字 worth

9分鐘完整功　9分鐘檢定 ☺☹

valuable 形 有價值的
valuation 名 估價
valuator 名 估價者
devalue 動 貶值
evaluate 動 估價、評價
invaluable 形 貴重的、無價的
outvalue 動 價值勝過……
undervalue 動 低估

【0944】

vapor [`vepɚ]

1分鐘速記法　1分鐘檢定 ☺☹

vapor [va‧por] 名 蒸氣（英高）

5分鐘學習術　5分鐘檢定 ☺☹

Our teacher tells us that a cloud is a mass of vapor in the sky. 老師告訴我們雲是天空中的一團水氣。

★同義字 steam

9分鐘完整功　　　　　　　9分鐘檢定 ☺☹

vaporish 彤 蒸氣似的
vaporific 彤 產生蒸氣的
vaporize 動 蒸發
vaporization 名 蒸發作用
vaporizable 彤 可蒸發的

【0945】

vary ［`vɛrɪ］

1分鐘速記法　　　　　　　1分鐘檢定 ☺☹

vary [vary] 動 改變（英初）

5分鐘學習術　　　　　　　5分鐘檢定 ☺☹

The customs of wedding vary from culture
to culture. 婚禮習俗隨著文化的不同而不同。
★同義字 alter

9分鐘完整功　　　　　　　9分鐘檢定 ☺☹

various 彤 各式各樣的
variable 彤 易變的、多變的
variability 名 變化性
variably 副 易變地
variance 名 變異
variety 名 多樣
varied 彤 不相同的
variation 名 變異、變動

【0946】

vegetable ［`vɛdʒətəbl］

1分鐘速記法　　　　　　　1分鐘檢定 ☺☹

vegetable [ve · ge · ta · ble] 名 蔬菜（英初）

5分鐘學習術　　　　　　　5分鐘檢定 ☺☹

Wendy is on a diet. She eats nothing except
for vegetables. 溫蒂正在節食，除了蔬菜之外什
麼都不吃。
★同義字 green
🎓 菁英幫小提醒：指稱蔬菜時必須用複數型。

9分鐘完整功　　　　　　　9分鐘檢定 ☺☹

vegetarian 名 素食主義者
vegetarianism 名 素食主義
vegetant 彤 植物性的
vegetate 動 像植物般生長
vegetation 名 植物、植被
vegetative 彤 植物的、富生長力的

【0947】

verbal ［`vɜbḷ］

1分鐘速記法　　　　　　　1分鐘檢定 ☺☹

verbal [ver · bal] 彤 口頭的（英中）

5分鐘學習術　　　　　　　5分鐘檢定 ☺☹

Is it true that girls' verbal ability is greater
than that of boys? 女孩的口語表達能力比男孩子
強，這是真的嗎？
★同義字 oral

9分鐘完整功　　　　　　　9分鐘檢定 ☺☹

verbally 副 口頭地
verbalize 動 以言語表達
verbalization 名 言語表達
verbality 名 言詞表達
verbalist 名 咬文嚼字的人
verbalism 名 咬文嚼字

【0948】

verify ［`vɛrə͵faɪ］

1分鐘速記法　　　　　　　1分鐘檢定 ☺☹

verify [ve · ri · fy] 動 證實（英中）

5分鐘學習術　　　　　　　5分鐘檢定 ☺☹

Subsequent events verified my suspicions.
隨後發生的事情證實了我的懷疑。
★同義字 confirm

9分鐘完整功　　　　　　　9分鐘檢定 ☺☹

verifier 名 證實者
verified 彤 已證實的
verification 名 確認
verifiable 彤 可證實的
verifiability 名 可證實性

【0949】

vibration ［vaɪ`breʃən］

1分鐘速記法　　　　　　　1分鐘檢定 ☺☹

vibration [vi · bra · tion] 名 振動（英高）

5分鐘學習術　　　　　　　5分鐘檢定 ☺☹

Your fingers can feel the vibration on the
violin strings. 你的手能感覺小提琴琴弦的振動。
★同義字 shake

9分鐘完整功　　　　　　　9分鐘檢定 ☺☹

vibrate 動 振動

V

MP3 ◀) 097

vibratile 形 振動的
vibratility 名 振動
vibrational 形 振動的
vibrator 名 振動者、振動器
vibratory 形 振動的

【0950】
view [vju]

👤1分鐘速記法　　1分鐘檢定 ☺☹

view [view] 動 見、看（英初）

👤5分鐘學習術　　5分鐘檢定 ☺☹

He viewed the majestic scenery from the top of the tower. 他從塔上觀看壯麗的風景。
★同義字 see

👤9分鐘完整功　　9分鐘檢定 ☺☹

viewer 名 觀察者
viewless 形 看不見的
interview 動 面試
interviewer 名 面訪者
preview 動 預習
review 動 複習
viewpoint 名 觀點、見解

【0951】
vigor [`vɪgə]

👤1分鐘速記法　　1分鐘檢定 ☺☹

vigor [vi‧gor] 名 活力（英高）

👤5分鐘學習術　　5分鐘檢定 ☺☹

The leader of the expedition must be a man of great vigor. 探險隊的負責人必須是有活力的人。
★同義字 energy

👤9分鐘完整功　　9分鐘檢定 ☺☹

vigorous 形 精力充沛的
vigorously 副 精力充沛地
vigorousness 名 富有活力
invigorant 名 補品
invigorate 動 激勵、鼓舞
invigorative 形 激勵的

【0952】
violate [`vaɪə‚let]

👤1分鐘速記法　　1分鐘檢定 ☺☹

violate [vi‧o‧late] 動 侵犯（英初）

👤5分鐘學習術　　5分鐘檢定 ☺☹

The sound of guns violated the usual calm of Sunday morning. 槍聲破壞了星期日早晨向來的寧靜。
★同義字 encroach

👤9分鐘完整功　　9分鐘檢定 ☺☹

violation 名 侵犯
violative 形 妨害的
violator 名 侵犯者
violable 形 可破壞的
inviolable 形 不可破壞的
inviolably 副 不可破壞地

【0953】
violin [‚vaɪə`lɪn]

👤1分鐘速記法　　1分鐘檢定 ☺☹

violin [vi‧o‧lin] 名 小提琴（英中）

👤5分鐘學習術　　5分鐘檢定 ☺☹

The styles of violin and guitar are different. The former is elegant, and the latter is free. 小提琴和吉他的風格不同，前者高雅，而後者率性。

👤9分鐘完整功　　9分鐘檢定 ☺☹

violincello 名 大提琴
violinist 名 小提琴手
violinistic 形 小提琴的
violist 名 中提琴手
violinmaker 名 小提琴製造者
🎓 菁英幫小提醒：同義字 cello

【0954】
visible [`vɪzəbl]

👤1分鐘速記法　　1分鐘檢定 ☺☹

visible [vi‧si‧ble] 形 看得見的（英中）

👤5分鐘學習術　　5分鐘檢定 ☺☹

Poverty is not prevalent in most cities but more visible in the countryside. 貧困在大多數城市裡並不是普遍現象，但在農村卻是顯而易見。
★同義字 noticeable

👤9分鐘完整功　　9分鐘檢定 ☺☹

visibility 名 可見性
visibly 副 顯見地
invisible 形 看不見的

invisibly 圖 看不見地
invisibility 图 不可見

visit [ˋvɪzɪt]　【0955】

1分鐘速記法　1分鐘檢定 ☺☹

visit [vi · sit] 圖 拜訪（英初）

5分鐘學習術　5分鐘檢定 ☺☹

This afternoon we're going to visit a friend in hospital. 今天下午我們將去探望一位住院的朋友。

9分鐘完整功　9分鐘檢定 ☺☹

visitable 圖 值得訪問的
visitant 图 訪客
visitation 图 訪問、探察
visitatorial 圖 訪問的
visiting 圖 參觀的、訪問的
visitor 图 參觀者
revisit 圖 再訪

visual [ˋvɪʒuəl]　【0956】

1分鐘速記法　1分鐘檢定 ☺☹

visual [vi · sual] 圖 視覺的（英中）

5分鐘學習術　5分鐘檢定 ☺☹

The movie brought us visual enjoyment by 3D animation. 這部電影藉著 3D 動畫為我們帶來視覺享受。

9分鐘完整功　9分鐘檢定 ☺☹

visualize 圖 想像
visualization 图 形象化
visualizer 图 想像者
visually 圖 視覺上
visualist 图 視覺論者

vital [ˋvaɪt!]　【0957】

1分鐘速記法　1分鐘檢定 ☺☹

vital [vi · tal] 圖 充滿活力的（英中）

5分鐘學習術　5分鐘檢定 ☺☹

Although she stayed up last night, she still looks vital. 雖然她昨晚熬夜，她看起來仍然充滿活力。
★同義字 energetic　★反義字 unenergetic

9分鐘完整功　9分鐘檢定 ☺☹

vitality 图 活力
vitalize 圖 給予活力、激勵
vitalization 图 賦予生命力
vitalist 图 活力論者
vitalistic 圖 活力論的
vitalism 图 活力論

vocal [ˋvok!]　【0958】

1分鐘速記法　1分鐘檢定 ☺☹

vocal [vo · cal] 圖 聲音的（英中）
🎓 菁英幫小提醒：此字當名詞時，可用來指一般的樂團主唱。

5分鐘學習術　5分鐘檢定 ☺☹

The earnest singer makes vocal exercises three times a day. 這名認真的歌手一天做三次發聲練習。

9分鐘完整功　9分鐘檢定 ☺☹

vocality 图 聲音
vocalize 圖 發聲
vocalization 图 發聲
vocalist 图 歌唱家
vocalism 图 發聲法、歌唱法

voice [vɔɪs]　【0959】

1分鐘速記法　1分鐘檢定 ☺☹

voice [voice] 图 聲音（英初）

5分鐘學習術　5分鐘檢定 ☺☹

I've got a bad cold and I've lost my voice. 我得了重感冒，嗓子都發不出聲音了。
★同義字 sound

9分鐘完整功　9分鐘檢定 ☺☹

voiced 圖 有聲的
voiceful 圖 有聲的、嘈雜的
voiceless 圖 無聲的
voice-over 图 畫外音、旁白
outvoice 圖 說話更具說服力
unvoiced 圖 不出聲的

volcano [vɑlˋkeno]　【0960】

MP3 098

1分鐘速記法　　　1分鐘檢定 ☺☹
volcano [vol‧ca‧no] 名 火山（英中）

5分鐘學習術　　　5分鐘檢定 ☺☹
Vesuvius is the only active volcano in Italy. It is known for covering over Pompeii by its ashes. 維蘇威火山是義大利唯一的活火山。它因灰燼覆蓋了龐貝城而知名。

🎓 菁英幫小提醒：extinct volcano，意為「死火山」。

9分鐘完整功　　　9分鐘檢定 ☺☹
volcanic 形 火山性的
volcanically 副 火山似地
volcanicity 名 火山活動
volcanist 名 火山學家
volcanism 名 火山作用

【0961】
voluntary [`vɑlən,tɛrɪ]

1分鐘速記法　　　1分鐘檢定 ☺☹
voluntary [vo‧lun‧ta‧ry] 形 自願的（英中）

5分鐘學習術　　　5分鐘檢定 ☺☹
My attendance on the course is purely voluntary, rather than compulsory. 我來聽這門課純粹出於自願，而非出於義務。

🎓 菁英幫小提醒：相關用語：「必修課」為compulsory course，「選修課」為optional course。
★同義字 spontaneous

9分鐘完整功　　　9分鐘檢定 ☺☹
voluntarily 副 自願地
voluntariness 名 自願
volunteer 名 志工
voluntourism 名 公益旅行
involuntary 形 非自願的
involuntarily 副 非自願地

【0962】
vulgar [`vʌlgɚ]

1分鐘速記法　　　1分鐘檢定 ☺☹
vulgar [vul‧gar] 形 粗俗的（英中）

5分鐘學習術　　　5分鐘檢定 ☺☹
The houses and cars of the newly rich are huge but vulgar. 那位暴發戶的房子和車子都碩大無比，卻又俗不可耐。

★同義字 indecent　　★反義字 elegant

9分鐘完整功　　　9分鐘檢定 ☺☹
vulgarian 名 粗俗的人事物
vulgarly 副 通俗地
vulgarize 動 使粗俗化
vulgarization 名 通俗化、粗俗化
vulgarity 名 粗俗的言行

【0963】
vulnerable [`vʌlnərəbl]

1分鐘速記法　　　1分鐘檢定 ☺☹
vulnerable [vul‧ne‧ra‧ble] 形 易受傷害的（英高）

5分鐘學習術　　　5分鐘檢定 ☺☹
The potato is vulnerable to several pests, so the farmers spray some pesticide. 馬鈴薯易受幾種害蟲的侵害，所以農夫噴灑了些殺蟲劑。

★同義字 fragile

9分鐘完整功　　　9分鐘檢定 ☺☹
vulnerability 名 脆弱
vulnerably 副 易受傷害地
vulnerary 名 傷藥
vulnerate 動 使受傷害
invulnerable 形 不易受傷的
invulnerability 名 不易受傷

【0964】
wait [wet]

1分鐘速記法　　　1分鐘檢定 ☺☹
wait [wait] 動 等待（英初）

5分鐘學習術　　　5分鐘檢定 ☺☹
Waiting for Gina for too long, her boyfriend became very impatient. 等吉娜等得太久，她的男友變得非常不耐煩。

★同義字 await

🎓 菁英幫小提醒：「等人」的片語是wait for sb.。

9分鐘完整功　　　9分鐘檢定 ☺☹
waiter 名 侍者
waitress 名 女侍者
await 動 等待
waiting 名 等候
wait-and-see 形 觀望的
long-awaited 形 期待已久的

wake [wek] 【0965】

1分鐘速記法　　1分鐘檢定 ☺☹

wake [wake] 動 醒來（英初）

🎓 菁英幫小提醒：動詞不規則變化為 wake, woke, woken

5分鐘學習術　　5分鐘檢定 ☺☹

I wake up at six thirty every morning without an alarm clock. 我不用鬧鐘，每天早晨都六點半醒來。
★同義字 awake

9分鐘完整功　　9分鐘檢定 ☺☹

waken 動 喚醒
wakeful 形 失眠的
wakefully 副 失眠地
wakefulness 名 失眠
wakening 名 喚醒
unwakened 形 未被喚醒的

walk [wɔk] 【0966】

1分鐘速記法　　1分鐘檢定 ☺☹

walk [walk] 動 走路（英初）

🎓 菁英幫小提醒：生活中常說的「蹓狗」，英文是 walk a dog。

5分鐘學習術　　5分鐘檢定 ☺☹

The protesters walked backward to show their objection against the establishment of gambling house in Pong-Hu. 這些抗議者倒著走，表示他們對澎湖設賭場的反對。

9分鐘完整功　　9分鐘檢定 ☺☹

walkable 形 可以步行的
walkabout 名 徒步旅行
walker 名 步行者
walkout 名 離去；罷工
overwalk 動 過度行走
sidewalk 名 人行道
sleepwalker 名 夢遊者

wander [ˋwɑndɚ] 【0967】

1分鐘速記法　　1分鐘檢定 ☺☹

wander [wan · der] 動 漫遊（英中）

5分鐘學習術　　5分鐘檢定 ☺☹

During the storm, the ship wandered from its course. 船在風暴中偏離了航向。
★同義字 roam

9分鐘完整功　　9分鐘檢定 ☺☹

wanderer 名 漫遊者
wandering 形 徘徊的、流浪的
wanderingly 副 徘徊地、流浪地
wanderings 名 閒逛
wanderlust 名 漫遊癖

war [wɔr] 【0968】

1分鐘速記法　　1分鐘檢定 ☺☹

war [war] 名 戰爭（英初）

5分鐘學習術　　5分鐘檢定 ☺☹

China declared war on Japan after the Pearl Harbor attack in 1941. 中國在一九四一年珍珠港事變後向日本宣戰。
★同義字 fight

9分鐘完整功　　9分鐘檢定 ☺☹

warlike 形 好戰的
warmonger 名 好戰者
warrior 名 戰士
warship 名 軍艦
wartime 名 戰時
postwar 形 戰後的
antiwar 形 反戰的

warehouse [ˋwɛrˌhaʊs] 【0969】

1分鐘速記法　　1分鐘檢定 ☺☹

warehouse [ware · house] 名 倉庫（英中）

5分鐘學習術　　5分鐘檢定 ☺☹

The old man accumulated some ancient works of art in his personal warehouse. 這個老人在他的私人倉庫堆積了一些古代藝術品。
★同義字 storehouse

9分鐘完整功　　9分鐘檢定 ☺☹

wareroom 名 陳列室
artware 名 工藝品
glassware 名 玻璃器皿
hardware 名 金屬物件

W

MP3 ◆ 099

stoneware 图 石器
tableware 图 餐具
woodenware 图 木製器具

warm [wɔrm] 【0970】

1分鐘速記法　　1分鐘檢定☺☹

warm [warm] 圈 溫暖的（英初）

5分鐘學習術　　5分鐘檢定☺☹

When the ugly girl was bullied by her class-mates, an angel-like girl gave her a warm hand. 當這名醜女孩被她的同學欺負時，一位天使般的女孩向她伸出溫暖的手。
★反義字 cold

9分鐘完整功　　9分鐘檢定☺☹

warmness 图 溫暖
warmth 图 溫暖
warmer 图 暖器
warmhearted 圈 熱心的
warmish 圈 微暖的
warmly 圓 溫暖地

wash [wɑʃ] 【0971】

1分鐘速記法　　1分鐘檢定☺☹

wash [wash] 勔 洗（英初）

5分鐘學習術　　5分鐘檢定☺☹

I used to wash my lunchbox by my hand, but afterwards my pretty colleague gave me a vegetable sponge to wash it. 我以前都用手洗飯盒，但後來我的漂亮同事送我一塊菜瓜布洗它。
★同義字 clean

9分鐘完整功　　9分鐘檢定☺☹

washable 圈 可洗的
washbasin 图 臉盆
washboard 图 洗衣板
washbowl 图 臉盆
washcloth 图 毛巾
washer 图 洗衣機
washroom 图 盥洗室

waste [west] 【0972】

1分鐘速記法　　1分鐘檢定☺☹

waste [waste] 勔 浪費（英初）

5分鐘學習術　　5分鐘檢定☺☹

He wasted his time at university because he didn't work hard. 大學時代他浪費了很多時間，因為他沒有用功讀書。
★同義字 squander　　★反義字 save

9分鐘完整功　　9分鐘檢定☺☹

wasteful 圈 浪費的
wastefully 圓 浪費地
wastefulness 图 浪費
wastebin 图 垃圾桶
wastebasket 图 廢紙簍

water [`wɔtɚ] 【0973】

1分鐘速記法　　1分鐘檢定☺☹

water [wa・ter] 图 图 水（英初）

5分鐘學習術　　5分鐘檢定☺☹

A lot of water has flown under the bridge ever since. 從那以後，已經過了許多時間。

9分鐘完整功　　9分鐘檢定☺☹

waterfall 图 瀑布
waterless 圈 無水的
waterman 图 船夫
watermelon 图 西瓜
waterpower 图 水力
waterproof 圈 防水的
dewater 勔 脫水

way [we] 【0974】

1分鐘速記法　　1分鐘檢定☺☹

way [way] 图 路（英初）

5分鐘學習術　　5分鐘檢定☺☹

Scientists are trying to find ways to cure AIDS. 科學家們正在試圖找到治療愛滋病的方法。
★同義字 road

9分鐘完整功　　9分鐘檢定☺☹

wayside 图 路邊
wayless 圈 無路的
doorway 图 門口、入門
freeway 图 快車道
halfway 图 半途
hallway 图 門廳、走廊
railway 图 鐵路

subway 名 地下鐵

weak [wik] 【0975】

1分鐘速記法 1分鐘檢定☺☹

weak [weak] 形 虛弱的（英初）

5分鐘學習術 5分鐘檢定☺☹

The baby cat looks very weak, so we must help it. 這隻小貓看起來非常虛弱，我們必須幫助牠。
★同義字 feeble   ★反義字 strong

9分鐘完整功 9分鐘檢定☺☹

weaken 動 使虛弱
weakness 名 弱點
weakly 副 虛弱地
weakish 形 稍弱的
unweakened 形 未削弱的

weed [wid] 【0976】

1分鐘速記法 1分鐘檢定☺☹

weed [weed] 名 雜草（英中）

5分鐘學習術 5分鐘檢定☺☹

The deserted yard was overgrown with weeds, the gloomy atmosphere permeating around. 這座廢棄的庭院雜草叢生，詭譎的氣氛瀰漫四處。

9分鐘完整功 9分鐘檢定☺☹

weedy 形 雜草叢生的
weeder 名 除草機
weedicide 名 除草劑
weedkiller 名 除草劑
weediness 名 雜草叢生的地方
weedless 形 沒有雜草的

week [wik] 【0977】

1分鐘速記法 1分鐘檢定☺☹

week [week] 名 週（英初）

5分鐘學習術 5分鐘檢定☺☹

Amy is a volunteer in Taiwan TongZhi Hotline Association. She goes there twice a week. 艾咪是同志諮詢熱線協會的義工。她每個禮拜到那裡兩次。

9分鐘完整功 9分鐘檢定☺☹

weekday 名 工作日
weekend 名 週末
weekly 形 每週的
biweekly 形 雙週的
midweek 名 週中、星期三
workweek 名 一星期工作時間

west [wɛst] 【0978】

1分鐘速記法 1分鐘檢定☺☹

west [west] 名 西方（英初）

5分鐘學習術 5分鐘檢定☺☹

The sun setting in the west, I sighed for the passage of time. 當太陽西下，我感嘆時光的流逝。
★反義字 east

9分鐘完整功 9分鐘檢定☺☹

western 形 西方的
westerner 名 西方人
westward 副 向西
northwest 名 西北
southwest 名 西南
westernmost 形 極西的

where [hwɛr] 【0979】

1分鐘速記法 1分鐘檢定☺☹

where [where] 副 何處（英初）

5分鐘學習術 5分鐘檢定☺☹

The orphan wonders where his parents are and where his hometown is. 這個孤兒想知道他的雙親在哪裡、以及他的家鄉在何處。

9分鐘完整功 9分鐘檢定☺☹

whereabouts 副 在哪裡
whereas 連 卻、而
whereby 副 靠什麼、如何
wherever 副 無論在哪裡
anywhere 副 無論何處
elsewhere 副 在別處
everywhere 副 每處

W

209

MP3 100

white [hwaɪt] 【0980】

1分鐘速記法　1分鐘檢定☺☹

white [white] 图 白（英初）

5分鐘學習術　5分鐘檢定☺☹

Every white has its black, and every sweet has its sour. 有白必有黑，有甜必有苦。
★反義字 black

9分鐘完整功　9分鐘檢定☺☹

whiten 働 使變白
whiteness 图 潔白
white-handed 彤 清白的
white-headed 彤 白髮的
whitesmith 图 錫匠、銀匠
whitish 彤 帶有白色的

wide [waɪd] 【0981】

1分鐘速記法　1分鐘檢定☺☹

wide [wide] 彤 寬的（英中）

5分鐘學習術　5分鐘檢定☺☹

The road was just wide enough for two vehicles to pass. 這條路的寬度正好能容兩輛車開過。
★同義字 broad　★反義字 narrow

9分鐘完整功　9分鐘檢定☺☹

widely 副 寬廣地
widen 働 加寬
widish 彤 稍寬的
width 图 寬度
widespread 彤 廣泛分布的
country-wide 彤 遍及全國的
world-wide 彤 遍及世界的

will [wɪl] 【0982】

1分鐘速記法　1分鐘檢定☺☹

will [will] 图 意志（英初）

菁英幫小提醒：諺語 Where there is a will, there is a way. 意為「有志者事竟成」。

5分鐘學習術　5分鐘檢定☺☹

He has strong will and nothing can stop him from doing what he wants. 他意志堅強，他想做的事任何力量也阻止不了。

9分鐘完整功　9分鐘檢定☺☹

willful 彤 任性的、故意的
willing 彤 願意的
willingly 副 願意地
willingness 图 自願
willpower 图 意志力
freewill 彤 自由意志的
goodwill 图 善意
strong-willed 彤 頑固的、固執的

win [wɪn] 【0983】

1分鐘速記法　1分鐘檢定☺☹

win [win] 働 贏（英初）

菁英幫小提醒：動詞不規則變化為 win, won, won。

5分鐘學習術　5分鐘檢定☺☹

Hemingway once won the Nobel Prize for literature. 海明威曾獲得諾貝爾文學獎。
★同義字 gain　★反義字 lose

9分鐘完整功　9分鐘檢定☺☹

winner 图 優勝者
winning 图 獲勝
winnable 彤 能獲勝的
winningest 彤 大勝的
rewin 働 贏回

wind [wɪnd] 【0984】

1分鐘速記法　1分鐘檢定☺☹

wind [wind] 图 風（英初）

5分鐘學習術　5分鐘檢定☺☹

A wind blew away his toupee, which made him incredibly embarrassed. 一陣風吹走他的假髮，讓他感到極度難為情。
★同義字 breeze

菁英幫小提醒：breeze 通常指微風、和風，wind 則泛指一般的風。

9分鐘完整功　9分鐘檢定☺☹

windbreak 图 防風林
windless 彤 無風的
windfall 图 風吹落的果實；意外的收穫
window 图 窗戶
windowless 彤 無窗的

windproof 🔲 防風的
windy 🔲 風大的

winter [ˈwɪntɚ] 　　　　　【0985】

1分鐘速記法　　　1分鐘檢定 ☺☹

winter [win · ter] 🔲 冬天（英初）

5分鐘學習術　　　5分鐘檢定 ☺☹

They must hunger in winter if they do not work in summer. 夏不勞動冬挨餓。
★反義字 summer

9分鐘完整功　　　9分鐘檢定 ☺☹

winterkill 🔲 凍死
winterish 🔲 冬天似的
wintertime 🔲 冬天
midwinter 🔲 冬至
winterize 🔲 為過冬作準備
overwinter 🔲 度過冬天

wise [waɪz] 　　　　　【0986】

1分鐘速記法　　　1分鐘檢定 ☺☹

wise [wise] 🔲 聰明的（英初）

5分鐘學習術　　　5分鐘檢定 ☺☹

In this business, it's wise tactics to think some ways ahead. 在這樁買賣中，事先想好一些對策是很明智的。
★同義字 smart　　★反義字 stupid

9分鐘完整功　　　9分鐘檢定 ☺☹

wisely 🔲 聰明地
wisdom 🔲 智慧
unwise 🔲 愚蠢的
unwisely 🔲 愚蠢地
unwisdom 🔲 不智

wish [wɪʃ] 　　　　　【0987】

1分鐘速記法　　　1分鐘檢定 ☺☹

wish [wish] 🔲 希望（英初）

5分鐘學習術　　　5分鐘檢定 ☺☹

I wish all shall be well, Jack shall have Jill, especially you and your lover. 我希望天下有情人終成眷屬，尤其是你和你的愛人。

★同義字 hope

9分鐘完整功　　　9分鐘檢定 ☺☹

wishful 🔲 願望的
wishfully 🔲 渴望地
wishlist 🔲 願望清單
unwish 🔲 停止希望
unwished 🔲 並非所願的

wit [wɪt] 　　　　　【0988】

1分鐘速記法　　　1分鐘檢定 ☺☹

wit [wit] 🔲 機智（英中）

5分鐘學習術　　　5分鐘檢定 ☺☹

The game of chess is essentially a battle of wits. 下棋基本上是鬥智的遊戲。
★同義字 intelligence

9分鐘完整功　　　9分鐘檢定 ☺☹

witty 🔲 機智的、詼諧的
witless 🔲 愚笨的
half-wit 🔲 愚笨的人
outwit 🔲 智勝
quick-witted 🔲 機智的
sharp-witted 🔲 機智的
slow-witted 🔲 遲鈍的
thick-witted 🔲 遲鈍的

woman [ˈwʊmən] 　　　　　【0989】

1分鐘速記法　　　1分鐘檢定 ☺☹

woman [wo · man] 🔲 女人（英初）
　　🎓 菁英幫小提醒：複數型 women

5分鐘學習術　　　5分鐘檢定 ☺☹

That little girl has grown up into a pretty woman. 小女孩已長成一個漂亮的女人。
★反義字 man

9分鐘完整功　　　9分鐘檢定 ☺☹

womanish 🔲 女子氣的
womanlike 🔲 像女人的
womanize 🔲 女性化
womanhood 🔲 女性氣質
womanly 🔲 女性的、像女性的
womanizer 🔲 性好女色的人

W

MP3 101

wonder ['wʌndə] 【0990】

1分鐘速記法 1分鐘檢定 ☺☹

wonder [won‧der] 图 驚奇（英中）

5分鐘學習術 5分鐘檢定 ☺☹

The Grand Canyon is one of the natural wonders of the world. 科羅拉多大峽谷是世界自然奇觀之一。
★同義字 miracle

9分鐘完整功 9分鐘檢定 ☺☹

wonderful 圈 驚人的
wonderfully 圖 驚人地
wonderland 图 仙境
wonderless 圈 平凡無奇的
wonderwork 图 奇妙的事物

wood [wʊd] 【0991】

1分鐘速記法 1分鐘檢定 ☺☹

wood [wood] 图 木材（英中）

5分鐘學習術 5分鐘檢定 ☺☹

All the furniture was made of wood, so you should keep it from damp. 這裡所有的傢俱都是用木頭製作的，所以你必須防潮。
★同義字 timber

🎓 **菁英幫小提醒：** timber 為英式用法。

9分鐘完整功 9分鐘檢定 ☺☹

woods 图 樹林、森林
wooden 圈 木製的
woodenly 圖 木製地
woodcut 图 木刻
woodpecker 图 啄木鳥
woodsman 图 樵夫
woody 圈 樹木茂密的

word [wɜd] 【0992】

1分鐘速記法 1分鐘檢定 ☺☹

word [word] 图 單字（英初）

5分鐘學習術 5分鐘檢定 ☺☹

You can take my words for it. She's definitely not there. 你可以相信我的話，她肯定不在那。
★同義字 term

9分鐘完整功 9分鐘檢定 ☺☹

wordbook 图 字彙表
wordy 圈 多言的、冗長的
afterword 图 跋、後記
loanword 图 外來語
wordmonger 图 職業作家
password 图 密碼
reword 圗 改寫

work [wɜk] 【0993】

1分鐘速記法 1分鐘檢定 ☺☹

work [work] 图 工作（英初）

5分鐘學習術 5分鐘檢定 ☺☹

Owing to an accidental error, I have to take my work home today. 因為一個意外的疏失，今天我得把工作帶回家做。

9分鐘完整功 9分鐘檢定 ☺☹

worker 图 勞動者
workless 圈 失業的
workman 图 工人
workshop 图 工作坊
bywork 图 兼職
housework 图 家務勞動
fieldwork 图 野外考察、田野調查

🎓 **菁英幫小提醒：** 字首「co」有「共同」的意思，加在 worker 前面成為「co-worker」（共同勞動者），即為「同事」。

world [wɜld] 【0994】

1分鐘速記法 1分鐘檢定 ☺☹

world [world] 图 世界（英初）

5分鐘學習術 5分鐘檢定 ☺☹

The blind people live in a dark world, but they can imagine a colorful world through touch or hearing. 盲人生活在黑暗的世界裡，但他們可以透過觸覺或聽覺想像多姿多彩的世界。
★同義字 earth

9分鐘完整功 9分鐘檢定 ☺☹

worldly 圈 世俗的
worldling 图 俗世的人物
worldliness 图 俗氣、世故
world-class 圈 世界水準的

world-weary 厭世的
otherworldly 來世的
underworld 陰間

【0995】

worm [wɜm]

1分鐘速記法　　　　1分鐘檢定☺☹

worm [worm] 蟲（英初）

5分鐘學習術　　　　5分鐘檢定☺☹

All the apples had worms in them, so we have to throw them away. 這些蘋果裡都有蛀蟲，所以我們得把它們丟掉。
★同義字 insect

9分鐘完整功　　　　9分鐘檢定☺☹

wormlike 像蟲般的
wormeaten 蟲蛀的
wormhole 蟲孔
wormer 驅蟲藥
bookworm 書蟲
earthworm 蚯蚓
glowworm 螢火蟲
silkworm 蠶

【0996】

worth [wɜθ]

1分鐘速記法　　　　1分鐘檢定☺☹

worth [worth] 值得（英初）

5分鐘學習術　　　　5分鐘檢定☺☹

The house located in the neighborhood of MRT must be worth a lot of money now. 這棟座落在捷運附近的房子，現在一定值很多錢。
★同義字 worthy　★反義字 unworthy
　🎓菁英幫小提醒：表示「值得……」時，worth 後直接加名詞，worthy 則須加上 of。

9分鐘完整功　　　　9分鐘檢定☺☹

worthful 有價值的
worthily 值得地
worthiness 有價值
worthless 無價值的
worthwhile 值得做的

【0997】

worthy [ˋwɜðɪ]

1分鐘速記法　　　　1分鐘檢定☺☹

worthy [wor‧thy] 值得的（英初）

5分鐘學習術　　　　5分鐘檢定☺☹

Although she can merely make ends meet, she is willing to donate money to a worthy cause. 雖然她只剛好收支相抵，但她願為值得的理想捐款。
★同義字 worth

9分鐘完整功　　　　9分鐘檢定☺☹

blameworthy 應受責備的
newsworthy 有新聞價值的
noteworthy 顯著的
praiseworthy 值得讚揚的
seaworthy 適於航海的
sightworthy 值得一看的
unworthy 不值得的

【0998】

write [raɪt]

1分鐘速記法　　　　1分鐘檢定☺☹

write [write] 寫（英初）
　🎓菁英幫小提醒：動詞不規則變化為 write, wrote, written。

5分鐘學習術　　　　5分鐘檢定☺☹

I wrote an anonymous comment and contributed to the magazine. 我寫了一篇匿名評論，並向雜誌投稿。

9分鐘完整功　　　　9分鐘檢定☺☹

writer 作家
writing 寫作
handwriting 筆跡、手寫
overwrite 寫得太多
rewrite 重寫
screenwriter 電影編劇
songwriter 流行歌曲作者

【0999】

yard [jɑrd]

1分鐘速記法　　　　1分鐘檢定☺☹

yard [yard] 庭院（英中）

5分鐘學習術　　　　5分鐘檢定☺☹

The children were playing in the yard at the front of the school. 孩子們在學校前面的空地上

W
X
Y

213

MP3 ◀) 102

玩耍。
★同義字 courtyard

9分鐘完整功　　　　9分鐘檢定☺☹

yardman 图 場地工作人員
backyard 图 後院
courtyard 图 庭院
dooryard 图 門前庭院
farmyard 图 農家庭院
graveyard 图 墓地
schoolyard 图 校園
shipyard 图 修船廠

【1000】

year [jɪr]

1分鐘速記法　　　　1分鐘檢定☺☹

year [year] 图 年（英初）

🎓 菁英幫小提醒：中文常說的「七年之癢」，英文
是 seven-year itch。

5分鐘學習術　　　　5分鐘檢定☺☹

It is just a year since I arrived here, so now I
have annual leaves for seven days. 我到這裡
正好一年，所以現在我有七天的年假了。

9分鐘完整功　　　　9分鐘檢定☺☹

yearly 圈 每年的
yearbook 图 年鑑
year-end 圈 年終的
midyear 图 年中
yearlong 圈 經過一年的
semiyearly 圈 半年一次的

🎓 菁英幫小提醒：year-end bonus 意為「年終獎
金」。

第二強

片語篇

匯集600個實用常見的片語，
在1分鐘內立即速記，
接著循序漸進徹底理解片語用法，
打造道地英語力。

159

分鐘，

突破英語四強力

MP3 ◀》103

A as well as B　A和B（英中）
【001】

1分鐘速記法　　　　1分鐘檢定 ☺☹

5分鐘學習術　　　　5分鐘檢定 ☺☹
【近似詞】and
【相關用語】together with 和
【例句】Lisa as well as I is going to learn how to swim. 莉莎和我將要去學游泳。

9分鐘完整功　　　　9分鐘檢定 ☺☹
A as well as B 中的動詞要跟 A 一致，而不是與 B 一致。用法：S1 ＋ as well as ＋ S2 ＋ V（和 S1 一致）＋受詞。英語中有所謂「就近原則」，即動詞的單複數型看最接近它的主詞而定，例如 either ～ or；neither ～ nor 等等；但並非所有片語皆適用，例如本片語以及 rather than 和 but。
【小試身手】The teacher as well as the students _____ going for an excursion.
(A) are　(B) will　(C) were　(D) is
【解析】選 D。
本句句意是：老師和學生們正要去遠足。

a lot of　很多（英初）
【002】

1分鐘速記法　　　　1分鐘檢定 ☺☹

5分鐘學習術　　　　5分鐘檢定 ☺☹
【近似詞】many；much
【相關用語】a few 幾個、一些
【例句】We always have a lot of rain in August. 我們這裡在八月分時總是下很多雨。

9分鐘完整功　　　　9分鐘檢定 ☺☹
a lot of 可以說是一個最好用的不定數量形容詞，因為它不但可以加在可數的複數普通名詞之前，還可以加在不可數之物質或抽象名詞之前。a lot of 可以寫成 lots of 加在名詞之前，也可以寫成 a lot 加在動詞之後，但不能寫成 a lots of。

🎓 菁英幫小提醒：Thanks a lot. 表示「非常感謝你」之意。

【小試身手】_____ trash was accumulated in front of the garage.
(A) A lot　(B) A lots　(C) A lot of　(D) A lots of
【解析】選 C。
本句句意是：一大堆垃圾被堆在車庫前。

a pair of　一對；一雙（英初）
【003】

1分鐘速記法　　　　1分鐘檢定 ☺☹

5分鐘學習術　　　　5分鐘檢定 ☺☹
【近似詞】brace；couple
【相關用語】single 單個的
【例句】Her mother gave her a pair of new shoes as a birthday gift. 她媽媽給她一雙新鞋當作生日禮物。

9分鐘完整功　　　　9分鐘檢定 ☺☹
pair 的意思是由相對兩部分構成的東西，如果把它分開就不能使用了，譬如：剪刀、褲子、鞋子等，像這一類由相對部分所組成的東西才可用 pair 去形容它。由於用 a pair of 所形容的東西必須要視為一個整體，所以動詞要用單數，不能用複數。
【小試身手】A pair of earrings _____ the present he gave her for Valentine's Day.
(A) is　(B) was　(C) were　(D) are
【解析】選 B。
本句句意是：他送她一對耳環當情人節禮物。

a series of　連續；一系列（英初）
【004】

1分鐘速記法　　　　1分鐘檢定 ☺☹

5分鐘學習術　　　　5分鐘檢定 ☺☹
【近似詞】sequence；succession
【相關用語】serial 連續劇、連載作品
【例句】Today was not my day, for I had a series of misfortunes. 我今天真倒楣，碰到一堆麻煩。

9分鐘完整功　　　　9分鐘檢定 ☺☹
series 是指類似或彼此多少有關聯的若干物，在時間或空間上形成連續的意思。series 是單、複數同形；a series of 之後接著接複數名詞，其後動詞一般亦以單數處理。要注意的是 series 跟 serious「嚴重的」看起來非常相似，在書寫上要多加小心留意。
【小試身手】She was overwhelmed by a _____ of troubles.
(A) serial　(B) sequel　(C) serious　(D) series
【解析】選 D。
本句句意是：一連串的麻煩使她崩潰。

🎓 菁英幫小提醒：sequel，名詞，指書或戲劇的續集。

A

abandon oneself to 沉溺於（英中） 【005】

🔵**1分鐘速記法**　　　　　　1分鐘檢定 ☺☹

🔵**5分鐘學習術**　　　　　　5分鐘檢定 ☺☹

【近似詞】addict to；indulge in

　🎓 菁英幫小提醒：addict 當名詞意為「上癮者」。

【相關用語】⑩ habituate 上癮

【例句】He abandoned himself to the computer games. 他沉溺於電腦遊戲裡。

🔵**9分鐘完整功**　　　　　　9分鐘檢定 ☺☹

abandon 是動詞，原意是「因不得已而放棄、捨棄人或物」；to 是介系詞而不是不定詞，所以後面要接名詞或 Ving。abandoned 是形容詞，意思為「放棄的、墮落的」；abandonment 是名詞，意思為「遺棄、放棄」。

【小試身手】After splitting up with his ex-girlfriend, he _____ himself to despair.

(A) abandoned　(B) abandon　(C) abandons　(D) abadoning

【解析】選 A。

本句句意是：和前女友分手之後，他就陷入了絕望。

abide by 遵守；忠於（英中） 【006】

🔵**1分鐘速記法**　　　　　　1分鐘檢定 ☺☹

🔵**5分鐘學習術**　　　　　　5分鐘檢定 ☺☹

【近似詞】⑩ obey；be loyal to

【相關用語】⑩ follow 聽從；遵照

【例句】You should abide by what your teacher says. 你要遵守老師說的話。

🔵**9分鐘完整功**　　　　　　9分鐘檢定 ☺☹

abide 跟 obey 都是「遵守」的意思，但 abide 後面要加 by，obey 則不用，在使用上要特別注意。此片語還有另外一個意思「承擔後果」，意近 take the responsibility of～「擔負……責任」。

【小試身手】The teenager was excommunicated for _____ by the doctrine.

(A) abiding　(B) abides　(C) not abiding　(D) do not abide

【解析】選 C。

本句句意是：這名青年因不遵守教條而被逐出教會。

　🎓 菁英幫小提醒：動詞放在介系詞之後必須改成動詞名詞形式，即 Ving。

absent from 缺席；不在（英初） 【007】

🔵**1分鐘速記法**　　　　　　1分鐘檢定 ☺☹

🔵**5分鐘學習術**　　　　　　5分鐘檢定 ☺☹

【近似詞】stay away from

【相關用語】call the roll 點名

【例句】Jack often absents himself from the meeting. 傑克常常不來開會。

🔵**9分鐘完整功**　　　　　　9分鐘檢定 ☺☹

absent 可以當動詞，也可以當形容詞，但在用法上有些許不同。absent 當動詞時的用法：absent ＋受詞 ＋ from ＋（代）名詞，意指「缺席、不在」；當形容詞時的用法：be absent ＋ from ＋名詞，意指「缺席的、不在的」。

【小試身手】He flunked in the physical education course for _____ over one-third classes from it.

(A) absenting　(B) absented　(C) not absenting　(D) no absence

【解析】選 A。

本句句意是：他因為翹了超過三分之一的體育課而被當。

　🎓 菁英幫小提醒：表示「翹課」可用 skip classes 或 play hooky from classes。

according to 根據；按照（英中） 【008】

🔵**1分鐘速記法**　　　　　　1分鐘檢定 ☺☹

🔵**5分鐘學習術**　　　　　　5分鐘檢定 ☺☹

【近似詞】in (the) light of；in terms of

【相關用語】⑩ ground 根據；立場

【例句】According to the report, this company is going into bankruptcy. 根據報告，這家公司要倒閉了。

🔵**9分鐘完整功**　　　　　　9分鐘檢定 ☺☹

在這則片語中，to 是介系詞，所以後面不接動詞，而是接名詞或代名詞。according 是來自於 accord 這個字。accord 是動詞，其意為「一致、相符合」；其名詞是 accordance；形容詞是 accordant；副詞是 accordingly。

【小試身手】_____ to Nancy's confession, there is merely one murderer of this case.

(A) In lighting of　(B) On the ground　(C) Accorded　(D) According

【解析】選 D。

本句句意是：根據南西的供詞，這起案件只有一個兇手。

217

MP3 ◄ 104

🎓 菁英幫小提醒：On the ground of 表示「因為；根據」。

---

accuse A of B　控告～罪名（罪行）
（英高）　　　　　　　　　　　　　　　【009】

🕐1分鐘速記法　　　　　　1分鐘檢定 ☺☹

🕐5分鐘學習術　　　　　　5分鐘檢定 ☺☹
【近似詞】sue A for B
【相關用語】图 indictment 控告；起訴
【例句】She accused the manager of violating the rules of the company. 她控告這位經理違反公司的規定。

🕐9分鐘完整功　　　　　　9分鐘檢定 ☺☹
用法：S ＋ accuse ＋ 人 ＋ of ＋ 罪行。由 accuse 衍生的字彙包括：accused「被告」；accuser「原告」；accusable「可指責的」；accusation「指責、控告」。此字可與另一個字 convict 相比照，accuse 指的是「提出控告」，但被告是否有犯罪事實仍須經過審判才能確定；而 convict 指的則是「判決有罪」，指經過審判後罪刑已經確定。
【小試身手】Denial accused his wife _____ adultery.
(A) off　(B) of　(C) with　(D) to
【解析】選 B。
本句句意是：丹尼爾控告他的妻子通姦。

---

acquaint with　相識；了解（英中）
　　　　　　　　　　　　　　　　　　【010】

🕐1分鐘速記法　　　　　　1分鐘檢定 ☺☹

🕐5分鐘學習術　　　　　　5分鐘檢定 ☺☹
【近似詞】know
【相關用語】nodding acquaintance 點頭之交
【例句】She and I have long acquainted with each other. 她跟我已經相識很久了。

🕐9分鐘完整功　　　　　　9分鐘檢定 ☺☹
用法：S ＋ acquaint with ＋ 人／事。acquaint 的名詞是 acquaintance，make acquaintance with 與此句片語同義。acquaintance 的定義和 friend「朋友」不同，前者比後者的範圍為廣，舉凡任何相識且有交集的人都可以歸入 acquaintance 的範圍，再輔以各式形容詞來形容交情的深淺；而 friend 則代表已有一定程度的交誼。
【小試身手】How they _____ with each other is an absolute coincidence.

(A) acquaint　(B) acquaints　(C) acquainting　(D) acquaintance
【解析】選 A。
本句句意是：他們的結識實在是天大的巧合。

🎓 菁英幫小提醒：acqaintance 是名詞，前面必須加 make 或 get。

---

adapt ～ for ～　改裝；改編（英高）
　　　　　　　　　　　　　　　　　　【011】

🕐1分鐘速記法　　　　　　1分鐘檢定 ☺☹

🕐5分鐘學習術　　　　　　5分鐘檢定 ☺☹
【近似詞】動 rewrite；動 reword
【相關用語】图 adaptation 改編作品
【例句】The story was adapted for the movie. 這個故事被改編成電影。

🕐9分鐘完整功　　　　　　9分鐘檢定 ☺☹
adapt、adjust、conform 和 accommodate 都有「改變、調整」的意思，其差別為：adapt 是「使某物或某人做些微改變以適應新的需要」的意思；adjust 是指「藉由正當的判斷或熟練的技術使兩者互相配合」的意思；conform 是指「符合順從某種準則、規矩、方針、風俗等」的意思；accommodate 是指「藉由妥協或讓步來與他人之間的關係互相調和」的意思。
【小試身手】Orlando, the masterpiece of Virginia Woolf, was _____ for a great movie.
(A) adapting　(B) adeptd　(C) adapted　(D) adepting
【解析】選 C。
本句句意是：維吉尼亞‧吳爾芙的傑作《歐蘭朵》，被改編成一部傑出的電影。

🎓 菁英幫小提醒：adept 只能當形容詞或名詞，意為「熟練的」或「行家」。

---

adapt to　適應（英高）
　adapt 飲養　　　　　　　　　　　　【012】

🕐1分鐘速記法　　　　　　1分鐘檢定 ☺☹

🕐5分鐘學習術　　　　　　5分鐘檢定 ☺☹
【近似詞】adjust to；accommodate to
【相關用語】survival of the fittest 適者生存
【例句】Do you adapt to your new home? 你對新家還適應嗎？

🕐9分鐘完整功　　　　　　9分鐘檢定 ☺☹
adapt to 當動詞片語使用時，是指「使……適應於某環境」的意思。adapt 可當及物動詞和不及物動

詞，若當及物動詞時，用法為 **S ＋ adapt A ＋ to B**；當不及物動詞時，用法為 **S ＋ adapt to ＋**（代）名詞。

🎓 **菁英幫小提醒：adapt to 的 to 是介系詞，只能加 Ving 或名詞喔！**

【小試身手】She spent three months to adapt herself _____ her new position.
(A) about　(B) for　(C) X　(D) to
【解析】選 **D**。
本句句意是：她花了三個月的時間適應她的新職務。

燃料 (fjuəl)
【013】
add fuel to the fire 火上加油（英高）

👥1分鐘**速記法**　　　　　　1 分鐘檢定☺☹

👥5分鐘**學習術**　　　　　　5 分鐘檢定☺☹
【近似詞】add fuel to the flame 助燃 火焰
【相關用語】icing on the cake 錦上添花；好上加好 糖衣 結冰　serious 嚴肅
【例句】Your brother is furious now, so don't add fuel to the fire on this matter. 你的哥哥現在非常生氣，所以不要在這件事情上火上加油了。

👥9分鐘**完整功**　　袁思的　　9 分鐘檢定☺☹
此片語從字面上看，是「從火上添加燃料」的意思，但其實是種象徵用法，用來表示「使情況越來越不可收拾」的意思。相似片語：add insult to injury 「雪上加霜」。insult 是名詞「羞辱」，injury 也是名詞「傷口」，相當於中文口語中的「在傷口上撒鹽」。
【小試身手】Telling the truth while he is angry is nothing less than _____ fuel to the fire.
(A) adding　(B) add　(C) added　(D) addition
【解析】選 **A**。
本句句意是：在他氣頭上跟他說出實情，無疑是火上加油。

🎓 **菁英幫小提醒：nothing less than 表示「無疑是、正是」之意。**

【014】
addict to 沉溺於某種嗜好（英中）

👥1分鐘**速記法**　　　　　　1 分鐘檢定☺☹

👥5分鐘**學習術**　　　　　　5 分鐘檢定☺☹
【近似詞】indulge in
【相關用語】🔵 fanatic 狂熱者
【例句】He is addicted to gambling. 他沉溺於賭博。

👥9分鐘**完整功**　　　　　　9 分鐘檢定☺☹
這則片語的用法：**S ＋ be V ＋ addicted to ＋**（代）名詞／Ving。to 是介系詞，不是不定詞（to ＋ V），所以後面不可以加原形動詞，要接 Ving 或名詞。此片語通常是指「沉溺於不良習慣或嗜好」的意思。其名詞是 addiction；形容詞是 addictive。addict 當名詞時，是指「沉溺於某種不良嗜好的人」。
【小試身手】One who addicts to something is called _____.
(A) addict　(B) an addict　(C) an addicter　(D) a addict
【解析】選 **B**。
本句句意是：沉迷於某種事物的人被稱為「成癮者」。

【015】
adjust to 使自己適應於（英中）

👥1分鐘**速記法**　　　　　　1 分鐘檢定☺☹

👥5分鐘**學習術**　　　　　　5 分鐘檢定☺☹
【近似詞】adapt to
【相關用語】🔵 accommodate 適應
【例句】Jack adjusted well to the life in New York. 傑克相當能適應紐約的生活。

👥9分鐘**完整功**　　　　　　9 分鐘檢定☺☹
adjust to 的 to 是介系詞，所以後面不接動詞，而接 Ving 與名詞。用法：**S ＋ adjust to ＋**（代）名詞，或 **adjust oneself to ＋**（代）名詞。adjust 除了「適應」，還有「調整、校正」的意思，例如校準鐘錶時間等。
【小試身手】No sooner had he arrived the new campus than he _____ to the it and made many friends.
(A) adjusting　(B) adjusts　(C) adjust　(D) adjusted
【解析】選 **D**。
本句句意是：他才剛到新校園不久就適應了環境，並且交了很多朋友。

🎓 **菁英幫小提醒：本句為過去完成式的否定句法，記住否定語置於句首時必須倒裝。**

【016】
again and again 一再地（英初）

👥1分鐘**速記法**　　　　　　1 分鐘檢定☺☹

👥5分鐘**學習術**　　　　　　5 分鐘檢定☺☹
【近似詞】🔵 repeatedly；over and over
【相關用語】once and for all 最後一次

MP3 ◄》 105

【例句】 Because she loves this book very much, she reads it again and again. 因為她很喜歡這本書，所以一再地閱讀它。

9分鐘完整功　9分鐘檢定 ☺☹

again and again 通常放在句尾，為副詞片語，修飾前面的動詞。again 為副詞，表示「再次」的意思，again and again 有加強語氣的功能。另有片語 over and over again，亦用來表示「再三、反覆」的意思。

【小試身手】 He finally soften after she implored for his forgiveness _____.
(A) repeating　(B) again and again　(C) once a for all　(D) over and above

【解析】 選 B 。

本句句意是：在她一再哀求他的原諒後，他終於軟化了態度。

【017】

agree to/with　同意某事/某人（英初）

1分鐘速記法　1分鐘檢定 ☺☹

5分鐘學習術　5分鐘檢定 ☺☹

【近似詞】 approve
【相關用語】 consent to 同意
【例句】 I agree with Peter that you should go to bed early. 彼得說的對，你應該要早點睡。

9分鐘完整功　9分鐘檢定 ☺☹

agree 是指「任何一方面皆和諧一致，且無矛盾或衝突」的意思。agree to 後面是接事情、提議、方案等，而不是接人；用法：S ＋ agree to ＋ 事情、提議、方案等。agree with 可接事物或人，但接人比較正式及正確。用法：S ＋ agree with ＋ 人。

【小試身手】 Linda's argument is so impeccable that I totally _____ her.
(A) agree to　(B) see eye to eye with　(C) agreed with　(D) agree on

【解析】 選 B 。

本句句意是：琳達的論點無懈可擊，使我完全同意她。

🎓 菁英幫小提醒：see eye to eye with sb.，意指「與某人有共識」。

【018】

aim at　瞄準；努力（英中）

1分鐘速記法　1分鐘檢定 ☺☹

5分鐘學習術　5分鐘檢定 ☺☹

【近似詞】 target 瞄準；strive 努力
【相關用語】 a bull's eye 靶心；目標
【例句】 He aimed at the rabbit but missed. 他瞄準那隻兔子，可是沒打中。

9分鐘完整功　9分鐘檢定 ☺☹

這則片語的用法：S ＋ aim at ＋ 事物。aim 除了上述的意思之外，還可當名詞，意為「企圖、目標」。aim 當「企圖」的意思解時，表示了「含有某種特別目的，因而全力以赴」的含意，而另一個意思相關的單字 intention，是指「在心中思慮的計畫」。

【小試身手】 Ted aimed _____ the apple and then shot the arrow.
(A) at　(B) X　(C) to　(D) for

【解析】 選 A 。

本句句意是：泰德瞄準了蘋果，然後射出弓箭。

【019】

along with　連同……一起（英初）

1分鐘速記法　1分鐘檢定 ☺☹

5分鐘學習術　5分鐘檢定 ☺☹

【近似詞】 together with
【相關用語】 as well as 和
【例句】 I will send these books along with other things. 我會把書連同其他東西一起寄過去。

9分鐘完整功　9分鐘檢定 ☺☹

單獨用 along 一字是「沿著」的意思；如果加上 with 就有「隨同……一起」的意思。相似片語：all along「自始至終」；along the lines of sth「與某物相似」；get along with sb.「與某人交情很好」。

【小試身手】 Would you mind going for a cup of tea _____ me?
(A) alone with　(B) alongside　(C) all along　(D) along with

【解析】 選 D 。

本句句意是：你介意和我一起去喝杯茶嗎？

【020】

any longer　再久一點；多些時間（英初）

1分鐘速記法　1分鐘檢定 ☺☹

patent medicine 成藥

5分鐘學習術　5分鐘檢定 ☺☹
【近似詞】more time　用大拖拉、
【相關用語】over the long haul 一段很長的時間
【例句】Can you wait for me any longer? 你可以再多等我一會兒嗎？

9分鐘完整功　9分鐘檢定 ☺☹
any longer 多用在疑問句跟否定句中，any 在此為副詞，表「少許、若干」；longer 則為形容詞，long 的比較級；兩者合在一起則成為副詞片語。any 用作代名詞時可用單數或複數型動詞，但用來表示「人」時，則多是用複數動詞。
【小試身手】I have been here for more than one hour. I cannot wait for her _____!
(A) any long　(B) any way　(C) any longer　(D) any time
【解析】選 C。
本句句意是：我已經在這邊一個多小時了。我不能再等她更久了！

【021】
appeal to　吸引；訴諸（英中）✓

1分鐘速記法　1分鐘檢定 ☺☹

5分鐘學習術　5分鐘檢定 ☺☹
【近似詞】attract 吸引；resort to 訴諸
【相關用語】invoke 訴諸
【例句】Does the idea appeal to you? 這個理念吸引你嗎？

9分鐘完整功　9分鐘檢定 ☺☹
這裡的 to 是介系詞，所以後面加名詞或代名詞，不加動詞。appeal 是指「表示就某事提出熱切而急迫的懇求」，在法律用語上為「上訴」之意。appeal 這個字可以當動詞，也可以當名詞，當名詞時有「請求、上訴、吸引力」等含義。
【小試身手】The baby stopped crying for _____ to the television.
(A) appealing　(B) appealed　(C) be appealed
(D) being appealed
【解析】選 D。
本句句意是：小嬰兒因為被電視吸引而停止了哭泣。

【022】
apply for　申請（英中）

1分鐘速記法　1分鐘檢定 ☺☹

5分鐘學習術　5分鐘檢定 ☺☹
【近似詞】ask to obtain

【相關用語】approbate 認可；核准
【例句】You should apply for a patent for your invention. 你應該為你的發明申請專利。眼照.專利權

9分鐘完整功　9分鐘檢定 ☺☹
S + apply for + 名詞。apply 是動詞，其形容詞是 applied「應用的」、applicable「合適的、應用的」；名詞是 application「申請、運用」。另一個衍生字 applicant 是名詞，為「申請者」的意思。
　🎓菁英幫小提醒：apply to 意指「應用、適用」。
【小試身手】The prisoner applied _____ the parole for the third time.
(A) to　(B) for　(C) X　(D) by
【解析】選 B。
本句句意是：這名囚犯第三度提出假釋申請。

【023】
arise from　起因於（英中）

1分鐘速記法　1分鐘檢定 ☺☹

5分鐘學習術　5分鐘檢定 ☺☹
【近似詞】result from
【相關用語】reason 理由；原因
【例句】Accidents arose from carelessness. 意外事故起因於粗心大意。

9分鐘完整功　9分鐘檢定 ☺☹
S + arise from + 事情。另外，arise 也可以當「起身」的意思，但以 get up 最為常用。arise 在當「起因」的意思時，均指「某事發生，因而引起別人注意」的意思。arise 的動詞三態是：arise；arose；arisen。[kwɔrəl]吵架 挑別.爭論
【小試身手】_____ the quarrel, they have given each other the silent treatment for days.
(A) Arose from　(B) Arise from　(C) Arisen from
(D) Arising from
【解析】選 D。
本句句意是：由於那場爭執，他們已經冷戰好幾天了。
　🎓菁英幫小提醒：人與人間的「冷戰」不可直接翻譯成「cold war」，cold war 專指「國與國之間的外交對抗關係」。

【024】
arrive at　到達；抵達（英初）

1分鐘速記法　1分鐘檢定 ☺☹

5分鐘學習術　5分鐘檢定 ☺☹
【近似詞】reach；get in

221

MP3 ◄)) 106

jam (n) 果醬、軋住、擁擠.
jam (v) 塞進、把…塞滿、擠滿

【相關用語】arrive in 抵達
【例句】She should arrive at school before 8:00 A.M. 她應該在早上八點以前到校。

9分鐘完整功　　9分鐘檢定 ☺☹

come 和 arrive 都有抵達某處或達到某一種地步的意思。come 是強調到達某處或某地步的過程中，所涉及的進程或動作；arrive 則是強調到達某處或目的地的概念，前者是以動作為主，而後者則是以概念為主。通常 arrive at 表示抵達小地方；arrive in 表示抵達較大的城市或國家，如表示不僅抵達且含有滯留之意時，則用 in 表示。
【小試身手】Luckily, I arrived _____ her wedding on time, otherwise she would be very irate at me.
(A) in　(B) at　(C) on　(D) X
【解析】選 B。
本句句意是：所幸我準時抵達她的婚禮，不然她一定會很氣我。

【025】
as ～ as　像……一樣（英初）

1分鐘速記法　　1分鐘檢定 ☺☹

5分鐘學習術　　5分鐘檢定 ☺☹

【近似詞】like
【相關用語】as easy as pie 非常容易
【例句】He is as tall as you. 他跟你一樣高。

9分鐘完整功　　9分鐘檢定 ☺☹

as ～ as 用於連接同等級形容詞的比較，表示「相同的程度」。用法：S＋be V＋as＋adj＋as＋（代）名詞。like 作為介係詞時也有「像」的意思，用法：S＋be V＋adj＋like＋（代）名詞。然而 as 和 like 之間亦有不同之處，前者用於表示「關係上的等同」，而後者則指在形態或性質上相似，但並不等同。
【小試身手】As an engineer, my brother's salary is twice _____ much _____ mine.
(A) so；as　(B) X；as　(C) as；X　(D) as；as
【解析】選 D。
本句句意是：作為一名工程師，我哥哥的薪水比我多兩倍。

🎓 菁英幫小提醒：倍數＋as＋形容詞＋as＋N，表示「和 N 的幾倍一樣」。

【026】
as a result of　由於（英中）

1分鐘速記法　　1分鐘檢定 ☺☹

5分鐘學習術　　5分鐘檢定 ☺☹

【近似詞】owing to；in virtue of
【相關用語】on the basis of 基於
【例句】He was late as a result of a traffic jam. 他因為塞車而遲到了。

9分鐘完整功　　9分鐘檢定 ☺☹

此處 result 當名詞用，意為「結果」的意思。result 也可當動詞用，如 result from 是「發生、產生」的意思；result in 是「導致……的結果」之意，兩者都是非常常見的片語。
【小試身手】Bob was trapped into bankruptcy _____ greediness.
(A) because　(B) due for　(C) as a result of　(D) result from
【解析】選 C。
本句句意是：鮑伯因為貪念而陷入破產。

【027】
as follows　如下（英中）

1分鐘速記法　　1分鐘檢定 ☺☹

5分鐘學習術　　5分鐘檢定 ☺☹

【近似詞】as below
【相關用語】as mentioned above 如上所述
【例句】The main events were as follows: First, the school principal's speech; secondly the teacher's reply. 主要的事項如下：第一項，校長致詞；第二項，老師回應。

9分鐘完整功　　9分鐘檢定 ☺☹

as follows 的 follows 一定要加 s，不可省略，這是一個慣用語。follow 是指「某人或某物跟在某人或某物之後或繼之而來，但兩者之間沒有必然的因果關係」，有「跟隨、追逐、沿著……行進」的意思。
【小試身手】The standard operating procedure will be announced as _____.
(A) following　(B) followings　(C) below　(D) follow
【解析】選 C。
本句句意是：標準作業程序將宣佈如下。

🎓 菁英幫小提醒：形容詞前加 the 可作為名詞用，因而只能用 as the following。

【028】
as soon as　一……就（英初）

1分鐘速記法　　1分鐘檢定 ☺☹

5分鐘學習術　　　　　5分鐘檢定☺☹
【近似詞】 just ； after
【相關用語】 sooner or later 遲早
【例句】 Call me up as soon as you arrive. 你一到達那個地方，就馬上打電話給我。

9分鐘完整功　　　　　9分鐘檢定☺☹
as soon as 的用法是指有兩個動作的發生，動作一發生之後，動作二緊接著發生。用法：S ＋ V1 ＋受詞＋ as soon as ＋ S ＋ V2 ＋受詞。as soon as 可置於句首，但在該子句最後必須加上逗點，例如：As soon as you arrive in New York, please give me a call immediately. 「只要你一到紐約，就馬上打電話給我」。若置於句中引導子句，則第一個 as 前不加逗點。
【小試身手】 _____ Sally came into the classroom, she took off her jacket.
(A) As soon as　(B) Immediate　(C) As for　(D) On
【解析】選 A 。
本句句意是：莎莉一進教室就馬上把外套脫掉。
　　菁英幫小提醒：表示「……就……」的句型非常多，還包括：hardly～when；no sooner～than；On+Ving～子句；the instant that……等等。

【029】
as usual　照常；照例（英初）

1分鐘速記法　　　　　1分鐘檢定☺☹

5分鐘學習術　　　　　5分鐘檢定☺☹
【近似詞】 as always ； customarily
【相關用語】 routine 例行公事
【例句】 Mr. Wang takes a walk in the park as usual. 王先生照常在公園裡散步。

9分鐘完整功　　　　　9分鐘檢定☺☹
as usual 其意為 “as that is/was usual” 「跟往常一樣」，為一副詞片語，可放在句首或句尾，修飾全句或句中動詞。usual 為形容詞，通常做主詞或受詞補語。usual 不可用 usually 代替；usually 是副詞，放在一般動詞之前，be 動詞之後。
【小試身手】 Although she was in deep grief for her mother's death, she still went to work _____.
(A) always　(B) as usual　(C) as usually　(D) customary
【解析】選 B 。
本句句意是：雖然她沉浸在母親過世的極度悲傷，她還是照常去上班。

【030】 A
aside from　除此之外（英高）

1分鐘速記法　　　　　1分鐘檢定☺☹

5分鐘學習術　　　　　5分鐘檢定☺☹
【近似詞】 in addition to ； apart from
【相關用語】 furthermore 此外
【例句】 Her paper is excellent aside from a few spelling errors. 她的報告寫得非常好，除了有一些拼字上的小錯誤之外。

9分鐘完整功　　　　　9分鐘檢定☺☹
在美式英文中，aside from 會比 apart from 更常被拿來使用。aside 是副詞，意為「在旁邊、離開」，因此其他和 aside 有關的片語都有「離開、拿開」的意思，如：lay aside「儲蓄、革除」；put aside「擱置」；set aside「保留、擱置」；turn aside「閃開、避開」等。
【小試身手】 _____ being an editor in chief, she is a political commentator.
(A) A part from　(B) Furthermore　(C) Aside to　(D) Aside from
【解析】選 D 。
本句句意是：除了主編之外，她還身兼新聞評論家。

【031】
ask after　問候；探問（英中）

1分鐘速記法　　　　　1分鐘檢定☺☹

5分鐘學習術　　　　　5分鐘檢定☺☹
【近似詞】 inquire after
【相關用語】 best regards 獻上最美好的祝福
【例句】 Can you ask after Jenny for me? 你可以幫我問候珍妮嗎？

9分鐘完整功　　　　　9分鐘檢定☺☹
此片語的 after 之後一定要接人，因為本片語是用來詢問人的狀況。ask 是指「向別人請求、請教或打聽消息」之意，是相當常用的字。同義片語 inquire after 也是用以詢問人的近況，但也可用來指「問人以取得某些消息或資料」之意。
【小試身手】 When she was hospitalized, many colleagues phoned her _____ after her.
(A) to ask　(B) and asking　(C) asked　(D) for ask
【解析】選 A 。
本句句意是：當她住院的時候，許多同事打電話問候她。

MP3 107

ask for　要求（英初）　【032】

1分鐘速記法　　1分鐘檢定 ☺☹

5分鐘學習術　　5分鐘檢定 ☺☹

【近似詞】働 request；働 claim
【相關用語】働 demand 要求
【例句】He asked for his mother to buy the toy for him. 他要求媽媽買玩具給他。

9分鐘完整功　　9分鐘檢定 ☺☹

用法：S＋ask for＋事情＝S＋ask＋人＋for＋事情。相似片語：ask for it 表示「自討苦吃」。其他和 ask 有關的片語有：ask for the moon「癡人說夢」；a big ask「不情之請」；Never ask pardon before you're accused「別不打自招」。
【小試身手】The child cried loudly because he failed _____ for a toy.
(A) asked　(B) in ask　(C) in asking　(D) to asking
【解析】選 C。
本句句意是：這個小孩要不到玩具就放聲大哭。

at a discount　打折扣；滯銷的；不受歡迎的（英高）　【033】

1分鐘速記法　　1分鐘檢定 ☺☹

5分鐘學習術　　5分鐘檢定 ☺☹

【近似詞】dull of sales 滯銷的；働 unwelcome 不受歡迎的
【相關用語】働 best-selling 最暢銷的
【例句】I must go shopping at the department store because it is at a discount. 百貨公司正在打折，我一定要去購物。

9分鐘完整功　　9分鐘檢定 ☺☹

discount 可當名詞也可當動詞。當動詞時，discount on 是「對……打折」的意思。要注意的是，discount 經常與百分比連用，例如 10% discount off，代表的是「打九折」的意思，而非打一折。由 discount 所衍生的詞彙有：discount house「廉價商店（美式用法）」；discount rate「貼現率（商業用字）」。
【小試身手】Many shops are _____ at the end of a season.
(A) at a discount　(B) at dull sales　(C) unwelcome
(D) discounted
【解析】選 A。

本句句意是：許多商店在季末都會打折。

at a distance　有相當距離（英高）　【034】

1分鐘速記法　　1分鐘檢定 ☺☹

5分鐘學習術　　5分鐘檢定 ☺☹

【近似詞】働 distant；働 distantly
【相關用語】around the corner 近在咫尺
【例句】The shopping mall is at a distance from Janet's house. 購物商場離珍妮特的家有一段距離。

9分鐘完整功　　9分鐘檢定 ☺☹

distance 是「距離」的意思，形容詞為 distant，副詞則為 distantly。相關片語：keep＋人＋at a distance「與某人保持一定距離、不願與某人親近」；from a distance「從遠方」；to a distance「到遠方」。

🎓 菁英幫小提醒：within a stone's throw 表示「一箭之遙的距離」。

【小試身手】Keep the medicine _____ from the children.
(A) at distant　(B) at a distance　(C) at distinct
(D) at a distain
【解析】選 B。
本句句意是：讓藥品和孩童保持距離。

at a loss　虧本地；困惑不解（英中）　【035】

1分鐘速記法　　1分鐘檢定 ☺☹

5分鐘學習術　　5分鐘檢定 ☺☹

【近似詞】at a sacrifice 虧本地；in a fog 困惑不解
【相關用語】make a profit 獲利
【例句】They sold the goods at a loss. 他們賠本出售貨品。

9分鐘完整功　　9分鐘檢定 ☺☹

at a loss 的 loss 是名詞，意為「損失、虧損」。用法：S＋V/be V＋at a loss＋(to＋V)。由 loss 所衍生出的詞彙有：loss adjuster「保險公司的險損估價人」；loss leader「虧本出售的商品」。
【小試身手】The woman kept driving a hard bargain with me, so I had no choice but to sell the purse _____.

🎓 菁英幫小提醒：drive a hard bargain 意為「和某人費力地討價還價」。

(A) at loss　(B) at a lose　(C) at a lost　(D) at a loss

【解析】選 D。

本句句意是：那個女人一直不斷向我殺價，我只好賠本把皮包賣給她。

【036】
at all　絲毫；全然（英初）

1分鐘速記法　　　　1分鐘檢定 ☺☹

5分鐘學習術　　　　5分鐘檢定 ☺☹

【近似詞】副 completely ； 副 absolutely

【相關用語】not at all 一點也不；別客氣

【例句】He doesn't feel embarrassed at all. 他一點也不覺得尷尬。

9分鐘完整功　　　　9分鐘檢定 ☺☹

at all 可用於條件句中，表示「既然……就得」，或「即使……也」。通常用在否定句，表示「一點都不」的意思來加強語氣。也可用在疑問句中，表示「究竟、到底」之意。"Not at all." 在用來表示對別人謝意的客氣回答時，其意思等於 "You are welcome."、"Don't mention it" 和 "No problem"。

【小試身手】In the trial, the defendant appeared as if he knew nothing _____.

(A) not at all　(B) absolute　(C) at completion　(D) at all

【解析】選 D。

本句句意是：被告在審判中表現得好像什麼也不知道。

🎓 菁英幫小提醒：「原告」為 prosecutor 或 accuser。

【037】
at all costs　無論如何；不惜代價（英高）

1分鐘速記法　　　　1分鐘檢定 ☺☹

5分鐘學習術　　　　5分鐘檢定 ☺☹

【近似詞】at any rate ； at any cost

【相關用語】pay the piper 付出代價

【例句】His parents will save his life at all costs. 他的父母將不惜任何代價來挽救他的生命。

9分鐘完整功　　　　9分鐘檢定 ☺☹

cost 是「成本、代價」的意思。其他有關 cost 的片語有：cost of living「生活費」；cost management「成本控管」；at the cost of～「喪失、犧牲」；count the cost「事先詳細盤算費用或得失等」；to one's cost「使某人負擔費用」；

---

cost a person dearly「使某人吃大虧」。

【小試身手】Peter vowed to revenge his dead father _____.

(A) by no means　(B) at all　(C) at all costs　(D) at rate

【解析】選 C。

本句句意是：彼得發誓要不計代價替亡父報仇。

【038】
at first hand　直接地；第一手地（英中）

1分鐘速記法　　　　1分鐘檢定 ☺☹

5分鐘學習術　　　　5分鐘檢定 ☺☹

【近似詞】副 directly

【相關用語】名 scoop 獨家報導；最新內幕

【例句】I got the news at first hand. 我第一手獲得這個消息。

9分鐘完整功　　　　9分鐘檢定 ☺☹

此片語是副詞片語，通常都放在句尾來修飾全句。反義片語：at second hand「二手地、間接地」。first 和 hand 可以併為一個字，既可用作形容詞也可作為副詞，意思皆為「第一手的／地」；second-hand 則為「二手的／地；間接的／地」，例如 second-hand smoke「二手煙」。

【小試身手】The reporter covered the corruption case _____ and got a considerable bonus.

(A) at first hand　(B) at second hand　(C) scoopful　(D) firsthandly

【解析】選 A。

本句句意是：這名記者因針對弊案的第一手採訪而獲得可觀的獎金。

【039】
at heart　本質上；內心裡（英中）

1分鐘速記法　　　　1分鐘檢定 ☺☹

5分鐘學習術　　　　5分鐘檢定 ☺☹

【近似詞】副 naturally 本質上；副 interiorly 內心裡

【相關用語】on the surface 表面上

【例句】He seems nice, but he is dishonest at heart. 他表面上很好，但實際上並不誠實。

9分鐘完整功　　　　9分鐘檢定 ☺☹

此片語為副詞片語，通常放在句尾來修飾全句。相似片語：after one's own heart「完全符合己意」；at the bottom of one's heart「在某人的內心深處」；all heart「非常慷慨仁慈」；pour

A
B
C
D
E
F
G
H
I
J
K
L
M
N
O
P
Q
R
S
T
U
V
W
X
Y
Z

MP3 ◄) 108

one's heart out「傾吐心事」。
【小試身手】We cannot know readily how others really are _____.
(A) heartly　(B) interior　(C) at heart　(D) at nature
【解析】選 C。
本句句意是：我們無法立即知道他人內心究竟是什麼樣的人。

🎓 菁英幫小提醒：heart 的副詞型為 heartily。

【040】

at issue　爭議中；討論中（英高）

👥 **1分鐘速記法**　1分鐘檢定 ☺☹

👥 **5分鐘學習術**　5分鐘檢定 ☺☹
【近似詞】in a dispute；in a discussion
【相關用語】⑱ controversial 備受爭議的
【例句】The point at issue is whether we go by bus or not. 爭論點在於我們是否搭乘公車前往。

👥 **9分鐘完整功**　9分鐘檢定 ☺☹
issue 可當動詞和名詞，也有很多種解釋，動詞意義包括「發行、流出、放出、誕生、出版」；名詞意義意則包括「爭議、問題、發行量、流出、收益」。相關片語有：issue sb. with sth「提供／分發某物」；issue a call for sth「公開邀請或請求」。
【小試身手】The decriminalization of sex work is still _____.（選出錯的）
(A) controversial　(B) at issues　(C) disputable　(D) discussible
【解析】選 B。
本句句意是：性工作除罪化仍然處於爭議之中。

【041】

at large　逍遙法外（英中）

👥 **1分鐘速記法**　1分鐘檢定 ☺☹

👥 **5分鐘學習術**　5分鐘檢定 ☺☹
【近似詞】on the run
【相關用語】recoil on 使得到報應
【例句】The escaped criminal is still at large. 逃走的罪犯仍逍遙法外。

👥 **9分鐘完整功**　9分鐘檢定 ☺☹
除了「逍遙法外」，at large 還有「詳細地、就全體而言」的意思。相關片語：in (the) large「大規模地、自誇地」；large as life「親自地」；live large「生活奢華」。largely 是副詞，意為「廣泛地、大規模地」。

【小試身手】The newly inaugurated Minister of Justice said that she would not let any outlaws _____.
(A) run at large　(B) be cracked down　(C) outlawry　(D) to lam
【解析】選 A。
本句句意是：新任的法務部長說，她決不會讓任何罪犯逍遙法外。

🎓 菁英幫小提醒：crack down 意指「取締」，兩字也可結合成為名詞。

【042】

at last　最後；最終（英初）

👥 **1分鐘速記法**　1分鐘檢定 ☺☹

👥 **5分鐘學習術**　5分鐘檢定 ☺☹
【近似詞】⑩ finally；⑩ eventually
【相關用語】in the end 最終
【例句】The story has a happy ending at last. 這個故事最後有一個快樂的結局。

👥 **9分鐘完整功**　9分鐘檢定 ☺☹
at last 是副詞片語，意思是「最終、終於」。此片語置於句首，可修飾全句，置於句尾，則修飾句中動詞。作「到底、究竟」的意思解時帶有責怪的意味，用於疑問句，特別是完成式的疑問句，並且要置於句尾。at last 也可寫成 at long last，但 at long last 的語氣較強。
【小試身手】_____, Grace still turned down his courtship.
(A) Endly　(B) Lastily　(C) At last　(D) At final
【解析】選 C。
本句句意是：到了最後，葛瑞絲仍然拒絕了他的追求。

【043】

at least　至少（英初）

👥 **1分鐘速記法**　1分鐘檢定 ☺☹

👥 **5分鐘學習術**　5分鐘檢定 ☺☹
【近似詞】to the least extent；in any case
【相關用語】last but not least 最後但並非最不重要
【例句】She has gone to America at least for two years. 她去美國至少有兩年了。

👥 **9分鐘完整功**　9分鐘檢定 ☺☹
at least 為副詞片語，也可寫成 at the least 或 at the very least。此片語也可用作「無論如何」的

意思解。和 **at least** 相反的片語是 **at most**「至多」。相關片語有：**least little thing**「無關緊要、不可能的事」；**line/path of least resistance**「最省力的方法」。

【小試身手】Even if you can't go, _____ you have to inform him in person.

(A) at most　(B) at least　(C) at last　(D) at lost

【解析】選 **B**。

本句句意是：即使你不能去，你也必須親自通知他。

　🎓 菁英幫小提醒：in person 也可代換為 personally，意為「親自、當面」。

【044】

at leisure　在閒暇中（英高）
［leʒər］

🕐 **1分鐘速記法** 　　　1 分鐘檢定 ☺☹

🕐 **5分鐘學習術** 　　　5 分鐘檢定 ☺☹

【近似詞】in disengagement　engagement 訂婚、諾言、約定　約定

【相關用語】spare time 業餘時間

【例句】What do you like to do at leisure? 你在空閒時喜歡做些什麼？

disengagement 自由、解脫　釋放

🕐 **9分鐘完整功** 　　　9 分鐘檢定 ☺☹

此片語也可以寫成 **at one's leisure** 或 **in one's free time**。由 **leisure** 所衍生的詞彙有：**leisure-ly**「從容不迫的（地）」；**leisure centre**「休閒中心（英式用法）」；**leisurewear**「休閒服」。

【小試身手】Owing to her continual overtime, she cherishs being _____ very much.

(A) at leisure　(B) freedom　(C) spared　(D) disengagement

【解析】選 **A**。

本句句意是：由於她經常加班，因此非常珍惜閒暇時光。

【045】

at length　最後；詳細地（英中）

🕐 **1分鐘速記法** 　　　1 分鐘檢定 ☺☹

🕐 **5分鐘學習術** 　　　5 分鐘檢定 ☺☹

【近似詞】圓 **finally** 最後；圓 **particularly** 詳細地

【相關用語】**in detail** 詳細地

【例句】At length, we began to finish the work. 最後，我們總算完成了這項工作。

🕐 **9分鐘完整功** 　　　9 分鐘檢定 ☺☹

at length 是一則副詞片語，可放在句首、句中或句尾來修飾全句。**length** 是名詞，其動詞是 **length-en**，是指在「時間上、空間上予以延長」的意思，

形容詞為 **lengthy**「冗長的」，副詞 **lengthily**「冗長地」。此片語比同義片語 **at last** 更正式。

【小試身手】Remember not to talk about your experiences _____ but to make a brief and emphasize the special ones in an interview.

(A) at detail　(B) finally　(C) at length　(D) lengthy

【解析】選 **C**。

本句句意是：記得不要在面試時鉅細靡遺地談論所有經歷，而只要簡短帶過並且強調某些特殊項目即可。

【046】

at odds with　爭吵（英高）

🕐 **1分鐘速記法** 　　　1 分鐘檢定 ☺☹

🕐 **5分鐘學習術** 　　　5 分鐘檢定 ☺☹　開啟開關

【近似詞】**on bad terms**；**at loggerheads with**

【相關用語】**stick to one's position** 各執己見

【例句】I am easy to be at odds with him, and maybe our horoscopes aren't matched each other. 或許我和他的八字不合，所以才這麼容易爭吵！

🕐 **9分鐘完整功** 　　　9 分鐘檢定 ☺☹

odds 有很多意思，較常見的包括「機會、不和、差異」等。跟 **odds** 有關的片語有：**odds and ends**「零星物品」；**against longer odds**「以寡敵眾」；**make no odds**「沒有太大差別」；**take the odds**「得到讓步」；**set ～ at odds**「使……相爭」；**What's the odds?**「那有什麼關係？」（口語用法）。

　🎓 菁英幫小提醒：「零星物品」的英式用語為 odds and sods。

【小試身手】An ill-tempered person is used to _____ with others.

(A) at odds　(B) be at odds　(C) odds　(D) being at odds

【解析】選 **D**。

本句句意是：壞脾氣的人習慣和他人爭吵。

　🎓 菁英幫小提醒：be used to 意為「習慣於」，後面必須加 Ving。

【047】

at one's disposal　供任意使用（英高）

🕐 **1分鐘速記法** 　　　1 分鐘檢定 ☺☹

🕐 **5分鐘學習術** 　　　5 分鐘檢定 ☺☹

【近似詞】**for using at will**

【相關用語】**public goods** 公共財

【例句】We have a well-stocked library at our disposal. 我們有一個藏書豐富的圖書館可供使用。
支配/處理

9分鐘完整功 9分鐘檢定☺☹

這裡的 at 也可以用 in 來代替。disposal 是名詞，為「處理、處置」的意思，動詞型態為 dispose。其他相關的片語有：dispose of「處理、扔掉」；put～at one's disposal「把……交給某人自由處置」；Man proposes, God disposes.「謀事在人，成事在天」。

【小試身手】 The recycled paper accumulated there is _____.（選出錯的）
(A) public　(B) at your disposal　(C) disposable
(D) disposed
【解析】 選 D。
本句句意是：堆疊在那裡的再生紙可以自由使用。

【048】

at one's own risk 自行負責（英高）

1分鐘速記法 1分鐘檢定☺☹

5分鐘學習術 5分鐘檢定☺☹

【近似詞】 be responsible for by oneself
【相關用語】 shift responsibility onto others 推諉塞責
【例句】 If you take your own course, you do it at your own risk. 如果你一意孤行，後果就要自行負責。

9分鐘完整功 9分鐘檢定☺☹

risk 是「風險」的意思，形容詞為 risky。其他關於 risk 的片語有：at risk 是「處在危險中」；at all risk「無論如何、不顧一切」；risk life and limb、risk one's neck「冒著重大危險」；run the risk of doing sth「冒著……的風險」。
【小試身手】 Those who go to the beach regardless of typhoon should be at _____ own risk.
(A) those　(B) their　(C) one's　(D) the
【解析】 選 B。
本句句意是：那些颱風天前往海灘的人應該要自負風險。

🎓 菁英幫小提醒：regardless of 表示「不管、不顧」，與 in spite of 同義。

【049】

at peace 處於和平（英中）

1分鐘速記法 1分鐘檢定☺☹

5分鐘學習術 5分鐘檢定☺☹

【近似詞】 ⑱ peaceful
【相關用語】 cold war 冷戰
【例句】 The area is now at peace. 這個地區目前處於和平狀態。

9分鐘完整功 9分鐘檢定☺☹

此片語是由 at 這個介系詞，和名詞 peace 所組成。peace 意為「和平、寧靜」，絕大多數情況為不可數名詞。peace 的形容詞是 peaceful，副詞是 peacefully。反義片語：at war「交戰」。
【小試身手】 The couple have been _____ in their five-year marriage without any conflict.
(A) at pace　(B) at place　(C) at peace　(D) at piece
【解析】 選 C。
本句句意是：這對夫妻在五年的婚姻當中非常和睦，從未爭吵。

【050】

at present 目前（英中）

1分鐘速記法 1分鐘檢定☺☹

5分鐘學習術 5分鐘檢定☺☹

【近似詞】 at the moment；for the time being
【相關用語】 ⑱ current 現時的；當前的
【例句】 We don't need snacks at present. 我們現在不需要點心。

9分鐘完整功 9分鐘檢定☺☹

present 當動詞時，是「贈送、呈遞、提出、表達、上演、出現、表示、指向、瞄準」的意思；當形容詞時，為「在場的、出席的、現在的、當今的、目前的」之意；當名詞時，是「贈品、禮物」的意思。
【小試身手】 The unemployment rate _____ soars to the highest level in a decade.

🎓 菁英幫小提醒：soar 表示「飛升、猛增」，程度較 rise 更為劇烈。

(A) for the time being　(B) at presence　(C) nowaday　(D) currency
【解析】 選 A。
本句句意是：失業率飆升到十年來的最高峰。

【051】

at random 隨意地；任意地（英高）

1分鐘速記法 1分鐘檢定☺☹

A B C D E F G H I J K L M N O P Q R S T U V W X Y Z

5分鐘學習術　　5分鐘檢定☺☹

【近似詞】at will
【相關用語】at one's convenience 自便
【例句】He usually does his homework at random. 他做功課通常都是隨隨便便的。

9分鐘完整功　　9分鐘檢定☺☹

at random 是一則副詞片語，通常放在句尾。random 是指「沒有深思或確定目的、計畫、選擇的行動」，一般譯為「隨機」，在統計和電腦領域術語被廣為使用，例如：random variable「隨機變數」；random access memory「隨機存取記憶體」（RAM）等。
【小試身手】The boss drew lots _____ to decide the next answerer. （選出錯的）
　　🎓 菁英幫小提醒：draw lots 意為「抽籤」，也可用 cast lots。

(A) randomly　(B) willingly　(C) at random　(D) at will
顏意的 吵嘴架
【解析】選B。
本句句意是：老闆隨機抽籤決定下個回答者。

【052】
at table　在吃飯（英中）

1分鐘速記法　　1分鐘檢定☺☹

5分鐘學習術　　5分鐘檢定☺☹

【近似詞】eat a meal；eat rice
【相關用語】on the table 公開地；攤在桌面上
【例句】We are usually at table at six o'clock p.m. 我們通常在晚上六點鐘吃飯。

9分鐘完整功　　9分鐘檢定☺☹

相關片語：sit down at table「入席」。由 table 所衍生出來的相關詞彙有：tablecloth「桌布」；table cover「桌罩」；table knife「餐刀」；table salt「食鹽」。
【小試身手】It is very impolite to blow your nose _____
　　🎓 菁英幫小提醒：blow nose 意指「擤鼻子」，「打噴嚏」則為 sneeze。

(A) at table　(B) at tables　(C) on the table　(D) around the table
【解析】選A。
本句句意是：在吃飯中擤鼻子很失禮。

【053】
at the expense of　以……為代價
（英高）

1分鐘速記法　　1分鐘檢定☺☹

5分鐘學習術　　5分鐘檢定☺☹

【近似詞】at the cost of
【相關用語】The game is not worth the candle. 得不償失
【例句】May completed the work at the expense of her health. 梅完成工作，但卻損害了健康。

9分鐘完整功　　9分鐘檢定☺☹

用法：S＋V＋at the expense of＋（代）名詞。expense 和 cost 都有「費用、成本」的意思。相似片語：at one's expense「自費、犧牲自己」；hang the expense「盡可能地花費」。
【小試身手】Johnson completed his assignment at the _____ of sleep.
(A) expense　(B) expansion　(C) costs　(D) term
【解析】選A。
本句句意是：強森以睡眠為代價完成了作業。
　　🎓 菁英幫小提醒：term 也可當「費用」或「價格」之意，但必須使用複數型。

【054】
at the mercy of　任由……擺佈（英高）

1分鐘速記法　　1分鐘檢定☺☹

5分鐘學習術　　5分鐘檢定☺☹

【近似詞】under one's control
【相關用語】have no choice but to～ 別無選擇
【例句】She was at the mercy of her cruel husband. 她任憑殘酷的丈夫擺佈。

9分鐘完整功　　9分鐘檢定☺☹

用法：S＋be V＋at the mercy of＋（代）名詞。mercy 是名詞，「仁慈」的意思，其形容詞是 merciful；副詞是 mercifully。由 mercy 所衍生的詞彙有：mercy killing「安樂死、無痛致死」。由 mercy 所衍生的字：merciless 是形容詞，意為「無情的、殘酷的」，其副詞是 mercilessly。
　　🎓 菁英幫小提醒：中文口語中的「行行好」，在英文可翻作 "Have mercy!"

【小試身手】Whether she can pass the course is at the _____ of the professor.
(A) expense　(B) discretion　(C) mercy　(D)

MP3 ◀) 110

instance
【解析】選 C。
本句句意是：她是否能通過這門課，還在教授的掌握之中。

【055】
at the risk of 冒……的危險（英中）

1分鐘速記法　　　　1 分鐘檢定 ☺☹

5分鐘學習術　　　　5 分鐘檢定 ☺☹
【近似詞】to run the hazard
【相關用語】⑧ hazard 危險；風險
【例句】He saved my life at the risk of losing his own life. 他冒著生命危險來救我。

9分鐘完整功　　　　9 分鐘檢定 ☺☹
risk 為名詞「危險、風險」之意，亦可當動詞表示「冒險」。其他相關片語：take risks 或 take a risk「冒險」；on one's own risk「自負風險、自擔責任」。risk 的形容詞是 risky，副詞為 riskily。
【小試身手】She dared to outspeak her opinion _____ irritating her manager.
(A) at the risk of　(B) at the risky of　(C) being risky for　(D) at risk for
【解析】選 A。
本句句意是：她敢於冒著惹惱經理的風險，直言她的意見。

【056】
at times 偶爾（英中）

1分鐘速記法　　　　1 分鐘檢定 ☺☹

5分鐘學習術　　　　5 分鐘檢定 ☺☹
【近似詞】once in a while；from time to time
【相關用語】on occasion 偶爾
【例句】Tom goes to school by bicycle at times. 湯姆有時會騎腳踏車去上學。

9分鐘完整功　　　　9 分鐘檢定 ☺☹
at times 是副詞片語，無論放在句首或句尾都可以。相關片語有：against time「趕時間」；all the time「老是、始終」（美式用法）；at all times「時常、老是」；at a time「一次、同時」；at one time「曾經、一度」；at other times「平常」；at the same time「同時」。
【小試身手】My grandfather dropped by my house _____, not regularly.
(A) time and again　(B) time after time　(C) at times　(D) in time

【解析】選 C。
本句句意是：我的祖父偶爾會順道拜訪我家，但並非經常。

🎓 菁英幫小提醒：本題的 A、B 選項均為表示「多次、屢次」的片語。

【057】
back and forth 來來回回地（英中）

1分鐘速記法　　　　1 分鐘檢定 ☺☹

5分鐘學習術　　　　5 分鐘檢定 ☺☹
【近似詞】to and fro
【相關用語】there and back 來回
【例句】He walks back and forth in the living room. 他在客廳裡來回踱步。

9分鐘完整功　　　　9 分鐘檢定 ☺☹
back and forth 是一則副詞片語，是指「從一個地方到另一個地方不斷往返」的意思。用法：S＋V＋back and forth＋時間副詞或地方副詞。back 和 forth 皆為副詞，前者指「向後」，後者為「向前」，因此形成「來來回回」的衍生義。
【小試身手】Being worried about her daughter, she paced _____ all the night.
(A) to and for　(B) over there　(C) ups and downs
(D) back and forth
【解析】選 D。
本句句意是：因為擔心女兒，她整夜來回踱步。

【058】
base on 以……為基礎（英初）

1分鐘速記法　　　　1 分鐘檢定 ☺☹

5分鐘學習術　　　　5 分鐘檢定 ☺☹
【近似詞】lay a foundation on
【相關用語】⑧ basis 基礎
【例句】Her report is based on what she learns. 她的報告是以她所知道的為基礎。

9分鐘完整功　　　　9 分鐘檢定 ☺☹
用法：S＋be V＋based on＋（代）名詞。base 的本義有「建立基礎、以……為起點」等意義，形容詞為 basic「基礎的」；名詞為 basis「基礎」。base 應用在棒球運動上，就有「壘」的意思，衍生出來的棒球術語包括：baseboard「護壁板」；base hit「安打」；base on balls「保送上壘」；baseman「內野手」。
【小試身手】_____ a true story, the drama reveals a diversity of humanity.

(A) Basing on　(B) Based on　(C) Base on　(D) Based at
【解析】選 B。
本句句意是：這齣戲以真人真事為基礎，揭露人性的多種面向。

【059】
be a match for　與……匹敵；為……的好對手（英高）

👥1分鐘速記法　　　　1分鐘檢定☺☹

👥5分鐘學習術　　　　5分鐘檢定☺☹
【近似詞】compare with
【相關用語】❷ rival 匹敵者
【例句】He is more than a match for me. 他是個難以匹敵的強勁對手。

👥9分鐘完整功　　　　9分鐘檢定☺☹
用法：S ＋ be V ＋ a match for ＋ 人。match 當名詞是「火柴、對手」的意思；當動詞是「匹敵、相配」的意思。由 match 所衍生的片語和辭彙有：match up「相配」；match up to「比得上」；matchmaker「媒婆」；matchbox「火柴盒」；matchwood「火柴棒」。
【小試身手】Respect and emulate anyone who _____ you.（選出錯的）
(A) matches　(B) is a match for　(C) is a rivalry for　(D) rivals with
【解析】選 C。
本句句意是：尊重並效法任何能與你匹敵的人。

【060】
be able to　有能力的（英初）

👥1分鐘速記法　　　　1分鐘檢定☺☹

👥5分鐘學習術　　　　5分鐘檢定☺☹
【近似詞】be capable of；be competent
【相關用語】❷ ability 能力
【例句】She is old enough to be able to take a shower by herself. 她已經夠大，可以自己洗澡了。

👥9分鐘完整功　　　　9分鐘檢定☺☹
be able to ＋ V ＝ can ＋ V 之意，但兩者之間仍有區別，前者表示「有能力做到」，後者則為「可以做到」。be capable of 也表示有能力勝任之意，但更為強調應付某種特殊工作的能力，且兩者後接的介系詞不同，須特別注意。
【小試身手】Cathy _____ make handicrafts before

the amputation.
🎓菁英幫小提醒：handicraft 當「手工藝」時不可數，當「手工藝品」時可數。
(A) is able to　(B) was able to　(C) was capable of　(D) is capable of
【解析】選 B。
本句句意是：凱西在截肢前會製作手工藝品。

【061】
be absorbed in　全神貫注；專心（英高）

👥1分鐘速記法　　　　1分鐘檢定☺☹

👥5分鐘學習術　　　　5分鐘檢定☺☹
【近似詞】🔟 engrossed
【相關用語】spare no effort 全力以赴
【例句】He is always absorbed in his computer. 他總是全神貫注於他的電腦。

👥9分鐘完整功　　　　9分鐘檢定☺☹
用法：S ＋ be V ＋ absorbed in ＋ 事情。absorb 是動詞，有「吸收、汲取、使全神貫注」的意思；absorbed 可以當動詞過去式，也可以當形容詞，在這裡是形容詞，為「全神貫注」的意思。由 absorb 所衍生的詞彙有：absorbedly「專心地」；absorbent「有吸收力的、吸收劑」；absorbent cotton「脫脂棉」。
【小試身手】Do not interrupt those students who _____ their studies.
(A) absorbing in　(B) are absorbed in　(C) were absorbed in　(D) are absorbing in
【解析】選 B。
本句句意是：不要打擾那些正專注於唸書的學生。

【062】
be abundant in　豐富；充裕（英高）

👥1分鐘速記法　　　　1分鐘檢定☺☹

👥5分鐘學習術　　　　5分鐘檢定☺☹
【近似詞】🔟 plentiful；🔟 ample
【相關用語】be short of 短缺
【例句】The area is abundant in natural resources. 這個地區的自然資源很豐富。

👥9分鐘完整功　　　　9分鐘檢定☺☹
用法：S ＋ be V ＋ abundant in ＋（代）名詞。plentiful、abundant、copious 和 ample 都有「豐富的」之意，其差別為：plentiful 是指「多而豐富的」之意；abundant 是指「綽綽有餘、非常豐富的」；copious 是指「生產量或可使用的量多

231

MP3 ◀ 111

而豐富的」；**ample** 的意思則是指「大大地滿足某種要求的」。

【小試身手】Milk _____ calcium.
(A) is full of　(B) is abundant in　(C) is teem with
(D) instincts with
【解析】選 **B**。
本句意是是：牛奶富含鈣質。

> 🎓 菁英幫小提醒：**teem with** 為動詞片語，意為「充滿、富於」。

【063】
be accustomed to 習慣於……（英高）

👥1分鐘速記法　　1分鐘檢定 ☺☹

👥5分鐘學習術　　5分鐘檢定 ☺☹
【近似詞】**be used to**
【相關用語】ⓝ **adjustability** 適應力
【例句】She is accustomed to jogging in the morning. 她有清晨慢跑的習慣。

👥9分鐘完整功　　9分鐘檢定 ☺☹
這裡的 **to** 是介系詞，不是不定詞（**to** + **V**），所以 **to** 的後面不能加動詞，只能加 **Ving** 或名詞片語。用法：**S** + **be V** + **accustomed to** + 名詞／**Ving**。相似片語：**accustom oneself to**「使自己習慣於……」。
【小試身手】Studying abroad alone, what he has to do is to get accustomed _____ the local life as soon as possible.
(A) X　(B) for　(C) about　(D) to
【解析】選 **D**。
本句意是是：獨自出國求學，他該做的就是儘快習慣當地生活。

【064】
be afraid of/that 害怕；擔心（英初）

👥1分鐘速記法　　1分鐘檢定 ☺☹

👥5分鐘學習術　　5分鐘檢定 ☺☹
【近似詞】ⓐ **fearful**；ⓐ **scared**
【相關用語】**in fear of** 害怕
【例句】I am afraid that you won't come here any more. 我擔心你再也不來了。

👥9分鐘完整功　　9分鐘檢定 ☺☹
afraid 是最常用來表示恐懼或情緒不安的形容詞。用法：**S** + **be V** + **afraid of** + **Ving/N**，意思是「害怕某某某物」。除了加 **of** 以外也可以加 **to**，其用法為：**S** + **be V** + **afraid** + **to** + **V**，意思是

「對某特定行動有所不能或不情願」。這個片語後面還可以加 **that** + 子句，其用法為：**S** + **be V** + **afraid** + **that** + **S** + **V**，而其中的 **that** 可省略。
【小試身手】I am afraid _____ she will misunderstand my words.
(A) to　(B) of　(C) about　(D) X
【解析】選 **D**。
本句意是是：我很擔心她誤會我說的話。

【065】
be angry at/with 憤怒的；生氣的（英初）

👥1分鐘速記法　　1分鐘檢定 ☺☹

👥5分鐘學習術　　5分鐘檢定 ☺☹
【近似詞】ⓐ **furious**；ⓐ **annoyed**
【相關用語】ⓥ **irritate** 激怒
【例句】The teacher was angry at our learning attitude. 老師對我們的學習態度感到很生氣。

👥9分鐘完整功　　9分鐘檢定 ☺☹
當 **angry** 的對象是指人的言行或事物時，要用 **at** 或是 **about**。用法：**S** + **be V** + **angry at/about** + 人的言行或事物。其中 **about** 特別指對事。若指對人產生怒氣，必須要用 **with**。用法：**S** + **be V** + **angry with** + 受詞（人）。
【小試身手】Sarah was angry _____ me for concealing the truth from her.
(A) at　(B) about　(C) with　(D) on
【解析】選 **C**。
本句意是是：莎拉因我對她隱瞞真相而發怒。

> 🎓 菁英幫小提醒：**conceal sth from sb.** 表示「對某人隱瞞某事」。

【066】
be anxious to 渴望（英高）

👥1分鐘速記法　　1分鐘檢定 ☺☹

👥5分鐘學習術　　5分鐘檢定 ☺☹
【近似詞】**yearn for**
【相關用語】**thirst for** 渴望
【例句】She is anxious to know the result. 她渴望獲知結果。

👥9分鐘完整功　　9分鐘檢定 ☺☹
用法：**S** + **be V** + **anxious to** + **V**。**anxious** 的意思是「渴望的」，其名詞是 **anxiety**，副詞是 **anxiously**。若將介系詞 **to** 改成 **for/about** 時，意思則為「為某事焦慮、擔心」的意思，此時的 **anx-**

ious意思為「焦慮的、擔憂的」。
【小試身手】Because she didn't show up beyond the stated time, everyone became anxious _____ her.
(A) at　(B) to　(C) with　(D) about
【解析】選D。
本句句意是：因為過了指定時間她還沒出現，大家都開始擔心她。

be apt to　有……傾向；易於（英高）

【1分鐘速記法】　1分鐘檢定☺☹

【5分鐘學習術】　5分鐘檢定☺☹
【近似詞】prefer；be easy to
【相關用語】be apt at善於
【例句】This pen is apt to leak. 這支筆很容易漏水。

【9分鐘完整功】　9分鐘檢定☺☹
用法：S＋be V＋apt to＋V。apt是形容詞，有「易於、傾向、恰當、善於」等意思，意義不同時後方接的介系詞也不同。表達「有某種傾向」的說法相當多，例如：be inclined to；be liable to；tend to；side with等等。
【小試身手】He _____ be impulsive if he hears that you are wronged.
(A) tend to　(B) is apt to　(C) is inclining to　(D) is easy for
【解析】選B。
本句句意是：他如果聽說你受了委屈，就很容易衝動。

be ashamed of　羞愧的；難為情的（英中）

【1分鐘速記法】　1分鐘檢定☺☹

【5分鐘學習術】　5分鐘檢定☺☹
【近似詞】be disgraced；be embarrassed
【相關用語】humiliation 羞辱
【例句】She was ashamed of making mistakes. 她因犯錯而感到羞愧。

【9分鐘完整功】　9分鐘檢定☺☹
用法：S＋be V＋ashamed of＋（代）名詞。ashamed表示「為自己或他人做錯的事、不正當的事或愚蠢的事感到羞愧」的意思。以a為字首可表示加強意義，例如arise、await。ashamed只能用來形容人，shameful則用來形容事。

【小試身手】I don't think doing low-pay jobs _____ to _____ ashamed of.
(A) has；be　(B) is；X　(C) have；be　(D) need；X
【解析】選A。
本句句意是：我不認為從事低薪工作有什麼好難為情的。

be aware of　意識到（英中）

【1分鐘速記法】　1分鐘檢定☺☹

【5分鐘學習術】　5分鐘檢定☺☹
【近似詞】realize；be conscious of
【相關用語】sense 意識到
【例句】He was aware of the danger. 他察覺到危險。

【9分鐘完整功】　9分鐘檢定☺☹
此片語後接事物，表示意識到某事物存在。用法：S＋be V＋aware of＋（代）名詞。aware是指表示「藉觀察或感覺，而對某事物有所察覺或意識」之意。因為aware是形容詞，所以要在前面加be V。aware的名詞為awareness。

> 菁英幫小提醒：aware的相反就是unaware，意為「無意識」，同樣也是形容詞。

【小試身手】On _____ the danger, he instantly withdrew from the cave.
(A) aware of　(B) conscious of　(C) being conscious about　(D) being aware of
【解析】選D。
本句句意是：一察覺到危險，他就立即退出山洞。

be bound up with　與……有密切關係（英中）

【1分鐘速記法】　1分鐘檢定☺☹

【5分鐘學習術】　5分鐘檢定☺☹
【近似詞】correlate；be related to
【相關用語】alienation 疏離
【例句】Sight, sound and touch are bound up with our bodies. 視覺、聽覺和觸覺與我們的身體有密不可分的關係。

【9分鐘完整功】　9分鐘檢定☺☹
bound是形容詞，指「被縛住的、受束縛」的意思。同義字與片語：have something to do with；do with；concern；relate to；have relations with；be in connection with；be

MP3 112

in/with relation to。用法：S ＋ be V ＋ bound up with ＋受詞。
【小試身手】The prosecutor assumed he _____ the money-laundering case.
(A) was bound up with　(B) be bound up with　(C) is related to　(D) has something to do with
【解析】選A。
本句句意是：檢察官認為他與洗錢案有密切關係。
🎓菁英幫小提醒：have something to do with「有關」，something 改成 nothing 則變成「無關」。

[071]
be capable of 可勝任的（英中）

🕐1分鐘速記法　　1分鐘檢定☺☹

🕔5分鐘學習術　　5分鐘檢定☺☹
【近似詞】 qualified
【相關用語】 competent 稱職的
【例句】She is capable of running a mile in five minutes. 她可以在五分鐘內跑完一哩。

🕘9分鐘完整功　　9分鐘檢定☺☹
用法：S ＋ be V ＋ capable of ＋ N/Ving。capable 是形容詞，其名詞是 capability。able、capable 和 competent 都指「有能力的」，其中 able 是指「具有必要能力」的意思；capable 是指「具有做普通工作的能力」，可指人，也可指物；competent 表示「可以勝任某種工作的足夠能力」。
【小試身手】The interviewer asked applicants whether they _____ coding.
(A) were capable of　(B) were able to　(C) can　(D) should
【解析】選A。
本句句意是：面試官問應徵者是否會編碼。

[072]
be careful about 注意；關心（英初）

🕐1分鐘速記法　　1分鐘檢定☺☹

🕔5分鐘學習術　　5分鐘檢定☺☹
【近似詞】be cautious about/with；be wary of
【相關用語】be concerned with 關心
【例句】She is careful about her figure. 她很在意她的身材。

🕘9分鐘完整功　　9分鐘檢定☺☹
careful 是指「對自己的工作或責任處處留心，以免

發生錯誤或損害」的意思。用法：S ＋ be V ＋ careful about ＋ 事情／人。其他相關片語：be careful with「對……小心」；be careful in「審慎做……」。
【小試身手】The man got promoted for he was careful _____ everything he did.
(A) for　(B) X　(C) about　(D) at
【解析】選C。
本句句意是：這個男人因對每樣工作細心而得到升遷。

[073]
be confident of 確信；有把握（英高）

🕐1分鐘速記法　　1分鐘檢定☺☹

🕔5分鐘學習術　　5分鐘檢定☺☹
【近似詞】be convinced
【相關用語】have a card up one's sleeve 胸有成竹
【例句】They were confident of victory. 他們確信勝券在握。

🕘9分鐘完整功　　9分鐘檢定☺☹
用法：S ＋ be V ＋ confident of ＋（代）名詞；S ＋ be V ＋ confident that ＋子句。sure、certain、confident 和 positive 都有「確信」的意思，其差別為：sure 是指「確實無誤」的意思，是最常見的用字；certain 是指「基於清楚的理由或證據而確定」的意思；confident 是指「確信某件事情」；positive 是指「對自己的意見或結論顯出不可動搖的信心」。
【小試身手】Fiona is confident _____ X of the equation is five.
(A) of　(B) that　(C) about　(D) with
【解析】選B。
本句句意是：費歐娜確定那題方程式的X為五。

[074]
be crazy about 狂熱的；醉心的（英初）

🕐1分鐘速記法　　1分鐘檢定☺☹

🕔5分鐘學習術　　5分鐘檢定☺☹
【近似詞】 enthusiastic；zealous
【相關用語】 fanatic 狂熱者
【例句】John is crazy about Kate. 約翰對凱特非常著迷。

🕘9分鐘完整功　　9分鐘檢定☺☹
用法：S ＋ be V ＋ crazy about ＋（代）名詞。crazy 是形容詞，其動詞是 craze；副詞是 crazi-

A B C D E F G H I J K L M N O P Q R S T U V W X Y Z

ly；名詞是 craziness。相關片語：be crazy as a betsy bug「精神錯亂的」；crazy bone「肘部恥骨端」。

【小試身手】Many indie music fans are _____ this band.
(A) enchanted to　(B) fascinated about　(C) crazy in　(D) captivated by
【解析】選 D。
本句句意是：許多獨立樂迷都為這個樂團著迷。

🎓 菁英幫小提醒：enchant、fascinate 都是「使著迷」，後方介系詞用 by 或 with。

【075】
be destined to　命中注定（英高）

🔔1分鐘速記法　　　1分鐘檢定☺☹

💰5分鐘學習術　　　5分鐘檢定☺☹

【近似詞】be foredoomed
【相關用語】動 ordain 命中注定
【例句】He was destined to enter the Church. 命運注定他要成為一位牧師。

👥9分鐘完整功　　　9分鐘檢定☺☹

destine 是動詞「命定」，其名詞是 destiny。用法：S ＋ be V ＋ destined to ＋ V。fate、destiny 和 doom 都有「命運」的意思，其差別為：fate 是指「支配人或物的神或超自然力量，通常暗示著其結果是無法避免或無法改變的，有時也暗示悲劇性的結果」；destiny 可以跟 fate 互換，但含有「著重於由超自然力量所預先注定的不可改變結果」的意味，也用在指好結果。
【小試身手】It turns out to be a bomb again. Am I _____ fail?
(A) doomed for　(B) destined for　(C) destined to (D) fated for
【解析】選 C。
本句句意是：事情又變得一敗塗地，難道我命中注定要失敗嗎？

🎓 菁英幫小提醒：注意 bomb 在美式俚語中為「大失敗」，在英式英文中卻是「大成功」。

【076】
be different from　不同的；相異的
（英初）

🔔1分鐘速記法　　　1分鐘檢定☺☹

💰5分鐘學習術　　　5分鐘檢定☺☹

【近似詞】形 unlike；形 dissimilar
【相關用語】名 disparity 不同

【例句】The features of the foreigners are different from ours. 外國人的長相跟我們有差異。

👥9分鐘完整功　　　9分鐘檢定☺☹

用法：S ＋ be V ＋ different from ＋（代）名詞。英文中在說到「與……不相同」的概念時，be different from 是最普遍、簡單的一種說法，其中「from」也可以用「to」代替，但接 to 主要是英式用法。different 是指人或物無相似之處，有時暗指對比或對立。
【小試身手】I suggest that our plan _____ theirs.
(A) be different from　(B) different from　(C) is different from　(D) to be different from
【解析】選 A。
本句句意是：我建議我們的企劃要與他們的不同。

🎓 菁英幫小提醒：suggest＋子句時，子句的主詞和動詞之間省一個 should，但其助動詞的作用仍在。

【077】
be disappointed at　失望（英初）

🔔1分鐘速記法　　　1分鐘檢定☺☹

💰5分鐘學習術　　　5分鐘檢定☺☹

【近似詞】形 frustrated；形 depressed
【相關用語】名 despair 絕望
【例句】He was disappointed at not being invited. 他由於未獲邀請而感到失望。

👥9分鐘完整功　　　9分鐘檢定☺☹

用法：S ＋ be V ＋ disappointed at ＋ 事情。disappointed 是動詞 disappoint「使沮喪」的形容詞形式，表「受到挫敗的」，at 後面要接事情，最好不要接人，若要接人，則必須使用 in。
【小試身手】_____ her leave, Brian had many sleepless nights.
(A) Disappearing at　(B) Disappointing at　(C) Disappointed at　(D) Despaired of
【解析】選 C。
本句句意是：布萊恩因她的離開感到沮喪，歷經多夜失眠。

【078】
be distinct from　與……區別（英高）

🔔1分鐘速記法　　　1分鐘檢定☺☹

💰5分鐘學習術　　　5分鐘檢定☺☹

【近似詞】be different from
【相關用語】draw a line 區別

MP3 ◀ 113

【例句】This skirt is obviously distinct from the old one. 這件裙子很容易跟那件舊的區分出來。

9分鐘完整功　9分鐘檢定☺☹

distinct是形容詞，意為「不同的、有區別的」，名詞型是distinction；副詞是distinctly「清楚地」。distinct和distinctive詞性相同，主要區別在於：前者通常要與其他物品比較，表示「不同、有別」；後者則表示「有特色的、特殊的」。

【小試身手】The circulatory system in human _____ frogs.
(A) are distinct from　(B) is distinct from　(C) is different for　(D) is distinct with

【解析】選B。
本句句意是：人類的循環系統和青蛙有別。

　　　　　　　　　　　　　　　　【079】

be eager for　渴望的；急切的（英中）

1分鐘速記法　1分鐘檢定☺☹

5分鐘學習術　5分鐘檢定☺☹

【近似詞】anxious；impatient
【相關用語】be dying for 渴望
【例句】Don't be so eager for eating. 不要這麼急切地想吃。

9分鐘完整功　9分鐘檢定☺☹

be eager for也可以寫成be eager to。用法：S＋eager for＋N/Ving。eager、anxious和keen都有「渴望的」之意，其差別為：eager是指「因想做某事，或想得到某物，而感到非常興奮或熱心，有時也暗示不耐煩」的意思；anxious強調「唯恐欲望受到挫折，或希望不能實現而感到不安、焦躁」的意思；keen是指「由於強烈的興趣或欲望而急於行動」之意，其義比eager更強烈。

【小試身手】Rita _____ the prom tonight.
(A) long for　(B) is eager to　(C) is eager for　(D) yearn for

【解析】選C。
本句句意是：瑞塔非常期待今晚的班級舞會。

　🎓 菁英幫小提醒：美國學校每年都會舉辦班級舞會，除了prom外還可稱為formal和ball。

　　　　　　　　　　　　　　　　【080】

be engaged to　訂婚（英中）

1分鐘速記法　1分鐘檢定☺☹

5分鐘學習術　5分鐘檢定☺☹

【近似詞】contract a marriage
【相關用語】marriage 結婚
　🎓 菁英幫小提醒：tie the knot意為「結婚」。

【例句】Laura is engaged to Peter last month. 蘿拉上個月和彼得訂婚了。

9分鐘完整功　9分鐘檢定☺☹

用法：S＋be V＋engaged to＋人。engaged是形容詞，為「已訂婚」的意思，另外也有「（電話）佔線中、忙於……、從事……」的意思。相關片語：engage oneself in「從事於、埋頭於、忙於」；engage oneself to「與……訂婚、答應」。

【小試身手】Despite her father's disapproval, she was still engaged _____ her boyfriend.
(A) with　(B) in　(C) to　(D) X

【解析】選C。
本句句意是：雖然父親不同意，她仍然和男朋友訂婚了。

　　　　　　　　　　　　　　　　【081】

be envious of　嫉妒的（英高）

1分鐘速記法　1分鐘檢定☺☹

5分鐘學習術　5分鐘檢定☺☹

【近似詞】envy
【相關用語】green-eyed 眼紅的
【例句】She is envious of her best friend's beautiful face. 她嫉妒她最好的朋友有張美麗的臉。

9分鐘完整功　9分鐘檢定☺☹

用法：S＋be V＋envious of＋事情／人。由envy（名詞，「羨慕」之意）所衍生出的詞彙有：envier「羨慕者」；enviable「可羨慕的」；enviously「羨慕地」。要記住的是表示羨慕的字彙中，envy、covet都帶有因羨慕引發不順眼的心態甚至作為，admire才是真正由衷地佩服、欽羨。

【小試身手】Linda _____ her popularity among boys.
(A) is red-eyed with　(B) is jealousy of　(C) envy　(D) grudges

【解析】選D。
本句句意是：琳達嫉妒她飽受男孩的歡迎。

【082】

be equal to　等於；勝任（英中）

1分鐘速記法　　　　　　　1分鐘檢定 ☺☹

5分鐘學習術　　　　　　　5分鐘檢定 ☺☹
【近似詞】amount to；be competent
【相關用語】be tantamount to 相當於
【例句】Twice six is equal to twelve. 六的兩倍
是十二。

9分鐘完整功　　　　　　　9分鐘檢定 ☺☹
be equal to 的 to 是介系詞，所以後面加名詞。用
法：S ＋ be V ＋ equal to ＋（代）名詞。因為
equal 的意思是「平等、等於」，所以一般而言沒有
比較級的變化，不過作為「更近乎平等、比較公平」
的意思解時，還是可以用比較級的形式表示。
equal 當名詞時，是指「同輩、對手」之意。
【小試身手】He strives to prove that he _____
that job.
(A) is equal to　(B) is capable to　(C) was able to
do　(D) can does
【解析】選 A。
本句句意是：他努力證明他可以勝任那個工作。

【083】

be familiar with　熟悉；通曉（英中）

1分鐘速記法　　　　　　　1分鐘檢定 ☺☹

5分鐘學習術　　　　　　　5分鐘檢定 ☺☹
【近似詞】know thoroughly
【相關用語】彤 Greek 難懂、陌生的事物
【例句】I am not very familiar with botanical
names. 我不太熟悉植物的名稱。

9分鐘完整功　　　　　　　9分鐘檢定 ☺☹
S ＋ be V ＋ familiar with ＋ 人／事物。with 換
成 to 時，表示「對某人來說很熟悉」，句法為 S ＋
be V ＋ familiar to ＋ 人。familiar 和 intimate 都
有「熟悉」的意思，其差別為：familiar 是指「由
於長期的交往而變得密切、隨便、不拘形式、宛如
家庭成員一般」之意；intimate 是指「由於了解對
方的思想、情感等而產生親密的關係」。相似片語：
make oneself familiar with「和……變得熟
稔」。
【小試身手】The name you just mentioned sounds
very familiar _____ me, but I cannot recall who he
is.
(A) to　(B) with　(C) about　(D) on
【解析】選 A。

本句句意是：你剛剛提到的名字聽起來很熟悉，但我
想不起來是誰。

【084】

be famous for　因……有名（英初）

1分鐘速記法　　　　　　　1分鐘檢定 ☺☹

5分鐘學習術　　　　　　　5分鐘檢定 ☺☹
【近似詞】be known for
【相關用語】彤 reputation 名譽、名聲
【例句】The store is famous for its good serv-
ice. 這一家商店是以服務周到聞名。

9分鐘完整功　　　　　　　9分鐘檢定 ☺☹
famous 主要用於人、地、物、事等方面，表示廣
為人知或常受談論，往往有稱頌之意，且通常只用
於現在仍然出名的人物。相較於 famous 而言，若
是因負面傳聞而著名，則一般使用 notorious，意
為「惡名昭彰的」。
【小試身手】The sanitarium _____ its assembly of
all leprosy patients in Taiwan.
(A) is known to　(B) is famous for　(C) is reputable
with　(D) is known as
【解析】選 B。
本句句意是：這座療養院因收容全臺灣的漢生病患而
聞名。

🎓 菁英幫小提醒：be known to「為……所知」，
be known as「作為……而出名」。

【085】

be fed up with　感到厭煩（英高）

1分鐘速記法　　　　　　　1分鐘檢定 ☺☹

5分鐘學習術　　　　　　　5分鐘檢定 ☺☹
【近似詞】be tired of
【相關用語】be sick of 厭倦
【例句】I want to break up with you because I
am fed up with your bad temper. 我要分手，因
為我受夠你的壞脾氣了。

9分鐘完整功　　　　　　　9分鐘檢定 ☺☹
be fed up with 後面接一些不愉快、不如意的事。
用法：S ＋ be V ＋ fed up with ＋ 不愉快、不如
意的事。fed 是 feed 的過去式及過去分詞。相關片
語：be fed up to the back teeth「對長時的不如
意或老生常談感到厭倦」；be spoon-fed「受到
填鴨式教育的」。
【小試身手】I am really _____ my mother's con-
tinual chatter.

MP3 114

(A) tire of　(B) sick about　(C) fed with　(D) weary of
【解析】選D。
本句句意是：我實在對我媽的頻頻叨念感到厭煩。

> 菁英幫小提醒：continal 和 continous 都是「連續的」之意，但前者有間斷，例如醫生的多次叮嚀；後者則無間斷，例如連下三天的雨。

【086】
be fond of　喜愛；愛好（英初）

1分鐘速記法　1分鐘檢定 ☺☹

5分鐘學習術　5分鐘檢定 ☺☹
【近似詞】 ⓥ love ； ⓥ favor
【相關用語】 in favor of 贊成；支持
【例句】 I am fond of seeing movies. 我喜歡看電影。

9分鐘完整功　9分鐘檢定 ☺☹
fond 是形容詞，所以這個片語是一個形容詞片語。be fond of 的後面遇到動詞要變成 Ving。fond 還有其他意思，包括「溺愛的、多情的、妄想的、難以實現的」等。fond 的副詞形式是 fondly；名詞是 fondness。
【小試身手】 Neither he nor I _____ fond of egg-plants.
(A) is　(B) are　(C) does　(D) am
【解析】選D。
本句句意是：他和我都不喜歡吃茄子。

> 菁英幫小提醒：neither～nor 句型應遵循「就近原則」，即動詞依最靠近的主詞變化。

【087】
be free from　免於（英中）

1分鐘速記法　1分鐘檢定 ☺☹

5分鐘學習術　5分鐘檢定 ☺☹
【近似詞】 be released from
【相關用語】 ⓥ exempt 豁免
【例句】 Since she escaped from her husband, she could be free from violence. 自從她逃離她的丈夫後，她就免於暴力的威脅。

9分鐘完整功　9分鐘檢定 ☺☹
用法：S ＋ be V ＋ free from ＋（代）名詞。from 也可代換為 of。雖然是同義，但 free of 著重於免除的狀態；free from 著重於加害物或拘束物。相關片語：free and easy「無拘無束的」；free ride「占便宜」；free lunch「不勞而獲的事物」。

【小試身手】 We citizens have the right to _____ fear.
(A) be free about　(B) free from　(C) be free from
(D) free of
【解析】選C。
本句句意是：我們公民擁有免除恐懼的自由。

> 菁英幫小提醒：free 也可當動詞，但它是及物動詞「使解放；使自由」，因而本題的B選項必須使用被動式才會正確。

【088】
be free of charge　免費（英中）

1分鐘速記法　1分鐘檢定 ☺☹

5分鐘學習術　5分鐘檢定 ☺☹
【近似詞】 for nothing
【相關用語】 ⓝ gift 贈品
【例句】 The cup of coffee is free of charge. 這杯咖啡是不用錢的。

9分鐘完整功　9分鐘檢定 ☺☹
此片語是形容詞片語，通常都放在句尾。這裡的 charge 是名詞，為「索價、索費」的意思。此片語也可以寫成 free of cost。charge 和 cost 都是費用的意思。charge 可當動詞，表示「索價、指控、充電」的意思。
【小試身手】 Tonight women wearing miniskirts are admitted _____.
(A) free from cost　(B) without change　(C) as nothing　(D) for free
【解析】選D。
本句句意是：今晚穿著迷你裙的女性可以免費入場。

【089】
be Greek to　一竅不通（英高）

1分鐘速記法　1分鐘檢定 ☺☹

5分鐘學習術　5分鐘檢定 ☺☹
【近似詞】 be difficult to understand
【相關用語】 have no idea 一竅不通
【例句】 Electronics is Greek to him, let alone mechanics. 他對電子學一竅不通，更別說機械學了。

9分鐘完整功　9分鐘檢定 ☺☹
Greek 在這裡是指「難懂的事、莫名其妙的話」，而不是指「希臘」。西方有一句諺語「When Greek meets Greek, then comes the tug of war.」意思是說「兩雄相遇即起激鬥」。用法：事情＋be

Greek to ＋人，與其他表示無知的片語順序不同，例如：人＋**know nothing about**＋事情；人＋**be utterly ignorant of**＋事情。
【小試身手】Mechaincs of Materials is a subject that is Greek _____ me.
(A) to　(B) about　(C) with　(D) on
【解析】選 **A**。
本句句意是：材料力學這個科目我一竅不通。

【090】
be inclined to　有……傾向（英高）

1分鐘速記法　1分鐘檢定☺☹

5分鐘學習術　5分鐘檢定☺☹
【近似詞】**tend to**
【相關用語】**名 tendency** 傾向；習性
【例句】I am inclined to accept his suggestion. 我傾向接受他的建議。

9分鐘完整功　9分鐘檢定☺☹
用法：S ＋ be V ＋ inclined to ＋ V。incline 為動詞，表「有……傾向、易於」的意思，但此片語必須用被動詞，為慣用法。incline 的相關字彙為：inclination「趨勢」；inclinable「傾向的」；inclining「傾向」。
【小試身手】Due to melancholia, he _____ suicide regularly.
(A) is apt for　(B) tend to　(C) has an inclination to
(D) have a tendency to
【解析】選 **C**。
本句句意是：因為憂鬱症的關係，他常有自殺傾向。

【091】
be inferior to　劣於（英高）

1分鐘速記法　1分鐘檢定☺☹

5分鐘學習術　5分鐘檢定☺☹
【近似詞】**be worse than**
【相關用語】**形 second-rate** 次等的；二流的
【例句】The book is inferior to that one in contents. 這本書在內容上比不上那一本。

9分鐘完整功　9分鐘檢定☺☹
用法：S ＋ be V ＋ inferior to ＋名詞＝ S ＋ be V ＋ worse than ＋名詞。inferior to 的反義詞是 superior to「優於」，inferior 和 superior 都可當名詞，前者表示「部屬、下級」，後者表示「上司、主管」。
【小試身手】Jessica is _____ to Iris in English,

but superior to her in Japanese.
(A) better　(B) worse　(C) superior　(D) inferior
【解析】選 **D**。
本句句意是：潔西卡的英文比艾莉絲差，但是日文卻比她好。

【092】
be intent on　熱心於；專注於（英初）

1分鐘速記法　1分鐘檢定☺☹

5分鐘學習術　5分鐘檢定☺☹
【近似詞】**be absorbed in**
【相關用語】**動 concentrate** 專心
【例句】He is intent on helping others. 他熱心助人。

9分鐘完整功　9分鐘檢定☺☹
用法：S ＋ be V ＋ intent on ＋ Ving/N。intent 是「熱切的、專注的」之意。intent 可以當名詞，意為「意圖、意向」；例如 **evil intent**「意圖不軌」；也可以當形容詞，在這裡是當作形容詞，在使用時要特別留心。
【小試身手】My brother is _____ writing songs with his guitar.
(A) intent on　(B) absorbing in　(C) crazy in　(D) enthusiastic in
【解析】選 **A**。
本句句意是：我哥哥熱衷於用吉他寫歌。

【093】
be jealous of　嫉妒（英中）

1分鐘速記法　1分鐘檢定☺☹

5分鐘學習術　5分鐘檢定☺☹
【近似詞】**be envious of**
【相關用語】**形 narrow-minded** 小心眼
【例句】Tom is jealous of Mary's marks. 湯姆嫉妒瑪麗的成績。

9分鐘完整功　9分鐘檢定☺☹
用法：S ＋ be V ＋ jealous of ＋（代）名詞。jealous 是形容詞，其副詞是 **jealously**，名詞是 **jealousy**。俚語 "**have no jealous bone in one's body**" 指「某人不會嫉妒他人」。
【小試身手】Humble as she is, she becomes the one everybody _____.
(A) jealous of　(B) is jealous of　(C) are jealous of
(D) covet
【解析】選 **B**。
本句句意是：她雖然很謙虛，卻仍是大家嫉妒的對象。

MP3 115

【094】
be junior to 比……年幼（英初）

1分鐘速記法　1分鐘檢定 ☺☹

5分鐘學習術　5分鐘檢定 ☺☹
【近似詞】be younger than
【相關用語】junior high school 初級中學
【例句】My wife is three years junior to me. 我太太比我小三歲。

9分鐘完整功　9分鐘檢定 ☺☹
junior是形容詞，表示「年紀較輕的」。應注意的是，junior to後面要加受格（me，him，her，you，us，them，it），而younger than後面要加主格（I，we，you，he，she，it，they），兩者不可以混淆。
【小試身手】The freshman, Judy, _____ everyone else in the department.
(A) will be junior to　(B) is junior to　(C) is youngest than　(D) is youngest
【解析】選 B。
本句句意是：這名新人茱蒂比部門裡所有人年輕。

🎓 菁英幫小提醒：形容詞最高級前必須加上 the。

【095】
be known to 為……所熟知（英初）

1分鐘速記法　1分鐘檢定 ☺☹

5分鐘學習術　5分鐘檢定 ☺☹
【近似詞】recognized；acknowledged
【相關用語】be familiar to 對……來說很熟悉
【例句】This picture is known to the public. 這幅圖畫被大眾所熟知。

9分鐘完整功　9分鐘檢定 ☺☹
known是形容詞，意思是指「被熟知」。相關片語之比較：be known for＋特性「以……特質聞名」；be known as＋身分、職業「以……身分聞名」；be known by「藉由……認識」。在known前加上well或widely等副詞，可強化知名的程度。
【小試身手】After starring the film "Lust, Caution", Tang Wei _____ the public.
(A) becoming known to　(B) is known to　(C) is known for　(D) becomes familiar with
【解析】選 B。
本句句意是：在主演電影「色戒」之後，湯唯變得眾所周知。

【096】
be late for 遲到（英初）

1分鐘速記法　1分鐘檢定 ☺☹

5分鐘學習術　5分鐘檢定 ☺☹
【近似詞】tardy
【相關用語】delay 耽擱
【例句】I was very late for school this morning. 我今天早上上學遲到好久。

9分鐘完整功　9分鐘檢定 ☺☹
late是指人或物抵達某地的時間較規定或約定的時間晚。用法：S＋be V＋late for＋名詞。late可以當名詞、副詞、形容詞，但不可以當動詞。相關諺語：Better late than never.「遲勝於無」；It's never too late to learn.「求學不嫌晚」。
【小試身手】Tom _____ work this morning and got a scolding by his superviser.
(A) is late for　(B) delays　(C) was late for　(D) lated
【解析】選 C。
本句句意是：湯姆今早上班遲到，挨了上司的罵。

【097】
be opposed to 反對（英中）

1分鐘速記法　1分鐘檢定 ☺☹

5分鐘學習術　5分鐘檢定 ☺☹
【近似詞】against
【相關用語】protest 抗議；反對
【例句】I am opposed to your suggestion. 我反對你的建議。

9分鐘完整功　9分鐘檢定 ☺☹
在這個片語中的to是介系詞，所以後面接名詞或Ving。用法：S＋be V＋opposed to＋（代）名詞。to也可以換成against。oppose是指「對於對方的思想、計畫等，或對於威脅和干涉到自己的事物，予以反抗或反對」的意思。
【小試身手】A group of university students who _____ the rise in tuition gathered on the square for protest.
(A) oppose　(B) are opposed to　(C) opposed　(D) were opposed
【解析】選 C。
本句句意是：一群反對學費上漲的大學生聚集在廣場抗議。

🎓 菁英幫小提醒：oppose 也可直接加名詞或 Ving，表示「反對或反抗某事物」。

【098】

be peculiar to 特有的（英中）

👥**1分鐘速記法**　　　　　　　1分鐘檢定 ☺☹

👥**5分鐘學習術**　　　　　　　5分鐘檢定 ☺☹
【近似詞】圈 individual；圈 distinctive
【相關用語】名 characteristic 特徵；特色
【例句】This method of cooking is peculiar to China. 這種烹調法是中國特有的方式。

👥**9分鐘完整功**　　　　　　　9分鐘檢定 ☺☹
同義片語：be characteristic of；be proper to。用法：S＋be V＋peculiar to＋（代）名詞，代表 S（主格）是（代）名詞的對象所特有的特質或物件，切記不可顛倒順序。peculiar 是形容詞，其名詞是 peculiarity；副詞是 peculiarly。
【小試身手】Formosan Serow is one kind of animal _____ Taiwan.
(A) peculiar to　(B) proper about　(C) individual to
(D) characteristic for
【解析】選 A。
本句句意是：台灣長鬃山羊是台灣動物的特有種。

【099】

be proud of 以……自豪（英初）

👥**1分鐘速記法**　　　　　　　1分鐘檢定 ☺☹

👥**5分鐘學習術**　　　　　　　5分鐘檢定 ☺☹
【近似詞】圈 arrogant；圈 pompous
【相關用語】take pride in 自豪
【例句】I am proud of myself. 我為自己感到驕傲。

👥**9分鐘完整功**　　　　　　　9分鐘檢定 ☺☹
proud 為形容詞，這個字雖是「驕傲的、自豪的」之義，但它的含義可以廣泛到從個人持有適度的自尊心，到鄙視別人的高傲態度。用法：S＋be V＋proud of＋事情／人。proud 後方也可以加 to V「自豪地去做某事」或 that＋子句「自豪某事」。
【小試身手】He thinks that he has nothing to _____ out of self-abasement.
(A) pride of　(B) be proud of　(C) take prides in
(D) be boastful from
【解析】選 B。
本句句意是：出於自卑，他認為他沒有什麼自豪之處。
　🎓菁英幫小提醒：be boastful of/about 意為「自誇的；炫耀的」。

【100】

be short of 缺乏；不足（英初）

👥**1分鐘速記法**　　　　　　　1分鐘檢定 ☺☹

👥**5分鐘學習術**　　　　　　　5分鐘檢定 ☺☹
【近似詞】動 lack；動 want
【相關用語】名 deficiency 短缺
【例句】The introverted man is short of friendship. 這個內向的男人缺乏友誼。

👥**9分鐘完整功**　　　　　　　9分鐘檢定 ☺☹
short 為形容詞，表示「短缺、短少」的意思，名詞型為 shortage。用法：S＋be V＋short of＋東西／事情。其他相關片語：be short for「……的縮寫」；be short on「欠缺」；be short with「對……無禮」。
【小試身手】_____ exercise may be one reason of her weakness.
(A) Being short of　(B) Shorts of　(C) Shorting of
(D) Shorted of
【解析】選 A。
本句句意是：缺乏運動或許是她虛弱的原因之一。

【101】

be used to 習慣（英中）

👥**1分鐘速記法**　　　　　　　1分鐘檢定 ☺☹

👥**5分鐘學習術**　　　　　　　5分鐘檢定 ☺☹
【近似詞】圈 habitual
【相關用語】名 custom 習俗；慣例
【例句】She is not used to driving on the left-hand side of the road. 她不習慣在左邊的車道上行駛。

👥**9分鐘完整功**　　　　　　　9分鐘檢定 ☺☹
be used to ＝ get used to。這裡的 to 是介系詞，所以後面一定要加 Ving。這則片語的用法：S＋be V＋used to＋Ving。used to 還有另外兩種用法：第一種是 S＋be V＋used to＋V，是指「過去習慣於，但現在不會再發生」的意思，要小心區別兩者不同；第二種是 S＋be V＋used to＋V，但這種用法的主詞則是物，指「物品被用來做某種用途」的意思。
【小試身手】My mother _____ vacuuming the living room on Sunday.
(A) used to　(B) uses to　(C) is used for　(D) is used to
【解析】選 D。
本句句意是：我媽媽習慣在星期天以吸塵器打掃客廳。

MP3 116

be well disposed to 對……有好感（英高）【102】

1分鐘速記法　　1分鐘檢定 ☺☹

5分鐘學習術　　5分鐘檢定 ☺☹
【近似詞】be interested in
【相關用語】care for 喜歡
【例句】According to his behavior, I think he must be well disposed to Laura. 根據他的行為，我覺得他一定對蘿拉有好感。

9分鐘完整功　　9分鐘檢定 ☺☹
dispose 在此為「使傾向於、使有意於」，用作被動式即為「有意於」，well 則作為副詞修飾。反義片語：be ill disposed to「對……覺得反感」。此片語中的 to 可以改成 toward。
【小試身手】Although he keeps tight-lipped, we can guess that he _____ her by his shyness.
(A) is ill disposed to　(B) is disposed by　(C) is well disposed to　(D) have interest in
【解析】選 C。
本句句意是：雖然他守口如瓶，但我們可以從他的羞澀看出他對她有好感。

---

bear the brunt of 首當其衝（英中）【103】

1分鐘速記法　　1分鐘檢定 ☺☹

5分鐘學習術　　5分鐘檢定 ☺☹
【近似詞】stand in the breach
【相關用語】at the instant brunt 起初；立刻
【例句】When the typhoon comes from the Pacific Ocean, the eastern Taiwan always bears the brunt of it. 當颱風從太平洋過來時，東台灣總是首當其衝。

9分鐘完整功　　9分鐘檢定 ☺☹
brunt 是名詞，意思是「衝擊、撞擊」，與 impact、strike 同義。用法：S ＋ the brunt of ＋（代）名詞。動詞除了 bear，也可以用 take 代換，意思不變。
【小試身手】After the enforcement of the new law, the foreign spouses _____ of it.
(A) bear the brunt　(B) bearing the brunt　(C) bear the brunt　(D) bears the brunt
【解析】選 A。
本句句意是：新法案實行之後，首當其衝的就是外籍配偶。

---

beat about the bush 拐彎抹角（英高）【104】

1分鐘速記法　　1分鐘檢定 ☺☹

5分鐘學習術　　5分鐘檢定 ☺☹
【近似詞】talk in a roundabout way
【相關用語】⑲ indirect 迂迴的；間接的
【例句】I can bear anything, so don't beat about the bush to waste my time. 我可以承受任何事，所以不要拐彎抹角地浪費我的時間。

9分鐘完整功　　9分鐘檢定 ☺☹
此片語的原義是過去的獵人在樹叢間搜尋獵物時，透過敲擊周遭的樹叢來引出目標；後來引申為不直接針對目標，而使用迂迴的手段來旁敲側擊之意。與 beat 相關的片語有：beat off「擊退」；beat out「撲滅、敲打」；beat up「痛打、攪拌」。
【小試身手】Stop _____. Ask me what you want to ask directly.
(A) bearing about the bush　(B) beating about the bush　(C) beating about the brush　(D) to be indirect
【解析】選 B。
本句句意是：別再拐彎抹角，直接問我你想問的吧。

🎓 菁英幫小提醒：Stop＋Ving 表示「停止做某事」，Stop＋to V 則為「停下來，開始做某事」。

---

because of 因為；由於（英初）【105】

1分鐘速記法　　1分鐘檢定 ☺☹

5分鐘學習術　　5分鐘檢定 ☺☹
【近似詞】owing to；as a result of
【相關用語】on account of 因為
【例句】I can't go out because of the rain. 因為下雨，所以我不能出去。

9分鐘完整功　　9分鐘檢定 ☺☹
because 在作連接詞時，所接的子句通常出現在主要子句的後面。值得注意的是，because 後面要接包含完整主詞和動詞的子句，但 because of 後面不能接子句，必須接名詞。
【小試身手】They didn't meet each other _____ the huge crowd thronged the square.
(A) because　(B) because of　(C) due to　(D) owing to
【解析】選 A。

本句句意是：他們沒有遇見彼此，因為太多人湧進廣場裡了。

before long　不久（英初）　【106】

1分鐘速記法　1分鐘檢定☺☹

5分鐘學習術　5分鐘檢定☺☹

【近似詞】very soon；圓 shortly
【相關用語】in no time 不久
【例句】I hope to see you before long. 我希望不久後可以再見到你。

9分鐘完整功　9分鐘檢定☺☹

before long 為副詞片語，可放在句首、句中或句尾來修飾整個句子，若放在句中則需放在動詞之後。相關片語：**as long as**「只要」；**in the long run**「最後、終於」；**so long**「再見」；**long time no see**「好久不見」。
【小試身手】Hold the line please, I'll be back _____. （選出錯的）
(A) in no time　(B) before long　(C) soon　(D) once upon a time.
【解析】選 D。
本句句意是：不要掛電話，我不久就回來。
　　🎓菁英幫小提醒：once upon a time 意為「從前」。

behave oneself　檢點；循規蹈矩（英中）　【107】

1分鐘速記法　1分鐘檢定☺☹

5分鐘學習術　5分鐘檢定☺☹

【近似詞】to be watchful over one's own deeds and words
【相關用語】圈 dissolute 放縱的
【例句】To be a good child should know how to behave himself. 做一個乖小孩應該知道要守規矩。

9分鐘完整功　9分鐘檢定☺☹

同義片語：**on one's best behavior**。behave 是指「舉止行為合乎禮貌或規矩」的意思，英文裡還有另一個字 **conduct**，也是指「表現、為人」的意思，但其更強調「注重在某特定場合的行為舉動，以符合社會的道德標準」。behave 的名詞是 **behavior**，為不可數名詞，所以不加 "**s**"；其形容詞是 **behavioral**。
【小試身手】Mary _____ discreetly in order to

make a good impression on her father-in-law.
(A) behaved herself　(B) behave herself　(C) behaving herself　(D) self-behaved
【解析】選 A。
本句句意是：瑪莉行為舉止相當謹慎，希望能讓公公留下好印象。

believe in　相信……的存在（英初）　【108】

1分鐘速記法　1分鐘檢定☺☹

5分鐘學習術　5分鐘檢定☺☹

【近似詞】圓 trust；put one's faith in
【相關用語】have confidence in 相信
【例句】Do you believe in God? 你相信上帝嗎？

9分鐘完整功　9分鐘檢定☺☹

believe in 是指「對觀念、思想或宗教等的信心，或相信有鬼怪」的意思。believe in 跟 believe 的差別為：believe in 是指對「人格、主義、行為抱有信心」的意思；believe 則是單純表示「相信某件事或某句話」，涵蓋的範圍和程度不如前者廣與深。
【小試身手】Although she had a hard life in her childhood, she didn't give up _____ fate.
(A) believed　(B) believing in　(C) to believe　(D) to believe in
【解析】選 B。
本句句意是：雖然她童年艱辛，她從未放棄相信命運。

belong to　屬於（某人所有）（英初）　【109】

1分鐘速記法　1分鐘檢定☺☹

5分鐘學習術　5分鐘檢定☺☹

【近似詞】be part of；pertain to
【相關用語】圈 belongings 財產
【例句】This magazine belongs to me. 這本雜誌是我的。

9分鐘完整功　9分鐘檢定☺☹

belong to 和 belong in 的比較：belong to 是指「屬於」的意思，若後面加人，意思是指「屬於某人」；加上事物或組織，意思是指「屬於某個團體或組織」；belong in 是指「放在、居於」的意思，其後要接地方。
【小試身手】The punch _____ her has to be returned on Friday.

MP3 117

(A) belongs to　(B) belongs in　(C) belonged to
(D) belonging to
【解析】選 D。
本句句意是：這個打孔機屬她所有，要在禮拜五歸還。
🎓 菁英幫小提醒：本句使用分詞構句，belonging
to 的原型為 which belongs to。

---

beside oneself with 　因某種情緒
而過於激動（英中）
【110】

🕐 1分鐘速記法　　　　　　1分鐘檢定 ☺☹

🕐 5分鐘學習術　　　　　　5分鐘檢定 ☺☹
【近似詞】🔲 excite；🔲 agitate
【相關用語】in a lather 暴躁
【例句】Mr. Wang was beside himself with
rage when he saw the mess. 當王先生看到這裡
變得一團亂時，就勃然大怒。

🕐 9分鐘完整功　　　　　　9分鐘檢定 ☺☹
這裡的 beside 要小心不要寫成 besides，因為
besides 是副詞，是「此外」的意思；beside 則
是介系詞，是「在旁邊、無關」的意思。用法：S
＋ be V ＋ beside oneself with ＋名詞。相關片
語：beside the point「離題」。
【小試身手】Upon hearing her name at the award-
ing ceremony, the actress _____ herself with joy.
(A) was besides　(B) was beside　(C) were beside
(D) were besides
【解析】選 B。
本句句意是：這名女演員在頒獎典禮上一聽到她的名
字便欣喜若狂。
🎓 菁英幫小提醒：on/upon ＋ Ving ＋ S ｜ V，表
示「一……就……」的句型。

---

between A and B 　在 A 和 B 之間
（英初）
【111】

🕐 1分鐘速記法　　　　　　1分鐘檢定 ☺☹

🕐 5分鐘學習術　　　　　　5分鐘檢定 ☺☹
【近似詞】🔼 among；🔼 amid
【相關用語】interval 間隔、距離
【例句】The car was parked between the
scooter and the bike. 這輛車停在這台機車和這
台腳踏車中間。

🕐 9分鐘完整功　　　　　　9分鐘檢定 ☺☹
between 和 among 都有「在……之間」的意思，
而其中的差別為：between 這個字多用於指稱兩者
之間，而 among 則是指在三者以上之間。among
另有變體 amongst，為英式用法，在美國為較文
言的用法。
【小試身手】Are you going to break the promise
that there is no secret _____ us?
(A) for　(B) among　(C) between　(D) in
【解析】選 C。
本句句意是：你要破壞我們之間沒有祕密的承諾嗎？
🎓 菁英幫小提醒：break the promise 意為「失
信」，keep the promise 則表示「守信」。

---

bite the dust 　斷送；失敗；陣亡（英高）
【112】

🕐 1分鐘速記法　　　　　　1分鐘檢定 ☺☹

🕐 5分鐘學習術　　　　　　5分鐘檢定 ☺☹
【近似詞】🔲 fail 失敗；🔲 die 陣亡
【相關用語】collapse 突然失敗
【例句】Many rumors have caused the lectur-
er's career to bite the dust. 眾多的流言已經斷
送掉這位講師的職涯。

🕐 9分鐘完整功　　　　　　9分鐘檢定 ☺☹
此片語是屬於非正式的片語。這裡的 bite 也可以用
eat、lick 來代替；dust 也可以用 ground 來代
替。bite 的動詞三態為：bite；bit；bitten。
dust 是「灰塵、垃圾、遺骸」的意思，從字面上可
以理解成「碰了一鼻子灰」的意思。
【小試身手】He started up his own business last
year but soon _____.
(A) bites the dust　(B) bited the dust　(C) bit the
dust　(D) fails
【解析】選 C。
本句句意是：他去年自行創業，但很快就遭受失敗。

---

blame for 　責怪（英高）
【113】

🕐 1分鐘速記法　　　　　　1分鐘檢定 ☺☹

🕐 5分鐘學習術　　　　　　5分鐘檢定 ☺☹
【近似詞】🔲 condemn
【相關用語】scapegoat 代罪羔羊
【例句】He is blamed for being late. 他正因為遲
到而被責罵。

9分鐘完整功　9分鐘檢定☺☹

blame 可以當名詞，也可以當動詞，用法：**S ＋ blame ＋人＋ for ＋事情**。其他關於 **blame** 的片語有：**to be blame**「應受責備、應負責任」；**Blame it!**「真該死！真可惡！」（美式俚語）；**A bad workman blames his tools.**「笨工匠總怪工具差」；**lay the blame on sb./sth**「把責任歸咎於……」。

【小試身手】He has nothing to _____. He is just a scapegoat of his cousin.
(A) be blame for　(B) blame for　(C) be blamed for
(D) blaming for
【解析】選 **C**。
本句句意是：他不應受苛責，他只是他表哥的代罪羔羊。

【114】
blow up　爆炸；痛斥（英中）

1分鐘速記法　1分鐘檢定☺☹

5分鐘學習術　5分鐘檢定☺☹

【近似詞】◉ explode 爆炸；◉ denounce 痛斥
【相關用語】◉ combustible 可燃物
【例句】The bomb blew up near the village. 炸彈在村莊附近爆炸。

9分鐘完整功　9分鐘檢定☺☹

blow up 的正式用法，用在「爆炸」的情形上，而非正式的用法，則為「痛斥某人」的意思。相關片語：**blow out**「取消、中止」；**blow away**「被風吹走」。**blow** 的動詞三態是 **blow**；**blew**；**blown**。

🎓菁英幫小提醒：在美式口語當中，blow it 表示「搞砸了」，和 screw up 同義。

【小試身手】An airplane crashed in the west coast and soon _____.
(A) exploding　(B) blew up　(C) blow up　(D) blasts
【解析】選 **B**。
本句句意是：一架飛機墜毀在西岸並迅速爆炸。

【115】
boast of　誇耀（英高）

1分鐘速記法　1分鐘檢定☺☹

5分鐘學習術　5分鐘檢定☺☹

【近似詞】brag about
【相關用語】talk through one's hat 胡吹亂蓋

【例句】He is always boasting of his son's achievement. 他總是誇耀他兒子的成就。

9分鐘完整功　9分鐘檢定☺☹

這則片語中的 **of** 可以改成 **about**，後加用來誇耀的人或事；也可改成 **that** 後接子句。用法：**S ＋ boast of/about ＋ N/Ving**。**boast** 衍生的字彙有：**boastful**「自誇的」；**boastfully**「誇耀地」；**boaster**「自誇的人」。

【小試身手】The middle-aged woman _____ she once shook hands with the president.
(A) boasted that　(B) boasted of　(C) bragged about　(D) show off
【解析】選 **A**。
本句句意是：這名中年婦人誇耀她和總統握過手。

【116】
borrow from　從……借來（英初）

1分鐘速記法　1分鐘檢定☺☹

5分鐘學習術　5分鐘檢定☺☹

【近似詞】◉ lend
【相關用語】◉ loan 借出
【例句】Father borrowed some books from the library. 爸爸從圖書館裡借了幾本書。

9分鐘完整功　9分鐘檢定☺☹

用法：**S ＋ borrow from ＋（代）名詞**。**borrow** 後面一定要接介系詞 **from**，不能接 **to**，那是錯誤用法。須注意此字與 **lend** 同為「借」之意，但 **borrow** 是「借入」，**lend** 則是「借出」，不可混用。

【小試身手】Would you mind _____ him a quarter?
(A) borrowing　(B) to lend　(C) to loan　(D) lending
【解析】選 **D**。
本句句意是：你介意借他二十五分錢嗎？

🎓菁英幫小提醒：lend 可以接雙受詞，也就是 lend ＋ sb.＋ sth，但 borrow 則不行。

【117】
bow the neck to　向……低頭；對……屈服（英高）

1分鐘速記法　1分鐘檢定☺☹

5分鐘學習術　5分鐘檢定☺☹

【近似詞】◉ yield；◉ submit
【相關用語】bring ～ to one's knees 使……屈服
【例句】They refused to bow the neck to the

MP3 118

tyrant. 他們拒絕向那暴君屈服。

9分鐘完整功　　　　9分鐘檢定☺☹

用法：S＋bow the neck to＋人。bow 是動詞，「屈服、鞠躬」的意思，和 bow 相關的片語有：bow out with「（演員）退場」；bow down「屈服」；have a bowing acquaintance with「與……為點頭之交」；make one's bow「行禮鞠躬」；take a bow「上前謝幕」。

　　菁英幫小提醒：美國知名流行女歌手瑪丹娜有一首歌的歌名「Take a bow」就是取自此片語。

【小試身手】The emperor took every measure to let the captive ＿＿＿＿ him.（選出錯的）
(A) object to　(B) yield to　(C) submit to　(D) bow the neck to
【解析】選 A。
本句句意是：君王想盡辦法讓這名戰俘屈服。

【118】

break down 故障；失敗（英高）

1分鐘速記法　　　　1分鐘檢定☺☹

5分鐘學習術　　　　5分鐘檢定☺☹

【近似詞】be out of order
【相關用語】名 bug 故障；毛病
【例句】The motorcycle broke down, so I had to walk home. 因為摩托車故障了，所以我必須走路回家。

9分鐘完整功　　　　9分鐘檢定☺☹

本片語除了上述的意思外，還有「毀壞、鎮壓、分析、崩潰、健康衰弱」等等其他意思。以 break 開頭的片語相當多，例如：break into「闖入」；break away「逃脫」；break off「突然停止」；break one's back「努力做某事」；break one's heart「使某人心碎」等。

　　菁英幫小提醒：work one's fingers to the bone「賣力工作」。

【小試身手】The automobile parked in the garage has ＿＿＿ down for several years.
(A) to break　(B) been broken　(C) broken　(D) been breaking
【解析】選 C。
本句句意是：停在車庫的這輛汽車已經故障好幾年了。

【119】

break one's words 失信（英高）

1分鐘速記法　　　　1分鐘檢定☺☹

5分鐘學習術　　　　5分鐘檢定☺☹

【近似詞】break one's promise
【相關用語】keep one's promise 守信
【例句】My father always breaks his words to me. 我的爸爸總是對我言而無信。

9分鐘完整功　　　　9分鐘檢定☺☹

這裡的 break 是「違反、違背」的意思，也可用片語 go back on「不履行、背叛」來替代。words 則代表說過的「話語」，也可以用 promise、commitment「承諾」等替代。

【小試身手】He has poor credit for he always ＿＿＿＿.
(A) keeps his words　(B) breaks his words　(C) is reliable　(D) is undependable
【解析】選 B。
本句句意是：他因時常食言使得信用很差。

　　菁英幫小提醒：頻率副詞如 always、usually等，大多出現在 be 動詞之後，普通動詞之前。

【120】

break out 爆發；突然發生（英高）

1分鐘速記法　　　　1分鐘檢定☺☹

5分鐘學習術　　　　5分鐘檢定☺☹

【近似詞】動 erupt
【相關用語】動 spread 蔓延
【例句】A fire broke out in a neighboring store last night. 昨夜鄰近的商店發生火災。

9分鐘完整功　　　　9分鐘檢定☺☹

除了上述的意思外，break out 還有「逃脫、言語突然激烈起來」的意思。用法：S＋break out＋事情。關於「爆發」的用語有很多，break out、burst out 通常用於戰爭或災難等；火山爆發則用 erupt；情緒的忽然產生則用 flare up（通常用於發怒）。

【小試身手】Without any omen, a war between the two countries ＿＿＿＿.
(A) happening　(B) brought out　(C) broke out　(D) coming up
【解析】選 C。
本句句意是：兩國之間的戰爭毫無預警地爆發。

【121】

break through 突破；征服（英高）

1分鐘速記法　　　　1分鐘檢定☺☹

5分鐘學習術　　5分鐘檢定☺☹

【近似詞】 **v.** surmount；**v.** overcome
【相關用語】 create a new era 開創新時代
【例句】 The U.S. army succeeded in breaking through the enemy's defense line. 美國軍隊成功地突破敵人的防線。

9分鐘完整功　　9分鐘檢定☺☹

用法：S ＋ break through ＋受詞。此片語的意義相當多，包括「穿透、突出、刷新（紀錄）、克服」等。若將兩個字連在一起，成為 **breakthrough**，則變成名詞的「突破、創新」，通常與 **make** 連用，如 **make a breakthrough**。
【小試身手】 The scientist predicted when a new technology would _____ in this field.
(A) breakthrough　(B) break through　(C) break out　(D) break down
【解析】 選 B。
本句句意是：這名科學家預測這個領域何時會有新科技的突破。

【122】
bring about　引起（英中）

1分鐘速記法　　1分鐘檢定☺☹

5分鐘學習術　　5分鐘檢定☺☹

【近似詞】 result in；contribute to
【相關用語】 bring forth 產生；發表
【例句】 His remarks brought about a lot of disputes. 他的評論引起很多爭議。

9分鐘完整功　　9分鐘檢定☺☹

bring 一般是指「將某人或某物攜帶到說話者所在的某地」，但在這裡是指「導致、引起」的意思。用法：S ＋ bring about ＋受詞。因為 bring 是及物動詞，所以受詞可以放在 bring 跟 about 之間。
【小試身手】 The recent downturn _____ the layoff of many enterprises.
(A) resulting in　(B) leads　(C) bought about　(D) contributed to
【解析】 選 D。
本句句意是：近來的經濟衰退引起了許多企業的裁員。

🎓 菁英幫小提醒：「經濟衰退」稱為 recession，「經濟蕭條」稱為 depression，後者的程度比前者更嚴重，例如一九三〇年的「經濟大蕭條」就稱為 Great Depression。

【123】
bring back　使憶起；再掀風潮（英初）

1分鐘速記法　　1分鐘檢定☺☹

5分鐘學習術　　5分鐘檢定☺☹

【近似詞】 **v.** recall 使憶起；**v.** revert 憶起
【相關用語】 come in 流行起來
【例句】 The photo album brought back my happy memories in school days. 這本相簿讓我憶起在學的快樂時光。

9分鐘完整功　　9分鐘檢定☺☹

當此片語的受詞為代名詞時，受詞要放在 back 的前面。bring 的動詞時態屬於不規則變化，它的過去式和過去分詞均是 brought。其他相關片語：bring in「產生、帶來（利潤）」；bring oneself to「下決心、鼓起勇氣」；bring through「救活」。
【小試身手】 The song _____ the sweet moments we had, which moved me to tears.
(A) brought back　(B) brought about　(C) recalls　(D) reverted
【解析】 選 A。
本句句意是：這首歌使我憶起我們曾經的甜蜜時光，讓我感動落淚。

【124】
bring～to effect　實行；實施（英高）

1分鐘速記法　　1分鐘檢定☺☹

5分鐘學習術　　5分鐘檢定☺☹

【近似詞】 carry out
【相關用語】 **n.** enforcement（法令）實施
【例句】 Our school will bring the new rule to effect next semester. 我們學校下學期將實施新校規。

9分鐘完整功　　9分鐘檢定☺☹

用法：S ＋ bring ＋受詞＋ to effect。effect 是「結果、效果」的意思。由 bring 開頭的片語有：bring along「攜帶」；bring around「說服」；bring down「減低、打倒」；bring in「介紹、引進」。
【小試身手】 Tobacco Hazard Control Act will _____ to effect next month.
(A) brought　(B) bring　(C) be brought　(D) bought
【解析】 選 C。
本句句意是：菸害防治法下個月將付諸實施。

MP3 ◀) 119

bring up 撫養；提出（英初）

【125】

1分鐘速記法
1分鐘檢定 ☺☹

5分鐘學習術
5分鐘檢定 ☺☹

【近似詞】 動 raise 撫養； 動 submit 提出
【相關用語】 bring up the rear 殿後
【例句】 We want to bring up the proposal next meeting. 我們想在下一次會議時提出這個計畫案。

9分鐘完整功
9分鐘檢定 ☺☹

bring up 在當「撫養」的意思解時，其同義字為 breed。這個片語還有一些其他解釋，比如：「嘔吐、突然停止或停頓、准許發言、將帳目或計算等轉載到次頁」等等的意思。
【小試身手】 The proposal you _____ seems feasible.
(A) bring about (B) bring up (C) bringing up (D) bring into effect
【解析】 選 B。
本句句意是：你提出的計畫看起來很可行。

brush up on 複習（英高）

【126】

1分鐘速記法
1分鐘檢定 ☺☹

5分鐘學習術
5分鐘檢定 ☺☹

【近似詞】 run back over
【相關用語】 動 review 複習
【例句】 I seldom used Korean in speaking, so I have to brush up on it. 我很少用韓文演說，所以必須要複習一下。

9分鐘完整功
9分鐘檢定 ☺☹

brush up on 是屬於美式用法，英式用法不加 on。brush 當動詞時是「刷、擦」的意思，當名詞時則是「刷子、刷狀物」。由 brush 所衍生的片語有：brush aside「漠視」；be as daft as a brush「行為愚蠢」（英式口語用法）；tar sb. with the same brush「具有同樣特性、一丘之貉」；brush off「置之不理」。
【小試身手】 I have to _____ the statistics methods I learnt two years ago.
(A) preview (B) run through (C) brush up on (D) think of
【解析】 選 C。
本句句意是：我必須複習兩年前學過的統計方法。

build up 加強；逐漸建立（英初）

【127】

1分鐘速記法
1分鐘檢定 ☺☹

5分鐘學習術
5分鐘檢定 ☺☹

【近似詞】 動 enhance 加強； 動 establish 建立
【相關用語】 build a fire 生火
【例句】 We should build up our confidence to face the challenges. 我們應該加強我們的信心，去面對挑戰。

9分鐘完整功
9分鐘檢定 ☺☹

build up 的原意是指「建立」，在當作「加強」的意思解釋時，多指加強一種力量，例如體能等等。此片語也可當「阻塞、創建、養成」的意思解。其他相關片語：build ～ of「以……建造」；build on「以……為基礎」；build in「固定、建造於……」。
【小試身手】 Peer-reviewing helps you _____ your writing skill.
(A) to strength (B) enhance (C) building up (D) to improving
【解析】 選 B。
本句句意是：同儕評鑑可助你增強寫作技巧。

🎓 菁英幫小提醒：help 後面可接原形動詞或 to ＋原形動詞。

burn the midnight oil 熬夜（英高）

【128】

1分鐘速記法
1分鐘檢定 ☺☹

5分鐘學習術
5分鐘檢定 ☺☹

【近似詞】 stay up late
【相關用語】 名 insomnia 失眠
【例句】 If you usually burn the midnight oil, the blood circulation of your body will be bad. 假如你經常熬夜的話，血液循環就會不良。

9分鐘完整功
9分鐘檢定 ☺☹

這則片語從字面上來解釋的話，是「挑燈夜戰」的意思，引申為「熬夜」。與 oil 相關的片語有：pour oil on troubled waters「使冷靜」；be no oil painting「不吸引人的」（英式非正式用法）；oil the wheels「為……鋪路、促成」。
【小試身手】 As a night owl, she is used to _____ for her tasks.
(A) burn the midnight oil (B) stand others up (C) staying up late (D) be sleepless

【解析】選 C。
本句句意是：作為一名夜貓子，她習慣於熬夜工作。

🎓 菁英幫小提醒：stand sb. up 意為「放某人鴿子」。

【129】

burst into　情緒的突然發作（英高）

👥1分鐘速記法　　　　　1分鐘檢定 ☺☹

👥5分鐘學習術　　　　　5分鐘檢定 ☺☹
【近似詞】burst out
【相關用語】⑩ moody 情緒化的
【例句】Carol burst into tears when she heard of the news. 卡蘿聽到這個消息後，突然大哭起來。

👥9分鐘完整功　　　　　9分鐘檢定 ☺☹
介系詞 into 後通常接表示某種情緒的動詞或名詞，例如 burst into tears「突然哭泣」；burst into laughter「突然大笑」等等。此片語也可以當「突然闖入」的意思解。burst 屬於不規則變化的動詞，其三態皆為 burst。
【小試身手】The freak stting there mutely _____ laughter all of a sudden.
(A) burst into　(B) burst out　(C) blew up　(D) turned out to be
【解析】選 A。
本句句意是：那個靜靜坐在那裡的怪人，突然間大笑起來。

【130】

by accident　偶然地；意外地（英初）

👥1分鐘速記法　　　　　1分鐘檢定 ☺☹

👥5分鐘學習術　　　　　5分鐘檢定 ☺☹
【近似詞】out of the blue；by chance
【相關用語】out of expectation 預期之外
【例句】I met him by accident. 我偶然地遇到了他。

👥9分鐘完整功　　　　　9分鐘檢定 ☺☹
by accident 是指「在意料之外、毫無預期地」之意；by accident of 則是指「憑藉……機遇」的意思。accident 可當「事故、災禍」解，也可當「機遇、偶然」解，在後者的狀況下與 chance 同義。
【小試身手】Betty spilt the milk on the table _____. Please forgive her.
(A) on purpose　(B) accidental　(C) accidentally
(D) out of chance

【解析】選 C。
本句句意是：貝蒂不小心打翻桌上的牛奶，請原諒她。

🎓 菁英幫小提醒：on purpose 為「故意」之意。

【131】

by chance　偶然地；意外地（英中）

👥1分鐘速記法　　　　　1分鐘檢定 ☺☹

👥5分鐘學習術　　　　　5分鐘檢定 ☺☹
【近似詞】⑩ accidentally；⑩ occasionally
【相關用語】⑧ coincidence 巧合
【例句】He told me that he met Lisa by chance last night. 他跟我說他昨晚意外地遇見莉莎。

👥9分鐘完整功　　　　　9分鐘檢定 ☺☹
opportunity 和 chance 都是指「機會」，但兩者略有差異：opportunity 是指「可以行動，以達到其目的或希望的機會」，而 chance 則主要是指「偶然」出現的好機會；另有一個 alternative 是指「另外的選擇、替代方案」之意。
【小試身手】Sally and I have met _____ three times today.
(A) by accidental　(B) on occasion　(C) unexpected　(D) by chance
【解析】選 D。
本句句意是：莎莉和我今天偶遇了三次。

【132】

by degrees　逐漸地（英中）

👥1分鐘速記法　　　　　1分鐘檢定 ☺☹

👥5分鐘學習術　　　　　5分鐘檢定 ☺☹
【近似詞】step by step；inch by inch
【相關用語】the third degree 質問
【例句】The plan is going to be finished by degrees. 這一項計畫正在逐步完成。

👥9分鐘完整功　　　　　9分鐘檢定 ☺☹
degree 在此作為名詞，有「程度、等級」的意思。其他關於 degree 的片語有：degree of frost「冰點以下」；in a/some degree「有點兒」；in its degree「隨自己的身分」；not in the slightest degree「一點也不」。
【小試身手】Are you aware that they are becoming more intimate _____?
(A) by degree　(B) by degrees　(C) inches by inches　(D) by gradual

MP3 120

【解析】選 B。
本句句意是：你有察覺到他們漸漸變得親密了嗎？

by means of 用……方法或手段（英中） 【133】

1分鐘速記法　1分鐘檢定☺☹

5分鐘學習術　5分鐘檢定☺☹
【近似詞】by way of
【相關用語】❷ measure 措施；手段
【例句】He passed the exam by means of cheat. 他藉由作弊而通過考試。

9分鐘完整功　9分鐘檢定☺☹
by means of 後面要接名詞，若接 Ving，則直接去掉 means of，用 by + Ving 即可。用法：S + V + by means of + N。其他跟 means 有關的片語有：by any means「無論用什麼方法」；by no means「絕不」；by some means or other「想盡辦法」；ways and means「手段、財源」。
【小試身手】The brutal husband controlled his wife _____ force.
(A) by means of　(B) in order to　(C) by chance
(D) taking measures to
【解析】選 A。
本句句意是：這名殘暴的丈夫用暴力控制妻子。
🎓 菁英幫小提醒：take measures to V 表示「採取措施或手段，進行……活動」之意。

by mistake 錯誤地（英初） 【134】

1分鐘速記法　1分鐘檢定☺☹

5分鐘學習術　5分鐘檢定☺☹
【近似詞】❷ incorrectly；❷ wrongly
【相關用語】❷ misunderstanding 誤會
【例句】I have hit someone by mistake. 我打錯人了。

9分鐘完整功　9分鐘檢定☺☹
by mistake 通常放在句尾，來修飾整個句子的句義。mistake 可當動詞也可當名詞，mistaken 是形容詞，意為「錯誤的、被誤解的」；mistaken identity 是「認錯人」的意思。
【小試身手】It was too embarrassing for me to face him that I sent him the love letter _____.
(A) by the way　(B) correctly　(C) by mistake　(D) by misunderstanding
【解析】選 C。

本句句意是：我寄錯情書了，難堪到無法面對他。
🎓 菁英幫小提醒：too + adj + to + V，表示「因太過……以致於不能……」。

by oneself 獨自（英初） 【135】

1分鐘速記法　1分鐘檢定☺☹

5分鐘學習術　5分鐘檢定☺☹
【近似詞】❷ alone；on one's own
【相關用語】keep to oneself 獨來獨往
【例句】I like to do anything by myself. 我喜歡凡事靠自己。

9分鐘完整功　9分鐘檢定☺☹
by oneself 是一種強調用法，強調某事是由某人獨立完成，不假他人之手。當作副詞片語時，用來修飾句中動詞，oneself 要視句中主詞而作改變。當作形容詞片語時，則表示「單獨的、獨自的」之意。
【小試身手】I appreciate the girl who carrys the heavy baggage _____.
(A) by oneself　(B) on her own　(C) to herself　(D) at her own
【解析】選 B。
本句句意是：我欣賞那名自行扛運沉重行李的女孩。
🎓 菁英幫小提醒：「行李」在美國主要用 baggage，在英國主要用 luggage，兩者皆為不可數名詞。

by the way 順便一提（英初） 【136】

1分鐘速記法　1分鐘檢定☺☹

5分鐘學習術　5分鐘檢定☺☹
【近似詞】❷ incidentally
【相關用語】way out 出路、出口
【例句】Are you going to move to New York next month? By the way, how's your sister there? 你下個月要搬到紐約去了嗎？順便一提，你姊姊在那過得如何？

9分鐘完整功　9分鐘檢定☺☹
這個片語當作「在途中、在路旁、業餘性質地、隨意地」的意思解時，通常放在句尾。用作「順便一提」的意思解時，通常置於句首，或插入在兩個沒有邏輯關係的句子之間。在書信當中常用縮寫 "BTW"。
【小試身手】Michelle called in sick a moment ago. _____, the outbreak of influenza is so horrible!

(A) On the other hand　(B) Nevertheless　(C) By the way　(D) Otherwise
【解析】選 C。
本句句意是：蜜雪兒剛剛打電話來請病假。對了，流行性感冒的爆發真是可怕！

　　菁英幫小提醒：on the other hand，意指「從另一方面來說」。

【137】
by virtue of　由於；憑藉（英高）

🔰1分鐘速記法　　　　1 分鐘檢定😊☹

🔰5分鐘學習術　　　　5 分鐘檢定😊☹
【近似詞】due to；owing to
【相關用語】on account of 因為；由於
【例句】He claimed a pension of social welfare by virtue of his long illness. 由於長期生病，他申請社會福利救助金。

🔰9分鐘完整功　　　　9 分鐘檢定😊☹
此片語中的 by 也可以用 in 來代替。virtue 是「美德、德行、優點」的意思。相關片語：make a virtue of necessity「把必須做的事變得有趣」；extol the virtues of sb./sth「讚揚某人或某事」；Virtue is its own reward「為善即是善報」。
【小試身手】Barbara turned down her wedding invitation _____ the grudge against her bridesmaid.
(A) by virtue that　(B) because　(C) for that　(D) by virtue of
【解析】選 D。
本句句意是：芭芭拉因為和她的伴娘有心結，拒絕了她的婚禮邀請。

　　菁英幫小提醒：bridegroom「新郎」，bride「新娘」，bridesmaid「伴娘」，groomsman「伴郎」。

【138】
by way of　經由（英初）

🔰1分鐘速記法　　　　1 分鐘檢定😊☹

🔰5分鐘學習術　　　　5 分鐘檢定😊☹
【近似詞】介 through；介 via
【相關用語】on the way out 即將過時
【例句】They are learning the facts by way of making inquiries. 他們為獲知事實而進行調查。

🔰9分鐘完整功　　　　9 分鐘檢定😊☹
by way of 可以用 through 代替。用法：S ＋ V

＋ by way of ＋ Ving/N。way 在這裡可當成實體上的「道路、途徑」，也可作為抽象的「方法、手段」，相關片語：rub sb. the wrong way「激怒某人」；go a long way「成功」。
【小試身手】She went to meet her faraway boyfriend _____ train.
(A) by way of　(B) by the way　(C) thorough　(D) way out of
【解析】選 A。
本句句意是：她坐火車去和她的遠距男友見面。

【139】
call it a day　結束一天的工作（英高）

🔰1分鐘速記法　　　　1 分鐘檢定😊☹

🔰5分鐘學習術　　　　5 分鐘檢定😊☹
【近似詞】stop today's work
【相關用語】Let the matter drop. 到此為止
【例句】We have tried it many times, but it still couldn't be done, so let's call it a day. 我們已經試過好幾次了，但還是無法完成，所以我們今天就到此為止吧！

🔰9分鐘完整功　　　　9 分鐘檢定😊☹
此片語通常以祈使句出現，例如 Let's call it a day.「今天就到此為止吧！」與 call 相關的片語包括：call for「要求」；call one's names「用無禮的字句描述他人」；call the tune「擁有最高權力」；have first call on「擁有優先使用權」。
【小試身手】The task assigned to us have been completed. _____!
(A) Let's wait and see　(B) Let's call it a day　(C) Let's roll up our sleeves　(D) Let's get the show on the road
【解析】選 B。
本句句意是：分配給我們的工作已經完成，今天就到此為止吧！

　　菁英幫小提醒：wait and see 意為「觀望」；roll up one's sleeves 意為「著手進行」。

【140】
call off　取消；宣告終止（英中）

🔰1分鐘速記法　　　　1 分鐘檢定😊☹

🔰5分鐘學習術　　　　5 分鐘檢定😊☹
【近似詞】動 cancel；動 revoke
【相關用語】put off 拖延
【例句】They called off the game when it began to rain heavily. 當天空開始下大雨，他們

MP3 121

取消了比賽。

9分鐘完整功 　　　9分鐘檢定☺☹

此片語是指「取消或打消一種既定的計畫或默契」之意。用法：S ＋ **call off** ＋受詞。若受詞為代名詞時，可放在 **off** 前面，若為名詞則放在 **off** 後面。此片語還有另一個意思，即把人或動物「喊走」之意。

【小試身手】The employer _____ the interview for his tight schedule.
(A) called up　(B) called on　(C) called it a day
(D) called off
【解析】選 **D**。
本句句意是：雇主因緊湊的日程表而取消面試。

【141】
call the roll 點名（英中）

1分鐘速記法 　　　1分鐘檢定☹☺

5分鐘學習術 　　　5分鐘檢定☺☹

【近似詞】**call the muster**；**take attendance**
【相關用語】**check out** 清點
【例句】**Professor Hall calls the roll when he starts his lecture.** 赫教授一開始上課就先點名。

9分鐘完整功 　　　9分鐘檢定☺☹

roll 在這裡是指「名單、名冊」的意思。**muster** 也有點名單的意思，故可以用來取代 **roll**。點名時經常用到的辭彙包括：**present**「出席的」；**absent**「缺席的」；**on leave**「請假」等。
【小試身手】When the lecturer announced that he would _____ later, students rushed to phone their absent friends.
(A) call off　(B) call it a day　(C) call the roll　(D) call their names
【解析】選 **C**。
本句句意是：當講師宣布稍後點名，學生們便急忙打電話給缺席的友人。

【142】
call up 打電話；徵召入伍（英初）

1分鐘速記法 　　　1分鐘檢定☹☺

5分鐘學習術 　　　5分鐘檢定☺☹

【近似詞】⑩ **telephone** 打電話；**make a phone call** 打電話
【相關用語】⑩ **discharge** 退伍
【例句】**Remember to call me up after your meeting finished.** 你的會議結束後，記得打通電

話給我。

9分鐘完整功 　　　9分鐘檢定☺☹

call up 主要是用在美式英語裡。**call up** 另有「傳喚、回想」的意思。作「回想」之意解時，受詞一律放在 **up** 之後；其餘的，受詞若為代名詞時，一律放在 **up** 之前。用法：S ＋ **call up** ＋人＝ S ＋ **ring up** ＋人＝ S ＋ **give** ＋人＋ **a ring** ＝ S ＋ **give** ＋人＋ **a call**。
【小試身手】The timid boy hesitated whether to _____ and ask her out.
(A) call her up　(B) call her on　(C) call the roll
(D) call her off
【解析】選 **A**。
本句句意是：這個膽怯的男孩猶豫是否要打電話邀她出來。

【143】
cannot choose but 只好；不得不（英高）

1分鐘速記法 　　　1分鐘檢定☺☹

5分鐘學習術 　　　5分鐘檢定☺☹

【近似詞】**have no choice but to**
【相關用語】⑩ **spontaneously** 不由自主地
【例句】**My motorcycle was stolen, so I cannot choose but to go to school by bus.** 我不得不坐公車去上學。

9分鐘完整功 　　　9分鐘檢定☺☹

用法：S ＋ **cannot choose but** ＋ V。此句型還有兩種表示方法，同樣皆可表達「不得不」的意思，即 **cannot but** 和 **cannot help but**，**but** 後面都必須加上原形動詞。要注意的是，當 **choose** 換成用名詞型 **choice** 表達的時候，句型變成 **have no choice but to**，多了不定詞 **to**，才能再接原形動詞。
【小試身手】She cannot choose but _____ the blind date arranged by her mother.
(A) accepting　(B) to accept　(C) accept　(D) accepted
【解析】選 **C**。
本句句意是：她不得不接受母親安排的相親。

【144】
catch a glimpse of 瞥見（英高）

1分鐘速記法 　　　1分鐘檢定☺☹

👥 5分鐘**學習術**　　　5分鐘檢定 ☺☹

【近似詞】glance at
【相關用語】catch sight of 看到
【例句】I caught a glimpse of the car dashing by. 我瞥見疾馳過去的那一輛車。

👥 9分鐘**完整功**　　　9分鐘檢定 ☺☹

這裡的 **catch** 可以用 **have** 或 **get** 代替。**glimpse** 可以當動詞和名詞，都是「瞥見」的意思，即目光輕微拂過、不經意地掃視到之意，和 **glance** 較為類似，但與 **look**「有目的的注視」不同。
【小試身手】In order to ＿＿＿＿ the blonde, the man kept looking around.
(A) catch　(B) catch a glimpse of　(C) catch a cold　(D) catch on
【解析】選 **B**。
本句句意是：為了看那名金髮女郎一眼，這個男人不停地東張西望。

【145】
care about　關心；感興趣（英初）

👥 1分鐘**速記法**　　　1分鐘檢定 ☺☹

👥 5分鐘**學習術**　　　5分鐘檢定 ☺☹

【近似詞】concern about 關心；be interested in 感興趣
【相關用語】care worker 護理人員
【例句】Her ex-husband never cares about her child. 她的前夫從來不關心她的小孩。

👥 9分鐘**完整功**　　　9分鐘檢定 ☺☹

用法：S ＋ care about ＋（代）名詞。**care** 是指「憂慮、疑懼、操心、責任」等足以成為心理負擔的事物，可當動詞也可當名詞。相似片語：**take care of**「照顧」；**care for**「喜歡、照料」；**in care of**「由……轉交」。
【小試身手】Among my classmates, she is the last one to ＿＿＿＿ me.
(A) care of　(B) care to　(C) care　(D) care about
【解析】選 **D**。
本句句意是：在我的同班同學之中，她是最不可能關心我的人。

🎓 菁英幫小提醒：last，形容詞，在此意為「最不可能的」。

【146】
carry on　繼續（英中）

👥 1分鐘**速記法**　　　1分鐘檢定 ☺☹

👥 5分鐘**學習術**　　　5分鐘檢定 ☺☹

【近似詞】continue 繼續
【相關用語】keep on 繼續
【例句】Carry on working when I am out. 當我外出時，請繼續工作。

👥 9分鐘**完整功**　　　9分鐘檢定 ☺☹

這則片語的用法：S ＋ carry on ＋ N/Ving。若將 **carry on** 合在一起，寫成 **carryon**，那就變成形容詞，為「可隨身攜帶」的意思；或是名詞「可隨身攜帶的物品」。**carry** 是常見用語，表示「以運送工具將人或物一起運送至他處」的意思。
【小試身手】Even if they confronted obstruction, the reporters ＿＿＿＿ disclosing the scandal to the public.
(A) keep　(B) carried on　(C) keeping　(D) continued to
【解析】選 **B**。
本句句意是：即使這些記者面臨阻礙，仍然持續向社會大眾揭發醜聞。

【147】
carry out　完成；實行（英中）

👥 1分鐘**速記法**　　　1分鐘檢定 ☺☹

👥 5分鐘**學習術**　　　5分鐘檢定 ☺☹

【近似詞】働 accomplish 完成；働 execute 實行
【相關用語】働 practice 實踐
【例句】She has finally carried out her promise. 她終於實踐了她的諾言。

👥 9分鐘**完整功**　　　9分鐘檢定 ☺☹

這則片語的用法：S ＋ carry out ＋ 事件。常與此片語相連的詞語包括 **promise**、**dream**、**plan** 等。**carry** 當動詞時，有「搬運、支撐、傳達、攜帶、刊登、帶有」等非常多的字義，因此必須依上下文脈絡來確定片語意義。
【小試身手】They held a party to celebrate that she finally ＿＿＿＿ the project.
(A) carried on　(B) carried about　(C) carries out　(D) carried out
【解析】選 **D**。
本句句意是：他們舉辦宴會慶祝她終於完成了專案。

【148】
catch a cold　感冒；傷風（英初）

👥 1分鐘**速記法**　　　1分鐘檢定 ☺☹

MP3 ◉ 122

5分鐘學習術　5分鐘檢定☺☹

【近似詞】get a cold
【相關用語】have a running nose 流鼻水
【例句】Stacy needed to stay home because she caught a cold. 史黛西因為感冒，需要在家裡休息。

9分鐘完整功　9分鐘檢定☺☹

cold 一般是指因為少穿衣服或淋雨而得到的傷風或感冒，若是帶有過濾性病毒的流行性感冒，則要用 influenza。cold 在當名詞時是不可數名詞，但若加上動詞如 get、have，則就必須在 cold 前加上 a。

🎓 菁英幫小提醒：與感冒相關的詞語：sneeze「打噴嚏」；cough「咳嗽」；snivel「流鼻水」；have a sore throat「喉嚨痛」。

【小試身手】Michelle _____ for he had stood in the rain for an hour.
(A) caught a cold　(B) catched a cold　(C) catches a cold　(D) feels cold
【解析】選 A。
本句句意是：麥克因在雨中站了一個小時而感冒。

【149】
change one's mind　改變（某人的）主意（英初）

1分鐘速記法　1分鐘檢定☺☹

5分鐘學習術　5分鐘檢定☺☹

【近似詞】alter one's decision/opinion
【相關用語】have a change of heart 變心
【例句】I need to change my mind about going abroad. 我需要改變出國的主意。

9分鐘完整功　9分鐘檢定☺☹

change one's mind 如果在後面加上介系詞 about，再加上 Ving，就表示「對於已決定的事有所變動或更改」的意思。相關片語有：make up one's mind「下決心」；speak one's mind「表明決心」；lose one's mind「失去理智」。
【小試身手】The indecisive boss frequently _____ on this issue.
(A) changes hands　(B) change of heart　(C) changes his mind　(D) changes the subject
【解析】選 C。
本句句意是：這個優柔寡斷的老闆在這件事上一直舉棋不定。

🎓 菁英幫小提醒：change of heart 是名詞片語「改變心意」，前方必須加上動詞 have。

【150】
charge for　為……收費（英高）

1分鐘速記法　1分鐘檢定☺☹

5分鐘學習術　5分鐘檢定☺☹

【近似詞】collect fees
【相關用語】❷ dun 討債者
【例句】It charged me one hundred dollars for the dinner. 那頓晚餐花了我一百塊美金。

9分鐘完整功　9分鐘檢定☺☹

受詞可以放在 charge 跟 for 之間。用法：S ＋ charge for ＋（代）名詞。for 之後加上應該收費的事物，例如服務、餐點或其他商品等等。與 charge 相關的片語有：get a charge out of sth「非常享受某事」；in charge of「負責某事」；be charged up「振奮、充滿活力」。
【小試身手】How much do you _____ your paintings?
(A) charge up　(B) charge for　(C) charge in　(D) charge with
【解析】選 B。
本句句意是：你的畫賣多少錢呢？

【151】
check in　登記（英中）

1分鐘速記法　1分鐘檢定☺☹

5分鐘學習術　5分鐘檢定☺☹

【近似詞】❿ register
【相關用語】book a reservation 預訂
【例句】He just checked in at the hotel. 他剛剛在旅館辦好住宿手續。

9分鐘完整功　9分鐘檢定☺☹

check in 也可以寫成 check into。反義片語：check out「結帳離開」。由 check 所衍生的詞彙有：checkbook「支票簿（美式用法，英式用法為 chequebook）」；checklist「投票名冊、核對清單」；checkup「健康檢查」。
【小試身手】After the actress _____ at the hotel, the paparazzi crowded into the hall immediately.
(A) checked in　(B) checked out　(C) checked off　(D) checked over
【解析】選 A。
本句句意是：那名女演員一辦好旅館住房手續，狗仔隊就立即衝進大廳。

【152】

cheer up　高興；鼓勵（英初）

📖1分鐘速記法　　　　　　　1分鐘檢定 ☺☹

📖5分鐘學習術　　　　　　　5分鐘檢定 ☺☹

【近似詞】 🔊 delight ； 🔊 please
【相關用語】 cheers! 乾杯！
【例句】 Cheer up! Everything will be ok. 高興
一點！不會有事的。

📖9分鐘完整功　　　　　　　9分鐘檢定 ☺☹

cheer up 是指人「從低落的情緒中振奮起來」的意
思。cheer up 可作及物動詞或不及物動詞用。若
當「鼓舞」之意解時，是及物動詞片語；當「振作
起來」之意解時，則是不及物動詞片語。在當及物
動詞片語用時，受詞若為代名詞，應置於 up 之前，
若為名詞，則放前後皆可。另在美國口語當中，
cheers 可當「乾杯、萬歲、祝賀」等意思解。

> 🎓菁英幫小提醒：propose a toast 表示「敬酒」。

【小試身手】 _____! Don't indulge in depression.
(A) Chill out　(B) Come out　(C) Cheer on　(D)
Cheer up
【解析】選 D。
本句句意是：開心起來吧！不要沉浸在沮喪之中。

【153】

clear the air　化解誤會（英高）

📖1分鐘速記法　　　　　　　1分鐘檢定 ☺☹

📖5分鐘學習術　　　　　　　5分鐘檢定 ☺☹

【近似詞】 dissolve the misunderstanding
【相關用語】 let bygones be bygones 既往不咎
【例句】 How do you clear the air between you
and Lisa? 你怎麼化解你跟莉莎之間的誤會？

📖9分鐘完整功　　　　　　　9分鐘檢定 ☺☹

此片語也可以按字面解釋，當作「使室內空氣新鮮」
的意思。由 clear 所組成的片語有：clear away
「收拾」；clear off「擺脫」；clear out「清除、
趕走（口語用法）」；clear throat「清嗓子」。
【小試身手】 The peacemaker tried hard to _____
but in vain.
(A) clear off　(B) clear the air　(C) clear away　(D)
clear out
【解析】選 B。
本句句意是：和事佬相當努力想化解誤會，卻徒勞無
功。

【154】

clear up　清理；放晴；澄清（英初）

📖1分鐘速記法　　　　　　　1分鐘檢定 ☺☹

📖5分鐘學習術　　　　　　　5分鐘檢定 ☺☹

【近似詞】 clean up 清理； 🔊 clarify 澄清
【相關用語】 dispel the clouds to see the sun
撥雲見日
【例句】 She cleared up the desk after dinner.
她在晚飯之後清理桌子。

📖9分鐘完整功　　　　　　　9分鐘檢定 ☺☹

clear up 在當「清理、澄清」的意思解時，其後要
加名詞，不能加代名詞。clean 和 clear 之間的差
別在於，前者強調清潔乾淨，較接近 neat 和
tidy；後者則著重清楚明白，較接近 obvious。
【小試身手】 My mother hasted me to _____ living
room for the oncoming important guest.
(A) sort out　(B) tide up　(C) pick　(D) clear up
【解析】選 D。
本句句意是：我媽媽催促我清掃客廳，因為有個重要
的訪客要來。

> 🎓菁英幫小提醒：tidy up 意為「整理、收拾」；
> sort out 表示「挑出」。

【155】

clock in　打卡上班（英中）

📖1分鐘速記法　　　　　　　1分鐘檢定 ☺☹

📖5分鐘學習術　　　　　　　5分鐘檢定 ☺☹

【近似詞】 punch in
【相關用語】 punch clock 打卡鐘
【例句】 I do not need to clock in. 我上班不需要
打卡。

📖9分鐘完整功　　　　　　　9分鐘檢定 ☺☹

clock 當動詞時是「記錄時間」的意思。反義片
語：clock out「打卡下班」。由 clock 衍生出的詞
彙，包括：clocker「計時員」；clockwise「順
時針方向的」；counter-clockwise「逆時針方向
的」。
【小試身手】 In our company, you needn't _____
in and out but complete your tasks on schedule.
(A) put　(B) check　(C) clock　(D) bounce
【解析】選 C。
本句句意是：在我們公司，你無須打卡上下班，只要
依預定時間完成工作即可。

MP3 123

close to 靠近；親近（英初） 【156】

1分鐘速記法　1分鐘檢定 ☺☹

5分鐘學習術　5分鐘檢定 ☺☹

【近似詞】㊉ near 靠近；㊉ intimate 親近
【相關用語】close off 使隔離
【例句】He lives close to the post office. 他住在郵局的附近。

9分鐘完整功　9分鐘檢定 ☺☹

close 是表示「中間幾乎沒有空隙地緊密接近」，可當形容詞和副詞。雖然 close 跟 near 的意思差不多，都是「在附近」，但 close 本身的「接近」，在程度上比 near 還要近。close 既可當地理距離上的「靠近」，也可當心理距離上的「親近」。
【小試身手】The dormitory _____ our school is a BOT construction.
(A) nearly　(B) near　(C) closes to　(D) intimate with
【解析】選 B。
本句句意是：這座靠近學校的宿舍屬於 BOT 工程。
🎓 菁英幫小提醒：BOT＝Build-Operate-Transfer，指政府規劃之公共工程計畫，特許民間機構參與。

come about 發生（英中） 【157】

1分鐘速記法　1分鐘檢定 ☺☹

5分鐘學習術　5分鐘檢定 ☺☹

【近似詞】㊉ happen
【相關用語】㊉ occur 發生
【例句】The flood came about as a result of heavy rain. 豪雨造成洪水氾濫。

9分鐘完整功　9分鐘檢定 ☺☹

此片語也可以當「船或風改變方向」的意思，about 代換成 up 意義不變。由 come 所衍生的片語非常多，包括：come through「經歷」；come down「傳下來」；come in for「遭到、得到」；come of「起因於」等。
【小試身手】What's worse, Gaza offensive _____ ahead of the predicted time.
(A) came along　(B) came after　(C) came off　(D) came about
【解析】選 D。
本句句意是：更糟的是，加薩攻擊比預計的時間還早發生。

come across 不期而遇（英中） 【158】

1分鐘速記法　1分鐘檢定 ☺☹

5分鐘學習術　5分鐘檢定 ☺☹

【近似詞】bump into；run across
【相關用語】㊉ encounter 邂逅
【例句】I came across him on the street yesterday. 我昨天在街上和他巧遇。

9分鐘完整功　9分鐘檢定 ☺☹

come across 是不及物動詞片語，受詞要放在 across 的後面。用法：S＋come across＋受詞。相關片語：a rap across the knuckles「嚴懲」；a shot across the bow「停止的警告」。
【小試身手】We _____ each other on the train yesterday after three-year disconnection.
(A) came across　(B) bumped off　(C) run into　(D) came about
【解析】選 A。
本句句意是：睽違三年，我們在火車上不期而遇。
🎓 菁英幫小提醒：bump off sb. 意為「殺害某人」。

come back 回來；（時尚）再度恢復流行（英初） 【159】

1分鐘速記法　1分鐘檢定 ☺☹

5分鐘學習術　5分鐘檢定 ☺☹

【近似詞】go back 回來；㊉ revive 再度恢復流行
【相關用語】come back to earth 從幻想中回到現實
【例句】Don't worry! I will come back very soon. 別擔心！我很快就會回來。

9分鐘完整功　9分鐘檢定 ☺☹

come back 是比較正式的用法，在口語上也可以用，但多是單用 back 一個字來代替，如：I will be back.＝I will come back. 此片語另外還有「記起」的意思，但用法是某事＋come back to sb.，切記不可顛倒順序。
【小試身手】The mentally-challenged mother wondered when her dead daughter would _____.
(A) come apart　(B) come back　(C) come around　(D) come back to earth
【解析】選 B。
本句句意是：那名有心智障礙的母親，想知道她死去的女兒何時會回來。

【160】

come down on 申斥；支持某方（英高）

1分鐘速記法 1分鐘檢定☺☹

5分鐘學習術 5分鐘檢定☺☹

【近似詞】side with 支持某方
【相關用語】come down with 出錢
【例句】The teacher came down on him for talking in class. 老師嚴厲斥責他上課時講話。

9分鐘完整功 9分鐘檢定☺☹

用法：S＋come down on＋人／事情。這裡的on也可以用upon來代替。相似片語：come down「降下、走下（樓梯）、（聲勢、地位）衰弱、（故事、習俗等）世代相傳」；come down to earth「回到現實」。

【小試身手】On seeing Ted dropping off on duty, the superviser ______ him.
(A) come down on (B) came down with (C) came down on (D) come down to earth
【解析】選C。
本句句意是：一看見泰德在值班時睡著，督導人就將他罵了一頓。

菁英幫小提醒：come down with表示「染上……疾病」之意。

【161】

come forward 被提出討論；站出來（英高）

1分鐘速記法 1分鐘檢定☺☹

5分鐘學習術 5分鐘檢定☺☹

【近似詞】be discussed by 被提出討論；step forward 站出來
【相關用語】recommend oneself 自薦
【例句】Only Bill has come forward for the accident. 只有比爾一個人站出來為這次事件做見證。

9分鐘完整功 9分鐘檢定☺☹

come forward從字面上即有「往前站」的意思，因此可引申為「自告奮勇」的意思。come也可代換為step。與forward有關的片語有：put your best foot forward「盡善盡美」；bring sth forward「公開揭發某事」；put forward sth「提出建議」。

【小試身手】Due to the pressure of officials, the proposal will never ______.
(A) be come forward (B) come forward (C) come around (D) be come up
【解析】選B。
本句句意是：因為官員施壓，這個議案永遠不會被提出來討論。

菁英幫小提醒：come up意指「被提出；被討論」。

【162】

come from 來自；出生於（英初）

1分鐘速記法 1分鐘檢定☺☹

5分鐘學習術 5分鐘檢定☺☹

【近似詞】derive from；動 originate
【相關用語】名 hometown 故鄉、家鄉
【例句】Where did you come from? 你從哪裡來？

9分鐘完整功 9分鐘檢定☺☹

come from的原意是「來自何處」，但是常用來說明或詢問某人的出生地或原籍，所以come from後面通常接地點。come from在作「起源於、源自、出生於」之意解時，為及物動詞，受詞放在from之後。此片語因時態的不同，意思也會跟著改變。用現在式時，常指「某人之出生地與原籍」；過去式是指「來自何處」。

【小試身手】Peggy's accent reveals that she ______ India.（選出錯的）
(A) is come from (B) comes from (C) is from (D) was from
【解析】選A。
本句句意是：佩姬的口音揭露了她來自印度。

【163】

come home to 令某人了解（英高）

1分鐘速記法 1分鐘檢定☺☹

5分鐘學習術 5分鐘檢定☺☹

【近似詞】be totally understood by
【相關用語】come to comprehend 領悟
【例句】How can my mind come home to her? 我要如何令她了解我的心意？

9分鐘完整功 9分鐘檢定☺☹

用法：S＋come home to＋人。come home若不加to，則為「回家」之意；若在to後方加上roost，則為「得到惡報」。其他關於home的片語有：go to one's long home「安息、長眠」；at home「在家、在國內、無拘束、精通」；nothing to write home about「乏善可陳」。

MP3 124

【小試身手】Although she kept covering up her mistakes, they finally _____ us.
(A) are all Greek to　(B) came home to　(C) came home to roost　(D) be familiar to
【解析】選B。
本句句意是：雖然她不斷掩藏過錯，但最後我們還是全部瞭解了。

come into effect　生效（英高）　【164】

1分鐘速記法　1分鐘檢定☺☹

5分鐘學習術　5分鐘檢定☺☹
【近似詞】take effect
【相關用語】expiration date 有效日期
【例句】The sentence will come into effect tomorrow. 這個判決將在明天生效。

9分鐘完整功　9分鐘檢定☺☹
effect是「效果」的意思，從字面即可瞭解句意。與effect相關的片語包括：a snowball effect「滾雪球作用，指事情的規模或重要性越來越大，或發展得越來越快」；a ripple effect「漣漪作用，指一個接一個連環性地影響他者」；a domino effect「骨牌效應，指一系列地造成其他事件或狀況」。
【小試身手】The contract affixed by the false seal will not _____.
(A) come into effect　(B) affect　(C) be affective　(D) taking effect
【解析】選A。
本句句意是：這只由偽造印章簽署的合約無效。

come into notice　引起注意（英高）　【165】

1分鐘速記法　1分鐘檢定☺☹

5分鐘學習術　5分鐘檢定☺☹
【近似詞】become noticeable
【相關用語】conspicuous 引人注目的
【例句】Her dressing comes into notice in the party. 她的打扮在宴會中引起注目。

9分鐘完整功　9分鐘檢定☺☹
notice可當名詞和動詞，均為「注意」的意思。與notice相關的片語包括：sit up and take notice「突然注意到」；on short notice「具有警覺性」；at a moment's notice「立即地」；not take a blind bit of notice「毫不關注」（英式非正式用法）。

【小試身手】Wearing the brilliant gown and glasses shoes, Cinderella _____ in the banquet.
(A) took notice　(B) was attracted　(C) came into notice　(D) gave notice
【解析】選C。
本句句意是：身著耀眼的禮服和玻璃鞋，灰姑娘在宴會中引起矚目。

come off　脫離；離開；舉行；成功（英中）　【166】

1分鐘速記法　1分鐘檢定☺☹

5分鐘學習術　5分鐘檢定☺☹
【近似詞】fall off 脫離；depart from 離開
【相關用語】come off one's perch 不再自視甚高
【例句】A button has come off your jacket. 你的外套掉了一顆鈕子。

9分鐘完整功　9分鐘檢定☺☹
come off是個多義片語，必須依上下文的不同來判斷意義。若在come off後加上as，表示呈現某種特定的型態或樣貌。相似片語：Come off it.「別裝蒜了！別胡扯！」，是屬於口語的用法，並且用於祈使句。
【小試身手】The farewell is going to _____ next Friday in my apartment.（選出錯的）
(A) take place　(B) hold　(C) come off　(D) be held
【解析】選B。
本句句意是：這場送別會將於下週五在我的公寓裡舉行。

come on　進展；上演（英初）　【167】

1分鐘速記法　1分鐘檢定☺☹

5分鐘學習術　5分鐘檢定☺☹
【近似詞】gain ground 進展；perform 上演
【相關用語】put on the stage 上演
【例句】Come on, or you will miss the bus. 趕快！否則你會錯過巴士！

9分鐘完整功　9分鐘檢定☺☹
此片語為多義片語，除了上述二義之外，還有「趕快、開始、登場、順利進行、（季節、夜晚）將近」等意思。此片語在口語當中，也作慫恿的口吻來使用，如：「好啦！請！」或是無奈的口吻，意近中文的「拜託！」
【小試身手】The Russian musical will _____ in the National Concert Hall next week.

A
B
C

D
E
F
G
H
I
J
K
L
M
N
O
P
Q
R
S
T
U
V
W
X
Y
Z

(A) come in　(B) keep on　(C) go on　(D) come on
【解析】選 D。
本句句意是：這齣俄國歌舞劇將於下週在國家音樂廳上演。

【168】
come out　出現；出版；傳出；總計（英中）

1分鐘速記法　1分鐘檢定 ☺☹

5分鐘學習術　5分鐘檢定 ☺☹
【近似詞】show up 出現；⑩ total 總計
【相關用語】come out of the closet（同志）出櫃
【例句】The sun came out behind the clouds. 太陽從雲後露出臉來。

9分鐘完整功　9分鐘檢定 ☺☹
此片語除上述的意思外，還有「初次登台、結果是、洩露祕密、開花」等等其他意思。相似片語：come out at「出現襲擊」；come out for「表示支持」；come out top「名列前茅」。
【小試身手】The script will _____ three months after the movie releases.
(A) come round　(B) come along　(C) come about
(D) come out
【解析】選 D。
本句句意是：劇本會在電影上映三個月後出版。

【169】
come to an end　完成；結束（英高）

1分鐘速記法　1分鐘檢定 ☺☹

5分鐘學習術　5分鐘檢定 ☺☹
【近似詞】⑩ complete 完成；⑩ end 結束
【相關用語】happy ending 完美結局
【例句】I think our relationship should be come to an end. 我認為我們的關係應該結束了。

9分鐘完整功　9分鐘檢定 ☺☹
come to a happy end 是「圓滿結束」的意思。end 可以當動詞和名詞，當動詞時本身即是「完畢、結束」的意思。end 當名詞時是「末端、盡頭、結尾」的意思，和 ending 不一樣，ending 通常指「故事、戲劇等的結局」。和 end 相關的片語有：on end「連續地」；make ends meet「使收支平衡」；odds and ends「零星不值錢的小東西」。
【小試身手】The series of celebration activities for Lantern Festival will _____ this weekend.

(A) coming to an end　(B) complete　(C) end　(D) accomplish
【解析】選 C。
本句句意是：元宵節的一連串慶祝活動將於本週末告一段落。

【170】
come true　實現；成真（英初）

1分鐘速記法　1分鐘檢定 ☺☹

5分鐘學習術　5分鐘檢定 ☺☹
【近似詞】⑩ realize；come to pass
【相關用語】carry out 實行
【例句】My dream finally comes true. 我的夢想終於成真了。

9分鐘完整功　9分鐘檢定 ☺☹
come true 是指「某種預測、夢想、希望等被證實或成為事實」的意思。此片語中的 come 在此等於 become，是「變成」的意思；true 是形容詞，做主詞補語，切記不可因 come 為動詞，將 true 以 truly 代替。
【小試身手】John's dream to become a well-known male model _____ in the end.
(A) comes true　(B) carry out　(C) realizing　(D) to accomplish
【解析】選 A。
本句句意是：約翰想成為知名男模的夢想終於成真了。

【171】
come up with　想出；趕上（英中）

1分鐘速記法　1分鐘檢定 ☺☹

5分鐘學習術　5分鐘檢定 ☺☹
【近似詞】think of 想出；catch up with 趕上
【相關用語】strike out 想出
【例句】Be sure to come up with a better idea next meeting. 在下次會議中，請務必提出更好的意見。

9分鐘完整功　9分鐘檢定 ☺☹
用法：S ＋ come up with ＋ 受詞。相似片語：come up「上升、萌芽、開始流行、出現」；come up against「面對、對付」；come upon「偶遇、突襲、向人要求」；come up to「到達、達到或符合」。
【小試身手】Without inspiration, Rebecca cannot _____ any good idea.（選出錯的）

MP3 ◀ 125

(A) think of　(B) occur to　(C) hit upon　(D) come up with

【解析】選 B。

本句句意是：因為缺乏靈感，瑞貝卡無法想出任何好點子。

🎓 菁英幫小提醒：It occur to＋sb. 表示「某人想到什麼」之意。

【172】

commit a crime 犯罪（英初）

1分鐘速記法　　　　　　1分鐘檢定 ☺☹

5分鐘學習術　　　　　　5分鐘檢定 ☺☹

【近似詞】do wrong；break the law
【相關用語】名 criminal 罪犯
【例句】He is at large because he committed a crime. 他因為犯了罪而逃亡。

9分鐘完整功　　　　　　9分鐘檢定 ☺☹

commit 是指「犯（罪、錯）」的意思，後可接 crime（罪）、error（錯）、suicide（自殺）等。此片語為慣用片語，因此 commit 不能用其他動詞代替。commit 的名詞為 commitment。

【小試身手】The Sociologist is researching into the reasons why adolescents _____.
(A) making crime　(B) breaks the law　(C) commit crimes　(D) criminalize

【解析】選 C。

本句句意是：這名社會學家正在研究青少年犯罪的原因。

🎓 菁英幫小提醒：criminalize，動詞，意指「宣布……為犯法」。

【173】

compare with 比較（英高）

1分鐘速記法　　　　　　1分鐘檢定 ☺☹

5分鐘學習術　　　　　　5分鐘檢定 ☺☹

【近似詞】contrast with
【相關用語】haggle over every ounce 斤斤計較
【例句】Nothing can compare with daylight for general use. 沒有任何東西在一般用途上比得上陽光。

9分鐘完整功　　　　　　9分鐘檢定 ☺☹

用法：S＋compare with＋（代）名詞。由 compare 所衍生出來的詞彙有：comparative「比較而言的」；comparable「可比較的」；comparatively「相當地」；comparison「比

喻」。compare 和 contrast 的比較：compare 是「比較、研究人與人或事物與事物間，相同或相異之程度，從而衡量其相對價值」的意思；contrast 是指「為強調兩者之間的差異所做的比較」。

【小試身手】_____ automobiles, bicycles can reduce much more carbon emission.
(A) Compared by　(B) To compare　(C) Comparing to　(D) Compared with

【解析】選 D。

本句句意是：和汽車相比，腳踏車可以減少更多的碳排放量。

【174】

compete with/against 與……競爭（英高）

1分鐘速記法　　　　　　1分鐘檢定 ☺☹

5分鐘學習術　　　　　　5分鐘檢定 ☺☹

【近似詞】contend with/against
【相關用語】名 competitiveness 競爭力
【例句】Our team will compete with the best team tomorrow. 我們這一隊將在明天跟最強的那一隊競爭。

9分鐘完整功　　　　　　9分鐘檢定 ☺☹

用法：S＋compete with＋人＋（for＋事情）。由 compete 衍生的字彙包括：competitive「競爭的」；competitively「競爭性地」；competition「競爭、角逐、比賽」；competitor「競爭對手」。

【小試身手】To _____ the defender, you have to be well-prepared.
(A) competing with　(B) compete with　(C) competent with　(D) competing against

【解析】選 B。

本句句意是：要和那名衛冕者競爭，你必須做好萬全準備。

【175】

complain about 抱怨（英中）

1分鐘速記法　　　　　　1分鐘檢定 ☺☹

5分鐘學習術　　　　　　5分鐘檢定 ☺☹

【近似詞】動 grumble；動 mutter
【相關用語】形 cynical 憤世嫉俗的
【例句】He often complains about his wife for her fuss. 他經常抱怨他的妻子大驚小怪。

9分鐘完整功　9分鐘檢定☺☹

用法：S＋complain about＋事情。介系詞 **about** 也可代換為 **of**。**complain** 是動詞，其名詞是 **complaint**，兩者只差一個 "t"，所以在書寫時要特別小心。

【小試身手】No one likes to get along with a person _____ about everything.
(A) complaining　(B) complaint　(C) who complaining　(D) who complain
【解析】選 A。
本句句意是：沒有人會喜歡和一個事事抱怨的人共處。

【176】

concern with　影響；關連（英中）

1分鐘速記法　1分鐘檢定☺☹

5分鐘學習術　5分鐘檢定☺☹

【近似詞】働 influence 影響；働 correlate 關連
【相關用語】働 affect 影響
【例句】Modern history concerns with the past as well as the future. 現代史影響著過去和未來。

9分鐘完整功　9分鐘檢定☺☹

S＋concern with＋（代）名詞。比較一下都具有「關心」之意的 care 和 concern 兩個字：**care** 是指「憂慮、疑懼、操心、責任等足以成為心理上負擔的事物」；**concern** 是指「對心愛的事物表示心中的不安、關懷、關切」之意。

【小試身手】According to the editorial, the fall in stock prices _____ the election.
(A) effects　(B) relate to　(C) concern with　(D) concerns with
【解析】選 D。
本句句意是：根據社論，股價下跌乃受到選舉影響。

【177】

confine to　把……限制在（英高）

1分鐘速記法　1分鐘檢定☺☹

5分鐘學習術　5分鐘檢定☺☹

【近似詞】働 restrict
【相關用語】by rule 墨守成規
【例句】I hope you can confine your talk to five minutes. 我希望你可以把發言的時間限定在五分鐘之內。

9分鐘完整功　9分鐘檢定☺☹

用法：S＋confine＋受詞＋to～。**confine** 和 **limt** 的差別在於，前者通常指行動和能力等範圍上的限制，而後可指數量上、能力上、時間上、範圍上的限制，用法較前者來得廣。**confine** 的名詞型為 **confinement**。

【小試身手】Don't confine large-sized dogs _____ a narrow flat. They will fall into depression.
(A) with　(B) X　(C) to　(D) by
【解析】選 C。
本句句意是：不要把大型犬限制在狹小的公寓套房，牠們會得憂鬱症。

【178】

conform to　符合（英高）

1分鐘速記法　1分鐘檢定☺☹

5分鐘學習術　5分鐘檢定☺☹

【近似詞】fit in with
【相關用語】名 conformability 一致性
【例句】We have to conform our behavior to the social norms. 我們必須使自己的行為符合社會規範。

9分鐘完整功　9分鐘檢定☺☹

用法：S＋conform to＋（代）名詞。由 **conform** 所衍生出來的詞彙有：**conformable**「一致的、適合的」；**conformity**「順從、符合」；**conformation**「結構、型態」；**conformist**「遵奉者」。**form** 本身有「規範、形式」的意思，字首 **con-** 則是「共同」，因此引申為「符合」。

【小試身手】Every member must _____ the rules of the club.
(A) follow to　(B) conform to　(C) comply to　(D) obey to
【解析】選 B。
本句句意是：每位成員都必須遵守俱樂部的規定。

🎓 菁英幫小提醒：comply with 意為「遵守、遵從」。

【179】

confront with　面臨（英高）

1分鐘速記法　1分鐘檢定☺☹

5分鐘學習術　5分鐘檢定☺☹

【近似詞】働 encounter
【相關用語】run into 面臨
【例句】A soldier has to confront with a ferocious foe. 士兵必須面對兇惡的敵人。

MP3 126

🕘9分鐘完整功　9分鐘檢定☺☹

用法：S ＋ confront with ＋受詞。介系詞 with 也可換成 by。confront 的名詞型為 confrontation，意為「面臨」，但通常指涉衝突、敵對的情況，例如面對困境、敵人、危險，如果要表達「面臨轉機」則不該用這個字，而可用 face 來表示。
【小試身手】They _____ two terrorists on the border of India and Pakistan.（選出錯的）
(A) ran into　(B) faced　(C) encounters　(D) confronted with
【解析】選 C。
本句句意是：他們在印巴交界遇上兩名恐怖分子。

[180]
consist of　由……構成（英高）

🕘1分鐘速記法　1分鐘檢定☺☹

🕘5分鐘學習術　5分鐘檢定☺☹
【近似詞】be composed of
【相關用語】❷ ingredient 成分
【例句】Water consists of hydrogen and oxygen. 水是由氫和氧所組成的。

🕘9分鐘完整功　9分鐘檢定☺☹

用法：A ＋ consist of ＋ B（A 由 B 所構成）。consist of 和 comprise 都是「由……構成」的意思。可與其他兩字比較：compose、constitute 都是「構成」的意思，其用法如下：A ＋ compose of ＋ B；A ＋ constitute ＋ B（A 構成了 B），其間的差別必須特別注意。
【小試身手】Do you know what Tiramisu _____ of ?
(A) composes　(B) constitutes　(C) consists　(D) forms
【解析】選 C。
本句句意是：你知道提拉米蘇是用什麼做的嗎？

[181]
content with　使滿意（英中）

🕘1分鐘速記法　1分鐘檢定☺☹

🕘5分鐘學習術　5分鐘檢定☺☹
【近似詞】❶ satisfy
【相關用語】❸ satisfactory 令人滿意的
【例句】Both of them were contented with the result. 他們對這結果都很滿意。

🕘9分鐘完整功　9分鐘檢定☺☹

content 可以當動詞，也可以當名詞和形容詞，當動詞時指「滿足」的意思；當名詞時是指「內容、旨意、面積、容積」的意思；當形容詞時為「滿足的、滿意的」，其後介系詞用 with。
【小試身手】Vicky's performance never _____ her coach.（選出錯的）
(A) gratified　(B) satisfied　(C) contented with　(D) contented
【解析】選 C。
本句句意是：薇琪的表現從未使她的教練滿意。

[182]
contribute to　捐助；促成（英中）

🕘1分鐘速記法　1分鐘檢定☺☹

🕘5分鐘學習術　5分鐘檢定☺☹
【近似詞】❶ offer 捐助；❶ promote 促成
【相關用語】❶ raise 募款
【例句】Every member of the team contributed to the victory. 小組內的每個成員對此次的勝利都有貢獻。

🕘9分鐘完整功　9分鐘檢定☺☹

這裡的 to 是介系詞，所以後面須接名詞或 Ving。用法：S ＋ contribute to ＋（代）名詞。相關字彙有：endow；donate；subscribe。contribute 是動詞，其名詞是 contribution；形容詞 contributive「貢獻的」、contributory「捐助的」。contributor 是名詞，意指「捐助者」。
【小試身手】The free-rider merely takes advantage of others instead of _____ any idea.
(A) being contributed　(B) contribute to　(C) contributing　(D) contributing to
【解析】選 C。
本句句意是：搭便車的人僅會利用他人而不貢獻任何想法。

[183]
convince of　使確信（英高）

🕘1分鐘速記法　1分鐘檢定☺☹

🕘5分鐘學習術　5分鐘檢定☺☹
【近似詞】persuade into
【相關用語】❶ lobby 施壓；遊說
【例句】His explanation convinced everyone of his loyalty. 他的解釋使大家確信他的忠誠。

9分鐘完整功   9分鐘檢定☺☹

用法：S＋**convince of**＋（代）名詞。受詞可加在 **convince** 和 **of** 之間，介系詞 **of** 之後則接「被說服相信的事物」。**convice** 和 **persuade** 雖然字義相近，但仍有不同，**convince** 通常是指「讓對方信服某種意見的真實性」，**persuade** 則用來「說服某人進行某種行動」。

【小試身手】President Obama ＿＿＿＿ everyone of the possibility of equality.
(A) convincing　(B) convinced　(C) pursuaded
(D) pursuading
【解析】選 **B**。
本句句意是：歐巴馬總統讓大家相信平等的可能。

【184】
cool down　冷卻；冷靜下來（英中）

1分鐘速記法   1分鐘檢定☺☹

5分鐘學習術   5分鐘檢定☺☹

【近似詞】**calm down** 冷靜下來
【相關用語】**chill out** 冷靜
【例句】He has had time to cool down and looked at what happened on earth. 他給自己一些時間冷靜下來，並且看看到底發生了什麼事。

9分鐘完整功   9分鐘檢定☺☹

cool 在這裡是動詞，「冷卻」的意思。**cool** 表示「不激動或狂熱，即使遭遇困苦也能保持冷靜」的意思。**cool down** 當「冷卻」的意思解時，**down** 也可以用 **off** 來代替。有句美國諺語是：**Keep your breath to cool your porridge.**「不要多管閒事。」（原字面意思是：「省下你的氣來吹涼麥片粥吧！」），就是用 **cool** 來當動詞。
【小試身手】You had better keep a distance from Grace until she ＿＿＿＿.
(A) is chilled to the bone　(B) feels cool　(C) bursts into anger　(D) cools down
【解析】選 **D**。
本句句意是：你最好在葛瑞絲冷靜下來之前離她遠一點。

> 🎓 菁英幫小提醒：**be chilled to the bone** 正如字面所示，為「寒氣刺骨」之意。

【185】
cope with　處理（英中）

1分鐘速記法   1分鐘檢定☺☹

5分鐘學習術   5分鐘檢定☺☹

【近似詞】**deal with**；⑩ **tackle**
【相關用語】**do with** 處置
【例句】They could not cope with these difficulties. 他們沒辦法處理這些難題。

9分鐘完整功   9分鐘檢定☺☹

用法：S＋**cope with**＋（代）名詞。**cope with** 同時也有「競爭、對付」的意思。**cope** 還有另一種意思為「斗篷、遮蓋物」，當名詞用；或是「加蓋、覆蓋」，當動詞用。
【小試身手】The manager has postponed to ＿＿＿＿ the knotty affairs.
(A) cape with　(B) cope with　(C) cap with　(D) cop with
【解析】選 **B**。
本句句意是：經理一直延後處理那些棘手的問題。

【186】
correspond with　符合；與……通信（英高）

1分鐘速記法   1分鐘檢定☺☹

5分鐘學習術   5分鐘檢定☺☹

【近似詞】**conform to**
【相關用語】**tally with** 與……相符合
【例句】Mary and Tom have still corresponded with each other. 瑪麗跟湯姆現在仍保持通信連絡。

9分鐘完整功   9分鐘檢定☺☹

用法：S＋**correspond with**＋人／東西。由 **correspond** 所衍生出的詞彙有：**correspondence** 是名詞，乃「一致、聯繫」的意思；**correspondent** 是名詞，意為「通訊記者、特派員」。
【小試身手】He and his pen pal have corresponded ＿＿＿＿ each other for five years.
(A) with　(B) X　(C) to　(D) by
【解析】選 **A**。
本句句意是：他和筆友已經保持聯絡五年了。

【187】
count in　算入；納入考量（英初）

1分鐘速記法   1分鐘檢定☺☹

5分鐘學習術   5分鐘檢定☺☹

【近似詞】**take into consideration**
【相關用語】**take into account** 納入考量

MP3 🎧 127

【例句】I will count your opinions in my final decision. 我最後做決定時，會把你的意見考慮進去。

9分鐘完整功　　　　9 分鐘檢定 ☺☹

用法：S ＋ count ＋受詞＋ in ～。count 和 calculate 都有「計算」的意思，其差別為：count 是指「依順序逐一地計算」之意；calculate 是指「使用精密的數學程序從事複雜計算」的意思。

【小試身手】I assert that their plan is not feasible for they do not _____ budget.
(A) take into account　(B) take into consideration
(C) count on　(D) count in
【解析】選 D。
本句句意是：我斷言這個計畫行不通，因為它沒有把預算納入考量。

【188】

count on　依賴（英中）

1分鐘速記法　　　　1 分鐘檢定 ☺☹

5分鐘學習術　　　　5 分鐘檢定 ☺☹

【近似詞】rely on；depend on
【相關用語】⓳ independent 獨立的
【例句】We are counting on you to help us with today's assignment. 我們要靠你幫我們做今天的功課。

9分鐘完整功　　　　9 分鐘檢定 ☺☹

此片語是指依賴他人的幫助而言，是不及物動詞片語，受詞放在 on 之後。count 為一多義字，有「計算、認為、總計」等意思，可當動詞也可當名詞。相關用詞：countable「可數的」；countdown「倒數」；countless「無數的」。
【小試身手】_____ oneself is better than _____ others.
(A) Relying　(B) Depending　(C) Counting on　(D) Leaning
【解析】選 C。
本句句意是：求人不如求己。

【189】

cover up　掩飾（英中）

1分鐘速記法　　　　1 分鐘檢定 ☺☹

5分鐘學習術　　　　5 分鐘檢定 ☺☹

【近似詞】⓳ veil
【相關用語】conceal sth. from sb. 對某人隱瞞某事

【例句】The liar covered up what he had done. 這位說謊者掩飾他所做過的事。

9分鐘完整功　　　　9 分鐘檢定 ☺☹

相關片語：cover up for ＋人「為某人掩飾」。用法：S ＋ cover up ＋受詞。由 cover 所衍生出來的詞彙有：coveralls「連身的長袖工作服」；cover charge「（餐館、夜總會等特定場所，除飲食之外加收的）服務費、娛樂費」；cover girl「封面女郎」；coverlet「床單」；cover story「封面故事」。
【小試身手】The playboy tried to _____ his romances, but his fellow spilt the beans.
(A) disclose　(B) reveal　(C) cover up　(D) expose
【解析】選 C。
本句句意是：這個花花公子試著隱瞞他的風流情史，但卻被他的同事爆料。

🎓 菁英幫小提醒：spill the beans 和 let the cat out of the bag，均為「洩密」之意。

【190】

cross out　刪去（英中）

1分鐘速記法　　　　1 分鐘檢定 ☺☹

5分鐘學習術　　　　5 分鐘檢定 ☺☹

【近似詞】⓳ delete；prune off
【相關用語】leave out 刪去；省去
【例句】If you keep absent, your name will be crossed out from our team. 如果你持續缺席，你的名字將會從我們的團隊中刪去。

9分鐘完整功　　　　9 分鐘檢定 ☺☹

此片語中的 out 也可以用 off 代替。由 cross 所衍生的詞彙：crossbreed「雜種」；cross-channel「海峽兩岸的」；cross-eye「斜視、斜眼」；cross-question「反問、盤問」；crossroad「交叉路」；crossword「縱橫填字謎」。
【小試身手】After _____ the second paragraph, the whole essay became incongruous.
(A) deleting over　(B) pruning　(C) crossing over　(D) leaving out
【解析】選 D。
本句句意是：刪除了第二段之後，整篇文章變得牛頭不對馬嘴。

【191】

cut a poor figure　出醜；露出可憐相（英高）

1分鐘速記法　　　　1 分鐘檢定 ☺☹

5分鐘學習術　　　5分鐘檢定☺☹

【近似詞】make a fool of oneself
【相關用語】cut a brilliant figure 嶄露頭角
【例句】The kitty cut a poor figure when we glimpsed at it. 當我們瞥見這隻小貓時，牠露出一副可憐兮兮的樣子。

9分鐘完整功　　　9分鐘檢定☺☹

此片語也可以寫成 cut a sorry figure。與 figure 相關的片語有 cut a fine figure「（男士）顯得優雅體面」；figure sth up「增加」；figure in sth「參一腳」；flatter one's figure「修飾曲線」。
【小試身手】She stayed up late preparing for the presentation so as not to _____ on the stage.
(A) cut a fine figure　(B) cut a poor figure　(C) cut a good figure　(D) cut corners
【解析】選 B。
本句句意是：為了不在臺上丟臉，她熬夜準備演出。
　　🎓菁英幫小提醒：cut corners 意為「抄捷徑」。

【192】
cut down　削減；砍斷（英初）

1分鐘速記法　　　1分鐘檢定☺☹

5分鐘學習術　　　5分鐘檢定☺☹

【近似詞】⑩ reduce；prune off
【相關用語】bring down 降價
【例句】He cut down coffee and cigarettes, and ate a balanced diet. 他減少喝咖啡和抽煙的習慣，並且均衡飲食。

9分鐘完整功　　　9分鐘檢定☺☹

用法：S＋cut down＋受詞。cut、chop 和 hack 都有「砍、切」的意思，其差別為：cut 是指最通用的「劈、砍」；chop 是指「用刀斧等利刃砍、劈」的意思，可算是 cut 中的一種特殊形式；hack 則是指「粗暴亂砍」的意思。
【小試身手】Many NPOs held a demonstration to protest that the legislatives _____ the budget of PTS.
(A) cut down　(B) cut across　(C) cut up　(D) cut in
【例句】選 A。
本句句意是：許多非營利組織舉行示威，以抗議立法機關縮減公視預算。

【193】
cut in　插嘴；超車（英初）

1分鐘速記法　　　1分鐘檢定☺☹

5分鐘學習術　　　5分鐘檢定☺☹

【近似詞】⑩ interrupt 插嘴；⑩ overtake 超過
【相關用語】⑩ disturb 妨礙、打擾
【例句】When I drove on freeway, the truck cut in suddenly. 當我正行駛在高速公路上時，一輛卡車突然超車到我前面來。

9分鐘完整功　　　9分鐘檢定☺☹

cut in 為不及物動詞。作「插嘴」的意思解時，是指「打斷別人正在進行的談話」；作「超車」的意思解時，則是指「在車輛行駛過程中，搶在前頭，攔住別人的去路」。由 cut 所組成的片語有：cut across「遮斷」；cut back「削減」；cut off「切斷」；cut out「刪去、關掉、安排」；cut up「切碎」。
【小試身手】Students hissed at the speaker for he _____ while the principal was talking.
(A) cut off　(B) cut away　(C) cut in　(D) cut corners
【解析】選 C。
本句句意是：學生們因那位發言人在校長說話時插嘴而發出噓聲。
　　🎓菁英幫小提醒：演講時聽眾常見的反應有：boo、hiss「發出噓聲」；applaud「喝采」、be in dead silence「鴉雀無聲」。

【194】
dawn on　突然明白（英高）

1分鐘速記法　　　1分鐘檢定☺☹

5分鐘學習術　　　5分鐘檢定☺☹

【近似詞】suddenly understand
【相關用語】⑧ enlightenment 啟迪
【例句】It dawned on me that he didn't tell a lie. 我們終於明白他並沒有說謊。

9分鐘完整功　　　9分鐘檢定☺☹

dawn 當名詞時原意是「黎明、破曉」，在這裡當動詞，為「明白、頓悟」的意思。用法：S＋dawn on＋（代）名詞。此外，這裡的 on 也可以用 upon 代替。記得主詞應該是事情，介系詞 on 後接的是「理解事情的人」，不可誤用。
【小試身手】Finally, it _____ me that what he had done was to please me.

MP3 ◆) 128

(A) dawned　(B) dawns upon　(C) dawns on　(D) dawned upon

【解析】選 D。

本句句意是：我終於明白他的所作所為是為了讓我開心。

【195】

deal in　交易；成交（英高）

1分鐘速記法　　　　1 分鐘檢定 ☺☹

5分鐘學習術　　　　5 分鐘檢定 ☺☹

【近似詞】trade in

【相關用語】動 bargain 討價還價

【例句】The merchant deals in wool and cotton. 這個商人買賣羊毛及棉花。

9分鐘完整功　　　　9 分鐘檢定 ☺☹

用法：S + deal in + 東西。此處的介系詞 in 也可用 with 來代替。與 deal 相關的片語包括：big deal「了不起的事」（通常用於反義，例如 It's not a big deal.「沒什麼大不了。」）；get a raw deal「受到不平等待遇」；cut a deal「進行協議或安排」。

【小試身手】As a stockbroker, my aunt _____ stocks and bonds.（選出錯的）

(A) deals in　(B) deals with　(C) trades with　(D) trades on

【解析】選 D。

本句句意是：作為一名股票經紀人，阿姨買賣股票和債券。

【196】

deal with　應付（英中）

1分鐘速記法　　　　1 分鐘檢定 ☺☹

5分鐘學習術　　　　5 分鐘檢定 ☺☹

【近似詞】動 handle

【相關用語】tackle with 處理

【例句】He has learnt to deal with all kinds of complicated situations. 他已經學會了應付各種複雜情況的方法。

9分鐘完整功　　　　9 分鐘檢定 ☺☹

用法：S + deal with + 受詞。deal 當動詞時，是指「分配、發（牌）、加以（打擊）、應付、交易」的意思；當名詞時，是「成交、妥協、待遇、政策、大量、發牌」的意思。

【小試身手】The girl didn't know how to _____ her annoying admirer.

(A) handle with　(B) deal　(C) deal with　(D) deal in

【解析】選 C。

本句句意是：這個女孩不知如何應付惱人的追求者。

🎓 菁英幫小提醒：「求愛、獻殷勤」的動詞和名詞，皆可用 court 這個字。

【197】

deprive of　剝奪；喪失（英高）

1分鐘速記法　　　　1 分鐘檢定 ☺☹

5分鐘學習術　　　　5 分鐘檢定 ☺☹

【近似詞】despoil of

【相關用語】civil death 褫奪公權

【例句】She was deprived of her right to education. 她被剝奪受教育的權利。

9分鐘完整功　　　　9 分鐘檢定 ☺☹

用法：S + deprive of + 事物。受詞可加在 deprive 和 of 之間，指涉「被剝奪的對象」；介系詞 of 後則加上「剝奪的事物」。deprive 的名詞是 deprival，形容詞是 deprivable「可剝奪的」。

【小試身手】The human traffickers _____ those children of freedom and dignity.

(A) derived　(B) deprived　(C) depraved　(D) disposed

【解析】選 B。

本句句意是：人口販子剝奪了這些孩子的自由與尊嚴。

【198】

derive from　起源於；獲得（英中）

1分鐘速記法　　　　1 分鐘檢定 ☺☹

5分鐘學習術　　　　5 分鐘檢定 ☺☹

【近似詞】動 originate 起源於

【相關用語】名 source 根源；來源

【例句】English language derives mainly from the Germanic language. 英文主要源自日耳曼語系。

9分鐘完整功　　　　9 分鐘檢定 ☺☹

用法：S + derive from + 事物。受詞可以加在 derive 跟 from 之間。derive 是指「出自某一根源而再發展」的意思。其形容詞是 derivative；名詞是 derivation。derive 在化學用語中是指「誘導、衍生」的意思。

【小試身手】Many English words _____ Latin.

(A) deprive from　(B) derive from　(C) deprive of　(D) are derived from

【解析】選 B。
本句句意是：許多英文字起源於拉丁文。

【199】

devote oneself to 致力於（英中）

1分鐘速記法　1分鐘檢定☺☹

5分鐘學習術　5分鐘檢定☺☹
【近似詞】be absorbed in
【相關用語】 sacrifice 犧牲
【例句】He always devoted himself to science. 他總是相當投入於科學。

9分鐘完整功　9分鐘檢定☺☹
用法：S＋devote＋人＋to＋事情。此處to為介系詞，後方必須加名詞或Ving。devote 和 dedicate 都有「專心致力於……」的意思，其差別是 devote 是暗示「熱忱地奉獻時間、精力於單一目的」的意思；dedicate 是指「莊重而神聖地奉獻」，用法更為正式，通常用於神聖的宗教儀式上。其形容詞是 devoted；devotee 是名詞，為「皈依者、獻身者」之意；devotion 是名詞。
【小試身手】Doris Brougham ＿＿＿＿ herself to English education in Taiwan.（選出錯的）
(A) dedicates　(B) devotes　(C) devoting　(D) has devoted
【解析】選 C。
本句句意是：彭蒙惠致力於臺灣的英語教育。

【200】

die from 因……而死（英初）

1分鐘速記法　1分鐘檢定☺☹

5分鐘學習術　5分鐘檢定☺☹
【近似詞】pass away； decease
【相關用語】die like a dog 悲慘地死去
【例句】He died from car accident. 他死於車禍。

9分鐘完整功　9分鐘檢定☺☹
die 是泛指「死亡」最普通的字，可用於生命的結束，也可用在比喻的意思上。die from 是指「由於外傷或意外原因而造成死亡」的意思。另外要注意的是，die of 也可表示死因，但通常用於內在因素所導致的死亡，如疾病或饑餓。
【小試身手】Nobody ＿＿＿＿ the aircraft accident for the captain, Sullenberger, successfully ditched plane in Hudson.
(A) died from　(B) killed　(C) died of　(D) died out

【解析】選 A。
本句句意是：因為機長蘇倫伯格成功迫降在哈德遜河，所以無人在飛機事故中罹難。

【201】

die out 滅絕（英初）

1分鐘速記法　1分鐘檢定☺☹

5分鐘學習術　5分鐘檢定☺☹
【近似詞】become extinct
【相關用語】kill off 殺光
【例句】This kind of birds is dying out. 這種鳥正瀕臨絕種中。

9分鐘完整功　9分鐘檢定☺☹
die out 是指「某種事物因某種原因而逐漸消失，以致完全絕跡」的意思。在這裡的 die 不作「死亡」之意解，而是作「逐漸消失、滅絕」的意思，可用於抽象事物如風俗文化，或實質存在如物種人類等。
【小試身手】The custom for women to bind their feet has ＿＿＿＿.
(A) extinct　(B) died off　(C) died out　(D) died like a dog
【解析】選 C。
本句句意是：女性裹小腳的傳統已經不復存在。

【202】

dig in 苦讀；埋起來（英中）

1分鐘速記法　1分鐘檢定☺☹

5分鐘學習術　5分鐘檢定☺☹
【近似詞】study hard 苦讀； bury 埋起來
【相關用語】 industrious 勤奮的
【例句】He is digging in the book. 他正在苦讀。

9分鐘完整功　9分鐘檢定☺☹
dig in 在這裡是口語用法。一個句子中如果有 "someone is digging in～" 時，其意思是指「某人很認真地進行某事」。相似片語：dig oneself in「挖壕溝以藏身」。dig 的動詞三態：dig；dug；dug。
【小試身手】As the exams are around the corner, he ＿＿＿＿ the books much harder than before.
(A) dug at　(B) digs out　(C) dug in　(D) digs in
【解析】選 D。
本句句意是：隨著考試在即，他苦讀的程度大勝以往。

MP3 129

【203】
dig up 開關；發掘；發現（英中）

1分鐘速記法　1分鐘檢定 ☺☹

5分鐘學習術　5分鐘檢定 ☺☹
【近似詞】 excavate 發掘； discover 發現
【相關用語】 unearth 發掘；使出土
【例句】 The archaeologist dug up the secret of the Pyramids. 這位考古學家發現了金字塔的祕密。

9分鐘完整功　9分鐘檢定 ☺☹
用法：S ＋ dig up ＋（代）名詞。dig up 在非正式用法上有「雇用、使用」的意思。相關片語：dig up the hatchet「開啟戰端」，hatchet 是斧頭之意；若要表示休戰，可用 bury the hatchet。
【小試身手】 The historians ＿＿＿＿ three hundred bodies in the cave.
(A) dug at　(B) dug up　(C) dug in　(D) dug into
【解析】選 B。
本句句意是：考古學家在這個洞穴發現三百具軀體。

【204】
dine off 以某物供餐（英高）

1分鐘速記法　1分鐘檢定 ☺☹

5分鐘學習術　5分鐘檢定 ☺☹
【近似詞】 serve the meals with sth
【相關用語】 treat 款待
【例句】 We dined off a steak with vegetables. 我們的正餐是以蔬菜搭配牛排。

9分鐘完整功　9分鐘檢定 ☺☹
dine off 也可以用 dine on 代替。dine 是動詞，意思是「用餐、宴請、供餐」。其他由 dine 所衍生的片語有：wine and dine sb.「款待某人吃大餐」；衍生的字彙則有：diner「用膳者、餐車」；diner-out「常常在外用餐的人」；dinette「小餐廳、便餐（英式用法）」。
【小試身手】 The restaurant ＿＿＿＿ the roast chicken as the main course.
(A) dined in　(B) dined out　(C) dined off　(D) dined and wined
【解析】選 C。
本句句意是：這間餐廳用烤雞作為主菜。

【205】
dip into one's purse 揮霍；浪費（英高）

1分鐘速記法　1分鐘檢定 ☺☹

5分鐘學習術　5分鐘檢定 ☺☹
【近似詞】 spend extravagantly ； waste
【相關用語】 prodigal 敗家子
【例句】 The resourse of the earth is limited, so we shouldn't dip into our purse at will. 因為地球的資源有限，所以我們不應該隨意地浪費。

9分鐘完整功　9分鐘檢定 ☺☹
dip into 是「探究、涉獵、瀏覽」的意思。dip 可當動詞和名詞，有「浸泡、下沉、汲取、洗澡（口語用法）」等多種意義。相似片語：dig/dip into one's pocket「自掏腰包」。
【小試身手】 The prodigal always ＿＿＿＿ his purse as if he owned limitless fortune.
(A) dipped into　(B) dipped out　(C) dipped (D) dipped out of
【解析】選 A。
本句句意是：這個敗家子極盡揮霍，彷彿他的財富用之不竭。

【206】
dirty work 卑鄙行為（英高）

1分鐘速記法　1分鐘檢定 ☺☹

5分鐘學習術　5分鐘檢定 ☺☹
【近似詞】 wrongdoing 惡行
【相關用語】 conduct 品行
【例句】 Doing any dirty work to defame others is a kind of shameful behavior. 中傷別人是一種可恥的卑鄙行為。

9分鐘完整功　9分鐘檢定 ☺☹
此片語也有「不愉快的工作、不法行為」等意思。在使用此片語時，前面一定要加 do 或 does 來當動詞。用法：S ＋ do/does ＋ dirty work ＋（for ＋人）。dirty、filthy 和 foul 都有「骯髒」的意思，其差別為：dirty 是指「被任何污染物弄髒」的意思，是最普遍的用字；filthy 是強調「髒到令人憎惡的地步」；foul 的意味更強，往往指「由腐爛的東西所產生的不衛生或有惡臭的狀態，令人感覺非常不愉快」的意思。
【小試身手】 Watergate scandal was about a ＿＿＿＿ that president Nixon abused his power.
(A) dirtywash　(B) dirty look　(C) dirty work　(D)

dirt cheap
【解析】選 C。
本句句意是：水門事件是關於尼克森總統濫用職權的卑鄙行為。

> 🎓 菁英幫小提醒：dirtywash 是「家醜」之意；dirt cheap 表示「非常便宜的」。

---

discuss with 討論；商議（英初）

【207】

🔔 1分鐘速記法 1 分鐘檢定 ☺☹

🔔 5分鐘學習術 5 分鐘檢定 ☺☹

【近似詞】 🔊 debate ；talk about
【相關用語】 🔊 dispute 爭論
【例句】 I discussed the problem with my friends. 我跟我的朋友們討論過這個問題。

🔔 9分鐘完整功 9 分鐘檢定 ☺☹

discuss 是強調從不同的角度來考慮一個問題，往往是交換意見，以便解決問題、制定方針等，通常是在友好的氣氛中進行。而如 debate、argue，就有辯論和爭論、氣氛較為激烈的味道。用法：S ＋ discuss ＋事＋ with ＋人。
【小試身手】 The topic we have to _____ today is whether consumer vouchers is a good way to stimulate consumption.
(A) discussion (B) discuss (C) discuss with (D) discuss in
【解析】選 B。
本句句意是：我們今天要討論的主題是，消費券是否為刺激經濟的正面手段。

---

dish out 分到個人的盤子裡（英高）

【208】

🔔 1分鐘速記法 1 分鐘檢定 ☺☹

🔔 5分鐘學習術 5 分鐘檢定 ☺☹

【近似詞】 assign to the personal plate
【相關用語】 dish up 上菜
【例句】 My mother is dishing out the food to our guests. 我媽媽把食物分到每個客人的盤子裡

🔔 9分鐘完整功 9 分鐘檢定 ☺☹

此片語在當「分菜」的意思解時，是非正式用法。其他由 dish 所衍生出來的片語有：dish the dirt 「散布流言蜚語」；the main dish 「主菜」；side dish 「小菜」；do the dishes 「洗碗」；lay/cast/throw sth. in one's dish 「把某事歸咎

於某人」。
【小試身手】 The hostess _____ the sausages to every guest.
(A) dished on (B) dished in (C) dished out (D) dished the dirt
【解析】選 C。
本句句意是：女主人把香腸分給每位客人。

> 🎓 菁英幫小提醒：dish on 意指「說某人的閒話或八卦」。

---

dispose of 解決；丟棄（英中）

【209】

🔔 1分鐘速記法 1 分鐘檢定 ☺☹

🔔 5分鐘學習術 5 分鐘檢定 ☺☹

【近似詞】 straighten out 解決；🔊 discard 丟棄
【相關用語】 🔊 settle 解決；結束
【例句】 He has disposed of the books properly. 他已經將那些書適當地處理掉了。

🔔 9分鐘完整功 9 分鐘檢定 ☺☹

用法：S ＋ dispose of ＋ N/Ving。dispose ＋受詞＋ to ＋ V，是「想要、傾向」的意思。dispose of 若加 sb.（人）或生物時，在非正式用法中有「殺害」的意思。
【小試身手】 The best way to _____ these unwanted clothes _____ to contribute them to the orphanage.
(A) dispose of；are (B) dispose of；is (C) disposing of；is (D) disposing of；are
【解析】選 B。
本句句意是：處理這些多餘衣物的最好辦法，就是捐給孤兒院。

> 🎓 菁英幫小提醒：orphanage 「孤兒院」；sanitarium 「療養院」；rest home 「老人院」。

---

divide into 把……分成（英初）

【210】

🔔 1分鐘速記法 1 分鐘檢定 ☺☹

🔔 5分鐘學習術 5 分鐘檢定 ☺☹

【近似詞】 🔊 classify ；🔊 separate
【相關用語】 🔊 dismember 肢解；分割
【例句】 Physical chemistry can be divided into three parts. 物理學共可分為三個部分。

🔔 9分鐘完整功 9 分鐘檢定 ☺☹

用法：S ＋ divide ＋ sth ＋ into sth。into 之後通常接「劃分後的型式」，如幾個小組、幾個小隊、

MP3 130

幾個團體、幾塊或幾堆等等。若是採用 S ＋ divide ＋ sth ＋ from，則是相反句型，from 後須接「劃分前的型式」。

【小試身手】The teaching assistant divided ___A___ the students ___B___ four groups ___C___ for discussion.（選出 into 應該出現的位置）
(A) A　(B) B　(C) C　(D) X
【解析】選 B。
本句句意是：助教把學生分成四個小組討論。

【211】

do nothing but 只、僅（英高）

1分鐘速記法　　　　　1 分鐘檢定 ☺☹

5分鐘學習術　　　　　5 分鐘檢定 ☺☹
【近似詞】merely do
【相關用語】⓪ simply 僅；只不過
【例句】He usually does nothing but sleep in class. 他上課時通常都一直打瞌睡。

9分鐘完整功　　　　　9 分鐘檢定 ☺☹
but 是副詞，在此片語後面要接原形動詞。用法：S ＋ do nothing but ＋ V。要分清楚的是，but 後面不一定接原形動詞，例如片語 have no choice but to「別無選擇」中，but 就要接上不定詞 to。
【小試身手】Rachel did nothing but _____ with Ross all day long.
(A) stayed　(B) staying　(C) to stay　(D) stay
【解析】選 D。
本句句意是：瑞秋什麼也沒做，只是整日陪著羅斯。

【212】

do sb. a favor 幫某人一個忙（英初）

1分鐘速記法　　　　　1 分鐘檢定 ☺☹

5分鐘學習術　　　　　5 分鐘檢定 ☺☹
【近似詞】⓪ help；⓪ assist
【相關用語】⓪ aid 幫助
【例句】He is always willing to do me a favor when I am in trouble. 他總是願意在我遇上麻煩的時候幫我的忙。

9分鐘完整功　　　　　9 分鐘檢定 ☺☹
do sb. a favor 是指「幫某人一個忙」；而 win sb. a favor 則是「贏得某人歡心」，記憶上要特別注意。其他相關片語：in favor of「贊成」；out of favor with sb.「不得……歡心」；come out in favor of sb./sth「公開表示支持」；curry favor with sb.「試圖贏得歡心」；Fortune

favors the brave.「幸運青睞勇敢的人」。
【小試身手】Would you mind _____ to hand me the cane?
(A) doing me a flavor　(B) to do me a flavor　(C) do me a favor　(D) doing me a favor
【解析】選 D。
本句句意是：你是否介意幫我個忙，把拐杖遞給我呢？

🎓 菁英幫小提醒：mind，動詞，表示「介意」，用於否定句和疑問句中，後方需接 Ving。

【213】

down and out 窮困潦倒；落魄（英高）

1分鐘速記法　　　　　1 分鐘檢定 ☺☹

5分鐘學習術　　　　　5 分鐘檢定 ☺☹
【近似詞】badly off
【相關用語】have no way out 走投無路
【例句】Because he failed in his business, he is down and out now. 因為他生意失敗，所以現在窮困潦倒。

9分鐘完整功　　　　　9 分鐘檢定 ☺☹
down 有「消沈、低落」的意思，out 則有「偏離、出局」的意思，兩字合為「落魄」的意義。此片語可當形容詞與副詞片語，若將三個字用 " - "（hyphen，連字號）連在一起，寫成 down-and-out，就變成形容詞，意為「落魄的」。
【小試身手】Once being a well-known entrepreneur, William becomes _____ now.
(A) up and down　(B) down and out　(C) up and about　(D) in and out
【解析】選 B。
本句句意是：威廉曾經是個風光的企業家，現在卻變得窮困潦倒。

【214】

doze off 打瞌睡（英中）

1分鐘速記法　　　　　1 分鐘檢定 ☺☹

5分鐘學習術　　　　　5 分鐘檢定 ☺☹
【近似詞】⓪ catnap；⓪ drowse
【相關用語】take a nap 小睡一下
【例句】He usually dozes off in the class. 他經常在課堂上打瞌睡。

9分鐘完整功　　　　　9 分鐘檢定 ☺☹
doze 的意思是「假寐」，尤其是指在白天打瞌睡之意。用以表示打瞌睡的說法還包括：drop off、

drowse、catnap、nod 等等。相關片語 doze away「在瞌睡中度過」。

【小試身手】The boy took every measure to avoid _____ in the class, including slapping his own face.

(A) to drowse　(B) to drop off　(C) dozing off　(D) dozing of

【解析】選 C。

本句句意是：這個男孩千方百計避免在課堂睡著，甚至自打耳光。

🎓 菁英幫小提醒：avoid，動詞，表示「避免」，後方必須加名詞或 Ving。

【215】
draw a blank　希望落空；終於失敗
（英高）

🕐**1分鐘速記法**　1分鐘檢定 ☺☹

🕔**5分鐘學習術**　5分鐘檢定 ☺☹

【近似詞】fail at last
【相關用語】fall to the ground 失敗
【例句】He tried lot of times, but drew a blank finally. 他試很多次，但最後還是失敗了。

🕘**9分鐘完整功**　9分鐘檢定 ☺☹

此片語的原意是指「抽空籤」，在這裡引申為「希望落空」的意思。其他和 blank 相關的片語有：blank sth out「忘記、清除」；blank check「空頭支票」；one's mind goes blank「失憶、腦筋一片空白」。

【小試身手】Her wish to be admitted to Stanford University _____ in the end.

(A) drew a blank　(B) drawn a bank　(C) drawn a blank　(D) drew a bank

【解析】選 A。

本句句意是：她想進史丹福大學的願望最終破滅了。

【216】
draw on　穿上；利用；臨近（英中）

🕐**1分鐘速記法**　1分鐘檢定 ☺☹

🕔**5分鐘學習術**　5分鐘檢定 ☺☹

【近似詞】put on 穿上；🔵 utilize 利用
【相關用語】around the corner 臨近
【例句】He drew on his jacket before he went out. 他在外出之前穿上了外套。

🕘**9分鐘完整功**　9分鐘檢定 ☺☹

用法：S ＋ draw on ＋（代）名詞。draw 的動詞

三態：draw；drew；drawn。pull 和 draw 都有「拉」的意思，其差別為：pull 是指「向自己這一邊或某一個固定方向拉」，是最普遍的用語；而 draw 比 pull 的動作，有「更平滑、更均勻的感覺」。

【小試身手】The widower fell into deep grief as his wife's birthday _____.

(A) draws on　(B) around the corner　(C) was drawing on　(D) drawing on

【解析】選 C。

本句句意是：這名鰥夫隨著妻子的生日將近，陷入深沉的哀傷。

【217】
dream of/about　夢想；夢見（英初）

🕐**1分鐘速記法**　1分鐘檢定 ☺☹

🕔**5分鐘學習術**　5分鐘檢定 ☺☹

【近似詞】hope for；wish for
【相關用語】🔵 ambition 野心；抱負
【例句】When she was a little girl, she had dreamed of becoming an actress. 當她還是一個小女孩時，她曾夢想成為一名演員。

🕘**9分鐘完整功**　9分鐘檢定 ☺☹

用法：S ＋ dream of/about ＋ N/Ving。dream 可當動詞和名詞，除了後接 of 和 about 來表示夢到什麼之外，也可以用 that 加上子句來進行陳述。相關片語有：pipe dream「無稽之談」；wet dream「春夢」。

【小試身手】Every night after I close my eyes, I _____ my beloved boyfriend.

(A) dream with　(B) dream up　(C) dream of　(D) dream in

【解析】選 C。

本句句意是：每夜我闔上眼睛之後，就會夢見我心愛的男友。

【218】
dress up　裝扮；盛裝（英初）

🕐**1分鐘速記法**　1分鐘檢定 ☺☹

🕔**5分鐘學習術**　5分鐘檢定 ☺☹

【近似詞】attire in
【相關用語】dress coat 燕尾服；禮服
【例句】I dressed up for the ball in the evening. 我為了晚上的舞會盛裝打扮。

MP3 131

9分鐘完整功　　9分鐘檢定☺☹

此片語當「裝扮」的意思解時，是指為演戲等所做的刻意打扮。dress 在這裡是不及物動詞，所以不能直接在 dress 跟 up 之間接受詞，必須接在 up 之後。相關用語：dress code「服裝規定」；dress sb. down「責罵（口語用法）」。

【小試身手】Ladies and gentlemen all _____ for the graduation ball.
(A) dressing to the nines　(B) dressed down　(C) attired in　(D) dressed up
【解析】選 D。
本句句意是：淑女與紳士們皆盛裝打扮，出席畢業舞會。

🎓 菁英幫小提醒：dress (up) to the nines 意指「盛裝打扮」。

【219】
drive a person into a corner
將某人逼入困境（英初）

1分鐘速記法　　1分鐘檢定☺☹

5分鐘學習術　　5分鐘檢定☺☹
【近似詞】be with one's back against the wall
【相關用語】名 bottleneck 障礙物；瓶頸
【例句】In order to get his money back, he drove Mr. Wang into a corner. 為了將他的錢要回來，他把王先生逼入了困境。

9分鐘完整功　　9分鐘檢定☺☹

drive 在這裡不是「駕駛」的意思，而是「逼迫」的意思。相似片語有 drive ～ to「逼迫……做」。相關片語：drive away at「努力做」；drive in「灌輸（觀念）」；drive out「驅趕」；drive a hard bargain「努力討價還價」；drive sb. over the edge「將某人逼近崩潰」。
【小試身手】The huge debt really _____ Kelly into a corner.
(A) rode　(B) drove　(C) compel　(D) impel
【解析】選 B。
本句句意是：沉重的債務著實將凱莉逼入困境。

【220】
drive at　意指（英高）

1分鐘速記法　　1分鐘檢定☺☹

5分鐘學習術　　5分鐘檢定☺☹
【近似詞】動 mean
【相關用語】stand for 象徵；代表

【例句】I hope that I can understand what you are driving at. 我希望我可以理解你的意思。

9分鐘完整功　　9分鐘檢定☺☹

此片語是屬於口語用法，而且通常都是採進行式的用法，置於句尾。在使用此片語時，前面一定要加 what，用法：S＋V＋what＋人＋drive at ～，或是直接用 what＋be V＋人＋driving at。
【小試身手】Stop beating about the bush. What in the world are you _____?
(A) driving at　(B) driving back　(C) driving off　(D) driving on
【解析】選 A。
本句句意是：別再拐彎抹角，你到底想說些什麼？

🎓 菁英幫小提醒：in the world 常加諸 w- 或 wh-疑問詞之後，作為強調語氣，另也可用 on earth、in the hell 或 the hell 來代換。

【221】
drop away　減少（英中）

1分鐘速記法　　1分鐘檢定☺☹

5分鐘學習術　　5分鐘檢定☺☹
【近似詞】動 reduce；動 decrease
【相關用語】cut down 減少
【例句】Th population of the village is going to drop away. 這村莊的人口正逐漸地減少。

9分鐘完整功　　9分鐘檢定☺☹

此片語也可以當「離開、散去、一個一個走掉」的意思。此片語是不及物動詞片語，away 之後不加受詞，用法為 S＋drop away。此片語在當「減少」的意思解時，可代換為 drop off。
【小試身手】Derek's hair seems _____ day after day.
(A) to drop in　(B) to drop by　(C) to drop away　(D) to drop back
【解析】選 C。
本句句意是：德瑞克的頭髮看似一日復一日地減少。

【222】
drop behind　落後（英中）

1分鐘速記法　　1分鐘檢定☺☹

5分鐘學習術　　5分鐘檢定☺☹
【近似詞】fall behind；lag behind
【相關用語】keep up with 趕得上
【例句】The youngest boy dropped behind

the other hikers. 那個最年輕的男孩落後在其他健行者的後面。

👤**9分鐘完整功**　　　9分鐘檢定☺☹

用法：S + drop behind + （代）名詞表「落在……之後」的意思。behind 之後可加人或物。behind 也可以代換為 back，同樣表示「落後」的意思，但 drop back 還有「掉回（原處）」的意思。

【小試身手】In the blink of an eye, the runner _____ his competitor. （選出錯的）
(A) dropped behind　(B) fell behind　(C) lagged behind　(D) left behind
【解析】選 D。
本句句意是：轉瞬之間，這名跑者就落後了對手。

🎓 菁英幫小提醒：leave sth behind 表示「遺留、忘記帶走」的意思。

【223】

drop by　順道拜訪（英中）

👤**1分鐘速記法**　　　1分鐘檢定☺☹

👤**5分鐘學習術**　　　5分鐘檢定☺☹

【近似詞】 🕐 visit
【相關用語】drop in 突然造訪
【例句】I will drop by you while I am traveling in New York. 等我到紐約旅遊時，會順道過去拜訪你。

👤**9分鐘完整功**　　　9分鐘檢定☺☹

用法：S + drop by + 地方／人。其同義片語是 drop in，皆有「順便、偶然造訪，讓對方感到突然或驚喜」之意。相關片語有：drop by the wayside「脫隊休息、落後他人」。
【小試身手】I cannot stay too long. I just _____ on the way to hospital.
(A) drop off　(B) drop behind　(C) drop back　(D) drop by
【解析】選 D。
本句句意是：我不能逗留太久，我只是在去醫院的路上順道來訪。

【224】

drop in　突然來訪（英初）

👤**1分鐘速記法**　　　1分鐘檢定☺☹

👤**5分鐘學習術**　　　5分鐘檢定☺☹

【近似詞】visit unexpectedly
【相關用語】 🕐 gate-crasher 不速之客

【例句】Yesterday some friends dropped in to tea. 昨天一些朋友順道來我這兒喝茶。

👤**9分鐘完整功**　　　9分鐘檢定☺☹

drop 在這裡是「訪問」的意思。若要標明明確的地點，則要用介系詞 at，即 drop in at + 地方。若要指造訪某人時，介系詞則用 on，即 drop in on sb.。
【小試身手】I was too surprised to talk for my playmate in the childhood _____.
(A) dropped off　(B) drops out　(C) dropped in　(D) drops in
【解析】選 C。
本句句意是：我的兒時玩伴突然造訪，讓我驚訝到說不出話。

【225】

drop off　減少；打瞌睡（英中）

👤**1分鐘速記法**　　　1分鐘檢定☺☹

👤**5分鐘學習術**　　　5分鐘檢定☺☹

【近似詞】 🕐 decrease 減少；doze off 打瞌睡
【相關用語】fall off 減少
【例句】Business dropped off drastically in the retail stores. 零售店的生意遽減。

👤**9分鐘完整功**　　　9分鐘檢定☺☹

此片語當「打瞌睡」的意思時，屬於非正式的用法，另外還有「讓……下車」的意思，用法為 drop sb. off，自行下車應用 get off。相似片語：drop off the edge of the earth「人間蒸發」。
【小試身手】The business of the coffee shop was _____.
(A) dropped off　(B) dropping off　(C) dropped away　(D) dropping in
【解析】選 B。
本句句意是：這間咖啡店的生意日益下滑。

【226】

drop sb. a line　寫信給某人（英高）

👤**1分鐘速記法**　　　1分鐘檢定☺☹

👤**5分鐘學習術**　　　5分鐘檢定☺☹

【近似詞】write to sb.
【相關用語】 🕐 letter （較長的）書函
【例句】I don't expect you to write to me often, but drop me a line once in a while. 我不指望你常寫信給我，但偶爾寫幾句話來就好。

MP3 ◀ 132

9分鐘完整功　　　9分鐘檢定 ☺☹

此片語是指「寫短信」的意思。line 的原意是「線」，在這裡引申為 message，「訊息」之意。與 drop 相關的片語包括：drop a clanger「說錯話（英式口語）」；drop a hint「暗示」；drop into one's lap「不勞而獲」。

【小試身手】Remember to _____ your mother a line regularly after you study abroad.
(A) sent　(B) drip　(C) drop　(D) receive
【解析】選 C。
本句句意是：你出國留學後，記得定期寫信給你母親。

【227】

dry up 乾涸；枯竭（英初）

1分鐘速記法　　　1分鐘檢定 ☺☹

5分鐘學習術　　　5分鐘檢定 ☺☹

【近似詞】⑩ shrivel
【相關用語】⑩ wither（植物）乾枯
【例句】All the streams may soon dry up in this hot weather. 在這種炎熱的天氣裡，所有溪流可能不久後就會乾涸。

9分鐘完整功　　　9分鐘檢定 ☺☹

此片語當「枯竭」的意思解時，指的是在思想上沒有新的見解或創意。dry up 的 up 是副詞，放在 dry 之後，有「使完全乾掉」的意思。此片語也可作不及物動詞用，意思是「曬乾」，其後面要接受詞。

【小試身手】Don't worry. The spilt water will _____ soon.
(A) be high and dry　(B) dry you out　(C) bleed you dry　(D) dry up
【解析】選 D。
本句句意是：別擔心。打翻的水很快就會乾掉。

🎓 菁英幫小提醒：high and dry 意指「孤立無援、處於困境」。

【228】

due to 由於（英中）

1分鐘速記法　　　1分鐘檢定 ☺☹

5分鐘學習術　　　5分鐘檢定 ☺☹

【近似詞】thanks to；owing to
【相關用語】due date 到期日
【例句】He failed his exam due to his laziness. 他因為懶惰而沒有通過考試。

9分鐘完整功　　　9分鐘檢定 ☺☹

用法：S ＋ V ＋ due to ＋受詞。注意此處的 to 為介系詞，必須加名詞或 Ving。在比較重視形式的正式文章中，應避免使用 due to，因為這樣的用法較口語、不正式，可以 because of 或 on account of 代替之。

【小試身手】_____ loneliness, the man of wealth hired a housekeeper to accompany him.
(A) Due to　(B) Without　(C) Because　(D) Regardless of
【解析】選 A。
本句句意是：由於寂寞，這個富人聘了一位管家陪伴他。

🎓 菁英幫小提醒：國外的食品罐上常有 expiration date 的標示，意為「到期日」。

【229】

earn one's living 謀生（英初）

1分鐘速記法　　　1分鐘檢定 ☺☹

5分鐘學習術　　　5分鐘檢定 ☺☹

【近似詞】make a living；gain a living
【相關用語】make ends meet 使收支相抵
【例句】She earns her living by writing. 她靠寫作謀生。

9分鐘完整功　　　9分鐘檢定 ☺☹

living 可當形容詞和名詞，當形容詞時作「活著的、有生氣的、實況轉播的」意思解，當名詞時則表示「生存、生計、生活方式」等。動詞為 live，為「居住、存活」之意。

【小試身手】The retired campaigner _____ by subsidies.
(A) gains a life　(B) make his living　(C) earns his living　(D) made a life
【解析】選 C。
本句句意是：這名退休老兵倚靠政府津貼維生。

【230】

ease off 緩和；減輕（英初）

1分鐘速記法　　　1分鐘檢定 ☺☹

5分鐘學習術　　　5分鐘檢定 ☺☹

【近似詞】⑩ relieve；⑩ alleviate
【相關用語】⑩ sharpen 加劇、激化
【例句】His symptom is easing off gradually. 他的症狀正在逐漸緩和中。

A B C D **E** F G H I J K L M N O P Q R S T U V W X Y Z

9分鐘完整功　　9分鐘檢定☺☹

ease 這個單字有「減輕、舒緩」的意思，指免於困難、工作、痛苦、煩惱等各種壓迫的一種安逸輕鬆的狀態。**ease off** 在這裡的意思是指「痛苦、局勢或神經緊張」等等狀態的減輕或緩和。

【小試身手】My headache is going to _____ after taking the painkiller.

(A) be easy　(B) ease off　(C) earn off　(D) be east

【解析】選 B。

本句句意是：服下止痛藥之後，我的頭痛開始緩解。

🎓 菁英幫小提醒：吃藥的動詞不應用 eat，而該用 take。

【231】

eat in/out　在家/在外吃飯（英初）

🕐1分鐘速記法　　1分鐘檢定☺☹

🕔5分鐘學習術　　5分鐘檢定☺☹

【近似詞】dine in/out

【相關用語】eat up 吃光

【例句】We prefer to eat in rather than eat out. 我們比較喜歡在家吃飯，而較不喜歡在外頭吃飯。

9分鐘完整功　　9分鐘檢定☺☹

eat in 和 eat out 都可以作「腐蝕、吃光」的意思解，此時為及物動詞。受詞若為代名詞，要接在 in/out 之前；如果受詞為名詞，則無此限制。作「在家吃飯」的意思解時，為不及物動詞，所以受詞不可以接在 in/out 的前面。eat 可用 dine 代替。

【小試身手】I think eating in is more economical and healthy than _____.

(A) eating away　(B) eating up　(C) eating into (D) eating out

【解析】選 D。

本句句意是：我覺得在家吃飯比出外吃飯來得省錢與健康。

【232】

embark on　從事（英高）

🕐1分鐘速記法　　1分鐘檢定☺☹

🕔5分鐘學習術　　5分鐘檢定☺☹

【近似詞】go into

【相關用語】devote oneself to～ 獻身於（事業）

【例句】The government embarked on a program of radical economic reform. 政府著手於基礎的經濟改革計畫。

9分鐘完整功　　9分鐘檢定☺☹

這裡的 on 也可以用 upon 代替。用法：S ＋ embark on/upon ＋（代）名詞。embark 可當及物動詞與不及物動詞，此處是不及物動詞的用法。當及物動詞時，用法為人＋ be embarked on ＋事。

【小試身手】The mayor _____ the construction of a riverside park.

(A) embanks on　(B) embars on　(C) enbarks on (D) embarks on

【解析】選 D。

本句句意是：市長開始著手興建河濱公園。

【233】

emerge from　出現；出身（英高）

🕐1分鐘速記法　　1分鐘檢定☺☹

🕔5分鐘學習術　　5分鐘檢定☺☹

【近似詞】🔟 appear

【相關用語】turn up 出現

【例句】The sun soon emerged from behind the clouds. 太陽不久就從雲後出現。

9分鐘完整功　　9分鐘檢定☺☹

用法：S ＋ emerge from ＋（代）名詞。emerge 是動詞，意為「浮現、出現」，由 emerge 衍生出來的詞彙有：emergence「出現」；emergency「危急、應急」；emergency act「緊急法令」；emergency brake「緊急煞車」；emergency call「緊急召集」；emergency case「急救箱」。

【小試身手】The duck sank into the water and then _____ it.

(A) merges into　(B) emerges from　(C) emerged from　(D) merged into

【解析】選 C。

本句句意是：鴨子沉入水中，又冒出頭來。

【234】

enclose with/by　圍繞（英高）

🕐1分鐘速記法　　1分鐘檢定☺☹

🕔5分鐘學習術　　5分鐘檢定☺☹

【近似詞】🔟 surround

【相關用語】🔟 encircle 包圍

【例句】The garden is enclosed with a high brick wall. 這座花園被一道高牆圍起來。

MP3 133

9分鐘完整功　9分鐘檢定 ☺☹

用法：S＋enclose with/by＋（代）名詞。受詞可加在 enclose 和介系詞之間，with 和 by 之後則加上「用以圍繞的事物」。注意此片語為主動型，若要表示「被包圍」則須改成被動式：S＋be V＋enclosed with/by＋（代）名詞。

【小試身手】_____ with the mountains, the villa is like an Shangrila.
(A) Enclosed　(B) Enclosing　(C) Being enclosing
(D) To enclose
【解析】選 A。
本句句意是：群山環繞，這座別墅彷彿世外桃源。

【235】

endeavor to　盡力（英高）

1分鐘速記法　1分鐘檢定 ☺☹

5分鐘學習術　5分鐘檢定 ☺☹

【近似詞】strive to
【相關用語】take pains 努力
【例句】We make every endeavor to satisfy our customers. 我們多方努力使顧客滿意。

9分鐘完整功　9分鐘檢定 ☺☹

endeavor 是美式寫法，英式寫法是 endeavour。其他類似的例子有：favor「贊成」（美式用法）、favour「贊成」（英式用法）；color「顏色」（美式用法）、colour「顏色」（英式用法）；behavior「行為」（美式用法）、behaviour「行為」（英式用法）；honor「榮耀」（美式用法）、honour「榮耀」（英式用法）等。

【小試身手】Taslima Nasreen is a poet who _____ reveal and criticize the inequality and oppression in the Islamic World.
(A) endears to　(B) endeavors to　(C) strove to
(D) strokes to
【解析】選 B。
本句句意是：詩人娜絲琳致力於揭露與批判伊斯蘭世界的不平等與壓迫現象。

【236】

endow with　捐贈；賦予（英高）

1分鐘速記法　1分鐘檢定 ☺☹

5分鐘學習術　5分鐘檢定 ☺☹

【近似詞】be born with 賦予
【相關用語】名 gift 天賦
【例句】He is endowed with intelligence. 他天生聰穎。

9分鐘完整功　9分鐘檢定 ☺☹

用法：S＋endow with＋（代）名詞。此片語在當「賦予」的意思解時，通常用來表示「與生俱來被賦予的特質」，多採被動式運用，用法：S＋be V＋endowed with＋受詞。endow 的名詞型為 endowment，意為「捐贈、天賦」。

【小試身手】_____ talent for music, Jessie can compose melodies when she's only eight.
(A) Endowed by　(B) Endowing with　(C) Endowed with　(D) Endowing by
【解析】選 C。
本句句意是：因為音樂天賦，潔西八歲就懂得譜曲。

【237】

equip with　裝備（英高）

1分鐘速記法　1分鐘檢定 ☺☹

5分鐘學習術　5分鐘檢定 ☺☹

【近似詞】furnish with
【相關用語】be armed at all points 全副武裝；無懈可擊
【例句】He equipped himself well before the mountain-climbing. 他在登山前做了萬全準備。

9分鐘完整功　9分鐘檢定 ☺☹

用法：S＋equip＋受詞＋with＋（代）名詞。equip 和 furnish 都有「裝備」的意思，但 equip 可用於人，但 furnish 則是用於家具、房間等空間和建築方面的裝備。

【小試身手】Experienced backpackers know how to _____ themselves well before setout.
(A) equipped by　(B) equips　(C) equip with　(D) equip
【解析】選 D。
本句句意是：有經驗的背包客知道如何在出發前裝備齊全。

🎓 菁英幫小提醒：backpacker 字面意義為「背著背包的人」，實為「自助旅行者」。「自助旅行」則為 backpack，動詞。

【238】

escape from　逃脫（英中）

1分鐘速記法　1分鐘檢定 ☺☹

5分鐘學習術　5分鐘檢定 ☺☹

【近似詞】動 flee；get away
【相關用語】名 jailbreak 越獄
【例句】The prisoner escaped from the jail. 這

個犯人從監獄裡逃出來。

9分鐘完整功　9分鐘檢定☺☹

escape 可以當動詞，也可以當名詞，用法：S＋escape from＋事情／地方。escape、avoid、evade 和 shun 都有「逃跑」的意思，其差別為：escape 是指「脫離迫切的危險或束縛」之意；avoid 是指「有意地避開不好的事情或危險的來源」；evade 是指「以巧計或詭計去躲避」的意思；shun 的意思比 avoid 更強，暗示著「對於所避開的人或物懷有強烈的嫌惡或憎惡」。

【小試身手】 Luckily, the hostage _____ the kidnapper safe and sound.
(A) flee from　(B) escaped from　(C) emerged from　(D) was shunned
【解析】選 B。
本句句意是：所幸人質從綁匪那裡安全逃離。

【239】

even if 即使（英初）

1分鐘速記法　1分鐘檢定☺☹

5分鐘學習術　5分鐘檢定☺☹

【近似詞】although
【相關用語】even though
【例句】I will go there even if it rains. 即使會下雨，我也要到那裡去。

9分鐘完整功　9分鐘檢定☺☹

even if 等於 even though，為副詞，有加強語氣的意味。值得一提的是，在正式的文章寫作上，even though 是較正確且正式的用法，不可以只單單用 though，因為單單用 though 這是口語或非正式（也比較不被接受）的用法，必須要加上 even 或是改用 although 這個字才行。

【小試身手】 _____ it rains, the Tibetan insist on their hunger sit-in.
(A) Even if　(B) Even thorough　(C) Regardless of　(D) No matter what
【解析】選 A。
本句句意是：即使下雨，藏人們依然堅持絕食靜坐。

> 菁英幫小提醒：與靜坐相關的用語：demonstration「示威」；march「遊行」；petition「請願」。

【240】

every time 無論何時；每次（英初）

1分鐘速記法　1分鐘檢定☺☹

5分鐘學習術　5分鐘檢定☺☹

【近似詞】whenever；anytime
【相關用語】with every breath 持續；重複
【例句】Every time you read the book, you can get a lot of knowledge. 無論何時你讀這一本書，都會從中得到很多知識。

9分鐘完整功　9分鐘檢定☺☹

every time 在這裡是當時間副詞用。相關片語包括：every so often「不時、偶爾」；every inch「完全」；every now and then「時常、有時」；every other day「每隔一天」。

【小試身手】 _____ I pass through the corner, I buy a sushi roll from the vendor.
(A) Even if　(B) Even thorough　(C) Every time　(D) Every inch
【解析】選 C。
本句句意是：每次我經過那個轉角，都會向那個小販買一個壽司捲。

【241】

except for 除了（英中）

1分鐘速記法　1分鐘檢定☺☹

5分鐘學習術　5分鐘檢定☺☹

【近似詞】other than；apart from
【相關用語】include 包括
【例句】I can answer all the questions except for the last one. 我可以回答所有的問題，除了最後一題之外。

9分鐘完整功　9分鐘檢定☺☹

except 是表示「從整體之中除去一部分」，例如：Our class went on a trip except him.「我們全班除了他都去旅行。」besides 則是「從外部附加進來」，和 in addition to 意思相同，例如：Besides the roses, he gave her a big chocolate cake as present.「除了鮮花之外，他還送她巧克力蛋糕當作禮物。」

【小試身手】 _____ Wendy, all the class will attend the graduation ceremony.
(A) Except for　(B) Excerpt from　(C) Besides　(D) In addition to
【解析】選 A。
本句句意是：除了溫蒂，全班都會參加畢業典禮。

【242】

exchange for 交換；兌換（英中）

1分鐘速記法　1分鐘檢定☺☹

MP3 134

5分鐘學習術　5分鐘檢定 ☺☹

【近似詞】 🔢 interchange ； 🔢 convert
【相關用語】 🔢 ransom 以錢交贖
【例句】 I need to exchange the play money for the real one. 我需要將代幣換成真鈔。

9分鐘完整功　9分鐘檢定 ☺☹

此片語可用 exchange with ＋人代替。用法：S ＋ exchange ＋受詞＋ for ＋受詞。由 exchange 所衍生的常用詞彙有：exchange bank「匯兌銀行」；exchange check「商品券」，（英式用法為 cheque）；exchange control「匯兌管制」；exchange student「交換學生」；exchange value「交換價值」。

【小試身手】 The customer asked the clerk to exchange her coupon ＿＿＿＿ a cup of coffee.
(A) as　(B) X　(C) into　(D) for
【解析】選 D。
本句句意是：這名顧客要求店員把她的贈品券換成咖啡。

【243】
excuse from　免除（英高）

1分鐘速記法　1分鐘檢定 ☺☹

5分鐘學習術　5分鐘檢定 ☺☹

【近似詞】 🔢 prevent
【相關用語】 🔢 remit 赦免（罪責）
【例句】 I could excuse from the duty because I did not really take part in this case. 我之所以可免除責任，是因為我並非真的參與這件案子。

9分鐘完整功　9分鐘檢定 ☺☹

此動詞片語是指「免除（義務）」的意思，當名詞時則有「理由、藉口」的意思。其他關於 excuse 的片語有：excuse oneself「辯解、請求免除或離開」；in excuse of「為……辯解」；make an excuse（for）「（替……）辯護」；without（good）excuse「沒有（正當的）理由」。

【小試身手】 She pretended to suffer from stomachache in order to ＿＿＿＿ the meeting.
(A) excuse of　(B) avoid from　(C) excuse from
(D) excuse
【解析】選 C。
本句句意是：她假裝肚子痛以避免開會。

　🎓 菁英幫小提醒：器官＋ ache ＝器官疼痛，為名詞。例如：toothache「牙痛」、headache「頭痛」。女性常見的「生理痛」則稱為 period pain。

【244】
excuse me　對不起；抱歉（英初）

1分鐘速記法　1分鐘檢定 ☺☹

5分鐘學習術　5分鐘檢定 ☺☹

【近似詞】 🔢 pardon
【相關用語】 I beg your pardon. 請原諒。
【例句】 Excuse me; may I borrow your eraser? 對不起，可以跟你借橡皮擦嗎？

9分鐘完整功　9分鐘檢定 ☺☹

Excuse me 是用於麻煩別人，或沒聽清楚對方說的話時的道歉用法，和 apologize、be sorry for 的意義不太相同。excuse 是「禮貌性的謙詞，指所犯的錯誤不至於傷害到他人的人身安全，或造成其利益的損害」之意，說話者不見得有犯錯；sorry 是指「說話者的行為動作有影響他人的人身安全或影響其利益、感情等」的意思；apologize 是指「說話者的行為動作深深影響他人的人身安全或使其利益、感情受到損害，需要很正式、慎重地道歉」之意。

【小試身手】 ＿＿＿＿. Can you tell me how to get to the Taipei 101?
(A) I'm sorry　(B) Excuse me　(C) I apologize　(D) Forgive me
【解析】選 B。
本句句意是：不好意思，你可以告訴我如何抵達台北 101 嗎？

【245】
expand on　闡述（英高）

1分鐘速記法　1分鐘檢定 ☺☹

5分鐘學習術　5分鐘檢定 ☺☹

【近似詞】 elaborate on
【相關用語】 📖 brief 簡要說明
【例句】 Would you expand on your opinion? 你可以闡述一下你的意見嗎？

9分鐘完整功　9分鐘檢定 ☺☹

這裡的 on 也可以用 upon 代替。expand、swell 和 dilate 都有「擴大」的意思，其差別為：expand 是指「體積、數量等的增大」，不論是由於內在或外在的力量而擴大，或由於展開而變大，都可以使用這個字；swell 是指「由於內部壓力而變得比平常大」的意思；dilate 是指「圓形或中凹的東西膨脹增寬」的意思。

【小試身手】 Please keep silent when others are ＿＿＿＿ their opinions.

(A) expanded on　(B) expanding on　(C) expend-ing on　(D) expended on
【解析】選 **B**。
本句句意是：他人在闡述意見時請保持安靜。

【246】
expect to　要求；期望（英中）

🔔1分鐘**速記法**　　1分鐘檢定 ☺☹

🔔5分鐘**學習術**　　5分鐘檢定 ☺☹
【近似詞】 **request** 要求；**hope** 期望
【相關用語】**live up to expectation** 達成期望
【例句】**The TV soap opera is expected to play out until the end today.** 這部連續劇被期望能在今天演到結局再結束。

🔔9分鐘**完整功**　　9分鐘檢定 ☺☹
受詞可以放在 **expect** 跟 **to** 之間。用法：**S ＋ expect to ＋ V**。**expect**、**anticipate** 和 **hope** 都有「期望」的意思，其差別為：**expect** 是指「對於某事的發生懷著期待，多半用於好事情上，但偶爾也被用在壞事情上」；**anticipate** 是指「對於某事以喜悅或痛苦的心情加以期待，並且考慮對策」之意；**hope** 是指「對某事的發生懷抱希望，或是確信地加以期待」的意思。
【小試身手】The incompetent legislator is _____ to be dismissed.
(A) requesting　(B) hoping　(C) expecting　(D) expected
【解析】選 **D**。
本句句意是：這名不稱職的立委被要求撤職。

　　🎓 菁英幫小提醒：S（人）＋be V＋expecting，表示此人處於懷孕狀態。

【247】
face to face　面對面（英初）

🔔1分鐘**速記法**　　1分鐘檢定 ☺☹

🔔5分鐘**學習術**　　5分鐘檢定 ☺☹
【近似詞】nose to nose
【相關用語】**in the presence of sb.** 當……的面
【例句】**They finally argue with each other face to face.** 他們終於面對面地吵了起來。

🔔9分鐘**完整功**　　9分鐘檢定 ☺☹
face 可當動詞與名詞，當動詞時意為「面對」，當名詞時為「臉」。「面對」的相關片語有 **face with**「面臨（困難）、面對（事實）」；**face the music**「面對困境」。

【小試身手】To communicate _____ is more effe-ctive than by e-mails.
(A) a long face　(B) on the face of the earth　(C) face to face　(D) two-faced
【解析】選 **C**。
本句句意是：面對面溝通比用電子郵件來得更有效率。

　　🎓 菁英幫小提醒：two-faced person 指「雙面人」。

【248】
face up to　勇敢面對；面對事實（英中）

🔔1分鐘**速記法**　　1分鐘檢定 ☺☹

🔔5分鐘**學習術**　　5分鐘檢定 ☺☹
【近似詞】face the truth；face the music
【相關用語】**face the consequences** 承擔後果
【例句】**Betty had to face up to the fact that her family disapproved of her husband.** 貝蒂必須面對家人不喜歡她先生的事實。

🔔9分鐘**完整功**　　9分鐘檢定 ☺☹
face up to 後面所接的受詞必須是有關困難、痛苦的事情。由 **face** 所衍生的詞彙有：**face off**「對峙」；**faceless**「匿名的、無個性的」；**face to face**「面對面」；**face-lift**「拉皮」。
【小試身手】The criminal hid himself for many years, but he had to _____ the fact in the end.
(A) face up to　(B) make a face to　(C) lose face to　(D) put face on
【解析】選 **A**。
本句句意是：這名罪犯藏匿了多年，但他最終仍須面對事實。

　　🎓 菁英幫小提醒：put one's face on「化妝」。

【249】
fade out　漸弱（英初）

🔔1分鐘**速記法**　　1分鐘檢定 ☺☹

🔔5分鐘**學習術**　　5分鐘檢定 ☺☹
【近似詞】dim
【相關用語】flash 掠過
【例句】**The sound in radio is fading out grad-ually.** 廣播中的聲音漸漸變弱。

🔔9分鐘**完整功**　　9分鐘檢定 ☺☹
fade out 的意思是指「電影、廣播或電視的聲音或影像漸漸變弱」。**fade** 是不及物動詞，所以受詞不能接在 **fade** 跟 **out** 中間。反義片語：**fade in**「漸明、漸現」。

MP3 135

【小試身手】As the performance came to an end, the music _____.
(A) faded in　(B) faded out　(C) faded back　(D) faded up
【解析】選 B。
本句句意是：隨著表演進入尾聲，音樂也隨之漸弱。

【250】
fall asleep　睡著（英初）

👤1分鐘**速記法**　　　1 分鐘檢定 ☺☹

👤5分鐘**學習術**　　　5 分鐘檢定 ☺☹
【近似詞】drop off
【相關用語】🔊 catnap 打瞌睡
【例句】I am going to fall asleep for the dull speech. 這場無趣的演講讓我快要睡著了。

👤9分鐘**完整功**　　　9 分鐘檢定 ☺☹
fall 在這裡是指「變為、成為某種狀態」的意思，如：fall sick「生病」。fall 的動詞三態是：fall；fell；fallen。fall 的相關片語有：fall back「退卻、落後」；fall down「失敗」；fall for「迷戀、上當」；fall in with「偶遇、贊同」。
【小試身手】The speech is so dull and tedious that many audiences _____.
(A) fall behind　(B) fall apart　(C) fall asleep　(D) fall down
【解析】選 C。
本句句意是：這場演講既冗長又單調，很多觀眾都睡著了。

【251】
fall behind　落後（英初）

👤1分鐘**速記法**　　　1 分鐘檢定 ☺☹

👤5分鐘**學習術**　　　5 分鐘檢定 ☺☹
【近似詞】lag behind
【相關用語】drag behind 落後
【例句】Allen fell behind in his study, so he had to study harder. 亞倫的功課落後，所以必須要更用功些。

👤9分鐘**完整功**　　　9 分鐘檢定 ☺☹
此片語若在後面接 in，則指在某方面落後而言，為不及物動詞。behind 和 back 都有「在後方」的意思，因此此片語的 behind 也可用 back 代替。相關片語：fall back on「跌在……之上、走投無路時求助於……」。
【小試身手】The runner sprained her ankle and

_____ instantly.
(A) fell away　(B) fell apart　(C) fell behind　(D) fell off
【解析】選 C。
本句句意是：這名跑者扭傷了腳踝，一下子就落後了。

【252】
fall down　跌倒；病倒（英初）

👤1分鐘**速記法**　　　1 分鐘檢定 ☺☹

👤5分鐘**學習術**　　　5 分鐘檢定 ☺☹
【近似詞】take down 病倒
【相關用語】🔊 stumble 絆倒
【例句】I fell down because of carelessness. 我因為不小心而跌倒了。

👤9分鐘**完整功**　　　9 分鐘檢定 ☺☹
用法：S＋fall down。因為 fall down 多用來直接修飾整個句子，所以後面可以不接受詞。相似片語：fall down on 是「失敗」的意思，為口語用法。另一相近片語 take down 也是病倒的意思，但通常使用被動式。
【小試身手】Although the girl with cerebral palsy _____ again and again, she still tried to stand up.
(A) fell down　(B) fell apart　(C) fell asleep　(D) fell short
【解析】選 A。
本句句意是：雖然這名腦性麻痺的女孩不斷跌倒，她仍然試著站起來。
🎓 菁英幫小提醒：fall short，意指「不符合條件或標準」。

【253】
fall in love with　和某人戀愛；墜入愛河（英初）

👤1分鐘**速記法**　　　1 分鐘檢定 ☺☹

👤5分鐘**學習術**　　　5 分鐘檢定 ☺☹
【近似詞】be in love
【相關用語】have an affair 與人有曖昧關係
【例句】My sister is falling in love with a superstar. 我姊姊正在和一位大明星談戀愛。

👤9分鐘**完整功**　　　9 分鐘檢定 ☺☹
此片語是指「與人開始戀愛」的意思，with 接的是所愛的對象，如果不想提及人的話，那 with 也可以省略。反義片語：fall out of love with「對……失去愛心」。另一相似片語 have an affair with，

同樣是指有戀愛事件的意思，但有時帶有負面意義（如外遇）。

【小試身手】＿＿＿＿ the teacher, she had to face great pressure from her family and classmates.
(A) Falling through to　(B) Falling back on　(C) Falling asleep with　(D) Falling in love with
【解析】選 D。
本句句意是：和老師墜入愛河之後，她必須面對來自家人和同學的龐大壓力。

fall into disgrace　失寵（英高）　【254】

1分鐘速記法　　1 分鐘檢定 ☺☹

5分鐘學習術　　5 分鐘檢定 ☺☹
【近似詞】come into disfavor
【相關用語】图 underdog 敗犬；居於劣勢的一方
【例句】Since her mother gave birth to a baby boy, she fell into disgrace then. 自從媽媽生了一個弟弟後，她就失寵了。

9分鐘完整功　　9 分鐘檢定 ☺☹
disgrace、dishonor、infamy 和 ignominy 都是名詞，都有「丟臉」的意思，其差別為：disgrace 是「丟臉、不名譽，或是失去他人尊敬與寵愛」的意思；dishonor 是指「失去原有的榮耀、名譽或自尊」；infamy 是指「惡名昭彰」的意思；ignominy 是指「由於公開的恥辱而為眾人唾棄」之意。
【小試身手】Concubines of the emperor always ＿＿＿＿ after they grew old.
(A) fell asleep　(B) fall apart　(C) fall into disgrace　(D) fell into disgrace
【解析】選 D。
本句句意是：皇帝的妃子經常因色衰而愛弛。

fall to the ground　一敗塗地（英高）　【255】

1分鐘速記法　　1 分鐘檢定 ☺☹

5分鐘學習術　　5 分鐘檢定 ☺☹
【近似詞】suffer a crushing defeat
【相關用語】bob up like a cork 東山再起
【例句】Owing to the unpredictable accidents, our plan fell to the ground. 由於突如其來的意外，使我們的計畫一敗塗地。

9分鐘完整功　　9 分鐘檢定 ☺☹
相似片語：to the ground 是「徹底地、十分地」

之意；fall to 有「開始、變成」的意思。和 ground 相關的片語有：break new ground「開創新局」；run into the ground「失敗」；stand one's ground「堅持己見」。
【小試身手】The sudden blackout made all our effort ＿＿＿＿.
(A) fall into disgrace　(B) fall to the ground　(C) fall into contempt　(D) fall out of use
【解析】選 B。
本句句意是：這場突如其來的停電，使我們所有的努力功虧一簣。

🎓 菁英幫小提醒：fall into contempt 代表「受到輕視」的意思。

fall off　掉落；減少（英初）　【256】

1分鐘速記法　　1 分鐘檢定 ☺☹

5分鐘學習術　　5 分鐘檢定 ☺☹
【近似詞】動 fall 掉落；動 decrease 減少
【相關用語】cut down 減少
【例句】The degree of his pain is falling off. 他疼痛的程度正在減少。

9分鐘完整功　　9 分鐘檢定 ☺☹
用法：S ＋ fall off。作「減少」的意思解時，是指數量、程度及尺寸的減少；當作「掉下」的意思解時，指物體從高處落下。fall off 為不及物動詞片語，一般而言不接受詞。
【小試身手】Withered leaves ＿＿＿＿ in the autumn.
(A) fall off　(B) fall away　(C) fall back　(D) fall upon
【解析】選 A。
本句句意是：秋天時，枯萎的葉子紛紛掉落。

🎓 菁英幫小提醒：片語 fall upon 意為「攻擊」。

far away　遙遠（英初）　【257】

1分鐘速記法　　1 分鐘檢定 ☺☹

5分鐘學習術　　5 分鐘檢定 ☺☹
【近似詞】副 distantly；副 remotely
【相關用語】within a stone's throw 一箭之遙
【例句】He lives far away behind the hill. 他住在山的那一邊，很遠的地方。

9分鐘完整功　　9 分鐘檢定 ☺☹
far away 是指「遙遠地」之意，是副詞片語，若將

MP3 ◀) 136

far away 寫在一起，變成 faraway，則是指「遠方的、恍惚的」之意，是形容詞，所以在使用上要注意。若在 far away 後加上 from，則可接上任何地方，表示對某處而言、從某處算起相當遙遠。

【小試身手】Most of my friends live far away _____ my home, so I always have no companion on holidays.
(A) X　(B) of　(C) behind　(D) from
【解析】選 D。
本句句意是：我大部分的朋友都住得離我家很遠，所以假日時我經常無人作伴。

🎓 菁英幫小提醒：far and away 意為「無疑地」。

【258】

far from　一點也不（英初）

🕐 **1分鐘速記法**　　　　　1分鐘檢定 ☺☹

🕔 **5分鐘學習術**　　　　　5分鐘檢定 ☺☹

【近似詞】not at all
【相關用語】never for a moment 決不
【例句】She is far from loving you. 她一點也不愛你。

🕘 **9分鐘完整功**　　　　　9分鐘檢定 ☺☹

far from 是副詞片語，用來修飾後面的名詞或形容詞。因為 from 是介系詞，所以如果要接動詞，就必須要改成動名詞。相關片語 far from it，表示「絕非如此」。

【小試身手】Mr. Chen is _____ a literate; he is just arty-farty.
(A) far and near　(B) far from　(C) far away from
(D) far out
【解析】選 B。
本句句意是：陳先生根本不能算是文人，他不過是附庸風雅罷了。

【259】

feed on　以……為食（英中）

🕐 **1分鐘速記法**　　　　　1分鐘檢定 ☺☹

🕔 **5分鐘學習術**　　　　　5分鐘檢定 ☺☹

【近似詞】live on
【相關用語】make a living 維生
【例句】Lambs feed on hay. 羊以乾草為食。

🕘 **9分鐘完整功**　　　　　9分鐘檢定 ☺☹

受詞可以放在 feed 跟 on 之間。此片語通常是指「給動物餵食」的意思，若要指「人以什麼為主食、以什麼維生」就要用 live on，兩者的差別要弄清楚。相關用語：feed back「回饋」；feed the fishes「暈船」。
【小試身手】Indians in Paraguay _____ corn and cassava.
(A) live on　(B) feed on　(C) lives on　(D) feeds on
【解析】選 A。
本句句意是：巴拉圭的印第安人以玉米和樹薯為主食。

【260】

feel bad　心情不好（英初）

🕐 **1分鐘速記法**　　　　　1分鐘檢定 ☺☹

🕔 **5分鐘學習術**　　　　　5分鐘檢定 ☺☹

【近似詞】be unhappy；be in bad mood
【相關用語】 adj frustrated 洩氣的、沮喪的
【例句】What's wrong with you? You look feel bad. 你怎麼了？看起來心情不太好。

🕘 **9分鐘完整功**　　　　　9分鐘檢定 ☺☹

此片語多是用在口語上。反義片語：feel good「心情好」。相似片語：feel bad about「對……感到難過」。相關片語：feel in bones「憑著直覺」；feel free to「隨意」；feel out「釐清」；feel sorry for「感到惋惜」；feel with「同情」。
【小試身手】Anna has very high EQ. She smiles even if she _____.
(A) feels good　(B) feels well　(C) feels cheap　(D) feels bad
【解析】選 D。
本句句意是：安娜的情緒智商很高。即使心情不好，她仍然掛著微笑。

🎓 菁英幫小提醒：feel cheap 表示「感到羞愧」。

【261】

feel like　覺得；想要（英初）

🕐 **1分鐘速記法**　　　　　1分鐘檢定 ☺☹

🕔 **5分鐘學習術**　　　　　5分鐘檢定 ☺☹

【近似詞】 v want 想要
【相關用語】 v desire 渴望
【例句】It feels like silk. 這東西摸起來像絲綢。

🕘 **9分鐘完整功**　　　　　9分鐘檢定 ☺☹

feel 可當動詞和名詞，當名詞時為「觸感、氣氛」之意。一般在 like 之後所接的受詞為 Ving，或者不定詞（to V），也可以接名詞，表示相似的對象。此片語當作「想要」的意思解時，其後面一樣要接 Ving、名詞或是子句。

【小試身手】I _____ a plate of spaghetti.
(A) feel for　(B) feel free to　(C) feel like　(D) feel bad about
【解析】選 C。
本句句意是：我想吃一盤義大利麵。

【262】

feel up to　可以勝任（英高）

1分鐘速記法　　1 分鐘檢定 ☺☹

5分鐘學習術　　5 分鐘檢定 ☺☹
【近似詞】be competent to
【相關用語】worth one's salt 稱職
【例句】I don't feel up to the task. 我無法勝任這一項工作。

9分鐘完整功　　9 分鐘檢定 ☺☹
用法：S ＋ feel up to ＋事情／工作。此片語是屬於口語用法，其他有關 feel 的片語有：feel for sb.「感同身受」；feel sth in one's bones「心知肚明」；get the feel of sth「開始熟悉某事」；feel out「釐清」。
【小試身手】The freshman said he _____ the website designing.
(A) felt up to　(B) felt sorry for　(C) felt free to　(D) felt bad about
【解析】選 A。
本句句意是：這名新人說他可以勝任網頁設計的工作。

【263】

figure out　理解（英中）

1分鐘速記法　　1 分鐘檢定 ☺☹

5分鐘學習術　　5 分鐘檢定 ☺☹
【近似詞】⑩ understand；⑩ comprehend
【相關用語】get the picture 瞭解情況
【例句】How long did it take you to figure out the all money? 你花多少時間算出全部的錢？

9分鐘完整功　　9 分鐘檢定 ☺☹
此片語是指「把一件事情自始至終研究清楚」的意思，為非正式片語，受詞若是代名詞，就必須放在 figure 跟 out 之間；若是名詞，則放在 out 後面。用法：S ＋ figure out ＋事情。相關片語：figure sb. as sth.「認為某人是怎樣的人」；figure on sb/sth.「計算人或物」。
【小試身手】I cannot _____ why I have to work overtime. All my tasks have been done.
(A) figure in　(B) figure on　(C) keep a good figure

(D) figure out
【解析】選 D。
本句句意是：我無法理解為什麼我要加班，我所有的工作都完成了。

【264】

fill in　填寫；代替（英中）

1分鐘速記法　　1 分鐘檢定 ☺☹

5分鐘學習術　　5 分鐘檢定 ☺☹
【近似詞】fill out 填寫；⑩ replace 代替
【相關用語】⑩ stuff 填塞
【例句】Fill in this form, please. 請填寫這張表格。

9分鐘完整功　　9 分鐘檢定 ☺☹
fill 是動詞，其名詞是 filling，指「填充物、裝填」。fill 除了「填滿」的意思外，還有「任（職）、滿足、填補（空缺）」的意思。相關片語：fill the bill「符合要求」；fill a gap「填補空隙」。
【小試身手】All the applicants have to _____ all the blanks on the form.
(A) fill up　(B) fill in　(C) file out　(D) file in
【解析】選 B。
本句句意是：所有的應徵者都必須填寫這張表格上的所有欄位。
🎓 菁英幫小提醒：file out 表示「魚貫而出」的意思。

【265】

fill with　充滿（英中）

1分鐘速記法　　1 分鐘檢定 ☺☹

5分鐘學習術　　5 分鐘檢定 ☺☹
【近似詞】be full of
【相關用語】⑰ packed 擁擠的
【例句】The garden was nearly filled with the crowd. 群眾幾乎塞滿了花園。

9分鐘完整功　　9 分鐘檢定 ☺☹
fill with 為動詞片語，意思是「充滿」；若物品被充滿時，則可使用被動式 be filled with，或用 be full of 來表示。用法：S ＋ fill with ＋受詞。
【小試身手】The department store _____ people during the sale season.
(A) fill with　(B) is filled with　(C) is full with　(D) fulls of
【解析】選 B。
本句句意是：百貨公司在折扣季時擠滿了人潮。

MP3 ◀◉ 137

🎓 菁英幫小提醒：on sale 意指「低價出售中」。

【266】

find out　發現；揭露（英初）

👥**1分鐘速記法**　　　　　1分鐘檢定 ☺☹

👥**5分鐘學習術**　　　　　5分鐘檢定 ☺☹

【近似詞】🐾 discover 發現；🐾 detect 發現
【相關用語】come to the light 東窗事發
【例句】He found out some secrets of his boss. 他發現他老闆的一些祕密。

👥**9分鐘完整功**　　　　　9分鐘檢定 ☺☹

此片語是指已經找到或發覺，而 **look for**「尋找」則只是要開始去尋找。這個片語如果要接名詞的話，那名詞應置於 **find** 跟 **out** 之間。**find** 的動詞三態為不規則變化：**find**；**found**；**found**。
【小試身手】I finally ＿＿＿ how to screw the lid of the jar.
(A) fined out　(B) finded out　(C) found out　(D) found myself
【解析】選 **C**。
本句句意是：我終於知道怎麼把瓶蓋轉開了。

―――――――――――――――

【267】

fish for　探聽；尋找（英高）

👥**1分鐘速記法**　　　　　1分鐘檢定 ☺☹

👥**5分鐘學習術**　　　　　5分鐘檢定 ☺☹

【近似詞】look for
【相關用語】a big fish in a small pond 大材小用
【例句】She is fishing for news. 她正在探聽新聞。

👥**9分鐘完整功**　　　　　9分鐘檢定 ☺☹

fish 當動詞時，是「探求、搜索」的意思。此字衍生出一句諺語 "**All is fish that comes to his net.**" 意為「來者不拒」。其他由 **fish** 所組成的片語有：**be like a fish out of water**「格格不入」；（as）**drunk as a fish**「爛醉」；**fish for compliments**「沽名釣譽」；**have other fish to fry**「另有要事（口語用法）」；**make fish of one and flesh of another**「差別待遇」。
【小試身手】Gina critized her own figure in order to ＿＿＿ compliments.
(A) find for　(B) fill with　(C) fish for　(D) fit in
【解析】選 **C**。
本句句意是：吉娜藉著批評自己的身材以獲取恭維。

🎓 菁英幫小提醒：fish for fame 表示「沽名釣譽」。

【268】

fit in with　與……一致；適合（英中）

👥**1分鐘速記法**　　　　　1分鐘檢定 ☺☹

👥**5分鐘學習術**　　　　　5分鐘檢定 ☺☹

【近似詞】agree with ；🐾 coincide
【相關用語】in harmony with 與……協調一致
【例句】His proposal did not fit in with our aims. 他的提案與我們的目標不合。

👥**9分鐘完整功**　　　　　9分鐘檢定 ☺☹

用法：**S ＋ fit in with ＋ 事情**。**fit** 當形容詞時，和 **proper**、**appropriate** 都有「適合」的意思，其差別為：**fit** 表示「適合某種條件、目的、要求等」的意思；**proper** 是指「當然的，或有正當理由而本應如此」的意思；**appropriate** 是指「非常適合於某人、某種目的、地位、場合等」的意思，其間略有不同，使用時須多加留意。
【小試身手】Helen's singing does not ＿＿＿ the key of instrumental music.
(A) fit as　(B) fit in with　(C) in harmony with　(D) blend onto
【解析】選 **B**。
本句句意是：海倫的歌聲和樂器的曲調不一致。

🎓 菁英幫小提醒：fit as a fiddle 指「身體非常健康」。

―――――――――――――――

【269】

fix up　安排；修理（英高）

👥**1分鐘速記法**　　　　　1分鐘檢定 ☺☹

👥**5分鐘學習術**　　　　　5分鐘檢定 ☺☹

【近似詞】🐾 arrange 安排
【相關用語】map out 安排
【例句】I will fix you up for the night. 我會為你安排今晚的住處。

👥**9分鐘完整功**　　　　　9分鐘檢定 ☺☹

fix up 當「修理、改進」的意思解時，是口語用法。**fix** 的相關片語還有：**fix on**「確定、集中於」；**be in a fix**「身處困境」；**a quick fix**「捷徑」；**get a fix on sth**「瞭解某事」。俚語 "**If it ain't broke, don't fix it.**" 意為「如果事情運作得不錯，就不要輕易更動」。
【小試身手】Regardless of his resistance, his parents ＿＿＿ him up with a blind date.
(A) fished　(B) fibbed　(C) fitted　(D) fixed
【解析】選 **D**。

本句句意是：他的父母不顧他的反抗，為他安排了一場相親。

【270】

flunk out　退學（英高）

1分鐘速記法　　1分鐘檢定 ☺☹

5分鐘學習術　　5分鐘檢定 ☺☹

【近似詞】drop out
【相關用語】❷ drop-out 中輟生
【例句】He was flunked out because he never studied. 他因為不唸書，考試被當而遭退學。

9分鐘完整功　　9分鐘檢定 ☺☹

flunk 是指「學業不及格」，就是「當掉」的意思，是屬於美式的口語用法。flunk 可當及物動詞和不及物動詞，當及物動詞時指「使某人不及格」；如 My teacher flunked me.「老師把我當掉」；當不及物動詞時指「考試不及格」，介系詞用 in，如 She was very sad for flunking in the final exam.「她因期末考不及格而非常難過」。
【小試身手】The senior student, Jack, called on the professor again and again to implore her not to ＿＿＿＿ him out.
(A) flunk　(B) flunking　(C) be flunked　(D) be flunking
【解析】選 A。
本句句意是：這名大四學生傑克，不斷前去拜訪教授，懇求她不要讓他退學。

【271】

focus on　集中於（英中）

1分鐘速記法　　1分鐘檢定 ☺☹

5分鐘學習術　　5分鐘檢定 ☺☹

【近似詞】⓿ centralize；⓿ concentrate
【相關用語】be all attention 聚精會神
【例句】I can't focus my attention on my work. 我無法專注在工作上。

9分鐘完整功　　9分鐘檢定 ☺☹

用法：S + focus on + 事情。其他有關 focus 的片語有：bring sth into focus「集中焦點於某事物」；in/out of focus「在焦點上/外、清晰/不清晰」。
【小試身手】Children with ADHD cannot ＿＿＿＿ one thing for too long.
(A) concentrate　(B) focus on　(C) attend　(D) pay attention for

【解析】選 B。
本句句意是：患有注意力缺乏過動症的小孩，無法注意一件事情太久。

🎓 菁英幫小提醒：ADHD 全稱為 Attention Deficit Hyperactivity Disorder。

【272】

fool around　鬼混；虛度光陰（英初）

1分鐘速記法　　1分鐘檢定 ☺☹

5分鐘學習術　　5分鐘檢定 ☺☹

【近似詞】idle away
【相關用語】mess about 鬼混
【例句】If you still fool around, you will fail in everything. 如果你繼續鬼混下去，終將一事無成。

9分鐘完整功　　9分鐘檢定 ☺☹

此片語是不及物動詞片語。around 有「到處」的意思，如果後面要加人，必須用 with 連接。此片語是美式用法，英式用法是 fool about。這句片語較偏重「虛度時間」的「閒晃」，若是在路上漫無目的地遊走，則可用 hang around。
【小試身手】If you ＿＿＿＿ in your youth, you will regret in old age.
(A) fool away　(B) fool with　(C) mess around　(D) idol away
【解析】選 C。
本句句意是：少壯不努力，老大徒傷悲。

【273】

for all that　儘管如此（英高）

1分鐘速記法　　1分鐘檢定 ☺☹

5分鐘學習術　　5分鐘檢定 ☺☹

【近似詞】even so
【相關用語】granted that 就算
【例句】She may have some shortcomings, for all that, she is a good wife. 她可能有一些缺點，儘管如此，她還是一位好妻子。

9分鐘完整功　　9分鐘檢定 ☺☹

此片語是副詞片語。for all that 通常置於句中，that 後面接子句，與 even though、even so 的用法相同；而另外兩個也表示「儘管」的詞彙 despite 和 in spite of，前者可接名詞或接 that + 子句，後者則須接名詞。
【小試身手】She is sort of self-centered, but she is reasonable ＿＿＿＿.

MP3 ◄) 138

(A) all in all　(B) all alone　(C) for all that　(D) at all
【解析】選 C。
本句句意是：她雖然有點自我中心，但她還是很講道理。

【274】

for example　例如（英初）

1分鐘速記法　　　　1 分鐘檢定 ☺☹

5分鐘學習術　　　　5 分鐘檢定 ☺☹
【近似詞】for instance
【相關用語】take ～ for example 以……為例
【例句】For example, birds can fly in the sky, but we can't. 比如說，鳥可以在天空中飛翔，但我們不行。

9分鐘完整功　　　　9 分鐘檢定 ☺☹
example 的意思是「例子、榜樣」，是名詞，可衍生出許多意義相近的片語，如：give an example「舉個例子」；set an example「樹立榜樣」等等。另外在書寫中，常見的舉例方式包括 e.g.、ex.、such as 等，均可以以背誦活用。
【小試身手】_____ Sarah for example, she does part-time job without neglecting her duty.
(A) Get　(B) Take　(C) Give　(D) Suppose
【解析】選 B。
本句句意是：以莎拉為例，她雖然兼差打工也沒荒廢職責。

【275】

for fear of　以免（英中）

1分鐘速記法　　　　1 分鐘檢定 ☺☹

5分鐘學習術　　　　5 分鐘檢定 ☺☹
【近似詞】lest
【相關用語】so as not to 以免
【例句】She was afraid to say anything to them for fear of hurting their feelings. 她害怕跟他們說任何事，因為擔憂會讓他們難受。

9分鐘完整功　　　　9 分鐘檢定 ☺☹
用法：S ＋ V ＋受詞＋ for fear of ＋ N/Ving。關於「恐懼」的字彙有以下幾種：fear 是指「表示恐懼、懼怕」最普遍的用語；dread 是指「由於預知有危險或會發生不愉快的事情而感到擔心」的意思；fright 是指「突然的驚嚇」。
【小試身手】You had better ask your friend to keep an eye on your laptop _____ getting stolen.
(A) no more than　(B) as well as　(C) in order to

(D) for fear of
【解析】選 D。
本句句意是：你最好請朋友替你注意筆記型電腦，以免它遭竊。

🎓 菁英幫小提醒：筆記型電腦 notebook computer

【276】

for fun　玩笑地（英初）

1分鐘速記法　　　　1 分鐘檢定 ☺☹

5分鐘學習術　　　　5 分鐘檢定 ☺☹
【近似詞】圖 jokingly
【相關用語】play pranks 惡作劇
【例句】I like to play a game for fun. 我喜歡純粹為了好玩而玩遊戲。

9分鐘完整功　　　　9 分鐘檢定 ☺☹
此片語是指為了得到樂趣而去做某動作或事情，不是很認真地去執行。for fun 也可以寫成 for in fun。fun 是「娛樂、樂趣」的意思，形容詞為 funny。相關片語：fun and games「嬉鬧」。
【小試身手】The naughty boy likes to pull girls' hair _____.
(A) for fun　(B) for a certainty　(C) for all　(D) for a song
【解析】選 A。
本句句意是：這個頑皮的男孩喜歡開玩笑地拉女孩的頭髮。

🎓 菁英幫小提醒：for a song 意為「低價地、便宜地」。

【277】

for God's sake　看在上帝的分上（英高）

1分鐘速記法　　　　1 分鐘檢定 ☺☹

5分鐘學習術　　　　5 分鐘檢定 ☺☹
【近似詞】because of God
【相關用語】God knows 天曉得
【例句】For God's sake, please forgive me! 看在上帝的分上，請原諒我吧！

9分鐘完整功　　　　9 分鐘檢定 ☺☹
sake 是名詞，意思為「理由、緣故」。美國基督徒人口近八成，因而語言當中也有許多與 God（上帝）相關的片語，例如：a God-given right「天賜的理由」；put the fear of God into sb.「極度驚嚇」；play God「扮演極具影響力的角色」；be in the lap of the Gods「在神的掌控之中、難以預料」。

【小試身手】＿＿＿＿＿, please help that poor beggar. He looks very miserable.
(A) From my point of view　(B) For all the world
(C) For God's sake　(D) For a song
【解析】選 C。
本句句意是：看在上帝分上，幫幫那個可憐的乞丐吧。他看起來好淒慘啊。

> 🎓 菁英幫小提醒：for all the world 表示「完全地」之意。

【278】

for good　永久；永遠（英初）

🕐1分鐘速記法　1分鐘檢定☺☹

🕐5分鐘學習術　5分鐘檢定☺☹

【近似詞】forever；everlastingly
【相關用語】for the time being 暫時
【例句】Are you sure you will love me for good? 你確定你會永遠愛我嗎？

🕐9分鐘完整功　9分鐘檢定☺☹

for good ＝ for good and all，後者所表達的語氣比較強。相似片語：for good or evil「不論好壞」；for one's good ＝ for the good of「為了……利益」；be good for「保持有效、產生」。
【小試身手】The nurse told the little girl that her parents who died in the earthquake would leave her ＿＿＿＿＿.
(A) for ever　(B) for good　(C) for good or evil　(D) for God's sake
【解析】選 B。
本句句意是：護士告訴小女孩，她在地震中喪生的父母將永遠地離開她。

【279】

for the sake of　為了（英高）

🕐1分鐘速記法　1分鐘檢定☺☹

🕐5分鐘學習術　5分鐘檢定☺☹

【近似詞】in order to
【相關用語】whys and wherefores 緣由
【例句】They made concession for the sake of peace. 為了和平，他們做了讓步。

🕐9分鐘完整功　9分鐘檢定☺☹

此片語通常放在句首或句中。介系詞 of 後方通常接名詞或 Ving。表達「為了」的片語相當多，但用法不盡相同，例如 in order to、so as to 必須接動詞原形；in order that 必須接子句；in the cause

---

of 用法則與本片語相同，sake 和 cause 都是「原因」的意思。
【小試身手】For the ＿＿＿＿＿ of their daughter, the divorced couple decided to live together.
(A) salt　(B) sock　(C) sake　(D) sack
【解析】選 C。
本句句意是：為了女兒的緣故，這對離婚的夫婦決定住在一起。

> 🎓 菁英幫小提醒：get the sack 在口語中有「遭到解雇」的意思。

【280】

for the time being　暫時（英高）

🕐1分鐘速記法　1分鐘檢定☺☹

🕐5分鐘學習術　5分鐘檢定☺☹

【近似詞】temporarily；for the moment
【相關用語】awhile 片刻
【例句】Can we take a rest for the time being? 我們可以暫時休息一下嗎？

🕐9分鐘完整功　9分鐘檢定☺☹

此片語為時間副詞片語，經常置於句尾。與 time 相關的片語非常多，例如 bide one's time「伺機而動」；from time to time「有時」；give a hard/tough time「使人處於艱困或尷尬的處境」；once upon a time「很久以前」；take your time「慢慢來、不急」。
【小試身手】The expelled aboriginals have no choice but to stay in the log cabin ＿＿＿＿＿.
(A) for the record　(B) temporary　(C) in no time　(D) for the time being
【解析】選 D。
本句句意是：遭到驅離的原住民們只好暫時住在小木屋裡。

【281】

frown on　皺眉；表示不滿（英高）

🕐1分鐘速記法　1分鐘檢定☺☹

🕐5分鐘學習術　5分鐘檢定☺☹

【近似詞】disapprove of
【相關用語】knit 皺眉
【例句】The father frowned on his daughter's behavior. 這位父親不滿他女兒的行為。

🕐9分鐘完整功　9分鐘檢定☺☹

用法：S ＋ frown on ＋ 事情。frown 和 scowl 的比較：frown 是指「由於不贊成、困惑或思索而皺

MP3 139

起眉頭」的意思，介系詞用 on；scowl 是指「由於脾氣不好或不滿而皺眉」的意思，介系詞用 at。

【小試身手】My grandmother frowned ＿＿＿＿ my newly dyed hair.
(A) on　(B) X　(C) to　(D) with
【解析】選 A。
本句句意是：祖母對我新染的頭髮皺起眉頭。

generally speaking 一般來說 【282】
（英中）

1分鐘速記法　1分鐘檢定☺☹

5分鐘學習術　5分鐘檢定☺☹
【近似詞】in general；on the whole
【相關用語】in average 平均來說
【例句】Generally speaking, smoking has unpleasant impact on others. 一般而言，抽菸會對他人造成不好的影響。

9分鐘完整功　9分鐘檢定☺☹
generally speaking 是在作文中經常使用的副詞片語，通常放在一句話或一段文章的前面。此片語也可以寫成 speaking generally。和 generally 同義的字有 usually，但 usually 是指「習慣上經常」的意思，而 generally 是指「在一般情況下、廣泛而論」的意思。
【小試身手】＿＿＿＿, the previous generation is more influenced by gender stereotype.
(A) To be a nervous wreck　(B) In the balance　(C) Generally speaking　(D) To speak out of turn
【解析】選 C。
本句句意是：一般而言，上一代受性別刻板印象的影響較深。
🎓 菁英幫小提醒：speak out of turn 意指「失言」。

get a move on 趕快（英高） 【283】

1分鐘速記法　1分鐘檢定☺☹

5分鐘學習術　5分鐘檢定☺☹
【近似詞】hurry up
【相關用語】speed up 加速
【例句】Get a move on, or we will be late. 趕快！否則我們就要遲到了！

9分鐘完整功　9分鐘檢定☺☹
move 可當動詞也可當名詞，此處為名詞，「採取

行動」的意思。與 move 相關的片語包括：move about「四處走動旅行」；move along「往前走、離開」；move in「住進新居」；move in on「逼近、奪取」；move on/off「出發、離開」；move out「搬出」。
【小試身手】There are only three minutes left. You had better ＿＿＿＿.
(A) speak up　(B) to accelerate　(C) get a moving on　(D) hurry up
【解析】選 D。
本句句意是：只剩下三分鐘了。你最好加快速度。
🎓 菁英幫小提醒：speak up 表示「公開發表意見」。

get acquainted with 與某人結識 【284】
（英中）

1分鐘速記法　1分鐘檢定☺☹

5分鐘學習術　5分鐘檢定☺☹
【近似詞】know
【相關用語】make friends with 交朋友
【例句】Can you get Miss Chiou acquainted with me? 你可以介紹邱小姐給我認識嗎？

9分鐘完整功　9分鐘檢定☺☹
用法：S ＋ get ＋人＋ acquainted with ＋人。跟 acquaint 有關的片語有：make a person acquainted with sth「向某人解說某事」，切記雖然 make 是使役動詞，但 acquainted 才是「認識的、瞭解的」意思，不可誤用為 acquaint。
【小試身手】The boy wanted to get ＿＿＿＿ with Judy just by her appearance.
(A) acquainting　(B) acquainted　(C) X　(D) to acquaint
【解析】選 B。
本句句意是：這個男孩只因為茱蒂的外表就想認識她。

get across 使……被理解（英高） 【285】

1分鐘速記法　1分鐘檢定☺☹

5分鐘學習術　5分鐘檢定☺☹
【近似詞】make sb. understand
【相關用語】make sense of 理解
【例句】I couldn't get my mind across to him how much I loved him. 我無法讓他理解我是多麼的愛他。

9分鐘完整功　9分鐘檢定 ☺☹

受詞可以放在 get 跟 across 之間，表示兩者之間成功地溝通、傳遞訊息之意。此片語也可表示「越過、渡過」的意思。與 across 相關的片語包括：run across「偶然遇到」；cut across「直接切穿、遮斷」；fire a shot across one's bows「事前警告」。

【小試身手】The two people from different countries gestured to get their meanings _____ to each other.
(A) away　(B) crossed　(C) over　(D) across
【解析】選 D 。
本句句意是：這兩個不同國籍的人，打著手勢想讓對方瞭解自己的意思。

【286】
get ahead　進步；領先（英高）

1分鐘速記法　1分鐘檢定 ☺☹

5分鐘學習術　5分鐘檢定 ☺☹

【近似詞】 progress 進步；take the lead 領先
【相關用語】far ahead 遙遙領先
【例句】Tim has got ahead of all the other classmates in the class in art. 提姆的藝術技巧優於班上的其他孩子。

9分鐘完整功　9分鐘檢定 ☺☹

副詞 ahead 有「在前方、預先」的意思，與 ahead 相關的片語包括：be/keep/stay one step ahead「略勝一籌」；go ahead with sth「直接去做」；ahead of schedule「進度超前」；look ahead「展望未來」。

【小試身手】Her language ability gets _____ of all other colleagues in the department.
(A) by　(B) about　(C) ahead　(D) across
【解析】選 C 。
本句句意是：她的語言能力優於部門內的所有同事。

【287】
get along　存活；相處（英初）

1分鐘速記法　1分鐘檢定 ☺☹

5分鐘學習術　5分鐘檢定 ☺☹

【近似詞】get by 存活；do with 相處
【相關用語】 interact 互動
【例句】No body can get along without water. 沒有人是可以在缺水的情況下存活的。

9分鐘完整功　9分鐘檢定 ☺☹

此片語用來當「存活」的意思時，along 可以用 by 取代。若要用來表示「相處」的意思時，那就必須加上 with ，再加上人，以表示跟某人相處。但 get along with 同時還有「在……方面進展」、「（雖有困難）仍繼續應付」的意思。

【小試身手】_____ with an emperor is just like with a tiger.
(A) Getting along　(B) Getting alone　(C) Getting across　(D) Getting over
【解析】選 A 。
本句句意是：伴君如伴虎。

G

【288】
get away　逃脫；送走（英初）

1分鐘速記法　1分鐘檢定 ☺☹

5分鐘學習術　5分鐘檢定 ☺☹

【近似詞】 escape 逃脫；free oneself from 逃脫
【相關用語】 flee 逃走、消散
【例句】She wants to get away from the unchangeable life. 她想要逃離一成不變的生活。

9分鐘完整功　9分鐘檢定 ☺☹

此片語在當作「逃走、離去」時，是為不及物動詞片語；而在當作「帶走、送走」之意解時，是及物動詞片語。受詞若是代名詞，放在 away 之前；若是名詞，則放在 away 之前或之後都可以。

【小試身手】Her family tried hard to help her _____ from the violent husband.
(A) getting away　(B) get away　(C) getting a life　(D) get a way
【解析】選 B 。
本句句意是：她的家人試著努力幫助她從暴力丈夫手中逃脫。

【289】
get away with　僥倖成功（英中）

1分鐘速記法　1分鐘檢定 ☺☹

5分鐘學習術　5分鐘檢定 ☺☹

【近似詞】succeed by chance
【相關用語】 fluke 僥倖
【例句】Do you think you can get away with it without any effort? 你認為你能不靠任何的努力就僥倖成功嗎？

MP3 ◄) 140

9分鐘完整功　　　9分鐘檢定☺☹

get away with 後面接的受詞可以是名詞或是代名詞。相似片語：get away 是「逃開、離開、送走」的意思。在口語中 get away（with you）是「胡說、滾開」的意思。

【小試身手】Due to his carelessness, the thief got away _____ a lot of jewelry.
(A) X　(B) by　(C) without　(D) with
【解析】選 D。
本句句意是：因為他的不小心，小偷帶著大量珠寶僥倖逃脫。

---

get back　回來；收回（英初）
【290】

1分鐘速記法　　　1分鐘檢定☺☹

5分鐘學習術　　　5分鐘檢定☺☹

【近似詞】⑩ return 回來；⑩ regain 收回
【相關用語】come back 回來
【例句】I have never got my money back. 我從來沒有收回我的那筆錢。

9分鐘完整功　　　9分鐘檢定☺☹

此片語是指「返回原處」，back 是副詞。若句義是指「從……回來」，則後面接 from＋地方；若指「回到……」，則用 to。此片語作「取回、收回」的意思解時，是及物動詞。受詞若是代名詞，要置於 back 之前；若為名詞，則置於 back 之後比較好。
【小試身手】Once you fail to seize the opportunity, it will never _____.
(A) get on　(B) get back　(C) get down　(D) get away
【解析】選 B。
本句句意是：機會一旦錯過，就不會回頭。

---

get better/worse　漸漸好轉／惡化
【291】
（英初）

1分鐘速記法　　　1分鐘檢定☺☹

5分鐘學習術　　　5分鐘檢定☺☹

【近似詞】⑩ improve 漸漸好轉；⑩ deteriorate 漸漸惡化
【相關用語】better off 境況較佳
【例句】His health is getting worse. 他的健康狀況漸漸惡化。

9分鐘完整功　　　9分鐘檢定☺☹

get＋比較級形容詞，表示「漸漸進入某種狀態」的意思，better 是更好，worse 則是更糟。用來形容身體狀況時，worse 可用 weaker 取代，表示越來越虛弱之意。get worse 這個片語也可用動詞 worsen 取代。
【小試身手】Since he seldom brushes his teeth, the decay keeps _____.
(A) worsen　(B) better off　(C) getting better　(D) getting worse
【解析】選 D。
本句句意是：因為他很少刷牙，蛀牙也就持續地惡化。

---

get even with　報仇；報復（英高）
【292】

1分鐘速記法　　　1分鐘檢定☺☹

5分鐘學習術　　　5分鐘檢定☺☹

【近似詞】⑩ revenge；⑩ retaliate
【相關用語】⑩ hatred 仇恨
【例句】Jerry has once played a mean trick on John, and now John wants to get even with him. 傑瑞曾對約翰開了一次卑劣的玩笑，現在約翰要向他報復了。

9分鐘完整功　　　9分鐘檢定☺☹

用法：S＋get even with＋sb.。even 有「平等、相等」的意思，所以此句的意思就是「與某人扯平」，即「報復」之意。與 even 相關的片語有：get an even break「與他人擁有相同機會」；on an even keel「保持平靜、不做劇烈變動」；even so/though「即使如此」。
【小試身手】Vivian became very intimate with Bob in order to get _____ with her ex-boyfriend.
(A) ever　(B) every　(C) even　(D) envy
【解析】選 C。
本句句意是：薇薇安和鮑伯變得很親密，以對前男友進行報復。

---

get in　到達；收穫（英高）
【293】

1分鐘速記法　　　1分鐘檢定☺☹

5分鐘學習術　　　5分鐘檢定☺☹

【近似詞】⑩ arrive 到達；⑩ harvest 收穫
【相關用語】new arrival 新貨登場
【例句】The plane got in on time. 飛機準時到達。

9分鐘完整功　9分鐘檢定 ☺☹

get in 的受詞可以放在 get 與 in 之間，也可以放在之後；當「到達」時為不及物動詞，沒有受詞的問題。相關片語：get in one's hair「惹惱某人」；get in touch with oneself「探討某人的內心世界」。

【小試身手】The farmers get the abundant oranges _____ with joy.
(A) in　(B) on　(C) out　(D) over
【解析】選 A。
本句句意是：農人們愉悅地收成大量的柳丁。

【294】
get in touch with　保持聯絡和接觸
（英中）

1分鐘速記法　1分鐘檢定 ☺☹

5分鐘學習術　5分鐘檢定 ☺☹

【近似詞】 contact；touch
【相關用語】lose contact with 斷了聯繫
【例句】You can get in touch with him by calling the hotel. 你可以打電話到飯店與他聯繫。

9分鐘完整功　9分鐘檢定 ☺☹

用法：S + get in touch with + 人，為「跟人聯繫」的意思。這裡的 get 也可以用 keep 來代替。touch 為「接觸、聯繫」的意思，可用 contact、connection 代替。

【小試身手】Although we got acquainted in an encounter, we have kept in _____ with each other for five years.
(A) connection　(B) contact　(C) touch　(D) touching （選出錯的）
【解析】選 D。
本句句意是：雖然我們是在一次偶遇中認識，但我們保持聯絡了五年。

【295】
get into trouble　陷入困境（英中）

1分鐘速記法　1分鐘檢定 ☺☹

5分鐘學習術　5分鐘檢定 ☺☹

【近似詞】get into scrapes；come to a fine pass
【相關用語】As you make your bed so must you lie on it. 自作自受
【例句】You will get into trouble if your parents find it out. 假如你的父母知道這件事，你就麻煩了。

9分鐘完整功　9分鐘檢定 ☺☹

get into 是指「自己進入或到達某種狀態」的意思，trouble 則為「麻煩、困境」之意，因此此句指陷入麻煩，但不一定是指「自作自受」，也可能是因為受到牽連或拖累而惹上麻煩。

【小試身手】After his father gambled away all his savings, their family _____.
(A) got into the swing　(B) got into scraps　(C) got into trouble　(D) got into a rut
【解析】選 C。
本句句意是：在他父親賭輸了所有積蓄後，他們家就陷入困境。

🎓 菁英幫小提醒：get into the swing 意為「熟練」；get into a rut 意指「墨守成規」。

【296】
get lost　迷路；迷失（英初）

1分鐘速記法　1分鐘檢定 ☺☹

5分鐘學習術　5分鐘檢定 ☺☹

【近似詞】 wander；stray
【相關用語】lose oneself 迷失自我
【例句】Can you help me because I got lost? 我迷路了，你可以幫我嗎？

9分鐘完整功　9分鐘檢定 ☺☹

此片語是不及物動詞片語，所以受詞不可加在 get 跟 lost 之間。lost 是形容詞，意為「迷失的、迷途的」，動詞為 lose。若用 lose 表示「迷路」時，可用 lose one's way 或 lose oneself 的句型。lose oneself + in/on/at + 地點；也可以用 lose oneself + in + 事物。

【小試身手】Some frauds pretend to get _____ and ask others for bus fare.
(A) lost　(B) losed　(C) loss　(D) losing
【解析】選 A。
本句句意是：有些騙子假裝迷路，向人索取車資。

🎓 菁英幫小提醒：lose 的各種型態容易混淆，必須釐清。動詞三態：lose；lost；lost。名詞型則為 loss。

【297】
get out of　洩漏；棄絕；退出（英高）

1分鐘速記法　1分鐘檢定 ☺☹

5分鐘學習術　5分鐘檢定 ☺☹

【近似詞】get rid of 棄絕
【相關用語】escape from 退出

MP3 141

【例句】I want to get out of this group, but they wouldn't let me do so. 我想退出這個團體，但他們不讓我這麼做。

9分鐘完整功　9分鐘檢定☺☹
用法：S ＋ get out of ＋（代）名詞。相似片語：get out from under「脫離困境、解除危難」；get out of line「違規」。口語上常用的一句話，"Get out of here!"「滾出去！」就是用 get out 組成的。
【小試身手】Sherry finally _____ the habit of sleeping in.
(A) got fresh with　(B) got out of　(C) got a move on　(D) got a foot in
【解析】選 B。
本句句意是：雪莉終於改掉了賴床的習慣。

【298】
get over 克服；恢復（英高）
1分鐘速記法　1分鐘檢定☺☹
5分鐘學習術　5分鐘檢定☺☹
【近似詞】overcome；tide over
【相關用語】recover from 恢復
【例句】He will get over the shock. 他會從恐懼中恢復過來的。

9分鐘完整功　9分鐘檢定☺☹
此片語在口語用法中的意思是「結束（不愉快或麻煩的事）」。介系詞 over 有「結束、跨越」的意思，因此此片語除了「克服、恢復」之外，還有「熬過、忘卻」的意思。
【小試身手】Derek still cannot _____ the stage fright to speak up on the platform.
(A) run over　(B) go over　(C) get over　(D) look over
【解析】選 C。
本句句意是：德里克還無法克服怯場，在講台上公開發言。

【299】
get rid of 擺脫（英中）
1分鐘速記法　1分鐘檢定☺☹
5分鐘學習術　5分鐘檢定☺☹
【近似詞】win out；get out of
【相關用語】free oneself from 擺脫束縛
【例句】I want to get rid of that annoying salesman. 我想要擺脫那個推銷員。

9分鐘完整功　9分鐘檢定☺☹
用法：S ＋ get rid of ＋事情／人。rid 為動詞，本身就是「擺脫、清除」的意思，因此也可直接用 rid of ＋事情。相似片語：rid oneself of「使自己戒除、免除」。
【小試身手】Maggie turned to the convenient store in order to _____ the stalker.
(A) get rid of　(B) get across　(C) get back to　(D) get the better of
【解析】選 A。
本句句意是：瑪姬走進便利商店求助，好把跟蹤狂甩掉。

【300】
get the whole picture of 了解整個情況（英高）
1分鐘速記法　1分鐘檢定☺☹
5分鐘學習術　5分鐘檢定☺☹
【近似詞】find out about the whole situation
【相關用語】bewilderment 困惑
【例句】Before you apply for the job, you should get the whole picture of the company. 在你應徵這份工作之前，應該要先去了解這一家公司。

9分鐘完整功　9分鐘檢定☺☹
這裡的 picture 是指「情況、局面」的意思；get 在這裡是「了解、知道」的意思，而不是一般常用的「得到、拿到」之意。用法：S ＋ get the whole picture of ＋受詞。與 picture 相關的片語有：be out of the picture「狀況外」；keep/put sb. in the picture「帶某人進入狀況」。
【小試身手】Before you _____ the situation, you cannot jump to conclusion.
(A) find fault with　(B) get the grab on　(C) feel bewildered　(D) get the whole picture of
【解析】選 D。
本句句意是：在你了解整個情況之前，不能夠妄下定論。

【301】
get through 完成；通過（英中）
1分鐘速記法　1分鐘檢定☺☹
5分鐘學習術　5分鐘檢定☺☹
【近似詞】complete 完成；put through 完成
【相關用語】get over 熬過；克服

【例句】When you get through with your work, let's go out! 等你完成工作後，我們就出門吧！

9分鐘完整功　　　　　　9分鐘檢定☺☹

get through 與 go through「經歷、討論、舉行」的寫法相似，但意思卻大不相同，在使用上要注意。相似片語：go through fire and water「赴湯蹈火」、go through the mill「經受磨鍊」、go through the motions「做樣子」。
【小試身手】Jack did not get ＿＿＿＿ the physical examination for underweight.
(A) over　(B) through　(C) away with　(D) into
【解析】選 B。
本句句意是：傑克因體重不足沒有通過體檢。

【302】
get up 起床；起立（英初）

1分鐘速記法　　　　　　1分鐘檢定☺☹

5分鐘學習術　　　　　　5分鐘檢定☺☹

【近似詞】📖 rise；stand up 起立
【相關用語】📖 go to bed 上床
【例句】You had better get up now, or you will be late for school. 你最好現在就起床，否則上學就要遲到了。

9分鐘完整功　　　　　　9分鐘檢定☺☹

此片語是指「從坐臥的狀態站起來的動作」，通常作「起身、坐起、起立」的意思解。「起床」另可用 get out of bed 來表示，字義更為鮮明。相似片語：get oneself up「穿著特別種類的衣服」。
【小試身手】As a commuter, she has to ＿＿＿＿ very early every day.
(A) stand up　(B) give up　(C) go to bed　(D) get up
【解析】選 D。
本句句意是：身為通勤者，她必須每日都非常早起。

【303】
give away 頒發；洩露（英中）

1分鐘速記法　　　　　　1分鐘檢定☺☹

5分鐘學習術　　　　　　5分鐘檢定☺☹

【近似詞】📖 distribute 頒發；📖 leak 洩露
【相關用語】spill the beans 洩露祕密
【例句】My school will give away the award to me in the graduation ceremony. 我們學校即將在畢業典禮上頒獎給我。

9分鐘完整功　　　　　　9分鐘檢定☺☹

因為是及物動詞片語，所以受詞可以放在 give 跟 away 之間，也可以放在 give away 之後。相似片語：give the whole show away「揭穿戲法、露出馬腳」。

🎓 菁英幫小提醒：let the cat out of the bag 意指「露出馬腳」。

【小試身手】All the lunch boxes are ＿＿＿＿ to the vagrants.
(A) distributing　(B) giving away　(C) given away
(D) leaked
【解析】選 C。
本句句意是：所有的飯盒都已經分發給遊民了。

【304】
give birth to 生孩子；生產（英中）

1分鐘速記法　　　　　　1分鐘檢定☺☹

5分鐘學習術　　　　　　5分鐘檢定☺☹

【近似詞】📖 breed
【相關用語】📖 childbirth 分娩
【例句】Jane's mother has just given birth to twins. 珍的媽媽剛生下一對雙胞胎。

9分鐘完整功　　　　　　9分鐘檢定☺☹

用法：S + give birth to + 孩子。breed 也有「繁衍、生產」的意思，但通常用於動物。與「生產」相關的詞彙有：pregnancy、conception「懷孕」；diaper「尿布」（美式用法）；napkin「尿布」（英式用法）；nurse「哺乳」（動詞）；department of obstetrics and gynecology「婦產科」；umbilical cord「臍帶」。
【小試身手】She faced dystocia when she gave ＿＿＿＿ to Linda. Luckily, both of them were safe and sound.
(A) breath　(B) bath　(C) birth　(D) breathe
【解析】選 C。
本句句意是：她在生琳達時面臨難產。所幸，她們倆都安然無恙。

【305】
give in 繳交；屈服（英中）

1分鐘速記法　　　　　　1分鐘檢定☺☹

5分鐘學習術　　　　　　5分鐘檢定☺☹

【近似詞】📖 hand over 繳交；📖 submit 屈服
【相關用語】📖 concession 讓步
【例句】He has finally given in to me. 他順從了我。

MP3 142

9分鐘完整功　　　　9分鐘檢定 ☺☹

give in 在當「屈服、退讓」的意思解時，後面要接 to 來連接後面的受詞，即用法為：S ＋ give in ＋ to ＋ 受詞。give 和 present 都有「贈送」的意思，其差別為：give 是表示「給予他人」的最廣泛用字；present 則比 give 還要正式，是指「用一定的形式贈予，並暗示所給予的東西具有相當價值」的意思。

【小試身手】I will never ＿＿＿ to the credentialism for I think attitude and ability are much more important.
(A) give in　(B) give birth to　(C) give out　(D) give up
【解析】選 A。．
本句句意是：我永遠不會屈服於文憑主義，因為我認為態度與能力更加重要。

【306】

give off 散發（英高）

1分鐘速記法　　　　1分鐘檢定 ☺☹

5分鐘學習術　　　　5分鐘檢定 ☺☹

【近似詞】 emit
【相關用語】 scatter 擴散；發散
【例句】The refrigerator gave off a bad smell. 從冰箱內傳出一股臭味。

9分鐘完整功　　　　9分鐘檢定 ☺☹

此片語的介系詞 off 也可以 out 代換，都有「散發、分布」的意思。與 give 相關的片語包括：give sb. a buzz/bell「打電話給某人」；give sb. a hand「伸出援手」；give the sack「裁員」；give sth the thumbs up/down「贊成／不贊成某事」。

【小試身手】Sandy's smooth hair gives ＿＿＿ fragrance, which makes me fall under her spell.
(A) on　(B) away　(C) of　(D) off
【解析】選 D。
本句句意是：珊蒂柔順的頭髮散發著香氣，讓我臣服於她的魅力。

【307】

give one's regards to 向某人問候（英中）

1分鐘速記法　　　　1分鐘檢定 ☺☹

5分鐘學習術　　　　5分鐘檢定 ☺☹

【近似詞】extend greetings to
【相關用語】 civilities 寒暄

【例句】Please give your regards to our teacher. 請你向我們老師問好。

9分鐘完整功　　　　9分鐘檢定 ☺☹

用法：S ＋ give ＋ 人 ＋ regards to ＋ 人。give to 是指「把……獻給」的意思。regard 在這裡是指「問候」的意思，因為問候別人不會只有簡單的一句，一定是有一些真誠的對答句，所以 regard 要加 s。

【小試身手】Why is your wife absent today? Please give my ＿＿＿ to her. （選出錯的）
(A) greetings　(B) regards　(C) complaints　(D) compliments
【解析】選 C。
本句句意是：你的妻子今天怎麼沒來呢？請替我問候她。

【308】

give oneself up to 埋頭於（英中）

1分鐘速記法　　　　1分鐘檢定 ☺☹

5分鐘學習術　　　　5分鐘檢定 ☺☹

【近似詞】 immerse oneself in
【相關用語】 engross 使全神貫注
【例句】He gave himself up to profound meditation. 他埋頭於深沉的冥想。

9分鐘完整功　　　　9分鐘檢定 ☺☹

相似片語：give oneself up「投降、（犯人）自首」；give oneself over to「縱情於（菸酒等）」；give oneself airs「裝腔作勢」。

【小試身手】The industrious student burned the midnight oil to ＿＿＿ herself up to the books.
(A) give　(B) giving　(C) given　(D) gave
【解析】選 A。
本句句意是：這名勤奮的學生熬夜埋頭唸書。

【309】

give out 分配；宣稱；用盡（英中）

1分鐘速記法　　　　1分鐘檢定 ☺☹

5分鐘學習術　　　　5分鐘檢定 ☺☹

【近似詞】 allot 分配； profess 宣稱； exhaust 用盡
【相關用語】run out 耗盡
【例句】Give these candies out to your friends. 將這些糖果分給你的朋友。

9分鐘完整功　　9分鐘檢定☺☹

give out 在當「宣稱」的意思解時，其後面要接名詞或名詞片語，而不接代名詞，即用法：**S ＋ give out ＋ N/NP**（名詞片語）。由 give 所衍生出來的詞彙有：**give-and-take**「公平交易、意見交換」、**giveaway**「（口語用法）放棄、有獎猜謎節目、通通有獎」、**given name**「名字（美式用法）」等。

【小試身手】The rescuers _____ the food to the victims.
(A) gave off　(B) gave out　(C) were given away
(D) were given ahead
【解析】選 B。
本句句意是： 救援者將食物分配給受難者。

【310】
give rise to　引起（英高）

1分鐘速記法　　1分鐘檢定☺☹

5分鐘學習術　　5分鐘檢定☺☹

【近似詞】bring about
【相關用語】ⓝ arch-criminal 罪魁禍首
【例句】His bad behavior has given rise to a lot of discontent. 他的惡劣行徑已經引起許多不滿。

9分鐘完整功　　9分鐘檢定☺☹

give、**grant**、**present**、**donate** 和 **bestow** 都有「贈送」的意思，其差別為：**give** 是指「給予他人」的意思，是最常見的用字；**grant** 是指「同意給予對方所要求的事物」；**present** 是指「一定程序或形式所贈與，並暗示所贈送的東西有一定價值」的意思，比 **give** 還要正式；**donate** 是指「為了慈善或宗教目的而贈送」的意思；**bestow** 是指「不求回報地給予恩惠」的意思。

【小試身手】The excessive law enforcement of police _____ public grievance.
(A) resulted from　(B) brought in　(C) gave raise to
(D) brought about
【解析】選 D。
本句句意是： 警察執法過當引發民怨。

【311】
give up　放棄（英中）

1分鐘速記法　　1分鐘檢定☺☹

5分鐘學習術　　5分鐘檢定☺☹

【近似詞】ⓥ render；ⓥ abstain；ⓥ quit
【相關用語】ⓥ abandon 遺棄
【例句】I hope my father can give up smok-

ing. 我希望我爸爸能戒菸。

9分鐘完整功　　9分鐘檢定☺☹

give up 的 up 是介系詞，所以後面如果要加動詞，必須要變成 **Ving**。同義字與片語包括：**back down**；**abstain from**；**forgo**；**put away**；**get out of**；**surrender**；**renounce**。

【小試身手】Although program language is all Greek to me, I will not _____ trying.
(A) give away　(B) give off　(C) give up　(D) give in
【解析】選 C。
本句句意是： 雖然我對程式語言一竅不通，但我不會放棄嘗試。

【312】
go ahead　先走；繼續（英初）

1分鐘速記法　　1分鐘檢定☺☹

5分鐘學習術　　5分鐘檢定☺☹

【近似詞】go in advance 先走
【相關用語】go early 早走
【例句】Go ahead with your story. 繼續你的故事吧！

9分鐘完整功　　9分鐘檢定☺☹

go ahead with ＋ 受詞 ＝ **continue**「繼續」。此片語常用於祈使句，表示「開始吧！」或「請用！」**ahead** 為副詞，有「在前、向前」的意思，**ahead of**「在……之前」；**ahead of time**「提早」；**ahead of schedule**「比（計畫中）還早」。

【小試身手】Your proposal sounds creative and feasible so far. _____!
(A) Go in advance　(B) Go ahead　(C) Go a head
(D) Go a hand
【解析】選 B。
本句句意是： 你的提案到目前為止聽起來有創意又可行。繼續吧！

【313】
go away　離開；停止（英初）

1分鐘速記法　　1分鐘檢定☺☹

5分鐘學習術　　5分鐘檢定☺☹

【近似詞】ⓥ leave 離開；ⓥ stop 停止
【相關用語】ⓥ cease 停止
【例句】Don't go away. I can't live without you. 請不要走，沒有你我不能活。

MP3 ◀) 143

9分鐘完整功　9分鐘檢定 ☺☹

go 是指「離開現在自己所在之處」的意思，away 為副詞，有「遠離」之意。片語後接 from 可表示離開什麼事物、從何處離開。相似片語：go away with，是「帶走、拐走」的意思。

【小試身手】 After the doctor _____, the patient started to roar again.
(A) gets away　(B) got away　(C) goes away　(D) went away

【解析】 選 D。

本句句意是：醫生離開之後，病人又開始咆哮。

---

go by　（時間）流逝；依據（英初）　【314】

1分鐘速記法　1分鐘檢定 ☺☹

5分鐘學習術　5分鐘檢定 ☺☹

【近似詞】 動 pass（時間）流逝；動 follow 依據
【相關用語】 動 lapse（時間）流逝
【例句】 Promotion goes by merit. 升遷是依據功績而定的。

9分鐘完整功　9分鐘檢定 ☺☹

此片語當「時間流逝」的意思解時，等同於 pass by，在這裡的 by 是副詞；若當「依據」的意思解時，此處的 by 為介系詞。相關片語：go by the board「遭到丟棄或忽視」。

【小試身手】 As time _____, the wrinkles on mother's face increase.
(A) goes off　(B) goes away　(C) goes by　(D) goes about

【解析】 選 C。

本句句意是：隨著時間流逝，媽媽臉上的皺紋也增多了。

---

go mad　發狂；發瘋（英高）　【315】

1分鐘速記法　1分鐘檢定 ☺☹

5分鐘學習術　5分鐘檢定 ☺☹

【近似詞】 get crazy
【相關用語】 形 insane 瘋狂的
【例句】 She went mad because she lost her son. 她因為失去兒子而發瘋。

9分鐘完整功　9分鐘檢定 ☺☹

這裡的 go 也可以用 run 或 become 代替。由 mad 所組成的片語有：drive/send a person mad「逼某人發狂」；go/run mad after/over sb./sth

「發狂似地追求」。發瘋還有兩種非正式的說法：go nuts 和 go bananas。

【小試身手】 He went _____ once anyone mentioned his enemy's name.（選出錯的）
(A) madly　(B) bananas　(C) nuts　(D) crazy

【解析】 選 A。

本句句意是：一有人提起他敵人的名字，他就開始發飆。

---

go on　繼續；發展（英初）　【316】

1分鐘速記法　1分鐘檢定 ☺☹

5分鐘學習術　5分鐘檢定 ☺☹

【近似詞】 動 continue 繼續
【相關用語】 keep on 繼續發展
【例句】 I went on with the work. 我繼續工作。

9分鐘完整功　9分鐘檢定 ☺☹

用法：S＋go on＋Ving。此片語若當「發展」的意思解時，通常是指不好的情況。此片語多在後面加 Ving 當作受詞，若受詞為名詞時，則需要以 with 來連接。在口語當中，此句也適合用來釐清現場情況：What's going on？「發生了什麼事？」

【小試身手】 If the incomplete combustion _____, we are apt to face carbon monoxide poisoning.
(A) is going up　(B) is goes off　(C) is going away　(D) is going on

【解析】 選 D。

本句句意是：如果燃燒不完全繼續下去，我們很可能會一氧化碳中毒。

🎓 菁英幫小提醒：carbon dioxide 表示「二氧化碳」。

---

go on errands　跑差事；辦差事（英高）　【317】

1分鐘速記法　1分鐘檢定 ☺☹

5分鐘學習術　5分鐘檢定 ☺☹

【近似詞】 go on a mission
【相關用語】 名 task 任務；差事
【例句】 I am tired of going on errands for my manager. 我對幫我的經理跑腿感到相當疲倦。

9分鐘完整功　9分鐘檢定 ☺☹

這裡的 go 也可以用 run 代替。errand 的意思是「差事、差使」，在此片語中一定要加 "s"，為慣用法。其他由 errand 所組成的片語有：go on a fool's errand「白費心機」；由 errand 所衍生的

詞彙有：**errand boy**「（公司、商店的）小弟、工友」。

【小試身手】As the personal assistant of general manager, he has no choice but _____ on errands whenever he demands.
(A) not go　(B) going　(C) go　(D) to go
【解析】選 D。
本句句意是：身為總經理特助，他別無選擇，只能在任何他要求的時間出差。

【318】
go out　外出；熄滅（英初）

1分鐘速記法　　1分鐘檢定☺☹

5分鐘學習術　　5分鐘檢定☺☹
【近似詞】**burn out** 熄滅；**put out** 熄滅
【相關用語】 extinguish 熄滅、撲滅
【例句】I want to go out with you. 我想跟你一起出去。

9分鐘完整功　　9分鐘檢定☺☹
除了以上的意思之外，**go out** 這個片語還有「參加派對、公諸於世、廣播、退潮、約會」等意思。要表達為了什麼事出門，則可在 **go out** 後加上 **for**，例如 **go out for dinner**「外出吃晚餐」。
【小試身手】The boy asked the girl to _____ for dinner by a note, but she didn't make any response.
(A) go through　(B) go out　(C) go in　(D) go on
【解析】選 B。
本句句意是：那個男孩用紙條邀約女孩外出吃晚餐，但她沒作任何回應。

【319】
go through　經歷；討論；舉行（英中）

1分鐘速記法　　1分鐘檢定☺☹

5分鐘學習術　　5分鐘檢定☺☹
【近似詞】 undergo 經歷； discuss 討論
【相關用語】go through the mill 接受磨鍊
【例句】He has gone through a period of unhappy time recently. 他最近經歷了一段不愉快的時光。

9分鐘完整功　　9分鐘檢定☺☹
go through 在當「經歷」的意思解時，是指「經歷一個不愉快的經驗，或一段艱難的時光」之意。go 的三態是：**go**；**went**；**gone**。相似片語：**go through with** ～「完成、做完某事」。

【小試身手】Due to campus bullying, Edison have _____ an unhappy school life.
(A) gone through　(B) went through　(C) gone thorough　(D) to go through
【解析】選 A。
本句句意是：因為校園霸凌行為，愛迪生經歷了一段不快樂的學校生活。

🎓 **菁英幫小提醒**：have a hard time 意指「過得艱難、不愉快」。

【320】
go to bed　就寢（英初）

1分鐘速記法　　1分鐘檢定☺☹

5分鐘學習術　　5分鐘檢定☺☹
【近似詞】retire for the night
【相關用語】 pajamas 睡衣褲
【例句】It is time to go to bed. 就寢的時間到了。

9分鐘完整功　　9分鐘檢定☺☹
go to bed 是所有含有「就寢」之意的詞語中，最普遍與簡易的用詞。值得一提的是，在英文中要表示跟誰一起上床就寢，應說成「**go to bed with ＋人**」，不可說成「**sleep with ＋人**」，因為「**sleep with ＋人**」在英文裡的意思是表示「跟誰發生性關係」，所以要釐清這當中的區別，否則會造成誤會喔！
【小試身手】He is used to calling his girlfriend before going to _____.
(A) sleepiness　(B) bad　(C) retirement　(D) bed
【解析】選 D。
本句句意是：他習慣在睡前打電話給女朋友。

【321】
graduate from　畢業於……（英中）

1分鐘速記法　　1分鐘檢定☺☹

5分鐘學習術　　5分鐘檢定☺☹
【近似詞】wind up one's studies from
【相關用語】 diploma 文憑
【例句】I graduated from National Taiwan University. 我畢業於國立台灣大學。

9分鐘完整功　　9分鐘檢定☺☹
S ＋ graduate from ＋地方／學校。**graduate** 若當名詞，在美國是指各種的畢業生，在英國是專指大學畢業生。由 **graduate** 所衍生的詞彙有：**graduate school**「研究所」；**graduation exercise**

G

MP3 144

「畢業典禮」（美式用法）。
【小試身手】My favorite author, Bai Xian-yong, _____ from the same school and department with me.
(A) graded　(B) graduated　(C) winded up　(D) got his diplomacy
【解析】選 B。
本句句意是：我最喜愛的作家白先勇，和我畢業於同一學校同系所。

grow out of 戒除；產生於（英中）【322】

1分鐘速記法　1分鐘檢定☺☹

5分鐘學習術　5分鐘檢定☺☹
【近似詞】abstain 戒除
【相關用語】originate 發源
【例句】The idea of this book grew out of the philosophy of life from the artist. 這本書的構想是由這位藝術家的人生觀所發展而來的。

9分鐘完整功　9分鐘檢定☺☹
除了上述的意思外，這則片語也有「長到穿不下」等等其他意思。grow out of 在當「產生於」的意思解時，是指「構想、主意、概念或計畫等由……發展而來」的意思。用法：S + grow out of + (代) 名詞。
【小試身手】The error _____ out of the breakdown of Domain Name Server.
(A) was grown　(B) abstains　(C) grows　(D) was abstained
【解析】選 C。
本句句意是：這個錯誤是因網域名稱伺服器故障而產生。

grow over 長滿（英初）【323】

1分鐘速記法　1分鐘檢定☺☹

5分鐘學習術　5分鐘檢定☺☹
【近似詞】cover with
【相關用語】grow on 影響越來越大
【例句】Your face is grown over spots. 你的臉上長滿了斑點。

9分鐘完整功　9分鐘檢定☺☹
此片語通常使用被動式，用法：S + be V + grown over + 受詞。grown是grow的過去分詞型。相關片語：grow out of sth「從……發展而

成」；grow by leaps and bounds「急速生長」；grow away from sb.「和某人變得疏離」。
【小試身手】Rashes _____ her arms and thighs.
(A) grow into　(B) grow on　(C) grow out of　(D) grow over
【解析】選 D。
本句句意是：疹子長滿她的手臂和大腿。

had better 最好（英初）【324】

1分鐘速記法　1分鐘檢定☺☹

5分鐘學習術　5分鐘檢定☺☹
【近似詞】it would be best to 最好去做……
【相關用語】the best way out 上上之策
【例句】You had better go home right now. 你最好現在就回家。

9分鐘完整功　9分鐘檢定☺☹
此片語中的 had 不能改成 have 或 has，因為這是慣用法，不管時態、人稱都必須使用 had。若此片語後面接不定詞（to + V），則 to 可以省略。另外，had better 是一個不可分離的片語，而且後面必須接原形動詞，所以否定的形式也是 had better not + V。
【小試身手】You had better _____ what you've never done.
(A) not confess　(B) confess　(C) not to confess (D) to confess
【解析】選 A。
本句句意是：你最好不要承認你沒有做過的事。

hand in 繳交；呈遞（英初）【325】

1分鐘速記法　1分鐘檢定☺☹

5分鐘學習術　5分鐘檢定☺☹
【近似詞】deliver；turn in
【相關用語】submit 提交、呈遞
【例句】He handed in his resignation. 他遞交了辭呈。

9分鐘完整功　9分鐘檢定☺☹
此片語是及物動詞片語，當代名詞作為受詞時，應置於 in 之前；若為名詞則前後不拘。此片語多指「繳交作業、報告或其他文件」而言。in 也可代換成 over，表示同樣的意義。相關片語：hand in glove「合作」；hand in hand「攜手」。
【小試身手】I didn't mean to postpone the report. I

just wanted to make deliberate examination before
_____.
(A) hanging in   (B) hand in   (C) hand out   (D) turning in
【解析】選 D 。
本句句意是：我不是故意要遲交報告。我只是想在繳交前詳加檢查。

---

hang about   閒蕩（英中）【326】

1分鐘速記法   1分鐘檢定☺☹

5分鐘學習術   5分鐘檢定☺☹
【近似詞】fool around
【相關用語】idle away 虛度光陰
【例句】The unemployed people hang about on the street. 失業者在街上閒蕩。

9分鐘完整功   9分鐘檢定☺☹
hang about 和 hang round 是英式用法，而美式用法是 hang around 。此片語也可當「圍繞、迫近」的意思解。hang 的動詞三態：hang ； hung ； hung 。記得 hang 當動詞「絞死」的意思時，動詞三態為 hang ； hanged ； hanged 。
【小試身手】At the interval between the classes, I did nothing but _____.
(A) to hang over   (B) hang about   (C) hang on
(D) to hang out
【解析】選 B 。
本句句意是：空堂的時候我什麼也沒做，只是閒晃。
🎓 菁英幫小提醒：hang on 意指「堅持、握著不放」。

---

hang over   威脅；延續（英中）【327】

1分鐘速記法   1分鐘檢定☺☹

5分鐘學習術   5分鐘檢定☺☹
【近似詞】threaten 威脅；continue 延續
【相關用語】hand down 傳承
【例句】The danger of war hung over us. 戰爭的危機威脅著我們。

9分鐘完整功   9分鐘檢定☺☹
由 hang 所衍生出來的詞彙有：hanger「衣架」；hangtag「商品上的說明標籤」；hangdog「卑微的人」；hangout「賊窩」；hangover「宿醉、（藥的）副作用」；hangup「煩惱、難題」。
【小試身手】Global warming _____ creatures all

over the world.
(A) hangs on   (B) hangs out   (C) hangs about
(D) hangs over
【解析】選 D 。
本句句意是：全球暖化威脅全世界的生物。

---

hang up   耽擱；掛斷（電話）（英初）【328】

1分鐘速記法   1分鐘檢定☺☹

5分鐘學習術   5分鐘檢定☺☹
【近似詞】delay 耽擱；ring off 掛斷電話
【相關用語】answer the phone 接電話
【例句】Our plan was hung up because of the bad weather. 我們的計畫因為天氣不好而被耽擱了。

9分鐘完整功   9分鐘檢定☺☹
hang up 也是電話用語，指「掛斷電話、終止交談」的意思。其他實用的電話用語還有：hold on「不要掛斷」；put through「轉接」；engaged「電話中、忙線中」。
【小試身手】I'm used to _____ after the other side does it.
(A) hang on   (B) hang up   (C) hanging up   (D) hanging on
【解析】選 C 。
本句句意是：我習慣等對方掛斷後才掛上電話。

---

happen to   碰巧（英中）【329】

1分鐘速記法   1分鐘檢定☺☹

5分鐘學習術   5分鐘檢定☺☹
【近似詞】chance
【相關用語】unspoken consensus 默契
【例句】I happened to sit by Peter. 我碰巧坐在彼得的旁邊。

9分鐘完整功   9分鐘檢定☺☹
用法：S ＋ happen to ＋ V 。happen 、 chance 和 occur 都有「發生」的意思，其差別為：happen 是表示發生事情最普遍的用語，計畫內所發生的事情跟偶然發生的事情都包括在內；chance 跟 happen 的意思大致上相同，但 chance 特別是指原因不明的事情；occur 屬於較為文言的用字，是指特定的事情在特定的時間內發生。
【小試身手】I _____ meet my superviser in the elevator this morning.

(A) by chance　(B) occurred to　(C) happened to
(D) happen to
【解析】選 C。
本句句意是：我今天早上碰巧在電梯遇到上司。

have a good time 玩得開心（英初）
【330】

1分鐘速記法　1分鐘檢定 ☺☹

5分鐘學習術　5分鐘檢定 ☺☹
【近似詞】enjoy oneself
【相關用語】enjoy oneself to the full 盡興
【例句】Wish you have a good time on your vacation. 祝你在假期裡玩得愉快。

9分鐘完整功　9分鐘檢定 ☺☹
此片語中的 good 是形容詞，可以換成 fine、nice、pleasant、wonderful 等等。通常用作他人出遊之前的祝福語，也可用 have fun。反義片語：have a bad time「不愉快的時光」。
【小試身手】Wish you ＿＿＿＿ a good time in your honeymoon.
(A) take　(B) make　(C) had　(D) have
【解析】選 D。
本句句意是：希望你的蜜月玩得開心。

have a habit of 有做……的習慣（英初）
【331】

1分鐘速記法　1分鐘檢定 ☺☹

5分鐘學習術　5分鐘檢定 ☺☹
【近似詞】have a custom of；usually practice
【相關用語】be used to 習慣做……
【例句】I have a habit of listening to music. 我有聽音樂的習慣。

9分鐘完整功　9分鐘檢定 ☺☹
用法：S ＋ have/has a habit of ＋ Ving。此片語也可以寫成 in the habit of，用法：S ＋ be V ＋ in the habit of ＋ Ving。「習慣於做什麼」也可用 S ＋ be used to ＋ Ving 來表示。而 S ＋ used to ＋ V 則表示「過去習慣於……」（現在不再），別搞混囉！
【小試身手】He has a habit of ＿＿＿＿ a cup of coffee in the morning.
(A) drinking　(B) absorb　(C) sipping　(D) gulp
【解析】選 A。
本句句意是：他每天早上習慣喝一杯咖啡。

have a headache 頭痛（英初）
【332】

1分鐘速記法　1分鐘檢定 ☺☹

5分鐘學習術　5分鐘檢定 ☺☹
【近似詞】get a headache
【相關用語】take pains 盡力；耗盡苦心
【例句】I have a headache right now. 我的頭正在痛呢！

9分鐘完整功　9分鐘檢定 ☺☹
一般身體上的疼痛在英文裡都用 ache 表示，在器官的後面加上「-ache」就表示此器官發生疼痛的症狀。例如：toothache「牙痛」；stomachache「胃痛」等等。除了 ache 之外，另外還有一個單字 pain 也表示「疼痛」的意思，但兩者間還是有一些差別，ache 是指「持續的、一般疼痛」的意思；pain 是指「包括從身體某一部分突然的疼痛，到全身長時間劇烈的痛苦在內」，也有指「內心的痛苦與悲傷」之意。
【小試身手】I have a ＿＿＿＿ when hearing she said such merciless words.
(A) toothache　(B) headache　(C) heartache　(D) stomachache
【解析】選 C。
本句句意是：聽到她說出那些絕情的話，我感到一陣心痛。

have an advantage over 勝過（英中）
【333】

1分鐘速記法　1分鐘檢定 ☺☹

5分鐘學習術　5分鐘檢定 ☺☹
【近似詞】surpass
【相關用語】superior to 優於
【例句】A man who works hard will always have an advantage over others. 一個努力工作的人總是會勝過別人。

9分鐘完整功　9分鐘檢定 ☺☹
用法：S ＋ have an advantage over ＋ 人。advantage 是指「因處於較他人有利或優勢地位所得到的利益」，其相反詞是 disadvantage，表「劣勢與缺點」。此片語也可以寫成 win/gain an advantage over。
【小試身手】A man of humbleness has an advantage ＿＿＿＿ others, even if they have equal abilities.

(A) to　(B) over　(C) above　(D) up
【解析】選 B 。
本句句意是：即使能力相當，謙遜的人將勝於他人。

have an effect on　對……有影響力
（英中）

1分鐘速記法　1分鐘檢定☺☹

5分鐘學習術　5分鐘檢定☺☹
【近似詞】⑩ impact ；have an influence on
【相關用語】⑩ affect 影響
【例句】The traditional fine arts have an effect on the modern fine arts. 傳統美術對現代美術有相當的影響力。

9分鐘完整功　9分鐘檢定☺☹

用法：S ＋ have an effect on ＋事物。effect 、impact 、influence 都是「影響」的意思。Influence 和 effect 同時也可當動詞，後方直接加名詞，表「影響某事物」。
【小試身手】Pressure groups have an _____ on the government in democratic societies.
(A) influence　(B) affect　(C) impulse　(D) inspect
【解析】選 A 。
本句句意是：在民主社會中，壓力團體對政府具有影響力。

🎓 **菁英幫小提醒：**壓力團體即一般所稱利益團體（interest group），指向政府提出政策訴求的社會團體。

have an eye for　對……有鑑賞力
（英中）

1分鐘速記法　1分鐘檢定☺☹

5分鐘學習術　5分鐘檢定☺☹
【近似詞】be able to appreciate
【相關用語】have an ear for 有鑑賞力
【例句】Do you have an eye for photography? 你對攝影作品的鑑賞能力如何？

9分鐘完整功　9分鐘檢定☺☹

此片語是指「對事物有獨特眼光」的意思。用法：S ＋ have an eye for ＋事物。如果介系詞 for 改成 to ，意為「著眼於」；如果改成 on ，則變成「監視」的意思。
【小試身手】Chang Tieh-chih is a famous music critic, who has _____ for Rock & Roll.

(A) an eye　(B) eyes　(C) ears　(D) an ear
【解析】選 D 。
本句句意是：張鐵志是位知名樂評人，對搖滾樂頗具鑑賞力。

🎓 **菁英幫小提醒：**音樂類型用語：blues「節奏藍調」、punk rock「龐克搖滾」、jazz「爵士音樂」、pop「流行音樂」。

have one foot in the grave
臨死之際（英高）

1分鐘速記法　1分鐘檢定☺☹

5分鐘學習術　5分鐘檢定☺☹
【近似詞】nearly die
【相關用語】⑩ moribund 垂死的
【例句】I won't argue with you because I am going to have one foot in the grave. 我不會跟你計較，因為我已經快要走到生命的盡頭了。

9分鐘完整功　9分鐘檢定☺☹

grave 是名詞，為「墓穴」的意思。由 grave 所衍生的片語有：silent as the grave「完全沉默」；turn（over）in one's grave「死不瞑目」；from the cradle to the grave「終其一生」；dig one's own grave「自尋死路」。
【小試身手】One's words become trustworthy when he has one foot in the _____.
(A) grove　(B) gravity　(C) glove　(D) grave
【解析】選 D 。
本句句意是：人之將死，其言也善。

have ～ to do with　與……有關
（英中）

1分鐘速記法　1分鐘檢定☺☹

5分鐘學習術　5分鐘檢定☺☹
【近似詞】relate to
【相關用語】have connection with 有關聯
【例句】Peter insisted that he had nothing to do with the letter. 彼得堅持他並沒有寫那封信。

9分鐘完整功　9分鐘檢定☺☹

在完整的句子中，have 後面通常會加上 something 、anything 、nothing 這三個字。something 用於肯定句；anything 用於疑問句和否定句；nothing 用於否定句。have much to do with ＝ have a great deal to do with 是指「與…

MP3 146

…有重大關係」；have nothing to do with = have little to do with，意指「與……沒關係」。

【小試身手】The legislator's dismission has _____ to do with her double nationalities.
(A) X　(B) a lot　(C) nothing　(D) little

【解析】選 B。

本句句意是：這名立委遭到撤職，她的雙重國籍占了絕大因素。

【338】
have to　必須，一定（英初）

1分鐘速記法　　　1分鐘檢定 ☺☹

5分鐘學習術　　　5分鐘檢定 ☺☹
【近似詞】must
【相關用語】be supposed to 被認為應……
【例句】You have to go home right now. 你現在必須要回家了。

9分鐘完整功　　　9分鐘檢定 ☺☹
have 的動詞三態為：have；had；had。have to 後面一定要加原形動詞。同義詞有 must、should 等，但值得注意的是，must/should 後面不能加 to，因為它們是助動詞，後面只能加動詞原形，不能加不定詞 to。

【小試身手】You _____ stop speaking ill of Nancy. She is behind you now.
(A) have better　(B) have a good time　(C) have fun in　(D) have to

【解析】選 D。

本句句意是：妳必須停止說南西的壞話，她現在就站在妳後面。

【339】
have trouble in　有困難；有麻煩
（英初）

1分鐘速記法　　　1分鐘檢定 ☺☹

5分鐘學習術　　　5分鐘檢定 ☺☹
【近似詞】have a hard time
【相關用語】troublemaker 鬧事者、闖禍者
【例句】I have a little trouble in learning Spanish. 我在學習西班牙文上遇到一點困難。

9分鐘完整功　　　9分鐘檢定 ☺☹
用法：S + have trouble in + （代）名詞／Ving。trouble 可當名詞，也可當動詞。當名詞時，意思有「苦惱、不幸、痛苦、帶來煩惱的人、麻煩、不方便、紛爭、紛擾」等等；當動詞時，意

思是「使煩惱、麻煩、費力」。

【小試身手】A person with social phobia has _____ in interacting with others.
(A) a hard time　(B) been a troublemaker　(C) a question　(D) an issue

【解析】選 A。

本句句意是：社交恐懼症患者在與人相處時會產生困難。

 菁英幫小提醒：N + phobia ＝某種類型的恐懼症。常見的有 acrophobia「懼高症」、claustrophobia「幽閉恐懼症」、entomophobia「昆蟲恐懼症」等。

【340】
hear from　得到消息；收到信（英初）

1分鐘速記法　　　1分鐘檢定 ☺☹

5分鐘學習術　　　5分鐘檢定 ☺☹
【近似詞】receive one's information
【相關用語】tidings 消息、音信
【例句】I have not heard from him for a long time. 我已經有好長一段時間沒有收到他的來信了。

9分鐘完整功　　　9分鐘檢定 ☺☹
用法：S + hear from + （代）名詞。此片語是指「收到或得到對方的消息、來信、電報」等，可以與自己產生聯繫的訊息。此片語通常後面接人，也可以接地方。hear 的動詞三態：hear；heard；heard。

【小試身手】It has been a long time not _____ you. The pieces of my heart are missing you.
(A) hearing of　(B) heating from　(C) hearing from　(D) hearing out

【解析】選 C。

本句句意是：已經許久沒得到你的消息，我碎片般的心都在思念著你。

【341】
hear of　聽說過（英初）

1分鐘速記法　　　1分鐘檢定 ☺☹

5分鐘學習術　　　5分鐘檢定 ☺☹
【近似詞】know
【相關用語】gossip 流言蜚語
【例句】I hear of the fact that he is an illegitimate son. 我聽說他是私生子。

9分鐘完整功 　9分鐘檢定 ☺☹

用法：S ＋ hear of ＋（代）名詞。此片語是指「聽到、聽說」的意思，從別人那裡聽到某人或某事，即輾轉得知，不必一定要用耳朵聽到，從其他管道或透過其他形式得知也可以。此片語也可當「答應、接納」的意思。相似片語：hear about「得知」。

【小試身手】 Have you _____ Jason Mraz? His concert will take place on 28, Feb.
(A) heard of　(B) heard from　(C) hearing of　(D) hearing from
【解析】選 A。
本句句意是：你聽過傑森瑪耶茲嗎？他的演唱會將在二月二十八日舉行。

【342】

heart and soul 　熱心地；賣力地（英高）

1分鐘速記法 　1分鐘檢定 ☺☹

5分鐘學習術 　5分鐘檢定 ☺☹

【近似詞】 enthusiastically
【相關用語】 warmhearted 古道熱腸的
【例句】 She always helps people with heart and soul. 她總是熱心地幫忙別人。

9分鐘完整功 　9分鐘檢定 ☺☹

此片語也可以寫成 heart and hand。由 heart 所衍生的詞彙有：heartache「心痛」；heart attack「心臟病發作」；heartbeat「心跳」；heartbreak「心碎」；heartbreaker「令人心碎的人事物」；heartbroken「心碎的、斷腸的」；heartburn「胃灼熱」；heart disease「心臟病」；heart failure「心臟衰竭」。

【小試身手】 The policeman helped the injured motorcycle rider with _____.
(A) crossing heart　(B) faint heart of　(C) heart in the mouth　(D) heart and soul
【解析】選 D。
本句句意是：警察熱心地協助受傷的機車騎士。

　　🎓 菁英幫小提醒：heart in the mouth 意為「非常緊張」。

【343】

hit the mark 　達到目的（英高）

1分鐘速記法 　1分鐘檢定 ☺☹

5分鐘學習術 　5分鐘檢定 ☺☹

【近似詞】 achieve the goal

【相關用語】 destination 目的地
【例句】 After struggling for his business, he finally hit the mark. 在勤奮的努力之後，他在事業上終於達到目的了。

9分鐘完整功 　9分鐘檢定 ☺☹

此片語也可以當「中肯、一語中的」的意思解釋。其他由 hit 所組成的片語有：hit a home run「成功、達成」；hit a/the wall「遇到瓶頸」；hit the books「臨時抱佛腳」；hit the jackpot「中頭彩、大舉成功」；hit the sack「睡覺」（口語用法）。

【小試身手】 Brian took every measure to _____.（選出錯的）
(A) hit the ceiling　(B) achieve the goal　(C) reach the destination　(D) hit the mark
【解析】選 A。
本句句意是：布萊恩嘗試各種手段來達成目標。

　　🎓 菁英幫小提醒：by hook or by crook，意為「不擇手段」。

【344】

hold on 　抓牢；繼續；稍候（英初）

1分鐘速記法 　1分鐘檢定 ☺☹

5分鐘學習術 　5分鐘檢定 ☺☹

【近似詞】 grasp 抓牢；keep 繼續
【相關用語】 hold up 阻礙
【例句】 When you take a bus, you should hold on to the handle. 搭公車時，你應該要抓牢把手。

9分鐘完整功 　9分鐘檢定 ☺☹

此片語中的 hold 是不及物動詞，on 是副詞，表示「繼續」，所以在受詞（即被抓牢的某物）前需加介系詞 to，即 hold on to ＋受詞。hold on 作「稍候」的意思解時，多屬於電話用語，即請別人「稍等一下、不要掛斷」的意思。

【小試身手】 _____ to the rope! The helicopter is approaching us!
(A) Go on　(B) Keep on　(C) Hold on　(D) hit on
【解析】選 C。
本句句意是：抓緊繩子！直升機已經接近我們了！

【345】

hold one's breath 　屏息以待（英高）

1分鐘速記法 　1分鐘檢定 ☺☹

H

MP3 **147**

5分鐘學習術　　　5分鐘檢定☺☹

【近似詞】wait with bated breath
【相關用語】champ at the bit 迫不及待
【例句】We held our breath for the result of the election. 我們對這次選舉結果屏息以待。

9分鐘完整功　　　9分鐘檢定☺☹

用法：S＋hold one's breath＋介系詞＋（代）名詞。由 breath 所組成的片語有：below one's breath「低聲細語地」；catch one's breath「（因恐懼或興奮）鬆一口氣」；get one's breath「恢復平靜」；give up one's breath「死亡」；in one breath「異口同聲地」；lose one's breath「喘不過氣」；out of breath「氣喘吁吁地」；waste one's breath「白費唇舌」。
【小試身手】All participants _____ their breath before the result was announced.
(A) take　(B) took　(C) hold　(D) held
【解析】選 D。
本句句意是：所有的參賽者在結果公布前都屏息以待。

【346】
hold one's ground　堅守立場或主張
（英高）

1分鐘速記法　　　1分鐘檢定☺☹

5分鐘學習術　　　5分鐘檢定☺☹

【近似詞】stick to one's guns
【相關用語】standpoint 立場
【例句】He is a stubborn man who always holds his ground. 他是一個堅守自我立場的頑固分子。

9分鐘完整功　　　9分鐘檢定☺☹

ground 在這裡是指「立場」的意思，hold 則是「維持、撐住」的意思。其他與 hold 相關的片語包括：hold back「避免」；hold down「成功維持；抑制」；hold one's feet to the fire「造成壓力」；hold off「延遲」；hold one's tongue「住口」。
【小試身手】Hold your _____ as long as you think you are doing the right thing.
(A) guardian　(B) guard　(C) ground　(D) garden
【解析】選 C。
本句句意是：只要你認為在做對的事，就要堅守自己的立場。

> 菁英幫小提醒：as long as 意為「只要」。

【347】
how come　為何（英初）

1分鐘速記法　　　1分鐘檢定☺☹

5分鐘學習術　　　5分鐘檢定☺☹

【近似詞】why
【相關用語】why is it that 為什麼
【例句】How come you want to hit him? 你為什麼想要打他？

9分鐘完整功　　　9分鐘檢定☺☹

how come 是一個很常用的美式口語片語，它的意思也就是指 Why is it that ～?「為什麼是……？」用法：How come＋S＋V＋受詞，記住它和 wh-問句的倒裝順序不同。
【小試身手】_____ those students in black take a sit-in at the Liberty Square?
(A) Why　(B) How come　(C) No matter what　(D) Whatsoever
【解析】選 B。
本句句意是：為什麼那些穿黑衣服的學生要在自由廣場上靜坐？

【348】
hundreds of　數以百計；許多（英初）

1分鐘速記法　　　1分鐘檢定☺☹

5分鐘學習術　　　5分鐘檢定☺☹

【近似詞】numerous
【相關用語】astronomical 數量龐大的
【例句】In summer, hundreds of tourists come from all over the world. 夏季的時候，會有數以百計的觀光客從世界各地到此處來。

9分鐘完整功　　　9分鐘檢定☺☹

hundred 前面若有數詞（one、two……）或表數目的形容詞時，複數不加 s，如：one hundred、two hundred；通常在百位跟十位或個位之間要加 and，例如：two hundred and five（兩百零五），但在美式口語中，有時會省略。
【小試身手】_____ earthworms emerged from the soil.
(A) A great amount of　(B) Thousand of　(C) Hundred of　(D) Numerous
【解析】選 D。
本句句意是：為數眾多的蚯蚓從泥土中露出頭來。

【349】
hurry up　趕快；催促（英初）

👥1分鐘速記法　　　　　　　1分鐘檢定☺☹

👥5分鐘學習術　　　　　　　5分鐘檢定☺☹
【近似詞】🔊 hasten 趕快；🔊 urge 催促
【相關用語】🔊 emergency 緊急狀況
【例句】You should hurry up, or you will be late for school. 你要趕快，否則上學會遲到。

👥9分鐘完整功　　　　　　　9分鐘檢定☺☹
此片語主要是用在祈使句中，用來催趕別人快一點的意思。由 hurry 所組成的片語有：in a hurry「急忙地」；in no hurry「從容不迫地」；hurry along「催促」；hurry on「趕往」；hurry over「匆忙地做……」；hurry through「匆忙趕完」。
【小試身手】_____! A huge thunderstorm is going to happen.（選出錯的）
(A) Speed up　(B) Slow down　(C) Hurry up　(D) Accelerate
【解析】選 B。
本句句意是：快點！要下超大雷雨了！

【350】
in a mess　亂七八糟（英中）

👥1分鐘速記法　　　　　　　1分鐘檢定☺☹

👥5分鐘學習術　　　　　　　5分鐘檢定☺☹
【近似詞】in disorder；in great confusion
【相關用語】screw up 搞砸
【例句】Your desk is always in a mess. 你的桌子總是亂七八糟的。

👥9分鐘完整功　　　　　　　9分鐘檢定☺☹
此片語也可當「陷於困惑」的意思解。跟 mess 相關的片語有：make a mess of「弄糟」。mess 也可作為動詞，如 mess about/around「閒蕩、多管閒事」；mess up「弄亂」。
【小試身手】After the cats' fighting, the whole living room was _____.
(A) in apple-pie order　(B) in a mass　(C) in a mess　(D) neat
【解析】選 C。
本句句意是：貓兒打完架後，整間客廳亂七八糟。

【351】
in a moment　立即（英初）

👥1分鐘速記法　　　　　　　1分鐘檢定☺☹

👥5分鐘學習術　　　　　　　5分鐘檢定☺☹
【近似詞】🔊 immediately
【相關用語】in no time 立即
【例句】He will come in a moment. 他馬上就來。

👥9分鐘完整功　　　　　　　9分鐘檢定☺☹
此片語是修飾時間的片語，屬於副詞片語。表示「立即」的同義詞很多，包括：instantly；promptly；at once；in a minute；in no time；off hand；right now；on/upon the spot；on the instant；on the nail；in a flash；at/on sight。
【小試身手】Would you mind waiting for me for a while? I will be back _____.
(A) simultaneously　(B) for the time being　(C) right now　(D) in no time
【解析】選 D。
本句句意是：你介意等我一會兒嗎？我很快就會回來。

【352】
in addition　另外；除此之外（英中）

👥1分鐘速記法　　　　　　　1分鐘檢定☺☹

👥5分鐘學習術　　　　　　　5分鐘檢定☺☹
【近似詞】🔊 besides；apart from
【相關用語】🔊 moreover 除此之外
【例句】They eat a great deal of fruit in addition. 他們另外又吃了許多的水果。

👥9分鐘完整功　　　　　　　9分鐘檢定☺☹
in addition 通常放在句尾修飾動詞，如果其後要加名詞，必須使用 to，即 in addition to。此片語意為「除此之外」，是一種附加的概念，即「從既有的事物中再加上其他」，因而與 except 略有不同。例如：In addition to chocolate, I ate popcorn and chips.「除了巧克力，我還吃了爆米花和薯片。」
【小試身手】_____ KTV, they also went to the night club yesterday.
(A) In addition to　(B) Except for　(C) In addition (D) Excerpt from
【解析】選 A。
本句句意是：除了 KTV，他們昨天還去了夜店。

🎓 菁英幫小提醒：excerpt from 意指「從……節錄」。

MP3 148

【353】
in and out　進進出出（英初）

🎧**1分鐘速記法**　　　　1分鐘檢定☺☹

🎧**5分鐘學習術**　　　　5分鐘檢定☺☹
【近似詞】incoming and outgoing
【相關用語】hustle and bustle 熙來攘往
【例句】Mother is busy in and out of kitchen.
媽媽在廚房裡忙進忙出的。

🎧**9分鐘完整功**　　　　9分鐘檢定☺☹
此片語是由介系詞所組合而成的副詞片語，in 是
「進入、在內」，out 是「離開、在外」，組成「不斷
反覆進出」的含義。除了上述的意思之外，還有
「忽隱忽現地、無論內外、完全地」等等意思。
【小試身手】It's not a good idea for us to meet in a
place where people are _____.
(A) in a dilemma　　(B) in a flash　　(C) in and out
(D) in a manner
【解析】選 C。
本句句意是：我們約在人潮進出之處碰頭真不是個好
主意。
🎓 菁英幫小提醒：in a dilemma 表示「進退兩難」
的意思。

【354】
in case of　萬一；如果（英中）

🎧**1分鐘速記法**　　　　1分鐘檢定☺☹

🎧**5分鐘學習術**　　　　5分鐘檢定☺☹
【近似詞】if by any chance
【相關用語】what if 如果……會怎麼樣
【例句】You can call me up to assist you in
case of need. 萬一必要時，你可以打電話叫我來
幫助你。

🎧**9分鐘完整功**　　　　9分鐘檢定☺☹
in case of + 名詞 = if，意指「如果」。其他相似片
語：in any case「無論如何」；in no case「絕
不」；in that case「若是那樣的話」；get off
one's case「停止批評和打擾某人」。
【小試身手】_____ emergency, press the button
to talk to the driver.
(A) In case of　(B) For the sake of　(C) Regardless
of　(D) By way of
【解析】選 A。
本句句意是：如遇緊急狀況，按下按鈕與駕駛對話。

【355】
in charge of　照料；管控；負責（英中）

🎧**1分鐘速記法**　　　　1分鐘檢定☺☹

🎧**5分鐘學習術**　　　　5分鐘檢定☺☹
【近似詞】responsible for
【相關用語】out of control 失去控制
【例句】Mr. Wang is in charge of this depart-
ment. 王先生負責管理這個部門。

🎧**9分鐘完整功**　　　　9分鐘檢定☺☹
用法：S + be V + in charge of + 人／事。
charge 可當名詞也可當動詞，當名詞時有「費用、
責任、控告」等意思；當動詞時則有「索價、進
攻、譴責」等意思。
【小試身手】The tax inspector wonder who is
_____ the corporation.
(A) responsible to　(B) in charge of　(C) out of
control　(D) in change of
【解析】選 B。
本句句意是：查稅員想知道這間公司的負責人是誰。

【356】
in danger of　處於……危險中（英中）

🎧**1分鐘速記法**　　　　1分鐘檢定☺☹

🎧**5分鐘學習術**　　　　5分鐘檢定☺☹
【近似詞】⑱ perilous
【相關用語】in emergency 在緊急情況
【例句】The building is now in danger of col-
lapse. 這棟建築物現在有倒塌的危險。

🎧**9分鐘完整功**　　　　9分鐘檢定☺☹
用法：S + be V + in danger of + N/Ving。
danger、peril、jeopardy 和 hazard 都有「危
險」的意思，其差別為：danger 是表示危險最普
遍的用字，是指「可能有但不一定迫在眉梢或不可
避免的危險」；peril 是指「即將來臨而且很可能是
大災難」的意思；jeopardy 是指「極端或危險的
情況」；hazard 是指「偶然發生、或人為無法避
免的事物所引發的危險」之意。
【小試身手】Because of the cold current, the crops
are in _____ of frostbite.
(A) emergent　(B) harassment　(C) dangerous
(D) danger
【解析】選 D。
本句句意是：因為寒流來襲，農作物將有凍傷的危險。
🎓 菁英幫小提醒：sexual harassment 代表「性騷
擾」。

in demand 需求（英中）　【357】

1分鐘速記法　　1分鐘檢定 ☺☹

5分鐘學習術　　5分鐘檢定 ☺☹

【近似詞】 in need
【相關用語】 supply 供給
【例句】 The magazine is in great demand. 這本雜誌的需求量很大。

9分鐘完整功　　9分鐘檢定 ☺☹

此片語通常放在句尾。demand 和 claim 都有「需求」的意思，其差別為：demand 是指「堅持要得到某種必要的事物，因為要求者有這種權力」的意思；claim 是指「要求自己有權或自認為有權可以得到」。相似片語：on demand「來取即付」。
【小試身手】Warmer bags are in great _____ in the cold winter.
(A) command　(B) diamond　(C) demand　(D) remain
【解析】選 C。
本句句意是：暖暖包在寒冬裡需求量很大。

in detail 詳細地（英中）　【358】

1分鐘速記法　　1分鐘檢定 ☺☹

5分鐘學習術　　5分鐘檢定 ☺☹

【近似詞】 particularly ； precisely
【相關用語】 elaborate on 詳細說明
【例句】 Debby described what she had seen in detail. 黛比詳細敘述她所見到的一切。

9分鐘完整功　　9分鐘檢定 ☺☹

此片語是副詞片語，通常放在句尾。detail 當名詞時為「細節」的意思，當動詞時則可當「派遣、詳細敘述」的意思。
【小試身手】The witness told the police _____ what he saw in the car accident.
(A) in detail　(B) in danger　(C) in excess　(D) in effect
【解析】選 A。
本句句意是：目擊證人鉅細靡遺地將他在車禍中看到的告訴警方。

in effect 實際上地；生效地（英中）　【359】

1分鐘速記法　　1分鐘檢定 ☺☹

5分鐘學習術　　5分鐘檢定 ☺☹

【近似詞】 actually ； in operation
【相關用語】 validate 使生效
【例句】 The new law will be in effect until next year. 新法規要到明年才生效。

9分鐘完整功　　9分鐘檢定 ☺☹

此片語通常放在句中跟句尾，不放在句首。effect、consequence 和 result 都有「結果」的意思，其差別為：effect 是指「由於某種行為、行動、原因等，所直接產生的結果」，跟 cause 是意義相反的字；consequence 是指「由於某種事產生，繼之而起的後果」之意，強調時間順序；result 意指「某種行為或原因的最終結果」。
【小試身手】The principal announced that the new costume rules would be _____ next week.
(A) in detail　(B) in effect　(C) in vain　(D) in fashion
【解析】選 B。
本句句意是：校長宣布服儀新規定將於下禮拜正式生效。

in fact 事實上；其實（英初）　【360】

1分鐘速記法　　1分鐘檢定 ☺☹

5分鐘學習術　　5分鐘檢定 ☺☹

【近似詞】 actually
【相關用語】 as a matter of fact 事實上
【例句】 In fact, you should be happier. 其實，你應該要更快樂。

9分鐘完整功　　9分鐘檢定 ☺☹

fact 有「事實、真相」的意思。由 fact 所衍生的詞彙和片語有：fact-finding「實情調查的」；fact of life「生活中的嚴酷現實」；get down to the facts「回到正題」；It's easy to be smart after the fact.「事後諸葛易容當」。
【小試身手】She looks nothing different from other girls in exterior. _____, she is a tomboy at heart.
(A) Subsequently　(B) Consequently　(C) In effect
(D) In fact
【解析】選 D。
本句句意是：她的外觀和一般女孩沒有什麼不同，其實她的內心很男孩子氣。

🎓 菁英幫小提醒：consequently 意為「因此」，是隱含因果關係的副詞。

MP3 149

in front of 在……前面（英初）　【361】

 1分鐘速記法　1分鐘檢定 ☺☹

 5分鐘學習術　5分鐘檢定 ☺☹
【近似詞】ahead of
【相關用語】⇔ behind 在……後面
【例句】The garden is in front of our house. 那座花園在我們屋子的前面。

 9分鐘完整功　9分鐘檢定 ☺☹
in the front of 的意思是「在……的前方」。要注意的是，in front of 表示物體與物體之間的前後關係，例如 He sat in front of me.「他坐在我前面。」in the front of 則表示物體內部的前後關係，例如 The teacher is in the front of the class room「老師站在教室前面」。相反片語：in back of「在……之後」。
【小試身手】The cool girl walking _____ us is like the vocal singer of Tizzy Bac. How do you think by her back?
(A) around　(B) behind　(C) in front of　(D) above
【解析】選 C。
本句句意是：走在我們前面的那個帥氣女孩，好像是 Tizzy Bac 的主唱。你覺得她的背面像嗎？

in good/bad health 健康狀況良好／不好（英中）　【362】

 1分鐘速記法　1分鐘檢定 ☺☹

 5分鐘學習術　5分鐘檢定 ☺☹
【近似詞】in condition 健康狀況良好
【相關用語】⇔ wellness 健康
【例句】He exercises every day, so he is usually in good health. 因為他天天運動，所以健康狀況一直不錯。

 9分鐘完整功　9分鐘檢定 ☺☹
用法：S＋be V＋in good/bad health。健康欠佳的同義片語有：out of health；in poor health；in bad shape。由 health 所衍生的詞彙有：health center「健康中心」；health food「健康食品」；health insurance「健康保險」；health service「公共醫療」。
【小試身手】Kevin swims every weekend, therefore he is always _____.（選出錯的）
(A) in good health　(B) in good condition　(C) in good time　(D) in condition

【解析】選 C。
本句句意是：凱文每個週末都游泳，所以健康狀況總是不錯。

in harmony with 與……協調一致（英高）　【363】

 1分鐘速記法　1分鐘檢定 ☺☹

 5分鐘學習術　5分鐘檢定 ☺☹
【近似詞】in accordance with
【相關用語】out of tune 不協調；不和
【例句】Your taste is in harmony with mine. 你的品味與我的一致。

 9分鐘完整功　9分鐘檢定 ☺☹
反義片語：out of harmony with「不調和」。harmony 是名詞「和諧」，動詞為 harmonize「協調、和諧」；形容詞 harmonious「和諧的」；副詞 harmoniously「和諧地」。這個單字既可表示音韻上的調和，也可用來指涉人際關係上的和睦。
【小試身手】Her ocarina is _____ his guitar, which creates a beautiful melody.
(A) in pursuit of　(B) according to　(C) out of tune with　(D) in harmony with
【解析】選 D。
本句句意是：她的陶笛和他的吉他聲韻和諧，譜出一曲美妙的旋律。

🎓 菁英幫小提醒：in pursuit of 意指「追逐、追蹤」。

in high/low spirits 心情好／情緒低落（英高）　【364】

 1分鐘速記法　1分鐘檢定 ☺☹

 5分鐘學習術　5分鐘檢定 ☺☹
【近似詞】in good/bad mood
【相關用語】a guiding spirit 精神象徵
【例句】Most people are in high spirits in sunny days. 大部分人在天氣晴朗時，心情都特別好。

 9分鐘完整功　9分鐘檢定 ☺☹
片語 in spirit 表示「在精神方面」，而在 spirit 前加上形容詞，則可用來表示精神方面的好壞。表示「情緒低落」時，low 也可用 poor 來取代。由 spirit 所衍生的詞彙或片語有：a noble spirit「高

貴的人」；**leading spirit**「靈魂人物」；**people of spirit**「有氣魄的人」；**take ～ in a wrong spirit**「對……生氣」；**in the spirit of chivalry**「俠義心腸」。

【小試身手】When Avril appeared on the stage, the audience were all _____.

(A) in highly spirit　(B) very excited　(C) in low spirit　(D) in good condition

【解析】選 B。

本句句意是： 當艾薇兒出現在舞台上，觀眾皆情緒高昂。

【365】

in ignorance of 一無所知（英中）

1分鐘速記法　　1分鐘檢定 ☺☹

5分鐘學習術　　5分鐘檢定 ☺☹

【近似詞】in the dark

【相關用語】形 uninformed 無知的

【例句】She was in ignorance of this event. 她不知道這件事。

9分鐘完整功　　9分鐘檢定 ☺☹

用法：**S ＋ be V ＋ in ignorance of ＋**（代）名詞。**ignorance** 的形容詞型為 **ignorant**。**ignorant**、**illiterate** 和 **uneducated** 都有「無知」的意思，其差別為：**ignorant** 是指「對全盤世事或某種特定事物沒有知識」的意思；**illiterate** 是指「沒有讀寫能力」的意思；**uneducated** 是指「沒有受過學校教育的，有時候是指沒有唸過書」的意思。

【小試身手】She is still kept in _____ of her boyfriend's betrayal.

(A) ignorance　(B) the dark　(C) public　(D) unknown

【解析】選 A。

本句句意是： 她仍對男友的背叛一無所知。

> 🎓菁英幫小提醒：be kept in the dark（about sth）「被矇在鼓裡」。

【366】

in memory of 用以紀念……（英高）

1分鐘速記法　　1分鐘檢定 ☺☹

5分鐘學習術　　5分鐘檢定 ☺☹

【近似詞】in remembrance of

【相關用語】名 inscription 銘文；碑文

【例句】They erected a statue in memory of Lincoln. 他們為林肯建立銅像，以茲紀念。

9分鐘完整功　　9分鐘檢定 ☺☹

用法：**S ＋ V ＋ in memory of ＋人**。**memory**、**remembrance**、**collection** 和 **reminiscence** 都有「紀念」的意思，其差別為：**memory** 是指「將學習或經驗的事記下來或想出來的能力」，也就是「記憶力」；**remembrance** 是指「想起記憶中的事情或回憶的過程」；**collection** 是指「設法對記憶模糊或一時想不起的往事加以回想」；**reminiscence** 是指「靜靜的回憶或追憶」。

【小試身手】Peggy treasured all the pictures taken with her friends _____ their happy school days.

(A) in minute of　(B) in moment of　(C) in memory of　(D) in memorial of

【解析】選 C。

本句句意是： 佩姬留著和朋友們合照的相片，用以紀念快樂的學校時光。

【367】

in need 在危急中；在危難中（英初）

1分鐘速記法　　1分鐘檢定 ☺☹

5分鐘學習術　　5分鐘檢定 ☺☹

【近似詞】形 desperate；in danger

【相關用語】名 peril 危險

【例句】We should save the dog because it is in need. 我們應該救援那隻狗，因為牠正處於危難之中。

9分鐘完整功　　9分鐘檢定 ☺☹

need 可當動詞和名詞，表示「需要」的意思。相似片語：**in need of**「需要……」。有句知名的成語就引用了這句片語：A friend in need is a friend indeed.「患難見真情」。**need** 的形容詞為 **needy**。

【小試身手】We have to help those who are _____ regardless of what they have done. （選出錯的）

(A) in emergency　(B) in need　(C) in danger　(D) in pearl

【解析】選 D。

本句句意是： 我們必須幫助有危難的人，不管他們曾經做過什麼。

【368】

in opposition to 與……意見相反

（英高）

1分鐘速記法　　1分鐘檢定 ☺☹

MP3 150

5分鐘學習術　5分鐘檢定☺☹

【近似詞】opposite to
【相關用語】⊕ discord 不和
【例句】I found myself in opposition to my wife on this issue. 我發現在這個議題上，我和我太太意見相反。

9分鐘完整功　9分鐘檢定☺☹

opposition 的原意是「對抗、相反」，其動詞形式為 oppose，形容詞為 opposite，副詞為 oppositely。相關片語：as opposed to sb./sth = in comparison with sb./sth「與某人或某事物相比」；oppose A against/to B「把 A 和 B 進行對照或比較」。
【小試身手】His viewpoints on economic issues are _____ mine.
(A) opposable to　(B) opposite to　(C) contrary to
(D) in opposition to　（選出錯的）
【解析】選 A。
本句句意是：他在經濟議題上的看法和我相反。

🎓 菁英幫小提醒：Great minds think alike. 表示「英雄所見略同」。

【369】
in other words　換言之；換句話說
（英初）

1分鐘速記法　1分鐘檢定☺☹

5分鐘學習術　5分鐘檢定☺☹

【近似詞】in another word；that is to say
【相關用語】⊕ namely 即；那就是
【例句】In other words, you should say sorry to her. 換言之，你應該要跟她說聲對不起。

9分鐘完整功　9分鐘檢定☺☹

和 in other words 組合形式相似的片語有：in a/one word「總而言之」；in so many words「一字不差地」；in these words「以下列措辭」；in words of one syllable「用非常簡單的話解釋」。
【小試身手】What the guy said is just crock. _____, he said something unreasonable.（選出錯的）
(A) Namely　(B) Say nothing of　(C) That is to say
(D) In other words
【解析】選 B。
本句句意是：那人說的都是胡說八道。也就是說，他講了些不合理的東西。

🎓 菁英幫小提醒：say nothing of = let alone，意為「違論、更不用說」。

【370】
in particular　特別地；尤其地（英中）

1分鐘速記法　1分鐘檢定☺☹

5分鐘學習術　5分鐘檢定☺☹

【近似詞】⊕ specially
【相關用語】above all 尤其；首先
【例句】I have nothing in particular to do this weekend. 這個週末我沒有什麼特別的事情要做。

9分鐘完整功　9分鐘檢定☺☹

此片語可放在句中，也可放在句尾。special 跟 especial 均是指「和同類的其他事物有不同的特殊性質、特徵、用途等」意思，如果表示格外優秀之意，則常用 especial；specific 跟 particular 均是指「挑選出來以便比其他事物更能吸引特別注意」之意。specific 表示要當做例子來說明，才加以引用，而 particular 是表示「某事物比其他更具有明顯不同的性質或個性」。
【小試身手】I enjoy every kind of Italian food, spaghetti _____.
(A) in especial　(B) in special　(C) in particular
(D) including
【解析】選 C。
本句句意是：我喜愛每種義大利料理，尤其是義大利麵。

【371】
in spite of　不管、無論（英中）

1分鐘速記法　1分鐘檢定☺☹

5分鐘學習術　5分鐘檢定☺☹

【近似詞】⊕ despite
【相關用語】in any case 無論如何
【例句】She continued to smoke in spite of the advice of the doctor. 她不顧醫生的忠告，仍然繼續抽菸。

9分鐘完整功　9分鐘檢定☺☹

和此片語同義的片語很多，如 regardless of；despite，以上和 in spite of 一樣，必須接名詞或 Ving。而 though、although、even though 後方則加句子。notwithstanding 加名詞/Ving 和句子皆可。與 spite 有關的片語：in spite of oneself「不知不覺的、不由自主的」。
【小試身手】_____ others' imploration, Frank still

expelled his daughter from house. （選出錯的）
(A) Even if　(B) Despite　(C) Regardless of　(D) In spite of
【解析】選 A。
本句句意是：儘管眾人不斷懇求，福蘭克還是把他的女兒趕出家門。

in terms of　就……而論；在……方面
【372】
（英高）

1分鐘速記法　　　　1分鐘檢定☺☹

5分鐘學習術　　　　5分鐘檢定☺☹
【近似詞】as for
【相關用語】term paper 學期報告
【例句】In terms of money, he is quite rich. 就金錢上來說，他相當富有。

9分鐘完整功　　　　9分鐘檢定☺☹
用法：S＋V＋in terms of＋名詞。其他由 term 所組成的片語有：be on good/bad terms with sb.「和某人關係友善／不友善」；come to terms（with）「開始接受、著手處理」；in the long term「長期來說」。
【小試身手】＿＿＿＿ character, he is not attractive. However, he is very versatile.
(A) In term of　(B) In turns of　(C) When it comes to　(D) In spite of
【解析】選 C。
本句句意是：就個性而言他並不吸引人，然而他非常多才多藝。
　　菁英幫小提醒：when it comes to 意指「談到、論及」。

in the air　在空中；懸而未決（英初）
【373】

1分鐘速記法　　　　1分鐘檢定☺☹

5分鐘學習術　　　　5分鐘檢定☺☹
【近似詞】in suspense 懸而未決；unsolved 懸而未決
【相關用語】put by 擱置
【例句】A plane is flying in the air. 一架飛機正在空中飛翔。

9分鐘完整功　　　　9分鐘檢定☺☹
此片語除了上述的意思之外，也可以作「謠言的散布」之意。on（the）air 的意思是「廣播中」，注意不要跟 in the air 搞混了。air 當「空氣、空中」

時不可數，當「氣氛、狀態、樣貌」時則可數。
【小試身手】Their marriage is still ＿＿＿＿ for the fiance prefers to get his degree in advance.
(A) in the air　(B) on the air　(C) put on airs　(D) out of air
【解析】選 A。
本句句意是：他們的婚禮仍懸而未決，因為男方希望先拿到學位再說。

in the end　最終；終於（英初）
【374】

1分鐘速記法　　　　1分鐘檢定☺☹

5分鐘學習術　　　　5分鐘檢定☺☹
【近似詞】finally；eventually
【相關用語】at the outset 最初
【例句】In the end you found a job. 你終於找到工作了。

9分鐘完整功　　　　9分鐘檢定☺☹
反義片語：in the beginning「最初」。end 和 close 都有「結束」的意思，其差別為：end 是指「完結或終止」的意思，是最普遍，也是意義涵蓋最廣的用字；close 是指「已經開始的事物暫時或永遠地中止」。
【小試身手】Harvey Milk, who fought for gay rights for several years, was assassinated ＿＿＿＿.
(A) at the beginning　(B) in the end　(C) at the outset　(D) in the long term
【解析】選 B。
本句句意是：同性戀權益鬥士哈維米克，最終卻遇刺身亡。

in the future　未來；在將來（英初）
【375】

1分鐘速記法　　　　1分鐘檢定☺☹

5分鐘學習術　　　　5分鐘檢定☺☹
【近似詞】hereafter
【相關用語】in the days to come 來日
【例句】I want to make a lot of money in the future. 我以後要賺很多很多的錢。

9分鐘完整功　　　　9分鐘檢定☺☹
in the future＝for the future。因為這個片語是表時間的副詞片語，所以它可以被放在句首或句尾，來修飾整句話的時間關係。若在 future 前加上 near，則表示「不久的將來」。
【小試身手】If the water pollution control keeps

MP3 ◀ 151

being ignored, there will be no drinking water any-more _____.（選出錯的）
(A) hereafter　(B) in the days to come　(C) there and then　(D) in the future
【解析】選 C。
本句句意是：如果污水管制持續遭到忽視，未來這裡將會沒有任何飲用水。

【376】
in the long run　終於；畢竟（英中）

1分鐘速記法　1分鐘檢定☺☹

5分鐘學習術　5分鐘檢定☺☹
【近似詞】▣ finally 終於；after all 畢竟
【相關用語】▣ eventually 終於
【例句】In the long run, this synthetic weave will wear better than the woolen one. 這種人造織品到後來會比毛織品穿起來還舒服。

9分鐘完整功　9分鐘檢定☺☹
in the long run 意指「經過一段時間，到後來（發現某件事情如何）」。此片語可以放在句首、句中或句尾。反義片語即是 in the short run「短期而言」。這裡的 run 不是「跑」的意思，而是「發展、動向」之意。
【小試身手】Junk food will do harm to your body _____ if you keep replacing your dinner with it.
(A) in the short run　(B) in the long run　(C) in the running　(D) once and for all
【解析】選 B。
本句句意是：如果你持續用垃圾食物代替晚餐，長此以往將對你的身體造成傷害。
　　菁英幫小提醒：once and for all 表示「最後一次」。

【377】
in the middle of　在……中旬；在……中央（英初）

1分鐘速記法　1分鐘檢定☺☹

5分鐘學習術　5分鐘檢定☺☹
【近似詞】in the center of
【相關用語】in the early/late month 某月上旬／下旬
【例句】I will go to Japan in the middle of next month. 我下個月的中旬會去日本。

9分鐘完整功　9分鐘檢定☺☹
此片語可以指時間也可以指地方，因為是副詞片

語，所以它也可以被放在句首或句尾。「在……之初」用 at the beginning of；「在……的終了」用 at the end of。相關片語：middle ground「妥協狀態」；be caught in the middle「夾在兩方之間」。
【小試身手】The moon waxes to the fullest in the _____ of a month.
(A) late　(B) early　(C) middle　(D) meddle
【解析】選 C。
本句句意是：月亮在每月中旬變得最為圓滿。

【378】
in time　及時（英中）

1分鐘速記法　1分鐘檢定☺☹

5分鐘學習術　5分鐘檢定☺☹
【近似詞】▣ timely
【相關用語】out of time 不合時宜
【例句】We went to the movie just in time to see the beginning. 我們及時趕上電影開演。

9分鐘完整功　9分鐘檢定☺☹
這則片語一般是用在句中與句尾，而不用於句首。in time 是「及時」的意思，而 on time 是「準時、按時」的意思，兩者的差別應分清楚。其他相似片語：in time/times of「在……的時候」；in bad time「延誤、延遲」；in good time「及時地」；in no time、in less than no time「立即、立刻」；in one's own good time「在某人方便的時候」；in one's own time「在某人閒暇的時候」。
【小試身手】You have to repay your parents _____, otherwise you will regret forever.
(A) in spare time　(B) on time　(C) in time　(D) out of time
【解析】選 C。
本句句意是：你要及時回報父母，否則將後悔莫及。

【379】
in trouble　起衝突；處於困境（英中）

1分鐘速記法　1分鐘檢定☺☹

5分鐘學習術　5分鐘檢定☺☹
【近似詞】in conflict 起衝突；in difficult position 處於困境
【相關用語】be forced into a corner 被逼到絕境
【例句】He was in trouble with his boss yesterday. 他昨天和老闆起衝突。

9分鐘完整功　　　9分鐘檢定 ☺☹

in trouble 後面若要接人，必須要加上 with 才可以。表示「與人起衝突」時，用法：S ＋ be V ＋ in trouble ＋ with ＋ 人。此片語也可以當作「（未婚婦女）懷孕」的意思。

【小試身手】Ross got _____ for he offended his boss in the presence of everyone.
(A) in double　(B) in trouble　(C) in tumble　(D) in tremble
【解析】選 B 。
本句句意是：羅斯因在大家面前得罪老闆而惹上麻煩。

【380】

in vain 無用的（英中）

1分鐘速記法　　　1分鐘檢定 ☺☹

5分鐘學習術　　　5分鐘檢定 ☺☹

【近似詞】 useless ； uselessly
【相關用語】 beat the air 徒勞無功
【例句】 All the doctors' effort was in vain and the man finally died. 所有醫生的努力都沒有用，那名男子終究還是死了。

9分鐘完整功　　　9分鐘檢定 ☺☹

此片語可當形容詞或副詞片語。放在 be V 之後當作形容詞；放在一般動詞後面則是用來修飾一般動詞的副詞片語。vain 是指「想法、行動、努力等未獲致好結果」的意思。其副詞是 vainly ；名詞是 vainness 。

【小試身手】He gave almost what he has to please her, but _____.
(A) in hand　(B) in use　(C) in vain　(D) in trouble
【解析】選 C 。
本句句意是：他幾乎傾盡所有去討好她，但仍然徒勞無功。

【381】

in view of 鑑於；考慮到（英中）

1分鐘速記法　　　1分鐘檢定 ☺☹

5分鐘學習術　　　5分鐘檢定 ☺☹

【近似詞】 in the light of ； in consideration of
【相關用語】 in terms of 依據
【例句】 The judge decided not to send the thief to prison in view of the fact that he was 90 years old. 考慮到這小偷已經九十歲高齡，法官決定不把他送進監牢。

9分鐘完整功　　　9分鐘檢定 ☺☹

view 是指「在視野之內看得見的景象」之意，同時也可當「見解、觀點」的意思。view 當動詞時有「認為、考慮、觀看」等意思。相關片語：bird's eye view「鳥瞰」；come into view「看得見」。

【小試身手】Alice decided to forgive the fraud _____ the fact that he had an old mother. （選出錯的）
(A) in view of　(B) in terms of　(C) in case of　(D) in the light of
【解析】選 C 。
本句句意是：考慮到這個騙子有個老母親，艾莉絲決定原諒他。

【382】

indulge in 沉迷；放縱（英高）

1分鐘速記法　　　1分鐘檢定 ☺☹

5分鐘學習術　　　5分鐘檢定 ☺☹

【近似詞】 be addicted to 沈迷
【相關用語】 on the loose 不受約束的
【例句】 I will indulge in a bottle of good wine tonight. 今晚我想放縱自己，好好享受一瓶美酒。

9分鐘完整功　　　9分鐘檢定 ☺☹

此片語有「過度放縱、沉迷」的負面意思。用法：S ＋ indulge in ＋（代）名詞。相似片語：indulge oneself with ＋（代）名詞「讓自己好好享受某事物」。由 indulge 衍生的字彙有：indulgent「沉溺的」，介系詞加 to/with ； indulgence「沉溺、放縱」，介系詞用 in 。

【小試身手】The computer nerd indulged himself _____ playing online games, being a social misfit.
(A) X　(B) in　(C) to　(D) on
【解析】選 B 。
本句句意是：這個電腦狂沉迷於線上遊戲，對於人際相處一竅不通。

【383】

insist on 堅持（英高）

1分鐘速記法　　　1分鐘檢定 ☺☹

5分鐘學習術　　　5分鐘檢定 ☺☹

【近似詞】 persist in
【相關用語】 hold fast to 堅持
【例句】 He always insists on his thought. 他總是堅持自己的想法。

MP3 152

9分鐘完整功　9分鐘檢定☺☹

用法：S ＋ insist on ＋（代）名詞。insist 是動詞，其名詞是 insistence；形容詞是 insistent；副詞是 insistently。注意 insist 的用法很特別，若強調堅持某人的某種行為時，用法為：S ＋ insist on ＋ one's Ving，如：He insisted on her coming to the party.「他堅持要她參加派對。」insist 後面也可不用介系詞，改用 that ＋ 子句。

【小試身手】Wild strawberry movement students insisted _____ the president had to apologize.
(A) for　(B) in　(C) that　(D) on
【解析】選 C。
本句句意是：野草莓學運學生堅持總統必須道歉。

【384】
interfere in　干涉；干預（英中）

1分鐘速記法　1分鐘檢定☺☹

5分鐘學習術　5分鐘檢定☺☹

【近似詞】intervene in/between
【相關用語】meddle in 干涉
【例句】We have no right to interfere in their private affairs. 我們沒有權力干涉他們的私事。

9分鐘完整功　9分鐘檢定☺☹

用法：S ＋ interfere in ＋ 事情。這裡的 in 也可以用 with 代替。interfere 和 meddle 都有「干涉、妨礙」的意思，其差別為：interfere 是指「以行動或語言加以干涉、妨礙」；meddle 是指「並無權力，也未受邀請而管閒事」。

【小試身手】Politics should not interfere _____ justice.
(A) with　(B) on　(C) to　(D) above
【解析】選 A。
本句句意是：政治不應干預司法。

【385】
jeer at　嘲笑；戲弄（英中）

1分鐘速記法　1分鐘檢定☺☹

5分鐘學習術　5分鐘檢定☺☹

【近似詞】mock at；scoff at
【相關用語】prank 惡作劇
【例句】Don't jeer at those who are physically challenged. 不要嘲笑身心障礙人士。

9分鐘完整功　9分鐘檢定☺☹

用法：S ＋ jeer at ＋ 人事物。jeer 是指「公然使

用不雅的言詞攻擊他人，或將對方當傻瓜取笑」的意思。jeer 也可當名詞，表「奚落、嘲笑的語句」。

【小試身手】The nasty man _____ at her birthmark on the face.（選出錯的）
(A) jeered at　(B) laughed at　(C) mocked at　(D) made fun at
【解析】選 D。
本句句意是：這個惡劣的男人嘲笑她臉上的胎記。

【386】
join hands　握手；聯手（英初）

1分鐘速記法　1分鐘檢定☺☹

5分鐘學習術　5分鐘檢定☺☹

【近似詞】join forces；cooperate
【相關用語】hand in hand 攜手
【例句】Please join hands with your opponent. 請跟你的對手握手。

9分鐘完整功　9分鐘檢定☺☹

此片語當「握手」解釋時，要加上介系詞 with，表示跟某人握手。這裡的 hands 要加 s，因為握手不會只有單獨一隻手，一定要同時有兩隻手才可以產生「握」的動作。

【小試身手】The president _____ with the ambassador from Guatemala.（選出錯的）
(A) shaked hands　(B) clasped hands　(C) joined hands　(D) shook hands
【解析】選 A。
本句句意是：總統和來自瓜地馬拉的大使握手。

【387】
just now　此刻；馬上（英初）

1分鐘速記法　1分鐘檢定☺☹

5分鐘學習術　5分鐘檢定☺☹

【近似詞】at present；right away
【相關用語】immediately 立刻
【例句】I am very busy just now. 我此刻非常的忙碌。

9分鐘完整功　9分鐘檢定☺☹

此片語在當「此刻」的意思解時，應與狀態動詞（正在進行的動作，如 cook、swim、run 等等）的現在式一起使用。當「馬上」的意思解時，則可以跟未來式一起使用。

【小試身手】Are you confronting traffic accidents? Call the police _____.

(A) instant　(B) all at once　(C) just away　(D) right now

【解析】選 D。

本句句意是：你正面臨交通事故糾紛嗎？立刻打電話給警察！

【388】

just the same　相同（英初）

1分鐘速記法　　　　　　1 分鐘檢定 ☺☹

5分鐘學習術　　　　　　5 分鐘檢定 ☺☹

【近似詞】🔲 alike
【相關用語】🔲 resemblance 相似
【例句】The two pictures are just the same. 這兩幅畫是完全相同的。

9分鐘完整功　　　　　　9 分鐘檢定 ☺☹

此片語可當形容詞片語也可當副詞片語。just 這個字在當形容詞時，意思是「正直的、正當的」；當副詞時，則是「正巧、剛才、僅、完全、非常」的意思。

【小試身手】How come their answers are _____? I'm skeptical about whether they cheated in the exam.
(A) just as well　(B) just the same　(C) just now
(D) just about

【解析】選 B。

本句句意是：他們的答案怎麼會一模一樣？我懷疑他們是否在考試中作弊。

🎓 菁英幫小提醒：just as well 意為「幸好、無妨」。

【389】

keep a diary　寫日記（英初）

1分鐘速記法　　　　　　1 分鐘檢定 ☺☹

5分鐘學習術　　　　　　5 分鐘檢定 ☺☹

【近似詞】keep a journal
【相關用語】🔲 logbook 日誌
【例句】Keeping a diary is a good habit. 寫日記是一種很好的習慣。

9分鐘完整功　　　　　　9 分鐘檢定 ☺☹

在「寫日記」這個片語裡，動詞一定要用 keep，而不能用 write，因為「書寫」的英文雖然是 write，但 keep a diary 是一種慣用法，加上「keep」本身有「保持某一種狀態」或「持續某事」的意思，而且寫日記本來就是一種持續性的習慣，不可能今天寫，明天又不寫了，如果是這樣就不叫

「日記」了，所以在使用上要記住這個觀念及用法。

【小試身手】Thanks for her habit of _____ a diary, the secrets of the suicide has come to the light.
(A) putting down　(B) writing　(C) keeping　(D) portraying

【解析】選 C。

本句句意是：幸虧她有寫日記的習慣，關於這件自殺的祕密得以水落石出。

【390】

keep abreast of　與……並駕齊驅；不落人後（英高）

1分鐘速記法　　　　　　1 分鐘檢定 ☺☹

5分鐘學習術　　　　　　5 分鐘檢定 ☺☹

【近似詞】keep pace with
【相關用語】on a par with 伯仲之間
【例句】He must keep abreast of information because he is a computer engineer. 因為他是電腦工程師，所以在資訊知識方面必須保持不落人後。

9分鐘完整功　　　　　　9 分鐘檢定 ☺☹

動詞 keep 也可改用 stay 代換，意義不變。abreast 是副詞，為「並列、並排、並肩」的意思。相關片語：abreast of/with「保持與……並列」，此為副詞片語，小心不要忘記加入動詞。

【小試身手】Indomitable as Wilson, he tries his best to _____ peers.
(A) keep away from　(B) keep abreast of　(C) keep a tab on　(D) keep a tight rein on

【解析】選 B。

本句句意是：威爾森非常好強，用盡全力以求和同儕並駕齊驅。

🎓 菁英幫小提醒：keep a tab on 表示「記錄、監視」之意。

【391】

keep away　遠離；避開（英初）

1分鐘速記法　　　　　　1 分鐘檢定 ☺☹

5分鐘學習術　　　　　　5 分鐘檢定 ☺☹

【近似詞】keep a distance from；🔲 avoid
【相關用語】🔲 evade 遠離、避開
【例句】An apple a day keeps the doctors away. 一天一顆蘋果，醫生遠離我。

9分鐘完整功　　　　　　9 分鐘檢定 ☺☹

keep away 是及物動詞片語，所以受詞可以加在

J

K

MP3 ◄)) 153

keep 跟 away 之間，或是用 keep away from ＋ 受詞。「與……保持距離」或「避免」的用法還有：prevent ～ from、stop ～ from、prohibit ～ from。

【小試身手】The child is keeping away ＿＿＿＿ the smelly swagman.
(A) from　(B) X　(C) of　(D) on
【解析】選 A。
本句句意是：這個小孩一直想避開那個臭氣沖天的流浪漢。

【392】

keep in mind 記住（英中）

1分鐘速記法　　　　1分鐘檢定☺☹

5分鐘學習術　　　　5分鐘檢定☺☹
【近似詞】bear in mind；commit to memory
【相關用語】unfadable 難忘的
【例句】Please keep in mind that you promise to visit me at six o'clock. 別忘記你答應我六點要過來找我。

9分鐘完整功　　　　9分鐘檢定☺☹
keep in mind 是及物動詞片語，受詞若是代名詞，要放在 keep 之後；若為名詞則放在 mind 之後。相似片語：keep in「抑制（感情）、將（學生）留下（以示懲罰）、足不出戶」；keep in with「與……保持友好」；keep from「避免」；keep off「遠離」；keep out「阻止」。
【小試身手】Please ＿＿＿＿ in mind that whatever you become, I still love you.
(A) keep　(B) kept　(C) keeping　(D) to keep
【解析】選 A。
本句句意是：請你記得，無論你變成什麼樣子，我都會一直愛著你。

【393】

keep on 繼續做……（英初）

1分鐘速記法　　　　1分鐘檢定☺☹

5分鐘學習術　　　　5分鐘檢定☺☹
【近似詞】go on
【相關用語】give up 放棄
【例句】He keeps on smoking all the time. 他一直抽煙。

9分鐘完整功　　　　9分鐘檢定☺☹
當 keep on 作「繼續……」的意思解時，在 on 的後面要加 Ving，以表示某種斷斷續續動作之重複，而

---

keep ＋ Ving 是表示「動作及狀態之持續進行」的意思。另外，keep on 跟 continue 的用法略有不同，continue 的後面可以接 Ving、名詞或不定詞；而 keep on 若後面接的是名詞或代名詞，則要在 on 的後面加上 with，即 S ＋ keep on with ＋（代）名詞。
【小試身手】The girl at the corner ＿＿＿＿ murmuring as if she is talking to someone.
(A) keeps off　(B) keeps up　(C) keeps away from
(D) keeps on
【解析】選 D。
本句句意是：那個角落的女孩一直喃喃自語，好像她在跟別人說話一般。

【394】

keep one's temper 控制脾氣（英高）

1分鐘速記法　　　　1分鐘檢定☺☹

5分鐘學習術　　　　5分鐘檢定☺☹
【近似詞】control one's temper
【相關用語】emotional quotient 情緒商數
【例句】I think you should learn to keep your temper. 我認為你應該學習控制脾氣。

9分鐘完整功　　　　9分鐘檢定☺☹
temper 是「脾氣、情緒」的意思，與 temper 相關的片語有：a hot temper「急性子」；get into a bad temper「發怒」；show temper「動怒」；lose one's temper ＝ get out of temper「動怒」；in a temper「生著氣」；frayed tempers「眾怒」；recover one's temper「恢復平靜」。
【小試身手】The merit I appreciate her most is that she always keeps her ＿＿＿＿ in every terrible situation.
(A) ambiance　(B) atmosphere　(C) temper　(D) personality
【解析】選 C。
本句句意是：我最欣賞她的優點就是，無論情況多麼惡劣，她總是能控制她的脾氣。

【395】

keep up 保持（英中）

1分鐘速記法　　　　1分鐘檢定☺☹

5分鐘學習術　　　　5分鐘檢定☺☹
【近似詞】continue；maintain
【相關用語】hold on 保持
【例句】He kept up a correspondence with Tom. 他和湯姆保持聯絡。

🧑‍🎓9分鐘完整功　　　　9分鐘檢定☺☹

這片語在當「繼續、保持」的意思解時，為及物動詞片語，受詞若是代名詞，要放在 up 之前，若為名詞，則置於 up 之前之後都可以。當「熬夜、依然同樣」的解釋使用時，是不及物動詞片語。

【小試身手】No matter how lonely you are, you have to _____.
(A) stick to　(B) keep up　(C) give up　(D) hold up
【解析】選 B。
本句句意是：不管你有多孤單，都必須堅持下去。

　🎓菁英幫小提醒：stick to sth 意為「忠於、信守」。

【396】
keep up with　趕上（英中）

🧑‍🎓1分鐘速記法　　　　1分鐘檢定☺☹

🧑‍🎓5分鐘學習術　　　　5分鐘檢定☺☹
【近似詞】catch up with；get abreast of
【相關用語】lag behind 落後
【例句】In order to keep up with the class, you have to study harder. 為了要趕上其他同學，你必須要更努力用功。

🧑‍🎓9分鐘完整功　　　　9分鐘檢定☺☹

keep up with 是不及物動詞片語，受詞要放在 with 之後。此片語是指「用各種速度趕上」的意思。用法：S + keep up with + （代）名詞。此處 keep 也可改用 catch 代換，意義不變。
【小試身手】Without basic knowledge of program language, I have to strive to _____ my classmates.
(A) catch on　(B) lag behind　(C) keep away from
(D) keep up with
【解析】選 D。
本句句意是：因為缺乏程式語言的基礎，我必須努力趕上我的同學。

【397】
knock against　撞到；碰到（英高）

🧑‍🎓1分鐘速記法　　　　1分鐘檢定☺☹

🧑‍🎓5分鐘學習術　　　　5分鐘檢定☺☹
【近似詞】collide with
【相關用語】knock on the head 使不可能實現
【例句】He was knocked against a car yesterday. 他昨天被一輛車子撞到。

🧑‍🎓9分鐘完整功　　　　9分鐘檢定☺☹

用法：S + knock against +（代）名詞。與 knock 相關的片語有：knock down「殺價、推翻」；knock it off「住口」；knock off「下跌、中止」；knock one's socks off「徹底擊潰」；knock up「使筋疲力竭」；take a knock「受到負面影響」。
【小試身手】The truck knocked _____ a motorcycle and ran away.
(A) at　(B) on　(C) against　(D) in
【解析】選 C。
本句句意是：一輛卡車撞到機車後逃逸。

　🎓菁英幫小提醒：hit-and-run 表示「肇事逃逸」。

【398】
knock out　擊昏；打敗（英高）

🧑‍🎓1分鐘速記法　　　　1分鐘檢定☺☹

🧑‍🎓5分鐘學習術　　　　5分鐘檢定☺☹
【近似詞】🔵 defeat
【相關用語】🔵 knockout 萬人迷
【例句】The baseball team has knocked out the last champion team finally. 這支棒球隊終於打敗上屆的冠軍球隊。

🧑‍🎓9分鐘完整功　　　　9分鐘檢定☺☹

knock out 用在棒球活動中，是指「用強力的打擊迫使對方投手被撤換」的意思。若把 knock out 連成一個字，成為 knockout 時，可當形容詞，意為「擊倒對手的、淘汰的」；也可當名詞，意為「擊倒、讓人留下深刻印象的人事物」，常用來指稱迷人的女性。
【小試身手】I was totally _____ by the eloquence of the opposite first speaker.
(A) knocked out　(B) destroyed　(C) admired　(D) defeating
【解析】選 A。
本句句意是：我完全為對方主辯的口才折服。

【399】
lack of　缺少；不足（英初）

🧑‍🎓1分鐘速記法　　　　1分鐘檢定☺☹

🧑‍🎓5分鐘學習術　　　　5分鐘檢定☺☹
【近似詞】be short of
【相關用語】🔵 surplus 多餘
【例句】I cannot buy new clothes because of my lack of money. 我因為缺錢，所以無法買新衣服。

K
L

317

MP3 154

9分鐘完整功　9分鐘檢定 ☺☹

這句片語的 lack 當名詞用，所以後面必須加上of，再加上名詞或 Ving 作為受詞。若 lack 當動詞用，則不需要加 of，直接加名詞即可；也可以當不及物動詞使用，用法為 lack for sth。
【小試身手】The man thinks his main reason of boredom is _____ girlfriend.
(A) less than　(B) short for　(C) lack of　(D) more than
【解析】選 C。
本句句意是：這個男人認為他感到無趣的主因是沒有女朋友。

【400】
last but not least 最後卻並非最不
重要的一點（英高）

1分鐘速記法　1分鐘檢定 ☺☹

5分鐘學習術　5分鐘檢定 ☺☹
【近似詞】last but by no means least
【相關用語】above all 最重要的
【例句】Last but not least, I want to thank anyone who has ever helped me. 最後但並非最不重要的是，我要感謝所有曾經幫助過我的人。

9分鐘完整功　9分鐘檢定 ☺☹
此片語節選自莎士比亞的名句。經常用於演講或作文時的總結，一般撰寫英文論說文時，常用 first of all、secondly 等序列方式羅列論點，當提到最後一點時，可以用 finally、lastly，也可以使用 last but not least。
【小試身手】Last but not _____, concentration also plays a key role in learning.
(A) lest　(B) least　(C) last　(D) lost
【解析】選 B。
本句句意是：最後但並非最不重要的是，專注對於學習而言也非常重要。

【401】
laugh at 嘲笑；一笑置之（英初）

1分鐘速記法　1分鐘檢定 ☺☹

5分鐘學習術　5分鐘檢定 ☺☹
【近似詞】ridicule 嘲笑；mock 嘲笑
【相關用語】make fun of 捉弄
【例句】Nobody likes to be laughed at. 沒有人喜歡被嘲笑。

9分鐘完整功　9分鐘檢定 ☺☹
laugh at 後面接的受詞若為事物，則表示笑或譏笑的對象是某事物；若後面接的受詞是人，則表示嘲笑的對象是人。相關片語：laugh away「用笑掩飾、一笑置之」；laugh down「用笑聲打斷」、laugh sth/sb. out of court「一笑置之、用笑打發」。
【小試身手】Stop _____ at her perm. I think it's not bad except it looks a little old-fashioned.
(A) laughed　(B) being laughed　(C) to laugh　(D) laughing
【解析】選 D。
本句句意是：別再笑她燙的頭髮了。我倒覺得還不差，只是看起來有點老氣。

【402】
lay down 放下；鋪設（英初）

1分鐘速記法　1分鐘檢定 ☺☹

5分鐘學習術　5分鐘檢定 ☺☹
【近似詞】put down；set down
【相關用語】lay aside 擱置
【例句】He had to lay down his arms under the watchful eyes of people. 在眾目睽睽下，他只好放下武器。

9分鐘完整功　9分鐘檢定 ☺☹
lay down 是及物動詞片語，所以在 lay 跟 down 之間可以加受詞。lay 的動詞三態是：lay；laid；laid。相關片語：lay down the law「發號施令」；lay back「放回原處」；lay off「解雇」；lay stress on「著重」。
【小試身手】The exam monitor _____ down the chalk and announced the exam started.
(A) lied　(B) layed　(C) laid　(D) lay
【解析】選 C。
本句句意是：監考人員放下粉筆，宣布考試開始。

【403】
lay off 解雇；遠離某人（英中）

1分鐘速記法　1分鐘檢定 ☺☹

5分鐘學習術　5分鐘檢定 ☺☹
【近似詞】dismiss 解雇
【相關用語】get the ax 遭到解雇
【例句】The company laid off 50 workers this year. 公司今年裁掉了五十名勞工。

9分鐘完整功　　9分鐘檢定 ☺☹

lay off 在當「解雇」的意思解時，是指「由於經濟不景氣或營運不善，必須將工人解僱，非工人有過失而予以解僱」的意思，同義字有 **fire**、**expel** 和 **ax**；在當「遠離某人」的意思解時，是指「某人必須停止碰觸或批評他人」的意思。

【小試身手】Do you prefer to be _____ or get unpaid leaves?
(A) laid off　(B) got the ax　(C) got the sack　(D) layed off
【解析】選 A。
本句句意是：你寧願被解僱還是要放無薪假？

【404】

lay out　展示；安排（英中）

1分鐘速記法　　1分鐘檢定 ☺☹

5分鐘學習術　　5分鐘檢定 ☺☹

【近似詞】 display 展示； arrange 安排
【相關用語】 exhibition 展覽、陳列
【例句】These buildings were laid out by a famous architect. 這些被展示的建築物都是出自一位名建築師之手。

9分鐘完整功　　9分鐘檢定 ☺☹

若將 lay 跟 out 合在一起，變成 layout，就有「安排、設計、版面設計、陳列物、宅邸、大工廠、布局」等等的意思。若在 lay out 之間加入 sb.，表示「擊倒某人、嚴斥某人」；若加入的是 sth，表示「散布某物、解釋事件、花錢」。

【小試身手】The paintings _____ here was all drawn by Andy Warhol, the master of Pop Art.
(A) lain out　(B) layed out　(C) lied out　(D) laid out
【解析】選 D。
本句句意是：這裡展出的畫都出自普普藝術大師安迪沃荷之手。

【405】

learn one's lesson　從經驗中獲取教訓（英中）

1分鐘速記法　　1分鐘檢定 ☺☹

5分鐘學習術　　5分鐘檢定 ☺☹

【近似詞】learn a moral
【相關用語】 lecture 訓斥；告誡
【例句】You should learn your lesson from your carelessness. 你應該要從你的疏忽中學到教訓。

9分鐘完整功　　9分鐘檢定 ☺☹

lesson 是「課程」的意思，此處引申為「教訓」。**lesson** 也可當作動詞，有「上課」和「訓斥」兩種意義。相關片語：**teach sb. a lesson**「讓某人學到教訓」。

【小試身手】Lucy learned her _____ not to wear contact lenses over eight hours.
(A) lesson　(B) course　(C) class　(D) curriculum
【解析】選 A。
本句句意是：露西學到教訓，不要戴隱形眼鏡超過八個小時。

🎓 菁英幫小提醒：extracurricular 意指「課外的」。

【406】

leave a message for　留言給某人（英中）

1分鐘速記法　　1分鐘檢定 ☺☹

5分鐘學習術　　5分鐘檢定 ☺☹

【近似詞】leave words；write down a comment/note
【相關用語】pass on a message 傳話
【例句】Can I leave a message for your boss? 我可以留言給你的老闆嗎？

9分鐘完整功　　9分鐘檢定 ☺☹

用法：S＋leave a message for＋人。需要注意的是 message「訊息」跟 massage「按摩、推拿」的拼法非常相似（第二個字母一個是 e，一個是 a），所以在書寫時要特別小心。

【小試身手】Carol left a _____ for you that she had to go in advance.
(A) word　(B) massage　(C) message　(D) say
【解析】選 C。
本句句意是：卡蘿留話跟你說她必須先行離開。

【407】

leave behind　留下（英中）

1分鐘速記法　　1分鐘檢定 ☺☹

5分鐘學習術　　5分鐘檢定 ☺☹

【近似詞】 leave； remain
【相關用語】leave no stone unturned 千方百計
【例句】Don't forget to leave your telephone number behind. 別忘了留下你的電話號碼。

MP3 155

9分鐘完整功　9分鐘檢定☺☹

這則片語後面接的受詞可以放在 leave 跟 behind 之間。leave 的動詞三態為：leave；left；left。相關片語有：leave about「亂丟」；leave aside「不納入考慮」。

【小試身手】On seeing the police, the couple ran away immediately and left their daughter _____.
(A) off　(B) behind　(C) about　(D) along
【解析】選 B。
本句句意是：一看到警察，這對夫妻便拋下女兒拔腿就跑。

【408】
leave sb. alone　避免打擾某人（英中）

1分鐘速記法　1分鐘檢定☺☹

5分鐘學習術　5分鐘檢定☺☹
【近似詞】do not bother
【相關用語】 disturb 打擾
【例句】Leave them alone because they are studying. 別打擾他們，因為他們正在唸書。

9分鐘完整功　9分鐘檢定☺☹

此片語也可用 leave sb. be 代替。alone 是「單純的指人或物孤單或孤獨」的意思。此片語可以放在句首或句尾。另外，此片語在口語中，是指「不干涉」的意思。
【小試身手】Leave the lovelorn Bob _____. He needs silence.
(A) alone　(B) along　(C) lonely　(D) lonesome
【解析】選 A。
本句句意是：別去打擾失戀的鮑伯吧，他需要安靜。

【409】
lend an/one's ear to　注意聽；諦聽（英初）

1分鐘速記法　1分鐘檢定☺☹

5分鐘學習術　5分鐘檢定☺☹
【近似詞】listen carefully
【相關用語】 overhear 偶然聽到；偷聽
【例句】Please lend your ear to me. 請注意聽我說話。

9分鐘完整功　9分鐘檢定☺☹

lend 是「借」的意思，借一隻耳朵給別人，那就表示別人希望你能注意聽他說話，用這種方式思考比較容易記住這則片語。此片語的用法：S＋lend

an/one's ear to ＋ 受詞。lend 的動詞三態：lend；lent；lent。
【小試身手】Hey! _____ an ear to me. Can you turn down the music for a while?
(A) Loan　(B) Land　(C) Borrow　(D) Lend
【解析】選 D。
本句句意是：喂，請聽我說話。你可以把音樂關小聲一點嗎？

🎓菁英幫小提醒：turn off 表示「關掉」。

【410】
let ～ be　不要管（英初）

1分鐘速記法　1分鐘檢定☺☹

5分鐘學習術　5分鐘檢定☺☹
【近似詞】not to mind
【相關用語】 intervene 介入
【例句】Let him be. You can't take care of him forever. 不要管他，你不能一輩子照顧他吧！

9分鐘完整功　9分鐘檢定☺☹

let 的後面一定要加受格，不能加主格，在用法上要注意。這則片語的用法為：let ＋ 受格 ＋ be。let 是使役動詞，和 make、have 一樣有「讓、使」的意思，所以後面必須接原形動詞 be。
【小試身手】Let him _____. He must boomerang one day.
(A) be　(B) it　(C) X　(D) away
【解析】選 A。
本句句意是：別理他。他總有一天會自作自受。

【411】
let down　使……失望（英高）

1分鐘速記法　1分鐘檢定☺☹

5分鐘學習術　5分鐘檢定☺☹
【近似詞】 disappoint
【相關用語】 downhearted 沮喪的
【例句】His behavior lets his parents down. 他的行為讓父母親非常失望。

9分鐘完整功　9分鐘檢定☺☹

let down 是「使……失望」的意思，let sb. down，則是「讓某人失望」的意思。此片語也可以當「放下、掉落、減速」的意思解。與 let 相關的片語包括：let bygones be bygones「過去的就讓它過去吧」；let one's hair down「隨心所欲」。
【小試身手】Her being in two minds let him _____.

Chapter 4	Chapter 3	Chapter 2	Chapter 1
會話篇🕐	文法篇🕐	片語篇🕐	單字篇🕐

A B C D E F G H I J K L M N O P Q R S T U V W X Y Z

(A) off　(B) alone　(C) down　(D) out

【解析】選 **C**。

本句句意是：她的三心二意使他失望。

> 🎓 菁英幫小提醒：hesitate，動詞，意為「猶豫」。

【412】

let out　洩漏（英高）

👥 **1分鐘速記法**　　　1分鐘檢定☺☹

👥 **5分鐘學習術**　　　5分鐘檢定☺☹

【近似詞】leak out

【相關用語】give the show away 露出馬腳

【例句】Who let out the secret? 是誰洩漏了祕密？

👥 **9分鐘完整功**　　　9分鐘檢定☺☹

let out 的受詞可以放在 **let** 跟 **out** 之間。除了上述的意思之外，**let out** 還有「釋放、發出、放寬、放鬆、散會、解雇、放假、結束」等意思。俚語 **let the cat out of the bag**，也是「洩露消息」的意思。

【小試身手】A legislator ＿＿＿＿ that our president had extramarital affairs with a foreigner. However, he had no evidence.

(A) let down　(B) leaked out　(C) spilt out　(D) poured out

【解析】選 **B**。

本句句意是：一名立委爆料總統與一名外國人發生婚外情，然而他並沒有證據。

> 🎓 菁英幫小提醒：pour out，意指「傾訴（苦水、煩惱、不幸）」。

【413】

listen to　傾聽；聽從（英初）

👥 **1分鐘速記法**　　　1分鐘檢定☺☹

👥 **5分鐘學習術**　　　5分鐘檢定☺☹

【近似詞】apply one's ears to

【相關用語】🈲 unheard 不予理睬的

【例句】We should listen to our parents' words. 我們應該要聽父母的話。

👥 **9分鐘完整功**　　　9分鐘檢定☺☹

這則片語在當「聽人說話或聽音樂」的意思解時，後面一定要加 **to**，不可以直接用 **listen** ＋人或 **listen** ＋音樂，那是錯誤的用法，請讀者要特別注意。**listen** 和 **hear** 都有「聽」的意思，但兩者之間有很重要的差別：**listen** 是嘗試、有意圖地去聽，

hear 通常是無心、無意地聽到。

【小試身手】I usually listen ＿＿＿＿ Matthew Lien's music. He's a prominent environmental musician.

(A) at　(B) on　(C) X　(D) to

【解析】選 **D**。

本句句意是：我常常聽馬修連恩的音樂，他是個傑出的環保音樂家。

【414】

little by little　逐漸地；一點一點地
（英初）

👥 **1分鐘速記法**　　　1分鐘檢定☺☹

👥 **5分鐘學習術**　　　5分鐘檢定☺☹

【近似詞】inch by inch；by degrees

【相關用語】bit by bit 逐漸

【例句】The girl is growing up little by little. 這個小女孩正逐漸地長大。

👥 **9分鐘完整功**　　　9分鐘檢定☺☹

此片語中的 **by** 在這裡有「累積」的意思。因為這是一個副詞片語，所以它可以被放在句首或句尾。**little** 是「少」的意思，所以有「一點一點」的意思；若用 **foot**、**degree** 或 **stage** 取代，則有「一個階段、一個步驟、一個進程慢慢發展」的意思。

【小試身手】I think Paul and me have become unfamiliar to each other ＿＿＿＿.

(A) inch by inch　(B) by littles　(C) by grades　(D) state by state

【解析】選 **A**。

本句句意是：我覺得保羅和我漸漸變得生疏。

【415】

live on　以……為主食；靠……過活（英初）

👥 **1分鐘速記法**　　　1分鐘檢定☺☹

👥 **5分鐘學習術**　　　5分鐘檢定☺☹

【近似詞】feed on

【相關用語】🈲 staple 主食

【例句】After the drought, the tree still lives on. 乾旱過後，這棵樹仍然繼續存活著。

👥 **9分鐘完整功**　　　9分鐘檢定☺☹

這則片語在當「以……為主食」的意思解時，**on** 是介系詞。**live on** 也可以當「繼續生活」，而當「繼續生活」的意思解時，**on** 是副詞。**feed on** 與本片語一樣有「以……為主食」的意思，但 **live on** 通常用於人。

【小試身手】The victims besieged here ＿＿＿＿ the

MP3 156

food donation from other counties.
(A) make ends meet by　(B) feed on　(C) live on
(D) live off
【解析】選C。
本句句意是：被困在這裡的災民靠其他縣市的食物捐贈維生。

【416】

live up to　達到；實踐；按照（英初）

1分鐘速記法　1分鐘檢定 ☺☹

5分鐘學習術　5分鐘檢定 ☺☹
【近似詞】 ⑩ practice 實踐；in the way of 按照
【相關用語】get up to 達到
【例句】I have to live up to my words. 我必須要實踐我的諾言。

9分鐘完整功　9分鐘檢定 ☺☹
用法：S ＋ live up to ＋ 受詞。live up to 是指「遵守諾言或原則，達成期望或理想」的意思。live 在這裡等於 maintain「維持」的意思，而不作「生活」解。up to 的意思是「達到、高達」。
【小試身手】Katrina failed in the GRE test and could not _____ her expectation to study abroad.
(A) live up to　(B) live to up　(C) live up　(D) live to
【解析】選A。
本句句意是：卡崔娜的GRE測驗考差了，因此不能完成出國讀書的夢想。

【417】

long for　渴望（英初）

1分鐘速記法　1分鐘檢定 ☺☹

5分鐘學習術　5分鐘檢定 ☺☹
【近似詞】yearn for
【相關用語】⑯ longing 渴望
【例句】We are longing for peace. 我們渴望和平。

9分鐘完整功　9分鐘檢定 ☺☹
用法：S ＋ long for ＋ Ving/N。long 在這裡不作「長的」解，而當作動詞，意為「渴望」。for 也可以用 after 代換。若將 for 用 to 代換，則必須加原形動詞。
【小試身手】The Green Party members _____ preservation of the old camphor tree in the Songshan Tobacco Factory.
(A) are short for　(B) want for　(C) keep for　(D) long for
【解析】選D。

本句句意是：綠黨成員渴望保存松山菸廠的老樟樹。
　　🎓 菁英幫小提醒：want for「缺乏」。

【418】

look after　照顧；留心（英初）

1分鐘速記法　1分鐘檢定 ☺☹

5分鐘學習術　5分鐘檢定 ☺☹
【近似詞】pay attention to 留心
【相關用語】take care of 照顧
【例句】You should look after people around you. 你應該要留心你身邊的人。

9分鐘完整功　9分鐘檢定 ☺☹
此片語是「照料、照顧或看守」的意思，after 是介系詞，後面所接的名詞是其受詞。look 是「觀看」，after 是「在後方」，「從後方觀看」就有「關照、照顧」的意思，此法有助於背誦。
【小試身手】They hired an Indonesian housekeeper to _____ their baby.
(A) look over　(B) look down on　(C) look after
(D) look before
【解析】選C。
本句句意是：他們聘用一位印籍管家來照顧他們的嬰兒。
　　🎓 菁英幫小提醒：babysitter 意為「保母」。

【419】

look at　注視；考慮（英初）

1分鐘速記法　1分鐘檢定 ☺☹

5分鐘學習術　5分鐘檢定 ☺☹
【近似詞】stare at 注視；⑩ consider 考慮
【相關用語】⑩ stare 凝視
【例句】What are you looking at? 你在看什麼？

9分鐘完整功　9分鐘檢定 ☺☹
look 是不及物動詞，所以需要加一個介系詞。look at 表示「看見、看到」，look at 跟 watch 都有看到的意思，但 look at 是表示「注視靜態目標或對動態目標做短暫的視線停留」，而 watch 則表示「注視動態目標」，通常是暗示已經觀察了一段時間。另一個意思相近的動詞 see，強調的則是看到的「結果」，不若 look 強調的是觀看的「動作」。
【小試身手】Johnson _____ Angela as if he has never seen girls.
(A) sees　(B) looks at　(C) glances　(D) watches
【解析】選B。

本句句意是：詹森盯著安琪拉看，彷彿他從來沒看過女孩一般。

貓咪們。

【420】

look down on 輕視（英中）

🧑1分鐘速記法　　　　1分鐘檢定 ☺☹

🧑5分鐘學習術　　　　5分鐘檢定 ☺☹

【近似詞】turn one's nose up at
【相關用語】make light of 輕視
【例句】We should not look down on illiterate persons. 我們不應該輕視那些不識字的人。

🧑9分鐘完整功　　　　9分鐘檢定 ☺☹

用法：S ＋ look down on ＋人。down 是「向下」，因此 look down 有「輕視、鄙夷」的意思；反之，look up 則是「向上看」，有尊敬的意思，其後的介系詞需用 to。
【小試身手】The seniors _____ the freshmen and spited them every now and then.
(A) looked down on　(B) looked up　(C) looked for
(D) looked after
【解析】選 A。
本句句意是：這些老鳥看不起菜鳥，經常刁難他們。

【421】

look for 尋找；期待（英初）

🧑1分鐘速記法　　　　1分鐘檢定 ☺☹

🧑5分鐘學習術　　　　5分鐘檢定 ☺☹

【近似詞】search for 尋找；⓿ expect 期待
【相關用語】⓿ forage 尋找（食物）
【例句】I am looking for my watch. 我在找我的手錶。

🧑9分鐘完整功　　　　9分鐘檢定 ☺☹

look for 跟 find 都有「找」的意思，而其中的差別是：look for 含有「正在尋找」的意思，而 find 則含有「已找到」的意思。search 和 seek 也有尋找的意思，雖然是同義，但還是有些許差別：look for 是通俗的日常用語；search for 是「尋找所失之物或所需的資料」；seek for 是指「謀求所需的東西」。
【小試身手】Those students are _____ the missing cats which he adopted before.
(A) looking ahead　(B) looking forward to　(C) expecting　(D) looking for
【解析】選 D。
本句句意是：那些學生正在尋找曾被他領養過的失蹤

【422】

look forward to 期待（英中）

🧑1分鐘速記法　　　　1分鐘檢定 ☺☹

🧑5分鐘學習術　　　　5分鐘檢定 ☺☹

【近似詞】⓿ expect
【相關用語】long for 渴望；期待
【例句】I am looking forward to the day when we shall be able to meet again. 我非常期待再相聚的那一天。

🧑9分鐘完整功　　　　9分鐘檢定 ☺☹

要切記這裡的 to 是介系詞，而非不定詞，所以不能直接接動詞，要接 Ving，要特別注意。用法：S ＋ look forward to ＋ N/Ving。forward 是介系詞「向前」，look forward 表示「前瞻、放眼未來」。
【小試身手】I'm looking forward to _____ around the Dadaocheng Wharf with Wilson.
(A) cycled　(B) cycle　(C) cycling　(D) go cycling
【解析】選 C。
本句句意是：我很期待和威爾森一起到大稻埕碼頭騎腳踏車。

【423】

look into 調查；研究（英初）

🧑1分鐘速記法　　　　1分鐘檢定 ☺☹

🧑5分鐘學習術　　　　5分鐘檢定 ☺☹

【近似詞】⓿ examine；⓿ investigate
【相關用語】inquire into 調查
【例句】I want to look into what happened. 我要調查發生了什麼事。

🧑9分鐘完整功　　　　9分鐘檢定 ☺☹

此片語是指「研究或調查某一件事」的意思，look into 不可以拆開來使用。「into」這個介系詞有「到……裡面」的意思，look into 代表「深入觀看」，就等於「調查、研究」。
【小試身手】The medical examiner _____ the remains in the girl's fingernails. （選出錯的）
(A) looked into　(B) scrutinized　(C) investigated
(D) looked through
【解析】選 D。
本句句意是：法醫研究女孩指甲裡的殘留物質。

MP3 🔊 157

【424】

look out 看外面；當心（英初）

1分鐘速記法　1分鐘檢定 ☺☹

5分鐘學習術　5分鐘檢定 ☺☹

【近似詞】look outside 看外面；be careful 當心
【相關用語】take care 小心
【例句】You have to look out when you walk.
當你走路時，必須要當心。

9分鐘完整功　9分鐘檢定 ☺☹

look out 用於當別人陷於危險而不自知時，提醒對方當心，若要對方警戒某種危險事物，則應該在該事物之前加 with。若 look out 連在一起，變成 lookout，則是指「守衛、護衛」的意思。watch out 也有「小心、當心」的意思。
【小試身手】_____! An old lady is crossing the street.
(A) Look out　(B) Get out　(C) Go out　(D) Let out
【解析】選 A。
本句句意是：當心！一個老太太正在過馬路。

【425】

look over 仔細檢查（英初）

1分鐘速記法　1分鐘檢定 ☺☹

5分鐘學習術　5分鐘檢定 ☺☹

【近似詞】ⓥ check 仔細檢查
【相關用語】keep a check on 檢查
【例句】Did you look over the proposal you gave me? 你檢查過你交給我的提案嗎？

9分鐘完整功　9分鐘檢定 ☺☹

look over 通常用於檢查文件這一類的東西，受詞若是名詞就置於 over 之後，若是代名詞就置於 over 之前。要注意的是，當 look over 順序調換並且合為一個字 overlook 時，此時字義變成「忽略」，應當小心留意。
【小試身手】The customs officers _____ every suitcase to make sure there is no explosive.
(A) look at　(B) look for　(C) look over　(D) look out
【解析】選 C。
本句句意是：海關人員仔細檢查每個行李，以確認沒有爆裂物。

　🎓 菁英幫小提醒：combustible 字義為「可燃物」。

【426】

look up 往上看；查閱（英初）

1分鐘速記法　1分鐘檢定 ☺☹

5分鐘學習術　5分鐘檢定 ☺☹

【近似詞】ⓥ consult 查閱
【相關用語】refer to 查閱
【例句】Look up! There is a rainbow in the sky. 看上面！天空有一道彩虹呢！

9分鐘完整功　9分鐘檢定 ☺☹

look up 是及物動詞，特別是指「翻查字典或目錄」的意思，如翻查單字或電話號碼。look up 也可以指「抬頭、仰望」的意思。相反片語：look down，表示「回頭、向下看」。
【小試身手】Do not _____ the dictionary as soon as you see an unknown word. Try to guess the meaning.
(A) look up to　(B) consult　(C) examine　(D) look in on
【解析】選 B。
本句句意是：不要一發現陌生字彙就查字典。試著猜猜看字義。

【427】

look up to 尊敬（英中）

1分鐘速記法　1分鐘檢定 ☺☹

5分鐘學習術　5分鐘檢定 ☺☹

【近似詞】ⓥ admire
【相關用語】think highly of 敬佩
【例句】The students all look up to the old history teacher. 學生們都很尊敬那位年邁的歷史老師。

9分鐘完整功　9分鐘檢定 ☺☹

用法：S ＋ look up to ＋人。相似片語：look up「往上看、（景氣）變好、查出、探訪」；look up and down「四處尋找、上下打量」。
【小試身手】I _____ Lin Huai-Min most for he brings artistic presentation to the countryside.（選出錯的）
(A) admire　(B) look up to　(C) honor　(D) look down on
【解析】選 D。
本句句意是：我最尊敬林懷民的原因是，他將藝術表演帶進鄉村。

【428】

lose one's temper　發脾氣（英中）

1分鐘速記法　　1分鐘檢定☺☹

5分鐘學習術　　5分鐘檢定☺☹

【近似詞】動 rage；get irritated
【相關用語】bridle at 動怒
【例句】My mother lost her temper when she saw the room in such a mess. 當媽媽看到房間一團亂時，就發脾氣了。

9分鐘完整功　　9分鐘檢定☺☹

lose 動詞三態：lose；lost；lost。temper 可當「情緒」，也可當「怒氣」，需由上下文來判定。temper 當動詞時則有「鍛鍊、陶冶」的意思，小心勿與拼法相似的單字 temple「寺廟」混淆。
【小試身手】The elegant attendant finally _____ her temper because the man touched her bottom deliberately.
(A) loses　(B) loss　(C) lost　(D) kept
【解析】選 C。
本句句意是：優雅的空姐終於因有個男人故意摸她的臀部而發怒。

【429】

make a decision　做決定（英中）

1分鐘速記法　　1分鐘檢定☺☹

5分鐘學習術　　5分鐘檢定☺☹

【近似詞】make up one's mind；determine on
【相關用語】形 indecisive 優柔寡斷的
【例句】I made a decision to be a diplomat in my childhood. 我自小時候開始，便下定決心要當個外交官。

9分鐘完整功　　9分鐘檢定☺☹

decision 是名詞，意為「決定、決心、結論、判決」，動詞為 decide，形容詞為 decisive「決定性的、果斷的」。此片語可直接以 decide 取代。相關片語：decide on sb./sth「選擇」；decide against「決定不……」。
【小試身手】Both movies are worth seeing. It's hard for me to make a _____.
(A) determination　(B) destruction　(C) destination
(D) decision
【解析】選 D。
本句句意是：兩部電影都值得一看，我很難做決定。

【430】

make a fortune　發財；致富（英初）

1分鐘速記法　　1分鐘檢定☺☹

5分鐘學習術　　5分鐘檢定☺☹

【近似詞】become rich；make money
【相關用語】hit the jackpot 中大獎
【例句】He made a fortune because he won the lottery. 因為中了樂透彩，所以他發財了。

9分鐘完整功　　9分鐘檢定☺☹

make 在英文中是擁有眾多意思的字彙之一，它會隨著後面所接字彙的意義不同而有不同的解釋，但大致上仍保有「製造或使某物產生」的意思。make 在這裡的意思是「賺或得」；fortune 是「財富」的意思，為不可數名詞，但在這裡是特殊用法。
【小試身手】Jay Chou made a _____ for his excellent music talent.
(A) destiny　(B) fortune　(C) rich　(D) wealthy
【解析】選 B。
本句句意是：周杰倫因出色的音樂才華而致富。

【431】

make a living　謀生（英中）

1分鐘速記法　　1分鐘檢定☺☹

5分鐘學習術　　5分鐘檢定☺☹

【近似詞】earn a living；boil the pot
【相關用語】bread and butter 生計；謀生之道
【例句】I make a living by writing. 我靠寫作謀生。

9分鐘完整功　　9分鐘檢定☺☹

相關片語：beat the living daylights out of sb. 「重重擊垮」；every living soul「每個人」；living end「最好的人」；living death「行屍走肉」；living on borrowed time「不久人世」。
【小試身手】My grandfather makes a _____ by selling Indian costumes and accessories.
(A) living　(B) life　(C) live　(D) alive
【解析】選 A。
本句句意是：我的祖父靠賣印度衣飾謀生。

🎓 菁英幫小提醒：make ends meet 意指「使收支平衡」。

MP3 158

【432】
make a mistake　犯錯（英初）

1分鐘速記法　1分鐘檢定 ☺☹

5分鐘學習術　5分鐘檢定 ☺☹
【近似詞】commit an error
【相關用語】slip up 失誤；出錯
【例句】I made a mistake in my composition.
我在作文上犯了一個錯誤。

9分鐘完整功　9分鐘檢定 ☺☹
此片語可以用複數的形式（make mistakes），也可以用單數的形式（make a mistake），就看錯誤是單一還是很多來區分。指涉「錯誤」的單字很多，差別在於：fault 通常與受到的責備直接相關，側重於造成錯誤的主觀責任；而 mistake 和 error 意義較為相近，通常較注重於犯錯的客觀事實。
【小試身手】Cathy made several grammatical _____ in this composition.（選出錯的）
(A) flaws　(B) errors　(C) mistakes　(D) faults
【解析】選 A。
本句句意是：凱西在這篇作文中犯了許多文法錯誤。

【433】
make an effort to　試著（英中）

1分鐘速記法　1分鐘檢定 ☺☹

5分鐘學習術　5分鐘檢定 ☺☹
【近似詞】try
【相關用語】trial and error 反覆嘗試摸索
【例句】You should make an effort to stop smoking. 你應該試著戒菸。

9分鐘完整功　9分鐘檢定 ☺☹
這裡的 to 是不定詞，所以後面要接動詞原形。用法：S + make an effort to + V。同義字和片語包括：attempt；have a go；have/take a shot at；give sth a whirl。
【小試身手】Mandy _____ to accommodate herself to the social intercourses.（選出錯的）
(A) strived　(B) tried　(C) spared no effort　(D) efforted
【解析】選 D。
本句句意是：曼蒂試著讓自己適應社交應酬。
　🎓 菁英幫小提醒：spare no effort 表示「不遺餘力」。

【434】
make believe　假裝；想像（英中）

1分鐘速記法　1分鐘檢定 ☺☹

5分鐘學習術　5分鐘檢定 ☺☹
【近似詞】⑩ pretend 假裝；⑩ imagine 想像
【相關用語】⑩ picture 想像
【例句】I made believe that I were a bird. 我想像自己是一隻鳥。

9分鐘完整功　9分鐘檢定 ☺☹
make 是使役動詞，所以後面省略不定詞 to，而直接加 believe。此片語的用法通常是在後面加 that 做連接詞，然後再加名詞子句來作受詞，但有時也可省略 that。make believe 若寫成 make-believe，就變成了形容詞，表示「假扮的」。
【小試身手】Ted made _____ to be a girl and wore a brilliant wig.
(A) believed　(B) believeable　(C) believe　(D) believing
【解析】選 C。
本句句意是：泰德假扮成女孩，戴上一頂閃亮的假髮。

【435】
make ～ from/of ～　製作（英初）

1分鐘速記法　1分鐘檢定 ☺☹

5分鐘學習術　5分鐘檢定 ☺☹
【近似詞】⑩ manufacture
【相關用語】⑩ fabricate 製造；組裝
【例句】Wine is made from grapes. 葡萄酒是由葡萄所製成的。

9分鐘完整功　9分鐘檢定 ☺☹
make ～ from ～ 的用法主要用於成品不保留材料原來的性質形狀，即表示所製成的東西是經過化學變化所產生的，例如由葡萄製成的酒。make ～ of ～ 的用法則是所製成的成品保留原材料的性質，也就是說所製成的成品是經過物理變化而得到的，例如由木頭製成的家具。
【小試身手】The floor was made _____ marble.
(A) to　(B) X　(C) of　(D) from
【解析】選 C。
本句句意是：地板是由大理石製成的。

make friends with 　交朋友（英初） 【436】

👥🕐**1分鐘速記法**　　　　1分鐘檢定 ☺☹

👥🕐**5分鐘學習術**　　　　5分鐘檢定 ☺☹
【近似詞】associate with；keep company with
【相關用語】friend at court 靠山
【例句】He likes to make friends with people. 他很喜歡交朋友。

👥🕐**9分鐘完整功**　　　　9分鐘檢定 ☺☹
此片語中的 friends 一定要用複數形，因為交朋友一定要兩個人以上才能成為朋友，但是同義片語 keep company with 中的 company 必須用單數，因為 company 是「陪伴」，為不可數名詞。用法：S＋make friends with＋人。
【小試身手】Rita doesn't want to make ＿＿＿＿ with William. She thinks he has ulterior motives.
(A) acquaint　(B) friend　(C) acquaintance　(D) a friend
【解析】選 C。
本句句意是：瑞塔不想和威廉交朋友。她覺得他城府很深。

make fun of 　嘲笑（英初） 【437】

👥🕐**1分鐘速記法**　　　　1分鐘檢定 ☺☹

👥🕐**5分鐘學習術**　　　　5分鐘檢定 ☺☹
【近似詞】ridicule；laugh at
【相關用語】jeer at 嘲笑
【例句】We are making fun of his stupid actions. 我們嘲笑他那些愚蠢的行為。

👥🕐**9分鐘完整功**　　　　9分鐘檢定 ☺☹
make fun of 是指「用言語嘲笑、戲弄別人」的意思。fun 是不可數名詞，所以不可以用複數形。此片語跟 play trick on 有些許不同：make fun of 多指「用言語向某人開玩笑」；而 play trick on 是指「用動作向某人開玩笑」，也有戲弄的意思。
【小試身手】They made fun ＿＿＿＿ Jimmy's baldness.
(A) with　(B) on　(C) at　(D) of
【解析】選 D。
本句句意是：他們嘲笑傑米的禿頭。

make good 　達成；成功（英中） 【438】

👥🕐**1分鐘速記法**　　　　1分鐘檢定 ☺☹

👥🕐**5分鐘學習術**　　　　5分鐘檢定 ☺☹
【近似詞】reach；achieve
【相關用語】make one's mark 有所成就
【例句】It is hard to make good in show business. 想要在演藝圈成功是很困難的。

👥🕐**9分鐘完整功**　　　　9分鐘檢定 ☺☹
此片語是指「在某件事上能夠勝任愉快，順利達到目標」的意思。這裡的 make 是不及物動詞，good 是形容詞，所以後面如果有受詞，就要加介系詞 in，用法：s＋make good in sth。
【小試身手】Gifted as she, I believe she will ＿＿＿＿ in the cultural field.
(A) come away　(B) make well　(C) reach out　(D) make good
【解析】選 D。
本句句意是：才華橫溢如她，我相信她在文化界可以成功。

make ～ into ～ 　製成；作成（英初） 【439】

👥🕐**1分鐘速記法**　　　　1分鐘檢定 ☺☹

👥🕐**5分鐘學習術**　　　　5分鐘檢定 ☺☹
【近似詞】fabricate
【相關用語】make of/from 由……製成
【例句】Paper is made into books. 紙張被製作成書。

👥🕐**9分鐘完整功**　　　　9分鐘檢定 ☺☹
make ～ into ～ 指的是將原料、物質等，經過加工而製成某物，用於成品之前。若要表達「某物被製成某物」的意思時，則必須使用被動式，句法為：S＋be V＋made into＋名詞。
【小試身手】My mother made the dough ＿＿＿＿ cakes.
(A) of　(B) into　(C) from　(D) X
【解析】選 B。
本句句意是：媽媽把麵糰做成蛋糕。

make out 　辨別出；填寫；理解（英中） 【440】

👥🕐**1分鐘速記法**　　　　1分鐘檢定 ☺☹

MP3 ◀)) 159

5分鐘學習術　　　5分鐘檢定 ☺☹

【近似詞】 ⓥ differentiate 辨別出；ⓥ understand 理解
【相關用語】 tell ～ from 辨別
【例句】 I could hardly make out his writing. 我無法辨識他的字跡。

9分鐘完整功　　　9分鐘檢定 ☺☹

此片語的意義有很多，需視上下文才能確定。相似片語：make sth out of……相等於 make sth of……，意思是「以……材料製作」，但是前者比後者更具有加強以「某種材料製作」的意味。
【小試身手】 I cannot _____ who she is when she doesn't wear makeups.
(A) make out　(B) understand　(C) comprehend
(D) mark out
【解析】選 A。
本句句意是：她不化妝的時候，我認不出她是誰。

> 🎓菁英幫小提醒：與化妝有關的單字：lipstick「唇膏」；eye shadow「眼影」；foundation「粉底」。

【441】
make sure　確定（英初）

1分鐘速記法　　　1分鐘檢定 ☺☹

5分鐘學習術　　　5分鐘檢定 ☺☹

【近似詞】 ⓥ confirm 確定
【相關用語】 ⓥ prove 證實
【例句】 Please make sure to hand in your paper on time. 請務必準時繳交你的報告。

9分鐘完整功　　　9分鐘檢定 ☺☹

make sure 通常在後面會接不定詞（to＋V），或是接 that＋子句（S＋V），表示「確認」某事的意思。除了上述意思外，make sure 也可以當「查明、確信」的意思解。sure 在此為形容詞「確信的、必定的」之意。
【小試身手】 Minister of Interior wanted to _____ the percentage of people who already received consumer vouchers.
(A) ensure　(B) assure　(C) make sure　(D) be sure of
【解析】選 C。
本句句意是：內政部長想確認已經領取消費券的民眾比例。

【442】
make up　組成；捏造；下決心；重考（英初）

1分鐘速記法　　　1分鐘檢定 ☺☹

5分鐘學習術　　　5分鐘檢定 ☺☹

【近似詞】 ⓥ compose 組成；ⓥ decide 下決心
【相關用語】 ⓥ resit 重考
【例句】 She finally made up her mind to buy a dress. 她終於決定要買一件洋裝。

9分鐘完整功　　　9分鐘檢定 ☺☹

make up 是在英文片語中擁有最多種意思的其中之一，make up 作「組成」的意思解時，後面要接 of，再接所要組成的東西。相關片語：make up for「賠償」；make up to「巴結、奉承」；make up one's mind「下定決心」。
【小試身手】 Since he was flunked last semester, he had to _____ at the beginning of this semester.
(A) make up　(B) make off　(C) make a fuss　(D) make clear
【解析】選 A。
本句句意是：因為他上學期被當，所以這學期期初要重考。

【443】
manage with　設法應付（英中）

1分鐘速記法　　　1分鐘檢定 ☺☹

5分鐘學習術　　　5分鐘檢定 ☺☹

【近似詞】 ⓥ handle
【相關用語】 manage without 在缺乏……的條件下設法應付
【例句】 We will manage with what the materials we have. 我們將用現有的這些材料來設法應付。

9分鐘完整功　　　9分鐘檢定 ☺☹

用法：S＋manage with＋（代）名詞。manage 是指「具有權限者巧妙地運用人力，並用心處理細節，以達成目的或經營事業」的意思。若將 with 改成 without，則是在「缺乏某人或物的條件下盡善盡美」之意。
【小試身手】 The snakes can _____ lime powder.
(A) manage without　(B) be managed without　(C) manage with　(D) be managed with
【解析】選 D。
本句句意是：蛇可以用石灰粉設法應付過去。

meet halfway　妥協（英中）　【444】

1分鐘速記法　　1分鐘檢定 ☺☹

5分鐘學習術　　5分鐘檢定 ☺☹
【近似詞】⑩ compromise；⑩ yield
【相關用語】give and take 彼此遷就
【例句】In order to make more money, the salesman consented to meet the consumer halfway. 為了賺更多的錢，銷售員同意跟客戶妥協。

9分鐘完整功　　9分鐘檢定 ☺☹
此片語是指「採取折衷辦法向對方妥協」的意思。受詞要放在 meet 的後面，而不是放在 halfway 的後面。halfway 可以當形容詞也可以當副詞，而在這裡是當副詞，意指「中途地、一半地」。
【小試身手】The aggressive entrepreneur never _____ other partners halfway.
(A) give in　(B) yield　(C) meet　(D) compromise
【解析】選 C。
本句句意是：那位強勢的企業家從來不跟合夥人妥協。

mistake A for B　誤認A是B（英初）　【445】

1分鐘速記法　　1分鐘檢定 ☺☹

5分鐘學習術　　5分鐘檢定 ☺☹
【近似詞】⑩ misunderstand
【相關用語】⑩ misconstrue 誤會
【例句】I mistook the stick for a snake. 我將柴枝誤認成蛇。

9分鐘完整功　　9分鐘檢定 ☺☹
用法：S ＋ mistake ＋ 受詞 ＋ for ＋ （代）名詞。mistake 的動詞三態：mistake；mistook；mistaken。mistake 可當動詞和名詞，當動詞時是「誤解」的意思，當名詞時則有「誤會、過失」的意思。
【小試身手】I _____ Andy for his twin brother this morning. No wonder he looked so confused.
(A) mistook　(B) mistaked　(C) mistaken　(D) mistake
【解析】選 A。
本句句意是：我早上把安迪認成他的雙胞胎哥哥，難怪他看起來那麼困惑。

most of　大多數；大部分（英初）　【446】

1分鐘速記法　　1分鐘檢定 ☺☹

5分鐘學習術　　5分鐘檢定 ☺☹
【近似詞】majority of
【相關用語】minority of 少部分
【例句】Most of the foreigners are afraid of talking to native speakers. 大多數外國人都很怕跟本地人交談。

9分鐘完整功　　9分鐘檢定 ☺☹
most 作「大部分、大多數」的意思解時，其用法如下：1. most ＋ 複數名詞或不可數名詞，most 其後不能加冠詞、所有格形容詞（如 my、your、her）。2. most of ＋ 代名詞。3. most of ＋ the/these /those/one's ＋ 名詞。
【小試身手】_____ my time was spent on writing emprise novels.
(A) Many of　(B) Most　(C) Most of　(D) Many
【解析】選 C。
本句句意是：我大多數時間都用來寫武俠小說。

name after　以……命名（英中）　【447】

1分鐘速記法　　1分鐘檢定 ☺☹

5分鐘學習術　　5分鐘檢定 ☺☹
【近似詞】name for；call after
【相關用語】give a name to 命名
【例句】My son was named after my grandfather. 我兒子是用祖父的名字來命名的。

9分鐘完整功　　9分鐘檢定 ☺☹
name for 是屬於美式用法，name after 則屬英式用法。由 name 所衍生出來的詞彙有：nameless「隱姓埋名的」；namely「那就是」；nameplate「名牌」；namesake「由他人之名而取名者」。
【小試身手】This dish was _____ Bai Ju-Yi's poem, Pipa Song.
(A) named with　(B) named to　(C) named on　(D) named after
【解析】選 D。
本句句意是：這盤菜以白居易〈琵琶行〉命名。

MP3 ◀)) 160

near by 在附近（英中）　【448】

1分鐘速記法　1分鐘檢定 ☺☹

5分鐘學習術　5分鐘檢定 ☺☹
【近似詞】in the neighborhood
【相關用語】the ends of the earth 天涯海角
【例句】Lisa's house is the coffee shop near by. 莉莎的房子在那間咖啡館的附近。

9分鐘完整功　9分鐘檢定 ☺☹
此片語是副詞片語，若將兩個字合在一起，寫成 nearby，則是形容詞。由 near 所衍生出來的詞彙有：nearly「幾乎、親密地」；near-sighted「近視的」；nearside「（汽車、道路）左側（英式用法）」。
【小試身手】The independent bookstore of high quality, TangShan, is just _____. How about paying a visit?
(A) nearly　(B) nearby　(C) neatly　(D) the neighborhood
【解析】選 B。
本句句意是：優質獨立書店「唐山」就在附近，去看看如何？

neglect to 遺漏；忽略（英中）　【449】

1分鐘速記法　1分鐘檢定 ☺☹

5分鐘學習術　5分鐘檢定 ☺☹
【近似詞】⑰ omit 遺漏；⑰ overlook 忽略
【相關用語】turn a blind eye to 視若無睹
【例句】I felt sorry that I neglected to remind you of calling him. 我很抱歉我忘了提醒你要打電話給他。

9分鐘完整功　9分鐘檢定 ☺☹
neglect、overlook、disregard 和 ignore 都有「忽略」的意思，其差別為：neglect 是指「對於被期待或被要求的事情不注意、怠惰或故意不執行」的意思；overlook 是指「不注意或因胸懷寬大而忽略他人過錯」的意思；disregard 是指「故意不加以注意或忽視」的意思；ignore 比 disregard「漠視、不尊重」的意義更強，是指「故意忽視，或有時對於自己不想認知的事實故意不加理睬」的意思。用法：S ＋ neglect to ＋ V。
【小試身手】The clerk was so busy that she neglected _____ change to many clients.
(A) to giving　(B) given　(C) giving　(D) to give

【解析】選 D。
本句句意是：店員忙到忘記找很多人錢。

neither ～ nor 既非……也非（英初）　【450】

1分鐘速記法　1分鐘檢定 ☺☹

5分鐘學習術　5分鐘檢定 ☺☹
【近似詞】not either
【相關用語】⑰ both 兩者皆……
【例句】The weather in Taiwan is neither too cold in winter nor too hot in summer. 台灣的天氣在冬天既不太冷，在夏天也不太熱。

9分鐘完整功　9分鐘檢定 ☺☹
此片語是相關連接詞，連接兩個文法作用相同的單字、片語或子句。neither ～ nor 所用的動詞是跟後者的主詞相符合。其他用法相同的片語有：either A or B ＋ V（動詞與 B 一致）；not only A but also B ＋ V（動詞與 B 一致）。
【小試身手】Neither she nor I _____ a student of foreign language department.
(A) be　(B) are　(C) am　(D) is
【解析】選 C。
本句句意是：她和我都不是外文系的學生。

never mind 不要介意；沒關係（英初）　【451】

1分鐘速記法　1分鐘檢定 ☺☹

5分鐘學習術　5分鐘檢定 ☺☹
【近似詞】do not care about
【相關用語】It doesn't matter. 沒關係。
【例句】Never mind! He will be ok! 不要介意！他會沒事的！

9分鐘完整功　9分鐘檢定 ☺☹
此片語是屬於口語片語，在意思上也可當「別管、不客氣」來解釋。mind 當動詞時，後面接 Ving 或 that ＋子句；當名詞時，後面接不定詞（to ＋ V），意為「意見、想法」。
【小試身手】It is not you who is responsible for the fault. _____!
(A) It's now or never　(B) Never say never　(C) It will never fly　(D) Never mind
【解析】選 D。
本句句意是：這個錯誤不該由你來扛，別放在心上！

　　菁英幫小提醒：國片「練習曲」名言「有些事現在不做，一輩子都不會做了」就可用 It's now or never.

【452】
no doubt 無疑地（英中）

1分鐘速記法 1分鐘檢定☺☹

5分鐘學習術 5分鐘檢定☺☹
【近似詞】 undoubtedly
【相關用語】 Tell me about it! 那還用說！
【例句】 No doubt that I will succeed in the end. 我最後必然會成功。

9分鐘完整功 9分鐘檢定☺☹
no doubt 是一則副詞片語，通常在放在句首來修飾由 that 所引導出來的名詞子句（that + S + V ～）。doubt 和 distrust 都有「不相信」的意思，其差別為：doubt 是指「對某種事物的真實狀況不能確定，也可以指沒有決定能力」的意思；distrust 是指「對某人缺乏信任，也可以指對罪行、過錯、虛偽等懷疑」的意思。
【小試身手】 _____ the negotiation will fail in the end. Both sides have no sincerity.
(A) No way (B) No matter (C) No doubt (D) No better than
【解析】選 C。
本句句意是：無疑這場談判最後會破局。雙方都沒有誠意。

【453】
no longer 不再（英初）

1分鐘速記法 1分鐘檢定☺☹

5分鐘學習術 5分鐘檢定☺☹
【近似詞】 not anymore；never again
【相關用語】 still 仍然
【例句】 He no longer loves me. 他再也不愛我了。

9分鐘完整功 9分鐘檢定☺☹
longer 是由 long（形容詞，「長時間」的意思）所衍生出來的單字，著重於時間不再延續。因為 no longer 在語法上是否定的意思，所以前面不能再用否定動詞，否則會變成雙重否定。
【小試身手】 After he blocked his ex-girlfriend, they _____ chatted on MSN.
(A) no wonder (B) no longer (C) no doubt (D) no end
【解析】選 B。
本句句意是：在他封鎖前女友之後，他們就不再在 MSN 上聊天。

【454】
no matter what 不論（英初）

1分鐘速記法 1分鐘檢定☺☹

5分鐘學習術 5分鐘檢定☺☹
【近似詞】 regardless of；without respect to
【相關用語】 for good or evil 不論好歹
【例句】 No matter what your mother said to you, she just wanted you to be good. 無論你媽媽說什麼，她都是為你好。

9分鐘完整功 9分鐘檢定☺☹
no matter 為一個連接詞片語，若後面加 how，其意思為「不論如何」；加 who，其意思為「不論是誰」；加 what，其意思為「不論怎樣」；加 where，其意思為「不論何處」。no matter who = whoever；no matter when = whenever；no matter where = wherever；no matter how = however；no matter what = whatever。
【小試身手】 No matter _____ she looks, you shouldn't critize her appearance in everyone's presence.
(A) what (B) how (C) why (D) which
【解析】選 B。
本句句意是：不管她長相如何，你都不能在大家面前批評她的外表。

【455】
no more 不再（英初）

1分鐘速記法 1分鐘檢定☺☹

5分鐘學習術 5分鐘檢定☺☹
【近似詞】 no longer；never again
【相關用語】 all the same 依然
【例句】 Past youth will return no more. Therefore, cherish every moment of your life. 逝去的青春不會回來，所以，珍惜生命的每一刻吧。

9分鐘完整功 9分鐘檢定☺☹
no more 著重修飾程序和數量，前方必須用肯定語氣，相當於 not ～ any more。此片語若變成 no more + 形容詞 + than，則意思是「與～一樣～」；若變成 no more than + 名詞，則意思是「僅僅、只不過」。
【小試身手】 Now I make up my mind. I will hesitate _____!
(A) no more (B) moreover (C) once more (D) more or less
【解析】選 A。

A B C D E F G H I J K L M N O P Q R S T U V W X Y Z

331

MP3 ◀) 161

本句句意是：現在我下定決心，絕不再猶豫了！

🎓 菁英幫小提醒：more or less 意指「左右；大概」。

【456】

no wonder 難怪（英中）

1分鐘速記法 1 分鐘檢定 ☺☹

5分鐘學習術 5 分鐘檢定 ☺☹

【近似詞】⒜ understandably
【相關用語】as a matter of course 理所當然
【例句】You drank so much tea, and it was no wonder that you couldn't fall asleep. 你喝這麼多茶，難怪會睡不著覺。

9分鐘完整功 9 分鐘檢定 ☺☹

此片語是副詞片語，通常放在句首。wonder 當動詞為「想知道」，當名詞表示「奇觀、奇蹟」。西方有一句諺語「A wonder lasts but nine days.」意思是說「任何轟動的事絕不會長久」。
【小試身手】Robert emigrated to Germany last month? _____ he disappeared for such a long time.
(A) No doubt (B) No matter how (C) No longer
(D) No wonder
【解析】選 D。
本句句意是：羅伯特上個月移民到德國了？難怪他消失了這麼久。

【457】

not at all 一點也不；毫不（英初）

1分鐘速記法 1 分鐘檢定 ☺☹

5分鐘學習術 5 分鐘檢定 ☺☹

【近似詞】not a bit；not nearly
【相關用語】⒜ entirely 全然
【例句】She is not beautiful at all. 她一點也不漂亮。

9分鐘完整功 9 分鐘檢定 ☺☹

not at all 可以連在一起使用，也可以分開使用。若分開使用，因為 not 是副詞，所以必須加在形容詞的前面，at all 放在最後面，如例句所示。not at all 也可用來回應他人的感謝，意為「別客氣」的意思。
【小試身手】The politician is not sympathetic _____. What he does is fishing for fame.
(A) at hand (B) not at all (C) at all (D) at best
【解析】選 C。

本句句意是：這位政客一點都不具同情心，他所做的只為沽名釣譽。

【458】

not only ～ but also 不但……而且（英初）

1分鐘速記法 1 分鐘檢定 ☺☹

5分鐘學習術 5 分鐘檢定 ☺☹

【近似詞】not ～ but
【相關用語】more than 不只
【例句】She is not only beautiful but also intelligent. 她不但漂亮，而且聰慧。

9分鐘完整功 9 分鐘檢定 ☺☹

此片語是對等連接詞片語，其後面所接的字必須在詞性上相等。值得注意的是，若 not only ～ but also 放在句首，而且是連接兩個子句時，就必須以倒裝句的形式使用。例：Not only does he like dancing but also I like dancing.
【小試身手】We will act — not only to create new jobs, _____ to lay a new foundation for growth.
(A) and (B) but (C) or (D) then
【解析】選 B。
本句句意是：我們必須行動——不只創造新工作，並且要奠定成長的新基礎。

🎓 菁英幫小提醒：本句出自美國總統 Obama 的 inaugural speech（就職演說），該演說因使用大量對比句法顯得工整，並牽引聽眾情緒起伏。

【459】

not to mention 更不必說（英中）

1分鐘速記法 1 分鐘檢定 ☺☹

5分鐘學習術 5 分鐘檢定 ☺☹

【近似詞】say nothing of；let alone
【相關用語】much less 何況
【例句】We cannot afford a car, not to mention a garage. 我們既買不起汽車，就更別說車庫了。

9分鐘完整功 9 分鐘檢定 ☺☹

mention 是「提及」的意思，後方直接接名詞即可。mention 可當動詞也可當名詞，都有「提及」的意思。相關用語：as above mentioned「如上所述」；Don't mention it.「別提了；別客氣」。
【小試身手】The L-size T-shirt does't fit me, _____ the S-size one.（選出錯的）
(A) much less (B) not to mention (C) let along

(D) say nothing of
【解析】選 C。
本句句意是：L 尺碼的 T 恤我都穿不下了，何況是 S 尺碼的那件。

【460】
now and then 有時；不時（英初）

1分鐘速記法 1分鐘檢定☺☹

5分鐘學習術 5分鐘檢定☺☹
【近似詞】once in a while；every so often
【相關用語】⓪ sometimes 有時
【例句】I cook at home now and then. 我有時會在家裡作飯。

9分鐘完整功 9分鐘檢定☺☹
then 也可代換成 again，意義不變。此片語也可寫成 every now and then。額外補充："Now or never."「機會難再，勿失良機」，這是一句經常在大賣場可以聽到或看到的話。
【小試身手】There are residents feeding the ducks in the ecological pool _____. However, it will pollute the water.
(A) now or never　(B) every often　(C) in no time
(D) now and then
【解析】選 D。
本句句意是：不時有居民前來餵食生態池的鴨子，然而這將會汙染水質。

【461】
object to 反對（英中）

1分鐘速記法 1分鐘檢定☺☹

5分鐘學習術 5分鐘檢定☺☹
【近似詞】⓪ oppose；⓪ disapprove
【相關用語】be against 反對
【例句】A lot of people objected to the contents of the book. 許多人都反對這本書的內容。

9分鐘完整功 9分鐘檢定☺☹
這裡的 to 是介系詞，所以後面要接名詞或 Ving。object 也可當名詞，為「物體、目的」的意思，用法：S＋object to＋受詞。
【小試身手】Some people objected _____ the plot in the movie for it revealed racial prejudice.
(A) for　(B) X　(C) to　(D) that
【解析】選 C。
本句句意是：有些人反對這部電影的情節，因為它呈現出種族偏見。

【462】
of course 當然（英初）

1分鐘速記法 1分鐘檢定☺☹

5分鐘學習術 5分鐘檢定☺☹
【近似詞】⓪ certainly；⓪ truly
【相關用語】take for granted 視為理所當然
【例句】Of course I will go with you. 我當然會跟你一起去。

9分鐘完整功 9分鐘檢定☺☹
of course 是一則相當常用的口語片語，若要表示否定，則是 of course not，意思為「當然不」。course 大多用作名詞，有「方向、路線、進程、科目、一道菜」等意思。
【小試身手】_____ I will go to the exhibition of Loulan Beauty Mummy with you.
(A) Of choice　(B) Of course　(C) Of concern　(D) Of sorts
【解析】選 B。
本句句意是：我當然會跟你一起去看樓蘭美女木乃伊展覽。
🎓 菁英幫小提醒：of choice 意為「精選的、特別的」。

【463】
off and on 斷斷續續（英初）

1分鐘速記法 1分鐘檢定☺☹

5分鐘學習術 5分鐘檢定☺☹
【近似詞】⓪ intermittently
【相關用語】⓪ continue 繼續
【例句】The dog barks off and on. 那隻狗斷斷續續的吠叫著。

9分鐘完整功 9分鐘檢定☺☹
off and on 也可以寫成 on and off，是副詞片語，形容一件事情的無持續性，只有偶而斷斷續續地發生而已，on 是「持續」，off 表示「停止」。反義片語：on and on「持續不斷」。
【小試身手】The shabby radio played the CD _____.
(A) off and on　(B) up and down　(C) pros and cons　(D) back and forth
【解析】選 A。
本句句意是：破舊的收音機斷斷續續地播放著 CD。

MP3 162

【464】
off duty 下班（英初）

1分鐘速記法　　1分鐘檢定 ☺☹

5分鐘學習術　　5分鐘檢定 ☺☹

【近似詞】release from duty
【相關用語】⑩ punch 打卡
【例句】I will go with you after I am off duty.
我下班後會跟你去。

9分鐘完整功　　9分鐘檢定 ☺☹

off 是「離開、離去」的意思；duty 是指「受到本人的正義感、道德心或良知驅使，而認為應盡的義務」。相反片語：on duty「上班」。相關片語：relieve one of one's duties「解雇某人」；shirk one's duty「怠忽職守」。
【小試身手】As a RD engineer, he always comes _____ after eleven o'clock p.m.
(A) off duty　(B) in the line of duty　(C) on duty
(D) in duty
【解析】選A。
本句句意是：作為一名研發工程師，他常常到晚上十一點之後才下班。

【465】
off the record 不公開的；非正式的
（英中）

1分鐘速記法　　1分鐘檢定 ☺☹

5分鐘學習術　　5分鐘檢定 ☺☹

【近似詞】⑩ private 不公開的；⑩ informal 非正式的
【相關用語】for the record 聽好，記住
【例句】What I am going to say is off the record. 我現在要講的話是不能公開的。

9分鐘完整功　　9分鐘檢定 ☺☹

record 可以當動詞，也可以當名詞，都是「記錄」的意思。但在讀音上是不同的，動詞的重音在第二音節；名詞的重音在第一音節，所以在口語的使用上要特別注意。相似片語：go on record「公開發表意見」（美式用法）；on record「正式記錄的」；break the record「破紀錄」。
【小試身手】The following has to be _____ for it is my personal opinion about politics.
(A) on record　(B) off the record　(C) publicized
(D) for the record
【解析】選B。
本句句意是：接下來的必須私底下說，因為都是我對政治的個人見解。

【466】
on behalf of 代表（英中）

1分鐘速記法　　1分鐘檢定 ☺☹

5分鐘學習術　　5分鐘檢定 ☺☹

【近似詞】in the name of；in the person of
【相關用語】⑧ representative 代理人
【例句】The emissary attended this meeting on behalf of his President. 那位使者代表他的總統參加這次會議。

9分鐘完整功　　9分鐘檢定 ☺☹

此片語可用 on 亦可用 in，但一般 on 較為常見。用法：S＋V＋on behalf of＋人或機構。behalf 為名詞「代表、利益」，也可用 S＋be V＋on one's behalf 的句法，意義不變。
【小試身手】Teacher Chuang is on _____ of Taipei First Girls' High School in the meeting.
(A) representation　(B) presence　(C) behalf　(D) behave
【解析】選C。
本句句意是：莊老師在會議中代表北一女中。

【467】
on business 因公；以辦公事為目的（英初）

1分鐘速記法　　1分鐘檢定 ☺☹

5分鐘學習術　　5分鐘檢定 ☺☹

【近似詞】on duty
【相關用語】in business 產生作用；營業中
【例句】He went to New York on business. 他因公事前往紐約。

9分鐘完整功　　9分鐘檢定 ☺☹

此片語為表目的的副詞片語，所以通常放在句尾，而不放在句首。on 在這裡是「從事」的意思。由 business 所衍生出的詞彙有：business card「商用名片」；business class「商務艙」；business hours「營業時間、上班時間」；businesslike「效率高的」；business school「商業學校」。
【小試身手】We went to the Music Festival _____ instead of for fun.
(A) on business　(B) for business　(C) in business
(D) out of business
【解析】選A。
本句句意是：我們是為了公事前往音樂祭，而不是為

了玩耍。

【468】

on condition that 只要；以……為條件（英高）

👥1分鐘速記法 　　1分鐘檢定 ☺☹

👥5分鐘學習術 　　5分鐘檢定 ☺☹

【近似詞】only if
【相關用語】be in mint condition 煥然如新
【例句】You can go out with your friends on condition that you come home at nine. 只要你九點鐘回來，你就可以跟朋友出去玩了。

👥9分鐘完整功 　　9分鐘檢定 ☺☹

condition 有「情況、形勢、條件」的意思，其他由 condition 所組成的片語有：be in good/bad condition「健康情形良好／不佳、東西完好無瑕／破損」；be in no condition、be out of condition「情況不適宜」。
【小試身手】We can go shopping together _____ you arrive home before 5 p.m. （選出錯的）
(A) on condition that　(B) only if　(C) as longer as
(D) as long as
【解析】選 C。
本句句意是：只要你在五點以前到家，我們就可以一起去逛街購物。

【469】

on earth 在地球上；究竟（英初）

👥1分鐘速記法 　　1分鐘檢定 ☺☹

👥5分鐘學習術 　　5分鐘檢定 ☺☹

【近似詞】on globe 在地球上；in the world 究竟
【相關用語】in hell 究竟
【例句】What on earth is going on? 究竟是怎麼一回事？

👥9分鐘完整功 　　9分鐘檢定 ☺☹

on earth 在當「究竟」的意思解時，是用來加強疑問語氣，且在口語中經常被拿來使用。作此用法時也可代換為 in the world、in hell、in heaven 等。
【小試身手】Why _____ the factories keep emitting waste gas and make the global warming more severe? （選出錯的）
(A) on earth　(B) in the world　(C) the hale　(D) the devil
【解析】選 C。

本句句意是：到底為什麼工廠要一直排放廢氣，使得全球暖化更加嚴重呢？

🎓 菁英幫小提醒：greenhouse effect 意為「溫室效應」。

【470】

on edge 緊急地（英高）

👥1分鐘速記法 　　1分鐘檢定 ☺☹

👥5分鐘學習術 　　5分鐘檢定 ☺☹

【近似詞】in emergency
【相關用語】evacuation plan 緊急逃生路線圖
【例句】She ran out of the burning house on edge. 她緊急地從著火的房子跑出來。

👥9分鐘完整功 　　9分鐘檢定 ☺☹

edge 為名詞，有「邊緣、刀口」之意，與 edge 相關的片語包括：on the edge/verge of「在……邊緣」；give an edge to「加劇、使激烈」；give the edge of one's tongue to「嚴斥」；not to put too fine an edge upon it「直截了當地說」；put a person to the edge of the sword「殺死某人」。
【小試身手】The firefighter rescued the puppy out of the burning house _____ edge.
(A) with　(B) out of　(C) on　(D) by
【解析】選 C。
本句句意是：消防隊員緊急將小狗從火場救出。

【471】

on everyone's tongue 被眾人談論著（英高）

👥1分鐘速記法 　　1分鐘檢定 ☺☹

👥5分鐘學習術 　　5分鐘檢定 ☺☹

【近似詞】on the tongues of men
【相關用語】at issue 爭論中
【例句】This scandal is now on everyone's tongue. 這件醜聞正遭到人們議論紛紛。

👥9分鐘完整功 　　9分鐘檢定 ☺☹

tongue 的原意是「舌頭」，在這裡指「談論、議論」的意思。由 tongue 組成的片語包括：find one's tongue「（驚嚇過後）恢復説話能力」；give/throw tongue「狂喊」；have one's tongue in one's cheek「虛情假意、話中帶刺」；hold one's tongue「保持緘默」；lose one's tongue「張口結舌」。
【小試身手】The private photos of the two artists

MP3 163

are _____ everyone's tongue.
(A) on　(B) at　(C) in　(D) above
【解析】選 A。
本句句意是：這兩名藝人的私密照片正被眾人議論紛紛。

___

【472】

on fire　著火（英初）

1分鐘速記法　　1 分鐘檢定☺☹

5分鐘學習術　　5 分鐘檢定☺☹
【近似詞】形 ablaze；形 aflame
【相關用語】catch fire 著火
【例句】You should be more careful to use it, or it will be on fire. 使用這東西時要非常小心，否則它會燒起來。

9分鐘完整功　　9 分鐘檢定☺☹
此片語也可以當「（感情或情緒）興奮、激動」的意思解。如果在前面加 set，變成 set～ on fire，那麼就成了「縱火、使興奮」的意思。相關用語：fire in the belly「衝勁十足」；hold one's feet to the fire「施壓」。
【小試身手】Keep an eye on the gas cooker, or the pot will be _____.（選出錯的）
(A) on fire　(B) catch fire　(C) aflame　(D) ablaze
【解析】選 B。
本句句意是：留意瓦斯爐，不然鍋子會著火。

___

【473】

on foot　步行（英初）

1分鐘速記法　　1 分鐘檢定☺☹

5分鐘學習術　　5 分鐘檢定☺☹
【近似詞】by foot
【相關用語】動 hike 徒步旅行；遠足
【例句】He went to the bookstore on foot. 他走路到書局去。

9分鐘完整功　　9 分鐘檢定☺☹
on foot 是正確用法，不可改成 on feet，除非是 on one's feet，那是「站著、復元、獨立」的意思。另外，我們通常用前往某處的動作＋by＋交通工具，來表示如何抵達某處，所以步行時也可以使用 by foot，和 on foot 一樣表達「走路前往」之意。
【小試身手】My bicycle was towed, therefore I have to go to the classroom _____.
(A) with foot　(B) with feet　(C) on feet　(D) on foot

【解析】選 D。
本句句意是：我的腳踏車被拖吊了，所以我必須用走的到教室去。

___

【474】

on purpose　故意地（英中）

1分鐘速記法　　1 分鐘檢定☺☹

5分鐘學習術　　5 分鐘檢定☺☹
【近似詞】副 deliberately；副 intentionally
【相關用語】副 unwittingly 無心地
【例句】I didn't make a mistake on purpose. 我不是故意犯錯的。

9分鐘完整功　　9 分鐘檢定☺☹
purpose 為名詞，意為「目的、意圖、用途」。此片語通常置於句尾，用來修飾動詞，以便表示某種行動乃蓄意而為。相似片語：at cross-purposes「觀點分歧」，用於兩人或團體之間。
【小試身手】Jack hid Dylan's report _____. He always backstabed his colleagues.
(A) unwitting　(B) deliberate　(C) on purpose　(D) unconsciously
【解析】選 C。
本句句意是：傑克故意把迪倫的報告藏起來。他總是在背後陷害同事。

___

【475】

on sale　出售；銷售中（英初）

1分鐘速記法　　1 分鐘檢定☺☹

5分鐘學習術　　5 分鐘檢定☺☹
【近似詞】for sale
【相關用語】best seller 暢銷品
【例句】These are on sale at any supermarket. 這些東西在各個超級市場裡都有販售。

9分鐘完整功　　9 分鐘檢定☺☹
在這則片語中，sale 是名詞，為「銷售、交易」的意思。on sale 是指物品銷售；for sale 則是指任何事物的出售。由 sale 所衍生的詞彙有：saleroom「拍賣場」；sales clerk ＝ salesclerk「售貨員（美式用法）」；sales tax「營業稅」；sales slip「銷貨單」。
【小試身手】The turtleneck pullovers _____ are at very low price.
(A) no sale　(B) at sale　(C) on sell　(D) on sale
【解析】選 D。
本句句意是：這些正在出售中的高領毛衣非常便宜。

【476】
on the basis of 以……為基礎（英初）

👥1分鐘速記法　　　1分鐘檢定☺☹

👥5分鐘學習術　　　5分鐘檢定☺☹
【近似詞】on account of；in view of
【相關用語】🔲 foundation 基礎；根據
【例句】His theory is on the basis of science.
他的理論是以科學為基礎的。

👥9分鐘完整功　　　9分鐘檢定☺☹
關於「基礎」的英文有 basis、base、founda-
tion 和 groundwork 等，其意義與用法略有不同，
分析如下：basis 和 base 多用於抽象的比喻，指
「信念或議論」的基礎；foundation 則是指「穩固
或永久性」的基礎；groundwork 和 foundation
同義，但多用於比喻的形式。
【小試身手】Website designing skills are on the
_____ of HTML.
(A) basis　(B) basement　(C) basic　(D) bases
【解析】選 A。
本句句意是：網頁設計技術是以 HTML 為基礎。

【477】
on the other hand 另一方面；反
過來說（英初）

👥1分鐘速記法　　　1分鐘檢定☺☹

👥5分鐘學習術　　　5分鐘檢定☺☹
【近似詞】on the contrary
【相關用語】in other aspect 另一方面
【例句】On the other hand, he is tired, so he
doesn't want to talk. 另一方面他累了，所以他不
想說話。

👥9分鐘完整功　　　9分鐘檢定☺☹
其他和 on the other hand 組合相似的片語有：
on the one hand「一方面」；on hand「現在、
在手邊」；not much of hand at「不善於」；
give a hand in「幫忙、參加」。
【小試身手】We citizens have to follow the rules.
_____, the government should enact reasonable
laws.
(A) On the other hand　(B) In fact　(C) For exam-
ple　(D) That is to say
【解析】選 A。
本句句意是：我們公民必須遵守規範，另一方面，政
府也必須制定合理的法律。

【478】
on time 準時（英初）

👥1分鐘速記法　　　1分鐘檢定☺☹

👥5分鐘學習術　　　5分鐘檢定☺☹
【近似詞】🔲 punctually
【相關用語】on the minute 準時
【例句】Please come here on time. 請準時到這
裡來。

👥9分鐘完整功　　　9分鐘檢定☺☹
on time 是指「不早不晚，正好在指定或約定的時
間做某事」的意思，所以常用在如飛機、火車等等
的時刻上。此片語可作形容詞片語或副詞片語。相
似片語：in time「及時」。
【小試身手】To ensure our meeting being _____,
please arrive 10 minutes earlier.
(A) in time　(B) on time　(C) at time　(D) punctually
【解析】選 B。
本句句意是：為了保證會議準時進行，請提早十分鐘
抵達。

【479】
on vacation 在度假；度假中（英初）

👥1分鐘速記法　　　1分鐘檢定☺☹

👥5分鐘學習術　　　5分鐘檢定☺☹
【近似詞】on holiday
【相關用語】ask for leave 請假
【例句】My boss is on vacation. 我的老闆正在
度假中。

👥9分鐘完整功　　　9分鐘檢定☺☹
on 有「正在從事、進行某事」的意思；vacation
是名詞，有「假期」的意思。英文中有一個字的拼
法和 vacation 十分相似，該字為 vocation，名
詞，意思是「職業」，兩個字易混淆，在使用上要特
別小心。另外一個片語 on leave，意思是「休假
中、告假中」，可與 on vacation 做一對比。on
holiday 也是「休假中」的意思，但 vacation 通常
指較長的假期而言。
【小試身手】My cousin has gone to Dubai _____.
(A) on leave　(B) on vacation　(C) on vocation
(D) at holidays
【解析】選 B。
本句句意是：我表哥到杜拜度假。

MP3 ◄) 164

【480】

one by one 一個一個地（英初）

1分鐘速記法　　　　1分鐘檢定 ☺☹

5分鐘學習術　　　　5分鐘檢定 ☺☹

【近似詞】by turns；one after another
【相關用語】one and all 全部
【例句】He put apples into his book bag one by one. 他將蘋果一個一個地放進書包裡。

9分鐘完整功　　　　9分鐘檢定 ☺☹

one by one 也可以寫成 one after one。由 one 所衍生出的詞彙有：one-night stand「一夜情（口語用法）」；one-parent family「單親家庭」；one way or another「以某種方法」；by ones and twos「零零落落地」。。
【小試身手】The nurse measured the height of students _____.
(A) step by step　(B) inch by inch　(C) face to face
(D) one by one
【解析】選 D。
本句句意是：護士一個一個幫學生們量身高。

【481】

out of 沒有；出自（英初）

1分鐘速記法　　　　1分鐘檢定 ☺☹

5分鐘學習術　　　　5分鐘檢定 ☺☹

【近似詞】without 沒有；from 出自
【相關用語】out and out 徹頭徹尾地
【例句】He has been out of job for three months. 他失業三個月了。

9分鐘完整功　　　　9分鐘檢定 ☺☹

out of 含有「沒有」的意思，根據後面所接的字彙不同，意思也跟著改變。out of date＝out of fashion＝old-fashioned「過時的、陳舊的」；out of town＝away from town「出城」；out of business＝bankrupt「破產」；out of sight＝invisible「看不見」；out of one's mind＝mad、insane「發狂、神經錯亂」；out of gas＝using up gas「用盡汽油」；out of work＝unemployed「失業」；out of control＝unrestrained「失控」等等。
【小試身手】_____ selfishness, he took away the umbrella on the stand.
(A) Out of　(B) Without　(C) As for　(D) Out for
【解析】選 A。
本句句意是：出於自私，他把傘架上的傘拿走了。

【482】

out of breath 喘不過氣（英中）

1分鐘速記法　　　　1分鐘檢定 ☺☹

5分鐘學習術　　　　5分鐘檢定 ☺☹

【近似詞】lose one's breath
【相關用語】⑩ pant 氣喘吁吁
【例句】I am out of breath after running. 跑步後我覺得氣喘吁吁。

9分鐘完整功　　　　9分鐘檢定 ☺☹

相似片語：catch one's breath「喘一口氣」；hold one's breath「屏息」；waste one's breath「白費唇舌」。breath 是「呼吸」的名詞，動詞為 breathe，因為兩者的寫法非常相近（名詞結尾沒有 e），所以在使用上要多加留意。
【小試身手】After ascending ten flights of stairs, I feel _____.
(A) holding my breath　(B) saving my breath　(C) out of breath　(D) wasting my breath
【解析】選 C。
本句句意是：爬完十層樓梯之後，我感到喘不過氣來。

【483】

out of fashion 過時（英中）

1分鐘速記法　　　　1分鐘檢定 ☺☹

5分鐘學習術　　　　5分鐘檢定 ☺☹

【近似詞】out of date；out of season
【相關用語】in vogue 正當流行
【例句】We should update our data because they are out of fashion. 我們應該要更新資料，因為它們已經過時了。

9分鐘完整功　　　　9分鐘檢定 ☺☹

反義片語：in favor「受到喜愛」；in mode「正流行」；come into vogue/style「正流行」；in（the）fashion「符合潮流」；come in「流行起來」；catch on「流行」。
【小試身手】Cassettes are _____ nowadays and replaced by MP3.（選出錯的）
(A) out of date　(B) out of condition　(C) out of fashion　(D) outmoded
【解析】選 B。
本句句意是：卡帶現在已經過時，並且被 MP3 取代了。

🎓 菁英幫小提醒：out of condition 意為「健康狀況不佳」。

【484】

out of job　失業（英中）

☺1分鐘速記法　　　1分鐘檢定☺☹

☺5分鐘學習術　　　5分鐘檢定☺☹

【近似詞】⑱ unemployed；⑱ jobless
【相關用語】unpaid leaves 無薪假
【例句】It is a pity that she is out of job. 很遺憾的是她失業了。

☺9分鐘完整功　　　9分鐘檢定☺☹

此處的 job 也可用 work 取代，均表示「工作」的意思。out of 則表示「沒有、失去」的意思。相關片語：an inside job「有內賊」；devil of a job「艱鉅的任務」；lie down the job「摸魚」。
【小試身手】More than five hundred thousand people are _____ for the time being. （選出錯的）
(A) disemployed　(B) jobless　(C) unemployed
(D) out of job
【解析】選 A。
本句句意是：目前有超過五十萬人失業中。

【485】

over and over　再三地（英初）

☺1分鐘速記法　　　1分鐘檢定☺☹

☺5分鐘學習術　　　5分鐘檢定☺☹

【近似詞】⑩ repeatedly
【相關用語】time after time 再三
【例句】My mother repeated the story over and over to me. 我媽媽再三地跟我重述這個故事。

☺9分鐘完整功　　　9分鐘檢定☺☹

此片語是副詞片語。over and over again 跟 over and over 的意思一樣，只是現在一般在使用上多省略 again 這個字，尤其在美式用法當中。相關片語：over and above「在……之外、超乎」；over against「在……對面」；over there「在那裡」。
【小試身手】The armed conflicts between Israel and Palestine happen _____. （選出錯的）
(A) over and above　(B) time after time　(C) over and over　(D) over and over again
【解析】選 A。
本句句意是：以色列和巴勒斯坦的武裝衝突一再發生。

🎓 菁英幫小提醒：over and above 表示「在……之外」之意。

【486】

owing to　由於（英中）

☺1分鐘速記法　　　1分鐘檢定☺☹

☺5分鐘學習術　　　5分鐘檢定☺☹

【近似詞】in virtue of；as a result of
【相關用語】thanks to 由於
【例句】Owing to the economical depression, many people have to confront unemployment. 由於經濟不景氣，許多人都必須面臨失業的問題。

☺9分鐘完整功　　　9分鐘檢定☺☹

owing 的原形動詞是 owe，有「欠債、感激、歸功於」等等意思。此片語通常置於句首。需注意 to 為介系詞，其後必須加名詞或 Ving，和 thanks to、due to 等片語用法相同。
【小試身手】_____ the subsidies from government, the eminent graduate can study abroad.
(A) At account of　(B) Resulting from　(C) Owing to　(D) Regardless of
【解析】選 C。
本句句意是：因為政府補助，這位優秀的畢業生得以出國唸書。

【487】

pass away　去世；度過（英初）

☺1分鐘速記法　　　1分鐘檢定☺☹

☺5分鐘學習術　　　5分鐘檢定☺☹

【近似詞】⑩ die 去世；⑩ depart 去世
【相關用語】take one's last sleep 長眠
【例句】His wife passed away last night. 他太太昨天晚上過世了。

☺9分鐘完整功　　　9分鐘檢定☺☹

pass away 在當「去世」的意思解釋時，是屬於較有禮貌、委婉的用詞。用 pass away 比用 die 還要適當，因為 die（死）這個字太過直接，容易引起別人沮喪及不舒服的感覺。在當「度過」的意思解時，多指「時間」上的度過，而非「空間」的度過，有「消磨」時間之意。
【小試身手】Wang Yung-Ching, known as "God of management", _____ on 15, Oct, 2008.
(A) passed off　(B) passed down　(C) passed away　(D) passed by
【解析】選 C。
本句句意是：有「經營之神」美譽的王永慶，在二〇〇八年十月十五日逝世。

MP3 165

【488】

pass by 經過、錯過（英初）

1分鐘速記法　1分鐘檢定 ☺☹

5分鐘學習術　5分鐘檢定 ☺☹

【近似詞】pass through；go by
【相關用語】slip through one's fingers 錯失；流失
【例句】The cat passed by the dog. 這隻貓從那隻狗的旁邊經過。

9分鐘完整功　9分鐘檢定 ☺☹

pass by 在當「經過」的意思解時，是不及物動詞，所以受詞不能加在 pass 跟 by 之間。pass 是「經過、通過」的意思，by 則有「旁邊、通過」的意思，合起來就是「經過、擦身」的意思。用於時間的流逝時，可與 go by 互換。
【小試身手】When I _____ the shop, an exquisite flowerpot caught my attention.
(A) passed by　(B) passed down　(C) passed away　(D) passed off
【解析】選 A。
本句句意是：當我經過這家商店時，一個精緻的花盆抓住了我的目光。

【489】

pass off 消失；完成（英中）

1分鐘速記法　1分鐘檢定 ☺☹

5分鐘學習術　5分鐘檢定 ☺☹

【近似詞】fall away 消失；put through 完成
【相關用語】fall away 消失
【例句】The rainbow is passing off. 彩虹正逐漸消失中。

9分鐘完整功　9分鐘檢定 ☺☹

這則片語的受詞可以放在 pass 跟 off 之間。在球賽中，pass 是指「傳球」的意思。相似片語：pass A off as B「將 A 偽裝為 B」；pass oneself off as sb.「假扮成某人」。
【小試身手】Being washed many times, the color of the strips _____.
(A) passed by　(B) passed down　(C) passed away　(D) passed off
【解析】選 D。
本句句意是：被洗了好幾次之後，條紋的顏色都消失了。

【490】

pass on 傳遞下去（英初）

1分鐘速記法　1分鐘檢定 ☺☹

5分鐘學習術　5分鐘檢定 ☺☹

【近似詞】hand down
【相關用語】⑩ inherit 繼承
【例句】Can you pass on the pepper to me? 你可以將胡椒傳給我嗎？

9分鐘完整功　9分鐘檢定 ☺☹

pass on 在當「傳遞某物給某人」時，其後要接 to 再接人。用法：S ＋ pass on to ＋人。此片語另外還有「繼續下去、去世」的意思，當「繼續下去」時與 keep on 同義；當「去世」時則與 pass away 同義。
【小試身手】Please _____ the rest test papers to those who sit behind.
(A) pass on　(B) pass down　(C) pass off　(D) pass by
【解析】選 A。
本句句意是：請把剩下的考卷傳給坐在後面的那些人。

【491】

pay attention to 關心；注意（英中）

1分鐘速記法　1分鐘檢定 ☺☹

5分鐘學習術　5分鐘檢定 ☺☹

【近似詞】care for 關心；watch out for 注意
【相關用語】keep an eye on 關注
【例句】Could you pay more attention to the speaker? 你可以多注意一下演講者嗎？

9分鐘完整功　9分鐘檢定 ☺☹

此片語可以加形容程度的形容詞在 pay 和 attention to 之間，如：more，great 等等，來表示程度上的多寡。attention 為名詞，表示「注意」，the center of attention 即「矚目的焦點」。
【小試身手】The boys _____ attention to the beautiful transfer student instead of the lecturer.
(A) pass　(B) focus　(C) give　(D) pay
【解析】選 D。
本句句意是：男孩們都在注意漂亮的轉學生而不管講師。

【492】

pay back　報復；償還（英初）

👥1分鐘速記法　　　　　1分鐘檢定☺☹

👥5分鐘學習術　　　　　5分鐘檢定☺☹

【近似詞】🔵 revenge ；🔵 repay
【相關用語】hit back 報復
【例句】Some day I will pay you back for this.
總有一天我會為此報復回來的。

👥9分鐘完整功　　　　　9分鐘檢定☺☹

pay 是指「為了酬謝某件工作或購買物品而付款」的意思，用法：S ＋ pay back ＋ to ＋人。其動詞的三態為：pay ; paid ; paid。此片語可以用於正面的報答或是負面的報復。
【小試身手】Kelly treated her senior a beefsteak to _____ for his help.
(A) get back　(B) pay back　(C) turn back　(D) hit back
【解析】選 B。
本句句意是：凱莉請她的學長一客牛排，答謝他的幫忙。

【493】

persist in　堅持；固執（英中）

👥1分鐘速記法　　　　　1分鐘檢定☺☹

👥5分鐘學習術　　　　　5分鐘檢定☺☹

【近似詞】insist on ；hold fast to
【相關用語】🔵 stubborn 固執己見的
【例句】He always persists in his own thought. 他對自己的想法總是非常固執。

👥9分鐘完整功　　　　　9分鐘檢定☺☹

用法：S ＋ persist in ＋（代）名詞或 Ving。continue、last、endure 和 persist 都有「持續、堅持」的意思，其差別為：continue 是著重於「某種狀態無終止、無間斷地繼續下去」的意思；last 是指「在良好的情況下，持續一段相當長的時間」；endure 是指「抵抗外來的破壞力或影響，堅忍地持續下去」的意思；persist 是指「持續得比預期還久」的意思。
【小試身手】The director persisted _____ changing the actor of the role, but I thought he was too picky about the performance.
(A) in　(B) on　(C) to　(D) X
【解析】選 A。
本句句意是：導演堅持換角，但我認為是他對演出太過吹毛求疵了。

【494】

pick out　分辨出；挑選出（英初）

👥1分鐘速記法　　　　　1分鐘檢定☺☹

👥5分鐘學習術　　　　　5分鐘檢定☺☹

【近似詞】🔵 differentiate 分辨出；🔵 select 挑選出
【相關用語】make out 辨識
【例句】I can pick out who Peter is from the twins. 我可以從這對雙胞胎中分辨出誰是彼得。

👥9分鐘完整功　　　　　9分鐘檢定☺☹

pick out 後面所接的受詞不能是代名詞，必須是名詞才行。pick 和 choose 都有「挑選」的意思，其差別為：pick 有「仔細挑選」之意，所以在購物時常用 pick out 來表示，而 choose 則是指「從一堆東西中，挑選一個出來」的意思。
【小試身手】An outstanding editor must be able to _____ every error from the articles.
(A) pick out　(B) pass out　(C) pick off　(D) pay back
【解析】選 A。
本句句意是：一位優秀的編輯必須能把文章中的每個錯誤挑出來。

【495】

pick up　拾起；搭載；學到（英初）

👥1分鐘速記法　　　　　1分鐘檢定☺☹

👥5分鐘學習術　　　　　5分鐘檢定☺☹

【近似詞】🔵 learn 學到；🔵 obtain 學到
【相關用語】🔵 hitchhike 搭便車
【例句】Can you pick up the pencil for me? 你可以幫我把鉛筆撿起來嗎？

👥9分鐘完整功　　　　　9分鐘檢定☺☹

這則片語在當「學到」的意思解時，是指「知識、利益等的獲得」。當搭載用時，用法為 pick sb. up。在非正式用法中，此片語還有「搭訕」的意思。相似片語：pick up with，指「與（偶然遇到的人）結識」；pick up on「了解到、注意到」。
【小試身手】You have to turn in the money you _____ on the road.
(A) pick out　(B) pick up　(C) pick at　(D) pick holes in
【解析】選 B。
本句句意是：在路上撿到錢要送交給警察。

🎓 菁英幫小提醒：pick holes in 意為「吹毛求疵」。

341

A B C D E F G H I J K L M N O P Q R S T U V W X Y Z

MP3 166

【496】

play a joke on　戲弄別人（英初）

1分鐘速記法　　1分鐘檢定 ☺☹

5分鐘學習術　　5分鐘檢定 ☺☹

【近似詞】make a fool of
【相關用語】play tricks on 戲弄
【例句】He loves to play a joke on Grace. 他很喜歡戲弄葛瑞絲。

9分鐘完整功　　9分鐘檢定 ☺☹

play a trick on 跟 play a joke on 在意義上和用法上大致相同，後面都是接被捉弄或被開玩笑的對象（必須是人），唯一的差別是：play a trick on 是指以行動來尋人開心；play a joke on 是指用言語來開人玩笑。
【小試身手】Most students like to play a _____ on teachers on April Fool's Day.
(A) joker　(B) fool　(C) kidding　(D) trick
【解析】選 D。
本句句意是：大多學生喜歡在愚人節時捉弄師長。

【497】

play a trick on　開⋯⋯的玩笑（英中）

1分鐘速記法　　1分鐘檢定 ☺☹

5分鐘學習術　　5分鐘檢定 ☺☹

【近似詞】make fun of；play pranks
【相關用語】tease 逗弄
【例句】Don't play a trick on my younger brother. He's very timid. 不要隨便開我弟弟的玩笑，他很容易受驚嚇。

9分鐘完整功　　9分鐘檢定 ☺☹

trick 可用 joke 替換，兩者皆有「玩笑」、「惡作劇」的意思。用法：S＋play a trick on＋人。在美國萬聖節的時候，小孩子都會在夜晚裝扮成各種醜陋鬼怪的造型，然後去跟附近的鄰居說 "Trick or treat."「不給糖就搗蛋」，其中的 trick 就是「搗蛋」的意思。
【小試身手】Naughty Johnny played a trick _____ me by hiding below the the desk and screamed all of a sudden.
(A) at　(B) on　(C) for　(D) to
【解析】選 B。
本句句意是：淘氣的強尼躲在桌子下，然後突然尖叫來捉弄我。

【498】

play at　裝扮；玩票；作遊戲（英初）

1分鐘速記法　　1分鐘檢定 ☺☹

5分鐘學習術　　5分鐘檢定 ☺☹

【近似詞】disguise as 裝扮；do it in half-hearted attitude 玩票
【相關用語】rig out 裝扮
【例句】I was playing at cooking. 我只是隨便煮煮。

9分鐘完整功　　9分鐘檢定 ☺☹

play at 的 at 是介系詞，所以如果後面加的是動詞，則應該改為 Ving。play at 在當「玩票」的意思解時，在使用上是沒有被動形式的。當「作遊戲」解時，後面可以加遊戲的名稱，例如 hide-and-seek「捉迷藏」。
【小試身手】Joey _____ sleeping and overheard what they were talking about.
(A) played along　(B) played about　(C) played at
(D) played a trick on
【解析】選 C。
本句句意是：喬伊假裝睡覺，偷聽他們在講些什麼。

【499】

play down　輕視；減低⋯⋯重要性（英高）

1分鐘速記法　　1分鐘檢定 ☺☹

5分鐘學習術　　5分鐘檢定 ☺☹

【近似詞】depreciate
【相關用語】set no count on 輕視
【例句】The general tried to play down the military defeat. 將軍設法減低戰敗的嚴重性。

9分鐘完整功　　9分鐘檢定 ☺☹

受詞為代名詞時，可置於 play 和 down 中間；為名詞時則可置於 play down 之後。與 play 相關的片語包括：play a part in「參與」；play a last card「放手一搏」；play about/around「輕鬆地玩耍」；play out「結束」。
【小試身手】Social sciences and humanities subjects have long been played _____ generally.
(A) above　(B) below　(C) up　(D) down
【解析】選 D。
本句句意是：社會科學和人文學科長期飽受輕視。

play on　演奏；利用（英初）　【500】

1分鐘速記法　　　　1分鐘檢定☺☹

5分鐘學習術　　　　5分鐘檢定☺☹

【近似詞】perform 演奏
【相關用語】play on words 使用雙關語
【例句】He is good at playing on the piano. 他擅長彈奏鋼琴。

9分鐘完整功　　　　9分鐘檢定☺☹

許多樂器的演奏都是用 play 來表示。用法：S ＋ play on ＋樂器，不過 on 經常被省略，直接用 play ＋樂器。另外，在板球術語中，此片語是「使球撞擊自己的三柱門而出局」的意思。play on 在當「利用」的意思解時，後面必須要加人的弱點或錯誤，如害怕、懦弱等。
【小試身手】Have you heard the song I am playing _____? It's Daniel Powter's "Bad Day".
(A) at　(B) on　(C) off　(D) X
【解析】選 B。
本句句意是：你有聽過我在彈的這首歌嗎？它是丹尼爾的「壞天氣」。

point at　指向；指著（英中）　【501】

1分鐘速記法　　　　1分鐘檢定☺☹

5分鐘學習術　　　　5分鐘檢定☺☹

【近似詞】hold out one's finger towards；aim the tip towards
【相關用語】⑩ indicate 指出；指示
【例句】(1) I pointed at the boy sitting nearest me. 我指出了坐得離我最近的那個男孩。
(2) A man pointed a gun at them and pulled the trigger. 那個男人用槍指著他們，並且扣動了扳機。

9分鐘完整功　　　　9分鐘檢定☺☹

例句(1)中的用法：S ＋ point at ＋人／物。是指「用手指著物或人」的意思；例句(2)的用法：S ＋ point ＋物＋ at ＋人。是指「拿著某物指向某人」的意思。
【小試身手】The bandit pointed a gun _____ the hostage, threatening the police to keep away.
(A) at　(B) on　(C) out of　(D) to
【解析】選 A。
本句句意是：歹徒用槍指著人質，威脅警察離開。

point out　指出（英初）　【502】

1分鐘速記法　　　　1分鐘檢定☺☹

5分鐘學習術　　　　5分鐘檢定☺☹

【近似詞】⑩ indicate
【相關用語】lay one's finger on 指出
【例句】The judge pointed out our faults. 評審指出我們的錯誤。

9分鐘完整功　　　　9分鐘檢定☺☹

point out 後面通常加名詞或 that 子句（that ＋ S ＋ V）。由 point 所衍生的詞彙有：point of order「議事程序的問題」；point of reference「參照標準」；point of view「觀點」。
【小試身手】Sometimes outliers can _____ our blind spots.
(A) point down to　(B) point to　(C) point out　(D) point at
【解析】選 C。
本句句意是：有時局外人可以指出我們的盲點。

prefer to　寧願；較喜歡（英初）　【503】

1分鐘速記法　　　　1分鐘檢定☺☹

5分鐘學習術　　　　5分鐘檢定☺☹

【近似詞】would rather（than）
【相關用語】⑧ preference 偏好
【例句】Which do you prefer to do, walk or ride? 你比較喜歡走路還是騎車？

9分鐘完整功　　　　9分鐘檢定☺☹

用法：S ＋ prefer to ＋動詞。prefer 是動詞，其名詞是 preference；形容詞是 preferable。若用 prefer A to B，則表示較喜歡 A，較不喜歡 B。A 和 B 也可置入動詞，但是時態兩者必須統一。
【小試身手】I prefer tasting delicacies in DanShui Old Streets _____ going for an outing in Yangmingshan.
(A) to　(B) than　(C) above　(D) but
【解析】選 A。
本句句意是：比起去陽明山遠足，我更喜歡去淡水老街享用美食。

prepare for　為……做準備（英中）　【504】

1分鐘速記法　　　　1分鐘檢定☺☹

MP3 167

5分鐘學習術　　　5分鐘檢定 ☺☹

【近似詞】fix for ；🔘 arrange
【相關用語】in reserve 備用
【例句】She is well prepared for the exam. 她對考試已有充分的準備。

9分鐘完整功　　　9分鐘檢定 ☺☹

由 prepare 所衍生出來的詞彙有：名詞 preparation「準備、預習或自習」；形容詞 preparatory「準備的、預習的」；preparative「準備的、預備的」。
【小試身手】Ivy works in the day, and _____ national examinations in the night.
(A) sits for　(B) prepares for　(C) fixes on　(D) goes for
【解析】選 B。
本句句意是：艾薇白天工作，晚上則準備國家考試。

【505】
prevent from 　阻止；制止（英中）

1分鐘速記法　　　1分鐘檢定 ☺☹

5分鐘學習術　　　5分鐘檢定 ☺☹

【近似詞】hold back ；🔘 restrain
【相關用語】prohibit from 禁止；阻止
【例句】Nothing can prevent us from going. 什麼都不能阻止我們前往。

9分鐘完整功　　　9分鐘檢定 ☺☹

受詞可以放在 prevent 跟 from 之間，表示欲阻止的對象；from 後則接制止去做的事，或是應該遠離的人物。keep、stop、prohibit 都可用來代換 prevent。用法：S ＋ prevent from ＋ N/Ving。
【小試身手】The guard prevented the press _____ entering the building.
(A) back　(B) for　(C) to　(D) from
【解析】選 D。
本句句意是：警衛阻止記者們進入這棟建築。

🎓 菁英幫小提醒：paparazzi 的意思是「狗仔隊」（複數型）。

【506】
pros and cons 　正反兩方（英中）

1分鐘速記法　　　1分鐘檢定 ☺☹

5分鐘學習術　　　5分鐘檢定 ☺☹

【近似詞】for and against 正反兩方
【相關用語】opposition party 反對黨

【例句】We should get some data which are from the pros and cons. 我們必須取得一些來自於贊成跟反對意見的資料。

9分鐘完整功　　　9分鐘檢定 ☺☹

此片語是一種慣用語，所以 pro 和 con 都要加"s"。pro 可以當副詞，也可以當名詞，皆指「贊成」的意思。pro 還有另外一種意思「職業選手」，是 professional 的縮寫。
【小試身手】Pros and _____ disputed intensely about whether the private affairs of president should be disclosed.
(A) coms　(B) cons　(C) comes　(D) calls
【解析】選 B。
本句句意是：正反兩方就總統私事是否應被公開，展開激烈論戰。

【507】
protect from 　保護；免受（英中）

1分鐘速記法　　　1分鐘檢定 ☺☹

5分鐘學習術　　　5分鐘檢定 ☺☹

【近似詞】🔘 secure ；🔘 guard
【相關用語】preserve from 保護；免受
【例句】These children should be protected from being hurt. 這些孩子應該要受到保護，免於受到傷害。

9分鐘完整功　　　9分鐘檢定 ☺☹

受詞可放 protect 跟 from 之間，指保護的對象，from 則接應遠離的事物。protect 的衍生變化字有以下幾種：protection 是名詞，「保護、通行證」的意思；protective 是形容詞，為「保護的」之意。
【小試身手】I think protection orders are useless to protect abused women _____ violence.
(A) for　(B) form　(C) against　(D) to
【解析】選 C。
本句句意是：我認為保護令無法保護受暴婦女遠離暴力。

🎓 菁英幫小提醒：domestic violence 意指「家暴」。

【508】
provide with 　供給；裝備（英中）

1分鐘速記法　　　1分鐘檢定 ☺☹

5分鐘學習術　　　5分鐘檢定 ☺☹

【近似詞】supply with 供給；equip with 裝備

【相關用語】put sb. up 提供住宿
【例句】The company provides their employees with lunch. 這一家公司提供員工午餐。

9分鐘完整功　9分鐘檢定☺☹

受詞可以放在 **provide** 跟 with 之間。**provide**、**supply**、**furnish** 和 **equip** 都有「供給」的意思，其差別為：**provide** 是指「先準備或供應必須的物品」之意；**supply** 是指「為某人、機構或地區等補充不足或必要的東西」；**furnish** 是指「替房子、房間等裝備必要的東西」；**equip** 是指「為了某項特殊的目的而備以道具、附件、裝置等」的意思。

【小試身手】Tissues _____ in the lavatories are always wasted.
(A) providing　(B) provided with　(C) provided　(D) providing with
【解析】選 C。
本句句意是：廁所提供的衛生紙總是遭到浪費。

【509】
pull down 拆掉；拉下來；衰弱（英初）

1分鐘速記法　1分鐘檢定☺☹

5分鐘學習術　5分鐘檢定☺☹

【近似詞】tear down 拆掉
【相關用語】take apart 拆掉
【例句】They plan to pull down the building. 他們計畫拆掉那一棟建築物。

9分鐘完整功　9分鐘檢定☺☹

相似片語：**pull down one's house about one's ears**「試圖自我毀滅」。其他由 **pull** 所組成的片語有：**pull in**「到站」；**pull into**「將車開進去停放」；**pull over**「將車停靠路邊」；**pull through**「恢復」；**pull together**「互助合作」。
【小試身手】Lo-Sheng sanitarium has been _____ since late 2008.
(A) torn down　(B) teared down　(C) pulled away
(D) pulled back
【解析】選 A。
本句句意是：樂生療養院從二〇〇八年年底開始遭到拆除。

【510】
pull up 拔出；（把車）停下來（英初）

1分鐘速記法　1分鐘檢定☺☹

5分鐘學習術　5分鐘檢定☺☹

【近似詞】🔁 uproot 拔出；draw up 停下來
【相關用語】pull out 拔出
【例句】The farmer pulled the radishes up. 農夫把小蘿蔔都拔起來。

9分鐘完整功　9分鐘檢定☺☹

此片語在當「停住」的意思解時，是指「馬或車等交通工具停止動作」的意思。此片語另外還有「從電腦中蒐集資訊」的意思。相似片語：**pull up your socks**，「加倍努力」的意思。
【小試身手】_____ up the plants to make it grow faster is a ridiculous idea.
(A) poking　(B) pouring　(C) pushing　(D) pulling
【解析】選 D。
本句句意是：揠苗助長是相當荒謬的想法。

【511】
put down 放下；寫下；奚落（英初）

1分鐘速記法　1分鐘檢定☺☹

5分鐘學習術　5分鐘檢定☺☹

【近似詞】lay down 放下；write down 寫下
【相關用語】scoff at 奚落
【例句】Don't move and put the gun down! 不要動，把槍放下！

9分鐘完整功　9分鐘檢定☺☹

此片語在當「奚落」的意思時是口語用法。相似片語：**put down the drain**「消費、浪費」，也是屬於口語用法。相關片語：**put down as/for**「把……視為」；**put down to**「把……歸因於」。
【小試身手】Hi, beauty. My friend wants you to _____ your phone number on this note. （選出錯的）
(A) pull down　(B) take down　(C) put down　(D) write down
【解析】選 A。
本句句意是：嗨美女，我朋友希望你能在這張紙條上留下電話號碼。

【512】
put emphasis on 強調；重視（英中）

1分鐘速記法　1分鐘檢定☺☹

5分鐘學習術　5分鐘檢定☺☹

【近似詞】make much of；give weight to
【相關用語】take sth. seriously 慎重看待某事

MP3 168

【例句】Models all put emphasis on maintaining their figures. 模特兒都很注重保養身材。

9分鐘完整功　9分鐘檢定☺☹

put 可用 lay、place 來代替。emphasis 為 emphasize 的名詞形式，兩者的意思皆為「強調」。這裡的 on 可以寫成 upon。前面的動詞 put 可以 lay 或 place 代換，有「加諸」的意思。整個片語也可以 emphasis 的動詞型式 emphasize 來代換，此時後方不須加介系詞，且可加 that ＋子句。

【小試身手】" POTS" is an indymedia which puts emphasis _____ social issues and artistic activities.
(A) to　(B) on　(C) at　(D) in
【解析】選 B。
本句句意是：「破報」是一家獨立媒體，著重於社會議題和藝文活動。

【513】

put on 穿上；加開；誇大（英初）

1分鐘速記法　1分鐘檢定☺☹

5分鐘學習術　5分鐘檢定☺☹

【近似詞】ⓥ wear 穿上；ⓥ exaggerate 誇大
【相關用語】put on flesh 增胖
【例句】You should put on the coat because it is getting cold. 天氣漸漸變冷了，你應該穿上外套。

9分鐘完整功　9分鐘檢定☺☹

這個片語在當「穿上」的意思解時，其相反片語是 take off「脫下」；當「加開」的意思解時，是專指火車班次的增加。相關片語：put on airs「擺架子」；put on flesh/weight「發胖」；put on one side「放在一邊」。
【小試身手】Frank _____ a mask every time he rides on his motorcycle.
(A) puts about　(B) takes off　(C) takes away　(D) puts on
【解析】選 D。
本句句意是：福蘭克每次騎機車都會戴上口罩。

【514】

put one's nose into 干涉（英高）

1分鐘速記法　1分鐘檢定☺☹

5分鐘學習術　5分鐘檢定☺☹

【近似詞】ⓥ interfere
【相關用語】poke one's nose into other's business 好管閒事
【例句】He likes to put his nose into others affairs. 他喜歡干涉別人的私事。

🎓 菁英幫小提醒：nosy，形容詞，意為「愛管閒事的」。

9分鐘完整功　9分鐘檢定☺☹

這裡的 put 可用 poke 或 thrust 來代替。與 nose 相關的片語包括：get up one's nose「激怒某人」；give sb. a bloody nose「擊敗某人」；have one's nose in the air「自命清高」；keep one's nose clean「愛惜羽毛、不做違法亂紀的事」；thumb nose at sb./sth「藐視、蔑視」。
【小試身手】Cindy always _____ her nose into my domestic affairs, even if they have nothing to do with her.（選出錯的）
(A) puts　(B) thrusts　(C) pokes　(D) points
【解析】選 D。
本句句意是：辛蒂總是干涉我的家務事，即使和她一點關係也沒有。

【515】

put out 伸出；熄滅；擊敗（英初）

1分鐘速記法　1分鐘檢定☺☹

5分鐘學習術　5分鐘檢定☺☹

【近似詞】stretch out 伸出；burn out 熄滅
【相關用語】ⓥ extinguish 熄滅
【例句】I put my tongue out for the doctor. 我把舌頭伸出來給醫生看。

9分鐘完整功　9分鐘檢定☺☹

put-out 是名詞，在棒球用語中是指「刺殺出局」的意思。相關片語：put out to grass「解雇」；put out feelers「試探、探勘」；put out to tender「招標」。
【小試身手】His sister _____ the flames immediately and avoided a disaster.
(A) put out　(B) puts out　(C) putted out　(D) is putting out
【解析】選 A。
本句句意是：他姊姊立即撲滅火焰，避免了一場災難。

【516】

queer one's pitch 破壞某人計畫（英高）

1分鐘速記法　1分鐘檢定☺☹

🕐5分鐘學習術　　　　　5分鐘檢定☺☹

【近似詞】destroy one's plan
【相關用語】blow up 搞砸
【例句】It will queer our pitch if he won't come tomorrow. 如果明天他沒來，我們的計畫就泡湯了。

🕐9分鐘完整功　　　　　9分鐘檢定☺☹

此片語主要是英式用法，也可以寫成 **queer the pitch for sb.**。**queer** 可當形容詞、動詞和名詞，分別為「古怪的」／「使陷入窘境」／「同性戀者」之意，原先含有貶意，用以指稱不同於主流的「異類」，但九〇年代起成為一群反主流學者的自稱，用以表示所有「非異性戀」的性別或性取向團體，已成為去汙名化的辭彙，中文直譯為「酷兒」。
【小試身手】The sudden downpour queered my _____.
(A) punch　(B) peach　(C) pitch　(D) pinch
【解析】選 C。
本句句意是：突如其來的暴雨破壞了我的計畫。

【517】
quiet down　靜下來（英初）

🕐1分鐘速記法　　　　　1分鐘檢定☺☹

🕐5分鐘學習術　　　　　5分鐘檢定☺☹

【近似詞】calm down
【相關用語】⑫ sober 冷靜的；清醒的
【例句】The teacher wants us to quiet down. 老師要我們靜下來。

🕐9分鐘完整功　　　　　9分鐘檢定☺☹

quiet 是指「沒有興奮、騷擾、搖動等情緒因素，因而平靜」的意思。**quiet** 跟 **quite**（相當地、完全地，副詞）拼法類似，在書寫上要多加留意。**quiet** 可當形容詞、動詞和名詞，此處當動詞用。
【小試身手】Once the teacher stepped on the platform, the whole class _____ down.
(A) quieted　(B) quited　(C) quitted　(D) quicked
【解析】選 A。
本句句意是：當老師一走上講臺，全班就安靜下來。

【518】
quite a few　相當多（英中）

🕐1分鐘速記法　　　　　1分鐘檢定☺☹

🕐5分鐘學習術　　　　　5分鐘檢定☺☹

【近似詞】a lot of

【相關用語】few and far between 罕見的
【例句】Quite a few people go to the park on Sunday. 星期天公園裡有相當多的人。

🕐9分鐘完整功　　　　　9分鐘檢定☺☹

few 雖為「少許」的意思，但和字面上的意義恰恰相反，**quite a few** 是「相當多、非常多」的意思，它跟 **quite a little** 是同樣的意思，只不過 **quite a few** 是用在形容可數的複數普通名詞上，而 **quite a little** 則是用來形容不可數之物質或抽象名詞。
【小試身手】_____ people crowded into the recruitment exposition.
(A) Quite a thing　(B) Quite a little　(C) Quite a few
(D) Quite few
【解析】選 C。
本句句意是：許多人擠入徵才博覽會現場。

【519】
read between the lines　領會
言外之意（英中）

🕐1分鐘速記法　　　　　1分鐘檢定☺☹

🕐5分鐘學習術　　　　　5分鐘檢定☺☹

【近似詞】figure out the implication
【相關用語】⑫ insinuation 影射
【例句】To understand poetry, one has to read between the lines. 一個人要讀通詩詞，必須要能領會字裡行間的言外之意。

🕐9分鐘完整功　　　　　9分鐘檢定☺☹

要特別注意的是，在這裡的 **line** 必須要加 **s**，因為使用 **between** 表示兩者之間，代表不只一行，所以 **line** 才要加 **s**。可用來表示言外之意的單字包括：**implication；subaudition；undernote；overtone** 等。
【小試身手】You have to read _____ the lines rather than become letter-bound.
(A) in　(B) out of　(C) between　(D) among
【解析】選 C。
本句句意是：你應該要領會言外之意而非拘泥於字句。

【520】
read one's mind　知道某人在想什麼
（英中）

🕐1分鐘速記法　　　　　1分鐘檢定☺☹

🕐5分鐘學習術　　　　　5分鐘檢定☺☹

【近似詞】understand one's thinking
【相關用語】⑫ apprehensive 善解人意的

A B C D E F G H I J K L M N O P Q R S T U V W X Y Z

MP3 ◀ 169

【例句】He is so eccentric and unsociable, so no one can read his mind. 他是如此的離群索居，所以沒人知道他在想些什麼。

9分鐘完整功　9分鐘檢定☺☹

這裡的 read 是「判斷、解讀」的意思。由 read 所衍生的詞彙有：readability「可讀性」；reader「讀者、審稿人、（大學）講師（英式用法）」。read 的動詞三態為 read；read；read。

【小試身手】Every time I feel depressed, he will turn up in front of me as if he can _____ my mind.
(A) study　(B) read　(C) research　(D) go over
【解析】選 B。
本句句意是：每次我感到沮喪，他就會出現在我面前，彷彿他能知道我在想什麼似的。

【521】
read over　瀏覽（英初）

1分鐘速記法　1分鐘檢定☺☹

5分鐘學習術　5分鐘檢定☺☹

【近似詞】glance over；browse
【相關用語】run through 瀏覽
【例句】I just read over the newspaper. 我只有稍微瀏覽一下報紙。

9分鐘完整功　9分鐘檢定☺☹

此片語是指對「書籍或文件等匆匆翻讀」的意思。read、glance、run、go 這些動詞與介系詞 over 連用時，都有「從頭到尾很快地、大略地查看某物」的意思。相關片語：read for/up「攻讀（學位）」；read out「宣讀、開除」；read the handwriting on the wall「預知未來」。
【小試身手】Nicole just _____ the cover but she found three misprints on it.
(A) run through　(B) read over　(C) read out　(D) go through
【解析】選 B。
本句句意是：妮可只是瀏覽一下封面，卻發現了三處印刷錯誤。

【522】
reduce to　迫使；降級；歸納（英中）

1分鐘速記法　1分鐘檢定☺☹

5分鐘學習術　5分鐘檢定☺☹

【近似詞】compel 迫使；demote 降級；induce 歸納
【相關用語】reduce sb. to tears 使人落淚

【例句】Poverty reduced him to robbing. 貧窮迫使他去搶劫。

9分鐘完整功　9分鐘檢定☺☹

這裡的 to 是介系詞，所以後面加名詞或 Ving。用法：S＋reduce to＋（代）名詞。decrease 和 reduce 都有「減少」的意思，其差別為：decrease 是指「大小、數量等逐漸遞減」的意思；reduce 是指「除了減少之外，還有降低」的意思。
【小試身手】Heavy debt reduced her _____ crimes.
(A) to commiting　(B) to commit　(C) commiting　(D) commit
【解析】選 A。
本句句意是：沉重的債務迫使她去犯罪。

【523】
refer to　提到；查詢（英中）

1分鐘速記法　1分鐘檢定☺☹

5分鐘學習術　5分鐘檢定☺☹

【近似詞】mention 提到；look up 查詢
【相關用語】for your reference 僅供參考
【例句】Don't refer to such an awful experience again, please. 請別再提起這段可怕的經歷了。

9分鐘完整功　9分鐘檢定☺☹

refer to 除了上述的意思外，若是使用 refer to sth as ～ 的句型時，則表示「將某物稱為……」的意思。refer 的名詞為 reference，表示「參考、提及、推薦函」的意思。
【小試身手】_____ urban public space, I think of professor Bih Herng-Dar.（選出錯的）
(A) As for　(B) Referred to　(C) When it comes to　(D) Speaking of
【解析】選 B。
本句句意是：提到都市公共空間，我就想到畢恆達教授。

【524】
rely on　依賴；指望（英中）

1分鐘速記法　1分鐘檢定☺☹

5分鐘學習術　5分鐘檢定☺☹

【近似詞】depend on；count on
【相關用語】self-reliance 自力更生
【例句】You can't rely on Tom all the time. 你不能一直都依賴湯姆。

9分鐘完整功　9分鐘檢定☺☹

rely 和 depend 都有「依賴」的意思，其差別為：rely 是指「根據過去的經驗，使人相信對方必定能完成所交代之事」的意思；depend 是指「依賴別人的支持或援助」的意思。

【小試身手】I realized how much I _____ on you until you left. （選出錯的）
(A) relied　(B) counted　(C) depended　(D) based
【解析】選 D。
本句句意是：直到你離開了，我才發現我有多麼依賴你。

【525】

remind ～ of ～　使回想起（英中）

1分鐘速記法　1分鐘檢定☺☹

5分鐘學習術　5分鐘檢定☺☹

【近似詞】⬛ recall
【相關用語】⬛ amnesia 健忘症
【例句】This picture reminds me of our happy time. 這張照片使我想起我們從前的快樂時光。

9分鐘完整功　9分鐘檢定☺☹

用法：S＋remind＋人＋of＋事情。remember、remind 和 recall 都有「回想起」的意思，其差別為：remember 是指「想起從前記得或經驗過的事情，有時雖然指有意的回想，但通常是指無意中想起」的意思；remind 是指「促使某人想起某事」的意思；recall 是指「有意地、盡力地去想起某事」的意思。
【小試身手】The certificate reminds me _____ the days I endeavored to practice the piano.
(A) for　(B) that　(C) of　(D) X
【解析】選 C。
本句句意是：這張證書讓我想起我努力練琴的那段時光。

【526】

replace with　以……代替（英初）

1分鐘速記法　1分鐘檢定☺☹

5分鐘學習術　5分鐘檢定☺☹

【近似詞】substitute for；take the place of
【相關用語】⬛ substitute 代替品
【例句】We replaced coal with oil. 我們用油取代了煤。

9分鐘完整功　9分鐘檢定☺☹

replace 是指「取代已離開的人、已不見的物或已破損的東西」，也可以指「代替某人的職位」。with 後是加「用來取代的人或物」；with 也可用 by 代替。

【小試身手】Print has _____ handwriting gradually.
(A) been replaced by　(B) replaced　(C) replaced by　(D) replaced with
【解析】選 B。
本句句意是：印刷術逐漸取代了手寫。

【527】

respond to　回應；反應（英中）

1分鐘速記法　1分鐘檢定☺☹

5分鐘學習術　5分鐘檢定☺☹

【近似詞】⬛ answer；⬛ react
【相關用語】⬛ overreaction 反應過度
【例句】The disease failed to respond to drugs. 這種疾病經藥物治療後未見好轉。

9分鐘完整功　9分鐘檢定☺☹

answer、reply 和 respond 都有「回應」的意思，其差別為：answer 是指「以口頭、筆寫或行動回答某人」；reply 是指「用在較正式的文體中，表示經過仔細思考後的答覆」；respond 是指「對某人的期望或訴苦做適當的反應」之意。
【小試身手】Although the principal responds _____ our complaints very quickly, but it is administrative officers that have to deal with them.
(A) for　(B) by　(C) X　(D) to
【解析】選 D。
本句句意是：雖然校長很快回應我們的埋怨，但應該是行政人員要來處理才對。

【528】

result from　產生；起因於（英初）

1分鐘速記法　1分鐘檢定☺☹

5分鐘學習術　5分鐘檢定☺☹

【近似詞】because of；bring about
【相關用語】⬛ cause 原因
【例句】The collapse of this building resulted from a strong earthquake. 這棟建築物的倒塌是因為強烈地震所造成的。

9分鐘完整功　9分鐘檢定☺☹

result from 沒有被動句型，而且只能用於簡單

MP3 ◄》170

式。用法：S + result from + N。反義片語：**result in**「導致」。要注意的是，表現事物的因果時，應該用「果」**result from**「因」；或是「因」**result in**「果」。
【小試身手】The "Yellow Shirts" protest in Thailand resulted _____ the corruption of government.
(A) X　(B) by　(C) in　(D) from
【解析】選 D。
本句句意是：泰國黃衫軍抗爭肇因於政府的貪瀆。

【529】
ride on　乘坐（英中）

1分鐘速記法　　　　　1分鐘檢定 ☺☹

5分鐘學習術　　　　　5分鐘檢定 ☺☹
【近似詞】sit on；be carried by
【相關用語】hitchhike 搭便車
【例句】He walked alone with a little boy riding on his shoulder. 他將一個小男孩背在肩上行走。

9分鐘完整功　　　　　9分鐘檢定 ☺☹
用法：S + ride on +（代）名詞。**ride**、**drive**、**fly**、**sail** 都是用在駕駛交通工具上的動詞，其用法分別敘述如下：**ride** 是用在騎乘較小的交通工具上，例如：機車、腳踏車、馬等；**drive** 是用在駕駛較大的交通工具上，例如：汽車、火車、卡車等等；若所駕駛的交通工具是在天上飛行的，就要用 **fly**；**sail** 是用在船隻的航行上。
【小試身手】The boy _____ on the hobbyhorse was my nephew.
(A) riding　(B) ridden　(C) rode　(D) rides
【解析】選 A。
本句句意是：那個騎木馬的男孩是我的外甥。

【530】
right away　馬上（英初）

1分鐘速記法　　　　　1分鐘檢定 ☺☹

5分鐘學習術　　　　　5分鐘檢定 ☺☹
【近似詞】at once；on the moment
【相關用語】in a flash 馬上
【例句】Can you come to my office right away? 你可以馬上到我的辦公室來嗎？

9分鐘完整功　　　　　9分鐘檢定 ☺☹
right 在當形容詞時，意思是「正確的、真實的、良好的、正面的、右邊的」；在當副詞時，意思是

「公正地、向右方、剛好、馬上、徹底地、非常地」；在當動詞時，意思是「糾正、豎立、拯救」。
【小試身手】Please go downstairs _____. The fifth floor is catching fire!（選出錯的）
(A) right away　(B) right here　(C) right now　(D) just now
【解析】選 B。
本句句意是：請立刻下樓，五樓失火了！

【531】
ring a bell　引起共鳴；引起反應（英中）

1分鐘速記法　　　　　1分鐘檢定 ☺☹

5分鐘學習術　　　　　5分鐘檢定 ☺☹
【近似詞】resonate
【相關用語】sympathy 同感
【例句】I don't know my words will ring a bell extremely. 我不知道我說的話會引起這麼激烈的反應。

9分鐘完整功　　　　　9分鐘檢定 ☺☹
ring a bell 是屬於口語片語，也可當「使想起」的意思。相似片語：**clear as a bell**「非常清晰」；**sound as a bell**「非常健康」；**bells and whistles**「附加性能」。
【小試身手】My joke doesn't _____ at all. See how much the generation gap is!
(A) ring out　(B) ring off　(C) ring a bell　(D) ring back
【解析】選 C。
本句句意是：我的笑話完全起不了共鳴。看看代溝有多大啊！

【532】
run across　偶然遇到；穿過（英初）

1分鐘速記法　　　　　1分鐘檢定 ☺☹

5分鐘學習術　　　　　5分鐘檢定 ☺☹
【近似詞】come across；bump into
【相關用語】by chance 偶然
【例句】I ran across an old friend on the street. 我在街上遇到一位老朋友。

9分鐘完整功　　　　　9分鐘檢定 ☺☹
當這個片語在作為「偶然遇到」的意思解時，是不及物動詞片語，所以受詞不能放在 run 和 across 之間。**across** 這個介系詞有「穿越、相交」的意思。相關片語：**run amuck**「胡作非為」；**run down**「弄壞」。

【小試身手】I went up the mountain to pluck wild herbs, and _____ my former husband while coming downhill. （選出錯的）
(A) ran over　(B) bumped into　(C) ran across　(D) encounterd
【解析】選 A。
本句句意是：上山採蘼蕪，下山逢故夫。

「失去控制、偷走」。
【小試身手】A soilder _____ from the military camp in a dark and windy night.
(A) fled　(B) flees　(C) runs up　(D) escaping
【解析】選 A。
本句句意是：在一個月黑風高的晚上，一名士兵逃離了軍營。

【533】
run after　追趕；追蹤；追求（英初）

🕐1分鐘速記法　　　　　　1分鐘檢定☺☹

🕐5分鐘學習術　　　　　　5分鐘檢定☺☹
【近似詞】🔤 chase；🔤 pursue
【相關用語】go after 追求
【例句】The dog was running after a cat. 那隻狗在追一隻貓。

🕐9分鐘完整功　　　　　　9分鐘檢定☺☹
run 的動詞三態：run；ran；run。after 這個介系詞是「在後方」的意思，所以 run after 是「在後追趕」的意思，可以當實際上的追逐，也可當情感上的追求。同理，run 和 go 都有前進移動的意思，所以 go after 與本片語同義。
【小試身手】I saw a leopard _____ a gazelle on the Discovery Channel.
(A) to run back over　(B) running back over　(C) running after　(D) to run after
【解析】選 C。
本句句意是：我在探索頻道看到一隻雲豹在追趕瞪羚。

🎓菁英幫小提醒：run back over 意為「重溫」。

【534】
run away　逃跑；離家（英初）

🕐1分鐘速記法　　　　　　1分鐘檢定☺☹

🕐5分鐘學習術　　　　　　5分鐘檢定☺☹
【近似詞】🔤 flee 逃跑；take to one's heels 逃跑
【相關用語】🔤 escape 逃跑
【例句】He ran away last night. 他昨天晚上逃家了。

🕐9分鐘完整功　　　　　　9分鐘檢定☺☹
run away 的後面接 from，表示從某個地方離開。此片語是指「出於任性或反抗而離家出走或遠走他方」的意思，可能是不告而別，也可能是私奔，依文意而定，但兩者有一個共通點，那就是「沒有通知就離開」的意思。相關片語：run away with

【535】
run into　撞到；偶遇（英初）

🕐1分鐘速記法　　　　　　1分鐘檢定☺☹

🕐5分鐘學習術　　　　　　5分鐘檢定☺☹
【近似詞】collide with 撞到；meet by chance 偶遇
【相關用語】The road is narrow for enemies. 冤家路窄
【例句】The bus got out of control and ran into a red car. 公車失去控制，撞上一輛紅色小轎車。

🕐9分鐘完整功　　　　　　9分鐘檢定☺☹
除了上述的意思之外，run into 還有「衝入、達到、和……相接」等等的意思。介系詞 into 也可用 against 代替，但 run against 沒有「撞到」只有「偶遇」的意思。反之，如果用 over 代替的話，則有「撞到」甚至「輾過」的意思。
【小試身手】I forgot _____ Director Li An on the Golden Horse Award Ceremony.
(A) to run across　(B) to run into　(C) running into　(D) running after
【解析】選 C。
本句句意是：我都忘了曾在金馬獎頒獎典禮巧遇李安導演。

【536】
run out　用完；耗盡（英初）

🕐1分鐘速記法　　　　　　1分鐘檢定☺☹

🕐5分鐘學習術　　　　　　5分鐘檢定☺☹
【近似詞】use up；🔤 exhaust
【相關用語】🔤 empty 倒空
【例句】Hurry up! Time is running out. 快點！快要沒時間了。

🕐9分鐘完整功　　　　　　9分鐘檢定☺☹
除上述的意思外，run out 還有「跑出去、流出、比賽到底、出局」等等其他意思。若在其後加上介系詞 of，可以接用完的物品，或是跑出來的地方。

🎧 MP3 ◀ 171

相似片語：**run/walk out on**「拋棄」；**run out of steam**「精疲力盡」。
【小試身手】My automobile seems _____ out of gasoline.
(A) to be used　(B) to exhaust　(C) to be run　(D) to run
【解析】選 **D**。
本句句意是：我的車子好像沒油了。

【537】

run up 上漲；升旗（英中）

🔊 **1分鐘速記法**　　1 分鐘檢定 ☺☹

🔊 **5分鐘學習術**　　5 分鐘檢定 ☺☹

【近似詞】⑩ raise；go up
【相關用語】⑩ appreciate 增值；漲價
【例句】**The price ran up so quickly, so no one could afford his own living.** 價格上漲得那麼快，以致沒有人可以負擔自己的生活。

🔊 **9分鐘完整功**　　9 分鐘檢定 ☺☹

除了上述的意思外，**run up** 還有「跑上去、迅速成長、建得很高、合計」等等意思。若當「高達……」的意思時，後方的介系詞需加 to，其後再接特定的數量或程度。
【小試身手】The tech stocks _____ recently is a positive sign.
(A) running down　(B) running up　(C) run up　(D) run down
【解析】選 **B**。
本句句意是：科技股價上漲是個好現象。

【538】

search for 尋找（英中）

🔊 **1分鐘速記法**　　1 分鐘檢定 ☺☹

🔊 **5分鐘學習術**　　5 分鐘檢定 ☺☹

【近似詞】look for
【相關用語】hunt/search high and low 上窮碧落下黃泉
【例句】**Can you help me to search for my keys?** 你可不可以幫我找鑰匙？

🔊 **9分鐘完整功**　　9 分鐘檢定 ☺☹

受詞可以放在 **search** 跟 **for** 之間，也可以放在後面。其他有關 **search** 的片語有：**search out**「找出、搜出」；**in search of** 或 **in the search for**「尋求」。
【小試身手】Sally is _____ a scrap paper anx-

iously since there is the phone number of a client on it.
(A) looking forward to　(B) seeking out　(C) finding for　(D) searching for
【解析】選 **D**。
本句句意是：莎莉焦急地尋找一張便條紙，因為上面有客戶的電話。

【539】

see off 為……送行（英中）

🔊 **1分鐘速記法**　　1 分鐘檢定 ☺☹

🔊 **5分鐘學習術**　　5 分鐘檢定 ☺☹

【近似詞】say good-bye
【相關用語】⑧ farewell 送別會、餞行
【例句】**We are going to the airport to see Peter off.** 我們正要去機場給彼得送行。

🔊 **9分鐘完整功**　　9 分鐘檢定 ☺☹

see off 是及物動詞片語，受詞放在 off 之前，且受詞必須是人。**walk ＋ 人 ＋ to ＋ 地方**「送……人去某處、協助某人行走」和此片語的意思不同，讀者應予以區分。
【小試身手】We saw Janet _____ at the wharf. All of us were reluctant to be taken apart.
(A) away　(B) off　(C) out　(D) about
【解析】選 **B**。
本句句意是：我們去碼頭幫珍妮特送行。我們所有人都不願意被迫分開。

🎓 菁英幫小提醒：see out 表示「熬過」的意思。

【540】

seek out 找到（英中）

🔊 **1分鐘速記法**　　1 分鐘檢定 ☺☹

🔊 **5分鐘學習術**　　5 分鐘檢定 ☺☹

【近似詞】⑩ find
【相關用語】⑫ unsearchable 遍尋不著的
【例句】**He sought out his books on the desk.** 他在桌上找到他的書。

🔊 **9分鐘完整功**　　9 分鐘檢定 ☺☹

seek 的動詞三態為：**seek**；**sought**；**sought**。受詞可以放在 **seek** 跟 **out** 之間，也可以放在後面。與 **seek** 相關的片語有：**seek to**「嘗試、試圖」；**be not far to seek**「近在眼前」；**be yet to seek**「還沒有、還得找找看」。
【小試身手】Helen _____ a tape of Guo Fu Cheng in her messy depot. （選出錯的）

(A) sought out　(B) discovered　(C) found　(D) looked out

【解析】選 D。

本句句意是：海倫在她雜亂的倉庫裡找到一捲郭富城的卡帶。

【541】
sell out 售完（英初）

👥1分鐘速記法　　　　　1分鐘檢定 😊☹

👥5分鐘學習術　　　　　5分鐘檢定 😊☹

【近似詞】out of stock
【相關用語】sale of work 義賣
【例句】The special pencils are sold out in one hour. 這款特殊的鉛筆在一個小時內全部銷售完了。

👥9分鐘完整功　　　　　9分鐘檢定 😊☹

sell 的動詞三態為：sell；sold；sold。由 sell 所衍生的用詞：sell-by date「保存期限」；sell off「低價出售」；sell oneself「自薦、賣身」；sell short「低估」。

【小試身手】The posters of Nagasawa Masami _____ within one hour.
(A) sold out　(B) were sold out　(C) sold off　(D) were sold short

【解析】選 B。

本句句意是：長澤雅美的海報在一小時內銷售一空。

【542】
separate from 區分；分隔（英中）

👥1分鐘速記法　　　　　1分鐘檢定 😊☹

👥5分鐘學習術　　　　　5分鐘檢定 😊☹

【近似詞】🔘 discriminate；🔘 distinguish
【相關用語】🔘 sort out 分類；挑出
【例句】The patient should be separated from others. 這個病人應該跟其他人隔離。

👥9分鐘完整功　　　　　9分鐘檢定 😊☹

用法：S ＋ separate from ＋ 人／事物。separate、divide 和 part 都有「分開」的意思，其差別為：separate 是指「將原來統一或結合的東西予以分離」的意思；divide 是指「以切開、分開、分配等方式使其成為部分、片斷或若干群」的意思；part 是指「分開關係密切的人或物」之意。

【小試身手】Do you agree to separate girls _____ boys on the physical education class?
(A) up　(B) as　(C) from　(D) into

【解析】選 C。

本句句意是：你同意體育課讓男女分開上嗎？

🎓 菁英幫小提醒：coeducation 意為「男女同校制」。

【543】
set off 出發；分開；使爆炸（英初）

👥1分鐘速記法　　　　　1分鐘檢定 😊☹

👥5分鐘學習術　　　　　5分鐘檢定 😊☹

【近似詞】set out 出發；blow up 使爆炸
【相關用語】start off 出發
【例句】They checked their baggage before setting off. 他們出發前檢查了行李。

👥9分鐘完整功　　　　　9分鐘檢定 😊☹

set 動詞三態皆為 set。set 有「設定、裝置、校正、規定」等非常多種意思。相關片語：set down「記下、讓乘客下車」；set in「建造、開始」；set back「使受挫、使落後」；set upon「攻擊」。

【小試身手】I'm going to _____ at five o'clock tomorrow morning, but I'm still checking my baggage now. （選出錯的）
(A) set out　(B) move on　(C) set off　(D) blow up

【解析】選 D。

本句句意是：我明天早上五點要動身，但我現在還在檢查行李。

【544】
set up 設立；設定；開店（英初）

👥1分鐘速記法　　　　　1分鐘檢定 😊☹

👥5分鐘學習術　　　　　5分鐘檢定 😊☹

【近似詞】🔘 erect 設立；run a business 開店
【相關用語】🔘 establish 設立
【例句】The police set up road-blocks on routes leading out of the town. 警察在通往鎮外的道路上設立路障。

👥9分鐘完整功　　　　　9分鐘檢定 😊☹

set up 除了上述的意思之外，還有「提高、提供、增加權力、發生、高喊、康復、鍛鍊、計畫」等等其他意思，非正式的口語意思則有「招待飲料、付飲料費、激勵、欺騙他人妥協」等。

【小試身手】The government _____ memorial in remembrance of Mona Rudao.
(A) set aside　(B) set out　(C) set off　(D) set up

【解析】選 D。

MP3 172

本句句意是：政府設立了一座紀念碑追憶莫那魯道。

shake hands with 與某人握手
（英初）

【545】

1分鐘速記法　1分鐘檢定 ☺☹

5分鐘學習術　5分鐘檢定 ☺☹
【近似詞】clasp hands with
【相關用語】be in one's hands 在某人掌控之中
【例句】It is one kind of politeness to shake hands with new friends. 跟新朋友握手是一種禮貌。

9分鐘完整功　9分鐘檢定 ☺☹
此片語也可以寫成：shake sb. by the hand。with 後面要加人。shake hands 是見面時的禮節，由於握手時，需要上下搖動彼此的手，所以才會用 shake「搖動」這一個字。另外要注意的是，這裡的 hands 要加複數，因為握手，一定要兩隻手才能握。
【小試身手】The patronizing boss is reluctant to shake ＿＿＿ with the interviewees.
(A) hands　(B) a hand　(C) hand　(D) the hand
【解析】選 A。
本句句意是：自恃甚高的老闆很勉強地和面試者們握手。

share with 分享；分擔（英初）

【546】

1分鐘速記法　1分鐘檢定 ☺☹

5分鐘學習術　5分鐘檢定 ☺☹
【近似詞】whack up
【相關用語】the lion's share 最大的分量
【例句】My friends shared with me in distress. 朋友與我一起共患難。

9分鐘完整功　9分鐘檢定 ☺☹
share with 後面要接人。share 當動詞時，是指「以共同方式分擔工作、利害、甘苦」的意思。share 也可當名詞，有「部分、分攤、股份、市場佔有率」等意思。在商業用語中，share 經常以股份的意思出現，必須特別牢記。相關片語：share and share alike「平均分配」。
【小試身手】Vicky and her boyfriend ＿＿＿ a suite in order to get the cost down.
(A) share by　(B) share with　(C) share　(D) sharing

【解析】選 C。
本句句意是：薇琪和她的男友共用一間套房，以減少成本開銷。

show off 炫耀（英中）

【547】

1分鐘速記法　1分鐘檢定 ☺☹

5分鐘學習術　5分鐘檢定 ☺☹
【近似詞】make a display/parade of；flaunt 炫耀
【相關用語】arrogant 自負的
【例句】She is always showing off everything she has. 她老愛炫耀賣弄她所擁有的任何東西。

9分鐘完整功　9分鐘檢定 ☺☹
show off 是及物動詞片語，若受詞是代名詞，要放在 off 之前；如為名詞，則放在 off 之後。show 和 display 都有「展示」的意思，其差別為：show 是指「拿東西給人看」的意思；display 是指「攤開或陳列某物，使其能清楚地被看到」的意思。
【小試身手】Wendy is ＿＿＿ the Prada handbag she bought last week.
(A) showed　(B) showed around　(C) showing up
(D) showing off
【解析】選 D。
本句句意是：溫蒂正在炫耀她上禮拜買的 PRADA 手提包。

show up 出現；出席（英中）

【548】

1分鐘速記法　1分鐘檢定 ☺☹

5分鐘學習術　5分鐘檢定 ☺☹
【近似詞】appear 出現；attend 出席
【相關用語】absent 缺席的
【例句】Will you show up in the meeting next Friday? 你會出席下星期五的會議嗎？

9分鐘完整功　9分鐘檢定 ☺☹
此片語後面不加受詞。由 show 所衍生出來的詞彙有：show bill「廣告傳單」；showboat「賣弄」；show business「演藝事業」（簡寫為 showbiz）；showcase「陳列用的玻璃櫥」。
【小試身手】The pandas Tuan Tuan and Yuan Yuan will ＿＿＿ in the zoo this Sunday.
(A) show up　(B) show off　(C) show around　(D) show of hands
【解析】選 A。

本句句意是：貓熊團團和圓圓將會在本週日於動物園亮相。

🎓 菁英幫小提醒：show of hands 意為「舉手表決」。

【549】

so far　到目前為止（英初）

👤**1分鐘速記法**　　1分鐘檢定 ☺☹

👥**5分鐘學習術**　　5分鐘檢定 ☺☹

【近似詞】up to now；up to present
【相關用語】so far so good 到目前為止一切順利
【例句】So far, we have finished about half of the work. 到目前為止，我們已經完成一半的工作了。

👥**9分鐘完整功**　　9分鐘檢定 ☺☹

此片語為副詞片語，通常放在句首或句尾來修飾全句，由於「到目前為止」表示「從過去到現在的一段期間」，所以有 so far 的句子通常與完成式連用。由 so 所組成的片語有：so that「如此……以致於」；and so on＝and so forth「諸如此類」；ever so「非常（口語用法）」；so long「再見（口語用法）」；在英文口語用法中，"So what?" 是指「那又怎樣？」的意思。
【小試身手】The prisoner who applied for parole has been well-behaved _____.
(A) for the time being　(B) so far from　(C) so far
(D) right now
【解析】選 C。
本句句意是：這名申請假釋的囚犯到目前為止都表現良好。

【550】

speak up　公開發表意見（英中）

👤**1分鐘速記法**　　1分鐘檢定 ☺☹

👥**5分鐘學習術**　　5分鐘檢定 ☺☹

【近似詞】🔊 announce；say loudly
【相關用語】speak one's mind 直言不諱
【例句】Frank spoke up in the meeting. 法蘭克在會議中發表個人意見。

👥**9分鐘完整功**　　9分鐘檢定 ☺☹

speak 的動詞三態：speak；spoke；spoken。speak 跟 talk 雖然是同義，但 speak 是指「對大群眾作較正式的演說或演講」之意，而 talk 多意謂「個人之間隨便而不正式的閒聊」。此片語也可以用 speak out 來代替。

【小試身手】Audiences are encouraged to _____ in the symposium.
(A) speak up　(B) talk around　(C) say no　(D) tell apart
【解析】選 A。
本句句意是：聽眾在座談會上都被鼓勵公開發表意見。

【551】

stand by　站在一邊；幫助；待命（英初）

👤**1分鐘速記法**　　1分鐘檢定 ☺☹

👥**5分鐘學習術**　　5分鐘檢定 ☺☹

【近似詞】🔊 aid 幫助
【相關用語】stand aside 站到旁邊
【例句】Stand by my right side. 站到我的右邊來。

👥**9分鐘完整功**　　9分鐘檢定 ☺☹

stand by 有 support 的意味。此片語若用在廣播、電視上時，則表示「等候下一個節目」的意思。若 stand by 合在一起寫，變成 standby，則是名詞和形容詞，名詞的意思是「可信賴的人（物）、待命信號、替身」；形容詞的意思是「備用的、等退票的」。若將 stand 和 by 順序調換合成一字，再加上 er，成為 bystander，則為「旁觀者」之意。
【小試身手】Once a person slides down the water slide, the lifeguards _____ immediately.
(A) stand down　(B) stand out　(C) stand on　(D) stand by
【解析】選 D。
本句句意是：一有人從滑水道上滑下來，救生員就立刻上前待命。

🎓 菁英幫小提醒：stand down 意為「下臺、引咎辭職」。

【552】

stay up　熬夜（英中）

👤**1分鐘速記法**　　1分鐘檢定 ☺☹

👥**5分鐘學習術**　　5分鐘檢定 ☺☹

【近似詞】sit up；burn the night oil
【相關用語】night owl 夜貓子
【例句】It will hurt your health if you have a habit of staying up. 習慣熬夜有損健康。

👥**9分鐘完整功**　　9分鐘檢定 ☺☹

stay up 常接 Ving，表示「熬夜做……」的意思。

S

MP3 173

其他有關 stay 的片語有：stay away「離開」；stay in「留在家裡」；stay out「留在外頭」；stay the course「跑到終點、奮鬥不懈」。
【小試身手】＿＿＿ in the long run will darken your complexion.
(A) Staying on　(B) Staying out　(C) Staying in
(D) Staying up
【解析】選 D。
本句句意是：長期熬夜會讓你的臉色變得暗沉。

step by step　逐漸地；一步一步地（英初）
【553】

1分鐘速記法　1分鐘檢定 ☺☹

5分鐘學習術　5分鐘檢定 ☺☹
【近似詞】 gradually；stage by stage
【相關用語】 step on the gas 踩油門；加速
【例句】 You have to get the program over step by step. 你必須按部就班地完成這項計畫。

9分鐘完整功　9分鐘檢定 ☺☹
step by step 是一則副詞片語，通常放在句尾來修飾全句。此片語也可以寫成 step-by-step，不過詞性就變成形容詞「按部就班的」。step 的相關片語有：step aside「讓到一邊」；step down「辭職、退休」；step in「介入」；step up「增加」。
【小試身手】 Please analyze the problem ＿＿＿ rather than jump to conclusion.
(A) stage by stage　(B) by steps　(C) by grades
(D) degree by degree
【解析】選 A。
本句句意是：請一步一步分析問題，不要驟然就下結論。

succeed in　成功（英中）
【554】

1分鐘速記法　1分鐘檢定 ☺☹

5分鐘學習術　5分鐘檢定 ☺☹
【近似詞】 come off；prosper
【相關用語】 recipe for success 成功祕訣
【例句】 We succeed in solving the problem. 我們成功地解決了這個問題。

9分鐘完整功　9分鐘檢定 ☺☹
用法：S ＋ succeed in ＋ 事情。succeed 是動詞，其名詞是 success。succeed 是指「事業或生活上獲得良好結果或達到目的」的意思，形容詞是 successful，副詞是 successfully。

【小試身手】 Kevin Lin succeeded ＿＿＿ running across the Sahara.
(A) on　(B) in　(C) X　(D) to
【解析】選 B。
本句句意是：林義傑成功地穿越撒哈拉沙漠。

suffer from　遭受（英中）
【555】

1分鐘速記法　1分鐘檢定 ☺☹

5分鐘學習術　5分鐘檢定 ☺☹
【近似詞】 incur；be subjected to
【相關用語】 plague 折磨
【例句】 I often suffer from headaches. 我常常頭痛。

9分鐘完整功　9分鐘檢定 ☺☹
suffer 通常是指「因病所遭受的不舒服」，與 with 或 from 連用，但以 from 最為常用。如果所患的病是暫時性的，像感冒、頭痛、胃痛等等，則用進行式表示。相關片語：suffer through「熬過」。
【小試身手】 My grandfather suffered ＿＿＿ eye floaters.
(A) from　(B) for　(C) through　(D) to
【解析】選 A。
本句句意是：我爺爺為飛蚊症所苦。

talk over　商討；討論（英初）
【556】

1分鐘速記法　1分鐘檢定 ☺☹

5分鐘學習術　5分鐘檢定 ☺☹
【近似詞】 confer with；discuss
【相關用語】 dispute 爭論
【例句】 They are talking over the plan. 他們正在商討那個計畫。

9分鐘完整功　9分鐘檢定 ☺☹
用法：S ＋ talk over ＋ 事情。由 talk 所衍生的詞彙有：talkative「愛說話的」；talker「說話的人」；talkie「有聲電影」；talking machine「留聲機」。相關片語：talk about「談論」；talk around「說服」；talk back「反駁」；talk out「說出」。
【小試身手】 The members of board ＿＿＿ the methods to ride out the crisis.
(A) told apart　(B) talked around　(C) talked over
(D) ran over

【解析】選 C。
本句句意是：董事會成員商議安全度過危機的方法。

🎓 菁英幫小提醒：ride out 意指「安全度過」。

【557】
take a break　休息一下（英初）

👥 1分鐘速記法　　　　1 分鐘檢定 ☺☹

👥 5分鐘學習術　　　　5 分鐘檢定 ☺☹
【近似詞】take a rest ；relax
【相關用語】take one's ease 休息
【例句】May I take a break? I feel exhausted.
我可以休息一下嗎？我覺得疲倦極了。

👥 9分鐘完整功　　　　9 分鐘檢定 ☺☹
break 當名詞時有「暫停、休息」的意思，也可當動詞，有「毀壞、越獄、違反、超過」等意思，為多義單字。與 break 有關的片語有：break a leg「詛咒某人」；break down「故障」；break into「闖入」；break jail「越獄」。
【小試身手】Michael Jordan kept practicing shooting basketballs without _____ a break.（選出錯的）
(A) x　(B) getting　(C) taking　(D) giving
【解析】選 D。
本句句意是：麥可喬丹一直練習投籃，一刻也不休息。

【558】
take a look at　看一看（英初）

👥 1分鐘速記法　　　　1 分鐘檢定 ☺☹

👥 5分鐘學習術　　　　5 分鐘檢定 ☺☹
【近似詞】glance at
【相關用語】glance over 簡略閱讀
【例句】Can I take a look at these electric appliances? 我可以看一下這些家電嗎？

👥 9分鐘完整功　　　　9 分鐘檢定 ☺☹
用法：S ＋ take a look at ＋東西。受詞放在 at 的後面。take 可以用 have 或 give 來代替，在 look 之前還可以加形容詞。look 在此處當名詞用。take a～ 的句法非常常見，例如：take a bath「洗澡」；take a fancy to「愛上」；take a rap「受到打擊」等等。
【小試身手】Nancy just took a look _____ the scarfs but she didn't buy one.
(A) with　(B) to　(C) on　(D) at
【解析】選 D。

本句句意是：南西只是看看那些圍巾，但一條也沒有買。

【559】
take a nap　打盹；小睡（英初）

👥 1分鐘速記法　　　　1 分鐘檢定 ☺☹

👥 5分鐘學習術　　　　5 分鐘檢定 ☺☹
【近似詞】nap ；doze
【相關用語】catnap 打瞌睡
【例句】I feel tired, so I want to take a nap. 我覺得好累，要打一下盹。

👥 9分鐘完整功　　　　9 分鐘檢定 ☺☹
與睡眠相關的用詞很多，但意義不盡相同，使用時必須加以區分。nap 是指白天時小睡一下，稍作休息；doze 多用於口語中，指輕微的小睡或打瞌睡的狀態；sleep 是指一般晚上的睡眠、長時段的休息；slumber 是指安詳、長時間的熟睡，多用於文體當中。
【小試身手】An employee was caught red-handed when he took a _____ in working time.（選出錯的）
(A) drown　(B) doze　(C) nap　(D) catnap
【解析】選 A。
本句句意是：一名員工上班打盹時剛好被逮到。

【560】
take advantage of　利用；占便宜（英中）

👥 1分鐘速記法　　　　1 分鐘檢定 ☺☹

👥 5分鐘學習術　　　　5 分鐘檢定 ☺☹
【近似詞】use ；utilize
【相關用語】have one's fingers burnt 吃虧
【例句】You must take advantage of all the opportunities that come to you. 你必須善用你所能碰到的各種機會。

👥 9分鐘完整功　　　　9 分鐘檢定 ☺☹
take advantage of ＋人，指「利用某人的弱點或缺點加以欺騙、或利用他人的優勢」的意思。take advantage of ＋事、物、機會是指「利用某事、物或機會去完成某種目的」。
【小試身手】Some evil persons took advantage _____ the charity of humans.
(A) with　(B) of　(C) by　(D) from
【解析】選 B。
本句句意是：有些惡徒會利用人們的善心。

T

357

MP3 174

【561】

take after 像；相似（英中）

1分鐘速記法　　　　　1分鐘檢定 ☺☹

5分鐘學習術　　　　　5分鐘檢定 ☺☹

【近似詞】 resemble ; bear resemblance to
【相關用語】 similarity 相似；相似點
【例句】 Mary takes after her father in personality and her mother in appearance. 瑪麗在性格上像她的父親，在外表上像她的母親。

9分鐘完整功　　　　　9分鐘檢定 ☺☹

此片語是指「一個人的相貌、行為或性格與父母或近親相似」的意思，與 look like 的差別在於，look like 可指人也可指物，且僅指「外表」上的相像。
【小試身手】 The model _____ a world-famous star soon made her mark.
(A) was looked like　(B) taking after　(C) resembled　(D) looked like
【解析】選 B。
本句句意是：這位長得像國際巨星的模特兒一夕成名。

【562】

take apart 拆卸；拆開（英初）

1分鐘速記法　　　　　1分鐘檢定 ☺☹

5分鐘學習術　　　　　5分鐘檢定 ☺☹

【近似詞】 disassemble
【相關用語】 put up 建造
【例句】 The present has already been taken apart. 禮物已經被拆開了。

9分鐘完整功　　　　　9分鐘檢定 ☺☹

apart 是副詞，意思是「分開、拆散」。take apart 也可以當「分解、分析」的意思解。：take 若是和名詞聯合一起使用，結合後的 take 是在強調動作，意思上沒有特定的翻譯，其意義是根據後面名詞的意思而來。例如 take care「保重、小心」，其意思就是根據後面那個名詞 care「小心、謹慎」而來；take a shower「洗澡、沐浴」，意思也是由 shower「淋浴」而來。
【小試身手】 The mechanic took _____ the bicycle and then assembled the parts.
(A) advantage of　(B) off　(C) down　(D) apart
【解析】選 D。
本句句意是：這名技工先把腳踏車拆開，再把它組裝回去。

【563】

take away 拿走（英初）

1分鐘速記法　　　　　1分鐘檢定 ☺☹

5分鐘學習術　　　　　5分鐘檢定 ☺☹

【近似詞】 put away
【相關用語】 lay down 放下
【例句】 When will you take away your books? 你什麼時候要將你的書拿走？

9分鐘完整功　　　　　9分鐘檢定 ☺☹

受詞可以放在 take away 之後或 take 跟 away 之間。take away 和 put away 的差別在於，take away 是單純的「拿走」，put away 則有「收走」的意思。若將 take away 寫在一起，成為 takeaway，其意思是「外賣餐館（英式用法）」。相似片語：take away from「（從……）離開、拿走」。
【小試身手】 The man who averts your eyes is just the one who takes your report _____.
(A) away　(B) off　(C) down　(D) in
【解析】選 A。
本句句意是：那個避開你眼光的人，就是拿走你報告的人。

【564】

take care of 照顧（英初）

1分鐘速記法　　　　　1分鐘檢定 ☺☹

5分鐘學習術　　　　　5分鐘檢定 ☺☹

【近似詞】 look after ; see after
【相關用語】 babysitter 保母
【例句】 Please take care of my baby for me. 請替我照顧我的小孩。

9分鐘完整功　　　　　9分鐘檢定 ☺☹

care 之前也可以加形容詞，表示照顧的情況或程度。這個片語還有表示「當心、注意、小心」的意思。take care of 後面的受詞如果接人或有生命的生物，表示主詞所指稱的對象，保護照顧後面所述及的人或生物避免受到傷害；如果受詞接問題、任務或情況時，則表示主詞所指稱的對象會設法處理它的意思。
【小試身手】 Taking care of the stray dogs _____ most of his time.
(A) is taken　(B) costs　(C) take　(D) spends
【解析】選 B。
本句句意是：照顧流浪狗占據了他大部分的時間。

take charge of　負責（英中）

【565】

1分鐘速記法　1分鐘檢定 ☺☹

5分鐘學習術　5分鐘檢定 ☺☹

【近似詞】preside over
【相關用語】get a charge out of sth 非常樂在其中
【例句】The assistant engineer took charge of the project when the engineer was away. 工程師不在時,由助理工程師負責這個計畫案。

9分鐘完整功　9分鐘檢定 ☺☹

受詞放在 of 之後,表示受照顧或管理的人事物。相似片語:on the charge of「被控以⋯⋯罪名」;charge sb. up「激勵某人」;charge at「快速襲擊」。

【小試身手】Bill was appointed to _____ the Taipei branch.
(A) presiding over　(B) responsible for　(C) in charge of　(D) take charge of

【解析】選 D。
本句句意是:比爾被指派為台北分公司的負責人。

---

take effect　生效（英中）

【566】

1分鐘速記法　1分鐘檢定 ☺☹

5分鐘學習術　5分鐘檢定 ☺☹

【近似詞】become effective ; come into effect
【相關用語】break down 失效
【例句】The contract is now taking effect. 這份合約從現在起開始生效。

9分鐘完整功　9分鐘檢定 ☺☹

其他有關 effect 的片語有:bring ～ into effect = carry ～ into effect「實行」; for effect「做樣子、為得到效果」; give effect to「實行、實施」; in effect「實際上」; of no effect = without effect「無效」; to the effect (that)「大意是說」; with effect「有效地、講話有力地」。

【小試身手】The painkiller really _____ and released my headache before long. (選出錯的)
(A) became invalid　(B) came into effect　(C) took effect　(D) worked

【解析】選 A。
本句句意是:這個止痛藥確實很快就生效了,減緩了我的頭痛。

---

take it easy　別著急;放輕鬆（英初）

【567】

1分鐘速記法　1分鐘檢定 ☺☹

5分鐘學習術　5分鐘檢定 ☺☹

【近似詞】⑩ relax ; don't worry
【相關用語】get on nerves 使人心煩
【例句】Take it easy. We will wait for you. 別著急!我們會等你的。

9分鐘完整功　9分鐘檢定 ☺☹

take it easy 是口語常用的片語,多用於安慰或鼓勵的情境。由 easy 所衍生的詞彙有:easygoing「隨和的」; easy listening「輕鬆的音樂」; easy money「不義之財」; easy chair「安樂椅」。

【小試身手】More haste, less speed. So please take it _____.
(A) serious　(B) for granted　(C) easy　(D) away

【解析】選 C。
本句句意是:欲速則不達,所以請放輕鬆吧!

---

take it for granted　視為理所當然（英中）

【568】

1分鐘速記法　1分鐘檢定 ☺☹

5分鐘學習術　5分鐘檢定 ☺☹

【近似詞】take sth as deserved
【相關用語】stand to reason 理所當然;站得住腳
【例句】We should take it for granted that everyone should receive the compulsory education. 我們視每個人應該接受義務教育為理所當然。

9分鐘完整功　9分鐘檢定 ☺☹

這裡的 it 是虛受詞,真受詞是 that 所帶出來的子句 (that + S + V),表示將某件事視為理所當然。grant 是動詞,「授與、承認」的意思。用法:S + take sth. for granted 或 S + take it for granted that S + V。

【小試身手】Many ancestors sacrificed themselves to strive for human rights, so don't take it _____.
(A) seriously　(B) for granted　(C) easy　(D) over

【解析】選 B。
本句句意是:許多先驅者為了爭取人權而犧牲,所以請不要將之視為理所當然。

T

MP3 ◉ 175

take note of 注意；留心（英中） 【569】

1分鐘速記法　　　　1分鐘檢定 ☺☹

5分鐘學習術　　　　5分鐘檢定 ☺☹
【近似詞】be careful of ；keep an eye on
【相關用語】 📖 eye-catcher 引人注目的事物
【例句】We should take note of the weather conditions. 我們應該留意天氣狀況。

9分鐘完整功　　　　9分鐘檢定 ☺☹
此片語的意思是指「留意或注意任何重要或意義重大的事物」。其用法：S＋take note of＋人／事情。note 可當動詞也可當名詞，皆有「注意」之意。相關片語：hit/strike the right note「發揮功效」；sb. of note「名人」；make a mental note「默背」。
【小試身手】_____ what the teacher say, or you will regret in the final exam.
(A) Take note of　(B) Take over　(C) Take it easy
(D) Take a look at
【解析】選 A。
本句句意是：留心老師說的話，不然期末考時你將會後悔。

take off 起飛；休假（英初） 【570】

1分鐘速記法　　　　1分鐘檢定 ☺☹

5分鐘學習術　　　　5分鐘檢定 ☺☹
【近似詞】leave the ground 起飛；be on leave 休假
【相關用語】lift off 起飛
【例句】The plane will take off at five. 飛機五點就要起飛。

9分鐘完整功　　　　9分鐘檢定 ☺☹
take off 這個片語在當作「起飛」解釋時，是為一不及物動詞片語。除了上述的意思之外，take off 還有「脫下、帶走、模仿、減除、飲盡」等等意思。若將 take off 兩字連在一起，成為 takeoff，則變成名詞，意為「起飛、出發點」。
【小試身手】Emily took three weeks _____ for her honeymoon.
(A) out　(B) down　(C) off　(D) back
【解析】選 C。
本句句意是：艾蜜莉請了三個禮拜的假去度蜜月。
　🎓 菁英幫小提醒：newlyweds 意為「新婚夫妻」。

take on 穿上；承擔；雇用（英初） 【571】

1分鐘速記法　　　　1分鐘檢定 ☺☹

5分鐘學習術　　　　5分鐘檢定 ☺☹
【近似詞】put on 穿上
【相關用語】take upon oneself 承擔
【例句】The boss took on a lot of new workers at his plant. 那工廠雇用許多新的工人。

9分鐘完整功　　　　9分鐘檢定 ☺☹
take on 後面接的受詞若是代名詞，就要放在 on 之前，若是接名詞，則放在 on 之前之後都可以。相關片語：take on oneself「承擔」；take oneself off「走開、離開」。
【小試身手】Those who are competent have to _____ more responsibilities.
(A) put on　(B) afford　(C) take off　(D) take on
【解析】選 D。
本句句意是：能者多勞。

take over 接管（英初） 【572】

1分鐘速記法　　　　1分鐘檢定 ☺☹

5分鐘學習術　　　　5分鐘檢定 ☺☹
【近似詞】take over the management of
【相關用語】take over control 接管
【例句】She takes over the business from her father. 她接管她爸爸的事業。

9分鐘完整功　　　　9分鐘檢定 ☺☹
take over 是一個及物動詞片語，後面接的受詞若是代名詞，就放在 over 之前，若為名詞，即放在 over 之後。若將 take over 寫在一起，成為 takeover，則變成名詞，意為「接管」。
【小試身手】Because the general manager got involved in a money-laundering case, the vice general manager _____ his department.
(A) took away　(B) took down　(C) took off　(D) took over
【解析】選 D。
本句句意是：因為總經理牽連一椿洗錢案，副總經理便接管了他的部門。

take place 舉行；發生（英初） 【573】

1分鐘速記法　　　　1分鐘檢定 ☺☹

5分鐘學習術　5 分鐘檢定 ☺☹

【近似詞】come off 舉行；happen 發生
【相關用語】come up 開始；發生
【例句】When will the baseball game take place? 棒球賽何時舉行？

9分鐘完整功　9 分鐘檢定 ☺☹

此片語只用在主動句，不用於被動句，無論作「發生」或「舉行」的意思解，後面都不可以直接接受詞，而其主詞須以事物為主。想用被動式來表示活動被舉行時，可改用 hold 這個字，用法：S ＋ be V ＋ held ＋ 地點或時間副詞。

【小試身手】A series of Thinkers Salon Forum of Lung Ying-Tai cultural foundation will _____ from 21 Mar. （選出錯的）
(A) take place　(B) come off　(C) hold　(D) be held
【解析】選 C。
本句句意是：龍應台文化基金會的一系列思沙龍論壇將於三月二十一日開始舉行。

take responsibility for 負責 【574】
（英中）

1分鐘速記法　1 分鐘檢定 ☺☹

5分鐘學習術　5 分鐘檢定 ☺☹

【近似詞】take charge of
【相關用語】sense of responsibility 責任感
【例句】You have to take responsibility for the consequences. 你必須對後果負責。

9分鐘完整功　9 分鐘檢定 ☺☹

responsibility 為「責任」的名詞型，responsible 是形容詞，此句片語與 be responsible for 的意思相同。相關片語：hold sb. responsible for sth「認為某人應負……的責任」。

【小試身手】A mature person can take _____ for what he or she has done.
(A) responsibility　(B) responsible　(C) obligated
(D) voluntary
【解析】選 A。
本句句意是：一個成熟的人可以為他或她所做的事情負責。

take turns 輪流（英初） 【575】

1分鐘速記法　1 分鐘檢定 ☺☹

5分鐘學習術　5 分鐘檢定 ☺☹

【近似詞】alternate
【相關用語】by turns 用輪流的方式
【例句】They took turns to drive the car during the trip. 他們在旅途中輪流開車。

9分鐘完整功　9 分鐘檢定 ☺☹

在美語中常使用 take turns ＋ to ＋ V 的片語，其意是指「輪流做某件事」。英式用法是 take it in turns。turn 可當名詞也可當動詞，意思非常之多，在此片語表示「依次輪流時的一次機會」，所以欲表達「輪到我了」時，可用 it's my turn。

【小試身手】My partner and I take _____ to read the English movie scripts, so I can take a break while she is reading.
(A) turns　(B) part　(C) terms　(D) exercise
【解析】選 A。
本句句意是：我的夥伴和我輪流唸英文電影劇本，所以我可以在她唸的時候休息一下。

tell from 分辨；區分（英初） 【576】

1分鐘速記法　1 分鐘檢定 ☺☹

5分鐘學習術　5 分鐘檢定 ☺☹

【近似詞】differentiate；discriminate
【相關用語】undistinguishable 難以辨識的
【例句】I can tell a swallow from a sparrow. 我可以分辨燕子跟麻雀。

9分鐘完整功　9 分鐘檢定 ☺☹

from 是介系詞，所以後面接的受詞必須是為名詞。用法：S ＋ tell ＋ A ＋ from ＋ B，表示分辨 A 與 B 兩樣東西。tell from 除了上述的意思之外，還有「判別、判斷」之意，此時用法中的 A 可以省略，直接用 tell from sth 來表示「判別某事物」。

【小試身手】Can you _____ common cats from leopard cats? （選出錯的）
(A) distinguish　(B) deliberate　(C) differentiate
(D) discriminate
【解析】選 B。
本句句意是：你可以分辨一般的貓咪和石虎嗎？

think of 認為；考慮；想出（英初） 【577】

1分鐘速記法　1 分鐘檢定 ☺☹

T

MP3 176

5分鐘學習術　5分鐘檢定 ☺☹

【近似詞】have in mind 想出
【相關用語】call to mind 想到
【例句】What did you think of the movie you saw last night? 你覺得昨晚的電影如何？

9分鐘完整功　9分鐘檢定 ☺☹

用於表示意見時，在 think 後可加上 much 來表示程度。think of 是不及物動詞片語，受詞放在 of 之後。當「想到」的意思解時，也可用 hit upon 和 occur to 等片語，但這兩者和 think of 的用法不同：想法＋hit upon/occur to＋人；人＋think of＋想法。
【小試身手】Every time I walk on the Palm Boulevard, I _____ the moments with my old friends.
(A) care of　(B) dream of　(C) come of　(D) think of
【解析】選 D。
本句句意是：每回我踏上椰林大道，就想到和老朋友共度的那些時刻。

【578】
think over 仔細考慮（英初）

1分鐘速記法　1分鐘檢定 ☺☹

5分鐘學習術　5分鐘檢定 ☺☹

【近似詞】consider
【相關用語】Think before you leap. 三思而後行。
【例句】I will think over your suggestion and give you my answer tomorrow. 我會仔細考慮你的建議，並在明天給你答覆。

9分鐘完整功　9分鐘檢定 ☺☹

think over 後面接的受詞若是名詞，要置於 over 後面；若是代名詞，則放在 over 的前面。介系詞 over 也可用 out 代替。與 think 相關的片語還有：think little of「不重視」；think nothing of「視為理所當然」；think on「考慮」。
【小試身手】He always make rash decisions without _____ the situations.
(A) handing over　(B) getting over　(C) thinking over　(D) taking over
【解析】選 C。
本句句意是：他總是沒有仔細考慮情勢，就做出魯莽的決定。

【579】
think up 想出；發明（英中）

1分鐘速記法　1分鐘檢定 ☺☹

5分鐘學習術　5分鐘檢定 ☺☹

【近似詞】excogitate 想出；invent 發明
【相關用語】rack one's wits 絞盡腦汁
【例句】This robot was thought up by the doctor. 這個機器人是由博士發明的。

9分鐘完整功　9分鐘檢定 ☺☹

think up 是一則美式的口語片語。think 是指「歸納某種想法以達到其結論，或藉思考以形成某種念頭」的意思，up 改成 out 意思不變。
【小試身手】David _____ an impressive and creative slogan for the new products.（選出錯的）
(A) came down with　(B) came up with　(C) excogitated　(D) thought of
【解析】選 A。
本句句意是：大衛為新產品想出一個令人印象深刻又有創意的標語。

【580】
turn a deaf ear to 充耳不聞（英中）

1分鐘速記法　1分鐘檢定 ☺☹

5分鐘學習術　5分鐘檢定 ☺☹

【近似詞】refuse to hear
【相關用語】turn a blind eye to 視而不見
【例句】She turned a deaf ear to the excuse of her boyfriend. 她完全不聽她男朋友的藉口。

9分鐘完整功　9分鐘檢定 ☺☹

用法：S＋turn a deaf ear to＋受詞。由 turn 所衍生出來的詞彙有：turnabout「旋轉木馬（美式用法）」；turning point「轉捩點」；turnoff「旁道、岔路（美式用法）」；turnout「產量、出席者」；turnover「翻轉」。
【小試身手】Jimmy focused on his computer games, _____ a deaf ear to his mother's nagging.
(A) being turned　(B) turned　(C) and turns　(D) turning
【解析】選 D。
本句句意是：傑米只專注於電腦遊戲，對母親的叨念充耳不聞。

turn away　轉過去；解僱；輕視（英初）

【581】

🕐1分鐘速記法　　1分鐘檢定 ☺☹

🕐5分鐘學習術　　5分鐘檢定 ☺☹

【近似詞】lay off 解僱
【相關用語】get the sack 被解僱
【例句】He turned away and left. 他轉身離開。

🕐9分鐘完整功　　9分鐘檢定 ☺☹

因為 turn away 是不及物動詞，所以受詞不能加在 turn 與 away 的中間，要放在 away 的後面才行。
相似片語：turn away from「對……感到厭煩」。
【小試身手】The one who plays the role of "ghost" has to _____ and count from 1 to 10.
(A) turn up　(B) turn away　(C) turn a blind eye
(D) turn down the thumb
【解析】選 B。
本句句意是：當鬼的那個人要轉過身去，從一數到十。

turn down　減少；拒絕（英中）

【582】

🕐1分鐘速記法　　1分鐘檢定 ☺☹

🕐5分鐘學習術　　5分鐘檢定 ☺☹

【近似詞】🔘 reject 拒絕；🔘 refuse 拒絕
【相關用語】cool walking 瀟灑地面對拒絕
【例句】She turned down all admirers. 她拒絕了所有的追求者。

🕐9分鐘完整功　　9分鐘檢定 ☺☹

turn down 當「拒絕」的意思解時，相似片語 turn down the thumb 為「表示反對」之意。當「轉小聲」（電視、收音機等）的意思解時，一定要用此片語，不可以用 close down，此為「歇業」的意思。
【小試身手】The boss _____ his request of raising salary, and said "Shape up, or ship out". （選出錯的）
(A) refused　(B) turned down　(C) rejected　(D) dejected
【解析】選 D。
本句句意是：老闆拒絕了他加薪的請求，並說「不好好工作就滾吧」。

turn off　關掉、停止（英初）

【583】

🕐1分鐘速記法　　1分鐘檢定 ☺☹

🕐5分鐘學習術　　5分鐘檢定 ☺☹

【近似詞】switch off 關掉；🔘 stop 停止
【相關用語】turn down 關小聲
【例句】Please turn off the light when you leave the room. 請你在離開這房間的時候把電燈關掉。

🕐9分鐘完整功　　9分鐘檢定 ☺☹

若受詞為代名詞，要置於 off 之前；若為名詞，則置於前後皆可。值得注意的是，turn off 和 close 都有「關掉」的意思，但 turn off 多用在關掉「電器」方面的用品上，如電視、電燈等等，而 close 是指「關掉其他非電器物品」的意思，如窗戶、門等。兩者的區別要分辨清楚，避免錯誤使用。
【小試身手】_____ the lights, they showed up with a birthday cake in their hands, which moved Monica to tears.
(A) Turning down　(B) Turning off　(C) Turning up
(D) Turning away
【解析】選 B。
本句句意是：關掉電燈後，他們就端著一個生日蛋糕現身，把莫妮卡感動到哭。

try out　試驗；試用（英中）

【584】

🕐1分鐘速記法　　1分鐘檢定 ☺☹

🕐5分鐘學習術　　5分鐘檢定 ☺☹

【近似詞】🔘 test；give a trial
【相關用語】🔘 sample 試用品
【例句】If you have never cooked this dish before, you should try it out before you invite guests. 假如妳以前從來沒煮過這道菜，在邀請客人來之前應該先試吃一下。

🕐9分鐘完整功　　9分鐘檢定 ☺☹

此片語是指「試驗或試用一種不曾使用過的新東西」之意。此片語中的 out 是當副詞用，如果受詞是代名詞，要放在 out 之前。衣服的試穿則用 try on。
【小試身手】An unexperienced cook has to _____ every dish before it is placed on the table.
(A) turn down　(B) turn on　(C) try on　(D) try out
【解析】選 D。
本句句意是：一位不熟練的廚師，必須在上菜之前嘗試過每一道菜。

under control　處於控制之下（英初）

【585】

🕐1分鐘速記法　　1分鐘檢定 ☺☹

T
U
V
W

363

MP3 ◀) 177

5分鐘學習術　　　　　5分鐘檢定 ☺☹

【近似詞】㉘ controllable
【相關用語】㉘ rebelliously 難以控制地
【例句】The situation is under control now. 情況現已在掌控中了。

9分鐘完整功　　　　　9分鐘檢定 ☺☹

under 是「在……下面」的意思。反義片語：out of control「失去控制」。under 和 control 之間也可以加入所有格，表示在何人的控制之下。由 control 衍生的辭彙有：control center「控制中心」；control room「控制室、機房」；control tower「（機場）控制塔」。
【小試身手】A tyrannous emperor requires that everything should be _____ control, even the thoughts of people.
(A) above (B) from (C) under (D) out of
【解析】選 C。
本句句意是：暴虐的君王要求一切都要在其控制之下，甚至包括人民的思想。

🎓 菁英幫小提醒：dictatorship 意指「獨裁國家、獨裁政府」。

【586】

under repair 修理中（英初）

1分鐘速記法　　　　　1分鐘檢定 ☺☹

5分鐘學習術　　　　　5分鐘檢定 ☺☹

【近似詞】㉘ fix
【相關用語】repair to 聚眾而去
【例句】I have to go to work by bus when my motorcycle is under repair. 在我的摩托車送修期間，我必須搭乘公車去上班。

9分鐘完整功　　　　　9分鐘檢定 ☺☹

under 的意思是「在……之下」，後面加上名詞，表示「在什麼狀態之中」，此片語通常放在句尾，屬副詞片語。類似句法的片語有很多，例如：under age「未成年的」；under arrest「被捕的」；under suspicion「有嫌疑的」，under review「檢查中」。
【小試身手】Maokong Funicular is now under routine _____ for some legislators critize that there are security threats.
(A) remove (B) repair (C) recover (D) retire
【解析】選 B。
本句句意是：貓空纜車正在進行例行維修，因為有些立委抨擊它有安全疑慮。

【587】

up to now 到目前為止（英初）

1分鐘速記法　　　　　1分鐘檢定 ☺☹

5分鐘學習術　　　　　5分鐘檢定 ☺☹

【近似詞】so far ; up to present
【相關用語】up to the minute 最新的
【例句】Up to now, we have finished about half of the work. 到目前為止，我們的工作已經完成一半了。

9分鐘完整功　　　　　9分鐘檢定 ☺☹

up to now 是一個副詞片語，可放在句首，也可以放在句尾。由於此片語通常表示「從過去到目前為止的這段時間」，發生了什麼事、或在什麼狀態，所以動詞通常必須使用完成式。以 up to 開頭的片語包括：up to scratch「達到標準」；up to date「最新的」。
【小試身手】Warren Buffet has accumulated more than 62 billion dollars _____.（選出錯的）
(A) up to now (B) up to date (C) so far (D) up to scratch
【解析】選 D。
本句句意是：沃倫‧巴菲特到目前為止，已積累超過六百二十億的財富。

🎓 菁英幫小提醒：up to scratch 表示「達到標準」之意。

【588】

up to you 自己決定（英初）

1分鐘速記法　　　　　1分鐘檢定 ☺☹

5分鐘學習術　　　　　5分鐘檢定 ☺☹

【近似詞】decide or choose by oneself
【相關用語】㉘ self-determination 自決
【例句】Stay or leave, it is up to you! 留下或離開，你自己決定吧！

9分鐘完整功　　　　　9分鐘檢定 ☺☹

在英文的文法中，介系詞有時候也有動詞的用法，例如：Down oars!「把槳放下！」，但比較常被用在口語上。但要記得若用在完整的句子當中，由於 up 是介系詞，所以前面必須加上 be V。
【小試身手】We can just give you advices, but you have to make the decisions on your own. Your future is _____ you!
(A) up to (B) out of (C) beside (D) beyond
【解析】選 A。
本句句意是：我們只能給你建議，但你必須自行決

擇。你的未來你自己決定！

【589】

upside down 亂七八糟；上下顛倒（英中）

1分鐘速記法　　　1分鐘檢定☺☹

5分鐘學習術　　　5分鐘檢定☺☹

【近似詞】in great confusion 亂七八糟
【相關用語】inside out 裡外相反
【例句】Everything in the office was moved upside down. 辦公室裡的一切都被搬得亂七八遭。

9分鐘完整功　　　9分鐘檢定☺☹

此片語通常放在句尾，為一副詞片語。upside 在當名詞時，其意思為「上面、有利的一方」，若將二字相連成為 upside-down 則成為形容詞「混亂的」。
【小試身手】After the tornado, all the stuff in the store became _____.
(A) back and forth　(B) to and fro　(C) pros and cons　(D) upside down
【解析】選 D。
本句句意是：龍捲風過後，店內的一切都亂七八糟。

【590】

use up 用光；筋疲力盡（英中）

1分鐘速記法　　　1分鐘檢定☺☹

5分鐘學習術　　　5分鐘檢定☺☹

【近似詞】run out ；⑩ exhaust
【相關用語】work one's knots out 使人通體舒暢
【例句】The soldiers had used up all their supplies. 那些士兵把所有的食糧都耗盡了。

9分鐘完整功　　　9分鐘檢定☺☹

use up 當「筋疲力盡」的意思解時，是屬於口語的用法，常用被動態表示，如 I'm used up。use 是指「為了達到某目的而使用某物或某人、某工具」的意思。
【小試身手】When the rice provided _____, all the hens chucked loudly.
(A) used up　(B) was used up　(C) using up　(D) to be used up
【解析】選 B。
本句句意是：當提供的飼料耗盡時，所有的母雞就大聲地咯咯叫。

【591】

vote for 投票（英中）

1分鐘速記法　　　1分鐘檢定☺☹

5分鐘學習術　　　5分鐘檢定☺☹

【近似詞】cast a vote/ballot
【相關用語】razor-thin（票數）極小的差距
【例句】I will vote for the candidate who I support very much. 我會投給一個我非常支持的候選人。

9分鐘完整功　　　9分鐘檢定☺☹

用法：S ＋ vote for ＋人。其他關於 vote 的片語有：get out a vote「拉到足夠的支持票」，屬於美式用法；one man one vote「一人一票制」；vote down「投票罷免」；vote in「票選出（人）」；vote through「投票通過」；canvass for votes「拉票」。
【小試身手】I vote _____ no one in the president election, because I think evil people are samely bad all over the world.
(A) on　(B) about　(C) for　(D) to
【解析】選 C。
本句句意是：這次總統大選我沒有投給任何人，因為我覺得天下烏鴉一般黑！

【592】

wait for 等待（英初）

1分鐘速記法　　　1分鐘檢定☺☹

5分鐘學習術　　　5分鐘檢定☺☹

【近似詞】⑩ await
【相關用語】wait on 服侍、接待
🎓菁英幫小提醒：hand and foot 表示「無微不至」之意。

9分鐘完整功　　　9分鐘檢定☺☹

用法：S ＋ wait for ＋人。除了 wait 之外，await 也是「等待、等候」的意思，但兩者的用法有所不同。1. await 是及物動詞，wait 則一般以不及物的形式出現，與 for、to 等介系詞連用。2. await 通常接抽象名詞，如 decision、announcement 等；而 wait for 通常接明確的人或物。3. await 需接 Ving，wait 則必須接不定詞＋原形動詞。
【小試身手】Tina's boyfriend, who was very affectionate to her, _____ her in the rain without any complaint.
(A) waiting　(B) waited for　(C) waiting for　(D) waits

U
V
W

MP3 178

【解析】選 **B**。
本句句意是：對蒂娜非常深情的男友，在雨中毫無怨言地等待著她。

[593]

walk out　退出；罷工（英中）

1分鐘速記法　　　　　　1分鐘檢定 ☺☹

5分鐘學習術　　　　　　5分鐘檢定 ☺☹
【近似詞】come out strike 罷工；go on strike 罷工
【相關用語】demonstration 示威
【例句】He threatens to walk out of the committee. 他揚言要退出委員會。

9分鐘完整功　　　　　　9分鐘檢定 ☺☹
walk out 當「罷工」的意思解時，是屬於口語用法。相似片語：walk out on「遺棄」；walk out with「有曖昧、拍拖」；walk over「輕易勝過」。
【小試身手】The workers who have been unpaid decide to _____ today.（選出錯的）
(A) walk out　(B) go on strike　(C) walk on　(D) come out strike
【解析】選 **C**。
本句句意是：那些一直領不到薪酬的工人決定今天罷工。

[594]

wake up　醒來（英初）

1分鐘速記法　　　　　　1分鐘檢定 ☺☹

5分鐘學習術　　　　　　5分鐘檢定 ☺☹
【近似詞】awake；awaken
【相關用語】conscious 清醒的；有意識的
【例句】It is time to wake up. 起床的時間到了。

9分鐘完整功　　　　　　9分鐘檢定 ☺☹
這則片語在當作及物動詞時，是「喚醒」的意思，若當作不及物動詞時，則是「醒來」的意思。關於醒來有四個容易混淆的字：wake、waken、awake、awaken，它們都有「醒來」和「喚醒」的意思。但 awake 和 awaken 更側重於精神面和抽象面的「醒」，例如意識到性別歧視、喚醒責任感等等。wake 則是其中最普遍與常用的字。
【小試身手】Feeling itchy, Betty _____ and found a cockroach creeping on her arm.
(A) woke up　(B) awoke up　(C) awakened up (D) work up
【解析】選 **A**。

本句句意是：貝蒂因感到搔癢而醒來，發現一隻蟑螂在她手臂上爬。

[595]

watch out　小心（英初）

1分鐘速記法　　　　　　1分鐘檢定 ☺☹

5分鐘學習術　　　　　　5分鐘檢定 ☺☹
【近似詞】look out
【相關用語】be aware of 小心；警覺
【例句】Watch out! There is a truck coming. 小心！有卡車來了。

9分鐘完整功　　　　　　9分鐘檢定 ☺☹
watch out 是用來當作警告、提醒的片語，所以通常都置於句首。後方加上介系詞 for，可連接須小心的事物。從 watch 衍生的字彙和片語包括：watch fire「營火」；watch night「除夕」；watch for「等待」；watch over「監視、留意」。
【小試身手】_____! A flowerpot is falling from the mansion.（選出錯的）
(A) Be careful　(B) Watch out　(C) Look out　(D) See out
【解析】選 **D**。
本句句意是：小心！有個花盆從那棟大廈掉下來了。

[596]

wind up　使緊張；做結尾（英中）

1分鐘速記法　　　　　　1分鐘檢定 ☺☹

5分鐘學習術　　　　　　5分鐘檢定 ☺☹
【近似詞】end 做結尾
【相關用語】come to an end 作結
【例句】Now, let's wind up this evening with the national anthem. 現在，讓我們以國歌來結束晚會吧！

9分鐘完整功　　　　　　9分鐘檢定 ☺☹
wind 當名詞是指「風」的意思，當動詞是「曲折、蜿蜒、纏繞、絞起」的意思，其三態是：wind；wound；wound，注意不要與 wound，名詞，「傷口」搞混。
【小試身手】The newlyweds _____ the banquet by proposing a toast to everyone.
(A) winded up　(B) ended up　(C) closed up　(D) whined up
【解析】選 **B**。
本句句意是：這對新婚夫婦向大家敬酒，為宴會畫下句點。

work out 順利進行；耗盡體力（英中） 【597】

1分鐘速記法　1分鐘檢定 ☺☹

5分鐘學習術　5分鐘檢定 ☺☹

【近似詞】come off 順利進行；knock up 耗盡體力
【相關用語】go with a swing 順利進行
【例句】The plan will work out satisfactorily. 那計畫將會有令人滿意的結果。

9分鐘完整功　9分鐘檢定 ☺☹

work 是指「任何勞心勞力的工作」，是所有指「工作」的字彙中，最常見的一個。除了上述的意思外，這則片語還有「理解、計算、解決」等等其他解釋。
【小試身手】Having burned the midnight oil to complete the tasks, I am totally _____ now.（選出錯的）
(A) exhausted　(B) knocked up　(C) walked out　(D) burned out
【解析】選 C。
本句句意是：持續通宵完成工作，我現在感到精疲力盡。

would rather 寧願（英中） 【598】

1分鐘速記法　1分鐘檢定 ☺☹

5分鐘學習術　5分鐘檢定 ☺☹

【近似詞】prefer to
【相關用語】🔲 preference 偏愛的事物
【例句】I would rather never have been born than seen this day of shame. 我寧願未曾出生，也不願蒙受今天這樣的恥辱。

9分鐘完整功　9分鐘檢定 ☺☹

rather 為副詞，表示「寧願」的意思，後方直接加原形動詞，表示「寧願做某事」的意思。衍生片語：would rather A than B 是「寧願做 A 也不願做 B」的意思。
【小試身手】Fang Xiaoru, a scholar with integrity, would rather tolerate brutal corporal punishment _____ surrender to the emperor.
(A) or　(B) but　(C) to　(D) than
【解析】選 D。
本句句意是：正直學者方孝孺，寧願忍受殘酷的肉刑，也不願向皇帝屈服。

write down 寫下來（英初） 【599】

1分鐘速記法　1分鐘檢定 ☺☹

5分鐘學習術　5分鐘檢定 ☺☹

【近似詞】put down
【相關用語】learn by heart 默記
【例句】Write down my telephone number, please. 請寫下我的電話號碼。

9分鐘完整功　9分鐘檢定 ☺☹

除了上述的意思外，write down 還有「以文字攻擊、在文字上聲稱或認定、降低帳簿上的價格、輕描淡寫」的意思。若在後面加上介系詞 as，則表示「描寫成……」的意思。write 的動詞三態為不規則變化：write；wrote；written。
【小試身手】The guitarist Phoebe _____ the lyrics of her song for her fans.
(A) wrote on　(B) wrote down　(C) wrote off　(D) wrote up
【解析】選 B。
本句句意是：吉他手菲比寫下她歌曲的歌詞送給歌迷。

yield to 屈服（英初） 【600】

1分鐘速記法　1分鐘檢定 ☺☹

5分鐘學習術　5分鐘檢定 ☺☹

【近似詞】🔲 submit；🔲 surrender
【相關用語】🔲 cave 使屈服
【例句】I am determined never to yield to vicious power. 我下定決心不屈服於惡勢力。

9分鐘完整功　9分鐘檢定 ☺☹

yield 是指「受到壓力或壓迫不支而讓步」的意思。to 是介系詞，所以後面要接名詞或是 Ving。yield 本身也是多義動詞，另有「生產、讓出、放棄、投降」等意思，也可當名詞表示「產量、利潤」。
【小試身手】He had no choice but to _____ the enemy because of the unhuman torture.（選出錯的）
(A) object to　(B) submit to　(C) surrender to　(D) give in to
【解析】選 A。
本句句意是：因為毫不人道的刑求，他別無選擇地屈服於敵人。

W
X
Y

367

1.5.9分鐘，
突破英語四強力

Chapter **3**

第三強

文法篇

40個不可不知的文法觀念，
以坊間學子的疑問爲出發點，
清楚明確地解答學習者的困惑，
保證一學就會！

UNIT 1 時態的介紹

MP3 179

英文的「時態」有分哪幾種？

1分鐘速記法

1 分鐘檢定 ☺☹

時態依照動作發生的時間分為三種：過去式、現在式、未來式

5分鐘學習術

5 分鐘檢定 ☺☹

　　中文與英語最大的不同，在於中文的動詞不會因為時態而改變，英語則有簡單式、過去式、過去分詞、現在分詞四種。英語裡的動詞會依據動作時間而有所改變。

【例句】在現在式中，動詞用簡單式（V）：I go to school every day. 我每天上學。

　　　　在過去式中，動詞用過去式（V-ed）：I went to school yesterday. 我昨天上學。

　　句子裡中文的「上學」，並沒有因為發生的時間為「每天」、「昨天」而有所改變，英語的動詞形式則因為時間變成「過去」而改為過去式。

　　在現在式中，動詞用簡單式來表示。簡單式的動詞又依據對象有第一、第二、第三人稱的差別。

【例句】第一人稱：I eat an apple every day. 我每天吃一個蘋果。

　　　　第二人稱：You eat an apple every day. 你每天吃一個蘋果。

　　　　第三人稱（第三人稱單數 +s）：He eats an apple every day. 他每天吃一個蘋果。

在未來式中，則搭配助動詞 will 加上動詞簡單式。

【例句】I will go to Los Angeles tomorrow. 我明天要去洛杉磯。

9分鐘完整功

9 分鐘檢定 ☺☹

英語的動詞形式主要有四種，列舉如下：

		簡單式 (V)	過去式 (V-ed)	過去分詞 (V-en)	現在分詞 (V-ing)
規則動詞		act（行為）	acted	acted	acting
		confuse（混淆）	confused	confused	confusing
			（字尾為 e，去 e 加 ing）		（字尾為 e，直接加 d）
		satisfy（滿足）	satisfied	satisfied	satisfying
			（字尾為子音 +y，去 y+ied）		
		play（玩）	played	played	playing
			（字尾為母音 +y，直接 +ed、+ing）		
		stop（停止）	stopped	stopped	stopping
			（單音節字尾為子音、前面為單母音，重複字尾 +ed、+ing）		
不規則動詞	A-A-A	cut（切）	cut	cut	
	A-B-A	come（來）	came	come	
	A-B-B	buy（買）	bought	bought	
	A-B-C	do（做）	did	done	

UNIT 2 〔MP3 180〕 **狀態的介紹**

「時態」跟「狀態」，是相同的意思嗎？

1分鐘速記法

1 分鐘檢定 ☺☹

　　時態（**tense**）是表示動詞表示的動作所發生的時間。狀態（**aspect**）是說明動詞所表示的動作是否開始、進行中，或是已完成。因此「時態」與「狀態」分別是表示不同的內容。

5分鐘學習術

5 分鐘檢定 ☺☹

　　英語中的狀態分為三種：進行狀態（**progressive**）、完成狀態（**perfect**）、完成進行狀態（**perfect progressive**）。再依照時態，總共可分為以下形式：

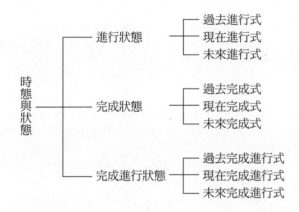

　　依時間的數線，可將上述時態畫成下列時間區塊圖：

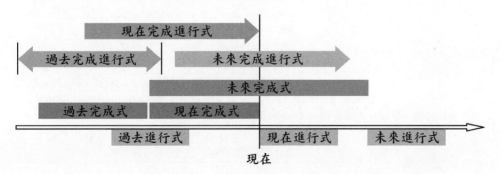

9分鐘完整功

依各種狀態及時態，說明動作的發生狀態、詞序及例句。

狀態	時態	說明及例句
進行狀態	現在進行式	表示說話時正在進行的動作，詞序為〈be 動詞 + V-ing〉。例如： Miss Smith is teaching the students addition. 史密斯老師正在教學生們加法。
	過去進行式	表示過去某一行為發生時正在進行的動作，詞序為〈was/were + V-ing〉。例如： I was sleeping in the bedroom when the mail carrier rang the bell. 郵差按門鈴時我正在臥室睡覺。
	未來進行式	表示未來的某個時間將要進行的動作，詞序為〈will/shall + be V-ing〉。例如： I shall be flying to Europe next week by now. 下星期的現在我正在飛往歐洲。（說話時還沒有飛，是下週才要飛。）
完成狀態	現在完成式	表示發生於過去某時間、經過一段時間、延續到說話時的動作，詞序為〈have/has + V-en〉。例如： My daughters have studied Japanese for two years. 我的女兒學日文已經兩年了。（到說話為止的時間之前，有學過兩年。）
	過去完成式	表示在過去的某個時間或某個動作發生「之前」的動作，詞序為〈had+V-en〉。例如： I had never taken a bus by myself before I was twelve.（在我十二歲以前，我從來沒有自己搭過公車。）
	未來完成式	表示在未來的某個時間或某個動作「之前」的動作，詞序為〈will/shall + have V-en〉。例如： Dr. Nicholson is retiring next month, he will have taught in this university for twenty years by then. 尼克森教授下個月要退休了，到那時候他就在這間大學教滿二十年了。（說話的時候教授還在教，一個月以後退休，到退休的時候就教滿二十年。）
完成進行狀態	現在完成進行式	表示發生於過去某時間、經過一段時間、延續到說話時「仍在進行中」的動作，詞序為〈have/has + been V-ing〉。例如： The baby has been sleeping since ten o'clock. 小嬰兒已經從十點開始睡到現在。（還在繼續睡當中。）

完成進行狀態	過去完成進行式	表示在過去的某個時間或某個動作發生「之時」仍在進行中的動作，詞序為〈had been +V-ing〉。例如： The teenager had been cheating his parents until his parents saw him sitting in the police station from the news report. 這位青少年一直欺騙他的父母，直到他的父母在新聞中看到他坐在警察局裡。（如果不是因為被抓到警察局，還會繼續欺騙下去。）
	未來完成進行式	表示在未來的某個時間或某個動作「之時」仍在進行中的動作，詞序為〈will/shall + have been V-ing〉。例如： Alice will have been working in this company for five years by this Christmas. 愛麗絲到今年聖誕節時，就已經在這間公司工作五年了。（到今年聖誕節為止，都仍然在職。）

UNIT **3** 過去式

MP3 181

「過去完成式」與「過去完成進行式」的區別是？

1分鐘速記法　　　　　　　　　　　　　　　　1 分鐘檢定 ☺☹

　　過去完成式表達的是發生在過去「已經完成」的一件事，詞序為〈**had+V-en**〉。
　　過去完成進行式表達的是發生在過去已「持續一段時間」的一件事，詞序為〈**had been +V-ing**〉。

5分鐘學習術　　　　　　　　　　　　　　　　5 分鐘檢定 ☺☹

　　「過去完成式」是用來敘述在過去的某個時間或某個動作發生之前的動作，通常用來表示說話時已經發生過的事。以下透過例句及時間線來說明：
　　I had already done the laundry by the time my brother came home. 當我弟弟回家的時候，我已經把衣服洗好了。

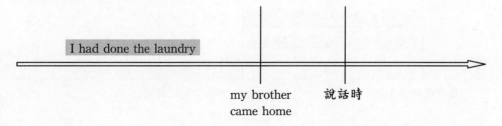

　　句中出現了兩件事:「洗衣服」及「弟弟回家」。過去完成式的意思,就是說話者在說話時
(也就是現在),弟弟已經回家,衣服已經洗好,但是「弟弟回家」這件事發生「之前」,就「已
經完成」洗衣服這件事。

再看下面例句:

I was late for the party; by the time I arrived they had already begun. 我參加
宴會遲到了;當我到的時候,他們已經開始了。

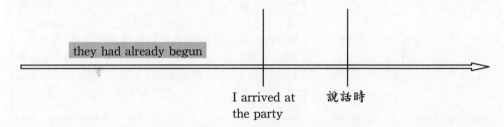

　　「過去完成進行式」表示當在講到過去的某個時間或動作發生的同時,仍在進行中的動
作。以下透過例句及時間線來說明:

By the time I left London we had been living there for four months. 當我離開
倫敦的時候,我們已經在那邊住了四個月了。

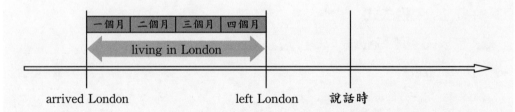

　　句中同樣出現兩件事:離開倫敦、在倫敦住四個月。過去完成進行式的意思,就是說話者
在說話時,已經離開倫敦。但是住在倫敦這件事,是一直「持續到」(進行中)離開倫敦的時
候;從離開倫敦的四個月前就已經開始,一直進行到離開倫敦,但離開倫敦時已經滿(完成)
四個月。

再看下面例句:

**My eyes were sore because I had been working in front of the computer all
day.** 我的眼睛很痠,因為我已經在電腦前面工作一整天了。

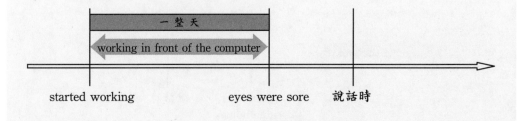

9分鐘完整功

　　何謂「過去式」？凡不是發生在現在，與現在無關的過去行為、動作，即使是一秒鐘以前發生的事，只要是「與現在事實無關」者，皆屬於過去式，要用過去式來表示。以時間的數線來看，即為下面以顏色標示為「過去式」的一段。而依過去式進行的狀態，又可分為過去進行式、過去完成式、過去完成進行式。

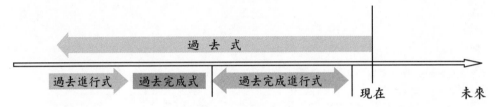

　　統整常用的過去式用法，除了 Unit 2 狀態的介紹及本單元上述例句以外，還有其他常用過去式用法整理如下：

狀態	例句
表示過去某時間點某行為「正在進行」	I was on my way home at five o'clock. 五點的時候我正在回家的路上。
表示過去動作「只發生過一次」	My family went to Disney two years ago. 我們家兩年前去過迪士尼。
表示發生在過去，存在於過去「某段時間」	The party last night was full of people, food and red wine. 昨晚的派對充滿了人、食物以及紅酒。
表示過去動作「重複多次」進行，通常伴隨頻率副詞	Lisa usually took the MRT to work when she lived in Tamshui. 莉莎住在淡水時，經常搭捷運上班。

　　🎓 **菁英幫小提醒：**在熟悉英語文法，尤其是時態的時候，時間線是一種很好的輔助工具。仔細研究過一次時間線，絕對好過文字規則背十遍。

UNIT **4**

現在式

「現在式」的用法有哪些？

1分鐘速記法

　　現在式所包含的時間範圍，除了「說話的當下」以外，還可以表達以「現在」為中心，包含從過去到未來的某段期間內的行為、動作、狀態。

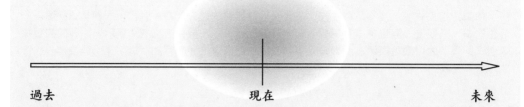

過去　　　　　　　　　　　現在　　　　　　　　　　　未來

🔔5分鐘學習術

5 分鐘檢定 ☺☹

用現在式表示「現在狀態」的句子，有下列用法：

一、表示動作重複進行：

i walk 30 minutes every day. 我每天走路三十分鐘。

句中的動詞 **walk** 是表示走路這個動作的「動態動詞」（參閱本單元完整功）。**every day** 描述了 **walk** 這個動作是每天「重複」地進行。

二、表示事實與真理

The sun rises from the east. 太陽從東邊升起。

這是從過去、現在到未來都不變的真理。

三、表示動作正在進行

Maggie is working on her project. 瑪姬正在做她的企劃案。

表示這個動作正進行到一半，還在持續中，在說話的同時也仍然進行著。如果將本句改為 **Maggie is working on her project this week.** 則表示在本週（**this week**）的範圍內，這個動作都會持續進行著。

🔔9分鐘完整功

9 分鐘檢定 ☺☹

　　動詞包含了動態動詞（**dynamic verbs**）及狀態動詞（**stative verbs**）。動態動詞表示可以持續的行為或動作，狀態動詞則是一旦發生就不太會改變了。只有動態動詞可以用在進行式當中，狀態動詞則不行。將常見的動態動詞及狀態動詞整理如下：

　　動態動詞的形式有很多種，通常都表示可以開始或結束的活動或行為。

動態動詞	種類	例句	其他參考動詞
read	表示動作	She reads a book by herself every day. 她每天自己讀一本書。	drink　eat learn　say
grow	表示過程	The baby grows a little very day. 小嬰兒每天都長大一點。	change　slow down melt　mature 成熟的
knock	表示瞬間動作	Someone is knocking on the door. 有人在敲門。	hit　kick jump　nod

　　上述三種動態動詞中「表示瞬間動作的動詞」，若使用在進行式當中，則表示動作持續一段時間及重覆進行的意思。

狀態動詞則是表示狀況或狀態，通常是比較固定或不太會改變的。可分為下列幾種：

狀態動詞	種類	例句	其他參考動詞	
love	表示感覺或認知	I love my husband. 我愛我的丈夫。	hate guess want	believe know like
contain	表示關係	This pack contains six cans of sliced peach. 這一個包裝內含六罐切片水蜜桃。	belong to need sound	have equal seem

> 📖 菁英幫小提醒：對於「無意志」、「不能自行決定」的動詞，使用狀態動詞，例如 One plus one equals two.（一加一等於二。）要注意的是，狀態動詞是「不能」用在進行式當中的；對於「有意志」、「可自行選擇」的動詞，使用動態動詞，例如 He is reading a good book.（他正在讀一本好書。）

UNIT 5　MP3 ◀) 183　未來式

I "will" see a movie. 與 I "am going to" see a movie. 意思相同嗎？

1分鐘速記法

1 分鐘檢定 ☺☹

will 表示在未來會發生的事情或情況，詞序為〈will + 原形動詞〉。
be going to 則是用來表示說話者在說話前就已經有做好打算的事，詞序為〈be going to + 原形動詞〉。

5分鐘學習術

5 分鐘檢定 ☺☹

will 及 be going to 的後面接著原形動詞的時候，兩者均有表示在「未來」的某一時刻或某一段時間裡將要發生的動作或存在的狀態；但如要仔細推究，兩者分別所代表的涵義仍有些微的差別。

will 表示將來發生的動作或情況，常與表示將來的時間副詞（tomorrow, next week）連用。

【例句】 I will have an English test tomorrow. 我明天會有個英文考試。
　　　　 Maybe I will see a movie on the weekend. 週末也許我會看場電影。
　　　　 Living on the moon will be possible in the next century. 居住在月球上也許在下個世紀就可能實現了。

be going to 通常用來表示在說話前就已經打算好的事。

【例句】 I am going to buy a laptop. 我要買一台手提電腦。
　　　　 The teacher said there is going to be an English test tomorrow. 老師說明天會有一個英文考試。

My family is going to visit New Zealand during the Chinese new year. 我們一家人中國新年時要去紐西蘭度假。

9分鐘完整功

9 分鐘檢定 ☺☹

　　表達未來的方式有很多種，因為還沒有實際發生，所以說話者會因為可能性的高低而有不一樣的表達方式。試從以下幾種方式來察覺當中的差異：

1. **We go shopping tomorrow.** 我們明天去血拼。

　　句中雖然沒有未來式中常見的 **will** 或 **be going to**，但聽話者可以很容易地感覺到說話者「百分之百」會去做這件事的決心。

2. **We are going shopping tomorrow.** 我們明天要去血拼。

　　從這句話中，可以聽出 **go shopping** 這件事是已經確定會去做了，或許也可以從說話者的聲音表情去感覺出「明天要去血拼」的興奮。

3. **We are going to go shopping tomorrow.** 我們明天要去血拼。

　　同樣可以感覺出說話者已經決定明天要去血拼。

4. **We will go shopping tomorrow.** 我們明天要去血拼。

　　比起上面三句，第四句中，唯一可以聽出來的是 **will**，表示這件事將要發生，但說話者似乎欲言又止，好像後面還有話沒有講出來。例如 **We will go shopping tomorrow if the weather is fine.** 如果明天天氣好的話我們就要去血拼。或是 **We will go shopping tomorrow when it stops raining.** 明天雨停了以後，我們就要去血拼。這種種的條件都沒有如上面三個例句，所表達出說話者已經完全準備好的意思。不過，如果說話者在說話時由發音上強調 **will**，就可以表示出說話者的「強烈意願」，例如：**I WILL go shopping tomorrow.** 語句中的 **will** 有特別強調出來，表示說話者強調無論怎麼樣一定會去 **shopping**。因為要強調 **WILL**，所以這時候的 **will** 通常不會以縮寫的 **I'll** 來表現。

UNIT 6　MP3 ♪ 184　完成式

表示事情「已經完成」的時候，就用「完成式」嗎？

1分鐘速記法

1 分鐘檢定 ☺☹

過去完成式僅表示從過去到過去。現在完成式表示從過去到現在。

5分鐘學習術

5 分鐘檢定 ☺☹

　　完成式所表示的，是兩個時間點之間的連結。

　　一、過去完成式所表示的是從過去的一個時間點到過去的另一個時間點，參考時間線：

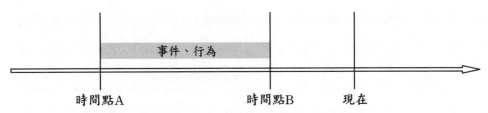

過去完成式及過去完成進行式的用法，請參閱 Unit 3 中詳細的説明。

二、現在完成式所表示的是從過去的一個時間點到現在的一個時間點，參考時間線：

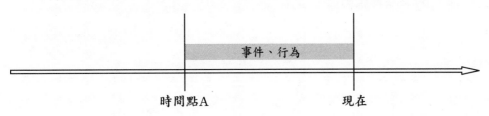

【例句】I have attended a cooking class since last year. 我從去年開始就有參加烹飪課。

這句話傳達出兩個訊息：1. 我有參加烹飪課。 2. 是從去年開始參加的。使用現在完成式也同時説明了現在與過去之間的關連。如果只是使用過去式説明 I attended a cooking class. （我有參加烹飪課。）則並沒有清楚的説明參加烹飪課與現在之間的關係為何。

另外，現在完成式中使用動態動詞（參考 Unit 4）時，可表示事情已經完成的「結果」及目前的「狀態」。例如：Mom has just made an apple pie. 媽媽剛剛做好一個蘋果派。這句話傳達出來的訊息包含：1. 媽媽做了蘋果派。 2. 蘋果派已經做好了。

三、現在完成式的第三種用法，表示從過去到目前為止的經驗。例如：Jasmine has climbed Mt. Jade twice. 茉莉有爬過兩次玉山。這句話所表示出的意思是，從過去到目前為止，曾經有過兩次的經驗。這類用法在於傳達某一行為從過去到説話時為止的「次數」。參考時間線：

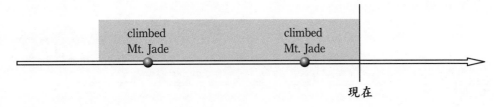

9分鐘完整功　　　　　　　　　　　　9分鐘檢定 ☺☹

完成式除了過去完成式、現在完成式，還包含未來完成式。未來完成式所表達的涵義大致有兩種。

第一種所表示的，是「從現在到未來」。參考時間線：

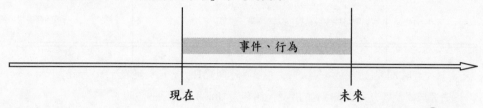

【例句】The eggs will have been hatched by next week. 這些蛋到下星期就孵化了。

從時間線來看會較易懂：

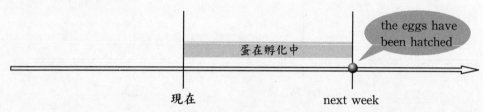

　　說話的時候，蛋還在孵化的過程中，等到下星期（未來）的某一個時間點，蛋就「已經」孵化了（完成式）。未來完成式也就是預測未來的狀況或狀態並加以描述，因此用〈will have + 過去分詞〉來表示。

　　未來完成式同時也可以表示「從過去到未來」的時間點的動作或行為。參考時間線：

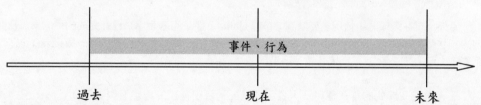

【例句】Jack will have been to Thailand five times if he goes again. 傑克如果再去泰國的話，他就去五次了。

從時間線來看會較易懂：

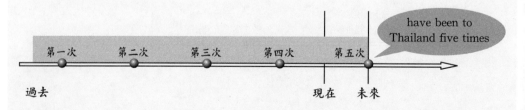

　　說話的時候，Jack 已經去過泰國四次，如果 Jack 再去一次（還沒去），就一共五次了。

🎓 菁英幫小提醒：have been to 的意思是「去過，但是有回來」。如果是 have gone to，就是「去了，但是沒回來」或是「還沒回來」的意思。使用上要特別注意。

UNIT **7** 　被動語態
MP3 185

by bus 及 by a bus 的意思有何不同？

1分鐘速記法
1 分鐘檢定 ☺☹

〈by+ 交通工具〉中的 by 為介系詞，〈by+（定）冠詞＋名詞〉為被動語態的用法

5分鐘學習術
5 分鐘檢定 ☺☹

　　當 by 單純作為介系詞，表示「手段」及「方法」的時候，〈by+ 交通工具〉則表示「搭乘」的意思。
【例句】I go to school by bus. 我搭公車上學。
　　　　They are going to Hualien by airplane. 他們要搭飛機到花蓮。
　　　　We went to Kaoshiung by high speed rail last time. 我們上次搭高鐵到高雄。
　　表示「搭乘」的意思時，交通工具前面的冠詞省略，因為交通工具所表現的意義在於其「功能」而不是交通工具「本身」。（參考 Unit 9）
　　by a bus 則是出現在被動語態中。舉例來說：The cake was eaten by my brother. 是以 the cake 為主詞的句子，所以用被動語態（was eaten），至於做動作的 my brother 則接在 by 的後面。
　　另外舉 by a bus 為例。The little boy was hit by a bus. 主詞為 the little boy，表示是小男孩被撞，撞到人的 a bus（動作的執行者）接在 by 的後面。由此得知，被動語態中的 by~ 則是「被＋執行者＋動詞」的意思。

9分鐘完整功
9 分鐘檢定 ☺☹

　　什麼叫「被動語態」？先看這個句子：Michael ate the cake. 麥克把蛋糕吃了。在這個句子中，主詞是麥克（Michael），受詞是蛋糕（the cake），也就是動作接受者；主詞「麥克」是吃掉（ate）蛋糕的「動作執行者」。這是一般主動語態的句子，強調的重點是主詞「麥克」，而非「吃掉蛋糕」這件事。
　　再看下面這個句子：The cake was eaten by Michael. 蛋糕被麥克吃掉了。在這個句子中，主詞變成動作接受者－蛋糕（the cake），是原來主動語態中的受詞。主詞後面接〈be 動詞＋過去分詞（V-en）〉，就成為被動語態的基本形式。以本句為例，強調的是「蛋糕」被吃掉，而不是誰吃了蛋糕。在本句中有加上 by Michael 表示是被 Michael 吃掉了，因此 Michael 是這個句子中的「動作執行者」。在被動語態中，動作執行者並不一定要出現。
　　有了上述兩點說明，可以整理出來被動語態的形式如下：
　　基本形式 -- 動作接受者 ＋ be 動詞 ＋ 過去分詞（V-en）
【例句】The laundry was done. 衣服洗好了。
　　　　The car is washed. 車洗好了。
　　　　The baby is fed. 嬰兒餵過了。
　　加上動作執行者 -- be 動詞 ＋ 過去分詞（V-en）
【例句】The laundry was done by Cinderella. 衣服被仙黛瑞拉洗好了。

The car is washed by the taxi driver. 車被計程車司機洗好了。

The baby is fed by the babysitter. 嬰兒被保母餵過了。

　　被動語態在翻譯成中文的過程中，有時會有譯文讀起來不順暢的感覺。這時候，為了要使中文讀起來更順暢，通常會將英文原句中的主詞翻譯為受詞。參考下面相同句中的中文翻譯：

【例句】**The laundry was done by Cinderella.** 仙黛瑞拉把衣服洗好了。

　　　　The car is washed by the taxi driver. 計程車司機把車洗好了。

　　　　The baby is fed by the babysitter. 保母餵過嬰兒了。

> 🎓 菁英幫小提醒：主動語態與被動語態的使用時機，要看句中要強調的主角為誰。先決定哪一方是話題的焦點，再將焦點列為主詞。

UNIT 8　感嘆句　MP3 ◀ 186

What...! 或 How...! 兩種感嘆句子在使用上有什麼差異？

1分鐘速記法

1 分鐘檢定 ☺☹

What...! 強調形容詞加名詞。 How...! 強調形容詞或副詞。

5分鐘學習術

5 分鐘檢定 ☺☹

　　以 What...! 及 How...! 為句首的感嘆句，通常是對某些事物有強烈印象，而且是要強調這種感覺（例如：高興、痛苦、讚嘆、驚喜）時所使用。

　　以 What 做開頭的感嘆句，可用來強調「形容詞」加「名詞」。詞序為：〈What（a/an）＋形容詞＋名詞＋主詞＋動詞〉。

【例句】**What a beautiful dancer you are!** 你真是一位美麗的舞者啊！

　　　　What a happy party this is! 這真是個快樂的派對！

　　　　What a luxurious ring she has! 她的戒指真是奢華啊！

以 How...做開頭的感嘆句，可用來強調「形容詞」或「副詞」。詞序為：〈How ＋形容詞/副詞＋主詞＋動詞〉。

【例句】**How beautifully you dance!** 妳跳舞跳得真美！

　　　　Look how fast he runs! 看他跑得多快啊！

　　　　How kind you are! 您真是大方啊！

　　　　How elegant the lady looks! 那位女士看起來多麼優雅啊！

9分鐘完整功

9 分鐘檢定 ☺☹

有部分學者認為感嘆句的表達方式，有時候聽起來並不很自然，或實際上並不會那麼使用。這

時如果省略感嘆句中〈主詞＋動詞〉，則可讓感嘆句聽起來更自然些。

【例句】 What a beautiful dancer you are! → What a beautiful dancer!　真是位美麗的舞者！

　　　　What a happy party this is! → What a happy party!　真是個快樂的派對！

　　　　What a luxurious ring she has! → What a luxurious ring!　真奢華的戒指啊！

【例句】 How beautifully you dance! → How beautifully!　真美！

　　　　Look how fast he runs! → Look how fast!　看，多快啊！

　　　　How kind you are! → How kind!　真是大方啊！

　　　　How elegant the lady looks! → How elegant!　多麼優雅啊！

　　　但是仔細比較上方的例句後發現，雖然同樣有表達驚嘆、感嘆的句意，但是省略了〈主詞＋動詞〉後的感嘆句，在說明上就顯得不夠清楚。例如 How elegant! 假設現場有許多裝扮十分高貴的婦人，而說話者只說 How elegant! 的話，聽話者會不明瞭說話者指的是哪一位。所以，如果要使聽話者完全明白意思，最好的方法是將句子及細節作完整的敘述，就一定不會造成誤解了。

UNIT 9　冠詞

什麼時候要用定冠詞 "the"，什麼時候不要加冠詞？

1分鐘速記法　　　　　　　　　　　　　　　　1 分鐘檢定 ☺☹

　　　使用定冠詞的目的，是要使要表現的名詞「能夠和其他事物做清楚的區隔」，例：This is the book I've been looking for. 這是我一直在找的一本書。

　　　當名詞的作用為表現其「功能」而非「具體物品」時，通常可省略冠詞，例：I go to school at seven every day. 我每天七點上學。

5分鐘學習術　　　　　　　　　　　　　　　　5 分鐘檢定 ☺☹

　　　定冠詞 the 的主要功用，是在表示其後所接的名詞是指特定的人、事、物，以和其他非特定的做區別。列舉如下：

1. 前面文字中已提過的名詞，例如：Mr. Anderson brought a new student to our class today, and the new student was a girl.（安德森先生今天帶了一位新同學到我們班上，那位新同學是個女生。）句中定冠詞 the 說明後面的 new student 指的就是前面句子中所提及的 a new student。

2. 從上下文或內容可得知為特定的名詞之前，例如：The man in a blue sweater is my new boyfriend.（穿著藍色毛衣的男士是我的新男友。）由 in a blue sweater 可看出指的是 my new boyfriend。

3. 用於「獨一無二」的名詞之前，例如：**the sun, the earth, the sky**。

4.〈**the** + 形容詞〉表示有此特徵、屬性的人，例如：**Our society should care more about the blind**（**blind people**）。（我們的社會應該要多關心盲人。）

5. 經常用在最高級及序數之前，例如：**Mt. Jade is the highest mountain in Taiwan.** 玉山是台灣最高的山。**Austin was the first to reach the sales target.** 奧斯汀是第一個達到業績目標的人。

9分鐘完整功

9 分鐘檢定 ☺☹

　　在句子的使用中，有時候是要省略冠詞的，稱之為「零冠詞」，除了用於不可數名詞之前外，還有下列情形：

1. 運動、遊戲、比賽的名稱，例 **Tom likes to play baseball.** 湯姆喜歡打棒球。

2. 以稱呼、家族關係、職稱等作為補語時，例 **What did your mom say?** 你媽媽説了什麼？

3. 學科名稱，例 **English is my favorite subject.** 英語是我最喜歡的科目。

4. **breakfast, lunch, dinner, supper** 等餐點時，例 **I had a sandwich for breakfast.**（我吃了一個三明治當早餐。）但若這些名詞如加以限制或指其種類、數量時，則可加冠詞，例 **My family enjoyed a great dinner with the Browns.**（我們家和布朗家一起享用了一頓豐盛的晚餐。）

5. **bed, class, school, church, office, table** 等，如表示其功用或活動，而非其場地或建築時，例 **I go to bed at 10 o'clock every day.**（我每天十點上床。）

6. 在 **by** 後面的運輸工具或方式的名稱，例 **He is going to Taichung by train.**（他要搭火車到台中。）用 **by** 表示「手段」及「方法」，泛指作為交通工具的車輛，而非具體指某一班火車。

　　舉例來説，經常有人問：「為什麼不能説 **play a basketball** 呢？」從零冠詞的角度來看，這個問題就很容易解答了。

　　play a basketball 當中的 **a** 是不定冠詞，表示「一個具體的物品」，**a basketball** 就是籃球活動中的那顆「球」。**play a basketball** 照字面翻譯的意思是：玩那顆「籃球」。

　　play basketball 當中則無冠詞，意義在於不是把焦點放在「具體物品」本身，而是其「功能」，表示重點不是「球」本身，而是拿來「打籃球」的功能上。所以如要説「打籃球」這件事，應該是 **play basketball**。

　　🎓 **菁英幫小提醒：**如果是要欣賞一場籃球比賽的話，**basketball** 則是拿來當修飾語修飾 **game** 這個字，這時候就要說 watch a basketball game。

　　在下列問題中，試著寫出正確的冠詞，或標示「X」，表示不用冠詞。

1. **I know _____ girl who is wearing a white dress.**

2. **Everyone should care more about _____ problem of global warmth.**

3. **My brother plays _____ baseball with his friends every weekend.**

解答：

1. **the**　2. **the**　3. **X**

MP3 ◄ 188

UNIT 10 助動詞

助動詞 can = be able to 是永遠成立的用法嗎？

1分鐘速記法

1 分鐘檢定 ☺☹

can 只表示「一般能力」，**be able to** 可以表示「能力」與「成功」。

5分鐘學習術

5 分鐘檢定 ☺☹

　　can 及 **be able to** 在表示「能力」的時候有相同的意思，可以互相替代，例 **I can play tennis. = I am able to play tennis.** 我會打網球。句中的 **can** 是表示「有能力做～」的意思，通常用於學到一項知識、技能，或習得某方法之時；在這種句意下，**can** 及 **be able to** 的用法是相同的。

　　在表示能力的「區別」時，則 **can** 及 **be able to** 的意思就不太相同了。**can** 可以用來表示一般能力，如同 **I can play tennis.** 同句中的 **can** 以 **be able to** 取代變成 **I was able to play tennis for two hours today.**（我可以打兩小時的網球）時，**be able to** 的意思則表示「是經過練習及努力而最終達成的成果」，也就是最終才產生的能力。也可以說是把「能力」與「成功」這兩者的意思合併，而通常更強調的是最終的「成功」。

　　另外，**can** 沒有未來式與完成式，在這兩種時態中的 **can** 需藉由 **be able to** 來表示其涵義。如 **I can visit the palace.**（我可以參觀宮殿。）改寫成未來式則須變成 **I will be able to visit the palace.**（我將能夠參觀宮殿。）否定句時則將 able 改為 **unable**。例 **I can't swim.**（我不能游泳。）→ **I have been unable to swim for two weeks already.**（我已經有兩星期不能游泳了。）

9分鐘完整功

9 分鐘檢定 ☺☹

　　can 是助動詞。什麼叫「助動詞」？助動詞通常是以〈助動詞＋原形動詞〉來表達各種意思，也就是說，助動詞「輔助」動詞表達出更明確的語氣及狀態。

常見的助動詞有以下五個：

助動詞	用法	例句
can	表示能力 用於現在式及未來式	Michael can understand a little Chinese. 麥可可以理解一點點中文。
	〈can+be〉表示可能性	The traffic can be jammed by a car accident. 交通可能是因為車禍意外而阻塞了。
	表示要求許可 通常用於會話中	Can I have dinner with you tonight? 我今晚可以與你共進晚餐嗎？
will	表示主詞的意願或決心 有「加強語氣」的意思 用在未來式中	We will go hiking tomorrow whatever the weather is. 不管明天天氣如何我們都要去健行。

will	詢問或請求某人「能不能～？」時 Would you~ 為更為禮貌的說法	Will you please turn off the lights for me? 能不能請你幫我把燈關掉呢？
should	勸告、要求或期望某人做某事 用在現在式及未來式	You should take her to see a doctor. 你應該要帶她去看醫生。
	從已知的事實，去推斷事情的結果「應該」會如何 用在現在式及未來式	Donna is a famous cook; her restaurant should be good as well. 朵娜是一個有名的廚師，她的餐廳應該也一樣棒。
may	允許某人做某事	May I ask you something? 我可以請問你一件事嗎？
	表示可能性 有懷疑或不確定的意思	There may be a typhoon this weekend. 這個週末可能會有颱風。

🎓 菁英幫小提醒：助動詞的作用是表達出說話者的「主觀態度」，而主動詞則是來敘述主詞的動作及情況。

UNIT 11　不定詞（上）

MP3 🔊 189

「不定詞」的用法有哪些？

⏰1分鐘速記法

1 分鐘檢定 ☺☹

　　英語句型結構中，一個句子通常只能有一個動詞，若有超過一個動詞時，兩個動詞之間必須有 **to**，來將兩個一般動詞分開。而『**to** + 原形動詞』所組成之結構，即為所謂的「不定詞」。其基本句型結構為：

> （○）主詞 + 一般動詞 + **to** + 一般動詞…
> （×）主詞 + 一般動詞 + 一般動詞…

⏰5分鐘學習術

5 分鐘檢定 ☺☹

不定詞的用法與功能

一、用以分開句子中兩個動詞：

　　當句子中使用到兩個以上的動詞時，需有 **to** 來分開兩個動詞

兩個動詞：我現在想見他。
- （○）I'd like to see him now.
- （×）I'd like see him now.

兩個以上動詞：瑪莉決定學烹飪。
- （○）Mary decides to learn to cook.
- （×）Mary decides learn cook.

二、不定詞作「名詞」，當主詞用：

To ride a bike is fun. 騎單車很好玩。

不定詞作名詞用時，通常該名詞是帶有動作性的。句子中 **bike** 是名詞，但是本句重點並非在説「單車本身」好玩，而是「騎單車」這件事好玩。**ride a bike**（騎單車）是一般動詞，當主詞用時必須以不定詞 **to ride a bike** 來將其變為名詞。

三、不定詞作「名詞」，當受詞用：

Mr. Collins likes to listen to the radio. 柯林斯先生喜歡聽廣播。

一般動詞 **like** 後面通常接名詞，表示「喜歡某事、物或人」，而 **listen to the radio**（聽收音機廣播）本身為動詞，前面加上 **to** 即可將其變為名詞，亦即「聽收音機廣播這件事」。

四、不定詞作「副詞」，用來修飾前面的動詞或形容詞等，常表目的：

當不定詞做為「表目的」之用時，即 **in order to**「為了……目的」的意思。

He studies hard（in order）to pass the exam. 他用功是為了通過考試。

主要的動詞為 **study**，而讀書的目的為 **to pass the exam**（通過考試）。

五、不定詞作「形容詞」，亦即名詞補語，用來修飾前面的名詞：

There are always plenty of things to eat in the fridge. 冰箱裡總是有足夠的食物可以吃。

以不定詞 **to eat** 用來修飾前面的名詞 **things**，説明冰箱內的東西乃「可吃的東西」。

六、不定詞作「主詞補語」：

Stacy's dream is to be a reporter. 史黛西的夢想是成為一個記者。

句子主詞為 **Stacy's dream**（史黛西的夢想），**be** 動詞 **is** 後的 **to be a reporter** 為主詞補語。

To see is to believe. 眼見為憑。

這個句子中 **to see** 為「不定詞」做主詞，而 **to believe** 則為主詞補語。

⏱9分鐘完整功

9分鐘檢定 ☺☹

不定詞的進階用法

一、在英語句型結構中，以〈**to+** 動詞原形〉來表示目的，是很常見的句子，可以放在一般動詞後，也可以放在句子前，並以逗號連接主要句子：

He does three different jobs to make more money. 他做三份不同的工作是為了多賺點錢。

不定詞 **to make more money**（多賺點錢）為 **does three different jobs**（做三份工作）的目的，移到前面當句首即為：**To make more money, he does three different jobs.**

二、不定詞的省略

1. 助動詞後不可加 **to**

【例句】**He will call you later.** 他晚點會打電話給你。

　　　　You must tell me what happened. 你必須告訴我發生何事。

有些使用助動詞的句子出現 **to**，乃是因為助動詞片語本身含 **to**，並非不定詞〈**to+** 動詞

原形〉，如 **have/has to**（必須）、**used to**（過去曾經）、**ought to**（應該）：

【例句】**I have to leave now.** 我現在必須離開了。

He used to live here. 他曾經住在這裡。

You ought to go. 你應該要去。

2. 感官動詞後的動詞應保持原形（不可加 **to**）

常見的感官動詞有 **see**、**watch**、**hear**、**listen to**、**smell**、**notice**、**feel** 等，接受詞後直接加原形動詞或是現在分詞。

【例句】**I saw the boy walk（or walking）across the street.** 我看到那男孩過馬路。

感官動詞 **see** 接受詞 **the boy**，由於男孩並非靜止狀態，若要加以描述受詞的狀態，可以動詞原形或現在分詞表示之。

3. 使役動詞後的動詞應保持原形（不可加 **to**）

常用的使役動詞有 **let**、**have**、**make** 等，接受詞後直接接原形動詞。

【例句】**Mom didn't let me talk to the man.** 媽媽不讓我跟那個男子說話。

Would you have someone clean my room? 你能派人來清理我的房間嗎？

Dad made me walk the dog. 爸爸要我蹓狗。

4. 特定動詞後不定詞可省略 **to**

【例句】**David helped me （to） water the flowers.** 大衛幫我澆花。

動詞 **help** 接受詞後的動作，可用不定詞表示，但 **to** 亦可省略不用。

UNIT 12 🎧 **MP3 ◀) 190**

不定詞（下）

「動名詞」與「不定詞」有何差異？

🕐 1分鐘速記法
1分鐘檢定 ☺☹

動名詞形式為〈V-ing〉，顧名思義為將動詞改為名詞使用，可做為句子的主詞、受詞或主詞補語。不定詞形式為〈**to**+ 原形動詞〉，除了亦可做為句子的主詞或受詞之外，還有修飾名詞，或表示目的的功能。

🕐 5分鐘學習術
5分鐘檢定 ☺☹

| 動名詞 | 動名詞結構為 V-ing，雖與現在分詞結構相同，但用法卻完全不同。動名詞的功能為在句子中作「名詞」用。 |

1. 動名詞為主詞，視為單數名詞，需使用單數動詞：

Playing on the street is dangerous. 在馬路上玩很危險。

將動詞 play 改為動名詞 playing，使得 playing on the street（在馬路上玩）成為一個描述事件的名詞，後面接單數動詞 is。

動名詞	2. 動名詞為受詞，可接在一般動詞、介系詞或動詞片語介系詞後： 一般動詞：I enjoy staying here with you. 我喜歡和你一起待在這裡。 動詞 stay 接在一般動詞 enjoy 後，需以動名詞形式出現，即 staying。 介系詞：It is about teaching kids manners. 這是有關教導孩子禮節的事。 介系詞 about 後應接名詞作受詞，故動詞 teach 必須改為動名詞 teaching。 片語介系詞：She's afraid of staying in the dark by herself. 她害怕自己待在黑暗中。 片語介系詞 be afraid of 後面應接名詞作受詞，故動詞 stay 必須改為動名詞 staying。
不定詞	不定詞結構為〈to+ 原形動詞〉，其功能為在句子中作「名詞」用。 1. 不定詞為主詞，視為單數名詞，需使用單數動詞： To walk in the rain sounds romantic. 在雨中散步聽起來很浪漫。 將動詞 walk 改為不定詞 to walk，使得 to walk in the rain（在雨中散步）成為一個描述事件的名詞，後面接單數動詞 sounds。 2. 不定詞為受詞，可接在一般動詞或 be 動詞後： 一般動詞：Tom likes to travel alone. 湯姆喜歡一個人旅行。 動詞 travel 接在一般動詞 like 後，需以不定詞形式出現，即 to travel。 be 動詞：My job is to take care of the patients. 我的工作是照顧病人。 動詞片語 take care of... 接在 be 動詞 is 後，需改以不定詞形式 to take care of... 出現，是為句子中的補語。

9分鐘完整功

9分鐘檢定 ☺☹

動名詞與不定詞用法之比較

	動名詞	不定詞
同	1. 皆可做為句子中的主詞及受詞，並且意義相同： Seeing is believing. = To see is to believe. 眼見為憑。 Teaching is learning. = To teach is to learn. 教學相長。 2. 接在一般動詞後，意義相同： She loves being with her family. = She loves to be with her family. 她喜歡和家人在一起。 3. 皆可接在 be 動詞之後當補語： All you have to do is telling us the truth. = All you have to do is to tell us the truth. 你所必須做的就是將事實告訴我們。	
異	可接在「介系詞」或「介系詞片語」後 Jenny worries about meeting her ex-boyfriend at the party. 珍妮擔心會在派對中遇到前男友。 介系詞 about 後接動詞時，需以動名詞形式出現，不宜接不定詞。	1. 有「修飾名詞」的功能 Is there anything to eat? 有東西可以吃嗎？ to eat 在此用來修飾 anything，指任何可吃的東西。 2. 有「表示目的」的功能 We practice hard to win the game. 我們努力練習是為了贏得比賽。 to win the game 在此用來表示 practice hard 的目的。

🎓 菁英幫小提醒：

1. 有些特定動詞後面若要接動詞，必須改為動名詞，不可接不定詞：
   如 enjoy（喜歡）、practice（練習）、miss（想念）、finish（完成）、keep（繼續）、spend（花費）等等。

2. 有些特定動詞後加動名詞與不定詞的意義不同，如：

remember
（記得）
- to V：表示動作尚未發生
  I'll remember to do it. 我會記得做這件事的。
- V-ing：表示動作已發生
  I don't remember doing it. 我不記得做過這件事。

√ stop
（停止）
- to V：表示開始去做另一動作
  He stopped to talk to me. 他停下來跟我說話。
- V-ing：表示停止正在進行的動作
  He stopped talking to me. 他停止跟我說話。

forget
（忘記）
- to V：表示動作尚未發生
  Don't forget to call me. 別忘了打電話給我。
- V-ing：表示動作已發生
  She forgot calling me earlier. 她忘了稍早有打電話給我。

√ need
（需要）
- to V：人為主詞，使用在主動句
  We need to paint the wall. 我們得粉刷牆壁。。
- V-ing：物為主詞，使用在被動句
  The wall needs painting. 牆壁該粉刷了。

UNIT 13 代名詞　🎧 MP3 191

「人稱代名詞」究竟該如何使用？

1分鐘速記法　　　　1分鐘檢定 ☺☹

人稱代名詞依人稱、性別、數量，及主格、所有格、受格，還有反身代名詞，共有下列：

人稱	數量	人稱代名詞			所有格代名詞	反身代名詞
		主格	受格	所有格形容詞		
第一人稱	單數	I	me	my	mine	myself
	複數	we	us	our	ours	ourselves
第二人稱	單數	you	you	your	yours	yourself
	複數					yourselves
第三人稱	單數	he	him	his	his	himself
		she	her	her	hers	herself
		it	it	its		itself
	複數	they	them	their	theirs	themselves

5分鐘學習術

5 分鐘檢定 ☺☹

人稱代名詞中主格的使用時機：當代名詞在句中作為「主詞」時所使用。

【例句】**They are going to France for vacation.** 他們要去法國渡假。

We just came back from the department store. 我們剛從百貨公司回來。

人稱代名詞中受格的使用時機：當代名詞在句中作為動詞或介系詞的「受格」時所使用。

【例句】**I kept calling her but nobody answered the phone.** 我一直打電話給她但是電話都沒有人接。（受格代名詞 **her** 為及物動詞 **call** 的受詞。）

The police caught them robbing the woman. 警察抓到他們正在搶劫那位女士。（受格代名詞 **them** 為及物動詞 **catch/caught** 的受詞。）

人稱代名詞中的所有格形容詞，是用來形容名詞，永遠置於名詞的正前方。

【例句】**My score was higher than her score.** 我的分數比她的高。

His friend Jack, is an engineer. 他的朋友傑克，是一位工程師。

9分鐘完整功

9 分鐘檢定 ☺☹

代名詞中的 it，有許多特別的用法。

1. **it** 用於沒有先行詞的句中做為主詞時，可以代表時間、天氣、人、空間……等。這時候的 **it** 沒有特別意義。

【例句】**What time is it? It is half past three.** 現在幾點？三點半。（**it** 表示「時間」）

It takes about one hour to make a cake. 做一個蛋糕大約要一個小時的時間。（**it** 表示「時間」）

How's the weather? It is cloudy today. 天氣如何？今天是陰天。（**it** 表示「天氣」）

It's raining hard outside. 外面雨下得很大。（**it** 表示「天氣」）

Who is it? It's me. 是誰？是我。（**it** 表示「人」）

It was a dark night and the bats were flying around. 那是一個黑夜，蝙蝠四處在飛。（**it** 表示一種「情況」）

How far is it from here to downtown? 從這裡到市中心有多遠？（**it** 表示「空間」）

2. **it** 可以代替前面句子中已出現過的單字、片語或子句。

【例句】**I left my MP3 on the desk, but I can't find it anywhere.** 我把我的 MP3 放在書桌上，但是我現在到處都找不到。（**it** 指前面句子中提到的名詞 **MP3**。）

We wanted to fly directly to Auckland, but it was too expensive. 我們想直飛到奧克蘭，但是太貴了。（**it** 指前面句子中提到的片語 **fly directly to Auckland**。）

Jenny loves Nick very much, but she wouldn't admit it. 珍妮非常愛尼克，但是她不願意承認。（**it** 指前面句子中提到的子句 **Jenny loves Nick very much**。）

> 🎓 菁英幫小提醒：經過了以上的說明，我們知道「我」在人稱代名詞中當作主格時要用 I。但是，一般在說 Who ~?時，通常會回答 It's me. 反而是用了受格的 me。這是一種約定成俗的用法，只有在口語中會這樣使用。如果是要寫正式的書信或文章，應還是使用主格的 It's I. 較為妥當。

MP3 ◀)) 192

UNIT 14 副詞

「副詞」分為哪幾種？

1分鐘速記法

1 分鐘檢定 ☺☹

副詞通常是用來說明事情的原因、地點、時間，也就是說，是敘述事情的狀態、地點或時間。**How~?** 的問題，答句通常用狀態副詞。**Where~?** 的問題，答句通常用地方副詞。**How often~?** 的問題，答句通常用頻率副詞。**When~?** 的問題，答句通常用時間副詞。

5分鐘學習術

5 分鐘檢定 ☺☹

副詞通常是用來修飾「動詞」或「形容詞」。依據副詞的意義，通常分為下列五大類：狀態副詞、地方副詞、頻率副詞、時間副詞及程度副詞。下面即依副詞的用法分別加以說明：

一、狀態副詞：說明動作進行的情況，通常為回答 **How~** 的問題。大部分的狀態副詞為形容詞字尾加 **ly** 而成。

【例句】**The boy ate the cake happily.** 那男孩開心地吃著蛋糕。
Joe moved the statue carefully. 喬小心地移動那個雕像。

二、地方副詞：

1. 表示地方或方向，例如 **here/there**、**home**、**out**，通常為回答 **Where~** 的問題。

2. 地方副詞在句子中的位置：

（1）當動詞為不及物動詞時，地方副詞通常直接放在動詞後面。

【例句】**Gary went home after work.** 蓋瑞下班後回家。
Sandy doesn't work on Sundays. 珊蒂星期天不上班。

※表示地方的介系詞片語（例如 **in the park**、**on the sofa**），通常可以當作地方副詞使用。

（2）當動詞為及物動詞時，地方副詞要放在受詞的後面。

【例句】**Mia left her things here.** 米亞把她的東西留在這裡了。
We picked some blueberries on the blueberry farm. 我們在藍莓農場裡採了些藍莓。

三、頻率副詞：常見表示頻率的副詞有 **never**（從不）、**seldom**（很少）、**sometimes**（有時）、**often**（時常）、**usually**（通常）、**always**（總是）、**every day**（每天），通常為回答 **How often~** 的問題。位置通常在 **be** 動詞或助動詞的後面、一般動詞的前面。

【例句】**I usually take a shower after exercising.** 我通常在運動後會淋浴。
James is always late for math classes. 詹姆士上數學課總是遲到。

四、時間副詞：通常為回答 **When~** 的問題，大多放在句尾，也可以放在句首。

【例句】**I received a strange phone call last night.** 我昨晚接到一通奇怪的電話。
Last summer, I saw my best friend off at the airport. 去年夏天，我在機場為我最好的朋友送行。

五、程度副詞：通常為回答 **How much~** 的問題，常見的有 **almost**（幾乎）、**little**（一點）、**very**（非常地）、**completely**（完全地）、**totally**（整個地、全部地）、**rather**（相當）、**entirely**（徹底地）等，通常放在被修飾的詞語前面。

【例句】**Danny was very excited about the arrival of the new baby.** 丹尼對於迎接新生兒感到非常興奮。

Richard was rather concerned about the annual promotion. 李察對於年度升遷相當在意。

9分鐘完整功

9 分鐘檢定 ☺☹

經常在句子中會有超過一個以上的副詞，例如：

Anson works out in the gym habitually every morning at seven o'clock to
（地方副詞） （狀態副詞） （頻率副詞） （時間副詞）

maintain a good figure. 安森每天早上七點習慣性地到健身房健身，以保持完美的體格。

當遇到這樣的情況時，一般來説副詞的排列順序如下：

動詞	地方	狀態	頻率	時間	目的
Ryan jogs	in the neighborhood		every morning	around six o'clock	to keep in shape.
Helen made a cake	in the kitchen	happily		this afternoon	to celebrate her husband's birthday.

副詞的排列順序比起形容詞的順序，要來得有彈性些；也因此可以將這些副詞的修飾語移到句子的最前面，並用逗號分開，例如：

Every morning at seven o'clock, Anson works out in the gym habitually to maintain a good figure. 每天早上七點，安森都習慣性地在健身房健身，以保持完美體格。

🎓 **菁英幫小提醒**：若句中有兩個地方副詞同時出現，則排列順序為小地方 --> 大地方。例如：**Helen is going to visit the CN Tower in Canada.** 海倫要參觀加拿大的西恩塔。

UNIT  關係代名詞

「關係代名詞」什麼時候可以用 that？

1分鐘速記法

1 分鐘檢定 ☺☹

that 用以取代表示人或物的名詞詞組。主詞位置的名詞詞組 **who, which** 及受詞位置的名詞詞組 **whom** 及 **which** 可取代為 **that**。

5分鐘學習術

5 分鐘檢定 ☺☹

關係代名詞可以同時具有連接詞及代名詞兩種功用，通常用 **who** 來代表「人」，**which** 取代「事物」、「動物」，**that** 則可以取代「人」、「事物」、「動物」。關係代名詞的前面所形容

的名詞稱之為先行詞。

【例句】**The woman who helped me yesterday was Nick's mom.** 昨天幫助我的女士是尼克的媽媽。

I have a friend who is an interpreter. 我有一位朋友是口譯員。

The opera which I watched in Canada ten years ago will be performing in Taiwan. 我十年前在加拿大看的舞台劇要在台灣演出了。

Kevin is watching a DVD which he borrowed from his colleague. 凱文正在看一片從同事那裡借來的 **DVD**。

關代的「格」，要看關代在關係子句中的位置而定。如為主詞，則用主格（後接動詞）；如為動詞或介系詞的受詞，則用受格；如為形容詞（～的；後接名詞），則用「所有格」。

先行詞種類	主格	受格	所有格
人	who	whom	whose
事、物、動物	which	which	whose of which
人、事、物、動物	that	that	

如上表所示，當先行詞的主格為 **who, which**、受格為 **whom, which** 時，可以 **that** 替代。例如：**Where is the book that you bought last week?** 你上週買的那本書在哪？

例句中的先行詞是物（**the book**），**that** 和受格的關係代名詞 **which** 功用相同。

又：**He is the boy that** （**who**）**drove me home last night.** 他是昨晚開車送我回家的男孩。

例句中的先行詞是人（**the boy**），關係代名詞 **that** 和主格的關係代名詞 **who** 功用相同。然而當先行詞是人時，多半會用 **who**（**m**）。

that 沒有所有格，因為 **that** 無法當所有格使用，所以不能取代 **whose**。例如：**I saw a girl whose bag was the same as mine.**（我看見有個女孩的包包和我的 一模一樣）句中的 **whose** 無法取代為 **that**。

9分鐘完整功

9分鐘檢定 ☺☹

下列情況大多使用 **that**：

1. 先行詞為事物，且伴隨「表示特定事物的修飾語」，如 **the first**、**the last**、**the only**。

【例句】**This is the last piece of cake that I have.** 這是我僅有的最後一塊蛋糕。

Jimmy was the first student that handed in his homework on time. 吉米是第一個準時交作業的學生。

The bag she's using is the very one that I have been looking all over for. 她在用的包包就是我四處尋找的那個。

2. 先行詞表示「全部」或「完全沒有」的修飾語，如 **all, every, any, no**。

【例句】**To buy this dress I spent all the money that I have.** 為了要買這件衣服花了我所有的錢。

Sharon is the only girl that can play the violin. 雪倫是唯一一個可以拉小提琴的女生。

3. 先行詞為「人和事物或動物」。

【例句】**Lily talked about all the people and the places that she visited in Australia.** 莉莉敘述著她在澳洲時所參觀的人及地方。

The boy and the dog that are running in the park caught my attention. 在公園裡跑步的男孩和狗吸引了我的注意力。

UNIT 16 介系詞

give ~ "to" 跟 buy ~ "for" 的介系詞，該怎麼記憶？

🕐1分鐘速記法

1 分鐘檢定☺☹

有「送達的對象」時介系詞用 **to**；有「受惠者」時介系詞用 **for**。

🕐5分鐘學習術

5 分鐘檢定☺☹

先看以下兩個例句：

My teacher gave my homework to Mary. 老師把我的作業交給瑪莉。

My mother bought a necklace for me. 我媽媽買了一條項鍊給我。

首先要先很清楚想要表達的是什麼，不同的用法會搭配不同的動詞及介系詞。第一個例句中，用 **give** 當動詞，表達的是做完 **give** 的動作之後，功課交給了 **Mary**，因為要表達的是「交到 **Mary** 手上」，也就是「送達的對象」，所以要搭配用介系詞 **to**。例 **Pass the salt to Tom.** 鹽罐最後的到達點是給 **Tom**，所以介系詞用 **to**。

第二個例句中，只提到 **Mom** 買了項鍊要給「我」，但並沒有提到已經給「我」，不過已經知道「我」是「受惠者」，所以介系詞用 **for**。例 **My mom cooks dinner for us every day.** 媽媽煮晚餐，**us** 是「既得利益者」，所以介系詞用 **for**。

🕐9分鐘完整功

9 分鐘檢定☺☹

give to 這類型的動詞，共通點是都有「**A** 將訊息／物品傳遞給 **B**」，當重點放在收受的 **B** 時，要用 ~ **to**。同類型的動詞還有 **hand**、**lend**、**send**、**sell**、**pass**，以下用表格作說明：

動詞	中譯	例句	送達的對象
hand	遞交~	Please hand this copy to your supervisor. 請把這份影本交給你的主管。	你的主管
lend	借~	Bob lend his favorite bicycle to William. 鮑伯把他最喜歡的腳踏車借給威廉。	威廉
send	送~	I went to the post office to send a parcel to my sister. 我到郵局去寄包裹給我妹妹。	我妹妹
sell	賣~	Simon sold his car to an Indian student. 賽門把他的車賣給一位印度學生。	印度學生
pass	傳遞~	Pass the salt to Dan, please. 請把鹽傳給丹。	丹

buy for 這類型的動詞，共通點是都有「**A** 為 **B** 做某件事，使 **B** 受惠」，當重點放在受惠的 **B** 時，要用 ~ **for**。同類型的動詞還有以下五個：

動詞	中譯	例句	受惠的對象
leave	留給~	My grandmother left this necklace for me. 我祖母把這條項鍊留給我。	我
choose	選給~	Richard is choosing a diamond ring for Helen. 李察正在選一個鑽石戒指給海倫。	海倫
find	找給~	The mother bird is finding a nest for its babies. 鳥媽媽正在為小鳥們找一個窩。	小鳥們
play	演奏給~	Andrew played the violin for the guests. 安德魯為賓客們演奏小提琴。	賓客們
make	做給~	My boyfriend made a strawberry cake for me. 我的男朋友為我做了一個草莓蛋糕。	我

MP3 ◀)) 195

UNIT 17 表示空間的介系詞

up, on, above, over 都有「在上面」的意思，怎麼區分？

1分鐘速記法　　　　　　　　　　　　　　1分鐘檢定 ☺☹

　　沿著（**up**）與物體的接觸面而上，依序為 **on**（有接觸面）→ **above**（無接觸面）→ **over**（越過）

5分鐘學習術　　　　　　　　　　　　　　5分鐘檢定 ☺☹

　　這四個字後面如接著受詞時，則這些字為「介系詞」，例如 **on the table**（在桌子上面）、

over the house（在房子上方）。若後面不接受詞，則這些字為「介副詞（**particles**）」。介副詞常與短動詞 **come, get, put, make** 連用而形成雙字動詞。

up 與表示行動的動詞連用時，則為介副詞，如 **walk up, drive up, climb up** 等，意思為「接近某個場所或某個人」，也有「沿著……、往……上走」的意思。例如：**We walked up Yangmin Mt.** 我們沿著陽明山走上去。**We drove up the path and found a beautiful lake.** 我們沿著小路開上去，發現一個漂亮的湖。

on 雖然大多翻譯成「在……之上」，但其實是一樣東西與另一樣東西的「部分表面有接觸」。例如：**The butterfly is on the flower.** 蝴蝶在花的上面。**Nancy's birthday gift is on the floor.** 南西的生日禮物在地上。

above 用於「高於……之上」，高於該物品，「無」接觸面。例如：**The airplane is flying above the clouds.** 飛機從雲的上方飛過。

over 意指「在……的上面、在……的上方」，也有「遍及整個表面」或「從……上面越過」的意思。**The cupboards are designed over the sink.** 碗櫥設計在水槽的上方。**The table cloth spread over the table looks gorgeous.** 桌上的桌巾看起來很華麗。

9分鐘完整功

9分鐘檢定 ☺☹

表示空間的介系詞還有很多，參考如下：

介系詞	中譯	例句
at	在場所的一點	Jimmy will be waiting for you at the bus stop. 吉米會在公車站牌的地方等你。 Lily lives at 67 Thatcher Street. 莉莉住在柴契爾街六十七號。
in	在場所的範圍內	The kids are skating in the playground. 孩子們在遊樂場裡溜冰。 We're going to travel in London for 5 days. 我們要在倫敦旅遊五天。
on	在……之上	Leon hung the new painting on the wall. 李昂把新的畫掛在牆上。 Nathan left his watch on the television. 尼森把他的手錶留在電視機上了。
under	在……之下	Emma hid my bag under the table. 艾瑪把我的包包藏在桌子下面。 Debbie found the Easter Egg under the tree. 黛比在樹下找到復活蛋。
behind	在……後面	Alison is very shy, so she always hides behind her mom. 艾莉森很害羞，她總是躲在她媽媽後面。 The bookstore is right behind you. 書店就在你正後方。

MP3 ◀ 196

UNIT 18 表示時間的介系詞（上）

at, in, on 等時間介詞，使用上應如何區分？

1分鐘速記法

1 分鐘檢定 ☺☹

時間為「點」時使用 **at**，時間為「面」時使用 **on**，時間為「範圍」時使用 **in**。

5分鐘學習術

5 分鐘檢定 ☺☹

　　at 表示「時刻」，是時間的一點（**precise time**），用法著重於強調「點」。**on** 表示「日期／時間」，範圍比表示時刻的 **at** 更大一些，可用於表示具體的日期（**dates and days**），用法著重於強調「面」。**in** 表示「年／月」，範圍比 **at** 或 **on** 更大，指一般時間內，表示月、年、世紀或一段時間，用法著重於強調「範圍」。

【例句】Susan went to school at 7 o'clock. 蘇珊七點上學去。

　　　　Dinner will start at 6:30. 晚餐將在六點半開始。

　　　　There will be a party on Saturday. 星期六會有個派對。

　　　　They are going to Japan on March 23rd. 他們三月二十三日要到日本。

　　　　I was born in 1972. 我是一九七二年出生的。

　　　　The weather is very hot in summer. 夏天的天氣很熱。

9分鐘完整功

9 分鐘檢定 ☺☹

請熟背以下圖表，搭配口訣「大硬中鋼小愛」（**in** → **on** → **at**）。

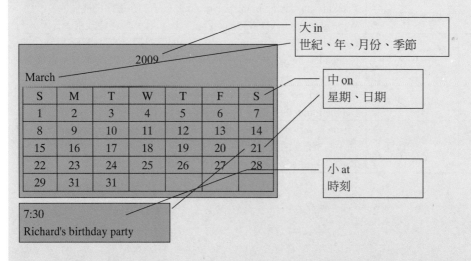

介系詞	用途	例句
for	持續了多長的時間	I traveled in New Zealand for five months. 我在紐西蘭旅行了五個月。
ago	某特定的時間以前	Andy and Andrea were deeply in love two years ago. 安迪及安筑雅兩年前深深著相愛著。
during	在特定的一段期間內	My cousins visited us during summer vacation. 我的表兄弟在暑假期間拜訪我們。
by	特定的時間期限	The boss said we must finish the proposal by five o'clock. 老闆說我們要在五點以前完成提案。
until	從現在直到未來某特定的時間	Sandy will be on holiday until next Wednesday. 珊蒂下週三之前都在放假。

其他經常被用來表示時間的介系詞還有 **for, ago, during, by, until** 等，其用法及例句可參考下表：🎓 **菁英幫小提醒**：介系詞的數量有限，但每一個介系詞均有多重意思，學習重點應放在理解各介系詞的核心概念，再熟悉其他的衍生概念。死背不如活記。

UNIT 19 🎧 MP3 🔊 197

表示時間的介系詞（下）

for, during, in 三者的用法，該怎麼記才清楚呢？

🕐 1分鐘速記法
1 分鐘檢定 ☺☹

for 接「一段特定的時間」、**during** 接「一段期間」、**in** 指「所需的時間」。

🕐 5分鐘學習術
5 分鐘檢定 ☺☹

for 表示持續了多長的時間，通常會接「有數字的一段時間」，例如：一星期、兩個月、三年。

【例句】**I slept for three hours on Sunday afternoon.** 我星期天下午睡了三小時。
He traveled in Europe for four months. 他在歐洲旅遊了四個月。
The rain is going to last for one week. 雨會連續下一星期。

during 表示「特定的一段『期間』」，例如：週末、暑假、課堂上，意指「在……期間」、「在……時候」。

【例句】**I swam a lot during summer vacation.** 我在暑假期間經常游泳。
Ellen often goes mountain climbing during weekends. 愛倫常在週末爬山。
Arthur fell asleep during the meeting. 亞瑟在會議中睡著了。
in 則是指「做……所需的時間」。

【例句】**I can finish my homework in one hour.** 我可以在一小時之內把功課作完。
Kelly completed the puzzle in two days. 凱莉在兩天之內就把拼圖完成了。
My sister finished reading Harry Potter in seven hours. 我妹妹在七小時之內把《哈利波特》讀完了。

9分鐘完整功

9 分鐘檢定 ☺☹

in 除了可以當作表示時間及場所的介系詞，還有許多其他的延伸涵義：

延伸意義	例句
穿著、戴著	She was dressed in her favorite pink dress to Mark's birthday party. 她穿著她最喜歡的粉紅色洋裝去參加馬克的生日派對。
從事於	He is still in military. 他仍在從軍。
手段、方法	The millionaire paid for the car in cash. 那位富翁付現金買車。
處於……的形態	The living room was in a mess when the guests arrived. 當賓客來到的時候客廳還是一團亂。
時間的經過	I haven't seen Sharon in a long time. 我已經有好長一段時間沒有看到雪倫了。
在……的過程中	I missed an important phone call while I was in a meeting. 我在會議的當中漏接了一通重要的電話。
狀態	The city was in a horror when the earthquake hit. 當地震發生時，整個城市陷入恐懼。
在……之中	Tony is very much interested in ancient Greek civilization. 湯尼對古希臘文明非常有興趣。

UNIT 20 MP3 198 連接詞

連接詞的用法為何？

1分鐘速記法

1 分鐘檢定 ☺☹

連接詞分為對等連接詞（連接兩個主要子句），及附屬連接詞（建立主要子句與附屬子句間的關係）。

5分鐘學習術

5 分鐘檢定 ☺☹

連接詞中最常使用的，要算是這幾個了：**and, but, or, nor, for, yet, so**。這幾個連接詞堪稱小而美，都不超過三個字母，稱為「對等連接詞」。對等連接詞所連結的單字或對等子句在句子中有著相同的重要性，且句型通常相同。參考圖示：

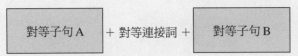
$$\boxed{\text{對等子句 A}} + \text{對等連接詞} + \boxed{\text{對等子句 B}}$$

【例句】1. **I have two daughters, Mary and May.** 我有兩個女兒，瑪莉和梅。

2. **Jasmine wants to go to Europe, but her husband wants to go to Australia.** 茉莉想要去歐洲，但是她的先生想要去澳洲。

　　如例句 2 中，連接詞 **but** 連結了兩個主要子句。在使用對等連接詞連接兩個主要子句時，通常會在連接詞的前面使用逗號將兩個句子分開。

　　對等連接詞 **and** 常被用來串聯一連串相同的單字，例如：**Taipei**、**Taichung**、**Tainan**、**Kaohsiung**，當 **and** 出現在一串單字的最後一個字之前時，這時候句號通常可以省略。

【例句】**We're going to visit Taipei first, and then Taichung, Tainan and Kaohsiung.**
　　我們要先去台北玩，然後再去台中、台南和高雄。

 9分鐘完整功　　　　　　　　　　　9 分鐘檢定 ☺☹

　　另外還有一種連接詞，叫做附屬連接詞，例如：**although**、**because**、**so that**、**since**、**until**、**in order that**、**whenever** 等。附屬連接詞佔了連接詞裡面的大宗；附屬連接詞主要位於附屬子句的開頭，來建立附屬子句與主要子句間的關係，使得附屬子句的意義要仰賴主要子句。

　　附屬連接詞將主要子句與附屬子句連結在一起，參考圖示：

$$\boxed{\text{主要子句 A}} + \text{附屬連接詞} + \boxed{\text{附屬子句 B}}$$

例如：

主要子句	附屬連接詞	附屬子句
Tony caught a cold	because	he walked in the rain.
Lisa did not go home	until	her mom called.
Daniel went camping	although	the weather looked bad.

　　附屬連接詞的位置，總是放在附屬子句的前面，但附屬子句的位置可以置於主要子句的前面或後面。因此句型的順序可以有以下兩種方式：

$$\boxed{\text{主要子句 A}} + \text{附屬連接詞} + \boxed{\text{附屬子句 B}}$$

Daniel went camping　　　although　　　the weather looked bad.

或是

附屬連接詞 + 附屬子句 + 主要子句

Although   the weather looked bad,   Daniel went camping.

🎓 菁英幫小提醒：附屬子句之所以為「附屬」，是因為它不可單獨存在著，必須要依靠主要子句才有意義。例如，不能單獨說 Although the weather looked bad.（雖然天氣不好。）這樣的句子看起來就會沒頭沒尾，聽話者會不知說話者究竟講的是什麼內容。但主要子句便可單獨存在，例如：Daniel went camping. 丹尼爾去露營。

UNIT 21 MP3 🎧 199 對等連接詞

either A or B...主詞後接動詞的人稱和數量應該用單數還是複數？

1分鐘速記法 1 分鐘檢定 ☺☹

主詞以〈**either A or B**〉連結時，動詞原則上要和 **or/nor** 後面的 **B**（最鄰近的主詞）一致。

5分鐘學習術 5 分鐘檢定 ☺☹

謹記以下原則：

一、如果 **A** 和 **B** 都是單數，動詞用單數。

【例句】**Either my brother or I am going to the supermarket.** 我或我弟弟其中一人會

去超級市場。
最接近動詞的主詞是 I，所以動詞要用第一人稱的 I。

二、如果 **A** 和 **B** 都是複數，則動詞用複數。

【例句】**Either the muffins or the cupcakes were made yesterday.** 那些馬芬或杯子蛋

糕其中一種是昨天做的。
muffins 及 **cupcakes** 皆為複數，所以動詞用複數的 **were**。

三、若一個部分是單數，一個部分是複數，則動詞的人稱和數採用最靠近動詞的名詞或代名詞。

【例句】**Either the lady or the girls are going to get the prize.** 那位女士或那些女孩其

中一組會獲得獎項。
主詞有 **the lady**（單數）及 **the girls**（複數），**the girls** 較接近動詞，因此動詞用複數的 **are**。

9分鐘完整功

除了 **either...or** 以外，**neither...nor** 也是相同的原則。

【例句】Neither Jack nor Tom **has** finished his homework. 傑克和湯姆兩人都沒有完

成功課。

現在，試著從以下句子中找出正確的動詞答案：

1. Either you or he _____ to do the dishes tonight.
2. Either the shirts or the pants _____ washed.
3. Neither Lily nor her daughters _____ going to show up at the party.
4. Either the books or the magazine _____ his.

解答：

1. **has**（較靠近主詞 **he**）
2. **are / were**（兩個主詞皆為複數）
3. **are**（較靠近主詞 **her daughters**）
4. **is**（較靠近主詞 **magazine**）

要特別注意的是，**either...or** 及 **neither...nor** 都只適用在兩個人或兩件事。如要提到兩個人或兩件事以上，要用 **all, any** 或 **none**。

【例句】The professor was satisfied with all of our reports.
The professor was not satisfied with any of our reports.
None of our reports satisfied the professor.

🎓 菁英幫小提醒：either = 其中之一，neither = 兩者皆非，not either = neither

UNIT 22 附屬連接詞
🎧 MP3 ◀ 200

when 及 while 作為表示時間的連接詞時應如何區分？

1分鐘速記法

while 所引導的副詞子句大多為進行式。**when** 則可以表示短時間也可以表示持續性的動作。

5分鐘學習術

while 表示「在做……的時候」，指某種狀態及動作正在持續進行中，**while** 強調短時間或暫時性的動作，主要子句與副詞子句的動作為同時發生，所以接續 **while** 後面的子句出現動詞時，大多使用進行式。

【例句】My parents came home while I was taking a shower. 我在洗澡的時候我爸媽回來了。

→〈爸媽回來〉與〈我在洗澡〉同時發生

I bumped into my classmate while I was jogging in the park. 我在公園慢跑時遇到我的同學。

→〈遇到同學〉與〈我在慢跑〉同時發生

The teacher walked into the classroom while Jack was copying my homework. 傑克在抄我的作業的時候老師進教室了。

→〈老師進來〉與〈傑克抄作業〉同時發生

when 表示「當……的時候」，可表示短時間及持續性的動作，可指一段時間，也可以指短時間。副詞子句的動作與主要子句的動作可以同時發生，也可以先於主要子句動作的發生。

【例句】**I was doing my homework when my parents came home.** 當我爸媽回來的時候，我正在做功課。

→〈爸媽回來（短時間）〉與〈我在寫作業〉同時發生

I liked to eat chocolate when I was a kid. 當我還是小孩的時候，我喜歡吃巧克力。

→〈還是小孩（一段時間）〉與〈喜歡吃巧克力〉同時發生

There were no students in the classroom when the teacher arrived. 老師到教室的時候，教室還沒有學生呢。

→〈老師到教室（短時間）〉先於〈學生到教室〉

9分鐘完整功

9分鐘檢定 ☺☹

表示時間的連接詞還有 **before/after**、**since/until**、**as soon as/once**，用法及例句參考如下：

連接詞	中譯	例句
before	在……之前	Nick worked in that company before the consolidation. 尼克在併購案之前就在那間公司了。
after	在……之後	The R&D group looked more energetic after the new boss came. 自從新老闆來了以後，研發團隊看起來積極多了。（R&D: Research and Development = 研發）
since	自從……	Julia has work there since 1985. 茱麗亞從一九八五年開始就在那裡工作了。
until	直到……	We kept on working until Robert came back with dinner. 我們持續工作直到羅伯特帶著晚餐回來為止。
as soon as	一……就	The staff went downstairs as soon as the earthquake happened. 地震一發生，員工們就全部下樓了。
once	一旦……	Once you get promoted, you will have to work late every night. 當你一旦升官了，就要每天晚下班了。

MP3 ◀ 201

UNIT 23 動詞與時態

「動詞時態」的一致性，是什麼意思？

1分鐘速記法

1 分鐘檢定 ☺☹

使用英語時，為了文字或說話的流暢性，經常會使用連接詞將兩個句子合而為一。當使用「對等連接詞」連接兩個句子時，連接詞前後兩個句子的動詞時態必須保持一致，避免現在式與過去式混用。除非時間點改變了，時態也應隨之改變。

5分鐘學習術

5 分鐘檢定 ☺☹

常用來連接兩個句子的對等連接詞：

一、單字類對等連接詞

and v.s. but	and 表示前後句意義相互承接，有「而且」之意；but 表示前後句意義有對比含意，為「卻、但是」之意。 • Jeff invited me to the party and I said yes. 傑夫邀我去派對，我答應了。 and 連接兩個描述過去事實、意義相互承接的句子。 • I love Jennifer but I don't want to marry her. 我愛珍妮佛，但我不想娶她。 but 連接兩個使用現在式描述事實、意義相互牴觸的句子。
or v.s. nor	or 表示「二者擇一」的狀況；nor 則是「兩者皆否定」的狀況。 • Stay with me or take me with you. 留下來陪我，或者帶我走。 使用對等連接詞時，前句若為祈使句，連接詞後也應接祈使句。 • You haven't seen him before, nor have I. 你沒看過他，我也沒看過。 nor 連接兩個現在完成式的句子。 Nor have I. 為否定倒裝句，have 為助動詞。
so v.s. because	so 與 because 皆為表示「因果關係」的連接詞，so 表「所以、因此」；because 表「因為、由於」。兩者不可同時出現在同一個句子中。 • You didn't prepare well, so you failed in the exam. 你沒有好好準備，所以你考試不及格了。 前後兩個句子有因果關係，同為發生在過去的事情。連接詞 so 引導出「結果句」。 • You failed the exam because you didn't prepare well. 你考試不及格是因為你沒有好好準備。 與上面意義相同的句子，由 because 引導出「原因句」。

二、字組類對等連接詞

either... or... v.s. neither... nor...	either... or... 表示「兩者擇其一」的狀況；nether... nor... 表「兩者皆非」的狀況 • Either you lost it or someone took it. 不是你弄丟了，就是有人拿走了。 either... or... 連接兩個過去可能發生的狀況，前後句子時態皆為過去式，使用 either... or... 時表示應該是兩者其中之一。 • She is neither doing homework nor playing the piano. 她現在既沒有在寫作業也

	沒在彈鋼琴。 使用 neither... nor...表示兩件皆非正在進行中的動作。
not only... but also...	not only... but also...為「非但……而且……」之意，表示兩者皆是。 • Not only the boys are quiet, but the girls are also silent. 不只男孩兒們安靜不語，女孩兒們也鴉雀無聲。 前後兩個句子都是描述現實狀態的現在式句型。

9分鐘完整功

9分鐘檢定 ☺☹

連接詞前後兩個句子動詞必須時態一致，除了以上介紹的對等連接詞、尚有附屬連接詞、從屬連接詞（亦即 **that** 引導出名詞子句）：

一、附屬連接詞：有 **after**、**before**、**though**、**although**、**because**、**so that**、**in case** 等等

although/ though v.s. but	although/though 表「雖然……」之意，有「讓步」的意涵在內；but 為「但是……」之意。 • Though my sister is young, she helps with some house chores. 雖然我妹還小，她卻會幫忙做些家事。 [tʃɔr] = My sister is young but she helps with some house chores. 我妹還小但她會幫忙做家事。 連接詞前後句子皆為現在簡單式，陳述事實。 ☆中文用法常出現「雖然……但是……」的句子，但在英文中，although/though 和 but 不可同時出現在一個句子中。
before v.s. after	before 為「在……之前」，而 after 為「在……之後」。 　先發生之事 +before + 後發生之事 = 後發生之事 +after + 先發生之事 • I brush teeth before I go to bed. 我睡覺前會先刷牙。 = I go to bed after I brush teeth. 我刷牙後才睡覺。 雖然事件發生有先後順序，但時態仍然必須一致，不能混用。
so that in case	so that 「所以」，即 so「所以」之意，that 子句的 that 可省略。 • He practiced as hard as possible so that he could win the game. 他之所以能夠贏得比賽，是因為他盡可能地努力練習。 so that 連接前後兩個過去式句子。 in case 為表示「以免……；萬一……」 • I bring an umbrella with me in case it rains. 我隨身帶著雨傘以免下雨了。 連接詞 in case 前的句子為「表示習慣」的現在式，連接詞後的句子亦應為「表示不確定的事件」的現在式，以使動詞時態一致。

二、 that 引導出的名詞子句

　　I don't know <u>that he is a successful enterpriser.</u> 我不知道他是個成功的企業家。

　　主句 I don't know. 為表示對現實狀況不知情，故 that 子句亦用現在式。

　　They didn't believe <u>that he was innocent.</u> 他們不相信他是無辜的。

　　主句 they didn't believe 為表示對過去事實不相信，故 that 子句應為過去式。

MP3 ◀ 202

UNIT 24 wish 的假設語氣

hope 和 wish 都有「希望」的意思，兩者有何差異？

1分鐘速記法　　　　　　　　　　　　　　　　　1 分鐘檢定 ☺☹

I wish~ 的願望是較難實現的。而 I hope~ 的願望是容易實現的。

5分鐘學習術　　　　　　　　　　　　　　　　　5 分鐘檢定 ☺☹

　　hope 及 wish 都可以跟動詞不定詞（hope/wish to do sth.）。

　　wish to do sth. 比較正式，口氣比較強烈，通常表示說話者已經不太可能實現或發生的「希望」。

【例句】I wish you to be happy. 口氣較濃烈，表示說話者是很認真地希望聽話者能快樂。

　　　　I wish I had a better car. 假設語氣，表示說話者是不太可能有錢去買一台更好的車的。

　　　　而 hope to do sth. 所表達的願望是最容易實現的。

【例句】I hope to be home by tomorrow. 我希望明天可以到家。比起 wish 的說法，相對較容易達成。

　　　　I hope I can finish my homework tonight. 我希望今晚可以完成作業。表示功課沒有很多，努力寫就可以完成，並不是一件難事。

　　有時候，wish 也可用來表示一種客氣的請求。例 I wish you wouldn't mind. 比 I hope you won't mind. 更為客氣。wish 還有一種用法是 hope 沒有的，就是表達祝福的意思，例 I wish you the best in the coming new year. 我祝福你在即將到來的新的一年可以事事順利。

9分鐘完整功　　　　　　　　　　　　　　　　　9 分鐘檢定 ☺☹

　　wish 後面的子句內容，是「與現在事實相反」，所以是「無法實現的願望」，所以要用假設語氣的過去式。所謂的假設語氣就是說話者對於「與事實狀態不同」的「非事實狀態」的描述。最常使用來表示假設語氣的，就是 if 及 wish。

【例句】If I were rich, I would travel every month. 如果我很有錢，我就要每個月旅行。

　　　　If I had more time, I would spend more time with my family. 如果我有多一點

時間，我就要多花一些時間跟我的家人在一起。

I wish I didn't buy this expensive bag. 我真希望我沒有買這個昂貴的包包。

I wish I knew where he lived. 我真希望我知道他住哪裡。

注意到上面幾個例句中的動詞都是過去式，在表示「非事實」的狀態時，動詞要用過去式，表示與現在事實相反，或在現實中不可能發生的事。看回上述例句：

If I were rich... 表示在現在事實中我並不有錢。

If I had more time... 表示在現在事實中我沒有多餘的時間。

I wish I didn't buy... 表示在現在事實中我已經買了。

I wish I knew... 表示在現在事實中，我並不知道。

在假設語氣中也可以使用直述句。

【例句】**If it doesn't rain tomorrow, we will go on a picnic.** 如果明天不下雨的話，我們就去野餐。

If you finish your homework before five o'clock, we'll go to the park. 如果你五點以前把功課作完的話，我們就去公園。

上述兩個例句中，**If it doesn't rain...** 及 **If you finish your homework...** 都是在現實生活中有可能發生的事，所以用直述句。

☞ 菁英幫小提醒：敘述為事實--用直述句，動詞為現在式；敘述為非事實--用假設語氣，動詞為過去式。

🎧 **MP3 ◀ 203**

UNIT 25 must/have to

I "must" go. 及 I "have to" go. 兩句話的意思相同嗎？

🕐 1分鐘速記法
1分鐘檢定 ☺☹

　　must 及 **have to** 都是表示「必須」的助動詞，但是在涵義上有所不同。**must** 表示主觀的義務或需要，**have to** 為客觀的義務或需要。

🕐 5分鐘學習術
5分鐘檢定 ☺☹

must 的使用為：

1. 為表達主觀「一定要……」的意思，表示現在（或是未來）的義務或需要，也表示說話者的決心。例如 **I must start exercising.** 我一定要開始運動了。

2. 表示「當前、立即的需要」，例如 **I must go to the library tonight.** 我今天晚上一定要去圖書館。因為表示立即的需要，所以在口氣上比 **have to** 要強烈，可以使聽話者更容易聽出來話中迫切的需要，因此在使用上要特別注意，以免引起不必要的誤會。

Chapter 4
會話篇🔔
Chapter 3
文法篇🔔
Chapter 2
片語篇🔔
Chapter 1
單字篇🔔

3. 只能用於現在式或未來式。如要表示過去式的 **must**，需使用 **had to** 來代替。

have to 的使用為：
1. 也有表示「一定要……」的義務或必要性，多半用於客觀上的規定或當客觀情況不得已非得這樣做時。例如 **You have to buy a ticket to get on that bus.** 你一定要買票才能上車。
2. 表示「經常的需要」用 **have to**。例如 **I have to go to the library to find some books.** 我必須要到圖書館去找一些書。句中所說明的，可能是說話者從事的行業或學業上的需要，必須經常去圖書館找資料，所以用 **have to**。
3. 使用於過去式時，用 **had to**，例如 **We had to eat outside last night because the stove was broken.** 我們昨晚必須要在外面吃飯，因為瓦斯爐壞了。
4. 使用於未來式時，用 **will have to**，例如 **You'll have to get your car fixed.** 你必須要把你的車修一修了。（You'll = You will）

🎓9分鐘完整功

must 除了表示義務或需要以外，還有下列兩種用法：
1. 從已知的事實，去推斷事情的結果，例 **You must be hungry; it's three o'clock in the afternoon already.** 已經下午三點了，你一定餓了。
2. 過去的動作：**must + 過去分詞**，例 **It must have rained hard last night, for the puddles in the garden.** 昨天夜裡一定下大雨了，看看花園裡的小水塘就知道。

　　另外，來看一下 **must** 及 **have to** 的否定用法。

　　must 表示「一定要……」，**must not** 則是「不許……」、「不得……」的意思，翻譯成「不一定要……」是不對的。例 **You must not use the computer all day long.** 你不許整天打電腦。如果使用與學習術中相同的例句來解釋 **I must start exercising.**（我一定要開始運動了。）改成 **I mustn't start exercising.** 我不許開始運動。則可能是說話者剛大病初癒，接獲醫囑絕對不許運動時，才可以使用 **must not**，所以 **must not** 帶有「禁止」的意思。該句可以寫成 **The doctor said I mustn't exercise for another three month.** 醫生說我接下來三個月都禁止運動。

　　don't have to 則是「不一定要」，例 **You don't have to finish the whole cake.** 你不一定要把整個蛋糕都吃完。

　　🎓 菁英幫小提醒：must not 有「禁止」的意思，在使用上要特別注意！

　　在下列各題的格線上，依據前後文的句意，填上 **have to** 或 **must**。

1. I _____ go to the library right now. The project is due tomorrow. I need more reference.
2. You _____ not eat fries. Too much fat is not good for your health.
3. You _____ have said something wrong, otherwise she shouldn't be so mad at you.
4. Look at the poor puppies. They _____ be hungry.

解答：
1. must/have to　2. must　3. must　4. must

UNIT 26 附加問句　MP3 ◀)) 204

「附加問句」該如何正確使用？

1分鐘速記法　　　　　　　　　　　　　　　1 分鐘檢定 ☺☹

　　附加問句為接在敘述句後的簡短問句，當用意在加強語意時，附加問句的語調下降；當用意在確認訊息內容，附加問句語調上升。來看以下兩句：

> **It's a beautiful day, isn't it?** 語調下降 → 強調「天氣很好」
>
> **It's going to rain today, isn't it?** 語調上升 → 表示不確定，希望對方給予意見

5分鐘學習術　　　　　　　　　　　　　　　5 分鐘檢定 ☺☹

附加問句的使用方法：

1. 附加問句的主詞需與敘述句一致，且附加問句的主詞需使用相符的人稱代名詞。

【例句】**Jimmy is a student, isn't he?** 吉米是個學生，對嗎？

　　　　要特別注意的是：敘述句的主詞為 **Jimmy**，其附加問句必須使用同一個主詞，但必須將主詞 **Jimmy** 改為人稱代名詞，即第三人稱單數 **he**。

2. 敘述句若為肯定句，則附加問句為否定疑問句；敘述句若為否定句，則附加問句為肯定疑問句。

【例句】**Steven is the tallest boy in your class, isn't he?** 史蒂芬是你班上最高的男生，對嗎？

　　　　You are not going to tell him the truth, are you? 你不會將事實告訴他，對吧？

3. 附加問句的動詞及時態需與敘述句一致，若為助動詞或 **be** 動詞，則附加問句中的 **not** 需以縮寫形式出現。**am not** 為例外。

【例句】**We will have dinner with him tonight, won't we?** 我們今晚將會和他　起用餐，對嗎？

　　　　Lisa can babysit your children tonight, can't she? 莉莎今晚可以幫你帶小孩，不是嗎？

　　　　He has done his homework, hasn't he? 他已經做完作業了，不是嗎？

　　　　You are Mary's mother, aren't you? 你是瑪莉的母親，對不對？

　　　　I am the prettiest girl in the world, am I not? 我是世上最漂亮的女孩，對不對？

4. 敘述句為一般動詞時，附加問句用 **do**，**did**，**does**。

【例句】**Grandpa likes playing chess, doesn't he?** 爺爺喜歡下棋，不是嗎？

9分鐘完整功　　　　　　　　　　　　　　　9 分鐘檢定 ☺☹

說話者可以依其目的，來決定敘述句為肯定句或否定句，也就是說話者期盼得到哪一種回應。

1. 肯定敘述句＋否定附加問句 → 希望得到肯定的答案。

動詞時態	肯定敘述句＋否定附加問句	期待肯定回應
be 動詞	He is your best friends, isn't he? 他是你最好的朋友，不是嗎？	Yes, he is. 是，他是。
一般動詞	You love your wife, don't you? 你愛你太太，對嗎？	Yes, I do. 對，我愛。
動詞過去式	They went shopping together, didn't they? 他們一起去逛街了，對不對？	Yes, they did. 對，他們一起去了。
助動詞	Jenny must do it by herself, mustn't she? 珍妮必須自己做這件事，對嗎？	Yes, she must. 對，她必須。
完成式	We have seen this man before, haven't we? 我們過去曾經見過這個男人，對不對？	Yes, we have. 對，我們見過。

2. 否定敘述句＋肯定附加問句 → 希望得到否定的答案。

動詞時態	否定敘述句＋肯定附加問句	期待否定回應
be 動詞	You aren't in love with that guy, are you? 你沒有愛上那個男人，對吧？	No, I'm not. 對，我沒有。
一般動詞	She doesn't know who you are, does she? 她不知道你是誰，對吧？	No, she doesn't. 對，她不知道。
動詞過去式	I didn't tell you to cheat, did I? 我沒叫你作弊，對吧？	No, you didn't. 對，你沒有。
助動詞	Mike can't babysit the children today, can he? 麥可今天不能來照顧孩子，對吧？	No, he can't. 對，他不能。
完成式	They hadn't have chance to talk, had they? 他們沒有機會講到話，對吧？	No, they hadn't. 對，他們沒有。

3. 其他附加問句用法

There 為首的敘述句	祈使句	建議或請求	Let's go to the movies, shall we? 我們一起去看電影，好嗎？
			Let's not talk about it, all right? 別再談這件事了，好嗎？
			Let me take a look at this, will you? 讓我看看，可以嗎？
		命令	Keep quiet, will you? 保持安靜，好嗎？
		邀請	Have a seat, won't you? 坐下來，好嗎？
	肯定敘述句		There are many Chinese restaurants nearby, aren't there? 這附近有很多中國餐館，對吧？
	否定敘述句		There isn't too much water left in the reservoir, is there? 水庫裡沒有剩下多少水了，是嗎？

> 🎓 **菁英幫小提醒：** 當敘述句與附加問句 be 動詞一致為 am，am not 不可縮寫，需以 am I not 形式做附加。

UNIT 27　比較級與最高級

MP3 ◄) 205

比較級與最高級的使用方法有哪些？

1分鐘速記法

1 分鐘檢定 ☺☹

使用比較級的時機：「兩個」的人、事、物做比較時使用比較級。一般最常見的用法是〈形容詞（單音節）+ er〉或〈more + 形容詞（多音節）〉，例如：**taller, more expensive**。

5分鐘學習術

5 分鐘檢定 ☺☹

使用 ~er、~est 或 more ~、most ~ 可以傳達出「比較……」及「最……」基本的概念，其實比較級及最高級還有很多種的使用方法。以下分別做介紹：

比較級		
用法	中譯	例句
...not ~er than...	沒有比 ~ 還… ≦	Sophie is not older than Ellen. 蘇菲的年紀沒有比艾倫大。 說明：蘇菲的年紀≦艾倫的年紀
...not more ~ than...		Sophie's necklace is not more expensive than Ellen's (necklace). 蘇菲項鍊的價格沒有比艾倫的（項鍊）貴。 說明：蘇菲項鍊的價格≦艾倫項鍊的價格
...much ~er than...	差異很大	Your piece of cake is much larger than mine. （mine = my piece of cake） 你的那塊蛋糕比我的（那塊蛋糕）大很多。
...much more ~ than...		Living in Taipei is much more convenient than living in Hualien. 住在台北比住在花蓮方便很多。

9分鐘完整功

9 分鐘檢定 ☺☹

同樣的，使用最高級的時機是在有「兩個以上」的人、事、物做比較時使用最高級。一般最常見的用法是〈形容詞（單音節）+ est〉或〈the most + 形容詞（多音節）〉，例如：**tallest, the most expensive**。其他的用法還包括：

最高級		
用法	中譯	例句
...one of the ~est...	當中最…… 的一個	David is one of the tallest boys in our class. 大衛是我們班上最高的男生之一。 說明：最高的男生有好幾個，大衛是其中之一。 注意形容詞後的名詞要用複數型。

...one of the most ~...	當中最……的一個	Amy chose one of the most comfortable sofas from IKEA. 愛咪選擇了宜家家具裡最舒服的沙發之一。 說明：最舒服的沙發有好幾個，愛咪選了其中的一個。注意形容詞後的名詞要用複數型。
...the second ~est...	第二…… （序數可替換為其他序號）	Wendy is the second fastest swimmer on the swimming team. 溫蒂是游泳隊上第二快的泳者。 說明：另外還有一位第一快（最快 = the fastest）泳者。
...the second most ~...		Bungee jumping is the second most exciting thing I want to do. 高空彈跳是我想做的第二刺激的事。 說明：還有第一刺激（最刺激 = the most exciting）想做的事。

另外，形容詞的「原型」，也可以用來做比較。例如：

用法	中譯	例句
...less ~ than...	比 ~ 還不…	Bungee jumping is less exciting than skydiving. 高空彈跳沒有跳傘刺激。 說明：與 not as ~ as...的意思相同，相比較之下，not as ~ as...的使用頻率似乎更高些，也比較容易懂。
...the least ~...	最不 ~ …	Flying in an airplane is said to be the least dangerous way of transportation. 搭乘飛機據說是最不危險的交通方式。 說明：the least dangerous（最不危險）與 the safest（最安全）的意思其實相同，要選擇哪一個來用，是要看文中要表達的內容是朝哪一個方向。

🎓 菁英幫小提醒：比較級及最高級的使用方法均有很多種方式。在選擇時，首先要先確定是有「哪幾樣東西」是從「哪一個點」來比較，就能依照此方向選出正確的比較方式。

UNIT 28 片語與子句 🎧 MP3 ◀) 206

何謂「子句」？與「片語」有什麼差別呢？

 **1分鐘速記法**　　　　　　　　　　　　　1 分鐘檢定 ☺☹

　　英語中常以片語及子句的修飾功能，以完整文句意義。子句是用來修飾主要敘述句的另一個句子（同時有主詞及動詞）；片語則為兩個單字以上組合而成，其結構不含主詞及動詞。

5分鐘學習術　　　　　　　　　　　　　　5分鐘檢定 ☺☹

子句（clauses）的種類及用法

子句的種類及功能		例句及用法
名詞子句 可做主詞、 受詞或補語	that 引導之子句	• That he is married is true. 他已婚這件事是真的。 He is married.本身已是個完整句子，前面加上 that 使其成為另一個句子的主詞，是為子句。若以虛主詞 it 為句首改寫此句則為 It is true that he is married. • I notice（that）she has a dog. 我注意到她有隻狗。 that 子句為 notice 的受詞，that 可省略不用。
	疑問詞（who/ where/ how/ when/ what）引導之子句	• Do you know what it is? 你知道這是什麼嗎？ 問句 What is it?做 know 的受詞，成為間接問句。 • I'll tell you who he is. 我會告訴你他是誰。 問句 Who is he?為動詞 tell 的受詞。
	if/whether 引導之子句	• I don't know if/whether he's available right now. 我不知道他現在是否有空。 問句 Is he available?接在 if 後成為子句，為動詞 know 的受詞。
形容詞子句	關係代名詞 （who/ which/ that/ whom/ whose） 引導之子句	• The man who is on the phone is my boss. 那個講電話的男人是我的上司。 關係代名詞 who 在子句中為主詞功能，引導出的子句修飾前面的名詞 the man。 • The woman whom my brother married to is pretty. 我哥哥娶的那個女子很美。 關係代名詞 whom 在子句中為受詞功能，引導出的子句修飾 the woman。
副詞子句	連接詞引導之子句，有表示時間、地點、原因等之副詞功能	• He was shocked when I told him the truth. 當我告訴他實情時，他很震驚。 連接詞 when 引導出時間副詞子句。 • He didn't sleep well because he had a nightmare.他因為做惡夢沒有睡好。 連接詞 because 引導出表原因之副詞子句。

9分鐘完整功

片語（phrases）的種類及功能

片語種類及結構	例句	功能
介系詞片語 第一個字為 介系詞的片語	• I like the boy with single eyelids. 我喜歡那個單眼皮的男生。 介系詞片語 with single eyelids（有單眼皮）修飾前面的名詞 the boy。 • The man left in a hurry. 男子匆忙地離開。 片語 in a hurry（匆忙地）用來修飾前面的動詞 leave。	1. 接在名詞後修飾名詞，有「形容詞」功能。 2. 接在動詞後則有「副詞」功能。
不定詞片語 亦即「to+ 動詞 原形」形式之 片語	• Do you want to go shopping? 你想去逛街嗎？ 不定詞片語 to go shopping 接在動詞 want 後做受詞。 • We work to live. 我們是為了生活而工作。 不定詞片語 to live 為動詞 work 的目的。 • Her dream, to be a teacher, is going to come true. 她那想成為老師的夢想就要成真了。 不定詞片語 to be a teacher 用來修飾主詞 her dream。	1. 接在動詞之後當受詞，為名詞功能。 2. 在動詞之後表目的，則為副詞功能 3. 出現在同位格，則為形容詞功能。
動名詞片語 由動名詞 (V-ing) 加上補語而成	• I dislike studying for passing the exam. 我不喜歡為了通過考試而讀書。 這句的動名詞片語為動詞 dislike 的受詞。	此類片語經常會包含著介系詞片語在其中，具有「名詞」功能。
分詞片語 由現在分詞或 過去分詞結合 補語而成	• The house, burnt out in a big fire, was rebuilt. 那棟被一場大火燒光的房子已經重建了。 由過去分詞片語結合介系詞片語（in a big fire），修飾主詞 the house。 • The boy, sleeping in the couch, is my little brother. 那個睡在沙發上的男孩是我的弟弟。 由現在分詞片語結合介系詞片語（in the couch），修飾主詞 the boy。	通常是插入句子中，由前後兩個逗號與主要句子分開。具「形容詞」功能。為同位格片語的一種。
同位格片語 可為名詞片語、 動名詞片語、不 定詞片語或分詞 片語等形式	• Andrew, the ugliest man in town, has won the princess' heart. 安德魯，鎮上那個最醜的男子，已經贏得了公主的心。 同位格名詞片語修飾主詞 Andrew。 • Her specialty, programming for computer games, is also her interest.電腦遊戲程式設計是她的專長，也是她的興趣。 同位格動名詞片語修飾主詞 her specialty。	接在句子的主詞後，有「形容詞」功能，主要做為補充說明之用。

有時候，以疑問詞引導出有受詞功能的一個名詞子句，在特定情況下，可簡化為不定詞片語

子句中有助動詞 + 子句的主詞與主要 敘述句的主詞相同	• He doesn't know <u>what he should do</u>. 他不知道該怎麼做。 前後主詞皆為 he + 有助動詞 should 的情況下，這個句子可用不定詞片語簡化為 → He doesn't know <u>what to do</u>. • I have no idea whom I can ask for help. 我不知道可以找誰幫忙。 前後主詞皆為 I + 有助動詞 can 的情況下，此句可用不定詞片語簡化為 → I have no idea <u>whom to ask for help</u>.

UNIT 29 感官動詞 MP3 ♪ 207

"see" a movie 及 "watch" a movie 應如何正確地區分及使用呢？

1分鐘速記法

1 分鐘檢定 ☺☹

see 是單純地看、不由自主地看、沒有特別的用意或意圖地看。
watch 是專注地看、較長時間地看、有自主意願地看。

5分鐘學習術

5 分鐘檢定 ☺☹

　　see 是說不自覺地看，不是刻意去看，而是自然就看到的狀態。例如：**I can't find my watch. Did you see it?** 我找不到我的手錶，你有看到它（指「我的手錶」）嗎？是想要問聽話者是否有正好「看到」手錶，而非特別去找。

　　watch 表示較長時間地看，**I watched the whole baseball game.** 我看了整場棒球賽。另外，**watch** 可用在進行式的句子中，**see** 則不行，但可以用 **...can see...** 來敘述看到的東西，例如 **I'm watching that lady playing the piano. I can see the lady playing the piano.** 而不會說 **I'm seeing her playing the piano.**

【例句】I see a bird flying. 我「看到」一隻小鳥在飛。
　　　　表示可能是小鳥飛經過我的面前正好看到，不是特別去尋找或注意哪裡有小鳥在飛。

【例句】I watched a bird flying yesterday. 我昨天「看著」一隻小鳥在飛。
　　　　表示是有刻意觀察一隻小鳥飛的情形，可能是在觀察小鳥飛行的路線及模式，但絕對表示是有專注地在看。

9分鐘完整功　　　　　　　　　　　　　　　9分鐘檢定 ☺☹

　　除了 **see** 及 **watch** 以外，**look** 也經常被用來表示「看」，**look** 有「朝特定方向看」的意思，例如 **Look at the beautiful rainbow.** 看那美麗的彩虹。

　　從下面例句中，可以比較出這三個字的不同用法：

Louis: Look at that beautiful girl in red dress. Do you see her?

Anson: I've been watching her for three minutes already.

　　Louis 說 **look** 的意思，是要 **Anson** 往穿著紅色洋裝的女生那邊看過去，**see** 的意思是問有沒有看到。**Anson** 的回答，表示他不但有看到，而且已經注視了三分鐘了，表示他有在專注地看。

　　see 及 **watch**，還有以下的特殊用法：

單字	用法		例句
see	meet	會面	I'll see you at five o'clock this afternoon. 我今天下午五點與你見面。
			Jonathan is seeing his dentist tonight. 強納森今晚要去看牙醫。
	find out	找出	Let's see if there's anything we can do. 來看看有沒有什麼我們可以做的。
watch	be careful about	注意	Watch the time or you'll be late for school. 注意時間，要不然上學就要遲到了。
			It's crowded here. Watch your purse. 這邊人群很多，注意你的皮包。
	look after	小心	Don't eat too much. Watch your weight. 別吃太多，小心你的體重。

🎓 菁英幫小提醒：到電影院看電影 see a movie 已成為習慣用語，因此不會被認為是錯誤的說法。但是除此以外都是用 watch，例如 I'm watching a movie on HBO.

UNIT **30** 🎧 MP3 ◀) 208 **使役動詞**

Let's go 與 Let us go 的意思是否相同？

1分鐘速記法　　　　　　　　　　　　　　　1分鐘檢定 ☺☹

　　〈**Let's** + 原形動詞〉是提議或勸誘，〈**Let** + 受詞 + 原形動詞〉為請求「准許」、「允許」或「讓」的意思。

5分鐘學習術

〈**Let's** + 原形動詞〉是在口語中經常使用的句型，例如：

Let's dine out tonight. 我們今晚在外面吃吧。

Let's visit the museum this afternoon. 我們今天下午去參觀博物館吧。

Let's plan a trip to Kenting. 我們來計畫到墾丁旅行吧。

兩句中是提議或勸誘對方「讓我們做……吧！」的意思，這裡的「我們」包含說話方與聽話方，單數或複數均可。

Let's 經常被以為是 **Let us** 的縮寫，但其實兩者的意思並不太相同。將 **Let's** 分開為 **Let us** 時，句中的 let 有請求「准許」、「允許」或「讓」的意思，也就是使役動詞的一種。使役動詞 **let** 的詞序為〈**Let** + 受詞 + 原形動詞〉，例如 **Let him take a break.** 讓他休息一下。動詞所行動的內容不包含聽話方。

但是，**Let's go to the department store.** 是不是完全等同於 **Let us go to the department store.** 呢？答案是否定的。如上述兩點所說明，**Let's** 是一種提議的說法，而 **Let us** 則可能是在徵求聽話者的允許、同意，所以兩者的意思是不同的。在使用具有提議或勸誘的意思時，最好是縮寫成 **Let's**，以免聽話方誤解。

9分鐘完整功

上述提到 **let us** + 原形動詞中的 **let** 為使役動詞。使役動詞的用意，就是會有一個動作（使役動詞）而導致另外一項動作的產生。例如 **Let us go to the department store.** 一句中，使役動詞 **let**，使得後面的 **go to the department store** 這件事產生。

使役動詞除了 **let** 以外還有很多，例如 **help, allow, have, require, motivate, get, make, convince, hire, assist, encourage, permit, employ, force** 等。大部分的使役動詞的詞序都是〈使役動詞 + 受詞 + **to** 不定詞〉，但是只有 **let, make, have** 的受詞後面必須接原形動詞。用法參考如下：

使役動詞	中譯	詞序	例句
let	准許 允許	let + 受詞 + 原形動詞	Let me have a break. 讓我休息一下吧。
make	讓	make + 受詞 + 原形動詞	Don't make me wait in the rain. 不要讓我在雨中等。
have	使	have + 受詞 + 原形動詞	My teacher had us keep a diary every day. 我的老師要我們每天寫一篇日記。
ask	要求	ask + 受詞 + to 動詞	My boss asked us to work on Saturday.我的老闆要我們在星期六上班。
force	強迫	force + 受詞 + to 動詞	The coach forced the team to run 3000 meters. 教練強迫隊員跑三千公尺。
encourage	鼓勵	encourage + 受詞 + to 動詞	She encouraged her best friend to study abroad. 她鼓勵她的好朋友出國唸書。
permit	允許	permit + 受詞 + to 動詞	My mom permitted me to go home at 10 pm. 我媽媽允許我晚上十點回家。

🎓 **菁英幫小提醒：**let 當作使役動詞時，只能用在第一人稱或第三人稱。

MP3 ◀)) 209

UNIT 31 複合名詞

「複合名詞」的複數型，應該如何表示才對呢？

⏱1分鐘速記法

1 分鐘檢定 ☺☹

大部分的時候，是把複合名詞中最重要的詞彙（核心詞彙）變為複數式。

⏱5分鐘學習術

5 分鐘檢定 ☺☹

純複合名詞（例如 **blackboard** 黑板）變成複數時，將複合名詞的最後一個詞彙（**board**）變成與其單一使用時相同的複數型態即可：**board → boards → blackboards**。

如複合名詞中各字分開寫（例：**mail carrier** 郵差）或以連字號連接（例如 **soy-sauce** 醬油）者，則變複數型時通常把複合字中最重要的詞彙（核心詞彙）變為複數式：

mail carrier 中重要的是送信的「人」，所以將 **carrier** 改成 **carriers**：

carrier → carriers → mail carriers。

soy sauce 中重要的是「醬料」，所以將 **sauce** 改成 **sauces**：

sauce → sauces → soy sauces。

要注意的是，複合字當中最重要的部分「不一定」都是最後一個字，例如 **mother-in-law**。這個複合字當中最重要的是「人」，所以應該是 **mothers-in-law**。

另外，這個大原則的例外狀況有愈來愈多的趨勢，所以提醒大家在使用的時候還是要小心。

⏱9分鐘完整功

9 分鐘檢定 ☺☹

複合名詞是併合字的一種，通常分為兩個部分，後面的部分說明了該複合名詞主體的人或物，前面的部分則說明其功能或種類，例如：

功能／種類			人／物			複合名詞	
police	警察	+	officer	官員	=	police officer	警察人員
book	書本	+	shelf	櫃子	=	bookshelf	書櫃
boy	男孩	+	friend	朋友	=	boyfriend	男朋友

而複合名詞形成的方式，又分為下列幾種

詞性	複合名詞		複數型
名詞 + 名詞	bedroom	臥室	bedrooms
動詞 + 名詞	washing machine	洗衣機	washing machines
形容詞 + 名詞	software	軟體	softwares
副詞 + 名詞	bystander	旁觀者	bystanders

併合名詞的呈現方式大約有下列三種：

1. 純併合字：由兩個字直接合併成一個字，例如 **notebook, firefly**。
2. 連字號連接併合字：以連字號（**hyphen**）連接，例如 **mother-in-law, six-year-old**。

3. 間隔併合字：兩個字分開來寫，例如 real estate, post office

> 🎓 菁英幫小提醒：複合字的意思有時不一定和字面上的意思相同喔！例如 hotdog（熱狗，食品）就和 hot（熱）dog（狗）都無關。

UNIT 32 集合名詞

MP3 ◀)) 210

my class 或 my family 之後的動詞，應該要用單數還是複數？

1分鐘速記法

1 分鐘檢定 ☺☹

　集合名詞表示「一個完整單位」時，後面接單數動詞。表示「單獨個體」時，後面接複數動詞。

5分鐘學習術

5 分鐘檢定 ☺☹

　什麼叫「集合名詞」？集合名詞表示當數個人／物集合在一起時，被視為一個「集合體」，因此稱之為集合名詞，例如 **family**（家庭）、**class**（班級）、**audience**（觀眾）等。在一句話中，當該集合名詞被視為是該群體為一個完整的單位（**unit**）時，該集合名詞為單數，後面要接單數動詞。例如：**My family is going on a trip next month.** 表示全家人要「一起」去旅行。或 **My class is going for an excursion.** 我們班上要出去遠足。

　若語句中將敘述重點放在「單位中的成員」或「單獨行動的個體」（**individuals**），集合名詞表示的意義為複數時，則要做複數處理，後面接複數動詞。例如 **My family are all in good health.** 表示全家人「每一個」（將家庭成員分別視為個體來看）身體都很好。或 **My class spend their weekend in different ways.** 我們班上的同學以不同方式過週末。

　另外，集合名詞如 **fruit**、**fish**，以單數形式表示「所有水果」、「全部的魚」；以複數形 **fruits** 或 **fishes** 出現時，表示強調不同種類。

【例句】**There are various fruits on the farm, such as apples and bananas.** 農場上有很多不同種類的水果，例如蘋果和香蕉。

　　　　The fishes in the sea are dying because of global warming. 因為全球暖化的關係，海裡許多不同種類的魚正在死亡。

9分鐘完整功

9 分鐘檢定 ☺☹

　「集合」名詞的意義，表示是由數量大於一的個體所組合而成的一個群體，例如 **family**（家庭）、**team**（隊伍）。家庭或隊伍中的成員，有可能一起行動，也有可能單獨行動，也因此要選擇合適的動詞。

　舉例來說，每個週末，足球隊都集合到足球場上一起練習。

Every weekend, the soccer team gathers on the soccer field to practice.

從這句話中，可以看出足球隊的隊員是在同一時間做相同的事情，因此 **team** 可視為是一個整體，隊員們大家一起行動，所以用單數動詞 **gathers**。

再舉一例，**Our department is going to support the hiking activity.** 我們的部門會支持健行活動。（表示部門會全員參加）。句中的單數動詞 **is** 傳達出整個部門（**department**）的行為是一致的。

相反的，當一個群體中的每個個體，是個別行動時，就要用複數動詞。例如 **After three hours of practice, the team shower, change into their casual clothes, and go back to their comfortable homes.**

句中可以看出，足球隊員是各自洗澡、各自換衣服、各自回到各自的家，皆為個別行動，所以用複數動詞 **shower, change, go**。

再舉一例，**Our department walk different ways toward the destination.** 我們部門的人各走不同的方向以到達終點。句中的複數動詞 **walk** 表達出部門的人是個別行動的。

> 菁英幫小提醒：當你無法選擇要用單數動詞還是複數動詞時，最好的方式是將集合名詞換成普通動詞，如 players 或 colleagues，如此一來就可以確定是用單數或複數了。

UNIT 33　反身代名詞

MP3 211

「反身代名詞」的用法 ...myself 及 ...by myself，意思相同嗎？

1分鐘速記法

1 分鐘檢定 ☺☹

by myself 一定是「自己動手做」，**myself** 也是自己做，但不一定是自己動手。

5分鐘學習術

5 分鐘檢定 ☺☹

試比較下面兩句：
1. **I fixed the bicycle by myself.** 我獨自修好腳踏車。
2. **I fixed the bicycle myself.** 我自己修好腳踏車。

第一句中 **by myself** 的意思是，我獨自一人把腳踏車修好了；腳踏車是我「獨自」一個人修好的，沒有別人幫忙。第二句中 **myself** 的意思是，我「自己」來處理修腳踏車這件事情，但未必是我「獨自」修，並沒有提到最後解決的辦法。

試想像，如果你有一輛腳踏車要修，請爸爸幫忙了很久，爸爸都沒有幫忙，最後只好説 **I'll fix the bicycle by myself.** 意思就是，我決定要「自己動手」來修腳踏車了。如果你説 **I'll fix the bicycle myself.** 意思會變成，我自己想其他辦法（例如改成找哥哥幫忙）來修，這件事（修腳踏車）我自己來想辦法。

再舉下列例子：
1. **Let's finish the project by ourselves.** 我們「獨自」來完成這個專案吧。意即：別奢望有其他人幫忙了，靠我們自己的力量就可以完成了！表示全部為自己動手做，不靠

別人的力量。

2. **Let's finish the project ourselves.** 我們「自己」來完成這個專案吧，可能沒有班級/部門其他人的協助，但可以尋找其他的方法。

9分鐘完整功

每個人稱代名詞，都有各自反身代名詞的形式，如下表所示。反身代名詞使用的時機，通常是一個句子中的受詞與主詞為相同的人、事、物。

人稱代名詞	反身代名詞
I	myself
you（單數）	yourself
he	himself
she	herself
it	itself
we	ourselves
you（複數）	yourselves
them	themselves

反身代名詞使用的時機，大約有下列三種：

當主詞與受詞為相同的人、事、物時	I cut myself. 我割傷我自己了。 You'll get yourself in trouble. 你會讓自己陷入麻煩的。 They call themselves "The Cuties". 她們叫自己「可愛幫」。
強調主詞時	I will finish it myself. 我會自己完成。 They drank all the beer themselves. 他們自己把啤酒喝完了。
作為動詞或介系詞的受詞，表示與主詞相同時	I bought a book for myself. 我買了一本書給自己。 He completed the project by himself. 他獨自把專案完成了。 That girl is talking to herself. 那女孩在對自己講話。

注意上面的每個句子，只要句中有反身代名詞，該句中就一定會有一個相對的代名詞，I ⟷ myself、you ⟷ yourself，如果沒有相對應的人稱代名詞，該句就不會成立，例如：**Give that present to himself.** 這句話不成立的原因是因為句中沒有人稱代名詞 **he** 來和 **himself** 相對應。

UNIT 34 相互代名詞 MP3 ◦ 212

each other 及 one another 可否互相替換使用？

1分鐘速記法

1 分鐘檢定 ☺☹

each other 為使用在兩個人或物的句中，one another 為使用在兩個以上人或物的句中，因此無法互相替換使用。

5分鐘學習術

5 分鐘檢定 ☺☹

each other 及 one another 都是相互代名詞（reciprocal pronoun），相互代名詞可以用來簡化及結合一個句子中兩個或兩個以上相同觀念的工具，表示兩個或兩個以上的人或物同時進行某事。

【例句】 Lily did Michael's homework, and Michael did Lily's homework.

= They did each other's homework.

莉莉寫了麥克的作業，麥克寫了莉莉的作業。

= 他們互相寫了對方的作業。

【例句】 Wenny wrote email to Tony, and Tony wrote email to Wenny.

= They wrote each other's email.

維尼寫電子郵件給湯尼，湯尼也寫電子郵件給維尼。

= 他們互相寫了電子郵件。

由以上兩組例句中可以發現，第一句中分別都提到了兩個同樣的人及同樣的一件事，這樣的句子在口語及書面都顯得冗長，因此用相互代名詞 each other 把兩個句子簡化。但如果句中所提及的人或物有兩個以上，就要用 one another。

The scientists in this lab often use one another's equipment. 這間實驗室的科學家經常互相共用器材。

= The students in my class cooperate with one another.

9分鐘完整功

9 分鐘檢定 ☺☹

除了 each other 及 one another 以外，還有 other, another, the other, the others，也是在使用上經常會混淆的。other, another, the other, the others 這四組為不定代名詞，為指稱不特定的人、事、物的代名詞，都有「另一個」、「其他的」的意思，要怎麼分辨才清楚呢？舉一個簡單的例子就可以很簡單地區分出來：

一位客人走進百貨公司，試穿了一件上衣，結果她跟店員說 I don't like this one. Please give me another one. 句中的 another 指的是「其他不特定的一件」，表示店員要從店中去尋找不特定的某一件上衣給顧客，可能黑、可能白；可能厚、可能薄⋯⋯只要不是顧客正在試穿的這一件，都在 another 的範圍內。（another 為形容詞，代名詞為 one，指上衣。）

如果顧客說的是 Give me some others. 表示店員要從店中尋找「超過一件」不特定的上衣給顧客。others 表示是「其他不特定的『數』個」。（others 為代名詞，指其他的上

衣。）

　　終於，顧客從所有不特定的上衣中，選擇了兩件：一黑、一白進了 **fitting room**（試衣間）試穿。先試了黑上衣，然後對店員說 **Give me the other one.** 則表示是「其他特定中『剩下的那一個』」，也就是那件白上衣。如果顧客一共挑了兩件以上，穿了黑色的以後說 **Give me the others.** 則表示是「特定中其他的全部」。（**the other** 為形容詞，代名詞為 **one**。 **the others** 為代名詞。）

　　最後，顧客試完所有的上衣後，跟身邊的朋友說 **Let's go to other department stores.** 句中的 **other** 為形容詞，表其他不特定的商店。

　　🎓 **菁英幫小提醒**：other, another, the other, the others 可以當形容詞或代名詞（後面不接名詞）。

UNIT 35 形容詞（上）　MP3 ◄》213

當句子中有數個形容詞時，應如何排列先後順序？

🕐 1分鐘速記法　　　　　　　　　　　　　　　1分鐘檢定 ☺☹

　　如有兩個（或以上）形容詞同時修飾同一個名詞，例如：**big, red, beautiful, tall** 等，其次序為限定詞→意見→形狀尺寸→年齡新舊→顏色→來源→原料。

🕐 5分鐘學習術　　　　　　　　　　　　　　　5分鐘檢定 ☺☹

　　形容詞（**adjective**）就是描述說明一樣東西的詞彙，形容詞的位置會放在其所修飾名詞的前面，例如：**an expensive gold ring**（一只昂貴的金戒指）、**this big round pizza**（這個大又圓的比薩餅）、**some large blue boxes**（　些大而藍的盒子）。

【例句】I bought a beautiful old glass bowl. 我買了一個漂亮的古董玻璃碗。

　　　　They have a big old wooden house in the forest. 她們在森林裡有一間大的舊木屋。

　　　　She wore a beautiful blue wool sweater. 她穿了一件漂亮的藍色羊毛衣。

　　　　It's a wonderful old English song from the 1960s. 這是一首來自於六〇年代非常好聽的英文老歌。

　　　　The castle is on a large green grassy field. 城堡位於一大片綠色的草地上。

🕐 9分鐘完整功　　　　　　　　　　　　　　　9分鐘檢定 ☺☹

一般形容詞分為七個種類：
1. 限定詞：冠詞 **an/a** 、 **the** 和其他限定詞。
2. 意見形容詞：表達說話者對名詞的想法或意見，如：**beautiful** 、 **important** 、 **deli-**

cious、cheap、terrible…等。

3. 形狀尺寸形容詞：表達名詞的外觀，如：**long**、**short**、**big**、**small**、**round**、**square**…等。

4. 年齡新舊形容詞：表達名詞的新或舊，如：**old**、**young**、**new**…等。

5. 顏色形容詞：表達名詞的顏色，如：**red**、**yellow**、**blue**、**green**…等。

6. 來源形容詞：表達名詞的來源，如：**Chinese**、**French**、**Thai**…等。

7. 原料形容詞：表達名詞的構成原料，如：**stone**、**wooden**、**glass**…等。

　　當數個形容詞一起被使用時，前後的排列順序要依照形容詞的功能來決定，一般常見的順序可參考下表：

限定詞	意見	形狀尺寸	年齡新舊	顏色	來源	原料	名詞
a/an	special		antique		Chinese		vase
the		small		black		wooden	cup
many	beautiful	big		pink	British		roses
two			old	brown		leather	shoes
your	pretty	long		red			hair
that	creative		young		American		boy

UNIT 36 形容詞（下）

MP3 214

表示數量的形容詞，到底哪個是多？哪個是少？

1分鐘速記法

1 分鐘檢定 ☺☹

由少到多的說法依序為：

可數名詞：

few → only/just a few → a few → quite a few → not a few → many / a lot of / lots of。

不可數名詞：

little → only/just a little → a little → quite a little → not a little → much / a lot of / lots of。

5分鐘學習術

5 分鐘檢定 ☺☹

　　表示數量的形容詞，有 **many, much, few, little, a lot of** 及 **lots of**，使用方法列表整理如下：

	接可數名詞	接不可數名詞
多	many a lot of / lots of	much a lot of / lots of
少	few	little

　　many 通常用在可數的複數名詞之前來修飾主詞表示數很多的意思，例如：**There are too many cars in Taipei.** 台北市的車輛太多了。 **much** 則是接在不可數名詞之前表示量很多的意思，例如：**Don't spend too much time watching TV.** 不要花太多時間看電視。 **a lot of** 及 **lots of** 同樣也是表示多的意思，都可接可數及不可數名詞，例如：**There is lots of food in the refrigerator.** 冰箱裡有很多的食物。 **I bought a lot of books in the book fair.** 我在書展上買了很多書。

　　few 和 **little** 相同，都是表示「少」的形容詞。 **few** 放在可數名詞（複數）前面，**little** 放在不可數名詞前面。例如：**Few students finished the report on time.** 幾乎沒有學生準時完成報告。 **I had little trouble with my sales report.** 我的業績報告毫無困難。

⏰9分鐘完整功

9分鐘檢定 ☺☹

　　使用 **few/little** 當作形容詞時，要特別小心，用法上的不同可以造成聽話者很大的誤解。

　　單獨使用 **few/little**，會變成「只有一點點，幾乎沒有」，態度為否定。例 **Few friends came to the party on time.** 「幾乎沒有」朋友準時來派對。

　　quite a few 是「許多、相當多」的意思。例 **Quite a few friends came to the party on time.** 「有相當多」的朋友準時來派對，大約有七成左右。

　　除了 **few, quite a few** 以外，比 **few** 再多一點的是 **a few**，態度為肯定。例 **A few friends came to the party on time.** 「有幾位」朋友準時來派對。

　　only a few 則是介於 **few** 和 **a few** 的中間，也稍帶有否定意味。例 **Only a few friends came to the party on time.** 「只有幾位」朋友準時來派對。與 **just a few** 意思雷同。

　　用到 **few** 這個字但是其實表示數量很多的是 **not a few**，字面的意思是「沒有很少」，就是「不少、很多」，與 **a large number of** 的意思相同。例 **Not a few friends came to the party on time.** 很多朋友都準時來派對了。表示大約有九成左右。

　　最後再將 **few/little** 做一次完整的整理：

	形容「數」 （可數名詞）	形容「量」 （不可數名詞）
只有一點點	few friends	little money
只有幾位	only/just a few friends	only/just a little money
有幾位	a few friends	a little money
許多、相當多	quite a few friends	quite a little money
不少、很多	not a few friends	not a little money
非常多	many / a lot of friends	much / a lot of money

🎓 **菁英幫小提醒**：可數名詞：有複數型的名詞，例如 table, bird, gift；不可數名詞：不能數的名詞，意即可以看到、可以摸到，但難以計數的名詞，例如 hair, water, rice；或看不到、摸不到也難以計數的名詞，例如 time, trouble。

UNIT 37 大寫字

MP3 215

稱呼媽媽應該是用 Mom 還是 mom 呢？

1分鐘速記法

1 分鐘檢定 ☺☹

mom 當普通名詞時不用大寫，但要加冠詞。**Mom** 為用來「稱呼」親屬，不用冠詞，但第一個字母要大寫。

5分鐘學習術

5 分鐘檢定 ☺☹

當提到一般的親屬名稱的時候（**mom, dad, grandfather, aunt...**）時，第一個字不用大寫，但是要加冠詞，例如：

My aunt is like a mother to me. 我的阿姨對我如母親一般。

There were ten mothers and two fathers in the PTA meeting today. 今天的懇親會有十位媽媽和兩位爸爸。

I saw a grandfather buying a gift for his grandson at the toy store. 我在玩具店看到一位爺爺買玩具給他的孫子。

當親屬名稱是一個人的名字的一部分，或是取代一個人的名字的時候，第一個字要大寫，此時則不須加冠詞。

【例句】**Do you need help, Mother?** 母親，您需要幫忙嗎？

Michael, this is Aunt Lily. 麥克，這位是莉莉阿姨。

I remember Uncle Joe used to take me to this park. 我記得喬叔叔以前都帶我來這個公園。

9分鐘完整功

9 分鐘檢定 ☺☹

英文書寫中，有許多需要大寫的地方，規則及範例整理如下：

規則	例句
每句話的第一個字	Beauty is in the eye of the beholder. 情人眼裡出西施。
專有名詞	Helen（女子名）、Taipei（城市名）、Eiffel Tower（景點名）
地理名稱	Pacific Ocean（海洋名）、New Zealand（國家名）、Everest（山名）
月份、星期	October（月份）、Tuesday（星期）
代名詞	I want to eat pizza tonight. 我今晚想吃比薩。
節慶	Christmas（西洋節慶）、Halloween（西洋節慶）
稱謂	Mr. Chen（男士）、Professor Andrews（教授）
標題中的主要單字	Sex and the City（影集名）、Phantom of the Opera（舞台劇名）
機構名、社團名、協會名	Taiwan Visitors Association（協會名）
商店名稱、商品名稱	Burger King（速食店名）、Big Mac（產品名）

現代人經常使用電子郵件與親友、客戶、同事往來，在電腦格式中的大寫字母規則，一般來說與書面無異，在適當、正確的時候使用大寫字母可以讓文章閱讀容易。不過，有些矯枉過正的使用者，會將全篇內容以大寫字母書寫，這是不正確的方式。全部大寫的文字內容反而使閱讀更加困難、更不容易抓到重點，就閱讀者的立場來說，還顯得十分不禮貌，看起來像是在對人吼叫一樣。在寫電子郵件時，除了一般正常需要大寫字母的情況以外，如有其他需要特別強調或注釋的地方，可善用粗體字及斜體字的功能，便可同時達到「強調」的效果，閱讀起來也更為順暢。

UNIT 38 縮寫法

MP3 216

英文中的縮寫，應該怎麼用才對呢？

1分鐘速記法

1 分鐘檢定 ☺☹

英文中常見許多的縮寫（**abbreviations**），縮寫的原因是為了在口語及書面上節省時間及空間，因此將許多冗長的單位機關名稱、科技名詞簡化。

5分鐘學習術

5 分鐘檢定 ☺☹

常見的縮寫有：
稱謂或頭銜

縮寫	全名	中譯
Mr.	mister	先生
Mrs.	mistress	太太、夫人
Ms.	---	女士（適用於不清楚對方為未婚或已婚時）
Dr.	doctor	醫生、博士
Prof.	professor	教授
CEO	chief executive officer	執行長
VP	vice president	副主席、副總經理

常見的拉丁語

縮寫	全名	中譯
etc.	et cetera -- and so forth	等等
i.e.	id est -- that is	即，換言之
e.g.	exempli gratia -- for example	例如

9分鐘完整功

9 分鐘檢定 ☺☹

名字後面的稱謂和頭銜

縮寫	全名	中譯
Ph.D.	拉丁語 Philosophiae Doctor	哲學博士，或泛指博士
M.D.	拉丁語 Medicinae Doctor	醫學博士，即 Doctor of Medicine
B.A.	Bachelor of Arts	文學士
M.A.	Master of Arts	文學碩士
D.D.S.	Doctor of Dental Surgery	牙醫博士

著名的機構

縮寫	全名	中譯
FBI	Federal Bureau of Investigation	美國聯邦調查局
CIA	Central Intelligence Agency	美國中央情報局
NASA	The National Aeronautics and Space Administration	美國太空總署
MIT	Massachusetts Institute of Technology	美國麻省理工學院
UCLA	University of California, Los Angeles	加州大學洛杉磯分校

國家

縮寫	全名	中譯
R.O.C.	Republic of China	中華民國
U.S.A.	United States of America	美利堅合眾國（美國）
U.K.	United Kingdom	大英國協
N.Z.	New Zealand	紐西蘭

菁英幫小提醒：對於不熟悉的縮寫，還是以完整名稱呈現最為保險。

UNIT 39 標點符號

MP3 217

英文常見的「逗號」究竟該怎麼正確使用呢？

1分鐘速記法

1 分鐘檢定 ☺☹

正確地使用標點符號，可以協助作者更清楚地傳達文章的內容、作者的思想，同時也讓閱讀者更容易了解文章結構及意義。應了解正確的標點符號使用方法，以免讓他人誤解自己語文能力不佳，或傳遞錯誤的訊息。

5分鐘學習術

5 分鐘檢定 ☺☹

在一篇文章中最常出現的標點符號就是逗號了，逗號的使用時機如下：

1. 用於以 **and, but, for** 等連接詞連接的兩個主要子句之間。

 【例句】**Jenny bought a purple bag, and I bought a blue one.** 珍妮買了一個紫色的包包，而我買了一個藍色的。

2. 分隔一連串相同性質的內容。

 【例句】**I'm going to visit some friends in Spain, France, Germany and England.** 我要去西班牙、法國、德國以及英國拜訪一些朋友。

3. 用於關聯的子句之間。

 【例句】**I'm going to the supermarket. Please wake up Dad ten minutes later.** 我要去超級市場，請在十分鐘以後叫爸爸起床。

4. 向人說話時，用在對方名字或稱謂之後，之前或前後。

 【例句】**Sam, please take out the trash.** 山姆，請去倒垃圾。

5. 在引用句之前。

 【例句】**Dad suggested, "Let's dine out tonight!"** 爸爸建議，我們晚上到外面吃吧。

6. 放在附加問句之前。

 【例句】**It's a beautiful day, isn't it?** 今天天氣真好，是不是？

9分鐘完整功

9 分鐘檢定 ☺☹

　　我們經常可以在文章中看到句中有兩個主要子句，但是卻沒有被適當地連接起來，例如 **It's raining outside, take an umbrella.**（外面在下雨，帶一把傘。）這句話看起來沒有錯，但是當兩個主要子句僅用一個逗號來連接時，就構成了 **run-on sentence**。像上面的例子，除了用逗號分開以外，逗號的後面應該要加上恰當的連接詞，如 **and, but, for, or, so** 等連接詞而成為 **It's raining outside, so take an umbrella.**（外面在下雨，所以帶一把傘。）

　　當遇到這樣的 **run-on sentence** 時，除了連接詞以外，還有其他的方法可以將兩個主要子句連接起來，例如用分號（; **semicolon**）。分號的使用方法如下：

1. 連接兩個主要子句的連接副詞（**however, nevertheless, therefore, then, still, thus, so** 等等）。

 【例句】**I know I don't have much time left to prepare for the exam; however, I gave myself three hours of free time.** 我知道我沒有剩下多少時間可以準備考試；但是我給了自己三個小時的自由時間。

2. 連接兩個主要子句的連接詞（**and, but, or, nor, for**）--當主要子句本身有逗號時。

 【例句】**Christine, an English teacher, teaches in elementary school; but her sister, Elsa, does not.** 克莉斯汀，一位英文老師，在國小教書；但她的妹妹，愛紗，則不是。

　　🐌 菁英幫小提醒：除了可以用連接詞及分號分隔兩個主要子句以避免 run-on sentence，還可以用句號將兩個句子分開，例如：**I'm going to a concert tonight. I believe it's going to be a great one.** 我今晚要去一個演唱會。我相信會是一場很棒的演唱會。

UNIT 40 英文數字 MP3 218

關於「英文數字」該怎麼呈現？

1分鐘速記法

1 分鐘檢定 ☺☹

在英文文章中如果有長串的數字出現，呈現的方式應以最方便閱讀者辨讀及理解的方式，為最好的方式。例如：**one million** 就比 **1,000,000** 好讀得多。

5分鐘學習術

5 分鐘檢定 ☺☹

數字在英文寫作中也經常出現，經常看到有人是滿篇的阿拉伯數字，或是全部以拼字代替。其實數字的呈現也是有規則可以依循的：

1.「十以下」（**1~9**）的數字用拼字呈現，十以上以數字呈現。
【例句】**I bought three books.** 我買了三本書。
There are 12 eggs in the fridge. 冰箱裡有十二顆蛋。

2.「較大數字」的呈現，以方便讀者閱讀為優先。
【例句】**Our department achieved two millions of income during the last year.** 我們部門在去年間賺了兩百萬元的業績收入。

3.「書寫方式統一」：當句中有超過一組以上的數字出現時，若決定以數字呈現，就全部以數字呈現；若決定以拼字呈現，就全部以拼字呈現。
【例句】**There are 10 white birds and 2 black birds in the garden.** 花園裡有十隻白色的鳥及兩隻黑色的鳥。

4. 敘述「時間」的時候，通常都會把時間完整地拼寫出來；**o'clock** 之前的數字也是相同。
【例句】**Mark woke up at five o'clock this morning.** 馬克今早五點鐘起床。
Mellisa's flight is arriving at seven forty-five. 瑪莉莎的班機會在七點四十五分抵達。

5. 但是，當敘述「精確的時間」時，可以數字表示。
【例句】**The next train to Keelung is leaving at 9:17 A.M.** 下一班到基隆的列車於九點十七分出發。

6. 當數字出現在「句首」時，以拼寫方式呈現。
【例句】**Thirty-seven people are going to the spring field trip.** 有三十七人要參加春季旅遊。

9分鐘完整功

9 分鐘檢定 ☺☹

當文章中有以下的情形，請全部使用數字：

1. 描述日期和年分時，例如：**March 23, 2004**。在書寫日期時，不必使用序數。

2. 描述金額時：**The ham cost $9.20 per 100 gram.** 火腿要價每一百克九點二美元。

3. 敘述比賽時的得分：**The Antelopes beat the Rabbits by a score of 32 to 26.** 羚羊班以三十二比二十六擊敗白兔班。

4. 呈現分數、小數及百分比時，例如：**5 2/3**、**326.319**、**82%**。

現在來看看數字應該要怎麼唸出來：

項目	用寫的	用說的
金額	$12.99	twelve dollars ninety-nine
分數	1/2	a half
小數	0.74	point seventy four
年份	1987	nineteen eighty-seven
	2012	two thousand and twelve

🎓 菁英幫小提醒：

數字中的 "0" 有幾種唸法呢？

拼法	唸法	用途	例句
nought	[knɔt]	小數點	0.82 = nought point eighty two
			0.075 = point nought seventy five
		數學算式	0 × 5 = 5 = nought times five equals nought
zero	['zɪro]	科學程式中	-15 ℃ = fifteen degrees below zero
'o'（the letter）	[o]	電話號碼	0952 052 053 = o nine five two, o five two, o five three
			0937 005 006 = o nine three seven, double o five, double o six
nil/nothing	[nɪl]	比賽中的比數	4 - 0 = four nil = four nothing

Chapter **4**

第四強

會話篇

收錄40個生活會話，
以關鍵句及對話模式編寫，
再附上詳盡解說，
用英文流利交談一點也不難！

159

分鐘，
突破英語四強力

UNIT 1　MP3 ◀) 219　自我介紹 Self Introduction

🕐 1分鐘速記法　　　　　　　　　　　　　　　　　　　1 分鐘檢定 ☺☹

（1）**My name is Thomas Smith.**
　　我的名字是湯瑪士・史密斯。
（2）**I am 26 years old and living in New York City.**
　　我二十六歲，目前住在紐約市。
（3）**There are four people in my family.**
　　我的家庭有四位成員。

🕐 5分鐘學習術　　　　　　　　　　　　　　　　　　　5 分鐘檢定 ☺☹

Thomas: Hello! My name is Thomas Smith.
David: Nice to meet you, Thomas. How old are you? What do you do?
Thomas: I am 26 years old and work as a financial analyst.
David: That must be very demanding. What do you do on your spare time?
Thomas: I like many outdoor activities and playing sports. I also like to spend time with my friends and family.

> 🎓 **菁英幫小提醒：** spare time 也可以用 leisure time（空暇時間）來替換。

湯瑪士：哈囉！我的名字是湯瑪士・史密斯。
大衛：很高興認識你，湯瑪士。你幾歲？從事什麼工作？
湯瑪士：我二十六歲，我的工作是財務分析師。
大衛：那一定是很吃力的工作。那你休閒時間都做什麼呢？
湯瑪士：我喜歡很多戶外活動和運動。我也喜歡和我朋友及家人在一起。

🕐 9分鐘完整功　　　　　　　　　　　　　　　　　　　9 分鐘檢定 ☺☹

　　通常向對方自我介紹時，會說明一些自己的相關資料，如：姓名、居住地、工作、興趣等等，如果想要給對方更多的資訊則可以包括自己的個性、喜好、家人等等。而介紹名字除了講全名外，也可以使用簡稱，如：**I'm Thomas Smith. But you can call me Tom.**（我是湯瑪士・史密斯，但你稱呼我湯姆就可以了。）稱呼 **Thomas** 是比較正式的，**You can call me Tom.** 是比較親切的說法。當介紹家人時，是使用 **There are...** 的句型。**There are five people in my family. They are my father, mother, older sister, younger brother and me.**（我的家庭有五位成員。他們是我的爸爸、媽媽、姐姐、弟弟和我。）

以下為較完整的自我介紹段落範例：

Hello! My name is Jennifer Aniston, but you can call me Jenny. I am an executive assistant in the Business Department. I live in Taipei. You won't believe that cooking is my hobby. I always cook on weekends. I have a lovely family with my husband and two sons. My friends describe me as friendly and

easygoing.

　　哈囉！我的名字是珍妮佛·安妮斯頓，但是你可以叫我珍妮。我是業務部副理。我居住於台北市。你一定不相信烹飪是我的嗜好。我總是在週末時烹飪。我有一個可愛的家庭，成員有我的先生和兩個兒子。我朋友形容我的個性很友善且好相處。

UNIT 2　MP3 220　稱讚他人 Giving Compliments and Praises

1分鐘速記法　　　　　　　　　　　1 分鐘檢定 ☺☹

（1）You are a caring, thoughtful, and considerate person.
　　 你是個有愛心、有想法和體貼的人。
（2）She/He is an accountable and responsible employee.
　　 她／他是個有責任感和負責任的員工。
（3）Your character and personality make everyone comfortable around you.
　　 你的個性讓大家和你在一起時感到很自在。

5分鐘學習術　　　　　　　　　　　5 分鐘檢定 ☺☹

Supervisor: Your work is due for an evaluation.
Danny: Really? I gave it my best and hopefully have met the standards.
Supervisor: Your peers have given you high regards in responsibility. They said you are accountable for your actions and help others in need.
Danny: I try to listen to others in need of assistance and provide a solution.
Supervisor: You have a big, caring heart. Not only do you complete the tasks on-time but also extend a helping hand to others. Well done!

　　🎓 菁英幫小提醒：be due for = to be time for（something）to occur 是某件（人）什麼事情要發生了的意思。

主管：你的工作評估時間到了。
丹尼：真的嗎？我很盡力且希望能符合標準。
主管：你的同事們對於你的責任感給了很高的分數。他們說你對自己的行為負責並適時地幫助別人。
丹尼：我嘗試著傾聽他們的需求並提供解決方法。
主管：你真的有一顆善良的心。不僅是自己的事情準時完成，也伸出援手幫助他人。做得好！

9分鐘完整功　　　　　　　　　　　9 分鐘檢定 ☺☹

　　在國外，適時的稱讚是一種習慣也是種禮貌。不但可以鼓勵他人，更是促進彼此間良好的關係。例如，看到朋友穿著的裙子很好看，就可以稱讚她說 The skirt fits you perfectly.

（你穿這件裙子很合身呢！）朋友一定會很開心，受到讚賞後，可以回答 **Thank you for your compliment.**（謝謝你的讚美。）**You're so sweet.**（你真貼心。）、**That's nice of you.**（你真好。）等也是稱讚人的常用語。

　　還有一種稱讚是很重要的，尤其對孩童來說。只要孩童有比較進步，或是做了好事情，都可以說 **Good job!**（做得好！）、**Well done!**（做得好！）、**Excellent!**（太棒了！），再更進一步地說明稱讚的原因。如：小朋友這次畫的作品很不錯，就可以說 **This is a unique and exceptional work of art. Good job!**（這是一幅很特別的藝術作品。做得很好喔！）相信小朋友聽到後，下次會做得更好。稱讚他人好處多多，就從現在開始練習吧！

 字彙金庫（有關稱讚他人的詞彙）

helpful → 有幫助的；有益的	professional → 專業的
reliable → 可信任的	resourceful → 富有機智的
hardworking → 勤快的	passionate → 熱情的
friendly → 友善的	efficient → 有效率的
responsible → 有責任感的	patient → 有耐心的
open-minded → 心胸開闊的	clever → 聰明的
beautiful → 漂亮的	active → 積極的
adorable → 可愛的	cooperative → 合作的

UNIT 3 🎧 MP3 ◀) 221

介紹台灣小吃 **Introduction to Taiwan Eateries**

🕐 1分鐘速記法

1分鐘檢定 ☺☹

（1）**Night markets in Taiwan are a great way to try local cuisines for tourists.**
　　對於來台灣的遊客，夜市是嘗試當地菜餚很棒的選擇。

（2）**Trying stinky tofu is sure to leave an unforgettable experience.**
　　體驗臭豆腐絕對是一個很難忘的經驗。

（3）**Boba milk tea is a refreshing drink served either hot or cold.**
　　波霸奶茶不管是熱的或是冷的都很好喝。

🕐 5分鐘學習術

5分鐘檢定 ☺☹

Bill: **What do you recommend for tourists who are first time visitors to Taiwan?**
Annie: **The local night market. Try the oyster omelet with a bowl of meat ball**
　　　　soup. Little side dishes like seasoned chilled seaweed, dried tofu, and

garlic eggplants are great ideas to accompany any meal.

Bill: These sound like great suggestions for a satisfying meal.

Annie: For an even more interesting taste, you must try the stinky tofu.

Bill: Stinky tofu? Do you think it is necessary to try? It sounds scary.

🎓 菁英幫小提醒：recommend「推薦、介紹」的意思。也可以用 suggest 來替代。

比爾：對於第一次到台灣遊玩的旅客妳有什麼建議？

安妮：去當地的夜市。試試看蚵仔煎配上一碗貢丸湯。像涼拌海帶、豆乾、大蒜茄子都是很適合搭配主餐的小菜。

比爾：這些令人滿意的餐點，聽起來好像是很棒的建議。

安妮：還更有趣的體驗，你一定要試試看臭豆腐。

比爾：臭豆腐？妳真的認為一定要試試看嗎？聽起來好可怕啊！

🔋9分鐘完整功

9分鐘檢定 ☺☹

　　台灣的地方夜市小吃，是世界遠近馳名的旅遊景點。夜市特別的魅力，幾乎是任何觀光客都擋不住的。當你想表達夜市是台灣很特別的，可以這麼說 **This tasty dish is unique to Taiwan and a favorite to the locals.**（台灣獨特的小吃也是當地人很喜歡的。）或者你也可以這樣推薦 **If you are in a hurry and on-the-go, street side rice and noodle stands offer a variety of choices at an affordable cost.**（如果你想要快速並能帶走的食物，路邊的小攤提供多樣經濟又實惠的選擇。）而每年都會舉辦牛肉麵節的牛肉麵也是不能漏掉的美食。**Beef noodle is great for meals on a chilly and cold day.**（牛肉麵是天氣冷的時候最好的餐點。）一定要推薦喔！

 字彙金庫（有關台灣夜市小吃的詞彙）

rice and vegetable roll → 飯糰

Chinese omelet → 蛋餅

turnip cake → 蘿蔔糕

fried dumpling → 鍋貼

spring onion pancake → 蔥油餅

wonton noodles → 餛飩麵

rice tube pudding → 桶仔米糕

braised pork rice → 滷肉飯

spicy hot bean curd → 麻辣豆腐

sliced noodles → 刀削麵

oyster omelet → 蚵仔煎

pigs blood cake → 豬血糕

beef noodle → 牛肉麵

meat ball soup → 貢丸湯

fried rice noodle → 炒米粉

green been noodle → 冬粉

spring roll → 春捲

Taiwanese meatball → 肉圓

steamed sandwich → 割包

almond jelly → 杏仁豆腐

oyster thin noodles → 蚵仔麵線

vegetarian gelatin → 愛玉

sugarcane juice → 甘蔗汁

herb tea → 青草茶

UNIT 4　MP3 ◀) 222　生病就醫 Sickness and Seeing a Doctor

1分鐘速記法

1 分鐘檢定 ☺☹

（1）**What's the matter?**
怎麼了嗎？
（2）**I have headaches and feel dizzy.**
我覺得頭痛也感覺頭暈目眩的。
（3）**Take some medicine before going to bed.**
睡覺前要吃藥！

5分鐘學習術

5 分鐘檢定 ☺☹

Lydia: I don't feel good and my body is achy all over.
Emily: Oh no! Are you sick?
Lydia: I feel feverish and have a runny nose.
Emily: What are your symptoms?
Lydia: My stomach doesn't feel well and have no appetite whatsoever. I guess I must have the flu because I feel weak and have no strength to lift anything.
Emily: You should see a doctor as soon as possible.

　　　菁英幫小提醒：should 為「應該」的意思，表示建議時可以使用。

莉蒂雅：我覺得好不舒服而且全身疼痛。
艾蜜莉：喔，不會吧！妳生病了嗎？
莉蒂雅：我感覺好像發燒了，又流鼻涕。
艾蜜莉：妳有什麼症狀？
莉蒂雅：我的胃口不好且胃也很不舒服。我一定得到流行性感冒了，因為我覺得很虛弱，而且沒有力氣舉起任何東西。
艾蜜莉：妳應該盡快去看醫生。

9分鐘完整功

9 分鐘檢定 ☺☹

　　當身體不舒服而人又在國外的時候，一定要會一些基本的病症表達用語，才能讓醫師對症下藥！最常發生的狀況就是 **a cold**（感冒）、**the flu**（流行性感冒）或是 **allergy**（過敏）。如果只是輕微的感冒症狀時，國外的醫生通常是建議 **take enough rests and drink a lot of water**（多休息及大量地喝水），或者是吃含 **Vitamin C**（維他命 C）的水果。不過，有些症狀是會讓人分不清是感冒或是過敏，例如：**The allergy is causing the stuffy nose and watery eyes.**（過敏造成鼻塞和眼睛一直流淚。）而鼻塞有時候也是感冒的症狀，不斷地擤鼻涕造成紅鼻子，**The red nose is from all the sniffing and sneezing due to the stuffy nose.**（因為鼻塞所以會用力吸鼻涕，然後就變成紅鼻子了。）最令人不舒服的就是流行性感冒的時候了，**You might get a fever and feel sore all over.**（你可能會發燒而全身痠痛。）吃什麼藥都至少要難過好幾天啊！

字彙金庫（有關生病症狀的詞彙）

fever → 發燒
headache → 頭痛
throw up → 嘔吐
sick → 噁心
cough → 咳嗽
sore throat → 喉嚨痛
runny nose → 流鼻水
stomachache → 胃痛

diarrhea → 拉肚子
productive cough → 咳嗽有痰
migraine → 偏頭痛
dizzy → 頭暈目眩
allergy → 過敏
ear infection → 耳朵發炎
sneeze → 打噴嚏
stuffy nose → 鼻塞

（手寫筆記）
stuff 東西.
stuffy 悶熱的.全味的.窒息的
staff 職員.給…配備職員

UNIT 5 🎧 MP3 223 交通運輸 **Transportation**

⏱ 1分鐘速記法   1 分鐘檢定 ☺☹

（1）**Fasten your seatbelt when you are sitting in the front seat of the car.**
當你坐在汽車的前座時，要繫上安全帶。

（2）**Wear a helmet when riding a motorcycle.**
騎摩托車要戴安全帽。*（手寫）頭盔、鋼盔*

（3）**When riding on a bus, priority seats goes to the elderly and parents travel-ing with young children.**
搭乘公車時，座位要禮讓給較年長或是帶著小孩的家長。

⏱ 5分鐘學習術   5 分鐘檢定 ☺☹

Passenger A: Excuse me, how long is it until the next train?
Passenger B: I am not sure, but it does arrive fairly frequently.
Passenger A: Thank you! How much does it cost to go downtown?
Passenger B: Well, are you planning to return to this area on the same day?
Passenger A: Yes. I am. Do you have any suggestions?
Passenger B: A one way fare is more expensive. Since you are planning on
            returning to this area later today, I suggest you purchase the
            round trip fare. It is less expensive.

🎓 **菁英幫小提醒**：less expensive=cheaper「比較便宜」的意思。

乘客 A：請問一下，下一班火車還要多久才到？
乘客 B：我不確定，但火車來得相當頻繁。
乘客 A：謝謝你！到市中心的費用是多少？

乘客 B：嗯，你計畫在這一區當天返回？

乘客 A：是的，我是。你有任何建議嗎？

乘客 B：單程票比較貴。既然你已經計畫當天晚些回來，我建議你購買來回票。比較便宜。

9分鐘完整功　　　　　　　　　　　　9 分鐘檢定 ☺☹

　　大眾運輸系統的產生，讓距離變小了，人與人的接觸也更頻繁，增加了更多的便利性。最常使用的交通工具是 **bus**（巴士）、**train**（火車）、**MRT**（捷運）。在等車時，所要等的巴士來了，可以說 **Here comes the bus.**（我等的巴士來了。）**bus** 也可以替換為 **train/MRT/taxi**（計程車）等。公車到站時，要先禮讓下車的乘客，這時候可以這樣說：**When the bus/train arrives, please allow passengers to disembark first.**（當巴士／火車到站時，請禮讓下車乘客。）大家如果都遵守秩序，相信整個搭乘大眾運輸的速度會加快許多，更順暢。

　　在國外，車子經過十字路口都必須停下來左右觀看後，確定沒有行人，方能繼續開車，主要就是尊重路人的權利。**pedestrian** 是行人的意思，而 **Pedestrians have the right of way.** 就是「行人優先」的意思了。

字彙金庫（有關大眾運輸的詞彙）

driver → 駕駛員	tunnel → 隧道
passenger → 乘客	traffic lights → 紅綠燈
fare → 費用	intersection → 十字路口
subway station → 地鐵站	sidewalk → 人行道
airport → 飛機場	crosswalk → 斑馬線
bus station → 巴士站	route map → 路線圖
train station → 火車站	platform → 月台
highway → 高速公路	timetable → 時刻表

UNIT 6　吵架冷戰　Disagreements and Arguments
MP3 ◀)) 224

1分鐘速記法　　　　　　　　　　　　1 分鐘檢定 ☺☹

（1）**You are selfish and inconsiderate.**
　　 你自私又不顧慮到別人。

（2）**You only think for yourself.**
　　 你只想到你自己。

（3）I can not concentrate at work because you have upset me.
我無法專心工作是因為你和我吵架。

5分鐘學習術

5 分鐘檢定 ☺☹

Alice: This room is dirty. You need to clean up as soon as possible.
David: You are always nagging. Let me rest and I will get to it as soon as I can.
Alice: Vacuuming and taking out the trash are your responsibilities.
David: I worked all day long and just want some quiet time! Why must I do that now?
Alice: Cleaning the house is not easy. I had a long day too, but I still have to cook. Right?!
David: I don't have time. Why not get the kids to do it?
Alice: That is your duty.
David: (Sigh) Leave me alone. I just want to rest!

🎓 菁英幫小提醒：leave me alone 指「讓我獨自一個人，別煩我」的意思！

艾莉絲：房間髒了。你必須盡快打掃整理乾淨。
大衛：妳總是很嘮叨。讓我休息一下然後我就會去做了。
艾莉絲：清掃和倒垃圾是你的責任。
大衛：我工作一整天了，我只是想要一點安靜的時間。為什麼我一定要現在做？
艾莉絲：清掃房子不是件容易的事情。我也累了一整天，但我還是必須煮飯。對嗎？
大衛：我沒有時間。為什麼不讓孩子們去做？
艾莉絲：那是你的責任。
大衛：唉！別煩我！我只想要休息。

9分鐘完整功

9 分鐘檢定 ☺☹

　　人與人之間相處，不開心或是吵架都是在所難免的事情，當然更不侷限於與情人之間而已。和家人、同事、朋友、情人都可能因為不同的點而產生爭執。許多時候都是因為溝通不良所導致的，最常冒出的一句話就是 **This is not my fault.**（又不是我的錯。）如果這時候我們能夠心平氣和地說 **You should finish/express your thoughts completely to avoid misunderstanding.**（你應該試著將你的想法完整地說完／表現出來避免誤會。）不管是發生什麼爭執，面對事件時，**Try being proactive rather than reactive.**（試著主動而不是被動），盡量主動地去創造或改變事件，而非被動地只對事件的發生做回應。

　　另一種常吵架的原因是不肯認錯或道歉，而導致冷戰的發生。如果想要這樣說明原因時，可以這樣表達 **I am not talking to you because you don't admit you are wrong.**（我不跟你說話是因為你不承認你的錯誤。）這時候，衷心地建議請記得說句 **I'm sorry.**（我感到抱歉。）或是 **I apologize.**（我道歉。）

字彙金庫（有關吵架冷戰的詞彙）

argument → 爭吵	nag → 不斷嘮叨
complain → 抱怨	bluster → 咆哮
yell → 大叫	irritate → 惱怒
silence → 悶不吭聲	stir up → 激起
cold shoulder → 冷戰	upset → 心煩意亂
stare → 瞪眼	muttering → 喃喃自語
guilt → 內疚	anger → 發怒
hatred → 敵意	fuss → 小題大作

UNIT 7　MP3 225　畢業典禮 Graduation

1分鐘速記法

1 分鐘檢定 ☺☹

（1）**Congratulations on your graduation!**
恭喜你畢業了！

（2）**The flowers and balloons mark this graduation with a happy celebration note.**
花朵和汽球為畢業典禮製造了快樂慶祝的音符。

（3）**Flashes from the cameras fill the room with celebratory atmosphere.**
相機的閃光燈讓房間裡充滿了慶祝的氣氛。

5分鐘學習術

5 分鐘檢定 ☺☹

Claire: I am so excited that we are finally graduating!

Vicky: Me too! Our hard work and studies finally paid off.

Claire: At the same time, I am sad that we are all going our separate ways to different colleges.

Vicky: I will miss all the friends we have made through school.

Claire: Hopefully we will stay in touch and get to visit each other often.

Vicky: I will visit on weekends and when I have vacation time.

　　　　🎓 菁英幫小提醒：stay in touch = keep in touch，「保持聯絡」的意思。

克萊兒：我好興奮我們終於畢業了！

維琪：我也是！我們的努力終於值回票價了。

克萊兒：同時，我很難過我們就要分開去不同的大學讀書了。

維琪：我會想念在學校所認識的朋友們。

克萊兒：希望我們能保持聯繫然後常常互相拜訪。

維琪：我會在週末或假期前去拜訪。

9分鐘完整功　　　　　　　　　　　　9分鐘檢定 ☺☹

　　這既開心又傷心的時刻，每個人都會親自體驗到，就是畢業典禮。**The graduation is an exciting time, but also filled with a little sadness about saying goodbye to the past, and anxiety while looking ahead to the future.**（畢業典禮是興奮的時刻，但也充滿了揮別過去的傷心，以及對未來的焦慮。）

　　而在典禮中，最感人的部分就是畢業生致辭。畢業生總是會講些祝福的話，可以這樣説：**The honorary speaker congratulates the graduates and wishes them luck to a bright future.**（畢業生代表恭喜畢業生，並祝福他們能有一個光明的未來。）不管孩子們多大，最感到驕傲的莫過於父母了，**Proud parents smile brightly while looking on stage at their graduating child.**（驕傲的父母們燦爛微笑地看著舞台上的畢業生。）

　　大家最期待的還是典禮後所舉辦的畢業派對（**graduation party**）。在國外，很多學生們會在家後院舉辦畢業派對，**Use balloons and yard signs to make a path leading your guests into the party.**（用氣球和院子指示牌，做成一條迎接貴賓進入派對的路徑。）

🧰 字彙金庫（有關畢業典禮的詞彙）

graduate → 畢業生
graduation → 畢業典禮
graduation cap → 學士帽
graduation gown → 學士服
diploma → 文憑證書
memory book → 畢業紀念冊

speech → 致辭演講
graduation party → 畢業舞會
formal → 正式服裝 (n) / adj 正式的礼俟的，形式的
bow → 蝴蝶結、領結
banner → 旗幟
toast → 敬酒 (n)，吐司 / 烤 (v) 炆

UNIT 8 🎧 MP3 ♪ 226

租房子 Apartment/House Rental

1分鐘速記法　　　　　　　　　　　　1分鐘檢定 ☺☹

（1）**How old is this apartment（complex/house）?**
　　這間公寓屋齡多少年了？

（2）**Is there a garage for parking?**
　　這裡有車庫可以停車嗎？

（3）**I would like a house with enough yard space for a garden.**
　　我想要一間有足夠院子可以種花的房子。

5分鐘學習術

5分鐘檢定 ☺☹

David: What are you looking for and your concerns in the search?
Peter: I have a small family and safety will be a concern.
David: The homeowner association provides activities for children as well as adults.
Peter: What is the cost of ownership living in this area?
David: The cost is relatively low.　It depends on the size of the house, yard space, and parking.

🗨 菁英幫小提醒：concern 在此當名詞使用，指關心的事情，也可當動詞表「使關心」。

大衛：你在尋找和考量什麼樣的房子？
彼得：我有一個小家庭，安全會是我考量的點。
大衛：屋主協會提供小孩和大人的活動。
彼得：這一區的房價是多少？
大衛：價錢相當的低。是依照房子的大小、院子的空間和停車空間而定。

9分鐘完整功

9分鐘檢定 ☺☹

　　找房子的過程中，參觀房子是很重要的一環，該問清楚或是知道的事情都可以在這時候詢問。例如：屋齡、房屋狀況、包括這一區是否能夠養寵物？可以這樣說：**Are pets allowed in this building?**（這棟大樓可以養寵物嗎？）

　　等到和房東談妥了預計何時可以搬家？詢問時可以這樣說：**When can we move in?**（我們何時可以搬進來？）當然還有最重要的就是付租金（**rent**）和訂金（**deposit**）的問題了。假設以房東（**landlord**）的立場，當房客（**tenant**）確定要租屋，房東如要要求房客預付訂金，可以這樣說 **I need a month rent for deposit that you'll get back when you move out.**（我需要一個月的租金做為訂金，等到你搬離時，會將錢歸還。）

deposit 存款，定金，堆積物
[dɪ`pazət]

 字彙金庫（有關租屋的詞彙）

apartment → 公寓大樓	garage → 車庫
condo → 各戶有獨立產權的公寓（大樓）	key → 鑰匙
town house → 美國市內二層樓或三層樓多棟聯建住宅	contract → 契約
	house → 房屋（有花園／車庫）
lease → 租約	villa → 別墅
monthly rent → 月租（房租）	elevator → 電梯
real estate agency → 房地產仲介公司	amenities → 便利設施
real estate agent → 房地產仲介經紀人	

UNIT 9 🎧 MP3 🔊 227 養寵物 **Raising Pets**

1分鐘速記法

1 分鐘檢定 ☺☹

（1）Pets provide companionship for singles.
　　寵物是單身貴族的伴侶。
（2）A dog is man's best friend.
　　狗是人類最好的朋友。
（3）Raising a pet in the house is almost like raising children in the household.
　　在家裡養寵物幾乎就像家裡養小孩一般。

5分鐘學習術

5 分鐘檢定 ☺☹

Andy: You have a very cute dog. What kind is it?
Gina: Thanks! It is Chihuahua and Poodle mix.
Andy: It is a very good mix indeed. Is it hard or costly to raise?
Gina: They are energetic pets and very friendly. Also, they are interactive with others. My dog loves to play and run around with other dogs.
Andy: You must have been to the dog park where other pet owners bring their own.

> 🎓 菁英幫小提醒：在國外，dog park 是專屬帶狗散步、跑步的公園，通常都會有圍欄防止狗跑遠。

安迪：妳的狗很可愛，是什麼品種？
吉娜：謝謝！吉娃娃和捲毛狗的混種。
安迪：確實是很好的混合。這種狗會很貴或很難養嗎？
吉娜：他們是很精力旺盛及友善的寵物。牠們也和其他狗互動得不錯。我的狗就很喜歡和其他的狗玩或者奔跑。
安迪：那妳一定常去蹓狗公園囉！那裡有許多狗主人帶著他們的狗。

9分鐘完整功

9 分鐘檢定 ☺☹

　　現在人養寵物的方式已經和以往不太相同了。對這些飼主來說，這些寵物已經是家人一般，所以當飼主要出國時，往往很不容易。當有寵物的時候是很難隨時說走就走的，可以這樣說 **When you have a pet, it is hard to take vacations as you want.**（當你有寵物時，很難說想渡假就渡假）。所以有寵物旅館（**pet shop of the hotel**）產生，幫助飼主照顧這些寵物。

　　而貓狗的長毛在家裡不容易剔除整理的說法為 **Shedding dog/cat hair is a nuisance to home care.**（在家剔除狗／貓的毛是很麻煩的。），因此就有寵物店的服務又增加了！而飼養寵物的時候，最重要的就是施打預防針，**All owners should provide their pets with proper vaccinations.**（每個飼主都應該讓寵物施打預防針。）不但是保護寵物也是保護飼主自己。

字彙金庫（有關養寵物的詞彙）

trim fur → 整理修剪毛髮
cut nails → 剪指甲
skin disease → 皮膚病

flea → 跳蚤
medicated bath → 醫藥沐浴
vaccination shot → 預防針

字彙金庫（有關寵物的詞彙）

puppy/dog → 狗
kitten/cat → 貓
hamster → 倉鼠

guinea pig → 天竺鼠
rabbit → 兔子
lizard → 蜥蜴

UNIT 10 　MP3 ◀) 228　逛街購物 Shopping

1分鐘速記法

1 分鐘檢定 ☺☹

（1）I think we can shop around.
我想我們可以逛一逛。

（2）I'd like to return this.
我想要退回這樣產品。

（3）Do you have this shoe in red?
這雙鞋有紅色的嗎？

5分鐘學習術

5 分鐘檢定 ☺☹

Salesman: This skirt looks great on you.
Woman: It is a bit sparkly for my taste. Do you have it in another design or color?
Salesman: Sure. Let me show you the available patterns and colors. How about footwear?
Woman: I don't need it but I can take a look. Do you have high heel shoes?
Salesman: Of course! I can show you all the current designs. Will this be for casual outings, formal outings, or business attire?
Woman: It will be for casual outings.

　菁英幫小提醒：taste 通常是當動詞，「嘗、吃起來」的意思。這裡是指名詞，愛好、品味的意思。

店員：這件裙子看起來很適合您。

女人：這對於我來說有點太耀眼了。你有其他的款式或是顏色嗎？
店員：當然有。讓我給您看看其他的款式和顏色。看看鞋類如何？
女人：我並不太需要，但可以看看。你有高跟鞋嗎？
店員：當然有。我可以展示所有最新的款式給您。您想要休閒款、正式款還是上班可以搭配的？
女人：休閒款的。

9分鐘完整功

購物是生活中不可或缺的事情。在國外購物時，如果你想找某樣東西，卻找不到想要問店員時，可以這樣說 **Excuse me, where can I find drinks?**（不好意思，哪裡可以找到飲料？）或是 **Excuse me, I'm looking for soda.**（不好意思，我正在找汽水。）店員都會幫你尋找的。想要試穿衣物時，可以自己到 **fitting room**（試衣間）。或者，會有店員主動來到你面前服務，這時候你可以說 **May I try it on?**（我可以試穿嗎？），店員就會帶你到 **fitting room** 的方向了。試穿後如果過大或過小，可以說 **This is too big/small.**（這太大／小了）；如果決定要買，就說 **I'll take it.**（我要買。）

📦 字彙金庫（有關逛街購物的詞彙）

department store → 百貨公司	small size → 小號尺寸
mall → 大規模的購物中心	middle size → 中號尺寸
on sale → 特價中、折扣	large size → 大號尺寸
sold out → 已售完	cotton → 棉
new arrival → 當季新品	wool → 毛
business hour → 營業時間	silk → 絲
size → 尺寸	leather → 皮革
extra small（XS）→ 最小號尺寸	brand → 品牌

UNIT 11 🎧 MP3 🔊 229 意外事故 Unexpected Occurrences

👥 1分鐘速記法

（1）**I am in a car accident.**
　　我出車禍了。

（2）**Someone is drowning! Call 119 immediately for help!**
　　有人溺水了，立刻打 119 求救！

（3）I accidentally twisted my ankle while playing basketball.
我打籃球的時候不小心扭傷了腳踝。

5分鐘學習術

5 分鐘檢定 ☺☹

Peggy: Did you see what just happened? Are you ok?

Eric: Yes, I am fine. That person jumped out right in front of my car and ran off. I turned to avoid hitting him but ended up hitting the light post.

Peggy: Is there anything I can do to help?

Eric: I need to pick up my daughter from school and now will be late. Can you notify the school for me?

Peggy: No problem. I also called the ambulance and police.

Eric: Good thing you did that. My back is beginning to feel pain. Thanks for your help!

菁英幫小提醒：light post「路燈」的意思。也可以用 street lamp 替代。

珮琪：你看到剛剛發生的事情嗎？你還好吧？

艾瑞克：是的，我很好。那個人跳到我車子的前面然後逃跑。我避免撞到他但是最後我撞到路燈了。

珮琪：有什麼事情是我可以幫忙的？

艾瑞克：我必須去我女兒學校接她，現在去要遲到了。妳能幫我通知學校嗎？

珮琪：沒問題。我還打了電話叫救護車和警察。

艾瑞克：還好妳做了這些，我的背現在開始感到疼痛了。謝謝妳的幫忙。

9分鐘完整功

9 分鐘檢定 ☺☹

　　意外事故的防範和危機處理是我們必須去學習的。最常發生的意外不外乎是車禍、運動傷害、火災等等。最重要的是意外的預防。譬如：疑似火災時，**Follow the exit sign when you hear the fire alarm.**（當你聽到火災警鈴聲時，循著出口的指示牌走。）千萬要冷靜，**Do not take the elevator during a fire.**（在火災的時候不可以搭電梯。）如果已經發生意外的時候，也需要冷靜處理。如車禍時，**Call the police for help.**（打電話求助於警察。）讓警察來做筆錄之後，如果有受傷 **Stay still to avoid further injuries and broken bones.**（保持不動以避免更多的受傷和骨折），等待救護車來到現場。之後，如果有保險，還可以 **Contact the agent for insurance claims.**（連絡保險員尋求保險賠償。）

　　受傷情形如果嚴重的話，最好還是到醫院檢查一下。醫生可能會問你 **Do you remember what happened?**（你記得發生什麼事嗎？）這時要盡量將情況詳細地告訴醫生，以方便醫生做正確的診斷。**The motorcycle hit me on the waist. My lower body is very painful at the moment.**（摩托車撞到我的腰部。我的下半身現在覺得很痛。）要注意，在國外，通常急救號碼是 911。所以當你受傷要請別人幫你叫救護車時，要說 **Call 911**！而不是 **Call 119** 喔！

字彙金庫（有關意外事故的詞彙）

fire → 火災
fire alarm → 火警鈴
fire fighter → 消防員
poisonous gas → 瓦斯中毒
poisonous medicine → 藥物中毒
car accident → 車禍
snake bite → 蛇咬傷

broken bone → 骨折
twisted ankle → 腳踝扭傷
sore muscles → 肌肉痠痛
pulled muscles → 肌肉拉傷
bee sting → 蜜蜂螫傷
drown → 溺水
falling rocks → 落石

UNIT 12 🎧 MP3 ◀)) 230

談論天氣 Weather Discussion

1分鐘速記法

1 分鐘檢定 ☺☹

（1）It's a beautiful day, isn't it?
天氣真好，不是嗎？
（2）It's been raining for a whole week.
已經下了整整一個星期的雨了。
（3）The weather forecast says there will be a typhoon next week.
氣象報告說下星期有個颱風。

5分鐘學習術

5 分鐘檢定 ☺☹

John: It's a beautiful day, isn't it?
Lily: Yes. The air is so fresh and the grass looks so green!
John: Let's hope it stays nice for the whole day.
Lily: Well, the weather forecast says that we'll have occasional rain this afternoon.
John: Too bad. Hopefully it would be sunny on the weekend.
Lily: I guess we all just have to wait and see.

🎧 菁英幫小提醒：whole「全部」的意思，a whole day 就是「一整天」的意思。

約翰：今天天氣真好！
莉莉：是啊，空氣很新鮮，而且草也好綠。
約翰：希望一整天都是好天氣。
莉莉：嗯，氣象預報說午後有偶陣雨。
約翰：真糟糕，希望週末是晴天。
莉莉：我想我們只有觀望了。

9分鐘完整功

　　西方人見面時，經常以討論天氣作為開場白，一方面是因為天氣好壞對人們的生活影響很大，另一方面是因為這是一個「中性」題材，可以避免涉及敏感性的問題。**It's a beautiful day, isn't it?**（今天天氣真好，不是嗎？）就是一個很標準的會話開場白，即使在電梯、派對、咖啡店要和不太認識的人打破沉默，也不會顯得突兀。**I like sunny days with a light breeze. People can do more outdoor activities.**（我喜歡出太陽帶點微風。人們可以做更多的戶外活動。）再加上更多的解釋，提供對方一個機會回應，可視熟識狀況繼續討論交通、工作、家庭、週末計畫等等。

　　若要詢問天氣狀況如何，則可以説 **How's the weather today?**（今天的天氣如何？）**The weather forecast predicts rain and thunderstorm for the next few days.**（氣象報告預測之後幾天會下雨和大雷雨。）而在季節轉換時候天氣常變來變去，**With this uncertain weather pattern, I don't know if it's going to be hot or cold.**（這種不確定的氣候型態，我不知道天氣將會是熱或是冷。）

字彙金庫（有關天氣現象的詞彙）

drizzle → 毛毛雨 drizəl	sprinkle → 稀疏小雨
pouring → 傾盆大雨的	thunder storm → 雷雨
rainy → 下雨的	cloudy → 多雲的
rainstorm → 暴風雨	blizzard → 大風雪、暴風雪
breeze → 微風	windy → 吹風的
tornado → 龍捲風	hurricane → 颶風
typhoon → 颱風	misty, foggy → 有霧的
calm → 無風的	hail → 冰雹
humid → 潮濕的	mild → 溫和的、和暖的

手寫註記：pour [pɔr] 澎湃傾瀉 傾瀉；[kam]；[heil] hail 歡呼、一陣、打招呼

UNIT **13** 🎧 MP3 ◀ 231
旅館住宿 **Hotel Stay Experience**

1分鐘速記法

（1）**I'd like to reserve a room.**
　　我想要預定一個房間。
（2）**I will pay by credit card.**
　　我要用信用卡付費。
（3）**May I see the double room, please?**
　　我可以先看看雙人房嗎？

5分鐘學習術

Front desk staff: Good afternoon. Welcome to our hotel. May I help you?

Guest: I have a suite room for reservation. My name is John Smith.

Front desk staff: Yes, Mr. Smith. You have a suite room for three nights. May I have your credit card, please?

Guest: Do I pay it now?

Front desk staff: No, we just want a credit information on file. When you check out, you can use a card or pay cash if you like.

Guest: Got it. By the way, is breakfast included with room rate?

Front desk staff: Yes, of course. Here is your key card and breakfast voucher. I hope you will enjoy your stay.

菁英幫小提醒：check out 是指「退房」。check in 是「住宿登記」。

櫃檯人員：午安。歡迎光臨我們的飯店。需要幫忙嗎？

旅客：我有預訂一間套房。我的名字是約翰・史密斯。

櫃檯人員：是的，史密斯先生。您有預訂一間三個晚上的套房。我可以看看您的信用卡嗎？

旅客：我現在要付費嗎？

櫃檯人員：不是的，我們只是需要您的信用卡資料放在檔案裡。當您退房時，可以用信用卡或是現金付費。

旅客：了解。對了，房價有包含早餐嗎？

櫃檯人員：當然有的。這是您的房間鑰匙卡片和早餐券。希望您在這裡住得愉快！

9分鐘完整功

　　出外住宿的好壞，也是一趟旅遊的關鍵。不管如何，所有的住宿、飯店、旅館、民宿等都是以客為尊。當我們已經完成登記住宿手續後，就開始享受精采的旅遊行程囉！在飯店如果有需要索取物品時，可以使用電話聯繫櫃檯，告知房間號碼和需求 This is Room 709. May I have a blanket?（這裡是 709 號房。可以給我一條毯子嗎？）當然，如果要叫 room service（客房服務）也是一樣說自己的房間號碼和要點的餐點就可以了。而有設備損壞時，可以這樣說：The air conditioner doesn't work.（空調不能使用），也同樣可以打電話告知櫃檯人員。想要問飯店設施可以說 What kind of the hotel facilities do you have?（飯店有哪些設備？）We have SPA, swimming pool, gym, beauty salon and nightclub.（我們有溫泉浴場、游泳池、健身房、美容院和夜總會。）

　　如果你對這次住宿很滿意，離開飯店時，不妨給飯店的工作人員一些鼓勵 I enjoyed staying in your hotel very much.（我住在你們飯店很愉快。）如果想從飯店的禮品店買一些紀念品回家，也可以詢問 What souvenirs can I get from the gift shop?（從禮品店可以買些什麼紀念品回家呢？）建議你，前往禮品店之前，最好在心裡預想要買的東西，到時候店員問 May I help you?（我可以幫你嗎？）你就能立即回答，找到你想要的東西。I'm looking for some jewelry and accessories, art, china or glassware.（我在找一些珠寶首飾、藝術品、瓷器或玻璃器皿。）

字彙金庫（有關旅館住宿的詞彙）

reception → 接待櫃台
single room → 單人房
double room → 雙人房
twin room → 雙人房（兩張單人床）
suite → 套房
discount → 折扣
room key → 房間鑰匙
key card → 鑰匙卡片

room service → 客房服務
fridge → 冰箱
safe → 保險箱
kettle → 水壺
Jacuzzi tub → 按摩浴缸
hair dryer → 吹風機
heater → 暖氣
air conditioner → 空調

UNIT 14　MP3 ◀ 232　外出用餐 Eating Out

1分鐘速記法　　　　　　　　　　　　　　　1 分鐘檢定 ☺☹

(1) **I'd like to book a table.**
　　我想要訂位。
(2) **I'll have a steak, please.**
　　請給我一客牛排。
(3) **Medium, please.**
　　五分熟。

5分鐘學習術　　　　　　　　　　　　　　　5 分鐘檢定 ☺☹

Waiter: Good evening, ladies. Do you have a reservation?
Tina: No. Do you have a corner table for three?
Waiter: Sorry, the one by the corner had been booked already. What about that near the door?
Tina: OK.
Waiter: May I take your order now?
Julia: Not ready yet. We need a little more time to think about it.
Denis: What do you recommend?
Waiter: I'd recommend roast beef.
Denis: I'll take it anyway.

🎓 **菁英幫小提醒：** book 在這裡當作動詞使用，「預約」的意思。

服務生：女士們晚安。請問有訂位嗎？
蒂娜：沒有。有三位靠角落的位置嗎？

服務生：不好意思，那個角落的位置已經被預訂了。那個靠近門的位置如何？
蒂娜：好。
服務生：可以點餐了嗎？
茱莉亞：還沒。我們還需要再多一點時間考慮一下。
丹尼絲：你有什麼建議？
服務生：我建議烤牛肉。
丹尼絲：那我就點這道菜。

9分鐘完整功

9分鐘檢定 ☺☹

　　到知名的餐廳用餐，最好是事先訂位，一般來說通常以電話訂位就可以了。**I'd like to book a table for six this Thursday, March 23rd.**（我想訂一張六人的桌子，這個星期四，三月二十三日。）這時店員會問 **What time would you like your table?**（你希望訂幾點的時間呢？）**At six-fifteen on this Thursday evening.**（這個星期四晚上的六點十五分。）如果要以黃先生的名義訂位，可以說 **Please book it under the name of Mr. Huang.**

　　現在的餐廳都有很多的不同的國家風味菜餚。有 **Japanese cuisine**[kwɪ'zɪn]（日本菜）、**Indian cuisine**（印度菜）、**Chinese cuisine**（中國菜）、**German cuisine**（德國菜）等等。一般來說正式的西餐順序大約是 **appetizer**（開胃菜）→ **soup**（湯）→ **salad**（沙拉）→ **main dish**（主菜）→ **dessert**（甜點）→ **beverages**（飲料）。但是如果想在飯前先上飲料可以和服務生說 **I want to have a drink before the meal.**（我想在飯前先喝點飲料。）如果是 **order the steak**（點牛排），有分為 **rare**（三分熟）、**medium**（五分熟）、**medium-well**（七分熟）和 **well done**（全熟），所以下次當 **waiter** 問你 **How do you like your steak?**（牛排要幾分熟？）時，就可以回答囉！餐廳裡有時候也會在 **menu**（菜單）上出現今日特餐，也可以問問服務生 **What's today's special?**（今天的特餐是什麼？）再來參考看看。

字彙金庫（有關外出用餐的詞彙）

spaghetti → 義大利麵	soup → 湯
seafood → 海鮮	lobster → 龍蝦
beef → 牛肉	crab → 螃蟹
pork → 豬肉	vegetarian dish → 素食　dish 範
lamb → 羊肉	rib → 肋排
fish fillet → 魚排	set meal → 套餐
shrimp → 蝦子	borsch → 羅宋湯　bɔrʃ
pizza → 比薩	tomato soup → 番茄湯

UNIT 15 歡慶佳節 **Holiday Celebration**

MP3 ◀ 233

1分鐘速記法

1 分鐘檢定 ☺☹

（1）Thanksgiving holiday is a time to give thanks for everything in your life.
感恩節假期是要感謝生活中每件事情的時刻。

（2）Santa Claus will bring gifts to good little boys and girls on Christmas Day.
聖誕老人將會在聖誕節帶禮物給乖小男孩和小女孩們。

（3）Roses are a symbol of love on Valentine's Day.
玫瑰是情人節的象徵。

5分鐘學習術

5 分鐘檢定 ☺☹

Judy: July 4th is my favorite holiday. It celebrates the independence that we all should cherish.

Mike: It's one of my favorite too. The best part is the outdoor celebration with cookouts and firework.

Judy: Valentine's Day is also my favorite. I love sharing the romantic dinner and intimate evening at home with my special loved one.

Mike: It can be costly though. Businesses have a tendency to raise prices on everyday goods. For example, roses are more expensive on this day than any other day of the year.

Judy: True. That is why I choose to do something special myself at home.

🎓 菁英幫小提醒：though 這裡當副詞使用，表示「還是」的意思。

茱蒂：七月四日是我最喜歡的節日。這是慶祝我們都應該珍惜的獨立自主。

麥克：它也是我喜歡的節日之一。最棒的部分就是戶外的野炊和放煙火的慶祝活動。

茱蒂：情人節也是我最喜歡的節日。我喜歡和我的情人分享羅曼蒂克的晚餐，以及在家共度舒適的夜晚。

麥克：這可能要花費不少。商人有將日常用品提高價錢的傾向。例如，玫瑰花在這一天比一年之中的任何一天都要貴。

茱蒂：真的。這就是為什麼我選擇在家裡自己做些特別事情的原因了。

9分鐘完整功

9 分鐘檢定 ☺☹

　　歡慶佳節的時刻，都會有一些食物象徵著節日，例如粽子就想到 Dragon Boat Festival（端午節）。而在美國的聖誕節除了聖誕老人會送禮物外還有其他食物，例如：Eggnog and gingerbread cookies make Christmas holiday even more memorable.（蛋酒和薑餅餅乾讓聖誕節日更難忘。）感恩節也是喔！ Thanksgiving feast is not complete without a roast turkey and pumpkin pie.（感恩節大餐少了烤火雞和南瓜派就不完美了。）

　　節日除了放假之外，令消費者開心就是有大減價了。 Black Friday is the day after Thanksgiving filled with the biggest sales of the year.（感恩節過後的黑色星期五是一年裡最大的拍賣時節。）這句裡的 Black Friday 黑暗禮拜五是比喻這天對商家來說是不祥的、黯淡的、憂悶的一天，因為商家以虧本價錢賣出產品。

字彙金庫（有關歡慶佳節的詞彙）

Chinese New Year → 中國農曆新年
Easter → 復活節
Mother's Day → 母親節
Father's Day → 父親節
Independence Day → 美國獨立日
Teacher's Day → 教師節
Halloween → 萬聖節
Thanksgiving → 感恩節

Christmas → 聖誕節
Valentine's Day → 情人節
pumpkin → 南瓜
trick or treat → 不給糖就搗蛋
Easter egg → 復活節彩蛋
Santa Claus → 聖誕老人
Cupid → 邱比特
Spring Festival couplets → 春聯

UNIT 16 🎧 MP3 ◀ 234

討論電影 **Going to the Theater**

1分鐘速記法

1 分鐘檢定 ☺☹

（1）Let's get to the theater early. I want good seats and not sit in the back.
我們早點去電影院。我想有好位置而不要坐在後排。

（2）Science fiction and romantic comedy are two of my favorite kinds of movies.
科幻電影和浪漫喜劇是我最喜歡的電影種類。

（3）I like watching horror films but do not like watching it by myself.
我喜歡看恐怖片，但我不喜歡自己一個人看。

5分鐘學習術

5 分鐘檢定 ☺☹

Linda: I always bring tissue paper to the movies. Laughing during comedies and heartfelt cries in romantic films bring tears to my eyes.

Annie: Really? I actually bring popcorn, snacks, and a large drink. This way I don't have to leave in the middle of the movie.

Linda: That's a good idea. I'll just share with you.

Annie: I don't think that's necessary. We are watching a scary movie and I'm sure your eyes will be closed throughout the entire movie.

Linda: I guess you are right. Perhaps we should try another movie instead.

🎓 **菁英幫小提醒**：bring tears to my eyes 帶著眼淚到我的眼睛裡，就是「流淚」的意思。

琳達：我總是帶面紙去看電影。看喜劇大笑和看愛情電影哭泣都會讓我流淚。
安妮：真的嗎？我總是帶爆米花、點心和大杯飲料。這樣我就不用中途離開電影院。
琳達：真是好主意。那我跟妳一起分享。

安妮：我想不需要吧！我們要看恐怖片，而我確定妳整部電影眼睛都會閉著。
琳達：我想妳是對的。也許我們應該試著選別部電影。

9分鐘完整功

9分鐘檢定 ☺☹

電影也是和陌生人或是朋友、同事們談話的好題材。最近上映新片，可以說 Is the movie on?（這部電影上映了嗎？）。當然，電影一定會討論到導演（director），還有演員陣容（cast），男女主角（main actors），如果這部電影在受到影壇奧斯卡獎（Oscar Award）的矚目，那這部片子的談論性就更高了。去電影院買票時 There will be long line because it's a new release and a popular movie.（排這麼長的隊伍，因為是部很受歡迎的新片），那一定要去看呢！

討論到感動的電影時，可以適時地說出自己的感受 The characters in the movie are so moving. They made me feel like I am part of it.（這部電影的演員們都讓人好感動，他們讓我融入其中成為他們的一部分了。）但也有令人想睡覺的部分，The scenery was very calm and relaxing. I almost fell asleep during the middle of it.（這部電影中間的情節太平淡，讓我差點睡著了。）

景物，風景，景色，舞台佈景

字彙金庫（有關電影種類的詞彙）

action films → 動作片
adventure films → 冒險片
animated films → 動畫片
comedy films → 喜劇片
detective films → 偵探片
documentary films → 紀錄片
drama films → 劇情片
fantasy films → 奇幻片
historical films → 歷史片
horror films → 恐怖片
musical films → 歌舞片
romance films → 浪漫電影
tragedy films → 悲劇電影
science fiction films → 科幻片

UNIT 17 出國旅遊 Travel and Vacationing

MP3 235

1分鐘速記法

1分鐘檢定 ☺☹

（1）I rather travel in the morning to have the rest of the day to play.
我寧願早上去旅行，這樣就有一整天的時間可以玩。
（2）Which flight are you booked on?
你訂的是哪一班飛機？
（3）Here are the ticket and passport.
這是我的機票和護照。

5分鐘學習術

Grace: I prefer a vacation by the beaches. It's more refreshing and relaxing.

Jerry: I agree. But it also draws more crowds too.

Grace: That is why I choose the beaches where the locals visit. It's less frequented by tourists.

Jerry: We can try the Hawaiian Islands where the locals go and away from the tourism.

Grace: Sounds great! Let's get our passports and make the reservation.

🎓 菁英幫小提醒：Let's get something to do. 指「讓我們做某件事情吧！」的意思。

葛瑞絲：我比較喜歡去海灘渡假。那裡比較涼爽又令人輕鬆愉悅。

傑瑞：我同意。但也是因為吸引人就變得比較擁擠了。

葛瑞絲：這就是為什麼我有選擇本地人去的海邊。比較少遊客會去的地方。

傑瑞：我們可以去夏威夷當地的島嶼遠離這些觀光客。

葛瑞絲：真是太棒了！去拿我們的護照還有訂房吧！

9分鐘完整功

　　每次出國都是令人感到興奮喜悅的。當我們訂好機票準備去辦理 check in（登機手續），地勤人員會詢問乘客 Where do you prefer to be seated on the airplane?（你比較喜歡坐在哪邊的位置？）可以回答 I like the window seats.（我喜歡窗邊位置。）上飛機後，等到飛機平穩地飛行時，用餐時間也到了。這時候 flight attendant（空服員）會親切地詢問你 What do you want for lunch?（你午餐想要吃什麼呢？）空服員會告知兩種不同種類的配餐可以選擇，We have fish with fried rice and beef noodles.（我們有魚餐配飯或是牛肉麵。）甚至有些航空公司會準備圖片直接供乘客參考。

　　入境時候的程序會經過 customs（海關）詢問一些問題，What is your purpose of visiting?（你這次來的目的是什麼呢？）就按照實際情況來回答，如：Sightseeing.（觀光）、Visiting friends.（拜訪朋友）。當海關知道你來的目的之後，還會再問 How long will you stay here?（你將會在這裡待多久？）A week.（一週）、Five days.（五天）。

字彙金庫（有關旅遊的詞彙）

passport → 護照	pillow → 枕頭
ticket → 機票	seatbelt → 安全帶
boarding pass → 登機證	tray → 摺疊餐盤
baggage claim → 機場行李轉盤	lavatory → 洗手間
aisle seat → 靠走道的位置	turbulence → 亂流
window seat → 靠窗戶的位置	jet lag → 時差
blanket → 毛毯	declare → 申報
earphone → 耳機	duty free → 免稅商品

UNIT 18　購買 3C 產品　Purchasing 3C Products

MP3 236

1分鐘速記法

1分鐘檢定 ☺☹

(1) I need a 12" (12-inch) notebook (laptop) computer.
我需要一台十二吋的筆記型電腦。

(2) iPhone is the most current and popular 3G mobile phone.
現在最流行的 3G 手機就是 iPhone。

(3) 3C Exhibition (Tradeshow) will be held at the Taipei World Trade Center from 3/15 through 3/20.
3C 展覽將於三月十五至二十日在台北世貿中心展出。

5分鐘學習術

5分鐘檢定 ☺☹

Scott: This mobile device can be used as a GPS unit as well.

Jimmy: You must try this new cellular phone. It's got functions that are very advanced. Not only is it a phone, it's also part camera, part video camera, voice recorder, and can surf the web too.

Scott: It sounds like a mini laptop.

Jimmy: It can be. The only drawback is the small size of the screen that makes things hard to see. But, the convenience of having an all-in-one device is worth the trouble.

Scott: Where can I get one like it?

Jimmy: Let's go and have a look. I am sure there are other models available to choose from.

🎓 菁英幫小提醒：GPS 是 Global Positioning System 的簡稱，表示「全球位置測定系統」。

史卡特：這個行動裝置可以像 GPS 一樣使用。

吉米：那你一定要試試這支手機。這支手機的功能是很高級的。不只是支電話，它一部分是照相機、錄影機、錄音機且還可以上網。

史卡特：聽起來像是迷你筆記型電腦。

吉米：它可以是。唯一的缺點就是不太好看畫面的小螢幕。但是它全方位的功能比起它的不便是值得的。

史卡特：我可以去哪裡買這支手機呢？

吉米：讓我看看。我相信還有其他的機型可以選擇。

9分鐘完整功

9分鐘檢定 ☺☹

　　如果你到了一個 3C 賣場想要選購產品，卻拿不定主意，其實可以試著問問銷售人員 I would like to buy a laptop, what do you recommend?（我想要買一台筆記型電腦，有什麼推薦的嗎？）銷售人員會詢問你：Sure, do you prefer any particular brand? And what is your price range?（當然，你有特別喜歡哪一個品牌嗎？還有，你的價格範

圍是多少？）你可以回應他想要的品牌 **I prefer SONY, and my budget is around 25k.**（我喜歡新力的產品，我的預算大約是兩萬五。）。之後銷售人員會依照你的需求來幫你找產品 **Okay, I'll see what we have here.**（好的，讓我來看看有什麼符合你的需求。）聽完服務人員的介紹再決定也不遲喔。

字彙金庫（有關 3C 產品的詞彙）

function → 功能	warranty → 保固
quality → 品質	screen → 螢幕
specification → 規格	player → 播放器
brand → 品牌	digital → 數位
desktop → 桌上型電腦	software → 軟體
printer → 印表機	hardware → 硬體
price → 價格	entertainment → 娛樂
sales channel → 銷售通路	PC (personal computer) → 個人電腦

UNIT 19 🎧 MP3 ◆ 237
生日派對 Birthday Party

1分鐘速記法
1 分鐘檢定 ☺☹

（1）**Happy Birthday!**
　　生日快樂！
（2）**My birthday is on March third.**
　　我的生日是三月三號。
（3）**I need a cake for May tenth.**
　　我想預訂一個五月十日要的蛋糕。

5分鐘學習術
5 分鐘檢定 ☺☹

Chris: Jack is turning 21 tomorrow. We should throw him a birthday party with his closest friends.
Dave: Should we plan a surprise party or a just go to a restaurant for a celebration?
Chris: Let's do both. Go to a restaurant and a surprise party all in one.
Dave: Great! We will plan to meet there but have the guests arrive early. Everyone will be in a VIP room decorated with ribbons and balloons.

Chris: When he arrives, he won't even know until he walks into the VIP room.

🎓 菁英幫小提醒：all in one「合為一體」的意思。

克里斯：傑克明天二十一歲生日。我們應該幫他邀請他親近的好友們辦一個生日派對。

大衛：我們應該計畫辦驚喜派對或者只是去餐廳慶祝呢？

克里斯：兩個都要。去餐廳和驚喜派對一起舉辦。

大衛：太棒了！我們計畫直接餐廳見，但讓客人早點到。每個人都會在以緞帶和氣球布置好的 VIP 房中。

克里斯：當他抵達餐廳時並不會發現，直到他走到了 VIP 房間。

9分鐘完整功

9分鐘檢定 ☺☹

　　準備生日派對的時候，首先要先選場地，還有哪些娛樂節目？何時舉辦？準備哪些食物？尤其是幫小朋友舉辦更是要注意到小朋友的安全性和派對的時間長短。當派對開始時，主人會打開大門歡迎貴賓到場，主人可以說 Come in, please.（請進！）You look very nice.（你今天看起來好極了。）Help yourself!（自己來，別客氣！）。派對過了一會兒準備要吃蛋糕了，可以說 It's time for cake. Could you all come to the table, please?（要吃蛋糕了，可以請大家都到桌子這邊來嗎？）當大家都紛紛過來，唱完生日快樂歌時，一定要請壽星許願 Don't forget to make a wish.（別忘了要許願。）接下來就是切蛋糕了，在分蛋糕的過程也是大家寒暄交談的時候，適時地服務周邊的朋友看看大家是否都有蛋糕了 Does everyone have cake?（大家都有蛋糕了嗎？）或是還想要第二塊蛋糕可以說 Does anyone want more?（有沒有人要再多一點？）

　　而在參加朋友的生日派對時，說些祝賀話是很重要的。比較常用的有 Happy birthday to you, Josephine, and wish you health and wealth in the years to come.（約瑟芬，祝妳生日快樂！祝妳年年健康發大財。）如果是在正式的生日宴會場合，不妨來句較正式的賀詞 I would like to propose a toast to Mr. William on his seventieth birthday, and wish him the best of luck and health.（我要請大家為威廉先生的七十歲生日舉杯。祝福他身體健康、萬事如意。）

敬酒，祝頌詞

字彙金庫（有關舉行生日派對的詞彙）

party place → 派對會場	party favor → 回禮
magic → 魔術	food → 食物
home show → 短劇（由專業藝人演出的劇）	drinks → 飲料
facing painting → 臉部彩繪	clown → 小丑
invitation cards → 邀請卡	ribbon → 緞帶
birthday cake → 生日蛋糕	balloon → 汽球
lemonade → 檸檬汁	Thank-you card → 感謝函

UNIT 20 自我進修 Self Goals and Expectations

MP3 ◄》 238

1分鐘速記法

1 分鐘檢定 ☺ ☹

（1）I practice reading skills in English every evening.
我每天傍晚練習英語閱讀技巧。

（2）By completing the tasks, I will be a more productive manager.
這些任務完成後，我將會是位更有成效的經理。

（3）I will finish and turn in my work on time to be more responsible.
我會負責任地按時做完且交出我的作業。

5分鐘學習術

5 分鐘檢定 ☺ ☹

Peter: Your hard work and dedication will provide the building blocks to a successful future.

Boris: I have been trying to complete my tasks and researches before the deadline.

Peter: What do you have in mind? What is your dream?

Boris: I want to be the top student of my class and become the excellent doctor in my field. Through hard work, I will be successful and have a happy family.

Peter: All that work sounds like no time for fun? What will you do?

Boris: A little hard work now will prove to be beneficial later. It is worthwhile.

🗨 菁英幫小提醒：building blocks = fundamental，「基礎」的意思。

彼得：你努力的工作和奉獻是提供成功未來的基礎。
伯里斯：我正努力在最後期限前完成我的工作及研究。
彼得：你心裡有什麼打算？你的夢想是什麼？
伯里斯：我想成為我們班上最頂尖的學生，及變成這領域最棒的醫生。完成辛勤的工作，我將會成功並有個快樂的家庭。
彼得：所有的事情聽起來沒有時間娛樂？你怎麼做？
伯里斯：現在一點辛勤的工作，將會證明對未來是有益的。它是值得的。

9分鐘完整功

9 分鐘檢定 ☺ ☹

現今資訊發達，自我進修管道越來越多了，除了一般的專門補習班如：電腦補習班／英語補習班／設計補習班等，在各大學院內也紛紛設置了許多進修推廣及學分班課程。還有一種遠距離教學（distant learning）真正地克服了學習的距離和時間。Distant learning allows the individuals to take classes at their own pace.（遠距離教學准許個人按照自己的進度來選課。）It also provides traditional classes at a convenient time.（遠距離教學也在合宜的時間提供傳統課程。）

直接去補習班學習的大有人在，尤其是語言課程。In a classroom environment, different pronunciation can motivate the learning process. (在教室的環境裡，不同的發音能夠刺激學習過程。) 因為能和同學一起練習。Talking to your classmates in the language class is a good way to practice your conversation abilities. (在語言班上和同學說話是練習會話能力的好方法。)，而老師能幫助什麼呢？Foreign teachers from English-speaking countries are the best way to influence students. (從英語系國家來的外國老師是影響學生的最好方法。) 而來自不同英語系國家，也會有不同的腔調，因此，外國老師的品質也很重要喔！

 字彙金庫（有關自我進修的詞彙）

e-learning → 線上學習
distant learning → 遠距離教學
international language → 國際語言
finance & economics → 財務金融
business & marketing → 企管行銷
design & innovation → 設計創新
professional certification → 專業證照
university bridging program → 進修學分

teacher's certificate → 教師證照
information technology → 資訊科技
living art → 藝術生活
music → 音樂
body mind & spirit → 活力養生
commercial design → 商業設計
photography class → 攝影課程
fabric class → 織布課程

UNIT 21 MP3 ◀ 239　探訪朋友 **Visiting Friends**

1分鐘速記法　　　　　　　　　　1 分鐘檢定 ☺☹

（1）Long time no see! How have you been?
好久不見！最近好嗎？
（2）When I go to visit Peter, I always bring him his favorite cake.
當我去拜訪彼得時，我總是會帶他最喜歡的蛋糕給他。
（3）I miss the days when we could just go to the beach in the afternoon.
我想念我們可以下午去海邊的那些日子。

5分鐘學習術　　　　　　　　　　5 分鐘檢定 ☺☹

Tony: Hello Peter! It's been a long time since I last saw you. Not since college?
Peter: Yes, it has been a while. What have you been up to? I own a small toy company that makes building blocks.
Tony: I am an architectural engineer at a design firm in the city. It is a challenging career.

Peter: Do you see any of the old buddies from college?
Tony: Sometimes I run into them at a restaurant or working out at a gym.
Peter: We must do this more often. Let's keep in touch.

🎓 **菁英幫小提醒**：while 是「一會兒時間」，It has been a while.就是「已經好一陣子」的意思。

湯尼：嗨，彼得。自從上次看到你後，好久沒見啦！從大學畢業以後嗎？
彼得：是啊，已經好一陣子了。你現在好嗎？我在經營一家玩具積木公司。
湯尼：我在城裡的一家設計公司當建築技師。這是一個很有挑戰的工作。
彼得：你還有見到以前大學時期的好友嗎？
湯尼：有時候我會在餐廳或是去健身房運動時遇到他們。
彼得：我們應該多聚聚的。保持聯絡喔！

9分鐘完整功

9分鐘檢定 ☺☹

　　久未和老朋友老同學見面，總是會懷念以往的校園趣事。最容易聚集大家的方式就是同學會了。因為學生通常是來自四面八方，國外地方大，因此聚會可能會是一個短程旅遊 I am taking a trip to the city to visit my high school friends. （我準備去個短程旅遊，到城市裡拜訪高中時期的好友們。）想要知道畢業後大家好不好呢？可以這樣問 What have you been up to since graduation from college? （自從大學畢業後大家近況如何啊？）聊天中大家就開始回憶過往的事情 We used to play by the pond and catch little fishes. （我們以前常在池塘邊玩耍和抓小魚。） used to 是以前的意思，當你想表達以前常常做的事情就可以使用。 Do you remember the tree we used to play by when we were kids? （你還記得當我們是小孩的時候，常玩耍時旁邊的這棵樹嗎？）或與其他句子搭配 Do you remember 一起使用。當然，有些朋友已經結婚生子了，I am married to a wonderful lady and have three adorable children. （我已經和一位很棒的女士結婚，還有三個可愛的小孩。）都是很好的敘舊話題喔！

以下為邀請好朋友們聚會的範例：

Hard to believe it's been a while since the holiday. It's time to bring everyone together for some fun, laughs, catching up, good food, and good company. You are cordially invited to a potluck gathering among friends in the park.
　　It will be this Saturday and we will be barbequing (BBQ).
　　Bring yourself...bring your spouse...bring your family...bring your appetite ...and bring a dish or dessert to share. Drinks will be provided. Please dress casually for outdoor sports, activities and bring protective sunscreen.
　　It's going to be a sunny day! RSVP by Thursday and see everyone there!

🎓 **菁英幫小提醒**：potluck 指「百樂餐」。在國外很普遍的朋友聚會方式，主人提供場地，每位參加聚會的客人帶著自己做的菜餚，，大家以輕鬆愉快的方式互相品嘗各自帶來的菜餚。

　　很難相信從上次的節日後，已經一陣子沒見面了。該是大家一起歡樂、歡笑、彼此瞭解近況、享受美食和作伴的時候。誠摯地邀請你參加和朋友在公園聚會的百樂餐。聚會是在本週六，我們還會有 BBQ 烤肉活動。

把自己帶來、帶老婆（老公）來、帶家人來、帶著好食慾來、然後帶菜餚和點心來分享。提供飲料。請穿著戶外運動休閒服，擦上防曬油。那天會是好天氣！週四請回函，週六見！

MP3 240

UNIT 22 教育學習 Educational Systems

1分鐘速記法

1 分鐘檢定 ☺☹

（1）The best teacher for children is their own parents.
父母是孩子最好的老師。

（2）It is important to nurture the children's reading ability starting at a young age.
讓孩子從小培養閱讀能力是很重要的。

（3）Nowadays after school, students still have to attend (cram) schools.
現在的學生們幾乎放學後都還要補習。

（手寫）塞滿、填滿、死記硬背填鴨
（手寫）= cram class 補習班

5分鐘學習術

5 分鐘檢定 ☺☹

Debbie: Besides attending classes, the club provides me with the opportunity to apply my skills.

Sara: It sure does. I can take what I learned in class and try it out with others.

Debbie: The skills can be tested in real life setting for a better understanding.

Sara: All the discussions provide me with a different perspective as well. This will help me clarify some of my difficulties.

Debbie: Not only do we get some hands-on experience, we also gain some new friends.

Sara: The result is learning to be patient and cooperative. These are (priceless) real life experiences!

（手寫）無價的

黛比：除了參加課程之外，俱樂部提供機會應用我的技能。
莎拉：是的。我能將所學習到的在別的地方嘗試。
黛比：這些技能讓我有更好的理解力來面對生活中的考驗。
莎拉：所有的討論也提供我不同的觀點。這幫助我釐清一些難題。
黛比：我們不只得到一些實作經驗，也獲得一些新朋友。
莎拉：結論是「學習需要耐心與合作」。這些是真實生活裡珍貴的經驗啊！

9分鐘完整功

9 分鐘檢定 ☺☹

台灣九年一貫教育是從小學（elementary school）開始六年到中學（junior high school）三年。之後則是依照學生的成績（或是考試甄試）到高中（high school）三年。再

憑學生自己的本事來考試，銜接的學士課程（**university**）通常為期四年。

　　學校的科目有很多種，**Which subject do you like the most?**（那個科目是你最喜歡的？）**I like math the most.**（我最喜歡數學。）而學校科目除了數學之外還有 **Chinese**（國語）、**English**（英語）、**science**（自然）、**chemistry**（化學）、**physics**（物理）、**biology**（生物）、**geography**（地理）、**social studies**（社會）、**history**（歷史）、**art**（藝術）、**music**（音樂）、**technology education**（工藝）等。

　　How long is the art class?（美術課上多久？）**There are forty minutes in a session.**（一堂課的上課時間通常是四十分鐘。）但事實上還是依照學校規定。

字彙金庫（有關教育學習的詞彙）

public school → 公立學校
private school → 私立學校
kindergarten → 幼稚園
elementary school → 國小
middle school → 中學
high school → 高中
university → 大學
college → 大專學院

institute of technology → 技術學院
language school → 語言學校
master → 碩士
Doctor → 博士
MBA → 企業管理碩士
application form → 入學申請書
registration → 註冊
scholarship → 獎學金

UNIT 23　MP3 ◀)) 241　休閒活動 Leisure Activities

1分鐘速記法

1 分鐘檢定 ☺☹

（1）Watching sporting events is a great way to get out and enjoy an evening.
去看體育比賽是出去享受一個晚上的好方式。

（2）I like listening to music while I jog.
我喜歡一邊慢跑一邊聽音樂。

（3）I like to see the expressions when people taste my foods.
我喜歡看到人們嚐到我所做的食物的表情。

5分鐘學習術

5 分鐘檢定 ☺☹

James: We all are busy with work. What do you like to do in your free time?
Aaron: Doing any activity is good for me. No matter what it is.
James: I like to get away from the (hectic) city life and enjoy a relaxing nature

stroll 溜達, 漫步　　*canoe* 輕舟, 獨木舟
[kə'nu]
漫步者 *rambler*

hike**. It can be strolling canoeing, camping, or just a drive out to the countryside.

Aaron: Since you like the outdoors, do you play any sports?

James: I try to play when I can. But, it is hard to find a partner who stays competitive with me.

competitive 競爭的

Aaron: Let's play some tennis or basketball next time.

James: Come on! I am <u>looking forward to</u> it!

🎓 菁英幫小提醒：get away from 表示「從……逃脫（遠離）」的意思。

詹姆士：我們都忙於工作。你空閒的時候都喜歡做些什麼？
艾倫：做任何活動對我來說都很好。不管是什麼活動。
詹姆士：我喜歡遠離鬧哄哄的城市，然後享受輕鬆愉悅的大自然健行。可以是散步、划獨木舟、露營或是只開車到郊外。
艾倫：既然你說到戶外活動，你有從事任何戶外活動嗎？
詹姆士：當我可以的時候我盡量去做。但是很難找到夥伴能和我一起。
艾倫：下次我們來打網球或是籃球。
詹姆士：來吧！我很期待喔！

🕘 9分鐘完整功

9分鐘檢定 ☺☹

現今社會裡，休閒活動已經是人們生活中不可缺少的一環。當忙碌的工作告一段落，總不免會來個休閒活動，不管是 indoor（室內）或是 outdoor（戶外）活動。有些人怕曬黑或是不喜歡運動的可以說 I don't like outdoors much. Instead, I would go singing at KTV, watch a movie, or go shopping.（我不是那麼喜歡戶外活動，反而我會去 KTV 唱歌、看電影或是購物。）有些人也喜歡利用休閒時候做些手工藝品，I am good with my hands. I like to build things with my own hands.（我的手很巧。我喜歡用我的雙手做些東西。）

除了分些時間給朋友外，還有家人和自己。Dining with friends and family is a great way to socialize and catch up with others.（和朋友家人一起晚餐是很棒的方法，和大家交際及交流近況。）也許留給自己的時間就是安安靜靜的，I like to spend some time to myself reading quietly or just watching TV.（我喜歡將時間花在一個人安靜地閱讀，或只是看電視。）

📦 字彙金庫（有關休閒活動的詞彙）

fishing → 釣魚		surfing → 衝浪	
reading → 閱讀		jogging → 慢跑	['dʒɑgɪŋ]
gardening → 園藝		swimming → 游泳	
picnic → 野餐		cooking → 烹飪	
listen to music → 聽音樂		baking → 烘培	
horse riding → 騎馬		playing cards → 玩撲克牌	
camping → 露營		playing chess → 玩西洋棋	

UNIT 24 MP3 ◀ 242 節食減肥 Dieting and Losing Weight

1分鐘速記法

slim 減肥 *crash 速成的/撞擊·陸诗* 　　　　1 分鐘檢定 ☺☹

(1) To lose weight, your diet must not include late night snacks (eating).
要節食減肥千萬不能吃宵夜。
(2) Crash dieting is not a solution to keeping extra weight off.
疯狂 瘋狂的節食不是保持減重的好方法。
(3) Unhealthy foods high in fat and cholesterol are dangerous to overweight people.
高脂肪和高膽固醇的不健康食物對體重超重的人很危險。

5分鐘學習術

5 分鐘檢定 ☺☹

Ruth: I have been gaining a lot of weight lately. What can I do?
Polly: First, you need to adjust to a low stress and healthy routine.
Ruth: Lately, I have worked late and gotten home late in the night. I also don't eat at a normal time.
Polly: Try wrapping up work early if you can. Also, get on an exercise routine with a healthier and balanced eating habit.
Ruth: I will do my best to keep the routine for a better and healthier self.
Polly: That's the right attitude for starters! Good luck on your weight loss goal.

🎓 菁英幫小提醒：do my best 表示「盡我所能」的意思。

露絲：我最近體重增加很多。我能做什麼？
波利：第一，妳需要調整減少壓力和健康的作息。
露絲：最近我工作得晚，回到家也晚。我也沒有在正常時間吃飯。
波利：如果妳可以，試著早點結束工作。也做定時運動，並養成比較健康平衡的飲食習慣。
露絲：我將會為了讓自己更好、更健康，盡我所能地保持正常的作息。
波利：這個態度是很棒的開始！祝妳減重目標成功！

9分鐘完整功

9 分鐘檢定 ☺☹

要保持好身材，其實 Eat a good and healthy breakfast, and you have an entire day to digest.（早餐要吃得好，有一整天的時間可以消耗。）For lunch, eating the right and balanced amount is suitable.（午餐以適量均衡飲食為宜。）下午到了千萬不能再吃下午茶，When you get hungry in the afternoon, have a snack such as fruit, soda crackers or a glass of low fat milk to hold you until dinner time.（到下午餓了，頂多在晚餐前吃一份水果、一小包蘇打餅乾或一杯低脂牛奶。）最主要是吃飯要吃得慢，Eating too much is due to eating too fast and your body can not digest food to be absorbed.（過量飲食就是因吃得太快，身體還來不及消化吸收。）

字彙金庫（有關節食減肥的詞彙）

calorie → 卡路里	nutrition → 營養
workout → 運動	exercise → 運動
diet → 節食	digest → 消化
yogurt → 優格	fat → 肥胖
low fat → 低脂	shape → 身材
recipe → 食譜	in good shape → 維持好身材
low fat diet → 低脂肪飲食	fruit → 水果

UNIT 25　MP3 ◄) 243　參觀展覽 Exhibits and Conventions

1分鐘速記法　　　　　　　　　　　　　　　　　　　1 分鐘檢定 ☺☹

（1）This artist specializes in water colors and oil paintings.
這藝術家專長是水彩畫和油畫。
（2）Abstract art is a technique and an art form.
抽象畫是一種技術和藝術種類。
（3）There is a Picasso exhibit at the museum next month.
下個月在博物館有畢卡索的展覽。

5分鐘學習術　　　　　　　　　　　　　　　　　　　5 分鐘檢定 ☺☹

Henry: There is an exhibit this weekend. Would you like to go?

Jerry: Sure. Who is the artist of the artworks on display?

Henry: The gallery will be exhibiting fine collections by Picasso, Van Gogh, Da Vinci, Monet, Matisse, and contemporary artist such as Andy Warhol.

Jerry: That sounds great! I don't know much about art forms and techniques but I am very interested in learning more about them.

Henry: You will not only see their priceless artworks. You will also learn about their life. The exhibit is shown in the gallery at the Metropolitan Museum of Arts and is available by reservation only.

🎓 菁英幫小提醒：be interested in 表示「對…有興趣」的意思。

亨利：週末有個展覽。你想去看嗎？

傑瑞：好啊。哪位藝術家的作品展覽？

亨利：陳列室將會展覽畢卡索、梵谷、達文西、莫內、馬諦斯和當代藝術家如 安迪沃荷 傑出的收藏品。

傑瑞：聽起來很棒！我不懂藝術表現和技術，但是我很有興趣學習關於藝術的東西。

亨利：你不只會看到她們珍貴的藝術作品。你也會學到關於他們的一生。這個展覽在大都會博物館的畫廊展出，且只有採預約參觀。

🔖 9分鐘完整功

9分鐘檢定 ☺☹

　　在台灣有很多藝術的展覽，常常外國人來參訪的時候絕對不會錯過 **National Palace Museum**（國立故宮博物院）。如果你想要去參觀可以說 **I want to attend the art exhibit this weekend.**（我週末想要參加這個藝術展。）現在的資訊都很便利，在網站上也可以訂購到 **e-newsletter**（電子報）。而台北另外一個很值得去的博物館就是 **National Museum of History**（歷史博物館）了。**National Taiwan Museum of Fine Arts**（國立台灣美術館）展覽了很多的 **Contemporary Art in Taiwan**（台灣當代藝術），介紹了很多的當代藝術家，例如 **The artist used goose feathers and mixed media to make a new stylish lamp.**（藝術家運用鵝毛和混合素材做成一個時尚的燈。）

字彙金庫（有關參觀展覽的詞彙）

exhibit → 展覽	print → 版畫
exhibit info → 展覽資訊	china → 瓷器
exhibit date → 展覽時間	Chinese calligraphy → 中國書法
current exhibit → 近期展覽	dynasty → 朝代
oil painting → 油畫	Chinese painting → 國畫
water color → 水彩畫	scroll → 卷軸；畫卷
sculpture → 雕塑	seal cutting → 篆刻

UNIT 26 🎧 MP3 ◀) 244 觀看比賽 Sporting Events and Competition

🔖 1分鐘速記法

1分鐘檢定 ☺☹

（1）**Which baseball team is your favorite?**
　　那一隊棒球隊伍是你最喜歡的？

（2）**This baseball team has a perfect record and undefeated for the season.**
　　這個棒球隊伍在這一季有很完美的紀錄和未被擊敗的成績。

（3）**In my heart, Australian swimmer Ian Thorpe is the best swimming contestant.**
　　澳洲游泳選手伊恩索普是我心中的最佳游泳選手。

5分鐘學習術

Alex: This basketball game is exciting to watch. It is such a close game.

Brain: The teams seem to be very well matched in skill level and ability of its players.

Alex: You can definitely see the game mentality of each player concentrating on being the winner at the end. The players shoot the basketball with such precision.

Brain: Their athletic endurance also make this game very competitive. No player seems tired or out of shape.

Alex: This will be a game where the outcome is not decided until the very last second. We surely picked a great game to watch.

艾力克斯：這場籃球賽是很刺激的。這真是一場勢均力敵的比賽。

布萊恩：這兩隊的選手們似乎在比賽技巧的水準及能力上都實力相當。

艾力克斯：你可以很明顯地看出比賽的精神。每位選手無不卯足全力要爭取最後的勝利。選手們的射籃都非常精準。

布萊恩：運動員的耐力也讓比賽很有競爭性。沒有選手看起來很累或是身體狀況不佳。

艾力克斯：這場比賽沒有到最後一秒鐘無法分出勝負。我們真的選到一場好球賽來看。

9分鐘完整功

　　台灣最廣為觀賞的運動有棒球和籃球。在台灣的棒球隊是由 Chinese Professional Baseball League（中華職棒大聯盟）的隊伍在比賽。除了 watch baseball game on TV at home（在家裡的電視機前面看球賽）之外，最刺激的就是直接到球賽的現場 watch the baseball game at the field（在棒球場看棒球賽）。如果想要和朋友一起看球賽可以說 Do you want to go to the baseball game with me?（你想和我去看棒球賽嗎？）如果想在家裡看比賽，可以這樣回答：I would rather watch the baseball game at home.（我寧願在家裡看轉播球賽。）旅美台灣選手王建民是在美國 Yankees（洋基隊）擔任 pitcher（投手）。

　　還有很多其他的比賽，例如跳水比賽。Diving competition is my favorite. Concentration and precision are must.（跳水比賽是我最喜歡的。專心和準確度是不可缺少的。）還有一種 triathlon（鐵人三項比賽）也是很刺激的，To participate in this triathlon, you must prepare and train your skills in swimming, running, and bike riding.（參加鐵人三項比賽，你一定要準備並訓練自己游泳、跑步和單車的技能。）

　　和三五好友一起欣賞一場精采的球賽，應該是一項非常好的活動，尤其是當大家支持相同的球隊（support the same team）。當自己的球隊獲勝時，一定要大聲呼喊一句 What a victory!（好一場勝利啊！）也可以說 What a game!（多麼精采的一場比賽！）籃球中有所謂的 half-court bullfight（半場鬥牛賽），很適合週末假日和朋友較量一下，你可以主動邀約朋友 Are you interested in a half-court bullfight on Sunday?（星期天有沒有興趣來一場鬥牛賽呢？）

字彙金庫（有關觀看比賽的詞彙）

baseball → 棒球
basketball → 籃球
tennis → 網球
badminton → 羽球
dodge ball → 躲避球
golf → 高爾夫球
volleyball → 排球
football → 足球

homerun → 全壘打
foul ball → 罰球
bat → 球棒／球拍
racket → 網球拍
chest protector → 護胸
shin guards → 護脛
baseball glove → 棒球手套
cap → 棒球帽

UNIT 27 🎧 MP3 ◀ 245 電話交談 Telephone Etiquette and Conversation

🕐 1分鐘速記法

1分鐘檢定 ☺☹

（1）Hello, is Mr. Jones available?
喂，請問瓊斯先生在嗎？
（2）May I ask who's calling, please?
請問您是哪位？
（3）Hold on. / Wait a moment.
稍等。

🕐 5分鐘學習術

5分鐘檢定 ☺☹

Stephanie: Hello, this is Stephanie. Can I speak to Jack?
Mrs. Jones: This is his mother. He is busy right now. Can I take a message for him?
Stephanie: Hello, Mrs. Jones. We are working on a project together. I have a question for him.
Mrs. Jones: He is going to the store shortly but will be back in about 30 minutes. Would you like to call back then?
Stephanie: Sure, I will try back at that time. Thank you, Mrs. Jones. Good bye.
Mrs. Jones: You are welcome. Good bye.

🎓 菁英幫小提醒：This is Stephanie. 當接通電話時，禮貌上必須先說出自己的名字，因此要說 This is + 人名，表示「我是某某人」。

史蒂芬妮：喂，我是史蒂芬妮。我想找傑克。
瓊斯太太：我是他媽媽。他現在在忙。我幫他留言好嗎？

史蒂芬妮：瓊斯太太你好，我們正一起做一份報告。我有一個問題想要問他。
瓊斯太太：他待會兒要去商店，但大約半小時的時間就回來。妳可以到時候再打電話給他嗎？
史蒂芬妮：好的，我大約半小時後再打一次。謝謝你，瓊斯太太。再見！
瓊斯太太：不客氣，再見！

9分鐘完整功

9分鐘檢定 ☺☹

　　電話禮儀的重要性不但對於個人，對於公司的影響也很深遠。如果電話是你撥出去的，你要找的人不在，你可以詢問 **Will he be available later?**（他待會兒有空嗎？）待對方回答你後，再謝謝對方 **Thank you. I will call back then.**（謝謝你，我將會再打一次。）如果不小心打錯電話了呢？當然趕快對對方說不好意思吧！**I am sorry to have bothered you.** 或是 **I apologize for the wrong number.**（不好意思打擾到您。我打錯電話了。）

　　手機進入到語音信箱，將會聽到：**You have reached the voice mail of John Smith. Please leave a message after the tone.**（你已經進入約翰史密斯的語音信箱。請聽到嗶一聲後開始留言。）之後，你就可以留下想要給對方的訊息囉！

　　幫別人代接電話時，如果對方要找的人正好在會議中，可以說 **He's in a meeting right now.**（他現在正在會議中。）並且詢問對方是否需要留言 **Can I take a message?**（需要我幫你留言嗎？）如果對方要找的人就在附近，可以說 **Please hold the line. I'll transfer your call to his office.**（請不要掛斷，我把電話轉到他的辦公室。）如果是本人接聽，但有其他重要事情要做，可以說 **Can I call you back?**（我再打給你好嗎？）

　　在國外有一種是可以對方付費的電話，通常會有一位 **operator**（接線生）幫你轉接電話。電話打通後，你可以說 **I'd like to make a collect call to Taipei, please.**（我想要打一通對方付費電話回台北。）接線生會詢問你的名字和電話號碼。告知電話號碼時後要說出 **area code**（區域號碼）再加上 **home number**（家裡的電話號碼）喔！

 字彙金庫（有關打電話的參考詞彙）

make a phone call → 打電話
hang up the phone → 掛上電話
busy line → 電話佔線
dial the numbers → 撥電話號碼
cellpone → 手機
public phone → 公共電話
missed call → 未接電話
answering machine → 電話答錄機
extension → 分機

long distance call → 長途電話
domestic call → 國內電話
international call → 國際電話
collect call → 對方付費的電話
phone card → 電話卡
international code → 國際冠碼
country code → 國碼
voice mail → 語音信箱
local call → 市內電話

MP3 ⏺ 246

UNIT 28 談情說愛 Dating and Relationship

1分鐘速記法

1 分鐘檢定 ☺☹

（1）You are such a thoughtful and considerate girlfriend.
妳真是個細心又體貼的女友。

（2）Are you free this Friday? We should go out on a dinner and movie date.
你週五有空嗎？我們應該去吃飯、看電影約會的。

（3）He calls me every morning and brings me a rose in the evening.
他每天早上打電話給我，傍晚時會給我玫瑰花。

5分鐘學習術

5 分鐘檢定 ☺☹

Daphne: I have the most wonderful boyfriend. He is very thoughtful and attentive.

Michelle: Sounds nice. What is he like?

Daphne: Not only is he athletic, he is also very romantic. He makes me feel special. During our first month of dating, he cooked for me every time we were on a date.

Michelle: That's good! Your boyfriend is also a great cook.

Daphne: He is a good listener and always takes care of things before a problem happens.

Michelle: Let me know if he has a brother because I'd like a great catch like him too!

🎓 **菁英幫小提醒**：the most + 形容詞，表示「形容詞的最高級」用法。

戴芬妮：我有一個最棒的男友。他非常的細心和體貼。
蜜雪兒：聽起來很不錯。他是個什麼樣的人？
戴芬妮：他不但體格健壯，也非常浪漫。他讓我覺得我是特別的。在我們第一個月約會的時候，他每次都會煮飯。
蜜雪兒：真好。妳男友也是個好廚師。
戴芬妮：他是一個很好的聽眾，也總是在問題發生之前就處理好了。
蜜雪兒：如果他有兄弟讓我知道，因為我也想找到這麼好的人。

9分鐘完整功

9 分鐘檢定 ☺☹

談戀愛總是讓人有很幸福的感覺，紅玫瑰和巧克力絕對是不能缺少的。所以 Roses and chocolate are popular gifts on a first or second date.（玫瑰花和巧克力在第一次或第二次約會時，是很受歡迎的禮物。）當然總是需要多點時間相處呢！除了看電影（**see a movie**）、到餐廳吃晚餐（**having dinner at the restaurant**）外，不如試試自己下廚親手做？He is so sweet to cook me a meal instead of taking to a restaurant.（他很貼心地煮菜給我吃，而不是去餐廳吃。）這時候煮得好不好吃已經不重要了，重點是那份心意的

甜蜜已經擄獲女孩子的心囉！女友這時給了男友一個像是蜂蜜般甜蜜的吻 **She gives me sweet kisses like honey on a soft rose petal.** （她給了我甜蜜的吻，就像沾在軟軟玫瑰花瓣上般的蜂蜜。）談戀愛真的是世界上最幸福的事情了！

以下為談情說愛的情書範例：

Dearest Jennifer,

I adore you very much!　I love every little thing about you.

Your sexy smile, the sound of your voice, the magic in your eyes.　I love your gentle touch and the warmth I feel at your side.　I love each and every once-in-a-lifetime moment I share with you.　Today, tomorrow, forever.　I want nothing more than to be close to you.

I love you, honey!

With passionate affections,
Kenny

親愛的珍妮佛：

我非常喜歡妳！我喜歡每件關於妳的小事情。妳性感的微笑、妳的聲音、妳眼裡的神奇魔力。我愛妳輕柔的碰觸，及我在妳身邊感受到的溫暖。我愛每一個、每一次與妳分享的生命片刻。今天，明天，永遠。沒有比接近妳讓我更渴望的事！

我愛妳，親愛的！

熱情的愛慕者，
肯尼

UNIT 29　MP3 ◄))247　使用無線上網 Wireless Internet Access

1分鐘速記法

1 分鐘檢定 ☺☹

（1）**Wireless internet is available in cafes for its customers.**
　　在咖啡店無線上網對於顧客是很方便的。

（2）**Does the MRT Station have internet?**
　　捷運站有網路嗎？

（3）**As long as there is a signal, I can use my laptop anywhere.**
　　只要有訊號，我能在任何地方使用筆記型電腦。

5分鐘學習術

5 分鐘檢定 ☺☹

Kirk: My internet service is down.　Do you know where else I can get the internet signal?

Milo: The café around the corner has free Wi-Fi. Do you have a laptop with wireless receiver?

Kirk: Yes, I do. As long as there is an internet signal, I am able to get on the internet.

Milo: The internet service is ADSL. It provides faster service.

Kirk: I like wireless internet because it allows more mobility and is not restricted to an area. Let's go before the place is packed. I can get a cup of coffee too.

🎓 菁英幫小提醒： Wi-Fi，即 Wireless Fidelity，「無線網路」的意思。

科克：我的網路服務不能使用。你知道我可以去哪裡使用網路嗎？

米路：在附近角落的咖啡店有免費的無線網路。你的筆電有無限接收器嗎？

科克：是，我有。只要有網路訊號，我就可以上網。

米路：網路服務是 ADSL。它提供更快的速度服務。

科克：我喜歡無線上網，因為它較多機動性且不會被限定在一個地方。我們在客滿之前快去吧。我也能喝杯咖啡。

9分鐘完整功　　　　　　　　　　　　　　9分鐘檢定 ☺☹

　　網路的出現，真的帶動了很多資訊的便利性以及娛樂性，所以也出現了線上遊戲的市場。在網路咖啡店常有很多網友聚集 **The internet café is full of online gamers who share strategies and experiences.**（這網路咖啡店充滿了線上遊戲迷在分享戰略和經驗。）常常這線上遊戲一玩，時間就飛快地過了。**Online gamers can immerse themselves in playing games for hours in one place.**（線上遊戲迷可以在同一個地方，沉浸在線上遊戲好幾個小時。）你也可以同時在線上網路瀏覽新聞資訊 **I like reading news and current events online because they are updated almost instantly as it happens.**（我喜歡線上看新聞和發生的事情，因為它幾乎會在事情發生時就即時更新。）更棒的是直接在線上搜尋舊新聞 **Online websites allow readers to search current news as well as the past.**（線上網站允許讀者不但搜尋最新的新聞，也可以搜尋舊新聞。）

字彙金庫（有關無線上網的詞彙）

online shopping → 線上購物
buyer → 買家
seller → 賣家
website → 網站
blog → 部落格
history → 出價紀錄
payment → 付款方式

only cash → 只收現金
shipping → 運費
good → 商品
shopping cart → 購物車
sign in → 登入
search → 搜尋
shopping categories → 購物目錄

UNIT 30 職場工作 Office Environment

MP3 248

1分鐘速記法

1 分鐘檢定 ☺☹

（1）I am going to an interview for a job tomorrow.
　　我明天要去應徵一份工作。
（2）I can't believe Carl got laid off.
　　卡爾居然被資遣了。
（3）Angela, congratulations on your promotion to general manager.
　　安琪拉，恭喜妳升總經理了。

5分鐘學習術

5 分鐘檢定 ☺☹

Tim: The department meeting will be at 10 a.m. this morning.
Andy: What will be discussed? Will anyone else be attending?
Tim: The executive managers will be there as well. We are having our quarterly meeting and department performance review.
Andy: Will we have individual review too?
Tim: No. But, this meeting will take a while. There are reports and projections to know.
Andy: Hopefully our department will pass and receive a bonus for our hard work.

菁英幫小提醒：quarterly = four times a year，「按季度、一季一次」的意思。

提姆：部門會議將會在早上十點舉行。
安迪：要討論什麼呢？還有誰要參加會議？
提姆：行政主管也會參加。我們有一次一季會議和部門表現檢討。
安迪：我們會有個人表現檢討嗎？
提姆：不會，但是會議會花點時間。有些報告和規劃要知道。
安迪：希望我們部門能夠過關，而且得到我們認真工作的獎金。

9分鐘完整功

9 分鐘檢定 ☺☹

　　通常和客戶第一次見面時，除了自我介紹（可參考自我介紹篇）之外，還會有遞名片的動作。當自行主動遞上名片的同時可以說 **Here is my business card.**（這是我的名片。）或者是想和對方名片時，可以說 **Do you have a card?**（你有名片嗎？）對方自然就會拿出名片互相交換了。交談完畢之後，當然要感謝對方能抽空見面，離開時可以說 **I appreciate everything for us.**（我很感謝您為我們所做的一切。）如果更禮貌地接待對方，要在會後吃頓便飯（也許是午餐／晚餐），就可以說 **I'd like to take you to lunch/dinner.**（我想要帶你去吃午餐／晚餐。）

　　開會的時候，也許有一些議題要徵求大家的意見時，多半會使用 **What do you think about it?**（你對這個有什麼想法？）或者也會使用 **What's your point of view?**（你的看法是？）可以使用 **My opinion is...**（我的意見是……）來回答喔！

字彙金庫（有關職場工作的詞彙）

nurse → 護士
doctor → 醫生
businessman → 商人
financial analyst → 財務分析師
manager → 主管
supervisor → 主任／主管
project manager → 專案經理
employee → 職員
salary → 薪資

coworker → 同事
president → 董事長
CEO → 執行長
=chief executive officer
accountant → 會計
dentist → 牙醫
sales → 業務
assistant → 助理

UNIT 31 🎧 MP3 ◀)) 249

分手離別 **Saying Goodbye**

1分鐘速記法

1 分鐘檢定 ☺☹

(1) **I wish you could stay longer.**
真希望你能多待一些時候。

(2) **I'll miss having you here.**
我會想念有你在這兒的時光。

(3) **Let's keep in touch.**
保持聯絡。

5分鐘學習術

5 分鐘檢定 ☺☹

Andrew: Thank you for coming to see me off, Mr. Lang. I really had a great time here.

Mr. Lang: I wish you could stay with us a little longer. I can't imagine how I'm going to miss having you here.

Andrew: I'm going to miss you very much, too. You were all very kind to me. I'll definitely come again.

Mr. Lang: Please give my regards to your parents and the rest of your family.

Andrew: Absolutely. Oh, that's the final boarding announcement. I have to go now.

Mr. Lang: O.K., have a safe trip. Let's keep in touch.

Andrew: Sure. Good bye. Mr. Lang.

🎓 菁英幫小提醒：to see … off 為「為某人送行」的意思。到機場送行的說法為 to see someone off at the airport；到車站送行的說法為 to see someone off at the station。

安德魯：謝謝你來送我，朗先生。我在這兒玩得很愉快。

朗先生：我真希望你能在這兒多陪伴我們一些時間。真無法想像我將會多想念你在這兒的時光。

安德魯：我也會非常想念你的。你們都對我非常好。我一定還會再來的。

朗先生：請代我問候你的父母及其他家人。

安德魯：我一定會。噢，那是最後的登機廣播了。我得走了。

朗先生：好，一路順風！保持聯絡！

安德魯：當然。再見了，朗先生。

9分鐘完整功

9分鐘檢定 ☺☹

　　無論中外，離別時的道謝、道別和祝福語是差不多的。如中文說「保重」，英文有 **Take care**；中文說「一路順風」，英文有 **Happy voyage. Have a safe trip. Have a safe flight.** 出外旅遊，如果有借住在朋友家裡，或是旅遊期間朋友有盛情招待，別忘了在臨別時要跟朋友說 **Thank you so much for your hospitality.**（謝謝你的熱情款待。）中國人說：天下無不散的筵席，英文的說法是 **There's no banquet without an end.**

　　如果你是招待朋友的一方，臨別時可以跟朋友說 **I wish you could stay longer.** 我希望你可以再待久一點。或是 **It has been nice to have you with me.** 真的很高興能有你和我在一起。如果雙方這段期間的回憶很愉快，可以說 **The precious memories will always be deep in my heart.** 這對珍貴的回憶會永遠深藏在我心底。

　　返抵國門後，別忘了最後再寫一封感謝的信，再次謝謝朋友在旅遊期間的協助。可參考內容如下：

Dear Beatrice,

　　I have arrived safely yesterday. The places we have visited and the things we have done together kept on flashing on my mind like merry-go-round. It has been such wonderful two weeks to have your company; walked me all around the beautiful city of San Francisco. I couldn't find a word to express how much I appreciated your hospitality. Remember the sunset we shared together at Gold Gate Park? There's a place in Taipei where you can also watch the most beautiful sunset. Please do come and visit me in Taiwan next time, and let me take you to all the fun places in Taipei.

　　Please also send my regards to Mr. & Mrs. Richardson. Because of your family, I will always treasure the dearest memories of San Francisco.

　　Thank you with all of my heart.

With all my best wishes,
Crystal Lin

親愛的碧翠絲，

　　我昨天晚上安全地抵達了。我們一起拜訪的地方，還有我們一起做的事，就像旋轉木馬般在我的心裡縈繞。這兩個星期能有你陪我一起走過整個舊金山，真的是太棒了。我再也找不出另一個字，來表達我對你盛情款待的感謝之意。還記得我們在金門公園一起分享的夕陽嗎？台北也有一個地方，可以欣賞到同樣美麗的夕陽。請你下次一定要來台灣看我，我會帶你去台北所有好玩的地方。

　　請幫我問候伯父伯母。因為有你們一家人，我才可以珍藏舊金山如此美好的回憶。

　　由衷地感謝你。

獻上我滿滿的祝福

林水晶

UNIT 32 🎧 MP3 ◀ 250　情緒表達 Expressing Feelings

👥 1分鐘速記法
1 分鐘檢定 ☺☹

(1) **Is there anything bothering you?**
　　你在煩惱什麼事嗎？
(2) **Do you want to talk about it?**
　　你想聊聊這件事嗎？
(3) **I can't take it anymore.**
　　我受不了了！

👥 5分鐘學習術
5 分鐘檢定 ☺☹

Anna: Jenny, you look pretty gloomy today. Is everything O.K.?
Jenny: Anna, something is bothering me. May I talk with you about it?
Anna: Sure. What is it?
Jenny: Jack is having an affair. I was so furious when I found out and I had a serious fight with him last night.
Anna: Oh, my. What a shock. I can't believe Jack is cheating on you.
Jenny: I am really disappointed with Jack. I can't take it anymore. I'm going to divorce him.
Anna: I think you and Jack should sit down and talk. Don't make any decision while you're in a rage.

🎓 菁英幫小提醒：What a/an+ 名詞，為表示「真是…啊！」、「好…啊！」的感嘆句用法。如 What a beautiful day! 即「多麼美麗的一天啊」！

安娜：珍妮，妳今天看起來好憂鬱喔。沒事吧？
珍妮：安娜，有件事很困擾我。我能跟妳聊聊嗎？
安娜：當然。是什麼事呢？
珍妮：傑克有外遇。我發現的時候好生氣，昨晚跟他大吵了一架。
安娜：我的天！真令人吃驚啊！我真不敢相信傑克居然對妳不忠。
珍妮：我真的對傑克很失望。我無法再忍受了！我要跟他離婚。
安娜：我認為妳和傑克應該坐下來談談。別在憤怒時做任何決定。

9分鐘完整功

9分鐘檢定 ☺☹

　　透過正確的情緒表達，可以讓他人確實理解說話者的內心情感狀態，是喜、怒、哀還是樂。基於禮貌，許多人不會主動向他人分享「負面」的情緒。因此若欲表達關心，可以用下列的問句積極引導，如 **Is there anything wrong?**「有什麼不對勁嗎？」**Is everything OK with you?**「你一切都還好嗎？」**Is there anything bothering you?**「有什麼事情困擾你嗎？」等讓對方知道你願意傾聽。最好可以鼓勵對方將問題提出來談談，如 **Do you want to talk about it?**「你想談談嗎？」**You can talk to me if you want.**「如果願意，你可以跟我說。」等等。

字彙金庫（有關情緒的詞彙）

delighted	→ 開心的	depressed	→ 消沉的
pleased	→ 愉悅的	awkward	→ 困窘的
cheerful	→ 愉快的	nervous	→ 緊張的
thrilled	→ 極為興奮的	anxious	→ 擔心的
affected	→ 感動的、受打動的	frustrated	→ 挫敗的
excited	→ 興奮的	jealous	→ 忌妒的
overjoyed	→ 樂不可支的	bewildered	→ 困惑的

UNIT 33　MP3 251　描述外表 Describing Appearances

1分鐘速記法

1分鐘檢定 ☺☹

(1) **You look just fine the way you are.**
　　你原來的樣子看起來就很好了。

(2) **I'm not pleased with my look.**
　　我對我的外表不滿意。

(3) **You're not fat, but just a little chubby.**
你不胖，只是有點豐腴。

5分鐘學習術

5分鐘檢定 ☺☹

Hazel: I'm thinking perhaps I should take the plastic surgery to make myself more attractive.

Jack: What are you talking about? That's ridiculous. You look just fine the way you are.

Hazel: Well, first of all, look at my flat nose and my single eyelids. Don't you think a tall nose and double eyelids can make me more adorable?

Jack: No, I don't. Your nose and your eyes look just fine.

Hazel: Also, I'm afraid I'm too fat. I especially hate my big abdomen. Whenever I see those slender girls, I can't help feeling inferior.

Jack: You're just a little chubby, that's all. If you're really not pleased with your figure, you should exercise or join a fitness club where you can work out.

Hazel: But...

Jack: Plastic surgery is not the best way to change your look, but being self-confident is. In my opinion, what you should do is to learn to love yourself from now on.

🎓 菁英幫小提醒：can't help 為表示「忍不住……」的片語，後面接 V-ing；inferior 為「次等的、較差的」，to feel inferior 即「感到自卑的」之意。A is inferior to B. 為「A 次於 B」的意思。

海柔：我在想也許我該動個整型手術，好讓我更有吸引力一點。

傑克：妳在說什麼啊？那真是太可笑了。妳的樣子看起來很好啊。

海柔：嗯，首先，看看我的塌鼻子和單眼皮。你不覺得鼻子高一點和雙眼皮會讓我更迷人嗎？

傑克：不，我不覺得。妳的鼻子和眼睛看起來剛剛好。

海柔：還有，我覺得我太胖了，我尤其討厭我這大大的小腹。每當我看到那些苗條女生，就忍不住感到自卑。

傑克：妳只是有點豐滿，就那樣而已。如果妳真的對妳的身材不滿意，妳應該運動或是加入一個可以讓你健身的健身俱樂部。

海柔：可是……。

傑克：整型手術不是改變妳容貌的最好方法，擁有自信才是。就我看來，妳該做的是從現在開始學著愛自己。

9分鐘完整功

9分鐘檢定 ☺☹

　　要問他人外表看來如何，可說 **What does he/she look like?** 或是 **What's he/she like?** 要形容他人的外表，則可說 **He looks like a smart guy.**（他看起來是個聰明的傢伙。）或是 **She's like a teacher.**（她看起來像個老師。）若是問 **How does he/she look?**

（他/她看起來如何？）則可回答如 **He/She looks tall and thin.** （他/她看起來高又瘦。）

在中文裡，有相當多的辭彙可以形容一個人的身材，例如：壯碩、肥胖、高挑、纖瘦、骨瘦如柴……等；英文中同樣也有許多的單字，但是在使用上要特別小心，以免得罪他人或自己貽笑大方。舉例來說，如果是要形容一位女子身材纖細，可以說 **She's in good figure.** （她身材很好。）或是 **She looks slim.** （她看起來很苗條纖瘦。）如果誤用成 **skinny** 就不對了；**skinny** 是說一個人瘦到已經看起來是病態的樣子，不是健康的瘦。許多西方男士都會蓄鬍，鬍鬚的英文依照部位可以分成 **beard** （下巴上的鬍鬚、山羊鬍）、 **moustache** （鼻子下方的八字鬍）。

字彙金庫（有關外表的詞彙）

bald → 禿頭	beard → 鬍鬚
curls → 捲髮	sideburns → 鬢角
skinny → 瘦骨嶙峋的	dimple → 酒窩
slim → 纖瘦的	hairy → 多毛的
figure → 身材	neat → 整潔的
sturdy → 結實的	slovenly → 邋遢的，不修邊幅的
dapper → 短小精悍的	all skin and bone → 皮包骨的
muscular → 肌肉發達的、健壯的	plump → 豐滿的、胖嘟嘟的

UNIT 34 MP3 252 浪漫婚禮 A Romantic Wedding

1分鐘速記法

1 分鐘檢定 ☺☹

(1) **When will the wedding ceremony begin?**
婚禮何時開始？

(2) **They will go on a honeymoon right after the ceremony.**
他們在婚禮過後就會去蜜月旅行了。

(3) **I'd like to propose a toast to the newlyweds.**
我要向新人敬杯酒！

5分鐘學習術

5 分鐘檢定 ☺☹

Linda: Look at the groom and the bride. They're such an ideal couple.

Jerry: They sure are. And their wedding ceremony was very touching.

Linda: Bryan and Teresa have been through so many things together. I was in
tears when the minister announced that they were now husband and

wife.

Jerry: The wedding banquet was amazing too. I especially love the best man's speech. It was humorous and sincere.

Linda: But do you know what the best part of the wedding was?

Jerry: What was it?

Linda: I got the bridal bouquet from Teresa!

🎓 菁英幫小提醒：to be in tears 是用來表示「流淚」的片語，也可以說成 to burst into tears。

琳達：看看新郎和新娘。他們真是一對璧人啊！

傑瑞：他們的確是。而且他們的婚禮好感人喔！

琳達：布萊恩和泰瑞莎一起經歷了好多事。當牧師宣布他們是夫妻時，我還哭了。

傑瑞：婚宴也非常棒。我尤其喜歡伴郎的致詞，非常風趣而且真誠。

琳達：不過你知道整個婚禮最棒的部分是什麼嗎？

傑瑞：是什麼？

琳達：我從泰瑞莎手中接到了新娘捧花！

9分鐘完整功

9 分鐘檢定 ☺☹

　　婚姻既為人生大事，結婚典禮的重要性自不在話下。男女雙方在決定結婚之前，通常會以「訂婚」（engagement）來訂下彼此婚約，訂婚後，雙方即為彼此的未婚夫 fiancé 及未婚妻 fiancée。中式傳統的訂婚儀式較為繁瑣，一般由女方主辦訂婚典禮，亦稱文定（engagement ceremony）；西方的訂婚儀式則較為簡單，可能在親友聚集的派對上直接由當事人宣布訂婚，或是辦一場簡單的 engagement party（訂婚派對）。西方的婚禮中，新娘經常是一件禮服從頭穿到底；相反的，國內的婚禮，一般新娘會換三件以上的禮服。

　　如果受邀在婚禮中祝賀新人，可以說 It's a great pleasure for me to be here to celebrate Mr. & Mrs. Smith's wedding.（我很榮幸有這個機會，能在這裡祝賀史密斯夫婦共結連理。）或是 Thank you for inviting me to this wonderful reception.（謝謝你邀請我來參加這盛大的宴會。）

字彙金庫（有關婚禮的詞彙）

wedding cake → 喜餅	notarial wedding → 公證結婚
wedding picture → 婚紗照	mass wedding → 集體結婚
wedding card → 喜帖	church wedding → 教堂結婚
wedding gift → 結婚禮物	flower girl → 花僮
marriage certificate → 結婚證書	wedding vow → 結婚誓詞
wedding gown → 結婚禮服	witness of wedding → 證婚人
engagement ring → 訂婚戒指	introducer → 介紹人
wedding ring → 結婚戒指	wedding march → 結婚進行曲

UNIT **35** 打掃清潔 **Cleaning**　MP3 253

1分鐘速記法

1 分鐘檢定 ☺☹

(1) **This place needs a cleanup.**
　　這地方需要來個大掃除。
(2) **I need you to help me tidy it up.**
　　我需要你來幫我整理。
(3) **Put away the tools after work.**
　　工作結束後把工具收拾好。

5分鐘學習術

5 分鐘檢定 ☺☹

Mom: Your room is really in a mess. It definitely needs a cleanup.
Son: I tried to tidy it up but I just didn't know where to start.
Mom: Well, I suggest you get the vacuum cleaner and vacuum the floor first. I'll help you to put away all the books on the bed.
Son: Thanks, Mom. But where can I get the vacuum cleaner?
Mom: It's right in the storeroom. You can see it next to the broom and the dustpan.
Son: O.K., I get it. Do I need to get the mop as well?
Mom: Not now, but you can bring a rag and a pail with you. Before vacuuming the floor, you'd better wipe your desk and bookshelf because they're really dusty.

🎓 菁英幫小提醒：in a mess「凌亂」的意思，也可以用形容詞 messy 代替。如 It's in a mess. = It's messy.

母親：你的房間真的是一團亂。它得來個大掃除才行。
兒子：我有試著整理，但是不知該從何處著手啊。
母親：嗯，我認為你應該去拿吸塵器來先把地板吸一吸。我來幫你收拾床上的書本。
兒子：謝了，媽。不過我要去哪兒找吸塵器？
母親：就在儲藏室裡，你在掃帚和畚箕旁就可以看到了。
兒子：好，我找到了。我也要拿拖把嗎？
母親：先不用，但你可以把抹布和水桶一起拿過來。在吸地板之前，你最好先把書桌和書櫃抹乾淨，因為它們真的布滿灰塵了。

9分鐘完整功

9 分鐘檢定 ☺☹

　　打掃清潔是居家生活中無法避免的家務，當要形容屋子很凌亂時，可以說 **What a mess!**（真是一團亂啊！）或是 **This house is in such a clutter!**（這屋子真是亂得可以！）要開始整理、清潔了，可以說 **Let's tidy it up.** 或是 **Let's clean it up!**（我們來整理一下吧！）
　　打掃時經常會遇到有玻璃製品，這時候要小心輕放，可以說 **Be careful, this is fragile.**

（小心，這是易碎的。）**fragile** 這個字，在機場托運行李時也會看到。如行李箱內有易碎物品，也可以請 **check in** 櫃檯的內勤人員在行李箱貼上 **fragile** 的牌子或貼紙。如果有碎玻璃，要先提醒清理的人 **Watch out of the sharp points, don't get cut.**（小心尖角，別割傷了。）洗衣服的時候，如果衣服很多，最好是將深色衣服（**dark colors**）與淺色衣服（**light colors**）分開。若是要把雜亂的東西清出來，可以說 **Let's clean out the garbage.**（我們把垃圾清出來。）把垃圾拿出去丟，可說 **Take out the garbage.** 正確的處理垃圾方法，應該要做好分類：**Sort the trash before taking them out.**（倒垃圾之前先做好分類。）精確的垃圾分類可分成下列幾大項：**recycle paper**（廢紙類）、**recycle plastics**（廢塑膠類）、**iron alumni cans**（鐵鋁罐）、**recycle glasses**（廢玻璃類）。

字彙金庫（有關清潔用品的詞彙）

brush → 刷子	whisk → 撢子
lint roller → 除毛滾筒	mower → 割草機
scrubber → 菜瓜布	trash bag → 垃圾袋
water pipe → 水管	toilet brush → 馬桶刷
storage box → 收納盒	organizer → 分類收納盒
detergent → 清潔劑	sponge → 海綿

UNIT 36 🎧 MP3 ◀) 254
風俗民情 **Customs and Traditions**

1分鐘速記法

1 分鐘檢定 ☺☹

(1) **Americans are fond of fast food.**
　　美國人很愛吃速食。
(2) **Customs and traditions vary from countries to countries.**
　　每個國家的風俗習慣都很不一樣。
(3) **The Taiwanese show a lot of respect to their ancestors.**
　　台灣人對祖先非常的尊敬。

5分鐘學習術

5 分鐘檢定 ☺☹

Sally: Hurry up, Julie. We are going to be late for the movie.
Julie: Don't rush me. In France we always take time to enjoy our meals.
Sally: I think that is because most people in France only work 35 hours a week. With the long hours that we work in Taiwan, taking three hours to eat a meal is a luxury.

Julie: Well, life is meant to be enjoyed, just like a glass of good wine.
Sally: I don't like wine. It makes me feel dizzy.
Julie: You can stick to your bubble tea then.

> 菁英幫小提醒：rush 當做名詞的時候，除了有「匆忙、緊急」的意思，還有「交通繁忙」的意思，例如：The rush hours are between seven to nine in the morning.（早上的交通尖峰時刻是從七點到九點。）在這個對話裡，rush 是當作及物動詞，是「催促」的意思。

莎莉：茱麗，快一點。我們看電影快要遲到了。
茱麗：不要催我。在法國我們總是悠閒地享受我們的用餐時間。
莎莉：我想那是因為在法國大部分的人一週都只工作三十五小時。我們在台灣的工作時間那麼長，吃一餐飯花三小時的時間太奢侈了些。
茱麗：嗯，生活就是要享受一點，就像是一杯好的紅酒一般。
莎莉：我不喜歡紅酒，喝了會頭昏。
茱麗：那妳就繼續喝泡沫紅茶吧。

9分鐘完整功

9 分鐘檢定 ☺☹

When in Rome, do as the Romans do. 在羅馬，就照羅馬人的生活方式。這句話的意思就是「入境隨俗」。在日本，吃拉麵愈大聲表示是對師傅的一種讚美。（It is a compliment to the chef to eat ramen loudly in Japan.）義大利的料理會加入大量的起司。（Italian food contains a lot of cheese.）速食文化在美國最為出名。（Fast food is the most popular in the United States.）紐西蘭人喜歡在派對開始之前先享受美酒。（The Kiwis like to enjoy wine before parties begin.）世界各國的飲食及生活習慣都不同，在這個地球村（global village）的時代，要怎麼樣避免出國旅遊時不會出糗呢？最好的方法就是：先觀察別人的行為（observe what the others do）。如果這樣還是不很確定的話，不妨直接開口問 Is it okay if I ~?（我做……，可以嗎？）或是 How do you usually ~?（你們通常都……？）不過不管怎麼樣，在不懂對方風俗民情的時候，注意禮貌、保持風度是一定不會錯的！

字彙金庫（有關風俗民情的詞彙）

habit → 習慣	hobby → 嗜好
courtesy → 禮節	internationalization → 國際化
world view → 世界觀	multiple cultures → 多元文化
regional → 區域性的	fine food → 美食
generation → 世代	pass down → 傳承
civilization → 文明	lifestyle → 生活方式
social convention → 社會習俗	racial → 種族之間的
code → 禮教規範	regulation → 規定

MP3 🔊 255

UNIT **37** 談論迷信 **Discussing Superstition**

1分鐘速記法

1 分鐘檢定 ☺☹

(1) **Are you superstitious?**
你迷信嗎？

(2) **Some people say seeing a black cat is a sign of impending bad luck.**
有人說看見黑色的貓是厄運的徵兆。

(3) **Throw some salt over your shoulders to get rid of the bad luck.**
朝肩後撒些鹽以驅逐厄運。

5分鐘學習術

5 分鐘檢定 ☺☹

Cathy: Have a look at my wedding invitation. I am planning to print 100 copies and send them back to my relatives in the UK. What do you think?

Kim: It looks lovely. I love the font you have chosen. However, I wouldn't use white cards. White is the color for funerals in the Chinese culture.

Cathy: Is that right? In western culture, white symbolizes purity and is often used for invitation cards.

Kim: Chinese people also do not like the number '4' because it has the same pronunciation as 'death'.

Cathy: In my country 13 is the unlucky number. Have you heard of 'Friday the 13th'? It is meant to be a day of misfortune.

凱西：看一看我的結婚喜帖。我計畫要印一百份寄回英國給我的親戚。你覺得呢？

金：看起來很漂亮。我喜歡妳選的字型。但是呢，我不會選擇白色的卡片。白色的卡片在中華文化裡是代表喪禮的顏色。

凱西：是這樣的嗎？在西方文化中，白色代表純潔，也經常被用來做為請柬的顏色。

金：中國人也不喜歡數字「四」因為與「死」字的發音相同。

凱西：在我的國家中「十三」是個不吉利的數字。你有沒有聽過「十三號星期五」？它代表不幸運的一天。

9分鐘完整功

9 分鐘檢定 ☺☹

　　東西方都有許多的迷信。西方迷信中，有說到將馬蹄鐵「正掛」（U型）在房子的入口處，可為全家帶來好運（**Hang a horseshoe above the doorway will collect luck.**）。也有人說摔壞鏡子會招來七年的霉運（**Breaking a mirror will bring bad luck for seven years.**）；在室內開傘會帶來二十一天的厄運（**Opening an umbrella indoors will result in 21 days of bad luck.**）。台灣人也有許多的迷信，老一代的人常說，不要用手指月亮，要不然耳朵會掉下來（**Don't point your fingers to the moon or your ears will fall off.**）、晚上不要剪指甲，要不然父母身體會不好（**Don't cut your fingernails during nighttime or your parents will get ill.**）。對於「迷信」（**superstitious**），一般較常的解

釋是「對某些事物不知其究竟，但又盲目地相信。」更多的是「盲目地相信、不理解地相信」。即使是在科學發達的今日，在科學領域也同樣存在著「科學迷信」。我們無法探究「迷信」的原因及由來，但求老祖宗的「經驗法則」能為我們帶來更多的好運。

字彙金庫（有關迷信的詞彙）

science → 科學

religion → 宗教

star sign → 星座

I Ching → 易經

tarot → 塔羅

feng shui → 風水

causality → 因果關係

supernatural → 超自然

divination → 占卜

sorcery → 巫術

taboo → 禁忌

evil spirit → 邪靈

fortune telling → 算命

scry → 水晶球占卜

omen → 預兆

prophet → 預言家

UNIT 38　MP3 ◀ 256　參加舞會 Attending Balls

1分鐘速記法

1 分鐘檢定 ☺☹

(1) The graduation ball is coming in three months.
再三個月就是畢業舞會了。

(2) Nick is going to ask Maggie to be his date.
尼克要請瑪姬當他的舞伴。

(3) I want to buy a black dress for the ball.
我要為舞會買一件黑色禮服。

5分鐘學習術

5 分鐘檢定 ☺☹

Crystal: The graduation ball is on next Saturday night. What are you going to wear?

Linda: I bought a beautiful evening gown with black lace around the shoulders. I will borrow my mother's pearl necklace to go with it.

Crystal: That sounds stunning. What about a date?

Linda: I would like to go with Jason but he is so popular with the girls. I am not sure if he would like to be my date.

Crystal: You have to pluck up courage to ask him. Talk to him after the lecture today.

Linda: Ok. I hope that I'll find the courage.

Crystal: I am so excited. I can't wait!

🎓 菁英幫小提醒：date 當作名詞時，可以表示日期，也可以當作「約會對象」的意思。

克里絲多：畢業舞會就在下星期六晚上了。妳要穿什麼？

琳達：我買了一件肩膀周圍有黑色蕾絲的漂亮晚禮服。我會借我媽媽的珍珠項鍊來搭配。

克里絲多：那聽起來非常漂亮呢！那舞伴呢？

琳達：我想跟傑森一起去，但他在女孩當中實在是太受歡迎了。我不確定他是否願意當我的舞伴。

克里絲多：妳得鼓起勇氣問他。今天下課後問他吧。

琳達：好吧，我希望我找得到勇氣。

克里絲多：我好興奮，我等不及了！

🕘9分鐘完整功

9分鐘檢定 ☺☹

　　國高中生的畢業舞會稱為 prom，返校舞會叫做 reunion。在美國及加拿大，prom 顧名思義通常是為畢業生所舉辦的。**Proms are mostly held for those in their graduating year of middle school or high school.** 這兩種聚會都是正式舞會，畢業舞會的舉辦時間，通常是在七月到九月之間。**boys usually dress in black ties.**（男生通常打領帶。）**Girls tend to wear gowns or dress.**（女生比較傾向穿禮服或洋裝。）prom 的服裝，對女生來說，是件極為重要的事，**many girls look for their prom gowns months in advance.**（許多女生幾個月以前就開始找畢業舞會的衣服。）更重要的，是要跟舞伴一起參加，要邀請舞伴參加舞會（通常為男生問女生較多）可以說 **Would you like to go to the prom with me?**（你要和我一起參加畢業舞會嗎？）但這並未問到是否要成為舞伴，是較為含蓄的問法。直接一點，可以說 **Would you be my prom date?**（你可以當我畢業舞會的舞伴嗎？）這種問法就非常清楚直接了。prom 與 reunion 青春期的少男少女來說就非常重要，通常班對跟校對就會一起參加；這是青少年階段（**teenage period**）非常重要的回憶，也經常可以在電影中看到成年人回憶高中、大學時誰和誰一起參加舞會。prom 與 reunion 之間，又以畢業舞會（**prom**）為一年當中最重要的場合，女孩子在很久以前就會開始傷腦筋要穿什麼衣服參加，許多家長也會陪同孩子一起挑選參加舞會要穿的正式服裝，這往往有種「吾家有女初長成」的感覺。對參加舞會的青少年來說，也是人生中非常重要的場合喔！大學生的畢業舞會則稱之為 **Graduation Ball**。還有人會很騷包地租一台「加長型禮車」來接女朋友喔！**Jack rented a limo to pick up his girlfriend.**（傑克租了一台加長型禮車來接他女朋友。）

　　reunion 還有另外一個意思是「同學會」，也就是畢業多年與同學在聚會的場合。在同學會上，要問老同學最近好嗎？可以說 **How have you been doing?**（最近如何啊？）或是 **What have you been up to?**（最近在做些什麼？）「朋友還是老的好。」可以在同學會上多和老同學聊聊年輕時候的回憶！特別要注意的是，西方人的同學會，一般都只有當年的同學參加，與我們攜家帶眷的狀況不太相同喔！

字彙金庫（有關參加舞會的詞彙）

cocktail dress → 酒會禮服

gown → 長禮服

hairstyle and make-up → 髮型與化妝

earrings → 耳環

accessories → 配件

tiara → 鑲有寶石的頭飾

high heels → 高跟鞋

suit → 西裝

tie → 領帶

tuxedo → 燕尾服

dance floor → 舞池

masquerade → 化妝舞會

invitation → 邀請函

UNIT 39　MP3 ◀) 257　自然景觀 Natural Scenery

1分鐘速記法
1分鐘檢定 ☺☹

(1) The sunrise at Mt. Ali impressed tourists from all over the world.
阿里山的日出讓來自世界各地的遊客留下深刻的印象。

(2) The magnificent view of the sound really attracted me.
峽灣的壯麗景色深深地吸引我。

(3) Nori and Mia plan to go backpacking through the rainforest.
諾莉和米亞計畫到雨林中徒步旅行。

5分鐘學習術
5分鐘檢定 ☺☹

Matthew: I am out of breath. This hill is a lot steeper than I thought!

Chris: No pain, no gain. Look at the view from up here. Isn't it spectacular?

Matthew: The blue sky is endless. I can smell the sea and hear the waves roaring.

Chris: Yeah, and the air is so fresh. There is definitely no pollution here.

Matthew: I can see a walking track. It looks like that it leads to the native bush over there.

Chris: Come on, let's get moving. Nature is calling.

> 🎓 菁英幫小提醒：No pain, no gain. 這是一句著名的格言。照字面翻譯，pain 是痛苦、疼痛的意思；gain 是獲得、獲利的意思。意思是說，沒有痛苦跟疼痛，又怎麼麼會有所收穫？中文裡類似的成語是「一分耕耘、一分收穫」。

馬修：我喘不過氣了。這個山坡比我想像的還要陡很多。

克里斯：沒有付出就沒有收穫。從這上面看下去的風景，是不是很壯觀呢？

馬修：無垠的藍天。我可以聞到大海的氣味，還可以聽見海浪的聲音。

克里斯：是啊，空氣也是如此新鮮。在這裡完全沒有任何汙染。

馬修：我看見一條步道。看來可以通往那邊的原生叢林中。

克里斯：走吧，我們繼續上路。大自然正在呼喚呢！

9分鐘完整功

9 分鐘檢定 ☺☹

　　登山健行是很健康的休閒活動。登到高處看到漂亮的風景，可以說 **The view is spectacular!**（風景真是太壯觀了！）帶著外國友人到花蓮的太魯閣，也經常聽見外國朋友說 **This is too magnificent!**（這真是太雄偉了！）或是 **Look at the marvelous scenery!**（看看這令人驚嘆的風景啊！）世界各地都有許多美麗的自然景觀，也是國內外旅遊的重點；也因為自然景觀通常位於郊區山邊，交通上較不方便，因此經常需要搭乘交通工具前往，例如 **helicopter**（直升機）、**ferry**（渡輪）、**boat**（船）等。在戶外欣賞大自然的美景時，要注意維護大自然原本的面貌，不要亂丟垃圾（**Don't litter.**）、不要隨便餵食動物（**Don't feed the animals.**）。

字彙金庫（有關自然景觀的詞彙）

volcano → 火山	terrestrial heat → 地熱
hot spring → 溫泉	lagoon → 潟湖
glacier → 冰河	sound → 峽灣
canyon → 峽谷	water fall → 瀑布
aurora → 極光	coral → 珊瑚
sea of clouds → 雲海	marsh → 沼澤
dammed lake → 堰塞湖	oasis → 綠洲
desert → 沙漠	rainforest → 雨林
iceberg → 冰山	stalactite → 鐘乳石

MP3 🎧 258

UNIT 40　理財規劃 Financial Management

1分鐘速記法

1 分鐘檢定 ☺☹

(1) **I invested a million dollars into the stock market earlier this year.**
　　我今年稍早在股市投入一百萬元。

(2) **Tony has started to scheme a map for his retirement pension.**
　　湯尼已開始著手規畫退休金的藍圖。

(3) Jennifer's false investment caused her loss of a house.
珍妮佛的錯誤投資導致她損失了一間房子。

⏰5分鐘學習術

5分鐘檢定 ☺☹

Carol: I'm broke.

Kim: What do you mean? Weren't you just paid a few days ago?

Carol: Yes, but I am an impulsive shopper with a big credit card debt. I wanted to pay that off first because of the high interest rate.

Kim: It sounds like that you need to cut up your credit card. Financial planning is very important, you know.

Carol: Easier said than done. What I need is a savings plan.

Kim: I can help you with that. I am an accountant, after all.

🎓**菁英幫小提醒：** broke 是「破產」的意思，與 bankrupt 的意思相同。但是 bankrupt 除了指財務上的破產以外，還可以表示「缺乏」的意思，例如 This is a morally bankrupt society. 這是一個道德淪喪的社會。

卡蘿：我破產了。

金：妳是什麼意思？妳不是前幾天才剛領錢嗎？

卡蘿：我是個揹著龐大卡債的衝動型買家。我想要把卡債還掉因為利息很高。

金：聽起來妳應該要把信用卡剪掉了。財務規劃是很重要的，妳知道。

卡蘿：説起來比做起來容易。我需要一個存款計畫。

金：這我可以幫忙。我是一個會計師，別忘了。

⏰9分鐘完整功

9分鐘檢定 ☺☹

　　身為忙碌的現代人，生活步調總是緊湊。儘管如此，在做各種投資理財前還是要比較各家銀行所提供的服務及優惠（**compare services and benefits provided by all the banks**）。選擇正確的投資理財方法（**right approach to finances management**），就能用現有的錢賺更多的錢。

　　市場競爭激烈，銀行經常有各式各樣的優惠活動提供給卡族（**card holders**），街上也經常會有銀行的辦事員問：請問您要不要多辦一張信用卡？（**Would you like another credit card?**）辦事員通常會説：我們提供優惠的利率及還款方案（**We provide a preference interest rate and payment programs**），還可以預借現金（**cash advance**），讓您消費無負擔。有許多人在經不住誘惑之下辦了許多信用卡，最後的結果通常是被信用卡帳單追著跑，銀行打來催款的電話接不完。其實，過度刷卡消費的結果通常是造成自己入不敷出；最正確的理財觀念是開源節流（**to increase income and decrease expenditure**），在自己經濟許可的情況下做合理且適當的投資（**reasonable and appropriate investment**）；每個月依收入分配固定比例的金額做存款、理財、保險、支出。有了這樣的規劃，就不怕成為「卡奴」（**cash card debtor**）了！

字彙金庫（有關理財規劃的詞彙）

deposits → 存款	loans → 貸款
investment → 投資	cash management → 資金管理
medical insurance → 醫療保險	wealth management → 財富管理
global economy → 全球經濟	mutual fund → 共同基金
savings account → 現金帳戶	foreign currency → 外幣
fixed deposit → 定期存款	interest → 利息
exchange rate → 匯率	interest rate → 利率
stocks → 股票	inflation → 通貨膨脹

我們改寫了書的定義

創辦人暨名譽董事長　王擎天
董事長　王寶玲
總經理　歐綾纖
總編輯　歐綾纖　　印製者　和楹印刷公司
出版總監　王寶玲

法人股東　華鴻創投、華利創投、和通國際、利通創投、創意創投、
　　　　　中國電視、中租迪和、仁寶電腦、台北富邦銀行、台灣工業
　　　　　銀行、國寶人壽、東元電機、凌陽科技（創投）、力麗集團、
　　　　　東捷資訊

策略聯盟　采舍國際‧創智行銷‧凱立國際資訊‧玉山銀行
　　　　　凱旋資訊‧知遠文化‧均洋印刷‧僑大圖書
　　　　　交通部郵政總局‧數位聯合（seednet）
　　　　　全球八達網‧全球線上‧優碩資訊‧矽緯資訊
　　　　　（歡迎出版同業加入，共襄盛舉）

◆台灣出版事業群　台北縣中和市中山路2段366巷10號10樓
　　　　　　　　　TEL：2248-7896
　　　　　　　　　FAX：2248-7758

◆北京出版事業群　北京市東城區東直門東中街40號元嘉國際公寓A座820
　　　　　　　　　TEL：86-10-64172733
　　　　　　　　　FAX：86-10-64173011

◆北美出版事業群　4th Floor Harbour Centre　P.O.Box613
　　　　　　　　　GT George Town, Grand Cayman,
　　　　　　　　　Cayman Island

◆倉儲及物流中心　台北縣中和市中山路2段366巷10號3樓
　　　　　　　　　TEL：02-8245-8786
　　　　　　　　　FAX：02-8245-8718

www.book4u.com.tw

www.book4u.com.tw

國家圖書館出版品預行編目資料

15分鐘全效整合英語力 / 張耀飛 編著.
—初版.—臺北縣中和市：華文網,2010.04
面；　公分‧ — （Excellent；29）
ISBN 978-986-127-995-4 （平裝）

1.英語 2.讀本

805.18　　　　　　　　　　　　99003960

補教界第一英文名師
張耀飛/著

這樣學最快!! 100%無痛學習
Integrating four English abilities efficiently within 15 minutes only

15分鐘 全效整合英語力

知識工場・Excellent 29

這樣學最快！
15分鐘全效整合英語力

出版者／全球華文聯合出版平台・知識工場

作者／張耀飛　　　　　　　　印行者／知識工場
出版總監／王寶玲　　　　　　責任編輯／黃鈺雯
總編輯／歐綾纖　　　　　　　封面設計／耕作室創意設計
美術設計／李家宜

郵撥帳號／50017206 采舍國際有限公司（郵撥購買，請另付一成郵資）
台灣出版中心／台北縣中和市中山路2段366巷10號10樓
電話／（02）2248-7896
傳真／（02）2248-7758
ISBN-13／978-986-127-995-4
出版日期／2010年5月

全球華文國際市場總代理／采舍國際
地址／台北縣中和市中山路2段366巷10號3樓
電話／（02）8245-8786
傳真／（02）8245-8718

全系列書系特約展示門市
橋大書局　　　　　　　　　　　新絲路網路書店
地址／台北市南陽街7號2樓　　　地址／台北縣中和市中山路2段366巷10號10樓
電話／（02）2331-0234　　　　　電話／（02）8245-9896
傳真／（02）2331-1073　　　　　網址／www.silkbook.com

線上pbook&ebook總代理／全球華文聯合出版平台
地址／台北縣中和市中山路2段366巷10號10樓
主題討論區／http://www.silkbook.com/bookclub　◆新絲路讀書會
紙本書平台／http://www.book4u.com.tw　　　　◆華文網網路書店
瀏覽電子書／http://www.book4u.com.tw　　　　◆華文電子書中心
電子書下載／http://www.book4u.com.tw　　　　◆電子書中心(Acrobat Reader)

本書為張耀飛名師及出版社編輯小組精心編著覆核，如仍有疏漏，請各位先進不吝指正。來函請寄
yu_wen@mail.book4u.com.tw，若經查證無誤，我們將有精美小禮物贈送！